Marie Weißdorn

Tochter der Träume

Dunkler König

Eisermann Verlag

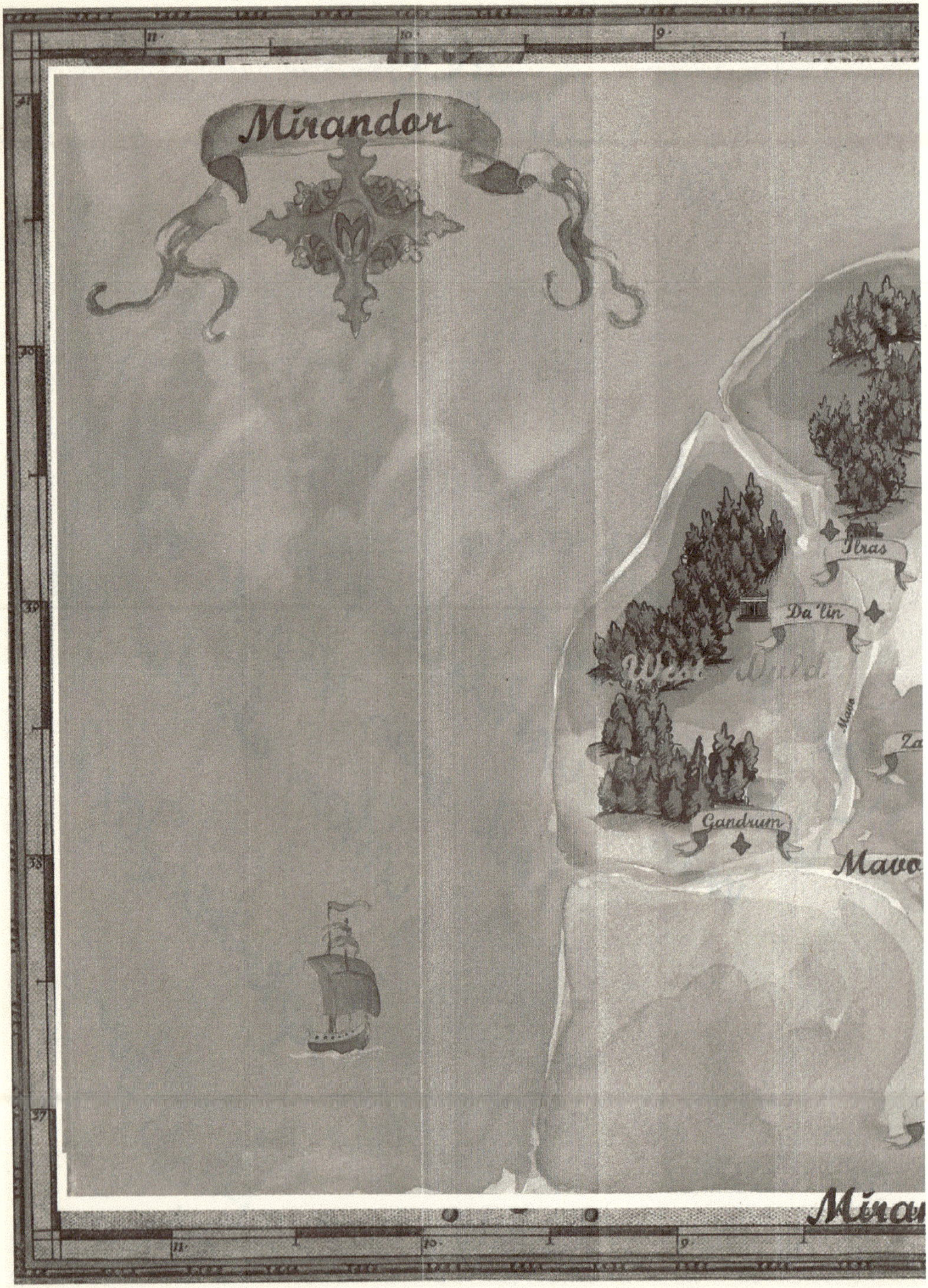
Mirandor
Ilras
Da'lin
Gandrum

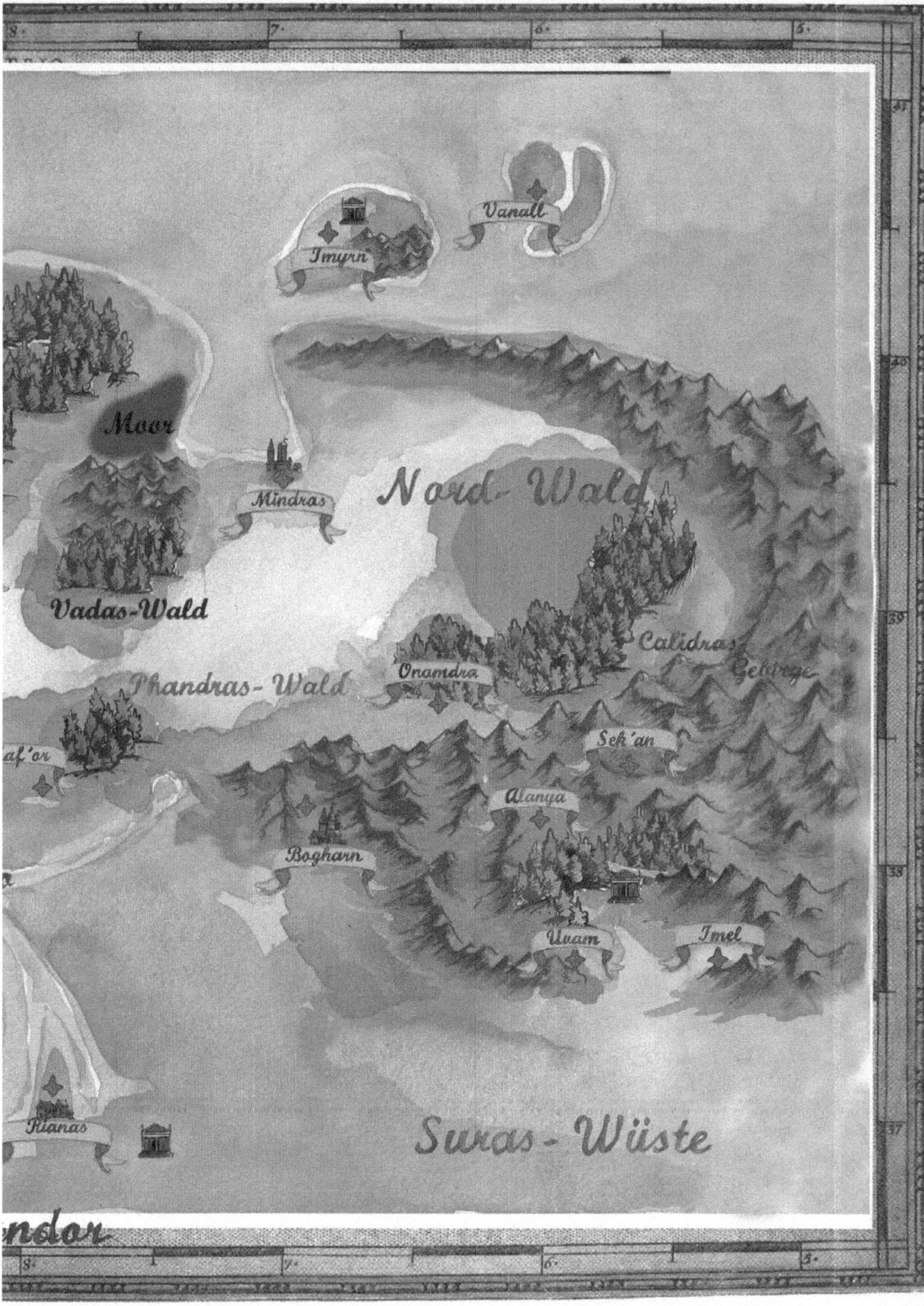

8.
7.
6.
5.
Vanall
Imyrn
Moor
Mindras
Nord-Wald
Vadas-Wald
Calidras
Gebirge
Onamdra
Phandras-Wald
Sek'an
af'or
Alanya
Bogharn
Uvam
Imel
Rianas
Suras-Wüste
ndor
8.
7.
6.
5.

Tochter der Träume – Dunkler König

Taschenbuchausgabe 1. Auflage 07/2017

Printed in Poland 2017
Umschlaggestaltung: Legendary Fangirl Design
Satz: André Piotrowski
Lektorat: Christine Hochberger
Korrektur: Klaudia Szabo

http://www.Eisermann-Verlag.de
ISBN: 978-3-96173-014-8

PROLOG

»Bis zum Ende, Caidra. Das waren deine Worte, erinnerst du dich nicht mehr?«

»Natürlich erinnere ich mich.«

»Warum tust du dann nichts?« Lyras' Stimme wurde lauter, wie so oft in letzter Zeit. Schärfer, energischer.

Erschöpft lehnte sie den Kopf gegen die unebene Rinde des riesenhaften Baumes in ihrem Rücken. Sie hob den Blick, betrachtete das bunte Farbenspiel der Blätter ihrer Zeit. Dann erst sah sie wieder zu seinem Teil des Felsens, ließ ihren Blick über den hinter dem Frühlingsgott hellgrün blühenden Baum gleiten, über die sprießenden Blumen und das frische Gras, das sie hinter ihm erahnen konnte. »Ich kann es nicht«, flüsterte sie erstickt. »Ich kann nicht, Lyras. Ich habe nicht mehr die Kraft.«

»Du hast als Einzige die Kraft, Caidra.« Als er näher an den sie trennenden Spalt herantrat, sprach er wieder ruhiger. Sein Blick wurde weich, verständnisvoll. Mitfühlend. »Nur du allein.«

Ein ersticktes Lachen kam über ihre Lippen, sie schüttelte den Kopf.

Seine Augen verengten sich zu Schlitzen. »Wage es nicht, dich geschlagen zu geben, Caidra. Das bist nicht du.«

Sie unterdrückte jede Spur der Gefühle, die in ihr aufkommen wollten. »So?« Sie hob den Kopf. »Anscheinend bist du wesentlich weiser als ich, wenn du noch genau weißt, wer ich bin.«

»Bei meinem Schwert, wenn das wahr ist, wird es Zeit, dass du dich wieder daran erinnerst!«

Lyras ballte die Hände zu Fäusten, sie selbst aber sah fast schon erleichtert nach links.

Mit ausladenden Schritten kam Kyon auf sie zu, die breiten Schultern angespannt vorgeschoben und eine Hand auf dem Schwertknauf. Seine kurzen, schwarz gelockten Haare wirkten zerzaust wie immer, und sein Blick war durchdringend wie seine Stimme. »Ich werde nicht zulassen, dass all das unseren Untergang besiegelt!«

»Für unseren Untergang gibt es ganz andere Gründe«, zischte Lyras und trat hocherhobenen Hauptes einen Schritt näher an die Grenzen seines Teils heran.

Ein drohender Laut entwich Kyons Kehle, als er den Gott des Frühlings fixierte. Wäre der Spalt nicht gewesen, hätten sie sich längst berühren können. »Hättest du sie nicht dazu verleitet, wäre das alles nicht geschehen, du elender ...«

»Kyon, bitte«, unterbrach ihn eine zarte, hell klingende vierte Stimme. Yirena trat hinter dem Baum des Sommers hervor. Ihr wallendes, blondes Haar fiel bis auf das rote Gewand, das sich eng an ihren Körper schmiegte. Gedankenverloren griff sie mit einem von goldenen Reifen gezierten Arm zwischen die langen Strähnen, legte sie über eine Schulter nach vorn und begann, sie ineinander zu verflechten. »Ein Streit bringt uns nicht weiter. Was geschehen ist, ist geschehen.«

»Er hat meine Schwester verführt und ihr ...«

»Das reicht, Kyon«, unterbrach Caidra ihn leise. Er verstummte sofort – jedoch nicht, ohne ihr einen Blick zuzuwerfen, in dem sie all seine Sorge und Wut lesen konnte. »Yirena hat recht, streiten hilft uns nicht.« Sie atmete tief ein und trat ebenfalls zur Mitte des Felsplateaus. »Es ist lange her, dass wir gemeinsam hier standen«, stellte sie leise fest.

Kyon zu ihrer Rechten und Yirena zu ihrer Linken nickten leicht, der ihr gegenüberstehende Lyras verschränkte die Arme vor der Brust. Doch diese sture Geste wusste sie nach all der Zeit zu ignorieren.

»Wir haben nicht viel Zeit«, fuhr sie leise fort. »*Ich* habe nicht viel Zeit.«

»Es ist eine Schande, dass es an dir liegt«, knurrte Kyon und schüttelte energisch den Kopf, als ein tadelnder Ausdruck auf

Yirenas Gesicht trat. »Nein, ich werde nicht schweigen! Es ist, wie es ist und ...«

»Du sagst es, Kyon. Es ist, wie es ist. Siehst du nicht ihre Reue?« Yirena lächelte, doch Caidra fiel es noch immer schwer, der Göttin des Sommers oder ihrem Bruder in die Augen zu sehen. »Es liegt nun an uns allen.«

»Nein, Yirena«, widersprach sie sofort. »Es ist meine Bürde.«

»Und doch werden wir dir helfen.«

»Von helfen kann gar nicht die Rede sein. Wir werden verhindern, dass du dich für sei... unser aller Versagen opferst!« Unruhig ließ Kyon die Schultern kreisen. »Dieser ganze Krieg war schon schlimm genug, und nun so etwas. Wir ...«

»Wir hätten niemals so egoistisch sein dürfen«, vollendete Caidra den Satz ihres Bruders und schenkte ihm zum ersten Mal seit langer Zeit ein Lächeln.

»Haben wir nicht früher zusammen mit den anderen über die Menschen gelacht?«, sinnierte Yirena und seufzte leise. »Wie töricht wir doch waren.«

»Du bist nicht allein, Schwester. Wenn du diesem Ungetüm gegenübertrittst, werden wir dir beistehen.«

Nun war sie es, die leise lachte. »Ungetüm. Welch ein passendes Wort.«

Ein gequälter Ausdruck trat auf Lyras' Gesicht. »Caidra, du weißt, dass ...«

»Ja, Lyras. Das weiß ich.« Langsam ging sie auf die Mitte des Plateaus zu, bis sie nicht weiter konnte. Lyras kam ihr entgegen und verharrte an der Grenze des Rundes, das niemand von ihnen je betreten konnte. Er war ihr so nah wie nur irgend möglich, und doch so unendlich weit entfernt.

Die Qual verschwand aus seinem Blick, und einen endlosen Moment lang sahen sie sich einfach nur an. Sie legte all jenes in diesen Blick, das sie seit so langer Zeit bei seinem Anblick verspürte.

Dann trat sie entschlossen zurück und sah noch einmal auf zu den ineinander verflochtenen Kronen der vier Bäume. Auf zu dem, was sie waren, was sie niemals aufs Spiel hätten setzen dürfen.

Sie wandte sich um. »Verlasst mich nicht«, bat die Göttin der Träume leise, als sie sich aufmachte, um ihren Albtraum zu suchen.

1

»Angreifen, Leyna!«

Sie fixierte ihn, folgte jeder seiner Bewegungen. Imitierte sie, wich aus. Suchte nach einer Lücke. Da! Sie hob ihr Schwert, wie um seinen Schlag zu parieren, trat dann schnell einen Schritt zur Seite und ließ es stattdessen auf ihn hinabfahren.

»Gut!« Er entging diesem Angriff mühelos.

Sie ließ sich nach hinten fallen, beugte den Oberkörper weit zurück, kam sofort wieder hoch und nutzte den Schwung ihrer Bewegung, um zuzuschlagen. Der Klang des aufeinanderprallenden Metalls war ihr inzwischen vertraut.

»Konzentriere dich auf die Stelle, die du treffen willst. Wahllose Angriffe bringen dich nicht weit!«

Sie atmete schwer, packte ihr Schwert fester und warf einen kurzen Blick zu dem Zwilling ihrer Klinge hinüber, der nur wenige Schritte entfernt im Gras lag. Bald würde sie bereit sein. Wobei sie diese wohl begleiten würden?

Die auf sie herabfahrende Klinge ihres Gegners hielt sie vorerst davon ab, eine Antwort zu finden. Ruckartig riss sie die Arme hoch, parierte den Schlag und duckte sich darunter hinweg.

Dem nächsten Hieb entging sie nur knapp, spürte den von der Klinge erzeugten Luftzug auf ihrem Gesicht. Treffen würde er sie nicht, das hatte er in all der Zeit noch nie – weder auf ihrem Weg hierher, noch während ihres Trainings in den letzten vier Wochen.

Es kam ihr vor, als sei es erst gestern gewesen, dass sie am Abend ihrer Ankunft durch die langen Gänge des Palastes der Fheenyas geführt worden war. Noch immer sah sie die Gesichter der zusammengedrängten Menschen vor sich, die allesamt darauf gehofft hatten, einen Blick auf sie zu erhaschen. Das Gotteskind zu sehen. Noch immer erinnerte sie sich an die Hoffnung in ihren Augen, hörte das Geflüster und das Lachen. Es war ein unbeschreibliches und dennoch merkwürdiges Gefühl gewesen. Sobald sie daran gedacht hatte, dass sie selbst der Grund für all das war, hatte sie sich unter den Blicken unwohl gefühlt.

Tarin war da gewesen, hatte ihre Hand gehalten und sie beruhigt, als man sie in die Gärten geführt hatte. Dort war bis spät in die Nacht getanzt und gefeiert worden und Yuron, der gewählte Anführer des Widerstandes, hatte ihr so viele Menschen vorgestellt, dass sie deren Namen sofort wieder vergessen hatte. Doch sie hatte sich nicht beklagt und geduldig jede ihr dargebotene Hand gedrückt. Als man ihr endlich gestattet hatte, in ihr Zimmer zu gehen, war es ihr schon fast vorgekommen, als könne sie gar nicht mehr aufhören, zu lächeln.

Wieder griff Sivan an und brachte sie dazu, einen schnellen Schritt zurück zu machen. Bis vor wenigen Tagen hätte sie seinen nächsten Bewegungen mit bloßem Auge nicht folgen können. Jetzt aber sah sie genau, wie sich jeder Muskel in seinem Arm spannte, als er zustieß. Beinahe ebenso schnell hob sie ihre Waffe. Ein Ruck ging durch ihre Hand, doch es schmerzte nicht mehr. Sie hielt dagegen, konnte ihm mit jedem Tag länger standhalten. Das harte und gezielte Muskeltraining, zu dem er sie schon kurz nach ihrer Ankunft gebracht hatte, zeigte schon lang seine Wirkung. Gerade, als ihr Arm zu brennen begann, ließ er von ihr ab.

Ihre Klingen glitten auseinander.

Leyna sprang zur Seite, doch da setzte er ihr auch schon nach und schlug noch heftiger zu. Das leise Zischen von zerschnittener Luft klang laut in ihren Ohren wider, als sie sich erneut zurückbeugte und dem Schlag entging. Vor wenigen Wochen hatte sie selbst beim bloßen Anblick dieser Klingen noch eine leise Angst verspürt. Nun konnte sie auch in einer solchen Situation darauf achten, ihren Herzschlag zu verlangsamen und konzentriert zu bleiben. Einen winzigen Augenblick später stand sie wieder aufrecht, fuhr zu ihm herum und nahm ihre Grundhaltung ein.

Sivan aber machte keine Anstalten, ihr zu folgen. Stattdessen deutete er mit einem Nicken hinter sie. »Ich denke, wir sind fertig.«

Fünf kleine Worte, die sie vor so langer Zeit oft früher hätte hören wollen. Inzwischen verging ihre Trainingszeit wie im Flug.

Sie wandte sich um und ein Lächeln stahl sich auf ihre Lippen, als sie Tarin entdeckte, der sie schon beinahe erreicht hatte. Urs flog neben ihm her, wie immer von einer Kugel aus glänzendem Licht umgeben. Der kleine Varnir hatte nicht schlecht gestaunt, als er schon einen Tag, nachdem er in der Dunkelheit der Höhlen die Augen geschlossen hatte, wieder aufgewacht war. Der Palast selbst wurde vor allem von Fackeln erhellt, die ihm nicht die Energie der Sonne geben konnten, die er unbedingt brauchte. Bis in die Gärten drang zwar eine Menge Sonnenlicht durch das klare Wasser zu ihnen herab, doch auch das hatte nicht ausgereicht. Zu seinem Glück aber hatte es jemanden gegeben, der ihm hatte helfen können: Eda, Yurons Frau. Gleich, als sie den schlafenden Urs zum ersten Mal gesehen hatte, hatte sie ihre Hilfe angeboten und diese Kugel aus Licht geschaffen. Tarin hätte genau wie Leyna nie daran gedacht, hier beim Widerstand auf eine Lichtlenkerin aus dem Süden zu treffen. Doch seine Begeisterung war schnell versiegt. Eda machte zwar keinen Hehl daraus, wer sie war und dass die Magie des Lichtes ihrem Ruf folgte – doch sie legte keinen Wert darauf, mehr als unbedingt nötig über diese Kräfte oder ihre Herkunft zu sprechen.

Leyna konnte sie verstehen. Auch ihr wäre es lieber gewesen, wenn ihre Fähigkeiten nicht immer Mittelpunkt eines jeden Gesprächs wären.

Tarin und Urs hoben die Hände in ihre Richtung.

Leyna erwiderte den Gruß, sah aber noch einmal zurück zu Sivan. Dieser nickte ihr erneut zu und wandte sich dann wortlos um.

Kurz sah sie ihm nach. Es war noch immer seltsam, ihn mit nur einem Schwert zu sehen. Das linke seiner Doppelschwerter hatte Dranoel ihm am Strand aus der Hand geschlagen. Es war verloren, doch er hatte sich geweigert, es durch ein anderes zu ersetzen. Stattdessen kämpfte er nur noch mit der einen verbliebenen Klinge, deren Inschrift jetzt im Licht aufblitzte. *Lianath.* Zukunft.

Kopfschüttelnd hob Leyna ihr zweites Schwert auf. Seit sie hier waren, hatte sich Sivan zurückgezogen. Sie sah ihn nur noch zu verabredeten Zeiten bei ihrem Training am Nachmittag. Auch die Mahlzeiten mit Yuron besuchte er kaum, obwohl der Anführer des Widerstandes gleich zu Anfang darauf bestanden hatte, jeden Abend mit ihnen allen zu speisen. Damals hatte Leyna ohne nachzudenken zugesagt. Inzwischen bereute sie es immer öfter. Leider würde man im Falle ihrer Abwesenheit wohl deutlich energischer nachfragen.

»Das sah doch echt klasse aus, Leyna! Bald machst du ihn so richtig fertig, glaub's mir!«

Einen Moment lang verharrte ihr Blick auf ihrer noch unbeschrifteten Klinge. Dann lachte sie leise und ließ sie ebenfalls in die Halterung auf ihrem Rücken gleiten. »Bis es so weit ist, werden wohl noch Jahre vergehen, Urs«, erwiderte sie gedankenverloren, auch wenn seine Zuversicht guttat.

»Du hast dich wirklich sehr stark verbessert, Leyna. Wenn ich daran denke, wie du vor vier Wochen im Gebirge herumgestolpert bist …«

»Das musst gerade du sagen, Tarin. Hast du, seit wir hier sind, ein Schwert in der Hand gehalten?«

Tarin hob grinsend die Schultern. »Wieso sollte ich? Zwischen dir und Sivan bin ich doch gut beschützt.«

»Na, dann stell bloß sicher, dass auch immer einer von denen in der Nähe ist. Ich an deiner Stelle würde mich ja nicht mehr allein vor die Tür trauen …«

»Urs, jetzt werde nicht ungerecht. Inzwischen kann ich mich doch verteidigen!«

»Ja, aus der Ferne!«

»Entschuldige mal, Bogenschießen tut man schließlich aus der Ferne.«

»Ja klar. Und im richtigen Kampf würde dich sogar ein kleines Mädchen schlagen.«

Leyna unterdrückte ein Lachen und ging neben den beiden auf den großen Torbogen zu, der die Gärten mit dem untersten Stockwerk des Palastes verband. Ihr war im Gegensatz zu Urs bewusst, dass es überhaupt keinen Sinn hatte, Tarin dazu überreden zu wollen, den Schwertkampf zu erlernen. Dafür war er einfach nicht gemacht – der kleine Varnir aber hatte dies schon lang zu seinem Lieblingsthema erklärt.

»Das stimmt doch gar nicht. Ein kleines Mädchen würde überhaupt nicht an mich herankommen.«

Urs schüttelte missbilligend den Kopf. »Bis das irgendwann stimmt, musst du schon ein bisschen mehr üben und weniger lesen. Ein Naturtalent bist du wirklich nicht.«

Tarin ging seufzend voran durch einen der riesigen Torbögen und nickte einem ihnen entgegenkommenden Jungen zu. »Dass du davon nicht endlich ablassen kannst.«

»Ich tue ja mein Bestes, aber ... Oh, wonach riecht es denn hier? Hm, das muss doch ...« Seine kleinen Flügel begannen zu schlagen und schon erhob sich Urs in die Luft, um dem Geruch entgegenzufliegen, der sie auf ihrem Weg an der Küche vorbei begleitete.

»Wie lief denn heute dein Training mit Aidan?«, fragte Tarin an Leyna gewandt und sah seinem kleinen Freund kopfschüttelnd hinterher.

Ein Lächeln stahl sich auf ihr Gesicht. »Es war wunderbar. Das Wasser gehorcht mir fast vollkommen, und es wird immer einfacher, neue Stränge zu finden.«

»Schön, dass ihr euch jetzt besser versteht.«

»Besser versteht?« Urs' Augen funkelten, als er sich wieder auf Tarins Schulter niederließ. »Ich finde immer noch, dass der Kerl total doof ist.«

»Er ist schwierig, Urs, aber nicht doof. Im Gegenteil!«

Schmunzelnd gab Leyna ihren beiden Begleitern recht. Aidan, ihr Lehrmeister, war ein ... schwieriger Mensch. Seine unnachgiebige und meist auch grimmige Art hatte sie in den ersten Tagen eingeschüchtert, doch inzwischen hatte sie sich daran gewöhnt.

»Was zählt, ist doch, dass er Leyna helfen kann. Und das lässt sich nun mal nicht abstreiten.«

Allerdings. Aidan schien sie während ihres morgendlichen Trainings einfach zu allem bringen zu können. Er legte zwar keinen Wert darauf, viel mit ihr zu reden oder seine Vorgehensweisen zu erklären, doch ohne ihn wäre ihre Kontrolle über die Magie in dieser kurzen Zeit niemals so viel stärker geworden. Er warf sie oft ins kalte Wasser und schreckte auch nicht davor zurück, sie eine Übung so lang wiederholen zu lassen, bis sie diese beherrschte. Ihre Verbindung zur Magie des Wassers war zunächst unglaublich langsam stärker geworden. Einmal hatte er sie sogar bis zum Nachmittag im Wasser gehalten, indem er eine Wand aus Felsen um den kleinen Teich errichtet hatte. Als sie es endlich geschafft hatte, die Wand mit einem heftigen Wasserstrahl zu zerstören, war Aidan schon lange gegangen, und sie hatte das Mittagessen verpasst.

Doch es war all die Mühe wert gewesen. Die Kontrolle der Luft und des Wassers bereitete ihr keine Schwierigkeiten mehr. Inzwischen konnte sie die Luft um sich herum sogar so hart werden lassen, dass sie wie ein Schild wirkte, und niemanden mehr an sie herankommen ließ. Auch bei den Pflanzen machte sie große Fortschritte. Immer mehr Stränge dieser so lebendigen Magie offenbarten sich ihr.

»Ja, ja, helfen nennt der das, dabei ist der doch kaum noch da!«

»Ach, Urs«, seufzte Tarin. »Er ist nun mal der Einzige, der den Palast vor dem König verbergen kann. Ohne ihn hätte er uns bei einem seiner Versuche schon längst gefunden. Du weißt doch, dass ...«

»Dass er mächtig ist und seine Magie uns schützt und bla, bla ...«, unterbrach der Varnir augenverdrehend. »Und Aidan ist so mächtig und macht das alles allein, und nur deshalb sind wir alle sicher und bla, bla ...«

Tarin versuchte weiter erfolglos, ihren kleinen Freund zum Schweigen zu bringen. Denn so abwertend Urs' Worte auch klingen mochten, sie waren wahr. Ohne Aidans Kräfte hätte Keron sie schon längst gefunden. Ihm allein verdankten die Menschen hier ihre Sicherheit, und deshalb war Leyna gern bereit, auf einige Lehrstunden zu verzichten. Davor hatte Yuron sie schließlich schon bei ihrer Ankunft gewarnt.

»Schon gut, Urs. Meine Güte, bei deiner Größe glaubt man wirklich nicht, zu wie viel Gezeter du fähig bist.«

»Tse! Nur, weil ihr euch alle nicht traut, so was ...«

»Vor Aidan selbst würdest du so etwas auch nicht sagen!«

»Ja, aber nur, weil er so … so … ach, du weißt schon!«

Tarin schüttelte den Kopf. »Ja, ich weiß schon. Natürlich weiß ich. Wie wäre es, wenn du dich morgen für all mein Wissen erkenntlich zeigen und mir bei der Suche in der Bibliothek helfen würdest? Wäre das nicht mal eine Alternative zum langen Schlafen?«

»Bestimmt. Aber da musst du mir schon was Besseres bieten, damit ich dir was raussuche, das ihr dann wieder stundenlang ausprobieren könnt. Nur weil der alte Herr Gestaltwandler keine Ahnung von dieser Gotteskinder-Sache hat.«

»Bei Lyras' Stolz, Urs! Aidan hat versucht, ihr mit den Täuschungen zu helfen. Selbst ihm kann nicht jede Magie gehorchen und …«

»Ach was, der hatte doch nur keine Lust, sich so intensiv damit zu beschäftigen wie du.«

»Das stimmt nicht, Urs«, warf nun auch Leyna ein. »Aidan hat genug zu tun.« Das sagte sie sich zumindest immer wieder. Dass es genügte, mit Tarin an ihren Täuschungen und Nachbildungen zu arbeiten. Aidan hatte einmal versucht, ihr damit zu helfen, war aber schon nach kurzer Zeit aufgebracht gegangen. Er war weder sehr geduldig, noch hatte er zugeben wollen, dass er nichts über diese Art der Magie wusste.

Vielleicht zweifelte gerade deshalb ein Teil von ihr noch immer daran, dass der Palast der richtige Ort dafür war, ihre Kräfte kennenzulernen. Sollte sie als Kind Caidras nicht vor allem die der Göttin eigenen Fähigkeiten beherrschen? Sollte sie nicht lernen, riesige, lebensechte und lebendige Illusionen zu erschaffen und Träume zu manipulieren? Dreimal hatte sie in den letzten Wochen versucht, Kontakt zu Caidra aufzunehmen, um sie dies zu fragen – schließlich hatte die Göttin sie hergeschickt. Doch es war ihr nicht gelungen, eine Verbindung herzustellen.

»Vielleicht gibt der König es ja auch bald auf, hier nach uns zu suchen«, überlegte Tarin. »Wenn all seine Versuche fehlschlagen. Dann hätte auch Aidan wieder mehr Zeit.«

Leyna hob nur die Schultern – das wäre natürlich wünschenswert, aber sie glaubte nicht daran.

Während sie die Treppen hinaufstiegen, erzählte ihr Tarin von den Büchern, mit denen er sich heute beschäftigt hatte. Die Gedanken an all das Training verblassten, sie entspannte sich. Tarin hatte ein unheimlich sensibles Gespür dafür, wann jemand nicht über ein Thema reden wollte, und das tat gut.

Sie gingen durch die langen, hohen Gänge des Palastes, dessen bloße Beschaffenheit ihr noch immer etwas unwirklich erschien. Die in dieser Tiefe herrschenden Strömungen hatten die Wände spiegelglatt geschliffen, lange bevor die Fheenyas dem Widerstand hier Zuflucht geboten hatten.

Als sie die letzten Stufen hinter sich ließen, warf Leyna einen Blick zurück und konnte sich ein stolzes Lächeln nicht verkneifen. Der Palast hatte zweiunddreißig Stockwerke, die durch unzählige dieser Treppen miteinander verbunden waren. Dass ihre Beine nach ihrer Ankunft jeden Abend geschmerzt hatten, hatte sie nicht verwundert. Schließlich lagen die Räume, die sie regelmäßig aufsuchen musste, zwischen dem untersten und dem zehnten Stockwerk verteilt.

In ihrem ganzen Leben würde sie wohl nicht mehr so viele Stufen erklimmen wie in den letzten Wochen.

Die großen Flügeltüren der Bibliothek im fünften Stock waren stets geöffnet, jeder Bewohner des Palastes durfte kommen und gehen, wann er wollte. Die riesige Halle war immer gut besucht und Leyna war sich sicher, dass dies der wunderbarste Ort war, den sie je zu Gesicht bekommen würde. Zwischen den bis zur Decke mit Büchern gefüllten Regalen konnte sie sich jedes Mal aufs Neue verlieren, bis sie eine der vielen Treppen erreichte und kurz erwachte, um in einem anderen Stockwerk erneut über die Menge an Geschichten, Erzählungen und Wissen zu staunen.

Als sie an einem ihr bekannten Regal vorbeigingen, dachte sie schmunzelnd daran, wie Tarin schon am ersten Tag darauf bestanden hatte, dass sie diese Chance hier nicht nur nutzen sollte, um Legenden zu lesen, sondern auch, um die Geschichte Mirandors kennenzulernen.

Und so hatte sie über die Zeit vor Keron gelesen, über die friedliche Zeit. Von den Problemen der Menschen damals und davon, wie die Götter sie gelöst hatten. Von den großen Königen, die das Volk im Frieden begleitet hatten, und von den mutigen Kriegern, die es beschützt hatten. Hinter einigen anderen Buchreihen verborgen hatte sie sogar eine Pergamentrolle entdeckt, die von einer lang vergangenen Zeit berichtete, in der ganz Mirandor Krieg geführt hatte gegen ein unbekanntes Volk, das aus der Suras-Wüste gekommen war. Aber mehr als diese wenigen Seiten waren nicht darüber geschrieben worden.

Außerdem hatte sie alle möglichen Karten angesehen und einen Mann gefunden, der all ihre Fragen über die verschiedenen Regionen und Städte Mirandors hatte beantworten können. Sie hatte sich mit einem Mädchen über die vielen Tiere ihres Landes unterhalten, die sie beide noch nie gesehen hatten. Vor allem fasziniert hatten sie hier die Jhendroth, die sie für ausgestorben gehalten hatte, von denen aber doch einige auf der Insel Vanall lebten. Diese riesigen, gefiederten Tiere hatte sie im ersten Moment für gefährlich und blutrünstig gehalten, in Wahrheit aber waren sie friedliebend. Ihr wasserdichtes Federkleid erlaubte es ihnen, lange zu tauchen und vor der Küste die unterschiedlichsten Fische zu jagen. Wenn sie auftauchten, legten sie sich an den Strand und trockneten in der Sonne, deren Licht von den vielen unter den Sand gemischten grünen Edelsteinen zurückgeworfen wurde. Das Mädchen hatte ihr erzählt, dass wohl kein Tier so lebendig träumen konnte, wie die Jhendroth auf den grünen Stränden.

Sie hatte von den Gotteskindern gelesen, von ihren Taten. Immer weiter war ihre Angst vor ihren Fähigkeiten gewichen, immer neugieriger war sie geworden. Inzwischen konnte sie so viel mehr …

»Wonach wollen wir heute suchen?«, fragte Tarin neben ihr und holte sie so aus ihren weitschweifenden Gedanken. »Gestern hattest du doch diese Erzählungen von den Tempeln in der Hand, möchtest du damit weitermachen?«

»Ich werde auf jeden Fall noch einmal hineinschauen«, antwortete sie und streckte die Hand aus, damit Urs zu ihr flog. »Die Geschichten waren so schön, ich möchte sie auf keinen Fall vergessen. Und dann werde ich sehen, was ich finde.«

»Na, wohl eher, was ich zu dir runterschleppe.«

»Gut. Ihr wisst ja, wo ihr mich findet«, erwiderte Tarin, ohne auf Urs einzugehen, und steuerte den großen Tisch an, an dem einige bekannte Gesichter darauf warteten, mit ihm über die unterschiedlichsten Geschichten zu diskutieren.

»Bei meinen vierzehn Kindern. Bitte sag mir, dass du nicht wirklich wieder diesen staubigen Wälzer von gestern suchen willst«, murmelte Urs auf ihrer Schulter.

»Ich muss ihn nicht suchen, er steht gleich dort vorn. Du möchtest die Bilder doch bestimmt auch noch einmal sehen«, antwortete sie lächelnd und blieb gleich darauf vor dem Regal stehen, das sie am Vortag schon durchsucht hatte. Leise fluchend flog Urs daran empor, zog ächzend eines der etwas neueren Bücher heraus und brachte es zu ihr herunter.

»Sei bloß froh, dass die Bilder wirklich toll waren«, murmelte er auf ihrer Schulter, als sie ihm das Buch abgenommen und sich damit auf einer der kleinen Bänke niedergelassen hatte. Doch sobald sie die erste Seite aufschlug, verstummte auch ihr kleiner Freund. Gemeinsam betrachteten sie das erste, eine ganze Seite einnehmende Bild. Dort abgebildet waren die hoch aufragenden Türme mit den goldenen Spitzen, in denen die Gotteskinder Yirenas erwählt worden waren. Der helle Sand der Wüste umspielte den weißen, kalten Stein. Einige Seiten weiter waren die dunklen Schatten des Waldes abgebildet, in denen der Eingang zum unterirdischen Tempel des Westens verborgen lag. Auf Urs' Aufforderung hin las Leyna ihm leise vor, was der Verfasser über die eindrucksvollen, von Erde gebildeten Statuen schrieb, die Lyras' Hallen zierten und wie einnehmend das Flüstern des Waldvolkes der Ayeelis war, die den Frühlingsgott verehrten.

Natürlich war der folgende Text über Kyons Tempel der längste. Auf den Zeichnungen waren die hohen Wasserbecken und die Flussläufe zu erkennen, die den Besucher auf jedem Weg begleiteten.

Caidras Tempel wurde als einziger Berg beschrieben. Die Zeichnungen gaben die Ornamente erstaunlich gut wieder, welche die äußeren Wände zierten. Wie gestern schon betrachtete Leyna diese Bilder nachdenklich und erinnerte sich an den Tag, an dem sie mit Tarin und Sivan die vierhundertvierundvierzig Stufen erklommen hatte. Hier aber wurde noch mehr beschrieben, das Innere, das zu betreten ihr verwehrt gewesen war. Sie prägte sich jede Zeichnung genau ein, um irgendwann einmal ihrer Familie davon erzählen zu können – und ihnen beschreiben zu können, wie wunderschön vor allem der mehrere Manneslängen hohe Baum war, der gegenüber des großen Eingangsportals die Wand verzierte. Unzählige Ranken umspielten ihn, vom Wind bewegt und weitergetragen. Sie bewahrte sich die Bilder der goldenen Dächer des Südens, das Flüstern des Westens, die Flüsse des Nordens und die Ranken des Ostens. Die Tempel waren so unterschiedlich wie die Götter selbst und hatten doch eins gemein. Denn nur von dort aus, so wurde es in diesem Buch beschrieben, konnten die Gotteskinder und der Weltenwandler die Welt der Götter betreten. Urs grummelte leise, als er Kerons Namen hörte.

»Hast du diesen Zugang dort im Tempel gesehen?«, fragte ihr kleiner Freund und sah ungeduldig zu ihr hoch, damit sie endlich wieder zu einer Seite blätterte, auf der auch ein Bild oder eine Zeichnung war.

Sie schüttelte den Kopf.

»Wie kann man denn so was übersehen?«

»Ich wusste doch nicht einmal, dass es so etwas gibt, Urs. Außerdem gibt es in diesem Buch kein einziges Bild davon. Wie sollte ich denn wissen, ob ich ihn gesehen habe?« Zumindest war sie sich sicher, dass sie ihn nicht genutzt hatte. Caidra hatte sie im Traum besucht, niemals hatte sie Mirandor verlassen. Auch konnte sie sich nicht vorstellen, dass die Götter in einer anderen *Welt* lebten, wie es die Bücher beschrieben. Viel eher dachte sie an eine andere *Ebene*, so wie es ihr das Orakel damals erklärt hatte. Sicher sein konnte sie jedoch nicht, denn auch über das Reich der Götter war rein gar nichts bekannt. Kein Gotteskind hatte je darüber gesprochen, wie es dort aussah. In der letzten Nacht hatte sie einige Zeit damit verbracht, sich vorzustellen, wie es bei den Göttern wohl ausgesehen hatte.

Nach einer Weile schlug sie seufzend das Buch zu, erhob sich und wartete, bis Urs es wieder auf das richtige Regalbrett gelegt hatte. Sie wollte nach etwas Bestimmtem suchen.

Langsam ging sie an der nächsten Regalreihe entlang und überflog die Titel der Unmengen an Büchern, von denen sie fast alle schon in den Händen gehalten hatte. Viele Möglichkeiten bestanden nicht mehr, tatsächlich eine Antwort zu finden.

Schließlich aber flog Urs erneut ein gutes Stück nach oben und zog ächzend ein in Leder gebundenes Buch hervor. »Wenn du dir immer nur diese schweren Dinger raussuchst, wird mich eins davon bald erschlagen!«, beschwerte er sich und beäugte sie missbilligend, während sie sich schon setzte.

»Ich bin dir sehr dankbar«, murmelte sie, bereits in die Worte der ersten Seite vertieft.

»Worum geht es denn jetzt wieder?«

Sie las die Titel der Kapitel und blätterte schließlich zur Mitte des Buches. »Hoffentlich um Dranoel.«

»Dranoel? Dieser eingebildete Kerl, der am Strand auf uns gewartet hat?«

»Genau der.«

»Was willst du denn über den wissen?«

Irgendetwas, dachte sie frustriert. Auch in den letzten Tagen hatte sie versucht, etwas über diesen seltsamen Diener des Königs zu erfahren – erfolglos. Er schien nirgends aufzutauchen, und wenn doch, dann wurde er nur in einem Satz erwähnt. Etwas stimmte nicht mit ihm, da war sie sich sicher.

»Hey, Leyna! Sein Lieblingsessen steht da bestimmt nicht drin!«

Sie schlug das Buch zu und legte es auf einen der Tische.

»Das hat doch keinen Sinn«, murmelte sie resigniert, als klar war, dass auch hier nicht das stand, was sie suchte.

»Warum willst du was über diesen Dranoel wissen?«

»Ich will wissen, warum er am Strand war.«

»Na, weil der König ihn geschickt hat.«

»Gut, aber warum? Er sagte, er wolle Sivan töten, aber was hätte das für einen Sinn?«

Urs verdrehte die Augen. »Das ist doch egal, er hat's doch nicht geschafft.«

»Und wenn er es wieder versucht?« Sie wollte nicht daran denken, Sivan ... zu verlieren.

»Wann denn? Ich dachte, er will hierbleiben und nicht weiter mitkommen.«

Sie schluckte schwer. Auch daran wollte sie nicht denken.

»Hallo, Leyna!«

Sofort blieb sie stehen und drehte sich um.

»Ich kann dir bestimmt helfen«, stellte das hinter ihr stehende Mädchen fest. Es war etwas größer als sie, trug die für die hier lebenden Menschen typischen bunten Gewänder und die langen, blonden Haare zu einem dicken Zopf gebunden. In der Hand hielt es eine Pergamentrolle, die es jetzt auf einen kleinen Tisch legte.

»Alessa«, sagte Leyna. »Danke, aber ich brauche keine Hilfe.«

Mit Yurons Tochter hatte sie sich von Anfang an gut verstanden. Im Gegensatz zu Tarin war es ihr nicht leichtgefallen, im Palast neue Freunde zu finden. Die Menschen hier mieden sie nicht, im Gegenteil, dauernd suchten sie ihre Nähe, um ihr ihre Bewunderung auszudrücken oder ihr alle möglichen Fragen zu stellen.

Alessa war die Erste gewesen, die sich einfach so mit ihr unterhalten hatte. Die Erste, die in ihr nicht nur das Gotteskind gesehen hatte. Gerade am Abend saßen sie oft mit Tarin zusammen, denn die beiden teilten ihre Leidenschaft für die Bibliothek.

Alessa zog einen Mundwinkel nach oben, wie sie es so häufig tat. Selten sah man kein Lachen auf ihrem Gesicht oder hörte keine Belustigung in ihrer Stimme, doch von Zeit zu Zeit konnte sie auch sehr ernst sein.

»Bist du sicher? Ich kann mich irren, aber so, wie du in den letzten Tagen jedes Regal abgesucht hast, glaube ich nicht, dass du besonders erfolgreich warst.«

Urs stieß einen Seufzer aus. »Komm schon, Leyna, frag sie einfach. Die liest doch genauso viel wie Tarin, versteh einer die Menschen. Bestimmt hat sie jedes Buch in dieser verdammten Bibliothek schon mal in der Hand gehabt.«

Alessa lachte, nickte dann aber. »Da hörst du es. Sag schon, was suchst du?«

Sie gab sich geschlagen. »Also gut. Aber dann sollte ich es auch Tarin sagen … Kommst du mit zu ihm? Er ist dort hinten.«

»Ach, wirklich? Da hat er ja noch nie gesessen«, stellte Alessa grinsend fest, als sie ihr hinüber zu den großen Tischen folgte.

Manchmal konnte Leyna nicht heraushören, ob sie nicht genau das Gegenteil von dem meinte, was sie sagte.

Urs flog vor und landete bei Tarin auf einem der massiven Holztische.

Ein Lächeln stahl sich auf Leynas Gesicht, als sie Tarin so vertieft dort sitzen sah. Wenn er las, hatte sie immer das Gefühl, seine sonst so durchscheinenden Augen würden die Farbe des Pergaments annehmen.

Als sie Tarin erreichten und sich neben ihm niederließen, schob er seine Lektüre zur Seite.

»Ah, du hast es also tatsächlich geschafft, Alessa von ihren Legenden wegzuholen?«, begrüßte er sie und hob sofort abwehrend die Hände, als Alessa ihm einen spöttischen Blick zuwarf. »So war das doch nicht gemeint«, fügte er schnell hinzu.

»Das hatte ich mir fast schon gedacht.« Ein Lächeln zeigte, dass sie ihm verzieh.

»Eigentlich hat sie mich gefunden«, begann Leyna, »und mir ihre Hilfe angeboten.«

Tarin runzelte die Stirn. »Hilfe wobei?«

»Ich habe in den letzten Tagen versucht, etwas über Dranoel zu erfahren, aber ich finde einfach nichts außer einzelnen Zeilen. Überall steht, dass er zum ersten Mal erschien, als Keron gerade König wurde, und seitdem seine rechte Hand ist. Mehr nicht. Weder, woher er kommt, noch, was er wirklich kann.« Sie sah ihre beiden Gegenüber fragend an.

»Du willst wissen, warum er am Strand war«, folgerte Tarin. Leyna nickte.

Alessa hob fragend die Augenbrauen.

»Als wir den Eingang zum Widerstand gesucht haben, ist er dort gewesen«, beeilte sie sich zu erklären. »Wir konnten das Portal allerdings erst nicht öffnen, deshalb hat er uns gefunden. Er wollte ...«

»Einen Moment, Leyna«, unterbrach Alessa sofort. »Ihr konntet das Portal nicht öffnen? Wer genau?«

Überrascht stockte sie. »Na ja ... Sivan hat es zuerst versucht. Wir wussten beide, dass es der richtige Felsen war, aber es hat sich zuerst nicht geöffnet. Erst als ich es später noch einmal probiert habe.«

Alessa schien nachdenklich.

»Warum ist das wichtig?«, fragte Tarin, ebenso verwirrt wie Leyna. »Es ist doch nichts dabei, wenn sich ein magisches Tor nicht sofort öffnet.«

»Bei unserem schon«, entgegnete Alessa. »Dieses Tor schützt den einzigen vom Land aus zugänglichen Weg zu uns. Unser aller Leben hängt davon ab, natürlich kann es nicht jeder öffnen. Das wäre ja noch schöner. Es ist mit Magie geschützt.«

»Na, das ist ja ganz toll. Und wer kann es öffnen? Alle, die gegen den König sind?«, fragte Urs spöttisch.

»Darüber solltest du keine Scherze machen, kleiner Varnir«, wies Alessa ihn mit so ernster Stimme zurecht, dass nicht einmal er etwas erwiderte. »Dieses Tor kann nur von denen geöffnet werden, die sich gegen den König stellen und ihn bekämpfen wollen.«

Kurz trat Stille ein. Sivan hatte es nicht öffnen können ...

»Aber das heißt doch gar nichts«, stellte Tarin fest. »Ich finde, Sivan hat schon immer den Eindruck erweckt, als wolle er diesen ganzen Krieg nicht. Vielleicht hat das Portal sich ihm nicht geöffnet, weil er sich nicht gegen den König stellen will. Aber das bedeutet doch nicht, dass er es nicht trotzdem tun wird.«

Leyna nickte geistesabwesend.

»Du hast gesagt, du wolltest etwas über Dranoel wissen«, erinnerte Tarin sie.

»Ja, stimmt ...« Sie räusperte sich. »Weißt du irgendetwas über ihn?«

Nachdenklich wiegte Alessa den Kopf hin und her. »Dass du nichts über ihn gefunden hast, ist kein Wunder. Es steht, soweit ich weiß, nicht mehr über ihn geschrieben, in keinem dieser Bücher. Ich kann dir noch sagen, dass er von allen gefürchtet wird, weil er grausam und skrupellos handelt. Viele sagen, dass er gnadenlos jeden Befehl des Königs ausführt. Andere behaupten, der König hätte ihn verflucht. Dass sein Geist in ihm wohnt und er deshalb so ist, wie er ist. Sie sagen, er habe keine Seele, sondern folge nur seinen Befehlen.«

»Dass sein Geist in ihm wohnt? Wie doof ist das denn?«, kommentierte Urs.

Auch Leyna runzelte die Stirn. »Ich würde aber nicht sagen, dass er durchweg grausam ist. Er hätte die Möglichkeit dazu gehabt, Sivan zu töten, doch er hat sich an die Regeln eines fairen Kampfes gehalten. Er hatte die Möglichkeit, auch mich zu töten, doch er tat es nicht.«

»Denk darüber noch einmal nach, Leyna«, entgegnete Tarin. »Du hast ihn gehört. Er hat Sivan nicht des fairen Kampfes wegen verschont, sondern weil es ihm gefallen hat, ihn immer weiter zu verletzen. Und er sagte, dass es seine Aufgabe sei, nur Sivan zu töten, nicht dich. Für mich klingt das schon so, als wäre er grausam und würde genau die Befehle des Königs ausführen.«

Als sie nichts darauf erwiderte, zog er das Pergament wieder zu sich heran und stellte Alessa eine Frage dazu. Die beiden begannen ein angeregtes Gespräch über eine Legende, die Leyna bereits vor einer Woche gelesen hatte.

Urs landete zwischen ihnen auf dem Tisch und bewunderte die schön gemalten Bilder.

Leyna stützte den Kopf in die Hände. Sie teilte Tarins Meinung nicht.

2

»Leyna, hast du irgendeinen Wunsch für das Fest?«

Leyna sah von ihrer Suppe auf und erwiderte Edas Blick.

»Einen Wunsch?«

»Ja, für das Festmahl zum Beispiel«, erklärte Alessas Mutter. »Vielleicht haben wir etwas Ähnliches in unserer Speisekammer.«

Sofort hatte sie einen vertrauten Geschmack auf der Zunge.

»Laivas-Beeren«, antwortete sie lächelnd. »Die habe ich schon als Kind oft gegessen. Aber ich bin mir nicht sicher, ob sie auch hier im Norden wachsen.«

»Diesen Namen habe ich noch nie gehört«, erwiderte Eda. »Aber ich werde sehen, was ich tun kann.« Damit wandte Yurons Frau sich wieder den anderen Männern zu, die gerade über einen anscheinend begabten Schmied sprachen. Auch hier im Palast arbeiteten die Menschen wie in jedem anderen Dorf. Es gab eine Schmiede und kleine Läden, einen Schneider und auch einige Ärzte. Leyna war fasziniert von der Organisation all der Menschen, die hier Zuflucht gesucht und sich dann ein ganz neues Leben aufgebaut hatten. Es ging ihnen gut in den sicheren Mauern des Palastes, abgeschnitten vom Rest der Welt. Alles, was sie brauchten, produzierten sie selbst – na ja, fast alles. Yuron hatte ihr mit einem Augenzwinkern gestanden, dass die Opfer, die jedes Schiff aus Mindras den Fheenyas für eine sichere Überfahrt zu den Inseln darbrachte, ihnen zukamen.

»Was sind das für Beeren?«, fragte Alessa neben ihr und brachte sie so von ihren Grübeleien ab. »Ich möchte unbedingt einmal mit dir in den Osten kommen und endlich etwas anderes sehen als diesen Palast.«

Bevor Leyna antwortete, fiel ihr Blick auf den leeren Stuhl ihr gegenüber. Sivan war wieder einmal nicht zum Essen gekommen, und sofort kam Sorge in ihr auf.

Seit sie hier angekommen waren, rechnete sie jeden Tag damit, dass er sie verlassen würde – das war es schließlich, was er vorgehabt hatte. Immer wenn sie ihn danach fragte, antwortete er, dass er noch ein paar Tage bleiben würde, bis sie noch etwas besser mit dem Schwert umgehen könne. Immer wieder waren es ein paar Tage gewesen.

Heute saß sie, wie sonst nur selten, zwischen Tarin und Alessa. Auch ihre Freundin aß nicht oft mit ihnen zusammen im großen Saal. Sie sagte zwar, dass ihr dieses Essen zu spät war und sie schon vorher hungrig wurde, aber Leyna dachte schon lang, dass mehr dahintersteckte. Alessa fühlte sich im Gegensatz zu ihr in großer Gesellschaft wohl, vermied es aber, allzu lang mit ihrer Familie zusammen zu sein.

Leyna hingegen war immer wieder erleichtert, wenn Alessa sie hierher begleitete. Denn tat sie dies nicht, saß stets eine andere wichtige Person des Palastes neben ihr, begierig darauf, wie es denn nun war – das Gotteskind. Jedes Mal aufs Neue besann sie sich auf ihre Aufgabe und Verantwortung, nahm sich zusammen und erzählte ihre Geschichte lächelnd ein weiteres Mal. Auch wenn sie auf den Gängen von einer kleinen Gruppe angehalten wurde, beantwortete sie gern alle Fragen. Gar nicht wohl hingegen fühlte sie sich in großen Mengen, in denen alle sie anstarrten.

Gerade wollte Leyna sich zu ihrer Freundin hinüberbeugen, da wurde die Tür geöffnet. Alessas Miene verfinsterte sich für einen winzigen Augenblick, dann trat ein strahlendes Lächeln auf ihr Gesicht. Ein wirklich gut gespieltes Lächeln. Leyna sah sie fragend an.

»Niza, welch eine Überraschung!«, rief Eda und erhob sich, um einen weiteren Stuhl heranzuziehen.

Erst jetzt wandte Leyna den Kopf und als ihr Blick auf den Neuankömmling fiel, weiteten sich ihre Augen. Schnell sah sie noch einmal zu ihrer Freundin und dann wieder zurück zu dem Mädchen, das sich jetzt neben Eda an den Tisch setzte.

Sie hatten dieselben hellblauen Augen. Dieselbe hochgewachsene Gestalt, dieselben schmalen Gesichtszüge. Dasselbe lange blonde Haar, nur dass es Niza in langen Wellen über die Schulter fiel und nicht zu einem Zopf gebunden war wie bei Alessa. Leyna konnte es kaum fassen, doch sie glichen sich bis aufs kleinste Detail.

»Wie kommt es, dass du heute mit uns isst?«, fragte Eda und reichte Niza einen Teller. Alle Gespräche waren verstummt.

Lächelnd ließ Niza ihren Blick umherwandern und blieb schließlich kurz an Alessas, dann aber an Leynas Gesicht hängen.

»Ich wollte mir die Gelegenheit nicht entgehen lassen, die Bekanntschaft des Gotteskindes zu machen«, antwortete sie. Leyna erwiderte ihren Blick und machte sich nicht die Mühe, sie zu bitten, ihren wirklichen Namen zu benutzen. Daran hatte sie sich gewöhnt.

»Es freut mich sehr, Euch kennenzulernen. Alessa hat mir ... schon viel von Euch erzählt«, log sie. Etwas sagte ihr, dass ihre Freundin wohl ihre Gründe gehabt haben würde, ihr ihre Zwillingsschwester zu verschweigen.

»Hat sie das, ja?« Niza klang eher belustigt und sah jetzt zu ihrer Schwester. »Dann stimmt es also, dass das Gotteskind dir hoffnungslos verfallen ist. Ich wollte es ja nicht glauben. Hat sie auch ...«

»Niza, erzähl mir doch bitte von deinen Fortschritten mit den Fheenyas«, unterbrach Eda ihre Tochter. »Lassen sie dich schon näher heran, haben sie mit dir gesprochen?«

Einen Augenblick lang war es vollkommen still. Leyna konnte spüren, wie bemüht Alessa um Ruhe war und wie sie sich entspannte, als ihre Schwester sich endlich mit einem umwerfenden Lächeln auf den Lippen ihrer Mutter zuwandte.

Edas Blick ruhte einzig und allein auf der neben ihr sitzenden Tochter. Sie wirkte so gefasst, als hätte sie gar nicht bemerkt, wie angespannt die Stimmung gerade noch gewesen war – oder, als wäre sie schon daran gewöhnt.

Leyna hörte dem folgenden Gespräch im Gegensatz zu allen anderen Anwesenden nicht zu. Stattdessen griff sie unter dem Tisch nach der verkrampften Hand ihrer Freundin. Einen Moment lang sah Alessa zur Decke, erst dann erwiderte sie Leynas fragenden Blick und seufzte leise.

»Ich habe nicht vor, da jetzt irgendetwas zu ...«

»Oh doch, das hast du«, unterbrach Leyna sie sofort flüsternd. »Setz dein Lächeln wieder auf und tu so, als würdest du deiner *Zwillingsschwester* zuhören. Warum hast du mir nie von ihr erzählt? Und warum habe ich sie noch nie gesehen?«

»Das ist eine lange Geschichte.«

»Und das hier war erst die Vorspeise«, tat sie diesen Einwand ab.

»Hätte ich die doch mal ausgelassen«, murmelte ihre Freundin. »Leyna. Niza und ich sind einfach anders, in Ordnung? Wir passen nicht mehr zusammen.«

»Das heißt, das war einmal anders?«

Augenverdrehend schüttelte Alessa den Kopf. »Reicht dir das nicht? Wir sind anders und gehen uns aus dem Weg. Deshalb hast du sie noch nie gesehen, dafür bist du zu oft bei mir.«

»Aber dafür muss es doch einen Grund geben.«

»Nein.« Sie log, und das nicht besonders gut. »Es gibt keinen Grund«, bekräftigte Alessa. »Es ist einfach so. Ich bin die, die ihre Zeit in der Bibliothek verbringt. Sie ist die, die immer unterwegs ist und ... sonst nichts tun muss.«

»Was heißt das?«

»Verdammt, Leyna!« Allmählich klang Alessa wütend. Oder eher ... verzweifelt, so verzweifelt, dass sie keine bissige Bemerkung mehr hervorbrachte. »Sie nutzt jede Gelegenheit, um auszuspielen, dass sie die Tochter des Anführers ist. Mein Vater stellt sie von allen Pflichten frei. Im Gegensatz zu allen anderen Kindern musste sie nie lernen, zu kämpfen, weil sie keine Lust darauf hatte. Darüber, was sie denn tut, wenn der König uns wirklich angreift, macht sie sich keine Gedanken.« Jetzt, da sie einmal angefangen hatte, schien sie gar nicht mehr aufhören zu können. »Es ist, als wäre sie ein anderer Mensch geworden, ein Mensch, der nur an sich selbst denkt und nicht sieht, wie sehr er die, die ihn lieben, dabei verletzt. Ich komme nicht mehr an sie heran und ...«

Die Tür wurde ein weiteres Mal geöffnet und prallte mit einem lauten Knall gegen die Wand. Leyna zuckte zusammen. Was war denn heute los? Alle Anwesenden fuhren herum und sahen Yuron entgegen. Gern hätte Leyna ihn nicht beachtet und sich wieder seiner Tochter zugewandt, das schien ihr jetzt am wichtigsten – doch er war allein. Und Yuron kam nie allein zum Essen. Immer wurde er von Aidan und einigen anderen Männern begleitet.

Mit besorgter Miene trat der Anführer des Widerstandes an den Tisch, setzte sich aber nicht, sondern sprach sie direkt an.

»Gotteskind, ich muss mit dir reden. Sofort.«

Sie hob fragend die Augenbrauen, doch sein Blick ließ keinen Widerspruch zu. Also drückte sie noch einmal Alessas Hand, schob ihren Stuhl zurück und stand auf. Tarin tat es ihr nach. Yurons missbilligenden Blick ignorierte er.

»Alles, was Sie mir sagen, wird Tarin ohnehin erfahren«, bekräftigte Leyna seine Geste. Yuron nickte und eilte schon wieder zur Tür hinaus. Leyna warf Alessa noch einen entschuldigenden Blick zu, doch diese sah nur auf ihren Teller.

Yuron führte sie den Gang hinunter und blieb schon nach kurzer Zeit vor einer schmalen Tür stehen. Er öffnete sie und winkte sie ungeduldig hinein.

Ein einzelner Tisch stand in der Mitte des kleinen Raumes, fünf Männer saßen um ihn herum. Vier von ihnen war sie zwar schon beim Essen begegnet, hatte ihre Namen aber wieder vergessen. Der Fünfte war Aidan, der als Einziger in einen schlichten Umhang gehüllt war. Der Blick seiner grauen Augen, deren Farbe der seines Bartes glich, huschte zu ihr herüber.

»Setzt euch«, forderte Yuron und zog einen weiteren Stuhl für Tarin heran.

Zögernd nahmen sie Platz.

»Wir haben schlechte Neuigkeiten«, begann er und fuhr sich mit der Hand durch das lange Haar. »Der König versucht immer häufiger, uns aufzuspüren. Noch sind wir geschützt, doch seine Angriffe werden mit jedem Tag hartnäckiger.« Er sah zu Leyna. »Wir haben in den letzten Wochen unser Bestes getan, um dir so viel Zeit wie möglich zu verschaffen, Gotteskind. Aber jetzt können wir Aidan nicht länger entbehren. Unser aller Sicherheit hängt davon ab.«

Sie sah zu ihrem Lehrer, dessen starren Blick sie inzwischen gewohnt war.

»Heißt das, Ihr könnt mich nicht weiter unterrichten?«, fragte sie leise.

»Anscheinend nicht«, antwortete er mit dröhnender Stimme. »Nicht viele können neben mir den ganzen Palast sichern.«

Leyna schluckte. Sie hatte Aidan nie danach gefragt, wie er zu all dieser Macht gekommen war. Die Antwort hatte für sie auf der Hand gelegen, sobald sie ihn zum ersten Mal die Magie hatte manipulieren sehen: Er war ein Gestaltwandler, genau wie Sivan.

»Es tut uns wirklich leid«, fuhr Yuron fort. »Wir wissen, dass du wirklich große Fortschritte gemacht hast und wie wichtig es ist, dass du dein Training jetzt nicht unterbrichst. Du brauchst einen Lehrer.«

Sie nickte. »Und es gibt hier wirklich niemanden sonst, der mir helfen kann?«

Aidan lachte. »Oh nein. Nicht viele sehen die Magie so wie du und ich.« Etwas Seltsames lag in seinem Blick. »Nur wenige können dich und deine Kraft verstehen. Es gibt ...« Er brach ab. Sein Gesicht verfinsterte sich.

Gerade, als Yuron fragend die Stirn runzelte, klopfte es an der Tür.

Irritiert sah sich der Anführer des Widerstandes um, stand dann auf und öffnete sie.

»Sivan«, begrüßte Leyna ihn erfreut, als er in den Raum trat. Yuron hingegen schien ganz und gar nicht glücklich.

»Diese Besprechung ist eigentlich nur ...«

»Er kann bleiben!«, stellte Leyna sofort fest.

Yuron seufzte und schloss die Tür. »Nun gut.«

Sivan machte keine Anstalten, sich zu setzen, sondern blieb mit verschränkten Armen neben der Tür stehen.

»Gut ... also, Leyna«, fuhr Yuron fort. »Wir müssen einen neuen Lehrer für dich finden. Du bist bereits stark, aber noch nicht stark genug. Ohne die Hilfe unserer Männer wirst du keine Chance haben, ins Schloss zu gelangen. Mit Aidans Hilfe können wir den König sicher noch bis zum Ende des Winters davon abhalten, uns zu finden. Bis dahin hast du Zeit. Bis dahin musst du stark genug sein, um gegen ihn anzutreten, denn wir müssen ihn angreifen, bevor er uns findet. Wir können das Leben unserer Frauen und Kinder nicht gefährden.«

Bis zum Ende des Winters? Das war nicht mehr viel Zeit. Gegen den König antreten? Sie schluckte schwer.

Daran hatte sie noch nicht denken wollen.

»Aber wie wollen wir so schnell einen neuen Lehrer finden?«, fragte Tarin neben ihr.

»Aidan kennt einen Priester im Süden«, antwortete Yuron. »Er könnte zumindest ...«

»Es gibt einen Besseren.«

Alle sahen zu Sivan – alle bis auf Aidan.

»Einen Besseren?«, fragte Yuron interessiert.

»Bei Zaf'or, im Phandras-Wald. Sein Name ist Ronor. Er wird ihr helfen können, und das besser als jeder andere.«

Erst jetzt sah Aidan auf, den Mund zu einer feinen Linie zusammengekniffen. »Ronor ist alt. Und in wenigen Tagen auch nicht mehr in diesem verdammten Wald.«

»Dann wird sie wohl schnell aufbrechen müssen.«

Weder Aidan noch Sivan sahen dem anderen in die Augen. Beide schienen nur mühsam beherrscht.

»Ihr kennt diesen Ronor?«, fragte Yuron an Aidan gewandt. »Meint Ihr nicht, er käme doch infrage? Der Weg zum Phandras-Wald ist deutlich kürzer und sicherer.«

Aidan schwieg eine Ewigkeit lang, bis er endlich nickte.

Yuron wirkte sichtlich erleichtert. »Wunderbar«, rief er. »Dann ist es also beschlossen. Wenn ihr bei ihm seid und du ihm zeigst, wer du bist, wird er dir schon helfen, wenn er dazu in der Lage ist. Am Ende des Winters werde ich jemanden zu diesem Wald schicken, damit ihr wieder zurückkommt. Bis dahin werden wir einen genauen Plan entwickeln, wie wir dich zum König bringen.«

Niemand erwiderte etwas. Leyna fröstelte.

»Ich werde alles für euren Aufbruch vorbereiten lassen«, fügte Yuron hinzu. »In zwei Tagen wird alles bereit sein.«

Ihre Gedanken rasten. In zwei Tagen schon? Schon wieder eine Reise in einen anderen Teil des Landes? Zu einem neuen Lehrer, den sie nicht kannte …

»… Fest nutzen, um das Gotteskind gebührend zu verabschieden«, drang Yurons Stimme wieder an ihr Ohr. Als sie den Blick hob, sah sie, dass Sivan den Raum schon verlassen hatte. Wann war er gegangen?

Sie erhob sich. »Ich würde gern schlafen gehen«, murmelte sie.

Tarin und Yuron standen ebenfalls auf.

»Tu das«, antwortete der Anführer des Widerstandes. »Wir beginnen gleich mit den Vorbereitungen.«

Schnell schloss sie die Tür und ließ sich erschöpft auf das schmale Bett in der hinteren Ecke ihrer Kammer sinken. Sie konnte nicht mehr.

Ja, sie brauchte einen Lehrer – und das dringend. So gut sie die Magie inzwischen auch beherrschte, sie musste stärker werden. Sie musste endlich lernen, eigene Illusionen zu erschaffen! Das war stets die größte und gefährlichste Macht der östlichen Gotteskinder gewesen.

Wenn sie abends in ihrer Kammer lag, meinte sie, die Träume der anderen um sich herum spüren zu können. An jedem Abend drängten diese Träume auf sie ein, als ob sie sie dazu bringen wollten, sie anzusehen. Als wüssten sie, dass sie inzwischen dazu in der Lage war. Sie hatte es schon vor Wochen gelernt.

Sie hatte wieder mit Urs begonnen, diesmal mit seinem Einverständnis. Eda war auf Leynas Bitte hin für eine Weile zu ihnen gekommen. Sie hatte die Lichtkugel verschwinden und wieder erscheinen – und somit Urs einschlafen und wieder wach werden lassen. So hatte Leyna mehrmals am Tag üben können. Von ihrem ersten Versuch in den Bergen wusste er immer noch nichts, und sie war mit Tarin im Stillen übereingekommen, dass er es auch nicht erfahren musste. Hier hatte er sie vorgewarnt, dass seine Magie sehr langsam floss, sobald er schlief, da ihm die Kraft der Sonne fehlte. Sie musste sich deshalb also keine Sorgen mehr machen, auch wenn es beim ersten Mal wieder ein wenig erschreckend gewesen war.

Nachdem sie Yurons Erlaubnis eingeholt hatte, hatte sie auch dem Drängen der Träume um sie herum nachgegeben. Dabei hatte sie ein unglaublich schlechtes Gewissen gehabt, schließlich drang sie einfach so in die Träume von Menschen ein, die sie nicht einmal wirklich kannte. Doch sie war erfolgreich gewesen. Auch ohne sie direkt zu berühren, hatte sie die Träume ihrer Zimmernachbarn sehen können. So viele, dass sie diese inzwischen nicht mehr zählen konnte.

Nur sehen, nicht mehr.

Bis jetzt war es ihr ausschließlich gelungen, Dinge auszulöschen.

Sie schauderte bei dem Gedanken an ihren ersten Versuch. An Sivans Traum.

An die riesige Ebene voller Soldaten, die aus einer dunklen Festung strömten, an seine sich widersprechenden Gefühle ...

Sie hatte es so oft erfolglos versucht, doch sie wusste, dass sie Träume auch verändern konnte. Sie hatte es bei Jarec gesehen, Tarin sagte, dass sie es können würde und auch Caidra hatte ...

Abrupt setzte sie sich auf. Caidra! Die Göttin würde ihr die Antworten geben, die sie brauchte. Sicher stand die Fähigkeit, Träume zu manipulieren, in Zusammenhang mit dem Schaffen von Illusionen. Sie musste endlich wieder mit der Göttin in Kontakt treten.

Du wirst dazu in der Lage sein, mit deinen Träumen die Barriere zu umgehen und die meinen zu finden, wenn du es zum einen willst und zum anderen die Kraft dazu hast.

Warum hatte sie nicht vorher daran gedacht, bei einem ihrer vielen fehlgeschlagenen Versuche? Sie war dazu in der Lage, da war sie sicher. Und genau in diesem Moment wollte sie es mehr als alles andere. Sie hatte keine andere Wahl!

Leyna atmete tief ein und schloss die Augen. Sie rief sich das Bild der Göttin vor Augen, erinnerte sich an den wolkenähnlichen Untergrund ...

Nichts geschah.

Frustriert drehte sie sich auf die Seite, versuchte es erneut. Immer wieder.

Irgendwann gab sie es auf, griff nach der dünnen Decke und zog sie über ihre Schultern.

Es war zu spät, und sie war zu müde, um sich noch länger zu konzentrieren. Sie schloss die Augen.

Es kam ihr vor, als sei nur ein Moment vergangen, bis sie sie wieder öffnete. Sie blinzelte einige Male, sah sich um. Der Raum, in dem sie stand, war vollkommen leer, die Wände konnte sie nicht ausmachen. Irritiert drehte sie sich einmal um sich selbst – und da war sie.

»Sehr gut, Leyna«, sagte die hoch aufgerichtet vor ihr stehende Göttin mit einem Lächeln auf den Lippen. »Du hast es geschafft.«

Erleichterung breitete sich in Leyna aus. »Tatsächlich ...«, murmelte sie und konnte nicht anders, als sich erneut umzusehen. »Wo ... wo sind wir?«

»Dies ist dein Traum, Leyna. Bei unserem letzten Treffen war es einer der meinen. Ich dachte damals, dass die Wolken in etwa der Umgebung entsprächen, in der du mich in deinen Vorstellungen getroffen hättest. Hier sehen wir nur das, was du für uns erschaffst. Gerade sind wir also ... in einem leeren Raum.«

Da ihr Gespräch beim letzten Mal so abrupt geendet hatte, beeilte Leyna sich nun, sofort mit ihren Fragen zu beginnen.

»Genau das ist der Grund, warum ich Kontakt zu Euch aufnehmen wollte«, stellte sie erleichtert fest. »Inzwischen kann ich Träume sehen, aber nicht verändern. Wie ... wie soll ich das machen?«

»Das kommt ganz darauf an, was genau du mit dem Traum machen möchtest«, erwiderte Caidra lächelnd. »Etwas auszulöschen ist recht einfach, es bedarf nur ein wenig Übung. Aber das weißt du ja schon.«

Leyna nickte gedankenverloren.

»Der schwierige Teil ist, etwas in einem fremden Traum zu schaffen«, fuhr die Göttin fort. »Du kannst alles schaffen, Leyna. Ob als Illusion oder in einem Traum spielt dabei keine Rolle. Illusionen sind nichts anderes als Träume – nur, dass derjenige, der sie sieht, dabei nicht schläft. Es kommt darauf an, welches Bild du von dem hast, was du schaffen möchtest, denn es wird genau so erscheinen, wie du es dir vorstellst. Wenn du ein Detail nicht bemerkst oder vergisst, wird es auch in deiner Täuschung nicht erscheinen. Ein Träumender wird sofort bemerken, dass etwas nicht stimmt. Deshalb wirst du gerade am

Anfang die Dinge zuerst in deinen eigenen Träumen schaffen müssen, um ihre genaue Beschaffenheit zu erkennen. So wird dir bewusster, worauf du achten musst.«

Leyna runzelte die Stirn. »Aber … in Onamdra habe ich die Efagirs und ein Abbild von mir, Sivan und den Jungen geschaffen, ohne vorher wirklich darüber nachzudenken.«

»Das stimmt. In Onamdra haben dir deine starken Emotionen für kurze Zeit eine unglaubliche Kraft verliehen. Sie ermöglichten es dir, auch ein nur flüchtig wahrgenommenes Bild, wie das der Jungen, zu schaffen. Die Efagirs hingegen hattest du zuvor schon einmal gesehen, oder nicht?«

»Ja, in meiner Vision von Jarec.«

Caidra nickte. »Richtig. Du hast gesehen, wie Jarec diese Tiere erscheinen ließ. Er hatte sie zuvor in seinem Traum erschaffen und dadurch, dass du ihm dabei zugesehen hast, konntest auch du sie schaffen. Wenn du die Träume anderer siehst, kannst du manchmal bestimmte Dinge aus ihnen mitnehmen, wenn du es möchtest. Von Jarec hast du die Efagirs mitgenommen.«

»Wenn ich Dinge in anderen Träumen sehe, kann ich sie selbst schaffen?«

Wieder nickte Caidra. »Wenn du stark genug bist, schon – dann genügt ein Blick auf einen Traum, um ihn nachbilden zu können.«

Leyna lächelte beim Gedanken daran, was sie erwartete. »Also muss ich jetzt erst einmal sehr viel träumen.«

Caidra lachte. »Nun ja, Leyna, dies ist in deinem ganzen Leben das erste Mal, dass du träumst. Ich denke, du hast eine Menge nachzuholen.«

Ein glückliches Lächeln breitete sich auf Leynas Gesicht aus. »Ja, das stimmt wohl. Soll ich es gleich versuchen?«

»Nein. Du kannst nicht immer Kontakt zu mir aufnehmen, du brauchst genügend Kraft, damit deine Träume die meinen finden können. Wir werden nie sehr lange miteinander sprechen können, deshalb stelle jetzt lieber deine Fragen. Ich sehe dir die Erschöpfung schon an.«

Tatsächlich, sie spürte, wie sie immer schwächer wurde. Also stellte sie ihre wichtigste Frage: »Caidra, ich … ich bin mir nicht sicher, ob ich stark genug für all das hier bin. Was, wenn ich nicht schnell genug stärker werde? Was, wenn ich scheitere?«

»Leyna, hör mir genau zu.« Die Göttin kam einen Schritt näher. »Du bist unglaublich mächtig. Deine Kräfte sind vergleichbar mit denen Jarecs, wenn nicht noch stärker. In wenigen Wochen hast du bereits so viel gelernt wie andere in mehreren Jahren. Sieh dir doch nur dein Mal an.«

Ihr Blick wanderte zu ihrer Schulter. Inzwischen ragten die feinen Linien des Mals beinahe bis zu ihrem Ellbogen und weit über ihren Rücken hinab, sodass sie es nur mit Mühe verbergen konnte.

»Diese Linien allein zeigen dir schon, wie viel mächtiger du geworden bist. Du musst nur dir selbst vertrauen, dann wirst du stark genug werden. Deine Begleiter werden dir dabei helfen.«

Dein Begleiter, *korrigierte sie, sprach diesen Gedanken jedoch nicht aus. Sivan würde nicht mehr mit ihr kommen.*

Ihre Beine begannen, leicht zu zittern.

»Caidra, sagt … kennt Ihr jemanden namens Ronor?«, fragte sie unsicher.

Die Göttin lächelte. »Du wirst zu ihm gehen, richtig?« Sie nickte. »Das ist eine gute Wahl, Leyna. Ronor ist ein weiser, erfahrener Mann. Es war wichtig, dass du hergekommen bist, auch wenn Aidan dir nur in anderen Bereichen helfen konnte. Ronor hat seine Schwächen und ist manchmal etwas schwierig, aber vor allem mächtig. Er wird dir weiterhelfen können. Wenn du bei ihm bist, werden wir allerdings nicht miteinander sprechen können, schließlich musst du selbst träumen. Sobald du ihn wieder verlässt, nimm erneut Kontakt zu mir auf.«

Leyna nickte schnell, sie wollte noch eine letzte Frage stellen. »Könnt Ihr mir irgendetwas über Dranoel sagen?«, presste sie hervor. Ihre Stimme wurde immer dünner, versagte ihren Dienst.

Sorge trat in Caidras Blick. »Dranoel … Ich sehe ihn und seine Taten in den Albträumen der Menschen. Er scheint nicht zu träumen, also … nein, ich kann dir nichts über ihn sagen. Doch es gibt einen Ort, an dem jemand ist, der dir helfen und einen Weg zeigen kann …«

Das Bild vor ihren Augen schien zu verschwimmen. Sie blinzelte mehrmals, doch der Schwindel verschwand nicht.

»Geh, Leyna!«, hörte sie die Stimme der Göttin. Leise, viel zu leise. »Du bist noch zu schwach, um länger bei mir zu bleiben. Wir sehen uns bald wieder.«

Und gerade, als sie widersprechen wollte, war vom einen auf den anderen Moment alles um sie herum verschwunden ...

»Ich kann es nicht glauben. Du hast schon wieder mit Caidra gesprochen!«

Sie nickte gedankenverloren, während Tarin sich deutlich Mühe gab, zumindest Urs mit seiner Begeisterung anzustecken.

»Und sie hat wirklich gesagt, dass du deine Illusionen erst in deinen eigenen Träumen erschaffen musst?«

Wieder nickte sie.

»Na, dann solltest du jetzt besser sofort wieder schlafen gehen, oder nicht?«

»Ich glaube nicht, dass das so einfach funktioniert, Urs«, murmelte sie.

»Warum nicht? Wenn du schläfst, dann schläfst du.«

»Lass ihr genügend Zeit, Urs. Aidan ... ach nein, er wird ja heute zum letzten Mal mit dir üben. Aber dann können wir beide auf dem Weg zu diesem Ronor anfangen, an den Illusionen zu arbeiten!«

»Du meinst, sie kann üben, in meinen Träumen herumzupfuschen!«

Tarin schaute verärgert, Leyna besorgt in Urs' kleines Gesicht.

»Ich dachte, das wäre in Ordnung?«, fragte sie unsicher.

Der Varnir lachte und verschränkte die kurzen Arme vor der Brust. »Aber klar, Leyna – solange du nicht irgendwelche komischen Sachen ausprobierst.«

»Ich werde vorsichtig sein«, versprach sie erleichtert.

Sie erreichten ihren üblichen Trainingsplatz. Die ersten Sonnenstrahlen drangen durch das Wasser zu ihnen herunter.

»Seltsam«, murmelte sie. »Aidan ist noch nicht da.«

»Er darf auch einmal zu spät kommen«, sagte Tarin und lachte. »Was hältst du davon, wenn wir, bis er kommt, schon ein wenig an deiner Kontrolle über die Pflanzen arbeiten? So wie vorgestern, als er gehen musste?«

Urs ließ sich auf seiner Schulter nieder, sie nickte unentschlossen. Aidan war noch nie zu spät gekommen.

»Lass uns weiterüben, sie wachsen zu lassen«, beschloss Tarin und sah nicht, wie Urs seine Mundbewegungen und den ernsten Blick imitierte.

Leyna war bemüht, nicht zu lachen und sich zu konzentrieren. Tarin hatte vor zwei Tagen gelesen, dass man einer Pflanze einen Teil seiner eigenen Energie, seiner Kraft geben musste, um sie wachsen zu lassen.

Mit einem Kopfnicken deutete er auf die Wiese hinter ihr. »Pass auf, dass du nicht zu viel von dir gibst.«

Leyna konnte gar nicht ausdrücken, wie dankbar sie Tarin für seine Hilfe war. Das Wissen, das sein Großvater an ihn weitergegeben hatte, war schon nach wenigen Tagen ihres Trainings mit Aidan erschöpft gewesen. Doch seitdem nutzte er jede freie Minute in der Bibliothek, um herauszufinden, wie er ihr helfen konnte. Dinge nachzubilden, die sie vor sich sah, fiel ihr nun leicht, wie groß sie auch waren. Heute hatte sie mehr als zehn Bäume erscheinen lassen – das eine Blatt, das sie noch vor der Küste nachgebildet hatte, war schon lang vergessen. Die Kunst bestand darin, diese Abbilder perfekter zu machen. Immer wieder entdeckte sie mit ihm zusammen kleine Details, die sie zuvor übersehen hatte. Dennoch hatte sie stets das Gefühl, dass etwas an ihren Nachbildungen nicht stimmte. Außerdem wollte es ihr einfach nicht gelingen, etwas Lebendiges zu schaffen.

Sie wandte sich der Wiese zu, konzentrierte sich und verlangsamte ihren Herzschlag. Nach wenigen Momenten war sie vollkommen ruhig und spürte die Magie. Spürte, wie sie alles um sie herum durchfloss, ihre Kraft, sah ihre Farben selbst durch die geschlossenen Lider. Wie immer wollte sie mit etwas Einfachem beginnen und suchte so den Strang des Flusses, der zu der kleinen, noch geschlossenen Knospe einer Blume führte, die gleich neben ihr wuchs.

»Nicht zu viel, Leyna«, murmelte Tarin.

Sie griff nach der Magie, verband ihre eigene mit der der Blume, wie sie es immer tat, wenn sie den Fluss beeinflussen wollte. Jetzt aber wollte sie etwas geben. Da sie diese Technik seit zwei Tagen übte, konnte sie inzwischen ziemlich gut einschätzen, wie tief die Verbindung werden würde und wie weit sie dieses Tor öffnen durfte. Nur einen Spalt breit. Nur ein wenig ...

»Sehr gut, Leyna.«

Sie musste die Augen nicht einmal öffnen, um zu wissen, dass die Knospe sich geöffnet hatte. Dennoch erzeugte der Anblick der blauen Blüte ein gewisses Gefühl von Erleichterung in ihr.

»Tarin, wenn ich ...« Sie traute sich fast nicht, diese Frage zu stellen. »Wenn ich Energie geben kann, kann ich dann auch ...«

»Energie nehmen?«

Erschrocken fuhr sie herum und sah Aidan in seinem üblichen blauen Mantel zu ihnen herüberkommen. Sie senkte den Blick.

»Die Antwort ist ja, Gotteskind«, fuhr er da auch schon fort. »Es ist möglich.«

Mit langsamen Schritten und erhobenem Kopf kam er auf sie zu. Ein grimmiger Ausdruck lag auf seinem Gesicht, tiefe Furchen waren auf seiner Stirn zu erkennen.

»Aidan, ich wollte nicht ...«

»Ich würde dir allerdings davon abraten. Wer weiß, was passiert, wenn man nicht kontrollieren kann, wie viel Energie man nimmt?« Er blieb nur einen Schritt vor ihr stehen und sah sie fast schon bedrohlich an.

Erschrocken schwieg sie, die Kälte in seinem Blick erstickte ihre Worte.

»Ich kannte vier Menschen, die es versucht haben. Davon erzählen kann dir niemand mehr.«

Sie schluckte schwer, hielt seinem abschätzenden Blick stand. Eine schiere Ewigkeit lang. »Es tut mir leid«, murmelte sie dann. »Ich hätte nicht fragen sollen.«

Er war noch nie so aufgebracht gewesen, so unbeherrscht.

»Ist alles in Ordnung, Herr Aidan?«, fragte Tarin unsicher.

Ihr Lehrer fuhr zu ihm herum. »Ob bei mir alles in Ordnung ist, muss dich nicht interessieren, Priesterjunge!«

Leyna sah förmlich, wie Tarin beim Klang dieses ungeliebten Spitznamens ein Stück kleiner wurde.

Ärger kam in ihr auf. »Er hat nur eine Frage gestellt. Ich weiß nicht, warum Ihr so wütend seid, aber das müsst Ihr nicht an ihm auslassen.«

Ein heiseres Lachen entfuhr Aidans Kehle, als er sich wieder zu ihr drehte. »Du willst wissen, warum ich wütend bin?«, fragte er leise.

Die leichte Bewegung seiner Hand nahm sie kaum wahr. Nur reflexartig riss sie ihre eigene hoch, um ihr Gesicht vor der Wucht des auf sie herabfahrenden Luftstromes zu schützen. Ihr entfuhr ein überraschtes Keuchen, als sie hart auf dem Boden aufschlug.

»Hey, was soll das?«, schrien Tarin und Urs wie aus einem Mund.

Ihre Stimmen wurden von einem leisen Klingen in ihrem Ohr begleitet.

»Ich urteile über ihre Fähigkeiten«, antwortete Aidan kalt.

Mühsam setzte sie sich auf, kam auf die Beine und sah ihn schockiert an. »Ihr wollt gegen mich kämpfen?«, fragte sie, obwohl schon seine Haltung diese Frage erübrigte. Statt zu antworten, verzogen sich seine Lippen zu einem Lächeln und diesmal erkannte sie seine Bewegung. Durch ihre enorm verbesserten Sinne sah sie den nächsten Angriff fast wie in Zeitlupe auf sich zukommen und reagierte prompt. Sie fand die Magie der Luft um sich herum und riss die Arme blitzschnell hoch, die Ströme folgten ihr und schirmten sie so ab.

»Aidan, was soll das denn? Sie ist noch nicht bereit, mit Magie zu kämpfen!«, schrie Tarin. Sie hörte die Sorge in seiner Stimme.

Doch Aidan schien unbeeindruckt. »Genau das ist das Problem.«

Den nächsten auf sie zurasenden Luftströmen wich sie mit schnellen Sprüngen aus, doch für den letzten war sie zu langsam. Er traf sie am Bein und brachte sie abermals zu Fall. Sie rollte sich über die Schulter ab und kam sofort wieder hoch, um dem nächsten Angriff auszuweichen.

»Hör auf, davonzulaufen!«, rief ihr Angreifer.

Sie atmete schwer, brauchte etwas Zeit, um ihre Kräfte zu sammeln. Doch diese würde er ihr nicht geben. Daher atmete sie tief ein, streckte die Arme zur Seite und zog dann die Luft um sich herum zusammen. Sie duckte sich in den Schutz der um sie herumwirbelnden Kugel und begann, ruhiger zu atmen und ihren Herzschlag zu verlangsamen.

»Nein, du läufst nicht davon, du versteckst dich!«, schrie Aidan.

Warum in Caidras Namen war er so wütend? Sie hatte doch nichts getan, sie wollte nicht gegen ihn kämpfen. Einen Übungskampf hatten sie schon geführt, aber das hier war anders. Diesmal war es ihm ernst.

Endlich spürte sie, dass sie ihre Kräfte so gut es ging gesammelt hatte. Kurz schloss sie die Augen. Dann öffnete sie ihren Schutz und trat Aidan gegenüber. »Ich will nicht gegen Euch kämpfen!«, schrie sie.

»Oh, da hast du wohl keine Wahl!«, antwortete er.

Sie wollte nicht kämpfen, also würde sie ihn nicht angreifen. Ein kurzer Blick zu Tarin zeigte ihr seine Erleichterung darüber, dass es ihr gut ging.

Urs reckte die Arme in die Höhe. »Zeig's ihm, Leyna!«, schrie er.

Sie schüttelte den Kopf und suchte nach einem festen Stand. »Tut, was Ihr wollt!«, rief sie gegen den aufkommenden Wind an. »Ich werde Euch nicht angreifen!«

»Das ist keine gute Taktik, um zu gewinnen, Gotteskind!« Noch nie hatte er sie so angeredet. Sie spürte, wie er immer mehr Luft um sie herum unter seine Kontrolle brachte. Also begann sie ebenfalls, ihren Zugriff auszuweiten, immer weiter, unterwarf immer mehr Luft ihrem Willen. Sie wusste, dass sie nicht schneller war als er, aber so konnte sie ihn immerhin etwas schwächen. War das ein Lächeln auf seinem Gesicht? Sie spürte, wie er seine Kraft konzentrierte und tat es ihm nach. Machte sich bereit.

Dann ließen sie beide los.

Sie wandte den Blick ab und hob schützend den Arm vors Gesicht, um der nun zurückprallenden Kraft zu entgehen.

Das Nächste, was sie hörte, war Urs' Schrei. Sie spürte seine Magie über sich, weit über sich. Er musste von den Luftmassen erfasst worden sein! Mühevoll stemmte sie sich gegen den Wind und suchte ihn. Fand ihn, streckte den Arm nach ihm aus und zog ihn zu sich. Sein Geschrei kam näher, dann berührte das weiche Fell ihre Hand. Sie öffnete die Augen, sah, dass er unverletzt war, und gab ihm gar nicht erst die Möglichkeit, etwas zu sagen, sondern ließ ihn wieder zu Tarin fliegen. »Halt ihn fest!«, schrie sie.

»Wie rührend.«

Schnell wandte sie ihre Aufmerksamkeit wieder Aidan zu, der sie mit erhobenen Augenbrauen und verschränkten Armen ansah. Er hatte sich nicht ein winziges Stück bewegt. »Aber wenn du das nächste Mal jemanden retten willst, achte doch zuerst auf dich selbst.«

Sie kniff die Augen zusammen. Keiner der Magieflüsse der Luft wurde von ihm kontrolliert. Warum sollte sie ...

Mit einem Schrei wurde sie erneut von den Füßen gerissen und konnte den Sturz diesmal nur mithilfe der Luft dämpfen. Hastig sah sie zu ihren Füßen, die von kleinen, grünen Ranken umfasst und immer weiter zurückgezogen wurden.

»Wehr dich endlich!«, schrie Aidan.

Eigentlich hätte selbst er ihr wild schlagendes Herz hören müssen. Wieder hob er die Hand, und mit einer hastigen Handbewegung erfasste sie die Luft um seinen rechten Arm, brachte sie zum Kreisen und fing ihn so in einem kleinen Wirbelsturm. Unbeeindruckt hob Aidan die linke Hand, und die Ranken zogen sich enger zusammen. Sie unterdrückte einen Schrei, diesen Gefallen würde sie ihm nicht noch einmal tun. Mit einer weiteren, schnellen Bewegung erschuf sie eine Barriere vor sich und suchte verzweifelt nach der Magie der Ranken. Doch sie wurden von Aidan kontrolliert, sie spürte die ihm eigene alte, kalte und doch warme und mächtige Präsenz.

Lasst mich frei!, dachte sie, doch nichts geschah. Ein Loch tat sich dort auf, wo die Ranken im Boden verschwanden, vergrößerte sich. Sie wurde immer weiter darauf zugezogen. Angst kam in ihr auf. *Ich darf nicht verlieren.* Mühsam zwang sie sich zur Konzentration. Sie würde nicht verlieren.

Lasst mich frei, dachte sie erneut, die Angst wurde zu Verzweiflung. *Lasst mich frei!*

Mit einem Ruck ließ der Druck um ihre Fußgelenke nach und nur einen Moment später war sie wieder auf den Füßen.

Aidans Überraschung war ihm deutlich anzusehen. Diesen Moment nutzte sie, um die ihn umgebende Luft unter ihre Kontrolle zu bringen.

Mit erhobenen Armen blieb sie vor ihm stehen. »Dieser Kampf ist beendet«, sagte sie entschlossen. »Ihr kennt meine Fähigkeiten, Aidan, ich habe von Euch gelernt. Ich will Euch nicht angreifen!«

Keinerlei Regung war in seinem Gesicht zu erkennen. Es schmerzte sie, ihn so zu sehen, ihren Lehrer, mit dem sie sich doch eigentlich so gut verstanden hatte. Der ihr geholfen, ihr so viel beigebracht hatte.

»Das ist deine Schwäche«, antwortete Aidan. »So stark du auch inzwischen sein magst. Du wirst versagen und alle Menschen Mirandors enttäuschen.«

Für einen Moment stockte sie, verlor den Zugang zur Magie und ließ die Arme sinken.

Aidans Blick blieb weiterhin starr, erdrückte sie.

»Du weigerst dich nicht, mich anzugreifen, weil ich deine Fähigkeiten schon kenne. Du greifst nicht an, weil du es nicht willst. Weil du es nicht kannst. Weil du zu schwach bist. Also sag mir, Gotteskind, was wirst du tun, wenn du dem König gegenüberstehst?«

Sie schwieg, ihre Gedanken rasten. Darum ging es ihm.

Er hat recht, dachte sie und senkte den Blick. *Ich … ich will nicht kämpfen. Ich will nicht …*

»Sieh es ein, Mädchen! Ich weiß, dass …«

»Du weißt gar nichts, Aidan.«

Der Klang der ihr so bekannten Stimme ließ sie unwillkürlich zusammenzucken. Langsam hob sie den Blick und traf den tiefblauer Augen.

Auch Aidan fuhr herum und sah dem Ankömmling entgegen.

»Du …«, murmelte er, und dann veränderte sich sein Blick. Wut stand darin. Pure, unverhohlene Wut. »Dass du es wagst, vor mich zu treten und …«

»Wenn es darauf ankommt, wird sie tun, was richtig ist«, schnitt Sivan ihm das Wort ab und blieb völlig gefasst und ruhig vor ihm stehen.

Unsicher sah Leyna zwischen den beiden hin und her. Kannten sie sich? Natürlich, sie beide waren Gestaltwandler, doch gestern Abend hatten sie sich nicht eines Blickes gewürdigt. Kurz dachte sie an Sivans erste Begegnung mit Nazar in Onamdra, doch dies hier war eine vollkommen andere Situation. Nazar war ihm mit Misstrauen begegnet, nicht mit einem solchen Hass, den sie nun in Aidans Blick las. In Nazars Haus hatte sie sich trotz der Anspannung wohlfühlen und ihm vertrauen können. Doch Sivans Ruhe im Gegensatz zu Aidans Wut zu sehen, war erschreckend.

»... mich zu unterbrechen«, führte Aidan seinen Satz zu Ende. Dann richtete er sich hoch auf und schien bemüht, die Fassung wiederzuerlangen. »Als ich deine Anwesenheit bemerkt habe, wollte ich es zunächst nicht glauben, aber jetzt stehst du vor mir. Der hohe Prinz der Gestaltwandler, von allen verehrt bis zu jenem Tag. Bis zu jenem Tag, an dem niemand mehr da war, der dich verehren konnte!«

»Wir sind nicht hier, um über Vergangenes zu sprechen«, stellte Sivan fest. »Das gehört nicht hierher.«

»Allerdings«, erwiderte Aidan. Dann deutete er mit einer darbietenden Handbewegung auf Leyna. »Du solltest von uns allen wohl am besten wissen, dass große Macht völlig nutzlos ist, wenn man sie nicht einsetzen kann!« Seine Stimme wurde langsam immer lauter. »Sie hat Angst davor, ihre Kraft zu benutzen!«

»Sie will ihre Kraft nur einsetzen, wenn es notwendig ist«, berichtigte Sivan, ohne den Blick von Aidan zu nehmen. »Eine Eigenschaft, die du schon lange aufgegeben hast.«

Aidans Augen verengten sich zu Schlitzen und Leyna spürte förmlich, wie seine Wut noch weiter wuchs. Und dann erkannte sie, was der Grund für diese Wut war. Sivans Auftreten am Vorabend.

»Eine Eigenschaft, die davon bestimmt wird, in welchen Situationen man es für nötig hält, seine Kraft zu benutzen. Aber was, oh werter Prinz, hat wohl größere Auswirkungen? Dies einmal zu viel zu tun, oder doch einmal zu wenig?«

Sivan schwieg einen Moment und erwiderte Aidans herausfordernden Blick. »Diese Entscheidung ist ihr selbst überlassen«, antwortete er dann.

Leyna runzelte die Stirn. Als er von ihr sprach, hatte Aidan doch eindeutig nicht sie gemeint.

»Und sie wird die Richtige treffen.«

Aidan lachte laut auf. »Du meinst also, dass sie in einer Situation, in der es nur auf sie allein ankommen könnte, nicht davonlaufen wird?«

Wieder schwieg Sivan einen Moment. Aidans bohrender Blick, der sie vor wenigen Momenten sofort zum Verstummen gebracht hatte, schien ihm nichts auszumachen. Stattdessen nickte er. »Genau das meine ich.«

Langsam ging Aidan einige Schritte auf ihn zu, bis er direkt vor ihm stand. »Dann will ich hoffen, dass du mit deiner Meinung recht behältst.« Er warf Leyna einen kurzen Blick zu, in dem sie las, dass er diese nicht teilte. »Und dass du kein allzu großes Vorbild für sie bist.« Damit wandte er sich um und ging.

Sie sahen ihm hinterher, während er zurück zum Palast ging. Dann war Tarin innerhalb eines Wimpernschlags neben ihnen. »Sivan, dich sieht man ja wirklich kaum noch! Was machst du die ganze Zeit?«

Normalerweise schätzte Leyna Tarin dafür, unschöne Themen zu umgehen, aber gerade jetzt hätte sie ihn dafür schütteln können. Sie wollte mehr erfahren! Warum hatte Sivans Erscheinen ihren Lehrer so aufgewühlt? Ihn so verändert?

Doch Sivan schien auch darauf nicht anzuspringen. »Ich hatte einige Dinge zu erledigen«, war seine schlichte Antwort, als er sich auch schon zum Gehen wandte.

»Sivan!«, rief Leyna, um ihn zurückzuhalten. Schon, als er sich zu ihr umdrehte, hatte sie Angst vor seiner Antwort. »Wir ... wir werden morgen aufbrechen. Was ist mit dir? Wohin wirst du gehen?«

»Wohin auch immer mein Auftrag mich führt.«

Er sah sie an, als wäre damit alles gesagt, als wäre klar, von welchem Auftrag er sprach. Als sie seinen Blick erwiderte, erkannte sie das Unbehagen darin. Er wollte sie nicht begleiten. Er hatte sie sicher zum Widerstand gebracht. Das war alles, was er hatte tun müssen.

»Sehen wir dich heute Abend? Kommst du ... zu dem Fest?«, murmelte sie schließlich, nur um etwas zu sagen. Und vielleicht die Chance zu bekommen, ihn doch noch einmal zu sehen.

»Da bist du ja, Leyna! Ich habe dich gesucht, ich muss dir noch etwas wegen dem Ball ... Oh, störe ich?«

»Nein, Alessa. Du störst nicht«, antwortete Tarin an Leynas Stelle. Aus den Augenwinkeln sah sie, wie ihre Freundin zögernd zu ihnen trat, doch ihr Blick war noch immer auf Sivan gerichtet. Wie in Trance nahm sie wahr, wie sein Brustkorb sich hob und senkte. Bis er endlich nickte und sich ebenfalls zum Palast wandte.

Leyna stieß die Luft aus, die sie instinktiv angehalten hatte und verdrehte die Augen angesichts ihres eigenen Verhaltens. »Hallo, Alessa«, begrüßte sie dann ihre Freundin. »Entschuldige, was hast du gerade gesagt?«

»Ich wollte dich abholen.« Lächelnd strich sie ihr helles Haar zurück. »Kommst du?«

Aber natürlich. Sie hatte ihrer Freundin am Vorabend zugestanden, dass sie sie für den Ball einkleiden durfte. Ein Schauer lief ihr über den Rücken, aber dennoch nickte sie. Alessa hatte so begeistert ausgesehen, dass sie ihr nichts hätte abschlagen können.

»Auf dem Weg ist mir Aidan entgegengekommen«, sagte Alessa mit Blick auf den hell erleuchteten Eingang des Palastes. »Er schien aufgebracht. Was hast du denn mit ihm angestellt?«

»Gar nichts, das ist es ja. Er wollte nicht trainieren, sondern hat mich angegriffen. Ich wollte nicht kämpfen, da wurde er wütend.« Von Sivan musste sie ihr nichts erzählen – nicht jetzt und nicht hier.

»So ist er nun mal – vollkommen seltsam.« Alessa seufzte. »Er lässt sich nie auch nur ein bisschen von seiner Meinung abbringen und glaube mir, das wird nach einer Weile ziemlich anstrengend. Die meisten hier stimmen allem zu, was er sagt. Ich denke, er hat sich zu sehr daran gewöhnt. Dabei sagt man doch eigentlich, dass Gestaltwandler immer so darauf bedacht sind, ihre Kraft nur einzusetzen, wenn es nötig ist. Das macht er sicher nicht.« Nachdenklich sah sie nach oben, zu der Barriere, die sie vom Wasser trennte. »Ich frage mich, warum ...«

»Alessa!«

Sofort fuhren sie herum. Was war denn heute los, warum kamen plötzlich so viele Menschen in die Gärten?

Yuron näherte sich ihnen mit großen Schritten. Das blonde Haar trug er zusammengebunden und der Bart war gestutzt, aber dennoch wirkte er wie immer etwas zerzaust. Jetzt ging er direkt auf seine Tochter zu, seine Augen funkelten. »Was tust du hier? Hast du nichts Sinnvolleres zu tun, als das Gotteskind von seinem Training abzulenken?«

Alessa öffnete sofort den Mund, um sich zu rechtfertigen, doch Leyna kam ihr zuvor. »Sie hat mich nicht abgelenkt, wir sind schon fertig.«

Alessa nickte und senkte den Blick. »Es tut mir leid, Vater«, murmelte sie dennoch. »Ich wollte nur …«

»Du wolltest nur. Wie wäre es, wenn du auch noch ein wenig trainierst? Das würde dir mehr bringen als die ganzen Tage in der Bibliothek.«

Alessa schluckte schwer und trat einen Schritt zurück.

Ihr Vater wandte sich Leyna zu. »Ich wollte Euch nur Bescheid geben, dass alles für den Aufbruch vorbereitet ist«, sagte er mit einer vollkommen anderen Stimme und lächelte. »Genießt das Fest, um mehr müsst ihr euch keine Gedanken machen.«

Leyna nickte zögernd und warf Alessa einen besorgten Blick zu. Diesen schien Yuron nicht zu sehen, sondern nickte nur Tarin zu und wandte sich wieder zum Gehen.

»Hattet ihr Streit?«, fragte Leyna, als er weit genug entfernt war.

»Nein«, antwortete Alessa leise. »Nicht wirklich.« Dann straffte sie sich und setzte ebenfalls ein Lächeln auf. »Komm schon, lass uns gehen.«

3

Unruhig wanderte ihr Blick über die Büsche am Rande des Gartens, die ohne das durch die Wasseroberfläche bis zu ihnen dringende Tageslicht geradezu unheimlich wirkten. Der Palast hinter ihr hingegen war in der Nacht noch beeindruckender als am Tag. Nun war jedes der unzähligen kleinen Fenster hell erleuchtet und das Meer um die vielen Türme herum schien zu glühen.

Alessa, wo bleibst du nur?, dachte sie und fuhr bei jedem noch so leisen Geräusch zusammen.

Immer wieder ging sie in Gedanken diese gefühlte Ewigkeit zurück zu den Geschehnissen am Mittag.

Viel lieber hätte sie sofort mit Sivan über all jenes gesprochen, das Aidan angedeutet hatte, und all die neu aufgekommenen Fragen geklärt, anstatt sich mit Alessa auf dieses Fest vorzubereiten. Stattdessen hatte sie stundenlang einfach nur vor dem Spiegel gestanden und ihre neu gewonnene Freundin tun lassen, was sie wollte. Das Ergebnis war fast schon erschreckend. Mit den hochgesteckten Haaren und dem langen, roten Kleid aus fließendem Stoff fühlte sie sich auf eine seltsame Art gut, gleichzeitig aber auch kaum noch wie sie selbst. Doch schließlich hatte Alessa von ihr abgelassen, zufrieden genickt, und sich dann entschuldigt, weil sie noch etwas mit ihrer Mutter besprechen wollte. So hatten sie verabredet, sich hier im Garten zu treffen, um zusammen zum großen Saal zu gehen.

Ein weiteres Knacken der Zweige, näher diesmal, ließ sie zusammenfahren. »Alessa?«, fragte sie zögernd. »Bist du das?«

»… Leyna?«

Ein dunkler Schatten trat auf sie zu, doch es war eindeutig nicht Alessa, dafür war er zu groß und die Stimme zu tief. Wer sonst sprach sie hier mit Vornamen an? Sie war immer nur das Gotteskind.

Die Gestalt trat ins Licht der Laternen neben ihr.

»Leyna, du bist es wirklich!«

Plötzlich stand sie wie erstarrt. Die Überraschung griff nach ihren Gliedern, lähmte sie und ließ ihre Stimme versagen.

»Ich kann es gar nicht glauben. Was tust du hier?«, fragte der hochgewachsene Mann und kam noch einen Schritt näher. Entgeistert starrte sie ihn an, während er die Arme ausbreitete. Neben der Überraschung stand pure Freude in seinen Augen. In den vollkommen ehrlichen, hellbraunen Augen, die denen ihres besten Freundes so sehr glichen.

»Yoaf?«

Es fühlte sich falsch an, diesen Namen auszusprechen. Etwas Dunkles schwang dabei mit. So war es nun einmal, wenn man ihn schon so oft auf einem Grabstein gelesen hatte.

»Ich dachte, du bist ... wir alle ...«, flüsterte sie erstickt, doch da drückte er sie auch schon an sich.

Er trug eine leichte Rüstung, die eine angenehme Kälte über ihre Wangen schickte. Einen Moment lang stand sie einfach nur da, ohne sich zu rühren, fand keine Worte für das, was gerade in ihr vorging.

Als er die Umarmung löste und sie verständnisvoll anlächelte, musste sie einige Male blinzeln. Er hatte sich verändert, war noch größer und kräftiger geworden, trug einen Bart! Doch er war es. Wie konnte er hier vor ihr stehen? Er war Lodons Bruder und er war ... tot. Alle hielten ihn für tot.

»Ich hätte niemals damit gerechnet, dich wiederzusehen«, murmelte er und sah an ihr herunter. »Du siehst wunderschön aus. Als ich dich das letzte Mal sah, warst du noch ein kleines Kind und ...«

»Yoaf«, unterbrach sie ihn und schüttelte fassungslos den Kopf. Wie konnte er jetzt von alten Zeiten sprechen? »Warum bist du hier? Wie ... wie kannst du hier sein? Der Nahdrin hat dich ...«

Yoaf warf einen kurzen Blick hinter sich, wie um sich zu vergewissern, dass sie allein waren. Dann beugte er sich zu ihr hinunter.

»Nein, Leyna. Hat er nicht«, antwortete er leise. »Das war alles nur vorgetäuscht.«

Ihr Herz schlug immer schneller, während sie in Gedanken all die Wochen nach seinem Verschwinden noch einmal durchlebte. Ihren eigenen Schmerz. Lodons Schmerz. Kilans Schmerz. »Du hast deinen eigenen Tod vorgetäuscht?«

Er nickte.

»Warum?«, fragte sie fassungslos. »Wenn du wüsstest, wie deine Eltern, wie Lodon und Kilan ...«

»Das alles war mir bewusst«, unterbrach er sie.

»Aber wie konntest du ...«

Er seufzte und fuhr sich mit der Hand durch die Haare. Das hatte er früher schon getan, wenn ihm die richtigen Worte gefehlt hatten. Sie hatte ihn so gut gekannt! Und jetzt ...

»Ich habe es in Alanya nicht mehr ausgehalten«, begann er. »Ich wollte etwas tun, etwas gegen den König unternehmen. Ich habe das alles nicht mehr ertragen, einfach nur dazusitzen und nichts tun zu können. Ich wusste, dass sich im Norden der Widerstand formierte und wollte unbedingt hierher. Aber wäre ich einfach gegangen, hätten die Soldaten mich verfolgt. Glaub mir, Leyna, es gibt keinen Tag, an dem ich nicht an meine Familie denke. Aber es gibt auch keinen Tag, an dem ich es bereue, die Chance ergriffen zu haben. Als der Nahdrin auftauchte, wussten wir, dass uns jeder für tot halten würde ... und das war die einzige Möglichkeit, gefahrlos hierherzukommen.«

Er war gegangen. Er war einfach gegangen und hatte seine Familie in dem Glauben gelassen, er wäre tot. Sie hatte Lodon und Kilan durch ihre Trauer begleitet und damals zu allen Göttern gebetet, dass Yoaf den Weg in Kyons Totenreich finden würde. Alles umsonst ...

Sie wusste nicht, was sie sagen sollte. Auch die anderen Männer waren nicht tot, sondern mit ihm gegangen?

Er war die ganze Zeit über hier gewesen und stand jetzt einfach vor ihr, als hätten sie sich gestern noch gesehen.

Ein älteres Ebenbild seines Bruders. Ein Krieger des Widerstandes.

»Sag doch etwas, Leyna«, murmelte er nervös.

»Ich ... weiß nicht, was. Du hast dein ganzes Leben aufgegeben, um hierherzukommen?«

Wieder nickte er. »Ich habe schon lange nicht mehr an die Geschichten des Königs geglaubt, Leyna. Genau wie du. Hier habe ich endlich die Wahrheit erfahren. Sie haben mich und die anderen aufgenommen, uns ausgebildet. Und jetzt gibt es endlich Hoffnung!« Ein Strahlen erfasste seinen Blick, als genau diese Hoffnung darin erschien. »Vor einigen Wochen hat uns tatsächlich ein Gotteskind erreicht. Es ist den Soldaten entkommen – aber du bist doch bestimmt dabei gewesen, in Alanya, diesen Mittsommer.«

Sie öffnete den Mund, um etwas zu erwidern, doch dann schloss sie ihn wieder und wandte den Blick ab.

»Nein«, flüsterte er. Sein Blick huschte zu ihrem rechten Arm, den die kurzen Ärmel ihres Kleides nicht verdeckten. »Du bist ...«

Als sie ihn wieder ansah, stand Unglaube in seinem Blick, Überraschung und dann ... Freude? Stolz?

»Du bist das Gotteskind?«

»Yoaf, ich ...«

»Leyna, da bist du ja.« Alessa trat ebenfalls aus den Schatten hervor in den kleinen erleuchteten Kreis der Laterne und unterbrach so schon zum zweiten Mal an diesem Tag eine unschöne Unterhaltung. »Entschuldige, ich musste noch etwas mit meinem Vater ... Oh, Yoaf, was tut Ihr denn hier?« Sie schenkte Yoaf ein offenes Lächeln und strich ihr nachtschwarzes Kleid glatt. Dann sah sie zu Leyna und runzelte die Stirn. »Kennt ihr euch etwa?«

»Ja, wir ... wir sind zusammen aufgewachsen.«

Ungläubig zog Alessa die Augenbrauen hoch, hob dann aber die Schultern. »Diese Welt ist doch kleiner, als wir denken. Aber genug geplaudert, jetzt müssen wir uns beeilen!« Sie nickte Yoaf entschuldigend zu und zog sie am Arm in den Palast.

»Wir sehen uns wieder!«, rief Yoaf ihr noch nach, bevor sie um eine Ecke verschwanden.

Sie hoffte inständig, dass er recht behalten würde.

Eine Weile gingen sie schnell nebeneinander her, Treppen hinauf und durch unzählige Flure, die Leyna nicht kannte.

»Du überraschst mich immer wieder, Leyna«, stellte Alessa nach einigen Stockwerken fest. »Du bist mit dem Anführer der inneren Wache aufgewachsen?«

»Es scheint so«, antwortete sie gedankenverloren.

»Du siehst ja wirklich begeistert aus«, stellte Alessa fest.

Diesmal hörte sie die Ironie klar heraus. »Doch, natürlich, das bin ich! Ich freue mich, ihn wiederzusehen. Ich hätte nur ... nicht damit gerechnet.« Still bat sie die Götter darum, Alessa nicht noch weitere Fragen stellen zu lassen – und das tat sie nicht. Stattdessen blieb sie abrupt stehen, tastete nach der Wand hinter ihr und lehnte sich dagegen. Ihr Atem ging stoßweise.

»Alessa?«

Leyna war ebenfalls stehen geblieben und trat zögernd an ihre Freundin heran. »Was hast du?«

Alessa blinzelte mehrmals und streckte hilfesuchend den Arm aus.

Sofort griff Leyna danach und stützte sie. »Alessa! Was ist ...«

Plötzlich begannen die Augen ihrer Freundin zu leuchten, zu glühen. Sie erhellten den Gang, bis sie sie schloss. Doch auch durch ihre geschlossenen Lider war das Glimmen zu sehen.

Leyna schwieg, sah kurz nach allen Seiten. Doch niemand sonst war um diese Zeit noch auf den Gängen. Sie wusste, dass Alessa nicht wollte, dass jemand sie so sah. Schon nach wenigen Tagen hatte ihre Freundin sie vorgewarnt, dass sie einige schwer zu verstehende Fähigkeiten von ihrer Mutter geerbt hatte. Dazu gehörten auch die Visionen, die sie plötzlich überkamen.

Leyna wartete wie beim ersten Mal endlose Momente, bis das Licht endlich erlosch und Alessa erschöpft an der Wand zu Boden glitt. »Ist es vorbei?« Sie kniete sich vor sie und hielt weiter ihre Hand.

Alessa nickte, blinzelte und hob zögernd den Blick.

»Was hast du gesehen?«, fragte Leyna leise und half ihr hoch.

»Meine Schwester«, murmelte Alessa. Geistesabwesend griff sie nach einer hellblonden Strähne, die sich aus ihrem Zopf gelöst hatte. »Sie war ...« Urplötzlich trat ein Lächeln auf ihr Gesicht und sie stand ruckartig auf. »Miladin!«

Leyna wandte sich um und sah dem Mann entgegen, der auf sie zukam. Sie kannte ihn nicht, hatte seinen Namen noch nie gehört.

»Alessa, hier seid Ihr also. Und das Gotteskind ist bei Euch.«

»Miladin, wie schön, Euch zu sehen. Wir sind gerade auf dem Weg zum Ball.«

»Das habe ich mir schon gedacht. Euer Vater schickt mich, um nach Euch zu suchen.«

Alessa nickte. »Wie Ihr seht, sind wir hier. Eure Hilfe wird nicht benötigt.«

Unschlüssig blieb der Mann vor ihnen stehen, eine Hand in der Tasche seines bunten Gewandes vergraben. Schließlich nickte er ihnen kurz zu, ging an ihnen vorbei und verschwand um die Ecke.

»Sie warten schon«, stellte Alessa leise fest. »Wir sind gleich da.«

Das waren sie allerdings. Leyna sah Alessa an, dass sie nicht über ihre Vision sprechen wollte, und kam auch nicht dazu, eine weitere Frage zu stellen. Bereits am Ende des nächsten Ganges ragten die Türen des Festsaales bis zur Decke empor.

Zwei in bunte Tücher gekleidete Männer standen davor und öffneten ihnen, als sie näher kamen.

Der Saal war nicht mehr wiederzuerkennen. Schon bei ihrer Ankunft war sie von der schieren Größe des Raumes, dem glänzenden Boden und den hohen Decken fasziniert gewesen. Jetzt aber erstrahlte er in voller Pracht. Eine riesige Tafel erstreckte sich beinahe über die gesamte Wand zu ihrer Linken, überall waren Lampen und Blumen verteilt und in einer Ecke standen einige Musiker, zu deren Musik sich unzählige Paare drehten. Sie kannte die Melodien nicht. Dennoch war ihr fröhlicher Klang ansteckend und sie konnte nicht anders, als zu lächeln. Immer wieder ließ sie ihren Blick umherschweifen. Es war unfassbar.

»Wunderschön, nicht wahr?«, fragte Alessa neben ihr.

Sie brachte nur ein Nicken zustande.

»Ich war wirklich überrascht, dass mein Vater sich tatsächlich dazu herabgelassen hat, deinetwegen ein so großes Fest zu veranstalten. Ansonsten hält er solche Dinge meist für Zeitverschwendung.

Wir haben doch schließlich alle Wichtigeres zu tun. Er versteht nicht, dass die Menschen hier ... dass wir alle von Zeit zu Zeit die schwierigen Situationen unseres Lebens für eine Weile vergessen müssen.«

Der Überfluss an Eindrücken versetzte Leyna für einen Moment zurück zu dem Tag, an dem ihre Geschichte begonnen hatte. Zu den vollen Straßen Alanyas am Tag der Auswahl, an all die Händler, die Gerüche, die ... nein. Nicht jetzt. Fieberhaft suchend sah sie sich nach einer Ablenkung um und entdeckte schließlich jemanden, der in der großen Menge ebenso verloren wirkte wie sie.

In diesem Moment drehte Tarin sich zu ihr um und hielt abrupt inne. Seine Augen weiteten sich, als er sie erkannte. »Leyna, du bist ... du siehst toll aus!« Es dauerte eine Weile, bis er sich bis zu ihnen vorgedrängt hatte. »Ich hätte dich fast nicht erkannt!«

»Na, danke sehr«, murmelte sie lächelnd.

Er lachte nicht, sondern zog nur nervös die Mundwinkel nach oben. »Du weißt doch, wie ich das meine, es ist ... faszinierend. Du siehst auch ganz anders aus, Alessa, so ... anders. Genau wie das alles hier ...«

Alessa lächelte still, während er sich einmal im Kreis drehte und noch einmal *das alles hier* in Augenschein nahm. Anscheinend hatte sich einer der anderen Jungen, mit denen er sich immer in der Bibliothek traf, seiner angenommen, denn er trug dieselben edel wirkenden bunten Tücher wie nahezu alle anderen Männer in diesem Saal. Durch die vielen Farben wirkten seine Haare noch blasser, seine Augen noch durchscheinender. Er zog viele Blicke auf sich und Leyna konnte gut nachvollziehen, warum. Er wirkte eindrucksvoller, geheimnisvoller als sonst.

Als er ihren Blick bemerkte, wurde er leicht rot. »Ich wurde regelrecht dazu gezwungen«, bestätigte er ihren Verdacht und sah selbst an sich hinab.

Leyna schüttelte ihre Gedanken ab, lachte leise und konnte sich gerade noch daran hindern, *ich auch* zu sagen. Schließlich stand Alessa neben ihr.

»Oh, da drüben sind meine Eltern!«, rief diese und deutete auf eine kleine Empore auf der anderen Seite des Raumes. Ohne ein weiteres Wort setzte sie sich in Bewegung. Leyna und Tarin folgten ihr.

»Wo ist Urs?«, flüsterte sie, während sie durch die Menge gingen. Eine kleine Gasse teilte sich vor ihnen, oder genauer gesagt vor Alessa. Die Menschen kannten sie und wichen zurück, um dann ihre Blicke über Leyna gleiten zu lassen. Über das Gotteskind. Schnell konzentrierte sie sich auf Tarins beruhigende Stimme.

»Er schläft. Er wollte sich dieses dumme Herumgezappel nicht antun«, zitierte er grinsend und schien die Blicke überhaupt nicht zu bemerken.

Ein wenig beneidete sie den kleinen Varnir darum, sich vor diesem Abend drücken zu können. Andererseits wollte sie nun, da sie diesen herrlichen Saal einmal betreten hatte, fast gar nicht mehr gehen.

»Ah, da seid ihr ja endlich!«, rief Yuron, als sie die kleine Treppe hinauf zu ihm und seiner Frau erklommen hatten.

Leyna meinte, Erleichterung in seiner Stimme zu hören.

Alessa schien darauf etwas erwidern zu wollen, doch ihr Vater hob die Hand. »Ich will gar nicht wissen, warum das Gotteskind jetzt schon genauso spät kommt wie du. Die Hauptsache ist, dass ihr jetzt hier seid und wir endlich wirklich beginnen können.«

Beginnen? Womit?

»Dürfte ich um eure Aufmerksamkeit bitten?«, rief der Anführer des Widerstandes da auch schon und seine Stimme hallte im ganzen Raum wider. Sofort verstummte die Musik und alle Anwesenden wandten sich ihm zu. Unzählige Augenpaare.

Leynas Herzschlag beschleunigte sich.

»Auch, wenn erst vor wenigen Tagen beschlossen wurde, dieses Fest zu veranstalten, steht es den vorangegangenen in nichts nach. Jeder von euch hat daran mitgewirkt, uns diesen wundervollen Abend zu ermöglichen, um euch nun noch einmal unser aller Hoffnung zu präsentieren.« Da war sie wieder, die freundliche, einnehmende Stimme, »Das Gotteskind des Ostens, das dem König wie durch ein Wunder entging. Doch es gibt keine Wunder. Das

Schicksal ist auf unserer Seite! Die Prophezeiung erfüllt sich!« Er legte ihr einen Arm auf den Rücken und zog sie an seine Seite. Vollkommen überrascht folgte sie der Geste.

Die Prophezeiung! Sie wussten davon?

»Hier ist sie: Leyna, von Caidra auserwählt, um den König zu stürzen!«

Die Menge begann zu jubeln, doch Leyna hörte es kaum. Der Saal verschwamm kurz vor ihren Augen und ein Rauschen entstand in ihrem Kopf, überlagert von einem einzigen Wort. Die Prophezeiung. Sie hatte geglaubt, nur sie und die Priester würden sie kennen. Vom einen auf den anderen Moment wurde die Last auf ihren Schultern um ein Vielfaches schwerer.

So lang dieses Land im Schatten schon liegt.
Nach einhundert Jahr'n sich die Möglichkeit zeigt.
Der, der entkommt seiner dunklen Hand, trägt in sich die Macht ...

»... den ersten Tanz zu eröffnen, auf den wir ebenfalls schon sehr lange gewartet haben!«

Die Worte drangen nur undeutlich unter dem Widerhall der Stimme des Orakels zu ihr durch. Urplötzlich klärte sich ihre Sicht, warf sie zurück in die Gegenwart und zeigte ihr einen sie ungeduldig ansehenden Yuron.

»Nun geh schon, Leyna. Wo ist dein Begleiter?«

»Mein ... mein Begleiter?«, fragte sie zögernd, noch immer benommen und mit den Gedanken bei der Prophezeiung.

Er hob eine Augenbraue. »Dieses Fest gilt dir, Leyna. Du hast die Ehre, den ersten Tanz zu eröffnen.«

Bei Caidras Winden. »Tanz? Aber ich ... ich kann nicht tanzen!« Erschrocken senkte sie ihre Stimme, konnte ihr Entsetzen jedoch nicht verbergen. Das, was sie im Dorf mit den anderen Kindern getan hatte, konnte man nicht im Entferntesten als Tanzen bezeichnen. Schockiert drehte sie sich zu Alessa um, die sie schuldbewusst ansah.

»Bei Kyons Güte, das wollte ich dir eigentlich heute Morgen noch sagen!«

Entgeistert erwiderte sie den Blick ihrer Freundin.

»Aber keine Angst, das musst du bei diesem Tanz nicht können.

Du brauchst nur für den Anfang einen Begleiter, der die Schritte kennt.«

Ihr Blick wanderte sofort zu Tarin.

Der hob abwehrend die Hände. »Ich habe in meinem ganzen Leben noch nicht getanzt«, stellte er entschuldigend fest und sprach so leise wie sie zuvor, denn die Menge schien unnatürlich still geworden zu sein und auf jedes Wort zu lauschen.

Auch Alessas Mutter sah nun fragend und fast schon sorgenvoll zu ihr, nicht im Mindesten so unruhig wie ihr Mann.

Schon wollte Leyna bekräftigen, dass sie gern auf die Ehre dieses Tanzes verzichten und sie an Alessa weitergeben würde, da trat jemand an das Podest heran. Sie hätte ihn fast nicht erkannt.

»Ich führe sie«, stellte Sivan mit leiser Stimme fest.

Es dauerte einen Moment, bis sie begriff, was er gesagt hatte. Er trug nicht die bunten Tücher, sondern nur schlichte schwarze Hosen und eine Tunika, die an den Schultern leicht verziert war. Dennoch war er ohne den weiten Mantel und seine Schwerter ein völlig anderer Mensch. Die Veränderung war nicht sofort sichtbar wie bei Tarin, es war mehr etwas in seinem … Auftreten. Er stand anders, seine Augen wirkten anders.

Noch immer sah sie zu ihm hinunter und rührte sich nicht.

»Geh schon, Leyna. Alle warten auf dich«, flüsterte Alessa neben ihr.

Schnell bemühte sie sich, ihren Herzschlag zu beruhigen, nickte kurz und stieg die kleine Treppe wieder hinab. Als sie den Boden erreicht hatte, sah sie zögernd auf.

Wortlos hob Sivan seinen Arm und sie ergriff ihn. Als er auf die Mitte des Saals zuging, spürte sie die Blicke wie feine Nadeln auf ihrer Haut. Erneut begann ihr Herz schneller zu schlagen. Sivan ging langsam, damit sie nicht zu große Schritte machen musste, um mit ihm mitzuhalten. Am liebsten hätte sie ihn angefleht, zu rennen, um es schnell hinter sich zu bringen.

Er schien wie immer vollkommen ruhig und gefasst, als würde ihm die große Menge überhaupt nichts ausmachen. Sie aber kannte diesen Tanz nicht, sie wusste nicht, was sie tun sollte! Angst kam in ihr auf. Was würde man von ihr denken, wenn sie …

»Frag nicht und folge meinen Bewegungen wie sonst auch«, wies er sie so leise an, dass nur sie es hören konnte. »Wenn die Musik sich verändert, wirst du wissen, was zu tun ist.«

»Warum werde ich …« Sie kam nicht dazu, ihre Frage zu beenden, denn schon fand sie sich im Zentrum einer langen Reihe von Kleidern wieder, die das ihre an Prunk weit übertrafen. Die Frauen um sie herum schienen um einiges aufgeregter als sie – warum auch immer. Schließlich kannten sie diesen Tanz, im Gegensatz zu ihr, und wurden nicht von jedem einzelnen nicht tanzenden Besucher dieses Festes beobachtet.

Sivan stand ihr gegenüber in einer ebenso langen Reihe aus festlich gekleideten Männern. Abgesehen von ihm und wenigen anderen waren die meisten von ihnen in dieselben festlichen Tücher gekleidet, die auch Tarin unfreiwilligerweise trug. Sie passten zu den aufwendigen Kleidern der Frauen.

Unsicher, was sie jetzt tun sollte, sah sie nach rechts und links, doch die anderen Frauen sahen stur geradeaus. Etwas weiter von ihr entfernt entdeckte sie kurz darauf auch Alessa, die sich zwischen den Frauen einreihte, ihrem Blick begegnete und auf ihr eigenes strahlendes Lächeln deutete. Wie konnte sie nur immer so lächeln?

Ihr gegenüber stand ein Mann mit tiefschwarzen Haaren, der den Blick offensichtlich nicht von ihr nehmen konnte. Leyna hatte ihn noch nie gesehen, doch darum konnte sie sich jetzt keine Gedanken machen.

Wieder lächelte Alessa zu ihr herüber.

Leyna schloss für einen Moment die Augen. Sie konnte nicht mehr zurück, alle erwarteten von ihr, dass sie hierblieb. Noch einmal atmete sie tief ein.

Dann wandte sie sich Sivan zu, sah ihm in die Augen. Im hellen Licht der Lampen glich deren Farbe dem wogenden Meer, das in diesem Moment über ihnen war und sie vom Rest der Welt trennte. Er stand aufrecht. Als sich ihre Blicke begegneten, legte er den Kopf leicht zur Seite. Dann nickte er. Er machte ihr Mut.

Unbewusst breitete sich nun auch auf ihrem Gesicht ein Lächeln aus. Warum war sie so besorgt? Sivan war hier. Er würde sie führen.

Leise begann einer der Streicher zu spielen. Einen Moment lang schien der ganze Saal erwartungsvoll und still dazustehen, dann verbeugten sich die Tanzenden voreinander. Schnell sank auch Leyna in einen unbeholfenen Knicks, von dem sie hoffte, dass er nicht allzu schrecklich aussah.

Sie hob den Blick und wartete darauf, dass Sivan sich bewegte. Einen winzigen Moment vor dem nächsten Taktschlag neigte er den Kopf nach rechts. Als er dann den Schritt zur Seite tat, folgte sie ihm mit klopfendem Herzen. Dann ging er zurück, nach links, wieder zur Mitte. Einfache Schritte zur Seite. Sie fragte nicht, folgte seinen Bewegungen. Tat, was er tat, wie bei ihrem Training.

Mit einer leichten Handbewegung bedeutete er ihr, vorzutreten. Er hob seine Hände, sie hielt ihre dagegen, doch sie berührten sich nicht. Langsam begannen sie, sich zu drehen. Kurz warf sie einen Blick zu den anderen Paaren, um sich zu vergewissern, dass sie auch alles richtig machte. Dann sah sie zu Sivan und folgte seinem Schritt zurück.

Als sie wieder an ihrem Platz standen, entspannte sich sein Gesichtsausdruck merklich.

Dann veränderte sich die Musik. Sie wurde schneller, höher und weitere Streicher setzten ein.

Alle um sie herum traten mehrere Schritte zurück und sie beeilte sich, es ihnen gleichzutun. Was geschah hier? Hatte Sivan nicht gesagt, sie würde wissen, was zu tun sei? Sie wusste es nicht, kam aber auch nicht dazu, zu Alessa zu sehen, denn da veränderte sich die Musik schon wieder.

Ihr wurde klar, was Sivan gemeint hatte, auch wenn sie es vollkommen anders ausgedrückt hätte. Sie wusste nicht, was sie tun musste. Sie tat es einfach.

Wie von selbst schlossen sich ihre Augen und sie wusste mit erschreckender Klarheit, dass alle anderen es ihr gleichtaten. Wie von selbst setzte sie einen Fuß vor den anderen, lief durch den Raum, ohne darüber nachzudenken, ob sie jemand anderen treffen könnte. Es war, als zöge sie eine unsichtbare Kraft nach vorn, immer weiter, auf einen bestimmten Punkt zu. Sie hörte nur noch die Melodie, wurde ruhiger, entspannte sich.

Sie blieb stehen.

Die Musik kehrte zum anfänglichen Thema zurück, wurde lauter, gleichmäßiger. Sie hob die rechte Hand, spürte, wie sie von einer anderen umschlossen wurde. Jemand zog sie zu sich, eine weitere Hand legte sich auf ihre Hüfte.

Dann schlug sie die Augen auf.

Im ersten Moment wusste sie nicht, wie ihr geschah, als sie hoch in ein Paar tiefblauer Augen sah. Wieder bewegten sich ihre Füße wie von selbst. Sie dachte nicht darüber nach, dass sie dem Druck seiner Hände folgte, sich im Takt der Musik zurückbewegte und dies so sicher, als hätte sie die Schritte schon hundertmal getanzt. Sie dachte nicht nach, ihr Kopf war vollkommen leer. Da war nur noch die Musik, dieses seltsame Gefühl in ihr, an den richtigen Ort geführt worden zu sein.

Und Sivan.

Seine Züge schienen ausdruckslos, wie erstarrt. Doch inzwischen kannte sie ihn gut genug, um zumindest im ersten Moment die leisen Regungen in seinen Augen zu deuten. Da waren Überraschung, Verwirrung und … Verzweiflung? Dann verschwanden sie.

Er blieb stehen, sie drehte sich unter seinem Arm hindurch. Zwischen Dutzenden von Paaren umrundeten sie den Saal in einem großen Kreis.

Leyna sah die anderen nur aus den Augenwinkeln. Hier war sie nicht wie sonst gezwungen, schon nach wenigen Momenten den Blick abzuwenden. Sie musste keine Angst haben, dass er oder jemand anders es bemerken könnte. Immer hatte sie es sich selbst verboten. Hier aber hatte sie sogar die Pflicht, ihm in die Augen zu sehen. Und hier geschah plötzlich, wovor sie stets Angst gehabt hatte. Sie versank in ihnen, tauchte unter im Blau des Meeres, des Nachthimmels, durchbrochen vom leichten Schimmer der Lichter um sie herum. Immer tiefer verfing sie sich in dieser stets etwas anders erscheinenden Farbe, genoss das sich in ihr ausbreitende Gefühl.

Er erwiderte ihren Blick, schien ebenso wenig zu blinzeln wie sie. Alles um sie herum verschwand, wurde unwichtig. Ja, sie hatte recht gehabt, sich vor diesem Ertrinken zu fürchten. Denn jetzt, da es geschehen war, wollte sie nicht mehr auftauchen.

Wieder hob er den Arm, um sie darunter hindurchzudrehen, und es war, als würde sie gewaltsam aus dem Wasser gezogen. Die angehaltene Luft entwich ihren Lungen. Würde nicht diese seltsame Kraft ihren Körper kontrollieren, wäre sie spätestens jetzt gestolpert.

Der Takt verlangsamte sich im selben Maß wie ihre Schritte, und endlich erwachte sie aus ihrer seltsamen Trance. Schnell warf sie einen Blick zur Seite, um dem seinen für einen Moment zu entgehen und sich zu sammeln.

»Sivan, was ... was ist das für ein Tanz? Was hat es damit auf sich?« Sie musste wissen, was ihr seltsames Verhalten zu bedeuten hatte. Abgesehen davon, dass sie sich ablenken musste. Von seinem Gesicht, den dunklen Haaren, alldem ... das auf einmal vollkommen anders wirkte.

Sivan schien über seine Antwort genau nachzudenken. »Dieser Tanz ist sehr alt«, antwortete er dann leise. »Genau wie die Musik. Sie ist es, die all dies bewirkt. Niemand weiß, wie sie entstanden ist oder woher sie kommt. Dieses Lied wurde schon immer gespielt.« Er schien sie nachdenklich zu mustern. Selbst dieser Ausdruck wirkte anders als früher. »Es beeinflusst die Magie aller Lebewesen. Man sagt, dass diejenigen, die dazu tanzen, durch die Magie der Melodie zu dem Partner geführt werden, dessen Magie der ihren ähnlich ist. Dessen Magie die eigene anzieht.«

Sie stockte. Der Sog, den sie vorhin gespürt hatte. Zu einem einzigen Punkt hin. Zu ihm.

Seine Magie zog die ihre an.

Was genau mochte das bedeuten? Sie suchte in seinem Gesicht nach einer Antwort, die sie schon längst zu kennen glaubte, vielleicht sogar zu kennen hoffte. Doch sie fand rein gar nichts. Sie konnte nicht mehr hinter seine Fassade blicken, all seine Gedanken verbarg er vor ihr.

Sie zögerte. Was würde geschehen, wenn sie ihn fragen würde? Ihr Herz schlug schneller. Noch immer sah er nur schweigend zu ihr herab. Sie musste es tun. Langsam atmete sie ein und öffnete den Mund.

»Nicht«, flüsterte er tonlos.

Sie stockte, erstarrte für einen Moment. Kurz offenbarten sich seine Gedanken. Sein Ausdruck verriet, was er noch hinzufügen wollte.

Sprich es nicht aus.

So schwieg sie.

Die Melodie um sie herum wurde wieder gleichmäßiger, lauter, und sie verfielen in die Schritte vom Anfang. Sie folgte seinem leichten Drang zurück, ließ sich von ihm drehen. Unsicherheit ergriff von ihr Besitz. Sie focht einen inneren Kampf zwischen der Gewissheit um die Magie dieser Musik, dem, was sie sich erst mit ihrer Hilfe zu fühlen eingestanden hatte, und Sivans Reaktion. Dieser leere Blick und das einzelne, kleine Wort, das sie zurückgehalten hatte.

Nicht, hallte seine Stimme in ihren Gedanken nach. *Nicht.*

Schließlich hielt sie seinem Blick nicht mehr stand und senkte den Kopf, sah zur Seite.

Wie durch einen Schleier nahm sie wahr, dass nur noch sehr wenige Paare tanzten. Mehr als die Hälfte von ihnen hatte sich bereits wieder unter die Menge gemischt.

Sie wusste nicht, zum wievielten Mal sie sich jetzt unter seinem Arm hindurchdrehte. Als anschließend wieder ein neuer Takt angeschlagen wurde, wünschte sie sich nur noch, dass es endlich vorbei wäre. Aber sie konnte nicht einfach gehen wie die vielen anderen Paare. Etwas hielt sie hier, setzte sie weiter dieser Qual aus.

Sie schienen beinahe über den Boden zu fliegen, so schnell wurden ihre Schritte nun. Der Versuch, ihn nicht anzusehen, war zwecklos. Sie neigte den Oberkörper zur Seite, nach hinten, und als sie sich wieder aufrichtete, entkam sie seinen Augen nicht. Seinen Augen, in denen dieselbe Unsicherheit, dieselbe Verwirrung standen, die sie schon zu Beginn des Tanzes darin gesehen hatte.

Jetzt aber mischte sich noch etwas anderes dazu. Angst.

Sie bemerkte kaum, dass er seine Hände hinab an ihre Hüften gleiten ließ, bis sie plötzlich von ihnen in die Luft gehoben wurde.

Instinktiv legte sie ihre Hände auf seine Schultern. Die Lichter des Saales flogen an ihr vorbei, als er sich unter ihr drehte. Unzählige kleine, helle Punkte. Für diesen Moment fiel die Anspannung von ihr ab. Dieser Moment in der Luft, der ihr zumindest kurz das Gefühl der Freiheit zurückbrachte, das sie so liebte und dessen sie sich während dieses Tanzes beraubt gefühlt hatte. Ihr Kopf klärte sich, endlich konnte sie wieder atmen. Der Augenblick ging viel zu schnell vorbei.

Er stellte sie wieder auf die Füße, der gleichmäßige Takt des Anfangs begann erneut, und sie wusste, dass dieser Tanz gleich enden würde.

Ein letztes Mal drehte er sie und plötzlich wünschte sie sich nur, dass es nie mehr zu Ende gehen würde.

Sie verdrängte seine Worte. Wollte nur noch diesen Moment genießen. Nicht mehr dagegen ankämpfen. Nur noch in seine Augen sehen, noch einmal darin …

»Nicht, Leyna.«

Sie schluckte. Seine Stimme klang fest, entschlossen. Die Leichtigkeit, die Freiheit verflogen. *Nein. Sag nichts,* dachte sie verzweifelt. *Bitte, bitte sag nichts.*

»Was auch immer es bedeuten mag, ich … ich kann es nicht. Ich darf es nicht.«

Der letzte Ton der Musik verklang. Und noch ehe seine Worte wirklich bis zu ihr durchgedrungen waren, hatte er von ihr abgelassen und den Saal fast vollständig durchquert. Er drehte sich nicht noch einmal um, als er die Menge hinter sich ließ und in der Dunkelheit des Palastes verschwand.

4

»Seht doch nur, da ist das Gotteskind ...«

»Wer war ihr Begleiter?«

»Sie haben den Tanz beendet!«

»Das wird sie doch nur ablenken ...«

»Ich habe sie mir anders vorgestellt ...«

Wie aus weiter Ferne drangen unzählige Stimmen an ihre Ohren, während sich die Menge um sie herum wieder schloss. Die Menschen hielten Abstand zu ihr, schienen sie jetzt aber noch eindringlicher anzustarren. Sie sah stur geradeaus und regte sich nicht, scherte sich nicht um das Geflüster oder die Berührungen der sie streifenden Kleider. Ihr Kopf war vollkommen leer.

Bis sich eine Hand um ihren Arm schloss und nicht mehr verschwand. Sie blinzelte benommen und erkannte Tarin vor sich, hinter ihm Alessa.

»Hey, Leyna, ist alles in Ordnung?«

Sie sah ihn an und sah ihn doch nicht.

»Leyna, was hat er gesagt? Was ist passiert?«

Nicht, Leyna. Nicht. »Ich möchte gehen«, murmelte sie und streifte Tarins Hand ab.

»Ich komme mit!«

Sie schüttelte den Kopf. »Nein, ich ...«

»Möchtest du, dass ich mitkomme?«, fragte Alessa ruhig. Wieder schüttelte sie den Kopf. Als sie sich umdrehte, hörte sie noch, wie Tarin von ihr zurückgehalten wurde.

Mit langsamen, kontrollierten Schritten bahnte sie sich ihren Weg an den Menschen vorbei, deren Blicken sie erst jetzt Beachtung schenkte. Sie sah Hoffnung und Freude, aber auch Misstrauen und Enttäuschung darin. Enttäuschung darüber, dass sie nicht mehr war.

Es war ihr egal. Sie erreichte die Flügeltür, jemand öffnete sie und ließ sie in den dunklen Gang hinaustreten. Außer den beiden Wachen war niemand hier. Alle waren im Saal, ausgelassen, fröhlich.

Langsam ging sie an den Männern vorbei, den Gang hinab, der ihr jetzt unendlich lang vorkam. Endlich erreichte sie die Biegung und entkam so auch den letzten Blicken.

Still lehnte sie sich gegen die Wand und schloss die Augen.

Wie auf einen Schlag fiel die Benommenheit von ihr ab, die Leere ihrer Gedanken verschwand.

Nicht, Leyna.

Ihr Atem beschleunigte sich.

Nicht.

Ihr Herz schlug schneller. All ihre so gut weggeschlossenen Gefühle drohten, an die Oberfläche zu brechen.

Jeder Atemzug schmerzte, als sie versuchte, die Kontrolle über sich wiederzuerlangen.

Nicht.

Die Hitze, die sie zu atmen schien, floss zu ihrer Schulter, die Umrisse ihres Mals schienen sich in ihre Haut zu brennen.

Sie beugte sich hinab, öffnete ihre Schuhe, zog sie aus, ließ sie fallen.

Dann rannte sie.

Raus! Nach unten. Sie musste nach unten, das war alles, was sie wusste.

Als sie endlich die erste Treppe erreichte, nahm sie mehrere Stufen auf einmal, wünschte sich, kein Kleid zu tragen, stürmte immer weiter, einen anderen Gang entlang, eine andere Treppe hinunter. Blieb kurz hinter einer Ecke stehen, als ihr eine Frau entgegenkam, presste sich an die Wand, bis sie verschwunden war. Neben ihr war ein kleines Fenster, sie hatte die äußerste Seite des Palastes erreicht.

Nicht, Leyna.

Das Brennen ihrer Lungen und ihrer Schulter wurde stärker, es fiel ihr immer schwerer, ruhig zu bleiben. Sie brauchte Luft!

Endlich erreichte sie die breiteren Gänge der unteren Ebene und erkannte eine der vielen Statuen von Meeresgestalten. Es war nicht mehr weit. Da vorn.

Sie stürmte in den kleinen Raum, an dessen Ende der Ausgang lag.

Nicht.

Sie lief immer weiter, auf den rettenden Torbogen zu, hinter dem die Gärten lagen.

Kurz senkte sie den Blick, um langsam und konzentriert einzuatmen und ihren Herzschlag unter Kontrolle zu bringen.

Als sie wieder aufsah, war es schon zu spät. Zu spät, um ihren Lauf zu stoppen, und so prallte sie erschrocken gegen die zwischen den Balken stehende Gestalt. Augenblicklich klärten sich ihre Gedanken und sie setzte zu einer Entschuldigung an.

Diese wurde jedoch von der durchdringenden Stimme des Mannes übertönt. »V… Vorsich', Mädchen …« Es war deutlich zu hören, dass er an diesem Abend schon eine Menge getrunken hatte. Die beiden beißend riechenden, riesigen Krüge in seinen Händen bestätigten Leynas Verdacht.

Schnell trat sie einen Schritt zurück und schaute hoch in das lachende Gesicht des wohl größten Mannes, den sie je gesehen hatte. Er überragte sie um mindestens zwei Köpfe, auch ohne die hinter seinem Rücken aufragende Axt, und seine Schultern schienen so breit, dass sie sie sicherlich nicht mit den Armen umfassen konnte.

»Entschuldigt«, murmelte sie und zwang sich, den Blick abzuwenden. Man starrte andere nicht an, auch wenn sie so … beeindruckend waren.

»Schon in … Or'nung«, kam die von einem leisen Hicksen begleitete Antwort, und dann ging er auch schon an ihr vorbei – zu ihrer Überraschung in keiner Weise wankend. Noch bevor sie etwas erwidern konnte, begann er laut und mit undeutlicher Stimme ein Lied zu singen, das ihr nicht bekannt war. Vielleicht kannte sie nicht einmal die Sprache, sicher war sie nicht.

In einer anderen Situation hätte sie ihm zugehört. Jetzt nahm sie die Töne kaum wahr.

Der Schreck war überwunden, das erdrückende Gefühl und das Verlangen nach Luft kehrten zurück. Wieder wandte sie sich der Tür zu und ...

»Demos, verdammt! Was fällt dir eig'ntlich ein, mit dem ganzen guten Zeug zu verschwinden! Doppelter Drasan-Grad, das sag ich dir, und drei volle Körbe Marun hab ich verbrannt dafür! Komm sofort wieder her, du elender, großer ...«

Diesmal wich sie rechtzeitig zurück und entging so einem Zusammenstoß mit dem zweiten, deutlich schneller in den Palast stürmenden Mann. Wie von Kyon persönlich gejagt, rannte er zu dem noch immer singenden Riesen, der sich nicht um ihn scherte und die Arme so weit hob, dass der andere nicht an das *gute Zeug* herankommen konnte.

»Hast es dir nich' verdient«, lallte er und sah grinsend zu, wie der Kleinere versuchte, seinen Arm nach unten zu ziehen. Vermutlich hätte er sich ebenso gut daran hängen können und wäre erfolglos geblieben.

Ein Lächeln stahl sich auf Leynas Gesicht. Die beiden erinnerten sie an Kilan und Inias, wie sie ...

Abrupt drehte sie sich um und ging in den Garten hinaus, ohne sich noch einmal umzudrehen.

Sie ließ die Singenden und wütend Schreienden hinter sich, atmete tief die kalte Luft ein und ging immer weiter durch das hohe Gras, an ihrem Trainingsplatz vorbei, bis sie sich schließlich an einem fast vollständig im Dunkel liegenden Baumstamm hinabsinken ließ. Hier würde sie niemand suchen. Sie zog die Knie an den Körper, legte den Kopf darauf und schloss die Augen.

Nicht, Leyna.

Sie spürte, wie ihr Widerstand schwächer wurde, hielt den Atem an. Ein einzelnes Bild bahnte sich den Weg zurück in ihren Kopf.

Inias und ihre Mutter, die einander lächelnd an der Hand hielten. Sie hatte sie einfach verlassen, hatte sie schutzlos den Soldaten überlassen. Hatte ihnen nichts gesagt ...

Wie von selbst wanderte ihre Hand zu dem Armband, das ihr Bruder vor so langer Zeit für sie gemacht hatte.

Ihr Herzschlag klang laut in ihren Ohren wider, untermalt von dem stetigen Rauschen ihres Blutes.

Es begann mit einer einzelnen Träne, die langsam ihre Wange hinabrollte, gefolgt von einem leisen Schluchzen.

Ihr Hals wurde eng, sie begann zu zittern, konnte nicht mehr atmen.

Mit einem Mal brach alles auf sie herein, all die Gefühle und Gedanken, die sie seit der Auswahl weggeschlossen hatte, alle Erinnerungen, alle Ängste.

Was würde Inias jetzt nur von ihr denken? Sie hatte ihn allein gelassen und fühlte sich in diesem Moment selbst einsamer denn je. Auch Lodon sah sie vor sich. Er wusste, was sie vorgehabt hatte. Ob er es ihrer Familie gesagt hatte? Oder war er damit beschäftigt, seine eigene vor dem Zerbrechen zu bewahren?

Sie vermisste ihn. Sie brauchte ihn. Wünschte sich nichts sehnlicher, als ihn bei sich zu haben. Ihn, der sie immer verstanden hatte, der immer für sie da gewesen war. Einfach nur, damit er sie hielt, ihr beistand. Nur da war.

Immer mehr Tränen suchten sich den Weg über ihr Gesicht. Die Ärmel ihres Kleides waren schon völlig durchnässt. Der Strom versiegte einfach nicht.

Sie hatte Angst. Angst um ihre Familie. Angst davor, dass ihnen etwas passieren könnte. Angst davor, sie nie wiederzusehen. Nicht nach Hause zu kommen.

Als sie den Tempel verlassen hatten, hatte sie Tarin davon überzeugt, dass sie zurückkommen würden. Woher hatte sie damals ihre Sicherheit genommen? Es gab keine. Der König war so mächtig. Sie hatte keine Chance. Nein, sie alle hatten keine Chance. Es war aussichtslos. Sie war nicht stark genug. Wie sollte sie einen übermächtigen König besiegen, wenn sie sich ihren eigenen Gefühlen und Ängsten nicht stellen konnte?

Sie sah Tarins Gesicht vor sich, seine durchscheinenden, immer lachenden Augen. Sie hatten sich gegenseitig Mut gemacht. Er begleitete sie, wollte ihr helfen. Genau wie Urs, der ihr in den letzten Wochen erstaunlich viel über die Magie erzählt hatte, auf die er eine so andere Sicht hatte als Tarin oder sie. Er spürte ihr Pulsieren in sich, für ihn war sie pures Leben. Sie alle halfen ihr in der Hoffnung auf etwas, das vielleicht nie eintreten würde. Weil sie zu schwach war.

Sie wusste, dass sie all diese Gefühle von sich schieben musste. Bei nahezu allen Ängsten und Zweifeln würde es ihr vielleicht gelingen, wenn sie die Hoffnung wiederfand, dass sie es doch schaffen könnte. Wenn sie sich daran erinnern konnte, dass so viele Menschen an sie glaubten.

Doch ein anderes, ein in ihr brennendes Gefühl würde sie nicht mehr wegschließen können.

Immer wieder sah sie seine Augen vor sich. Immer wieder hörte sie seine Worte.

So lang hatte sie es nicht wahrhaben wollen. Und jetzt, da sie es eingesehen hatte, war es schon wieder vorbei.

Obwohl es nur einen Moment lang wirklich da gewesen war, hinterließ sein Verschwinden eine Leere, die sie beinahe vollkommen auszufüllen schien.

»Leyna, was ...«

Erschrocken fuhr sie hoch, als sich eine Hand auf ihre Schulter legte. Sie wollte allein sein! Sie wollte nicht reden, nicht mit Tarin, nicht mit Alessa ... Doch es war keiner von beiden.

Yoaf ließ sich neben ihr auf den Boden sinken und legte einen Arm um sie. Kurz erstarrte sie, doch dann ließ sie es zu. Erschöpft lehnte sie sich an seine Schulter. Sie konnte noch immer nicht aufhören zu weinen, noch immer zitterte sie.

Yoaf hielt sie einfach nur fest und wartete schweigend, bis das Zittern nachließ. Die Stille tat gut. Er war Lodon so ähnlich. War es immer gewesen – hatte nur an etwas anderes geglaubt.

»Vielleicht erinnerst du dich nicht mehr daran«, sagte er schließlich leise, »aber als du gerade sechs warst ...«

»Hast du mich im Wald gefunden«, führte sie seinen Satz mit leise bebender Stimme zu Ende. »Ich hatte mich mit meiner Mutter gestritten. Ich erinnere mich.«

Er hatte sich wie jetzt zu ihr gesetzt, sie getröstet und ihr zugehört. Sie spürte, dass er nickte.

»Damals hattest du ein unglaublich schlechtes Gewissen. Du hast die ganze Zeit über nur davon gesprochen, dass sie sich jetzt sicherlich schlecht fühlen wird, obwohl es dir selbst so ging. Immer hast du dir Sorgen um die anderen gemacht.«

Das war so lang her ...

»Du vermisst sie, nicht wahr?«

Sie nickte und hätte vielleicht wieder begonnen zu weinen, doch nun waren keine Tränen mehr übrig.

»Für mich war es am Anfang auch schwer«, murmelte Yoaf und strich ihr gedankenverloren über den Arm. »Ich würde dir gern sagen, dass es irgendwann einfacher wird, aber so ist es nicht. Man lernt nur, damit umzugehen. Mit dem Schmerz zu leben.«

Sie stockte, als er das Mal berührte, doch er schien es nicht zu bemerken. Also schwieg sie nur und versuchte, seine Worte in sich aufzunehmen. Sie würde mit dem Schmerz leben können, aber was, wenn ... ein neuer Schmerz hinzukam? »Sie haben Kilan mitgenommen«, flüsterte sie.

»... Wie bitte? Wer?«

»Die Soldaten. Bei der Auswahl.«

Yoaf versteifte sich neben ihr.

»Mein Mal hat sich nicht gezeigt. Sie sagten, sie nehmen ihn, um wenigstens ein Kind zu bringen.«

Er schwieg eine gefühlte Ewigkeit lang. »Kilan, es ... es war seine erste Auswahl.«

»Ich wollte ihn zurückbringen, deshalb habe ich Alanya verlassen. Ich wollte mich stellen und ihn befreien, aber ... ich wurde davon abgehalten.«

Wieder schwieg er, schien diese Nachricht erst verstehen zu müssen. »Du bist hier, Leyna«, murmelte er dann. »Du bist in Sicherheit. Das ist alles, was zählt.« Er sah sie an. Trauer stand in seinem Blick. »Er hat auch an die Götter geglaubt.«

»Ich weiß, ich ... ich habe oft mit ihm darüber gesprochen.«

»Er hätte gewollt, dass du überlebst, Leyna. Er hätte es so gewollt.«

Sie nickte. *Er hätte gewollt, dass ich es schaffe.*

Vorsichtig öffnete sie die Tür in ihrem Inneren, die zuvor aufgebrochen war. Sorgfältig drängte sie alles dorthin zurück, jedes Gefühl, jede Erinnerung, jeden Gedanken, und verschloss sie sorgsam. Nur ein einziges Gefühl blieb zurück, von dem Yoaf nichts erfahren musste. Von dem niemand erfahren musste.

»Wie lange dauert es, bis man mit dem Schmerz leben kann?«, fragte sie, als sie wieder eine Weile schweigend nebeneinandergesessen hatten.

Yoaf beugte sich vor, sah sie an und strich ihr die zurückgebliebenen Tränen von den Wangen. »Lang.« Er ergriff ihre Hand. »Aber du bist stark, Leyna. Ich kann mir nicht einmal vorstellen, was für ein Druck auf dir lasten muss. All diese Menschen, die von der Rettung sprechen, von der Hoffnung, obwohl sie dich nicht kennen.« Er legte eine Hand unter ihr Kinn und hob es an. »Aber ich kenne dich, Leyna«, sagte er mit fester Stimme. »Und ich weiß, wie stark du bist. Wie stark du schon immer warst. Du wirst niemanden enttäuschen. Du wirst einen Weg finden. Und dieser Weg, wo er auch immer hinführt, wird der richtige sein.«

Er ließ nicht zu, dass sie den Blick abwandte, sah sie weiter durchdringend an. Es stand keine Lüge in seinen Augen. In seinen so vertrauten Augen.

Schließlich nickte sie erneut.

Sie würde alles in ihrer Macht Stehende tun. Sie würde weiter trainieren, immer stärker werden. Und irgendwann würde sie ihre Familie wiedersehen, denn nur ihretwegen hatte sie diese Reise angetreten. Das war es, was zählte. Nicht mehr.

Yoaf stand auf und sie ließ sich von ihm auf die Füße ziehen. Sogar ein Lächeln brachte sie zustande. »Danke, Yoaf«, murmelte sie und betrachtete ihn in seiner Rüstung des Widerstandes. Sie horchte in sich hinein und bemerkte erleichtert, dass keine Gefahr mehr bestand, sie sich wieder ruhig fühlte.

Er ging neben ihr her auf die glühenden Fenster des Palastes zu und erwiderte ihr Lächeln. »Es tut mir leid, dass du diese Bürde tragen musst, Leyna. Wenn ich dir irgendwie helfen kann, und sei es nur, indem ich für dich da bin, dann tue ich das.«

Sie wusste, dass er nicht erwartete, dass sie ihm dankte. Und sie wusste auch, dass sie diese Dankbarkeit nicht einmal in Worte hätte fassen können.

Sie hatten beinahe den Eingang erreicht und Leyna wollte gerade klarstellen, dass sie auf keinen Fall zurück zum Fest gehen wollte, da drang eine ihr schon bekannte Stimme zu ihnen herüber, die beinahe noch schwieriger zu verstehen war als zuvor.

»Trock'n, find'ste nich'?«

»Ich hab's dir gesagt, ich hab's dir doch gesagt! Ein' halb'n Korb Marun hast du gemampft, du Idiot!«, antwortete der Kleinere, dessen Namen sie nicht kannte, und warf erbost die Arme in die Luft – was ihn deutlich ins Wanken brachte, sodass er sich an seinem Freund festhalten musste.

Der lachte so laut auf, dass man es wohl noch im Palast hören konnte.

»Demos und Eryho. Ich hätte es mir denken können ...«, murmelte Yoaf neben ihr.

»Die Luft hier unt'n ist so trocken wie dein Gesöff, daran liegt's!«, brachte der Riese mit Mühe hervor und lachte dröhnend.

Leyna und Yoaf waren inzwischen so nah gekommen, dass sie den geradezu begeisterten Ausdruck auf dem Gesicht des Kleineren sehen konnten. »Genau! Die Luft is' sch... schre'lich!«

»Eryho redet dauernd von den seltsamen Getränken, die er selbst braut«, raunte Yoaf ihr zu. »Meist ist es amüsant, ihm zuzuhören, aber nach einer Weile ... na ja. Über die Luft hier unten beschwert er sich fast täglich, ob man es nun hören möchte oder nicht.«

Leyna betrachtete den Wachmann mit den dunkelblonden Haaren eingehend und glaubte ihm sofort. Sie konnte ihm seine Begeisterungsfähigkeit schon fast ansehen.

»Wenn er getrunken hat, wird es noch schlimmer«, ergänzte Yoaf und trat dann energisch zu den beiden heran. »Guten Abend, Männer!« Erst jetzt schienen die Wachen sie zu bemerken, sprangen sofort auf – und ließen sich zurück gegen die Wand sinken.

»Hauptmann!«, riefen sie, um eine klare Aussprache bemüht, bei der Eryho deutlich erfolgreicher war als Demos.

Yoaf musterte die beiden abschätzend. »Solltet ihr nicht in den Gärten patrouillieren?«

»Das ha'm wir!«, erwiderte Demos, bevor er wieder laut zu singen begann.

»Wir ha'm und wir werden noch!«, fügte Eryho hinzu und grinste.

»Das glaube ich nicht«, widersprach Yoaf. »Ich denke, ihr solltet es lieber für heute gut sein lassen.«

»Kommt nich' infrage«, rief der Blonde. »Wir mach'n unser'n Dienst!«

»Eryho, ihr beide könnt nicht einmal mehr gerade stehen.«

»Das liegt nur an der trockenen Luft hier unt'n«, wandte Demos ein, lachte und steckte Leyna beinahe damit an.

Eryho warf ihm einen vernichtenden Blick zu und erhob sich demonstrativ. Tatsächlich brachte er es zustande, nicht zu fallen und sogar eine Verbeugung anzudeuten. Dann richtete er sich auf und hielt auf einmal drei handlange, schmale Messer in der Hand.

»Eryho, nicht ...«, begann Yoaf, doch da hatte das erste Messer die Hand schon verlassen, flog quer über den Hof vor dem Palast auf das mindestens fünfzig Schritte entfernte Eingangsportal zu und blieb im linken Türknauf stecken. Das zweite folgte in den rechten, das dritte traf zwischen ihnen in den Türspalt. Eryho verbeugte sich erneut wortlos.

Leyna betrachtete staunend, wie die Wucht des Aufpralls die Tür noch immer leicht zittern ließ.

Yoaf konnte unmöglich sehen, wo die Messer getroffen hatten, doch er schien es zu ahnen und grinste. »Mit euch können wir den Palast auch in solchen Nächten noch verteidigen«, bekundete er zufrieden und klopfte dem Wachmann auf die Schulter, was dessen sicherem Stand nicht guttat. Dann griff er nach dem Krug in Eryhos Hand, nahm einen Schluck und verzog das Gesicht. »Ich glaube, da hätte auch ein halber Korb mehr nichts gerettet«, stellte er fest, gab ihn Eryho zurück und wandte sich ab.

Demos brach erneut in Gelächter aus, Leyna grinste, Eryho ließ sich nur kopfschüttelnd zurück an die Wand sinken und schien es aufzugeben, etwas zu erwidern.

Gerade, als Leyna Yoaf folgen wollte, griff der Blonde nach ihrem Arm und hielt sie zurück.

»Was auch immer da drinnen vorhin passiert ist«, sagte er leise und überraschend deutlich, »es wird sich wieder geben. Alles vergeht irgendwann.«

Verblüfft erwiderte sie seinen durchdringenden Blick. Er konnte während ihres kurzen Zusammenstoßes unmöglich erkannt haben, wie es ihr ging. Wortlos nickte sie, als er den Arm wieder sinken ließ.

»Und was auch immer er damit meint, der Kerl hat 'ne verdammt hohe Trefferquote, was solches Zeug angeht!«, warf Demos ein, hob seinen Krug und trank einen großen Schluck. Dann lachte er sie an. »Geh schon, Mädchen, der Hauptmann wartet nich' gern. Vorsicht an der Tür!«

Mit einem leisen Lachen wandte sie sich ab und folgte Yoaf zurück in den Palast.

»Wer sind die beiden?«, fragte sie, als sie ihn in dem kleinen Raum hinter dem Torbogen einholte.

»Diese beiden«, begann Yoaf und seufzte, doch der Blick, den er über die Schulter zurückwarf, bezeugte ein ganz anderes Empfinden. »Ich habe sie auf meinem Weg von Alanya hierher ... sagen wir gefunden. Sie waren einmal Soldaten des Königs.«

Beinahe wäre Leyna stehengeblieben. »Sie haben dem König gedient?«

»Sie sollten es«, berichtigte Yoaf und bedachte sie mit einem seltsamen Blick. »Hast du dich nie gefragt, warum alle Soldaten so ... gleich sind? Wie sie so grausam, so skrupellos sein können?«

Natürlich hatte sie sich das gefragt, unzählige Male. Auch die Soldaten waren schließlich in einem Dorf oder einer Stadt aufgewachsen, hatten gelitten wie alle anderen. Waren einfache Kinder gewesen. Kurz schweiften ihre Gedanken ab zu einer unterirdischen Höhle nicht weit von Onamdra.

»Es gibt einen Grund dafür«, fuhr Yoaf fort. »Erst durch Demos und Eryho haben wir davon erfahren.«

»Er manipuliert sie, nicht wahr?«, fragte sie leise, als Yoaf kurz schwieg. Sein Nicken überraschte sie nicht. Sie war schon früher zu dem Schluss gekommen, dass dies die einzige Möglichkeit war. Seit sie von Caidra erfahren hatte, dass der König sogar eine magische Barriere um die Götter errichtet hatte, um diese von Mirandor abzuschirmen, traute sie ihm beinahe alles zu. Wie hatte ein Weltenwandler nur so mächtig werden können?

»Was genau er getan hat, konnten oder wollten sie uns nicht sagen«, fuhr Yoaf fort. »Noch bevor sie eine einzige Mission als Soldaten ausführen konnten, wurden sie nach Bogharn gerufen. Demos sagt, sie waren nur wenige Tage dort, Eryho behauptet, es seien mehrere Wochen gewesen. Zusammen mit einigen anderen blieben sie in dieser Zeit in einem bestimmten Bereich der Festung, durften nicht von dort weggehen. Mit der Zeit bemerkten die beiden, wie sich die anderen Männer immer stärker veränderten. Sie wurden brutaler, streitlustiger, schienen immer mehr zu den Soldaten zu werden, die wir kennen. Als ob sie ihre Persönlichkeit verlieren würden, beschrieb es Demos.«

Sie hatten ihre Zimmertür erreicht und blieben stehen.

»Immer öfter kamen andere Soldaten und provozierten Streit unter den Männern. Je schneller ihnen das gelang, desto zufriedener wirkten sie. Demos und Eryho können sich ebenso wenig wie wir erklären, warum es bei ihnen nicht funktioniert hat. Doch ihnen war klar, dass sie zumindest so tun mussten, um zu überleben. Niemand bemerkte etwas.«

Leyna versuchte sich vorzustellen, wie man jemandem vorspielte, immer brutaler zu werden ... und kam zu dem Schluss, dass sie wohl daran gescheitert wäre.

»Dann wurden sie auf ihre erste Mission geschickt. Sie hatten inzwischen verstanden, dass die anderen Männer nicht Herr ihrer Selbst waren. Sie durchschauten die Lügen des Königs, wussten aber auch, dass sie nicht fliehen konnten. Also spielten sie ihre Rollen weiter, bis sie Eloas erreicht hatten.«

»Aber Eloas ist doch zerstört«, unterbrach Leyna.

Yoafs Blick genügte, um ihre unausgesprochene Frage zu beantworten.

»Damals stand es noch. Der Trupp, dem Demos und Eryho

angehörten, sollte es zerstören. Die Bewohner hatten sich wohl zu vielen Anweisungen widersetzt.«

Leyna schluckte schwer. »Und ... dort hast du sie gefunden?«

Wieder nickte Yoaf. »Als sie das Dorf erreichten und den Befehl erhielten, alles niederzubrennen, weigerten sie sich. Wir hatten das Calidras-Gebirge gerade überquert und die Flammen aus der Ferne gesehen. Wir hielten uns versteckt und wollten später nach Überlebenden suchen. In der Nacht zuvor hatte ich einem Soldatentrupp in den Bergen die Schwerter gestohlen, doch die anderen wollten nicht kämpfen. Da sah ich, wie die zwei sich gegen die übrigen Soldaten stellten. Sie hatten mehr als zehn Männer gegen sich, aber du hättest sie sehen sollen! Noch bevor ich bei ihnen war, lagen vier Soldaten am Boden. Ich muss dir wohl nicht ausmalen, wie schnell die anderen unter diesem Schwert, Eryhos Messern und Demos' Axt fielen. Das Dorf brannte dennoch nieder, die letzten Menschen flohen nach Onamdra oder in die Berge.« Gedankenverloren strich er über den Knauf des Schwertes, das an seiner Seite hing. »Ich bot ihnen an, mit uns zum Widerstand zu kommen und nach einer Weile waren sie bereit, mir zu folgen. Es hat sehr lang gedauert, bis sie auch bereit waren, mit mir über den König zu sprechen. Ich weiß nicht, ob sie heute wirklich gegen ihn kämpfen würden. Sie ... wollen nicht kämpfen. Sie tun nur das, was sie für richtig halten, und auch wenn man es ihnen nicht ansieht, sehen sie nicht immer im Kampf die Lösung.«

Leyna lächelte. Das glaubte sie ihm sofort.

»Aber jetzt sollte ich dich schlafen lassen. Schließlich müsst ihr morgen aufbrechen.«

Sie seufzte. »Bis ich schlafen kann, dauert es wohl noch etwas. Zuerst muss ich träumen.«

Yoaf lachte leise, doch seine Gedanken schienen ganz woanders zu sein. »Na, dann wünsche ich dir viel Spaß dabei. Wir sehen uns morgen.«

Sie nickte und wünschte ihm eine gute Nacht.

Dann trat sie in ihr Zimmer und stand einen Moment lang unschlüssig da. *Heute werde ich träumen. Zum ersten Mal in meinem Leben werde ich wirklich träumen.*

Als sie kurz darauf in ihrem Bett lag, war sie eine Weile lang zu unruhig, um zu schlafen. Als es ihr endlich gelang, die Gedanken an Demos und Eryho und all ihre Erlebnisse zurückzudrängen, ihren Kopf zu leeren, und ihr endlich die Augen zufielen, hatte sie das Gefühl, ihren Körper zurückzulassen und immer weiter nach unten zu fallen …

5

An diesem Morgen war sie eine der Ersten, die die oberste Terrasse der Bibliothek betrat. Viel geschlafen hatte sie nicht und sich, gleich nachdem sie wach geworden war, aufgemacht, um hierherzukommen. Ein letztes Mal.

Diese Plätze waren unter den Bibliotheksbesuchern die begehrtesten, denn von hier aus hatte man einen wunderbaren Ausblick in die unendliche Weite des klaren Meeres.

Man konnte die vielen bunten Fische und Pflanzen auf dem Grund und die Fheenyas mit ihren geschuppten Unterkörpern beobachten, statt nur über sie zu lesen. Direkt gegenüber dieses Balkons schien ein für die Fheenyas bedeutsamer Ort zu liegen. Ging man durch die Gärten, sah man kaum einen von ihnen vorbeischwimmen, hier hingegen entdeckte man oft sogar kleine Gruppen.

Immer mehr Sonnenstrahlen drangen zu ihr herab, immer heller wurde das Wasser über ihr. Ihre Bank stand so nah an der magischen Barriere, dass sie jeden Strahl einzeln zu erkennen meinte. Sie hatte bereits zwei kleine Gruppen von Fheenyas entdeckt. *Vielleicht*, dachte sie, *vielleicht könnte ich dort draußen mit ihnen schwimmen.* Sie könnte um ihren Kopf herum die Luft dazu bringen, eine Blase zu bilden und dann die Magie des Wassers kontrollieren, um sich zu bewegen. Mit den Fheenyas schwimmen …

»Leyna, wusste ich doch, dass ich dich hier finden würde.«

Ein Lächeln stahl sich auf ihr Gesicht. »Wer hat es dir gesagt?«

»Dein blonder Freund. Sehr redselig.«

Yoaf ließ sich neben ihr auf der Bank nieder und folgte ihrem Blick.

»Gibt es hier Menschen, die schon dort draußen geschwommen sind?«

»Nicht dass ich wüsste. Die Fheenyas erlauben es nicht«, antwortete er.

»Warum nicht?«

»Niemand versteht dieses Volk. Sie haben uns zwar den Palast überlassen und bringen uns zur Oberfläche, wenn wir es wünschen, aber mehr tun sie nicht. Wir wissen nichts über sie, auch wenn wir so nah bei ihnen leben. Wirklich sprechen tun sie nur mit Yuron. Wenn überhaupt. Ein paar von uns versuchen seit Jahren, ihr Vertrauen zu gewinnen, aber niemand hatte bisher Erfolg damit. Manche von uns glauben, dass wir sogar dankbar sein müssen, dass wir uns immer noch an sie erinnern und uns nicht auch noch für ihr Leben interessieren sollten.«

»Also stimmt es, dass sie Menschen die Erinnerungen an sie nehmen können?«

»Oh ja.«

Leyna nickte nachdenklich und betrachtete wieder den fast schon fließenden Übergang vom klaren Meerwasser zur Luft, die sie alle am Leben hielt. »Es wäre so einfach«, murmelte sie. »Man müsste nur die Hand ausstrecken und ...« Sie hob den Arm.

»Leyna, nicht!«

Ihre Finger durchbrachen die Barriere. Augenblicklich fuhr ein heißer Schmerz unter ihre Haut. Sie unterdrückte einen Schrei und zog die Hand zurück. »Was ...?« Fassungslos starrte sie in das Wasser vor sich. »Da war ...«

»Ein Blitz«, beendete Yoaf ihren Satz. »Einige der mächtigsten Fheenyas kontrollieren die Gezeiten. Sie sind mit dem Meer verbunden, können das Wetter verändern und für sich nutzen. Niemand hier wagt es, sich ihnen zu widersetzen.«

»Ein seltsames Volk«, murmelte sie.

Yoaf lachte. »Allerdings. Dennoch sind wir ihnen dankbar für ihren Schutz. Nicht einmal auf den Inseln wären wir sicherer.«

Sie nickte gedankenverloren. Ja, über die drei im Meer liegenden Inseln hatte sie viel gelesen. Auf der größeren, Imyrn, lag der Tempel Kyons, zu dem früher die Gotteskinder des Winters gebracht worden waren. Dort lebten die Menschen vor allem vom Fang der vielen riesigen Fische, die im nördlichen Teil des Meeres vorkamen, überließen den Handel aber den Seemännern aus Mindras, die mit den Schiffen zu ihnen kamen. Die Fheenyas schützten die Insel vor Angriffen und vor allem auch vor den Piraten, die in den Buchten ihr Unwesen trieben. Niemandem hier war so recht klar, warum das Meeresvolk die Räuber in Ruhe ließ, solang sie sich weit genug von den Inseln fernhielten.

Erst jetzt wandte sie sich zu Yoaf um und erkannte, dass er in voller Montur neben ihr saß, samt Rüstung. Als Hauptmann kam er wohl nicht um diese herum. »Du sollst mich abholen, richtig?«

Er nickte. »Alles ist bereit, die anderen warten.«

Ein letztes Mal sog sie den Anblick der Wassermassen in sich auf. Dann stand sie auf und griff nach ihren Schwertern, die sie neben die Bank gelegt hatte. Ansonsten besaß sie nichts, was sie hätte einpacken müssen. Tarin hatte sich mit Yuron um die Vorräte gekümmert.

Sie legte die ledernen Gurte um ihre Schultern und zog sie fest. Als sie die letzte Schnalle schloss, fiel ihr Blick auf ihre Hand – und auf das feine, kaum sichtbare Zeichen auf ihrem Handballen. Sie schluckte schwer. Was sich hinter dieser Rune verbarg, die Nazar ihr in Onamdra überlassen hatte, würde sie jetzt wohl nicht mehr erfahren.

»Ich bin gestern Abend mit deinem Freund den Weg durchgegangen, den ihr nehmen werdet«, begann Yoaf, als sie die Bibliothek verlassen hatten, und sah nicht, wie sie bei diesen Worten kurz stockte. »Tarin wird euch führen.«

Sie atmete tief aus.

»Ihr geht erst am Strand entlang bis zum Moor im Nordosten. Am Strand werden euch keine Soldaten begegnen, zumindest haben wir so nah bei der Küste noch nie einen Mann des Königs gesehen. Außerdem kann Aidan euch dort auch mit Magie schützen.«

Ein Lächeln stahl sich auf ihr Gesicht. Mit Magie schützen konnte sie sich inzwischen auch selbst.

»Ein paar meiner Männer werden euch am Moor erwarten und hindurchführen, dann werdet ihr durch ein kleines Gebirge gehen und bald den Phandras-Wald erreichen.«

Sie runzelte die Stirn. »Müssen wir unbedingt über das Gebirge? Auf den Karten war daneben ein anderer Wald eingezeichnet, wäre dieser Weg nicht einfacher?«

Er schüttelte vehement den Kopf. »Auf keinen Fall. Diesen Wald solltet ihr meiden, er ist gefährlich. Noch gefährlicher als das Gebirge.«

»Warum ...«

»Ihr solltet etwa eine Woche brauchen, wenn nichts schiefgeht«, unterbrach er sie. Inzwischen hatten sie die unterste Ebene erreicht, doch Yoaf führte sie nicht den ihr bekannten Weg entlang, sondern schob sie durch winzige Gänge.

Sie kam gar nicht dazu, nachzufragen, was an diesem Wald gefährlich war, da sprach er schon weiter: »Hör zu, Leyna. Ich muss dir noch etwas sagen.« Er dämpfte seine Stimme und sah nervös über die Schulter, doch der Gang hinter ihnen war leer. »Ich würde wirklich gern mit dir gehen oder dir immerhin mehr Männer zur Seite stellen, aber ich kann nicht. Eigentlich dürfte ich dir das gar nicht sagen, aber es gibt einige ... Änderungen. Yuron hat dir sicher gesagt, dass er bis zum Frühling auf dich warten wird, aber er hat andere Andeutungen gemacht. Er ist der Meinung, dass wir inzwischen genügend Krieger haben, um den Palast zu verlassen. Um den Menschen wirklich zu helfen.«

Ihr war sofort klar, was er meinte. »Er will den König angreifen? Jetzt?«, fragte sie fassungslos. Ihr alter Freund nickte. »Yoaf, das darf er nicht, er ...«

»Ich weiß, Leyna, ich weiß! Es ist dumm und vorschnell, aber ich denke, es ist sein verletzter Stolz. Natürlich ist er froh darüber, dass es dich gibt und dass du den Menschen Hoffnung gegeben hast. Aber ich glaube, er fürchtet, dass sein Name so in Vergessenheit geraten wird. Dass er keine wichtige Rolle mehr zu spielen hat.«

»Aber das ist doch Unsinn! Er hat so viel geleistet, so viel ...«

Als sie eine kleine Tür erreichten, griff Yoaf nach ihrem Arm und hielt sie zurück. »Natürlich hat er das, aber das sieht er nicht so. Er denkt, es ist nicht genug.« Er legte eine Hand auf die Klinke und sah sie eindringlich an.

»Du musst ihn daran hindern, Yoaf«, bat sie leise. »Er darf nichts Unüberlegtes tun. Es bringt doch nichts, wenn er jetzt ein einzelnes Dorf von den Soldaten befreit. Gegen eine Übermacht jetzt schon Männer zu verlieren, wäre …«

»Nur deshalb bleibe ich hier, Leyna. Ich tue, was ich kann.« Dann öffnete er die Tür und schob sie hinaus in einen ihr bekannten, jetzt aber hoffnungslos überfüllten Gang. Vollkommen perplex prallte sie zurück, als tobender Jubel ausbrach. Ihr überraschtes Keuchen ging im Lärm der Menge unter.

Yoaf warf ihr nur einen entschuldigenden Blick zu. Alle im Palast lebenden Menschen schienen hier versammelt, riefen ihr etwas zu, streckten die Hände nach ihr aus. Es war wie bei ihrer Ankunft. Es war schrecklich.

Ihre Kehle war wie zugeschnürt, während sie durch die Menge gingen.

Yoaf bahnte ihnen einen Weg. »Ich wollte nicht, dass du dir vorher schon Gedanken darüber machst«, schrie er ihr über den Lärm hinweg zu. Sie schluckte. Ja, das war wohl besser so gewesen.

Kurz konzentrierte sie sich, ballte die Luft in ihren Ohren zusammen und verschloss sie so. Angenehme Stille breitete sich über sie und endlich trat sogar ein angestrengtes Lächeln auf ihre Lippen. Sie konnte es Yuron nicht übel nehmen, dass er all diesen Menschen die Möglichkeit geben wollte, sie noch einmal zu sehen. Schließlich war sie das Symbol der Hoffnung.

Endlich erreichten sie die Treppe, die, wie sie sich erinnerte, zu der unterirdischen Höhle führte, in der die Kugel lag, die sie zur Oberfläche bringen würde. Endlich waren sie wieder allein. Zumindest für einen kurzen Moment.

»Wo sind die anderen?«, fragte sie irritiert. Hätten sie nicht mit ihr zusammen hierherkommen sollen?

»Vermutlich schon unten, um der Menge zu entkommen. Wir haben ein bisschen länger für den Weg gebraucht.«

Sie gingen die Stufen hinunter, das Licht vor ihnen wurde immer heller.

»Sag, Yoaf, was ist mit ...« Sie brachte es nicht fertig, den Satz zu beenden.

Er sah zu ihr herunter und schien sofort zu wissen, von wem sie sprach. »Er hat den Palast schon gestern Nacht verlassen, Leyna. Es tut mir leid.«

Ihre Kehle wurde noch ein Stück enger, und sie musste sich zu einem weiteren Lächeln zwingen, als sie die Höhle erreichten. Dort warteten Yuron, Eda und Tarin mit Urs auf der Schulter neben der im Wasser liegenden Kugel. Aidan und Alessa fehlten.

Tarin konnte wie immer den Blick nicht von den im Wasser treibenden Fheenyas abwenden. In der Hand hielt er den schlichten Bogen, den einer der Jungen, mit denen er sich in der Bibliothek angefreundet hatte, ihm vor einer Weile geschenkt hatte.

»Ah, Leyna, da bist du ja endlich«, begrüßte Yuron sie mit dem üblichen Lächeln. Unsicher erwiderte sie es. Was verbarg dieser Mann? Immer lächelte er. Alessa gegenüber hatte er so seltsam unbeherrscht gewirkt, aber ansonsten schien er immer fröhlich und gefasst. Als hätte er zwei vollkommen verschiedene Gesichter. Das des verantwortungsbewussten, zuvorkommenden Anführers – und das eines Mannes, der stets als Sieger hervorgehen wollte. Dem es wichtiger war, als Held gefeiert zu werden, als dieses Land wirklich zu befreien.

»Wir haben eine ganze Weile oben auf dich gewartet, aber deinem jungen Freund hier wurde es irgendwann zu viel.«

Tarin lächelte ihr entschuldigend zu.

Urs hingegen lachte laut. »Eine Weile ist gut, wir standen kaum da oben, da wollte er schon weglaufen!«

»Das stimmt doch überhaupt nicht!«

»Oh doch! Du ...«

»Schon in Ordnung, Urs«, unterbrach Leyna den Varnir kopfschüttelnd. »Ich war doch ohnehin noch nicht da.«

Urs verschränkte die Arme vor der Brust. »Ich wollt's ja nur sagen ...«

»Leyna, ich habe noch etwas für dich.«

Dankbar für die Unterbrechung wandte sie sich Eda zu.

Ihre langen, bunten Tücher hinterließen eine deutliche Spur auf dem sandigen Untergrund, als Alessas Mutter auf sie zukam und ihr ein schwarzes, zusammengebundenes Tuch reichte. »Das sind die Beeren, von denen du gesprochen hattest.« Ehrliche Freude klang in ihrer Stimme mit. »Einer der Händler kannte sie. Ich hoffe, sie erinnern dich ein wenig an dein Zuhause.«

Leyna fehlten die Worte. Zögernd griff sie danach und verbot sich jeden wehmütigen Gedanken. Sie liebte diese Beeren. Immer schon.

»Du musst dich nicht bedanken«, fügte Eda schnell hinzu. »Sieh es als Abschiedsgeschenk.«

»Ich danke Euch trotzdem«, murmelte sie und schenkte Eda ein glückliches Lächeln, bevor sie das Tuch wieder zusammenband und es in ihrer Manteltasche verstaute.

»Hey, pack sie doch nicht weg! Die können wir gleich auf dem Weg ...«

»Urs, das ist ihr Geschenk, sie darf es essen, wann immer sie will. Du kannst doch nicht schon wieder Hunger haben!«

»Warum denn nicht? Ich muss nur an das Essen von gestern denken und könnte sofort wieder zuschlagen!«

Oh ja, das glaubte sie ihm aufs Wort. Man könnte fast meinen, Urs' ohnehin schon runder Bauch wäre in den wenigen Wochen hier noch ein wenig ausladender geworden.

Als ob der Varnir ihren Blick spüren würde, legte er verlegen die kleinen Hände auf das rote Fell. »Gut, ähm ... Haben wir dann alles?«

Leyna richtete ihre Aufmerksamkeit auf die verstauten Vorräte, von denen Yoaf gesprochen hatte. »Soll ich dir etwas abnehmen, Tarin?«

Ihr Freund ging unter der Last des Rucksacks deutlich vorgebeugt. »Du hast doch deine Schwerter, Leyna. Die paar Vorräte schaffe ich schon«, tat er ihr Angebot ab.

»Aber du hast auch deinen Bogen und ...«

»Das Ding kann er sich doch einfach über den Hals hängen und der Pfeil-Halter steckt doch schon im Rucksack! Wirklich, Leyna, lass ihn ruhig auch mal was machen«, bekräftigte Urs grinsend.

»Ihr solltet jetzt wirklich aufbrechen«, meinte Eda und warf einen besorgten Blick zum Wasser. »Das Meer ist unruhig. Oben wird es noch schlimmer sein.«

Yuron nickte. »Meine Frau hat recht.« Er neigte den Kopf, wie um eine Verbeugung anzudeuten. »Mögen die Götter euch auf eurem Weg schützen. Wir werden Eure Rückkehr sehnlichst erwarten, Gotteskind.«

Hatte er sie seit ihrer Ankunft auch nur einmal mit ihrem Namen angesprochen? Nein. Auch für ihn war sie stets das Gotteskind.

Sie sah noch einmal zurück zu der Treppe, die sie gerade noch heruntergekommen waren. War Alessa nicht gekommen, um hier nicht mit ihrem Vater warten zu müssen? Sie hätte sich gern von ihr verabschiedet.

»Wenn ich wiederkomme, werde ich stark genug sein«, versicherte sie dann, um eine feste Stimme bemüht.

Eda lächelte ihr aufmunternd zu. »Dessen sind wir uns sicher, Leyna. Unser aller Hoffnung liegt in dir.«

Nicht nur unsere. Die eines ganzen Landes. Enttäusche uns nicht.

Erschrocken sah sie sich um. Woher kam diese Stimme in ihrem Kopf? Bis jetzt hatte nur Sivan in ihren Gedanken zu ihr gesprochen, als es nötig gewesen war. Aber diese Stimme hatte nicht Sivan gehört – sondern Aidan. Sie meinte sofort, seine harten, stahlgrauen Augen vor sich zu sehen.

Enttäusche uns nicht.

»Ist alles in Ordnung, Leyna?«

Blinzelnd wandte sie sich zu Yoaf um.

»Ja, ich …«

Doch da drückte er sie auch schon fest an sich. Das Metall auf seiner Brust beschlug unter ihrem Atem, als sie die Umarmung erwiderte und kurz die Augen schloss.

»Wir sehen uns bald wieder«, flüsterte er. Kurz berührten seine Lippen ihre Stirn, ließen sie für einen Augenblick daran zurückdenken, wie einfach ihr Leben vor so vielen Jahren noch gewesen war, als er dies so oft getan hatte.

Dann trat er zurück und zwinkerte ihr zu.

Schnell nickte sie, wandte sich um und stieg ebenfalls in die Kugel.

»Auf Wiedersehen«, rief Tarin und verschwand in ihrem Inneren. Leyna warf Alessas Eltern ein letztes Lächeln zu. Abschiede waren ihr noch nie leichtgefallen, und da es nicht für lange Zeit war, fühlte sie sich nicht verpflichtet, große Reden zu schwingen. Das hatte Yuron schon am Vorabend getan.

Sie sah nicht zurück, winkte nicht wie Tarin, als sich die Tür schloss und die Kugel versank. Jetzt, da sie keine unbekannten Gefangenen mehr waren, hatte man die Scheiben nicht verdunkelt.

Als sie vollkommen untergetaucht waren, ließ Tarin sich erleichtert zurücksinken.

»Es geht wieder ans Land, Urs!«, rief er. »Endlich wieder wirkliche Sonne, richtiger Wind auf dem Gesicht.«

Enttäusche uns nicht.

»Tarin ... Gab es auch Menschen, die dazu in der Lage waren, die Gedanken anderer zu beeinflussen?«

Etwas überrascht unterbrach er seine Schwärmerei. »Nur sehr wenige. Die Magie der Gedanken ist die höchste und am schwierigsten zu manipulierende. Ich habe nur von drei Menschen gelesen, die dazu jemals in der Lage waren. Allerdings besagen einige Legenden, dass die Gestaltwandler untereinander in ihren Gedanken miteinander sprechen konnten.«

Leyna runzelte die Stirn. Das ergab keinen Sinn, sie war kein Gestaltwandler. Aidan hingegen schon. Es war wohl nötig gewesen, dass er sie noch ein wenig mehr unter Druck setzte. Welch wunderbare Vorstellung.

»Warum fragst du?«

»Ach, nur so.«

Er stieß einen tiefen Seufzer aus und schien sich damit zufriedenzugeben, dann wanderte sein Blick an Leyna vorbei. »Diesen Ausblick werde ich am meisten vermissen.«

»Pah, den Ausblick? Wer braucht denn schon diese Wassermassen und Leute mit komischen Fischteilen am Bauch über sich? Das Essen, das werd' ich vermissen, das sag ich dir!«

Gedankenverloren folgte sie Tarins Blick. Durch das unglaublich klare Wasser konnte sie sehen, wie der Palast unter ihnen immer kleiner wurde. Der Palast, in dem so viele Menschen lebten, so viele

Zuflucht gesucht hatten. So viele, die an sie glaubten und bereit waren, für sie zu kämpfen.

»Essen findet man überall.«

»Aber nicht so ein Essen!«

Tarin schüttelte beinahe fassungslos den Kopf. »Leyna, würdest du mich bitte unterstützen? Du wirst den Ausblick auch vermissen, oder nicht?«

Sie nickte. »Aber natürlich. Auf unserem Weg werden wir wohl nicht so viele wunderschöne Landschaften zu Gesicht bekommen.«

»Da hast du wohl recht.«

»Warum hat sie das?«, fragte Urs. Die Lichtkugel um ihn herum wurde dunkler, je weiter sie sich vom Palast – und von Eda – entfernten.

»Nun ja, ein Moor stelle ich mir nicht sonderlich schön vor«, antwortete Tarin schulterzuckend.

»Ich flieg einfach drüber«, stellte Urs fest und grinste.

»Ja, aber das kann ja nicht jeder von uns.«

»Leyna bestimmt, wenn sie sich anstrengt.«

»Aber das würde sie noch nicht tun. Dafür ist sie noch nicht sicher genug.«

»Das sagst du!«

»Die Männer werden uns schon einen guten Weg zeigen.«

»Und wie sollen sie das machen?«

»Das können sie schon!«

»Na super, das ist ja eine tolle Antwort.«

»Du tust es schon wieder, Urs! Hör auf, dich immer über alles zu beschweren!«

Benommen rieb Leyna sich mit der Hand über die Augen, um die noch immer an ihr haftende Müdigkeit der letzten Nacht zumindest etwas zu vertreiben. Sie sah ins Wasser hinaus, in die Weite unter ihr. Jetzt, da sie allein waren, galten ihre Gedanken anderen Dingen als dem vor ihnen liegenden Weg.

Auch die auf der anderen Seite der durchsichtigen Wand schwimmenden Fheenyas, die die Kugel zogen, nahm sie kaum wahr. Die rechts roten und links blaugrünen Schwanzflossen bewegten sich kaum und die ungewöhnlich große Flosse auf dem Rücken der

Männer erschienen ihr merkwürdig fad. Tarin schien diese Meinung nicht im Geringsten zu teilen. So genau, wie er die Schuppen betrachtete, würde er sie wohl nie wieder vergessen.

Ihre Gedanken schweiften zu dem, was sie wirklich vermissen würde. Den sie vermissen würde.

Neben einem anderen Gesicht sah sie auch Yoafs vor sich. Es tat weh, ihn schon jetzt wieder zu verlieren, nach nur einem Tag. Gern hätte sie mehr Zeit mit ihm verbracht …

»Leyna! Hallo, hörst du mich?«

Erschrocken fuhr sie zusammen, als sie Urs' Gestalt direkt vor ihren Augen wahrnahm. »Entschuldige, ich … war in Gedanken. Was hast du gesagt?«

Der kleine Varnir stemmte mit einem ärgerlichen Ausdruck auf den Zügen die Hände in die Seiten – ein äußerst amüsanter Anblick. »Ach, nichts. Du sahst nur so abwesend und müde aus.«

Wieder strich sie sich über die Augen.

Tarin musterte sie mit gerunzelter Stirn, gab dann seine an die Wand der Kugel gelehnte Position auf und beugte sich zu ihr herüber. »Das hätte ich ja beinahe vergessen, Leyna. Du hast doch in der letzten Nacht geträumt, oder nicht? Wie war es?« Die Neugier und unverhohlene Begeisterung in seinem Blick verschwanden angesichts ihres müden Seufzers.

»Ich weiß es nicht«, antwortete sie wahrheitsgemäß. »Ich erinnere mich nicht daran.«

»Was soll das heißen, du erinnerst dich nicht?«, warf Urs empört ein. »Ich dachte, nur mit diesen Träumen werden deine Täuschungen perfekt? Wie soll das denn dann gehen?«

Ratlos hob sie die Schultern. Genau diese Frage hatte auch sie den Morgen über begleitet. »Ich erinnere mich noch an ein seltsames Gefühl beim Einschlafen. Als ob ich … immer weiter fallen würde, danach ist alles leer.«

»Aber du fühlst dich nicht erschöpft?«

Sie schüttelte den Kopf.

Tarin lächelte zufrieden. »Das ist schon einmal ein gutes Zeichen. Dass du dich nicht erinnerst, ist normal, viele Menschen erinnern sich niemals an ihre Träume. Bei dir wird sich das mit der Zeit ändern und du wirst dich an immer mehr erinnern können, mach dir keine Sorgen. Dass du nicht vollkommen erschöpft bist, zeigt, dass dein Körper mit der Situation in deinem Traum gut umgehen konnte. Großvater sagte, dass es für einige Gotteskinder sehr anstrengend war, zu träumen, weil sie daran nicht gewöhnt waren und das alles zu viel für ihren Körper wurde. Dass das bei dir nicht so ist, ist doch schon einmal etwas.«

Nachdenklich wiegte Leyna den Kopf hin und her, nicht sicher, was sie davon halten sollte. Wie lang konnte es denn dauern, bis sie sich an ihre Träume erinnerte? Bis ihre Illusionen wirklich echt wirkten?

Tarin streckte seine Arme, bis sie die obere Wand der Kugel berührten. »Der Herbst ist schon fast wieder zu Ende«, stellte er fest. »Dort oben wird es ziemlich kalt sein. Du hast den Herbst sicher schon immer geliebt, oder nicht? Ich habe davon gelesen. Gotteskinder fühlen sich in der Jahreszeit ihres Gottes am wohlsten.«

»Also ich mag den Herbst nicht«, stellte Urs mürrisch fest. »Da ist es immer nur nass und kalt und dunkel und eklig.«

»Das stimmt nicht«, widersprach Leyna leise. »Der Herbst mag kalt sein und die Sonne geht früher unter. Aber das alles führt nur dazu, dass die Menschen näher zusammenrücken. Man sitzt abends zusammen im Warmen, schaut hinaus in die verregnete Nacht und fühlt sich umso wohler bei seiner Familie.« Kurz stockte sie. »Die Tage mögen windig und regnerisch sein, aber sie sind auch wunderschön. Zu beobachten, wie die Blätter ihre Farben verändern, hat mich immer beruhigt. Als ob alles irgendwann einmal seine volle Pracht entfalten kann, auch wenn es nur für kurze Zeit ist.«

Ein Lächeln trat auf Tarins Gesicht. »Kennst du die Legende darüber, warum die Blätter bunt werden?«

Sofort horchte sie auf und schüttelte den Kopf.

»Na, das kann ja spannend werden …«

»Die Legende besagt, dass Caidra, als sie im ersten Herbst der ihr anvertrauten Welt über diese wachen sollte, fasziniert war von dem allgegenwärtigen Leben«, begann Tarin, ohne auf Urs einzugehen. »Sie liebte es, in den Wäldern zu sein, genoss die Schönheit der Bäume, ebenso wie die Wärme der sie durchfließenden

Magie und die Kraft der Winde. Als es immer kälter wurde und diese Wärme verblasste, floss auch die Magie mit jedem Tag träger. Die Bäume hatten nicht mehr die Kraft, ihre Blätter vor der Kälte zu schützen. Sie verloren sie. Entsetzt beobachtete die Göttin des Herbstes, wie die Schönheit ihrer Umgebung zerfiel. Sie wusste, dass ihr Bruder nach ihr den Winter bringen und der Natur so die Zeit der Ruhe und Wiedergeburt bringen würde, dass dies nötig war, um sie im Frühjahr unter Lyras' Kräften neu erblühen zu lassen. Die Göttin aber wollte nicht zulassen, dass die Kälte diese Welt auch schon im Herbst einschläferte. So erklomm sie den höchsten Berg des Calidras-Gebirges, sah auf die Welt hinab und veränderte sie. So wie Yirena im Sommer die Erde unter ihr verändert hatte, um die Bäume zu voller Pracht zu bringen, erfasste Caidra die Magie aller Pflanzen Mirandors. Sie gab ihnen die Kraft, ihr Leben in der Kälte zu erhalten, sich dagegen zu schützen und spürte, wie das Leben in den Wald zurückkehrte. Sie spürte eine dünne Schicht aus Wärme um die Blätter, die die Kälte abschirmte. Glücklich betrachtete sie das entstandene Farbenmeer. In ihrer Zeit würde kein lebender Teil dieser Welt mehr von der Kälte bezwungen werden. In ihrer Zeit würde die Welt sich selbst schützen können und noch einmal in voller Pracht erscheinen. Sie sah auf und betrachtete den einzelnen, auf diesem Berg stehenden Baumriesen, dessen weitverzweigte Äste in den unterschiedlichsten Rot- und Gelbtönen erstrahlten. Das ruhige Pulsieren seiner Kraft beruhigte sie, gab ihr Hoffnung, die ihr auferlegte Aufgabe meistern zu können. Dankbar legte sie eine Hand auf den Stamm, um der Kraft noch näher zu sein, und ihre Berührung veränderte noch etwas anderes. Ein Teil ihrer Magie fand die des Baumes, floss durch sie hindurch, bis sie jeden Teil von ihm erfasst hatte. Dort, wo sie blieb, erstrahlten die Blätter silbern und glänzten im Licht der hellen Sonne. Caidra verhinderte es nicht, nein, von da an schenkte sie jedem Baum, den sie im Calidras-Gebirge kreuzte, eine Berührung, um ihn bei ihrem nächsten Besuch ebenfalls erstrahlen zu lassen. Um jedem, der diese Pracht sah, dieselbe Hoffnung zu schenken, die diese Bäume in ihr geweckt hatten.«

Als Tarin schwieg, wartete Leyna kurz darauf, ob noch etwas folgen würde. Doch er fuhr nicht fort und so lehnte sie sich nachdenklich zurück.

Deshalb trugen nur die größten, die ältesten Bäume im Gebirge die wunderschönen silbernen Blätter.

»Warum ... warum habe ich davon nicht im Palast lesen können?«, murmelte sie. »Ich habe viele Legenden gefunden, aber vor allem über Kyon.«

»Viele Geschichten wurden nie aufgeschrieben«, erklärte Tarin, »sondern nur in den Tempeln erzählt. Natürlich ist hier im Norden mehr über den Gott des Winters bekannt.«

»Dann musst du mir unbedingt noch mehr erzählen.«

Er lachte. »Ich gebe mein Bestes.«

In Gedanken ging Leyna die Geschichte noch einmal durch.

»Tarin, hast du gerade wirklich gesagt, Kyon sei Caidras Bruder?«

»Ja. So ist es in vielen Erzählungen überliefert.«

Sie runzelte die Stirn. »Sind Lyras und Yirena auch Geschwister?«

»Nicht, dass ich wüsste.«

Caidra hatte einen Bruder. Hatte sie dann auch ... Eltern? Hatten Götter Eltern? So genau hatte sie darüber noch nie nachgedacht. Woher kamen die Götter, wenn es in den Legenden hieß, dass ihnen diese Welt anvertraut worden war? Was konnte ...

»Na endlich, wir sind da! Wir sind da!«, riss Urs sie aus ihren Gedanken.

Tarin musterte sie fragend, als würde er ahnen, was sie dachte. Doch er kam nicht mehr dazu, etwas zu sagen, denn da wurde die Verriegelung gelöst und ein Teil der Wand der Kugel zur Seite geschoben.

»So schnell sieht man sich wieder«, begrüßte sie eine ihnen schon bekannte Gestalt. Firas reichte Leyna lächelnd die Hand. Sie ergriff sie und verschob die Grübelei auf einen späteren Zeitpunkt.

»Ich hätte nicht gedacht, dass ihr nach so kurzer Zeit schon wieder geht«, merkte der Hauptmann der äußeren Wache an, »aber da kann man wohl nichts machen.«

»Leider nicht«, bestätigte Leyna.

Firas nickte, schien keine weitere Zeit verschwenden zu wollen und ging wortlos in den Gang, der, wie sie wussten, seinen verborgenen Ausgang in einem Felsen am östlichen Rand des Strandes der Nordküste fand.

Tarin und Urs folgten ihnen.

»Es wurde euch wahrscheinlich schon oft gesagt, aber ich tue es lieber noch einmal«, begann Firas gleich. »Geht einfach weiter bis zum anderen Ende des Strandes, dort beginnt das Moor. Haltet euch nahe der Steine am Rand der Ebene. Aidan wird über euch wachen und euch schützen, bis ihr die Männer am Moor erreicht habt. Es sind vier meiner besten Krieger, sie werden euch sicher hindurchführen.«

Leyna nickte.

»Ich möchte mich noch einmal für mein Verhalten bei unserer ersten Begegnung entschuldigen, Gotteskind«, bemerkte der Hauptmann kurz darauf.

»Bitte nennt mich Leyna«, murmelte sie. »Und das ist schon in Ordnung. Ihr wusstet nicht, wer ich bin.«

»Jetzt weiß ich es«, erwiderte er und blieb vor der Felswand am Ende des Tunnels stehen. »Ich wünsche Euch viel Glück. Viele haben Euer Training beobachtet und gesehen, wozu Ihr in der Lage seid. Wir glauben an Euch.«

Er konnte nicht wissen, wie sehr sie diese Worte noch immer beunruhigten.

»Gebt dort draußen auf Euch Acht«, fuhr Firas fort. »Gerade tobt wieder eines der hier typischen Herbstgewitter. Sie ziehen vom Gebirge zu uns herüber.«

Leyna nickte. »Ich komme aus dem Gebirge.«

»Dennoch werdet Ihr erstaunt sein«, erwiderte Firas lächelnd. »Aidan erzählte einmal, dass sie in der Suras-Wüste im Süden entstehen und dann nach Norden zu uns ziehen, hier über dem Wasser und bei den Inseln aber noch einmal viel stärker werden. Gerade ist es vom Strand weg auf das Wasser gezogen, wenn ihr nicht zu nah herangeht, wird es euch also nicht aufhalten.« Er ging einen Schritt zurück, um Tarin neben sie treten zu lassen.

In Leynas Kopf hallten seine Worte wider, kannte sie doch eine viel schönere Geschichte über die Entstehung der Gewitter.

»Viel Glück! Mögen die Götter über euch wachen!«, rief der Hauptmann, hob die Hand zum Abschied und verschwand wieder hinter der Biegung des Ganges, als ob er es sehr eilig hätte.

»Na dann, worauf warten wir noch?« Urs klopfte ungeduldig auf Tarins Schulter.

Gedankenverloren richtete Leyna den Gurt, mit dessen Hilfe ihre Schwerter auf ihrem Rücken befestigt waren, genau wie ... Sivan es immer getan hatte.

Ja, worauf wartete sie noch? Sie wollte nicht gehen. Hatte das Gefühl, dass etwas fehlte. Etwas zurückzulassen.

Sie spürte, dass Tarin sie mit einem seltsamen Blick bedachte und versuchte tunlichst, diesen zu ignorieren.

Natürlich wusste er, was sie dachte, er kannte sie inzwischen so gut.

Bitte seid still, flehte sie stumm. *Bitte, seid beide still. Einen Moment. Ich brauche nur einen Moment.*

»Es war seine Entscheidung, Leyna.«

Das wusste sie.

»Wir können ihn nicht zu etwas bringen, das er nicht will.« Das wusste sie. »Er würde darauf wahrscheinlich so oder so nicht eingehen ...«

Auch das wusste sie.

»Hey, Leyna.« Tarin griff nach ihrem Arm und brachte sie dazu, ihn anzusehen. Als sie sich ihm widerstrebend zuwandte und seinen Blick fast schon trotzig erwiderte, stand Sorge darin.

»Wir schaffen das, Leyna. Egal, was passiert.« Seine Stimme klang so überzeugend, so fest. »Mach dir keine Sorgen. Du bist das Gotteskind und du wirst deinen Weg finden. Ich werde immer bei dir bleiben, ich werde dir immer helfen.«

»Ich weiß, Tarin«, antwortete sie leise, doch seine Worte drangen nicht wirklich zu ihr durch.

»Hey, und ich natürlich auch!«, wandte Urs ein, doch Tarin beachtete ihn gar nicht.

Gerade wollte sie sich abwenden, da hielt er sie erneut fest und suchte ihren Blick.

»Leyna. Was auch immer gestern passiert ist, du triffst deine eigenen Entscheidungen. Keine Magie kann dich dazu bringen, etwas zu tun, das du nicht willst.«

Sie runzelte die Stirn.

»Da hat er mal recht, Leyna. Magie macht, was sie will, aber alles kann man damit jetzt auch nicht machen … Worauf auch immer der Blonde hier raus will.«

Sie nickte nur und beschloss, dass sie das gar nicht wissen wollte. Sanft, aber bestimmt entzog sie sich Tarins Griff, atmete einmal tief ein, schloss die Augen – und trat durch den Fels.

6

Das Erste, was sie wieder wahrnahm, war der peitschende Wind. Sofort hob sie schützend eine Hand vor ihr Gesicht. Dann erst öffnete sie die Augen und zog mit der anderen Hand ihren Mantel enger um sich. Oh ja, hier tobte ein Gewitter.

Als sie den Blick hob, sah sie die bedrohlichen Wolken über dem Meer vor sich aufragen. Wie eine dunkle Hand schienen sie nach den weiter draußen liegenden Inseln greifen zu wollen, die noch von einem Hauch von Licht umgeben waren. Dort vorn prasselte der Regen auf die Wasseroberfläche. Ihre so viel schärferen Augen sahen jeden einzelnen Tropfen eintauchen, ihre Ohren hörten jeden Aufprall. Riesige Wellen waren aufgekommen und schmetterten mit einem donnernden Dröhnen gegen die Felsen. Jedes Sonnenlicht schien von den tief hängenden Wasserträgern abgehalten zu werden. Trotz des noch frühen Tages wurde es nur wenige Manneslängen von ihnen entfernt vollkommen dunkel. Einzig die weiße Gischt konnte auch für den jetzt neben sie tretenden Tarin erkennbar sein.

»Das ist …«

Sie nickte nur. Auch ihr fehlten die Worte, als seine Stimme von einem wirklichen Donner übertönt wurde.

Dann schlug der Blitz ein.

Ungläubig sahen sie zu, wie sich die hellen Linien immer weiter verzweigten, bis sie schließlich auf die Wasseroberfläche trafen. Auch hier sah sie jedes Detail, erkannte, wie sich die geballte Energie ihren Weg zwischen den Wolken hindurch suchte, und das so schnell, dass Tarin wohl nur ein einzelnes Aufleuchten sah. Es waren unglaublich viele, als hätten die übrigen nur darauf gewartet, dass der Erste sich entlud, um ihm nun zu folgen.

Sie spürte, dass Tarin instinktiv einen Schritt zurückgewichen war. Ja, wahrscheinlich war es nicht ungefährlich, so nah am direkten Zentrum des Gewitters zu stehen, doch sie hatte keine Angst. Im Gegenteil. Sie hätte die Luft vor sich erstarren lassen können, um die peitschenden Winde von ihr fernzuhalten. Doch das sich vor ihr entfaltende Schauspiel faszinierte sie nicht nur, es zog sie geradezu an. Auch in den Bergen bei Alanya hatte sie schon Blitze gesehen, aber niemals so viele. Niemals so lange, so beeindruckende. Niemals war ihr so viel Energie in einem begegnet.

Ihr Instinkt zwang sie einen Schritt vor und brachte die Konzentration zurück.

Hier stand sie, vor dem heftigsten Sturm, den sie je erlebt hatte, starrte zu den Blitzen empor, die einfach nicht abnehmen wollten, und suchte nach ihrer Magie.

Was sie fand, ließ sie scharf die Luft einziehen.

Sie spürte bloße Macht. Die geballte Magie dieses Leuchtens war so kraftvoll, so gewaltig und lebendig, dass sie diese kaum erfassen konnte.

Eine Hand legte sich auf ihre Schulter. »Leyna«, flüsterte Tarin und zog sie zwei Schritte zurück. »Komm. Hier ist es gefährlich, wir sollten den Strand so schnell wie möglich überqueren …«

»Das seh ich auch so«, murmelte Urs, der sich angesichts des Windes noch stärker als sonst an Tarin festhalten musste.

Sie schluckte, wandte sich mühsam um und ließ ihren Blick über den Strand wandern, um das Bild der Blitze aus ihrem Kopf zu verbannen.

Einen Moment wunderte sie sich über die Eisplatten im rauschenden Meer zu ihrer Linken, doch dann fiel ihr wieder ein, dass sie immer dort waren. *Am Ende des Rundes das Wasser gefriert.*

»Tarin, ich …«

»Leyna! Bei Kyons Zorn, beinahe hätte ich euch …« Reflexartig fuhr ihre Hand hinter ihren Rücken, packte den Griff ihrer Klinge und zog sie heraus.

»... nicht bemerkt. Aber nur deshalb musst du mich wirklich nicht gleich angreifen.«

Als sie erkannte, wer da lächelnd und mit erhobenen Händen vor ihr stand, ließ sie die Waffe sofort wieder sinken. »Alessa! Was ... was tust du hier?«

Alessa trat einen Schritt näher. Sie war vollkommen in Schwarz gekleidet, trug einen weiten Mantel und ein dunkles Fell um die Schultern. Ein schlichter, lederner Rucksack hing über ihrem Arm und im Gegensatz zu Leyna hatte sie ihre Haare zusammengebunden, sodass sie ihr nicht wild um den Kopf schlugen. Sie musste hinter einem der nächsten Felsen gesessen haben.

»Ich vertrete mir nur die Beine«, antwortete sie mit lauter Stimme, bevor sie einen misstrauischen Blick zum Eingang warf. »Seid ihr allein?«

Leyna nickte verwirrt. »Warum bist du hier?«, fragte sie erneut.

Alessa schnaubte leise. »Natürlich liebe ich einfach nur die Kälte und stehe gern hier draußen. Bei Yirenas heißen Flammen, Leyna. Ich möchte mit euch kommen.«

Sie musste sich verhört haben. Der Wind spielte ihr einen Streich. »Du möchtest was?«

»Leyna ... bitte.« Es war ihr anzusehen, wie ungern sie um etwas bat. »Ich bin nicht gerade wehrlos und ich werde für dich kämpfen. Mit dir kämpfen, wenn ihr doch auf Soldaten stoßt und ... auch sonst. Außerdem brauchst du eine Freundin, die mit dir geht.« Sie warf Tarin einen kurzen entschuldigenden Blick zu, doch dieser schien noch viel zu überrascht, um ihr die Worte übel zu nehmen.

Leyna runzelte unsicher die Stirn. Eigentlich hatte sie bereits darüber nachgedacht, Alessa zu bitten, sie zu begleiten, sie dann aber keiner unnötigen Gefahr aussetzen wollen. »Warum hast du mich nicht schon gestern gefragt? Warum schleichst du dich hierher?«

»Mein Vater«, antwortete sie sofort und ein harter Ausdruck trat auf ihr Gesicht. »Er hätte mich nie gehen lassen, egal, was ich gesagt hätte. Meine Mutter weiß es, sie wird es ihm sagen.«

Leyna sah zu Tarin, der nur mit den Schultern zuckte und ihr die Entscheidung überließ.

»Bist du dir auch wirklich sicher? Du weißt, dass es gefährlich werden kann und ...«

»Leyna. Ich kann mich verteidigen, das hast du schon oft gesehen. Ich möchte dir helfen. Außerdem willst du doch nicht wirklich die ganze Strecke allein mit Tarin laufen? Ich meine ...« Wieder ein kurzer entschuldigender Blick. »... Du weißt schon.«

»Sie weiß was?«

»Du bist keine Frau, Tarin.«

»Oh.« Tarin nickte bekräftigend. »Allerdings nicht.« Erst dann schien ihm aufzufallen, dass diese Tatsache soeben gegen ihn verwendet worden war. Gerade öffnete er empört ein weiteres Mal den Mund, da sprach Alessa schon weiter. Natürlich nicht ohne ein leichtes Lächeln auf den Lippen.

»Ich bitte dich, Leyna. Such nicht weiter nach Gründen, um mich hierzulassen.«

Leyna unterdrückte ein Seufzen und schüttelte den Kopf angesichts Alessas Hartnäckigkeit. Dann aber nickte sie. Schließlich konnte auch sie ein Lächeln nicht mehr zurückhalten. »Es wäre schön, dich dabeizuhaben.«

»Oh, das finde ich auch!«, meldete sich Urs zu Wort. »Kriege ich dann nachts wieder so eine Lichtkugel? Die ist grad verschwunden. Aber du kannst das doch auch, oder?«

Augenblicklich verschwand die Erleichterung aus Alessas Blick. »Nun ja, also ...«

»Lasst uns erst einmal aufbrechen«, forderte Leyna, die schon geahnt hatte, dass Alessa dieses Thema nicht gefallen würde. »Wir gehen einfach an den Steinen entlang in Richtung Westen?«

»Richtig«, bestätigte Tarin und ging neben ihr und Alessa an den Felsen entlang über den Sand.

Im Süden sah sie undeutlich die Türme einer Stadt aufragen. Mindras. Sie hatte über diese unglaublich hohen Türme gelesen, von denen aus man auch einen halben Tagesritt vom Meer entfernt nahende Schiffe erkennen konnte. Die Ziegel glühten rot im Licht der dort noch hell scheinenden Sonne. Schon auf ihrem Weg hierher hatten sie die einen halben Tagesritt entfernt liegende Stadt weitläufig umgangen und aus demselben Grund würden sie jetzt sogar den beschwerlichen Weg durch das Moor auf sich nehmen, dessen erste Ausläufer sie schon dicht vor sich sahen. Es würde nicht lange dauern, sie zu erreichen.

»Kennst du den Weg, den wir gehen werden, Alessa?«, fragte Leyna, während ihr Blick wieder hinüber zum Wasser wanderte. Das Gewitter war kaum noch zu sehen, so schnell war es weitergezogen.

Alessa nickte. »Natürlich. Tarins Orientierung wollte ich uns beide nun wirklich nicht aussetzen. Nach den Vorfällen im Palast hatte ich Angst, sonst erst im Sommer anzukommen.«

»Hey! Ich habe mich nicht … so oft verlaufen.«

Leyna lachte und sah dann nach vorn, zum unschönen Teil ihrer Reise. Sie war noch nie in einem Moor gewesen, hatte aber Bilder davon gesehen und darüber gelesen. Nur die knorrigen Raenu-Bäume wuchsen dort, wenn man sie denn noch so nennen konnte. Durch den ständigen Regen hatte sich der Boden in einen sumpfähnlichen Untergrund verwandelt, der aber ständig wieder trocknete, wenn der Regen ausblieb. Sie hatte gelesen, dass man, wenn man unvorsichtig war, sogar darin versinken konnte, weil der Zusammenhalt der Erde – oder was auch immer es einmal gewesen war – an einigen Stellen viel schwächer war als an anderen. Ganz zu schweigen von dem Geruch, der in dem Buch beschrieben worden war, hervorgerufen durch das Versinken einzelner Bäume, die unter der Oberfläche langsam zersetzt wurden. Genauer hatte sie darüber gar nicht nachdenken wollen und hätte auch jetzt noch ohne Zögern einen Marsch durch ein Gewitter dem Moor vorgezogen.

»Du solltest dir nicht allzu viele Gedanken um das Moor machen«, stellte Alessa neben ihr fest, als hätte sie ihre Gedanken gelesen. »Es gibt sichere Wege hindurch. Man muss nur wissen, wie man sie findet.«

Gerade wollte Leyna sie darauf hinweisen, dass sie es doch war, die den Palast noch nie wirklich verlassen hatte, da kam ein seltsames Gefühl in ihr auf.

Irritiert sah sie über den Strand, konnte aber nichts Ungewöhnliches entdecken.

»Ist da irgendwas?«, fragte Urs sofort alarmiert, sprang von Tarins Schulter und sah sich hektisch um. »Doch nicht jetzt schon Soldaten, oder? Sollen wir rennen? Die hätten uns ruhig ein paar Leute mitgeben können, die ...«

»Nein, Urs«, antwortete sie geistesabwesend und ließ ihren Blick noch immer über die Ebene vor ihnen schweifen. »Da ist nichts.«

»Es ist schon gut, dass niemand dabei ist«, warf Tarin ein. »Je weniger wir sind, desto unauffälliger bleiben wir. Außerdem überwacht Aidan uns sicher.«

»Im Moor gibt es keine Soldaten«, fügte Alessa hinzu. »Und falls sich doch ein paar von ihnen dorthin verirren ...« Lächelnd legte sie die Hand auf einen kurzen, schmalen Gegenstand, der an ihrem Gürtel hing. »... Werde ich Leyna mit Freuden dabei unterstützen, sie von uns fernzuhalten.«

Tarins Augen weiteten sich, Urs runzelte die Stirn.

»Und wie das? Mit einem Stück Holz mit einem Seil dran?«

»Das ist eine Peitsche, Urs«, berichtigte Leyna ihn. Im Gegensatz zu Tarin hatte sie Alessa einige Male damit trainieren sehen, wenn sie die Gärten in den frühen Morgenstunden erreicht hatte. Niemand sonst war um diese Zeit schon dort gewesen, niemand hatte ihr zugesehen. Schon damals hatte Leyna dies bedauert. Sie war ehrlich fasziniert gewesen von der Eleganz von Alessas Bewegungen mit dieser Waffe. Ein kleiner Wink des Handgelenkes reichte aus, um das Ende alle möglichen Variationen vollführen zu lassen, und Alessa kannte viele dieser Variationen. Wickelte man das Ende hingegen um den Griff, wirkte sie beinahe harmlos.

»Wie soll man denn damit vernünftig kämpfen?«, fragte Urs, nicht überzeugt.

Ein Lächeln stahl sich auf Alessas Gesicht. »Glaub mir, kleiner Varnir, ein einziger Schlag würde dich sofort zum Verstummen bringen. Und das auch ohne diesen kleinen Zusatz.« Sie griff nach dem Ende ihrer Peitsche und hielt sie hoch, sodass sie alle einen Blick darauf werfen konnten.

Urs wurde ganz blass, als er die kleinen Widerhaken erkannte, die dort angebracht waren.

Auch Leyna fuhr ein eisiger Schauer den Rücken hinab.

»Bleib mir bloß weg mit dem Ding«, forderte ihr kleiner Freund prompt.

Alessa befestigte den Griff noch immer lächelnd wieder an ihrem Gürtel.

Leyna kam nicht dazu, ebenfalls darüber zu lachen, sondern blieb ruckartig stehen. Diesmal bildete sie es sich nicht ein. »Wartet hier«, forderte sie die anderen auf, ohne eine Antwort zu erwarten.

Zögernd ging sie einige Schritte weiter und spähte diesmal nicht über den Strand, sondern zwischen den Felsen hindurch auf die dahinterliegende Ebene. Als das Gefühl immer intensiver wurde, zog sich ihr Magen zusammen.

Nein, das konnte nicht sein.

Nicht, wiederholte eine leise Stimme in ihrem Kopf.

Einen Moment lang spielte sie mit dem Gedanken, einfach wieder zurück zu den anderen zu gehen. Dann trat sie vor, zwischen zwei der hoch aufragenden Felsen. Der Sand unter ihren Füßen knirschte leise. Vielleicht übertönte das ja ihr wild schlagendes Herz.

Sie hielt den Blick stur nach vorn auf den in weiter Ferne aufsteigenden Rauch gerichtet, traute sich nicht, nach links zu sehen.

»Du hast deinen Auftrag erfüllt«, stellte sie fest. Ihre Stimme hätte fest und nüchtern klingen sollen, doch sie zitterte.

Sie spürte, dass er einen Schritt nähertrat. Sein Schatten verlängerte den des Felsens, überdeckte ihren eigenen.

»Nein, das habe ich nicht.« Seine Stimme war ruhig, in keiner Weise zittrig.

Langsam wandte sie sich ihm zu und sah ihn an.

Da stand er wieder vor ihr, vollkommen in Schwarz gekleidet. Der Griff des verbliebenen Schwertes ragte hinter seinen Schultern auf, und der Wind, der vom Wasser herüberwehte, brachte seine Haare ebenso zum Tanzen wie ihre. Den ganzen Morgen über hatte sie sich nichts sehnlicher gewünscht und nichts mehr gefürchtet. Sie hatte fest daran geglaubt, ihn nie wiederzusehen. »Du solltest mich zum Widerstand bringen.«

Er erwiderte ihren Blick und nickte langsam.

»Damit ist dein Auftrag erfüllt«, wiederholte sie in dem verzweifelten Versuch, bei diesem Gespräch die Oberhand zu behalten, doch schon sein leichtes Kopfschütteln ließ sie unruhiger werden.

»Dich schützen, bis du deine volle Kraft entfaltet hast. Das war mein Auftrag.«

Unweigerlich hielt sie die Luft an, als er einen kleinen Schritt auf sie zuging. »Würde Aidan dich weiter ausbilden, wäre meine Aufgabe erfüllt.«

»Doch das tut er nicht«, führte sie seinen Satz leise zu Ende.

Wieder nickte er.

Einen Moment lang sahen sie sich einfach nur an.

War er deshalb noch so lange bei ihr geblieben, weil er nicht sicher gewesen war, wie es weiterging? Und was sollte sie jetzt tun? Würde sie einfach mit ihm zusammen weiterreisen können? Die Erinnerungen an den letzten Abend ließen sie nicht los. Würden sie nicht loslassen. Ein Teil von ihr war unglaublich froh darüber, ihn jetzt vor sich zu sehen, wollte sie dazu bringen, die Hand nach ihm auszustrecken. Ein anderer Teil wollte schreien, wollte rennen und sich irgendwo in Sicherheit bringen. Tränen drängten darauf, sich ihren Weg über ihr Gesicht zu suchen.

Konnte sie einfach so tun, als sei der gestrige Tag niemals gewesen? Oder konnte sie ... darüber reden? Angst und Unsicherheit schnürten ihr die Kehle zu. Nein, sie wollte nicht darüber reden. Konnte es nicht. Er hatte alles gesagt.

»Leyna, was ... oh. Hallo, Sivan.«

Sie fuhr herum und sah Tarin, Urs auf der Schulter, gefolgt von Alessa.

Sivan nickte Tarin zu.

»Wir dachten, du wärst gestern schon aufgebrochen«, stellte Tarin fest. Freudige Überraschung lag in seiner Stimme.

»Das war ich.« Die unausgesprochene Frage schien Sivan nicht weiter beantworten zu wollen. »Es gibt einen sichereren Weg zum Phandras-Wald«, stellte er stattdessen ohne weitere Umschweife fest.

»Einige Männer warten am Moor auf uns. Sie werden uns schon nicht versinken lassen«, erwiderte Alessa. Als Sivans Blick sie traf, schien sie zwar augenblicklich etwas gerader zu stehen, sah aber nicht weg.

»Das Moor wird nicht ohne Grund von niemandem betreten.«

»Was für einen Weg meinst du?«, fragte Tarin ehrlich interessiert, ohne auf Alessa einzugehen. Er schien den Gedanken an die sumpfige Landschaft ebenso wenig genossen zu haben wie Leyna.

Sivan trat zwei Schritte zurück und verschränkte die Arme vor der Brust.

Tarin hob fragend die Augenbrauen.

»Die Höhlen«, murmelte Leyna, als sie das leichte Schimmern der Magie des Felsens wahrnahm, vor dem Sivan stand.

In Tarins Augen blitzte Freude auf. »Das ist ja wunderbar!«, rief er. »Und das ist wirklich in Ordnung? Ich meine ... normalerweise darf die Höhlen ...«

»Es ist in Ordnung«, unterbrach Sivan ihn.

»Gut, aber am Moor warten doch ...«

»Sie werden wissen, dass ihr nicht kommt.«

»Warum das? Wieder einer von deinen Zaubertricks?«, grollte Urs, der scheinbar gar nicht begeistert war, Sivan wiederzusehen.

Diesen schien das nicht zu interessieren, er sah den Varnir nicht einmal an. »Aidan wird es ihnen schon mitteilen.«

Tarin nickte sofort und sah begeistert zu Alessa.

Diese zuckte mit den Schultern und rang sich ebenfalls zu einem Lächeln durch. »Wenn es sicherer ist ...«

»Hey, mich kriegt ihr nur da rein, wenn ich meine Lichtkugel bekomme«, forderte Urs maulend.

Alessa wurde blass. »Ja. Gut. Ich werde es versuchen.«

»Jetzt sofort?«

»Urs, lass sie in Ruhe«, wandte Tarin ein. »Sie wird dir deine Kugel schaffen, wenn wir rasten. Solange musst du dann eben schlafen. Das hat dich doch sonst auch nicht gestört.«

Empört flog der Varnir auf und stemmte die Hände in die Hüften. »Nicht gestört? Was soll ...«

»Urs.«

Sofort verstummte er und sah zu Leyna, die sich mit einem leisen Seufzen die Haare zurückstrich. »Alessa braucht Zeit. Die bekommt sie. Du wirst ein paar Stunden schlafen, dafür hast du später deine Kugel. Hör auf, zu diskutieren.« Mit verschränkten Armen und hoch erhobenem Kopf landete er wieder auf Tarins Schulter.

Doch das kümmerte sie im Moment nicht. Wortlos und darauf bedacht, ihn nicht anzusehen, ging sie an Sivan vorbei und streckte eine Hand aus. Ohne den geringsten Widerstand glitt sie in den Felsen hinein. Schnell trat sie einen weiteren Schritt in den steil abfallenden Gang. Um sie herum schimmerte der Fels nur sehr leicht, Sivan stand zu weit von ihr entfernt. Sie tastete sich an der Wand entlang weiter vor, der Gang begradigte sich schon nach wenigen Schritten.

Alessa tauchte hinter ihr auf und beeilte sich, schnell zu ihr zu kommen. Misstrauisch sah sie sich um. »Dieser Gang ist unheimlich«, murmelte sie. »Fast noch unheimlicher, als durch einen Felsen hindurchzugehen, der keine Öffnung hat. Woher kommt dieses Leuchten?«

»Das sind die alten Höhlen der Gestaltwandler«, antwortete Leyna leise und warf einen Blick zum Eingang des Ganges, in dem gerade Tarin mit dem augenblicklich zusammensackenden Urs in der Hand auftauchte. Sofort erinnerte sie sich daran, wie sie diese Höhlen zum ersten Mal betreten hatte, bei Onamdra, mit Sivan und den Jungen. Dort hatten die Wände erst nach einer Weile wirklich begonnen, zu leuchten ... Aber vermutlich war Sivan auch in der Lage, diese Magie zu unterdrücken. Damals hatte er zumindest den Jungen noch nicht offenbaren wollen, dass er zu diesem alten Volk gehörte.

»Sivan ist auch ein Gestaltwandler?«, wollte Alessa wissen.

Unsicher, ob sie es ihr sagen durfte, schwieg Leyna und sah sich stattdessen zu Sivan um. Als dieser endlich hinter ihnen war, verstärkte sich das Glimmen um ein Vielfaches, sodass es nun beinahe taghell war.

»Reicht dieses Licht denn nicht für Urs?«, fragte Alessa hoffnungsvoll, doch ein Blick zu Tarin ließ diesen gleich wieder niedergeschlagen wirken. Sie schien sich nicht darüber zu wundern, woher das Licht kam – wahrscheinlich hatte sie etwas darüber gelesen.

»Nein«, antwortete Leyna überflüssigerweise. »Er braucht die Energie der Sonne.«

Der Gang war hier schon so breit, dass sie zu zweit nebeneinander gehen konnten, und weitete sich bald noch ein gutes Stück mehr. Dennoch hielt sie die Luft an, als Sivan an ihr vorbeiging.

»Folgt mir«, sagte er.

Leyna schluckte. Das waren seine allerersten Worte an sie gewesen.

In unregelmäßigen Abständen verzweigte sich der Gang vor ihnen, doch Sivan zögerte bei seiner Entscheidung nie auch nur einen Augenblick.

Nach einer Weile begannen Tarin und Alessa, sich leise miteinander zu unterhalten, doch Leyna war nicht nach Reden zumute. Sie focht noch immer einen inneren Kampf gegen ihre Gefühle. Sivan sah sich nicht zu ihr um und sprach ebenfalls kein Wort.

Er hatte längst alles gesagt.

Nach einigen Stunden führte Sivan sie noch immer zielstrebig durch das verzweigte Höhlensystem.

Leyna ging nur wenige Schritte hinter ihm und erschuf geistesabwesend immer wieder kleine Illusionen auf ihrer Handfläche.

Alessa und Tarin folgten in geringem Abstand, vollkommen in ihr Gespräch vertieft. Immer wieder hatten sie versucht, mit ihr darüber zu diskutieren, was wohl die weiteren Pläne des Königs seien. Nach einer gefühlten Ewigkeit hatte sie schließlich nachgegeben, um sie nicht jedes Mal aufs Neue abweisen zu müssen. Jetzt ging sie vor ihnen und bemühte sich, ihnen zuzuhören. Diese Ablenkung tat ihr gut und war weniger anstrengend, als ihren Kopf immer wieder von allen Gedanken zu befreien.

»Er lässt sicher das ganze Land durchkämmen, seit er von der Geschichte in Onamdra gehört hat«, stellte Tarin fest.

»Er wird das *gefürchtete* Gotteskind sicher nicht einfach weiter herumlaufen lassen«, stimmte ihm Alessa zu.

Dessen war sich Leyna durchaus bewusst, obwohl sie den belustigten Unterton in Alessas Stimme nicht gutheißen mochte.

»Wir haben wirklich Glück, durch die Höhlen gehen zu können.

Im Nachhinein kommt es mir ein bisschen leichtsinnig vor, dass dein Vater uns durch das Moor schicken wollte ... Damit hätte der König doch auch rechnen können«, stellte Tarin fest.

»Nein, Tarin. Der König weiß noch immer nicht genau, wo wir uns verstecken«, widersprach Alessa.

Leyna runzelte die Stirn und auch Tarin schien das nicht wirklich zu glauben.

»Jeder weiß, dass der Widerstand sich im Norden sammelt. Und selbst wenn er den genauen Ort nicht kennen würde, wäre es nur logisch gewesen, dass wir das Moor durchquert hätten. Anders könnten wir nicht nach Süden oder in irgendeine andere westliche Stadt kommen, ohne an Mindras oder Onamdra vorbei zu müssen. Außerdem hat Dranoel am Strand auf uns gewartet und versucht ...«

»Tarin hat recht«, murmelte Leyna und schluckte schwer bei der Erinnerung an die rechte Hand des Königs. »Er weiß mehr, als ihr denkt.«

»Ja, sicher.« Alessa lachte vielleicht eine Spur zu laut. »Warum verlässt sich nur der gesamte Widerstand auf so einen Anfänger wie Aidan? Ihr habt vollkommen recht, wie konnten wir nur glauben, dass er uns vor dem König verbergen könnte. Er weiß sicher schon lang, wo wir sind. Und obwohl er uns schon seit so langer Zeit aus dem Weg schaffen will, wartet er noch auf den perfekten Moment, der ... wann genau kommen wird?«

Leyna wandte sich Tarin zu. In seinem Blick standen dieselben Zweifel, die sich in ihr schon seit einer Weile breitgemacht hatten.

Sie hatte sich in Onamdra zu erkennen gegeben. Dem König musste klar sein, wohin sie unterwegs gewesen war, immerhin hatte er Dranoel geschickt, der genau vor dem verborgenen Zugang gewartet hatte. Sie musste unbedingt mehr über den König und über seine rechte Hand in Erfahrung bringen.

»Vielleicht gibt es einen Weg, mehr darüber zu erfahren«, sagte Tarin hinter ihr. »Leyna, du hast doch im Palast nichts über Dranoel herausfinden können. Es schien dir aber so wichtig, also habe auch ich ein wenig gesucht. Ich habe zwar nicht direkt etwas über ihn herausgefunden, aber vielleicht eine Möglichkeit gefunden, wie es uns gelingen könnte.«

»Was meinst du, Tarin?«

»Leyna, es ist ja nicht so, dass ich nichts über Dranoel wissen will. Gerade, weil wir im Palast nichts gefunden haben. Aber seid ihr sicher, dass ihr euch so sehr mit ihm aufhalten wollt?«, warf Alessa ein.

»Er hat am Strand auf uns gewartet«, erwiderte Tarin, »als wüsste er genau, wann wir dort ankommen werden. Leyna hat recht. Er ist die rechte Hand des Königs und unheimlich stark. Er könnte wirklich eine Gefahr für uns sein. Wir sollten herausfinden, was genau er kann. Oder besser, was er *ist.*«

»Ein Mensch sicher nicht«, warf Alessa ein und schien nun ebenfalls genauer darüber nachzudenken. »Sonst wäre er längst tot.«

Leyna nickte. »Allein das sollte Grund genug sein, etwas über ihn erfahren zu wollen, meinst du nicht auch?« Sie nahm das leise Seufzen ihrer Freundin einfach als Ausdruck ihrer Zustimmung und wandte sich wieder an Tarin. »Also, was hast du gefunden?«

»Die Bibliothek von Vadas. Dort sollten wir suchen.«

Als Leyna wieder nach vorn sah, um auf den Weg zu achten, blieb sie gerade noch rechtzeitig stehen. Verblüfft sah sie hoch zu Sivan, der einer Mauer gleich vor ihr aufragte. Sofort senkte sie den Blick und trat einen Schritt zurück.

»Nein.«

Zögernd sah sie wieder zu ihm.

»Nein?«, fragte Tarin mit erhobenen Augenbrauen.

Sivan verschränkte die Arme vor der Brust und fixierte Tarin mit starrem Blick. »Dir sollte klar sein, dass die Bibliothek von Vadas in dem Wald liegt, der denselben Namen trägt.«

Tarin nickte langsam, nahm dieselbe Haltung ein wie sein Gegenüber und erwiderte dessen Blick. »Natürlich ist mir das klar.«

Jetzt hob auch Sivan eine Augenbraue und wirkte auf einmal noch größer, beängstigender. »Ihr Vater«, fuhr er mit einem Nicken zu Alessa fort, »sollte dir eingeschärft haben, diesen Wald zu meiden.«

»Sie hat einen Namen. Und ja, Yuron sagte mir, wir sollen diesen Wald umgehen und ich habe darüber gelesen.«

»Wie kommst du dann dazu, so etwas vorzuschlagen?«

Sivan klang ehrlich aufgebracht, doch Tarin schien dies ebenso wenig zu kümmern wie seine abweisende Haltung.

»Die Bibliothek des Vergangenen ist die größte und umfangreichste des Landes«, antwortete der junge Priester ruhig. »Wenn Leyna sicher ist, dass diese Antworten wichtig sind, dann sollten wir das Risiko eingehen und darauf vertrauen, dass niemand von uns dumm genug ist, der Gefahr dort zu erliegen.«

Unbewusst hatte Leyna den Atem angehalten und sah auch in Alessas Gesicht ehrliches Erstaunen, gemischt mit Bewunderung. Sie hätte es wohl nicht gewagt, Sivan so zu widersprechen. Auch Leyna war sich nicht sicher, ob sie an seiner Stelle so sehr darauf bestanden hätte, in diesen Wald zu gehen.

Erwartungsvoll sahen sie zu Sivan, der Tarins Blick ruhig erwiderte.

Die Zeit schien kurz still zu stehen.

»Selbst die stärksten Menschen können dieser Versuchung kaum widerstehen.« Noch immer sah er unverwandt zu Tarin, bevor sein Blick kurz zu Alessa wanderte und dann an Leyna hängen blieb.

Schon nach wenigen Herzschlägen wurde es ihr erneut zu viel und sie senkte den Kopf.

»Dort vorn ist eine Höhle. Dort werden wir die Nacht verbringen.«

Niemand fragte, woher er wusste, dass gerade jetzt die Nacht hereingebrochen war.

Sivan ging voran und sie folgten ihm, ohne dass noch ein einziges Wort die Stille durchschnitt.

Leyna bemerkte, dass Tarin einmal tief einatmete. Sie warf ihm einen dankbaren Blick zu, auf den er nur mit einem Lächeln reagierte.

Niemals hätte sie damit gerechnet, dass Tarin Sivan die Stirn bieten oder ihn gar überzeugen konnte. Nie hatte sie den Eindruck gehabt, dass die beiden sich besonders gut verstanden oder eine hohe Meinung voneinander hatten. Wann hatte sich das geändert?

Sivans Definition von *dort vorn* entsprach nun wirklich nicht den ihren. Sie gingen noch eine ganze Weile weiter, bevor sie besagte kleine Höhle erreichten. Sofort breiteten sie ihre Mäntel aus und ließen sich erschöpft darauf nieder. Diese langen Märsche ohne Rast hatte Leyna in den vergangenen Wochen keinesfalls vermisst.

»Müssen wir hier unten eine Wache aufstellen?«, fragte Alessa, während sie ihre Peitsche vom Gürtel nahm und neben sich auf den Felsboden legte.

Sivan verneinte, woraufhin nicht nur Leyna ein Stein vom Herzen fiel.

»Darf ich etwas fragen?« Unsicher sah Alessa zu Sivan. Dieser hob nur eine Augenbraue und nickte leicht.

»Diese Höhlen. Sehen sie alle so ... kahl aus?«

Sivans Blick blieb unverändert. »Nein. Nur der obere Teil.«

»Also gehen sie noch tiefer?«

Er nickte langsam.

Begeisterung trat in Alessas Blick und auch Tarin horchte auf.

»Werden wir diese auch noch sehen?«

»Nein.«

Die Begeisterung verschwand. Stille breitete sich aus. *Schade*, dachte Leyna. Auch sie hätte gern gewusst, wie anders diese Höhlen aussehen konnten. Schließlich musste hier einmal ein ganzes Volk gelebt haben.

»Wie lange wird es dauern, den Vadas-Wald zu erreichen?«, fragte Tarin kurz darauf.

Leyna erhaschte einen kurzen Blick auf ein unwilliges Aufblitzen in Sivans Augen, das aber sofort wieder verschwand.

»Einen Tag, vielleicht zwei«, antwortete er ohne jegliche Gefühlsregung in der Stimme.

Tarin nickte. »Ein Umweg dürfte es ja nicht wirklich sein, zumindest führte der schnellste Weg auf der Karte direkt hindurch.«

Sivan erwiderte nichts, doch das schien Tarin nicht zu stören. Stattdessen wandte er sich Alessa zu und deutete auf den kleinen Varnir, der noch immer schlafend in seiner Hand lag. »Alessa, würdest du ...«

Die Lichtlenkerin zuckte zusammen. Ein fast schon panischer Ausdruck trat auf ihre Züge, nur einen kurzen Moment lang. Die plötzlich aufblitzende Angst verschwand so schnell, wie sie gekommen war, hinter einer Maske der Gefasstheit.

Gerade wollte Leyna Tarin bitten, ihrer Freundin noch etwas Zeit zu lassen, doch da nickte Alessa.

»Ja. Lass es mich versuchen.«

Sichtlich erfreut legte er Urs vorsichtig vor ihr auf den Boden.

Entschlossen ließ Alessa einige Male ihre Handgelenke kreisen, wie um die Muskeln zu lockern.

Tarin hockte sich gespannt neben sie, den Blick nur auf ihren kleinen Freund gerichtet.

»Bleib ganz ruhig, Alessa«, murmelte Leyna und sah davon ab, ebenfalls näher zu ihr zu rücken. Sie brauchte Platz. »Wenn wir in spätestens zwei Tagen den Wald erreichen, wacht er so oder so auf.«

Alessa brachte ein unsicheres Lachen hervor.

Dann hob sie die Hände über Urs' kleinen, roten Körper und schloss die Augen.

Sofort spürte Leyna die Präsenz ihrer Magie. Scharf zog sie die Luft ein, als sie die Kraft wahrnahm, die Alessa besaß. Sie schien augenblicklich die gesamte Höhle zu durchdringen, doch da war auch Unsicherheit. Es war, wie Leyna es sich vorgestellt hatte, seit sie im Palast dauernd den Fragen nach ihren Fähigkeiten ausgewichen war. Alessa hatte Angst vor dieser Macht. Sie kontrollierte sie nicht.

Leyna begegnete Tarins Blick und sah dieselbe Erkenntnis in seinen Augen. Gerade wollte sie eine Hand ausstrecken und ihre Freundin zurückhalten, da war es schon zu spät.

Alessas Hände begannen zu leuchten, zu strahlen, und Urs schlug sofort die Augen auf. Begeisterung trat in seinen Blick, doch dann kniff er die Augen wieder zusammen. Auch Leyna hob eine Hand vor ihr Gesicht, als das Licht immer heller wurde, die ganze Höhle erfüllte und mit jedem Moment kraftvoller zu werden schien.

»Alessa, stopp!«, rief sie, doch das Licht wurde von einem so lauten und hellen Ton begleitet, dass ihre Stimme kaum noch zu verstehen war. Sie konnte nichts mehr sehen, sogar durch ihre geschlossenen Lider hindurch blendete sie die Helligkeit, verschluckte alles – und dann verschwand das Licht.

Von einem Moment auf den anderen wurde es dunkel, einzig der leichte Schimmer um Sivan blieb zurück. Im Vergleich zu der vorangegangenen Helligkeit wirkte dieses Glimmen geradezu lächerlich.

Zögernd ließ Leyna die Hände sinken, wartete kurz und öffnete dann die Augen. Blinzelnd versuchte sie, die leuchtenden Schemen zu vertreiben, und richtete sich auf.

Sivan lehnte weiterhin an der Wand als sei nichts geschehen, auch seine Miene verriet nichts.

Urs lag wieder mit geschlossenen Augen vor Alessa auf dem Boden. Diese war nach vorn gesunken, Tarin stützte sie.

»Bei Caidras Winden, geht es ihr gut?«

Tarin nickte und drückte Alessas Schultern. Daraufhin hob sie den Kopf und erwiderte Leynas Blick aus glasigen Augen. »Es … es tut mir leid, ich …«

»Entschuldige dich nicht, Alessa. Solang dir nichts passiert ist, ist alles gut«, unterbrach Leyna sie sofort, ehrlich froh, dass sie wohlauf war. Ihre immense Kraft hätte sie alle schwer verletzen können.

Tarin nickte wieder, um ihre Worte zu bekräftigen.

Doch Alessa schüttelte den Kopf. »Ich hätte es nicht versuchen sollen. Ich muss …«

»Du musst jetzt erst einmal schlafen«, unterbrach sie ihre Freundin erneut und wies jeden Einwand mit einer Handbewegung ab. Alessa sah wirklich fürchterlich aus und die Enttäuschung in ihrem Blick verstärkte diesen Eindruck noch. »Ruh dich aus. Urs hält es auch noch einen Tag schlafend aus, morgen sehen wir weiter.«

Alessa schien so erschöpft, dass sie kaum noch die Augen offen halten konnte.

Leyna war froh, dass sie nicht darauf bestand, es noch einmal zu versuchen. Sie war von ihrer Mutter oft als stur bezeichnet worden, aber Alessa schien ihr in dieser Hinsicht in nichts nachzustehen.

Als sich ihre Freundin endlich auf dem Boden ausgestreckt hatte, war sie innerhalb von wenigen Momenten eingeschlafen.

Tarin setzte sich neben Leyna und sah sie entschuldigend an.

»Ich wusste nicht, wie unsicher sie im Umgang mit der Magie ist. Ich hätte sie nicht dazu drängen sollen …«

Leyna nickte. »Ich war mir auch nicht sicher. Aber sie wurde immer so still, wenn wir über ihre Fähigkeiten sprechen wollten und …«

»Sie ist stark.«

Leyna vermied es, zu Sivan zu sehen.

»Wenn sie nicht lernt, ihre Kraft zu kontrollieren, ist sie eine Gefahr für jeden in ihrer Nähe.«

Tarin runzelte die Stirn. »Das glaube ich nicht. Sie hat sich unter Kontrolle.«

»Das hat sie nicht.«

»Und was willst du damit sagen?« Tarin klang regelrecht angriffslustig.

»Dass sie es lernen muss. Nicht mehr.«

»Dann wird sie es lernen!«

Sivan schwieg für einen Moment, den Blick auf die leere Wand hinter ihnen gerichtet. »Sie hätte nicht mitkommen sollen.«

Leyna sah betroffen zu Boden und wusste nicht recht, ob sie seine Meinung teilen sollte. Vielleicht wäre es besser gewesen, sie nicht mitkommen zu lassen. Gerade, weil sie damals schon geahnt hatte, dass sie die Kraft des Lichtes nicht beherrschte. Andererseits … »Jetzt ist sie bei uns, also bleibt sie«, beendete sie die Diskussion und legte sich demonstrativ auf den Boden. »Sie wollte uns helfen. Ihr beide habt vor einer Weile noch selbst gesagt, dass ich keine Hilfe ablehnen könnte. Also werde ich das auch jetzt nicht tun.« Damit drehte sie sich um und genoss die sich ausbreitende Stille.

Mit geschlossenen Augen konzentrierte sie sich wie jeden Abend auf den kleinen, neben ihr schlafenden Varnir.

Sofort sah sie sein glückliches Gesicht vor sich und hörte sein freudiges Lachen, während er über eine in voller Blüte stehende Blumenwiese flog. Auf einer noch geschlossenen Knospe blieb er sitzen und beäugte sie unzufrieden.

»Na los, was ist denn mit dir? Geh schon auf, du doofe Blume!«

Gern hätte Leyna gelacht, doch dies war nicht ihr Traum. Dies war nicht ihr Traum!

Er hat recht, dachte sie. *Komm schon, kleine Knospe. Öffne dich.*

Ein leichtes Zittern durchlief die zarten, grünen Blätter.

Dann bogen sie sich nach außen, immer weiter, und enthüllten das leuchtende Gelb der darunterliegenden Blüte.

7

Wie sehr sie sich doch danach sehnte, diese Höhlen wieder verlassen zu können.

Als sie aus Onamdra geflohen waren und in diesen dunklen Gängen Zuflucht gesucht hatten, waren sie ihr in keiner Weise seltsam oder unheimlich vorgekommen. Jetzt aber kam es ihr so vor, als würden die Felsen um sie herum immer näher zusammenrücken. Sie fühlte sich unwohl, eingeengt.

Sie würden, Caidra sei Dank, noch an diesem Abend den Vadas-Wald erreichen.

Tarin schien nichts dergleichen zu denken, seine gute Laune war ungetrübt. Am Morgen hatte er ihr mehr über die Bibliothek des Vergangenen erzählt, in der man der Legende nach auf jede Frage eine Antwort finden sollte. Er hatte gar nicht mehr aufhören wollen, davon zu erzählen, und sie schon bald mit seiner Begeisterung angesteckt. So war sie nicht dazu gekommen, von ihrem Erfolg des letzten Abends zu berichten. Aber vielleicht war das auch besser so, schließlich wusste sie nicht, ob es ihr noch einmal gelingen würde.

Ein Blick zu Alessa zeigte ihr, dass sie den Ausgang ebenfalls herbeisehnte. Ihre Freundin hatte dunkle Ringe unter den Augen und ihre langen blonden Haare nur nachlässig zusammengebunden.

»Nur noch dieser eine Tag«, raunte Leyna ihr zu. »Nur noch dieser Tag, dann sehen wir die Sonne wieder.«

Alessa nickte geistesabwesend und griff nach dem kleinen goldenen Anhänger, den sie um den Hals trug.

»Was ist das?«, fragte Leyna, dankbar für die Gelegenheit, die erdrückende Stille, die inzwischen eingetreten war, zu vertreiben.

Sie konnte ein Muster auf der runden Platte erkennen, wusste aber nicht, was es bedeuten sollte.

»Ein Talisman aus dem Süden«, antwortete Alessa leise, in Gedanken scheinbar noch immer weit weg. »Meine Mutter gab ihn mir vor ein paar Jahren, als ... als meine Kräfte sich zeigten.«

»Er soll dir helfen?«

Sie nickte. Kurz wartete Leyna, um ihr die Möglichkeit zu geben, etwas mehr zu sagen. Doch sie schwieg. »Er ist sehr hübsch«, fügte sie hinzu.

Wieder nickte Alessa und griff dann schnell nach Leynas Hand. »Eigentlich wollte ich dich nicht danach fragen, aber ich bin zu neugierig.« Sie beugte sich zu ihr herüber. »Was ist da passiert zwischen dir und Sivan?«

Überrumpelt von dieser Frage brauchte sie einen Moment, ehe sie antwortete. Alessa wollte sie ohne Zweifel ablenken, aber ... na ja. Das war ihr gelungen. »Ich weiß nicht, wovon du sprichst«, murmelte sie, wohlwissend, dass er jedes Wort hören konnte.

Alessas Grinsen war ihr unangenehm. »Komm schon, erzähl es mir. Ich habe bei eurem Tanz nicht weggesehen, also sag mir die Wahrheit. Schon seit langer Zeit hat niemand mehr so lange getanzt!«

»Was hat es denn zu bedeuten, wie lange wir getanzt haben?«

Alessa verdrehte die Augen. »Leyna, so etwas musst du doch wissen! Je länger man miteinander tanzt, desto besser passen die Magien zusammen. Und bis zum Ende ist schon seit Ewigkeiten niemand mehr zusammengeblieben. Vor mir stand nicht einmal jemand, als ich die Augen geöffnet habe!«

Leyna schluckte. Deshalb also hatten so viele Paare den Tanz schon früh wieder unterbrochen. »Ach ... wirklich? Was war denn mit dem Mann, der dich am Anfang ...«

»Lenk nicht ab, Leyna.«

Das musste gerade sie sagen! »Alessa, ich will wirklich nicht darüber ...«

Da legte ihr Alessa plötzlich eine Hand auf den Arm und lenkte ihren Blick nach vorn zu Tarin und Sivan.

Die beiden waren ein Stück vor ihnen gegangen und nun vor einer weiteren Verzweigung des Tunnels stehen geblieben. Sie sahen ihnen entgegen, doch Leyna mied Sivans Blick.

»Das erzählst du mir später genau!«, raunte Alessa ihr noch zu, bevor sie die beiden erreichten und sie ihre Stimme wieder hob. »Was ist passiert?«

Sivan schwieg, während Tarin in den rechten Tunnel deutete. »Dort ist etwas, Leyna.«

Ja, sie spürte es auch. Jetzt, da sie darauf achtete, nahm sie etwas ... Starkes wahr, etwas, das sie zu sich zu ziehen schien und ihr bekannt vorkam. Auch wenn sie nicht wusste, woher. »Es ist das Orakel.« Ihr Herzschlag setzte einen Moment aus.

»Bist du dir sicher?«, fragte Tarin ungläubig.

Sivan nickte nur.

»Es zieht mich zu sich«, murmelte Leyna.

»Was bedeutet das?«, fragte Alessa. »Ist es so, wie es in den Büchern steht? Wenn das Orakel zu jemandem sprechen möchte, gibt es ihm keine Möglichkeit, sich ihm zu entziehen?«

Sivan sah ebenfalls in den dunklen Gang. »So ist es.«

»Und der andere Teil der Erzählungen?«, fragte nun Tarin. »Was passiert mit uns, wenn wir in ihrer Nähe bleiben?«

Bereits jetzt wurde ihr Körper immer weiter auf die Öffnung zugezogen.

»Leyna, nicht!« Alessa griff nach ihrer Hand, doch sie konnte sie nicht zurückhalten.

»Lass los, Alessa«, murmelte sie. »Das hat keinen Sinn. Geht durch den anderen Tunnel, es gibt sicher noch einen anderen Weg hinaus. Ihr dürft nicht bei mir bleiben.«

»Wir lassen dich nicht allein!«, widersprach Tarin. »Wir werden ...«

»Ihr werdet den anderen Tunnel nehmen.«

Ein geradezu angriffslustiger Ausdruck trat auf Tarins Gesicht, er funkelte Sivan an. »Das kommt überhaupt nicht infrage! Wir ...«

»Ihr hättet keine Chance, dem Energiesog zu widerstehen«, stellte Sivan fest. »Ich werde bei ihr bleiben.«

Inzwischen hatte sie den Beginn der Schatten des rechten Ganges erreicht.

»Das kannst du nicht, Sivan!«, sprach sie ihn zum ersten Mal seit Langem direkt an. In diesem Moment zählte nicht, was zwischen ihnen vorgefallen war. »Hier unten ist doch nichts, woraus mein Körper sonst Energie ziehen könnte!«

»Aber dein Körper braucht Energie, Leyna.«

Sie trat in die Dunkelheit. »Er wird auch eine Weile ohne auskommen!«

Sivan würdigte sie nicht einmal eines Blickes. »Ihr beide folgt dem anderen Gang. Geht immer weiter nach links, bis ihr eine große Halle erreicht. Wartet dort, ich finde euch.«

»Nein, du gehst mit ihnen!«

Unsicher sahen Tarin und Alessa zwischen ihnen hin und her, dann warfen die beiden sich einen Blick zu und schienen zu beschließen, Sivans Anweisung zu befolgen.

»In Ordnung. Wir denken an dich, Leyna, du schaffst das schon!«, rief Alessa.

»Tarin, bring ihn dazu, mit dir zu gehen!«

»Viel Glück!«, war seine Antwort.

Beinahe hätte sie sich dazu hinreißen lassen, zu fluchen, doch da verschwanden die beiden auch schon aus ihrem Sichtfeld. Kurz darauf wurde es wieder heller um sie herum. Sivan ging dicht hinter ihr.

»Sivan, bitte«, begann sie nun auf die nette Art und versuchte zumindest, ihre Schritte zu verlangsamen. Erfolglos. »Bitte geh mit Tarin. Ich werde ...«

»Ich kann kontrollieren, wie viel meiner Energie du nimmst«, unterbrach er sie.

Sie runzelte die Stirn und warf ihm über die Schulter einen fragenden Blick zu, während sie immer schneller ging.

»Wenn ich wollte, könnte ich mich vollkommen von dir abschirmen. Mir wird nichts geschehen.«

War das möglich? Sie hatte gesehen, wie viel Energie ihr Körper damals, bei ihrer ersten Begegnung mit dem Orakel, aus seiner Umgebung gezogen hatte. Konnte Sivan sich davor schützen?

»Du glaubst mir nicht«, murmelte er scheinbar belustigt.

Auch sie konnte ein Lächeln nicht unterdrücken. »Ich glaube dir so einiges nicht«, antwortete sie leise, bevor ihr Lächeln wieder erstarb.

Nicht.

Einige Schritte weiter vorn, gerade noch am Rande ihres Sichtfeldes, wurde der Fels von einem leichten Flimmern durchzogen. Dort glich er eher der Oberfläche eines Sees. »Ist es das?«, flüsterte sie.

Sie spürte die Bewegung seines Nickens mehr, als dass sie sie sah. »Geh einfach hindurch. Ich warte auf dich.«

Als sie sich umwandte und ihn zum ersten Mal seit so langer Zeit wirklich ansah, war sein Blick nicht so ausdruckslos wie sonst.

Ihre ausgestreckte Hand durchbrach den flimmernden Fels.

Ich warte auf dich, hallten seine Worte in ihrem Kopf wider, und in seinen Augen las sie nichts als die Wahrheit.

Als sie wieder zu sich kam, konnte sie nicht einschätzen, wie viel Zeit vergangen war. Sie konnte sich nicht daran erinnern, wie sie vor so vielen Tagen zum ersten Mal zum Orakel gekommen war. Urs hatte ihr erzählt, dass sie sich in einer Art Trance befunden hatte – für sie war diese Zeit einfach verschwunden. Das Letzte, das sie noch vor sich sah, war der dichte Wald, durch den sie geritten waren. Im nächsten Moment wachte sie auf, meinte, irgendwo in weiter Höhe zu schweben, und sah ihren Körper unter sich über eine verdorrende Blumenwiese reiten.

Schnell schlug sie die Augen auf und betrachtete die jetzt unter ihr liegende weite Grasebene. Sie runzelte die Stirn.

»Suchst du deinen Körper, Gotteskind?«

Sie zuckte zusammen. Die hallende Stimme klang anders als beim letzten Mal. Dunkler, durchdringender.

Vorsichtig setzte Leyna sich auf. Sie fühlte sich wieder etwas unwohl angesichts des nicht sichtbaren Bodens unter ihr. Auch der Anblick ihrer durchscheinenden Hand gab ihr nicht gerade das Gefühl von Sicherheit.

Dann sah sie auf.

Nur wenige Schritte von ihr entfernt stand das Orakel und blickte sie an.

Bei ihrer letzten Begegnung war Leyna von den bis über die Hüfte fallenden blonden Haaren gefangen gewesen, von der großen Gestalt und dem eher kalt wirkenden inneren Licht, das es in sich zu tragen schien. Jetzt aber starrte sie nur auf das Gesicht.

Das Orakel schwieg, schien ihr einen Moment Zeit zu geben, um diesen Anblick in sich aufzunehmen. Die linke Gesichtshälfte hatte sie bereits bewundert, die helle Haut, die weichen Züge, von denen sie auch jetzt nicht sagen konnte, ob sie männlich oder weiblich wirkten. Dennoch waren sie in jeder Hinsicht wunderschön.

Die andere Seite hatte sie nur einen Augenblick lang gesehen, bevor ihr Geist in ihren Körper zurückgekehrt war, doch sie hatte anschließend nicht oft daran denken können.

Jetzt, da sie das vollständige Gesicht sah, war es ein Unterschied wie Tag und Nacht.

Die rechte Hälfte war von tiefdunkler Haut, die Züge waren kantiger und kräftiger, wirkten deutlich männlicher. Die einzige Gemeinsamkeit lag in den Augen. Strahlend wie der Himmel stachen sie hervor und vertrieben das seltsame Gefühl, etwas in diesem Gesicht würde nicht zusammenpassen. Diese Augen verbanden beide Seiten miteinander und ließen sie perfekt wirken.

»Möchtest du mir nicht antworten?«, fragte die dunkle Stimme und schien ungeduldig.

Leyna schluckte. War die Stimme nicht auch anders gewesen?

»Ja, ich … ich sehe ihn nicht.«

»Du schaust nicht tief genug. Sieh weiter hinunter.«

Zögernd sah sie wieder auf die Grasfläche hinab und plötzlich ging ihr Blick direkt durch die Erde hindurch, immer weiter, bis sie die Höhle fand.

Dort saß Sivan, mit geschlossenen Augen an die Wand gelehnt, das Schwert neben sich auf dem Boden und ihren Kopf auf seinem Schoß. Sie bemühte sich, das Stechen ihres Herzens zu ignorieren. Gern hätte sie ihn noch länger betrachtet, er wirkte so … friedlich, so ruhig.

»Du darfst gern so lang hierbleiben, wie du möchtest, und ihn weiter anstarren.«

Erschrocken fuhr sie herum und schüttelte energisch den Kopf. »Nein, nein, ich …«

Das Orakel hob eine Augenbraue. »Ein Mensch müsste man sein«, murmelte es und kam noch einen Schritt näher.

Leyna straffte sich. »Warum habt Ihr mich zu Euch gerufen?«

»Nun, sicher nicht, um dich deinen Begleiter beobachten zu lassen.«

Sie öffnete den Mund, um etwas zu erwidern, und schloss ihn gleich wieder. Was hätte sie auch sagen sollen?

Das Orakel neigte nun ebenfalls den Kopf und schien zu Sivan zu sehen. »Wobei ich es in gewisser Weise schon nachvollziehen kann. Er ähnelt seinem Vater wirklich sehr.«

»Ihr … Ihr kanntet seinen Vater?«

Ein leises Lachen erklang. »Ich kenne und kannte jeden, der je hier gelebt hat, Gotteskind. Ich sehe alles – das ist mein Fluch.« Dann lag sein Blick wieder auf ihr.

»Warum habt Ihr mich diesmal zu Euch gerufen?«, wiederholte Leyna bestimmt. »Sagt es mir, damit ich schnell wieder zurückkehren kann.«

»Wie rührend.« Ein Lachen ertönte. »Aber du musst überhaupt nicht besorgt sein, Gotteskind. Ich nehme ihm schon nicht zu viel Energie.«

Dieser Satz ließ sie stutzen. »Ich dachte, mein Körper ist es, der die Energie benötigt.«

Wieder ein Lachen. »Aber nein, Gotteskind. Habe ich dir das bei unserer ersten Begegnung etwa gesagt? Wie konnte ich nur. Dein Körper zieht zwar Energie aus seiner Umgebung, aber er benötigt nur sehr wenig. Im Gegensatz zu mir – und wenn ich schon einmal solch eine Möglichkeit habe, nutze ich sie natürlich.«

Fassungslos machte Leyna einen Schritt auf das Orakel zu. »Also habt Ihr …«

»Na, na, du willst mir doch jetzt nicht wirklich eine Moralpredigt halten. Ich dachte, du willst schnell wieder zurück?«

Sie schluckte, presste die Lippen entschlossen aufeinander und nickte.

»Als ich dich beobachtete, sah ich zwei beunruhigende Dinge, Gotteskind.«

Beunruhigend? Davon gab es eine Menge Dinge in ihrem Leben.

»In deiner Zukunft sehe ich einen Verrat«, fuhr es fort. »Wobei ... Verrat ist vielleicht etwas zu drastisch. Sagen wir lieber ... du wirst fehlgeleitet.«

»Fehlgeleitet?«, wiederholte Leyna und ihr Gegenüber nickte. Sie runzelte die Stirn. »Was meint Ihr damit? Wer wird mich verraten – oder fehlleiten?« Sie spürte ihre Unruhe wachsen. Natürlich gab es viele Menschen, die die Möglichkeit hätten, sie an den König zu verraten. Aber wer würde so etwas tun? Oder würde es um etwas ganz anderes gehen? Was sollte sie unter *fehlgeleitet* verstehen?

»Um das zu wissen, hätte ich noch genauer hinsehen müssen«, antwortete das Orakel scheinbar gelangweilt. »Und dazu hatte ich, um ehrlich zu sein, nicht die ... Zeit.«

Warum hatte sie das Gefühl, dass es statt fehlender Zeit das fehlende Interesse gewesen war?

»Ich sah auch, dass du vorhast, durch den Vadas-Wald zu gehen«, wechselte das Orakel abrupt das Thema.

Zögerlich nickte Leyna. »Ja, wir ... wollen dort nach Antworten suchen.«

»Antworten findet man dort zu Genüge«, bestätigte das Orakel, das jetzt nur noch ein kleines Stück entfernt vor ihr stand. »Aber auch andere Dinge verbergen sich dort. Dinge, die nicht gefunden und erst recht nicht geweckt werden sollten.«

Auch Sivan hatte von einer Gefahr gesprochen, genau wie Tarin. Sie schienen aber der Meinung, dass man diese Gefahren auch vermeiden könnte.

»*Könnte* ist wohl das wichtigste Wort.«

Leynas Augen weiteten sich. »Ihr könnt meine Gedanken lesen?«

Wieder lachte das Orakel. »Du schreist sie mir ja geradezu entgegen.«

Verwirrt überprüfte sie den Schutz, den sie stets um ihre Gedanken aufrechterhielt.

»Dies mag vielleicht dort unten genug sein, aber um dich vor mir zu schützen, bedarf es einiges mehr«, stellte es lächelnd fest.

Wieder schluckte Leyna. »Ihr wollt mir also davon abraten, in diesen Wald zu gehen?«, fragte sie in der Hoffnung, dies sei der einzige Grund, weshalb sie hier war.

»Allerdings, Gotteskind.«

Also wollte das Orakel sie ebenfalls vor der Gefahr warnen.

»Richtig.«

Mühsam unterdrückte sie ihren Ärger darüber, dass ihre Gedanken hier scheinbar ein offenes Buch waren.

»Worin genau besteht diese Gefahr?« Vielleicht hätte sie diese Frage lieber Tarin stellen sollen, sie musste so schnell wie möglich ...

»Viele sagen, es sei eine der vermeidbarsten Gefahren dieses Landes. Doch die Versuchung allein reicht oft aus, um Ahnungslose erliegen zu lassen. In den Tiefen des Vadas-Waldes lebt ein Wesen, vor dem dich die liebe Caidra wohl nicht gewarnt hat, nicht wahr? Es wird *ladanos mindroth* genannt, in eurer Sprache *lebendes Vergessen.* Es hat die Fähigkeit, Erinnerungen zu stehlen, wenn es darum gebeten wird.«

Leyna hob eine Augenbraue. »Nur, wenn es darum gebeten wird? Warum soll es dann so gefährlich sein?«

Das Orakel kam noch näher und beugte sich tief zu ihr herunter. »Wäre es nicht verlockend, einige ungeliebte Erinnerungen loszuwerden?«, säuselte es mit überraschend heller und klarer Stimme. »Einige schlechte Erlebnisse einfach so zu vergessen? Nicht mehr daran denken zu müssen?«

Ihr kamen einige in den Sinn.

»Eine interessante Vorstellung, nicht wahr? Aber was wäre der Preis dafür? Wärst du bereit, ihn zu zahlen? Einem uralten, fremden Wesen, das von den Erinnerungen seiner Besucher lebt, Zutritt zu deinem Geist zu verschaffen? Wer weiß, was es sich noch nimmt? Wer weiß, was es verändert? Ob es dich gehen lässt?«

Ein Schauer fuhr ihr über den Rücken.

Das ihr nun wieder unheimlich erscheinende Gesicht kam noch näher, die dunkle Wange legte sich an ihre. Sie sah nur noch das blaue Auge, die dunkle Haut und hörte die tiefe Stimme an ihrem Ohr.

»Manchmal ist es einfacher, zu vergessen, als zu kämpfen«, flüsterte sie. »Doch nur die, die stark genug sind, zu kämpfen, werden finden, was sie suchen.«

Dann verlor sie den Halt, der Untergrund verschwand und das Letzte, das sie sah, war das Funkeln in den sie nicht loslassenden himmelblauen Augen.

*

»Da hast du noch einen, immer runter damit!«

Das allgegenwärtige Gegröle hob noch einmal an, als Lodon den ihm dargebotenen Krug an die Lippen setzte, mühelos in einem Zug leerte und gleich wieder über den Tisch schob.

»Füll nach, Bator. Ich glaube, hier möchte sich jemand mit mir messen!«

Onai, der Soldat, der ihm schon drei volle Krüge aufgezwungen hatte, grinste zufrieden. »Du hast ihn gehört, Bator! Immer her mit dem Zeug!«, rief er dem Jungen zu, der ihnen an diesem Abend ausschenkte.

Obwohl Lodon es fast nicht mehr für möglich gehalten hatte, wurde es noch einmal lauter. Die Stimmung war ausgelassen, die Männer tranken und johlten, sangen und schrien. Jeden Abend ging es in der Schenke Bogharns so zu. Seit Lodon aus Rianas zurückgekehrt war, verbrachte auch er fast jeden Abend hier. Es half ihm, die Anstrengungen des Tages zu vergessen – und abgesehen davon hatte die Küche dieser Festung so wenig Abwechslung zu bieten, dass sein Gaumen sich fast schon nach diesem dünnen Gebräu sehnte. Was würde er dafür geben, jetzt einige der süßen Laivas-Beeren genießen zu können. Dann die leichte Säure auf der Zunge zu spüren, wie so oft im Wald bei Alanya mit …

Oh nein, da nahmen seine Gedanken eine gänzlich falsche Richtung. Vor allem halfen diese abendlichen Trinkgelage ihm, die Soldaten der Festung auf eine andere Art kennenzulernen. Bei dem, was er zusammen mit Rhan plante, würde er nicht erfolgreich sein, wenn ihn nicht jeder Einzelne von ihnen respektierte. Schmunzelnd dachte er daran, dass seine Trinkfestigkeit nicht gerade hinderlich dabei war, diesen Respekt zu verdienen.

Zwei Krüge prallten vor ihnen auf die massive Holztischplatte.

»Nach dir«, rief Lodon lächelnd und lehnte sich zurück, um Onai einen kleinen Vorsprung zu geben. Das ließ dieser sich nicht zweimal sagen, prostete ihm zu und begann zu trinken.

Kurz darauf stellte Lodon als Erster den leeren Krug zurück und brachte die anderen Männer erneut zum Grölen.

Auf Onais Zügen hatte sich ein Grinsen ausgebreitet. Lachend erhob er sich und wandte sich der um den Tisch herumstehenden Menge zu. »Da muss ich mich wohl geschlagen geben!«, rief er in die Runde, die lautstark antwortete. »Aber es gibt etwas, in dem kann mich niemand von euch überbieten! Auch du nicht«, fügte er mit einem Seitenblick auf ihn hinzu.

Lodon hob interessiert die Augenbrauen. »Ach, ist das so, Onai? Und was mag das sein?« Auch im Kampf hatte er ihn – genau wie die meisten anderen in dieser Festung – schon an einem seiner ersten Tage hier geschlagen.

»Hoch mit euch, hoch mit euch!«, fuhr Onai die neben ihnen am Tisch sitzenden Männer an. »Wer traut sich, seine Beute zu vergleichen?«

Gern hätte Lodon sich für einen Moment die Ohren zugehalten. Der Schankraum war ohnehin schon viel zu klein für die vielen Soldaten hier und die steinernen Wände schienen jeden einzelnen Schrei hundertfach zurückzuwerfen. Bevor er dazu kam, in irgendeiner Weise zu reagieren, saßen schon zwölf andere auf den schmalen Holzstühlen neben ihm, beugten sich weit über den Tisch und begannen, wild durcheinander zu rufen.

»Mindras, zwei Tage, dreißig Häuser, einundzwanzig Goldstücke, fünf Perlenketten!«

»Onamdra, ein Tag, achtzehn Häuser, fünfzehn Goldstücke, drei Fässer Jarndith und eine Kiste voller Gewürze!«

»Da'lin, zwei Tage, fünfunddreißig Häuser, acht Kleider, eine ganze Kiste voller Schmuck, dreißig Goldstücke und zwei Mäntel!«

Er blinzelte mehrmals und versuchte angestrengt, etwas aus dem wilden Stimmengewirr herauszuhören. Ihm war sofort klar gewesen, was Onai mit Beute gemeint hatte. Alle paar Tage wurde zu solchen Vergleichen aufgerufen.

»Das ist doch lächerlich!«, rief Onai jetzt noch lauter und unterbrach so das Gerede der anderen. »Hört gut zu und denkt bei eurem nächsten Auftrag an mich!« Er räusperte sich grinsend. »Ilras, ein Tag! Achtunddreißig Häuser, vierzig Goldstücke! Vier Schwerter und Äxte, zwölf Kleider, eine Kiste voll Schmuck, das Lager eines ganzen Wirtshauses, aus dem ihr gerade noch trinkt – und sechs festgenommene Männer!«

Kurz trat Stille ein. Dann konnte Lodon sein eigenes Wort nicht mehr verstehen. Langsam schob er seinen Stuhl zurück, stand auf und klopfte Onai im Vorbeigehen auf die Schulter, doch das bemerkte er scheinbar nicht unter all den Glückwünschen und bewunderten Ausrufen der anderen Soldaten.

Ohne sich noch einmal umzusehen, ließ er die Tür hinter sich ins Schloss fallen und ging mit schnellen Schritten den Gang hinab.

Zielstrebig bog er nach rechts in einen schmaleren Gang, nahm einige kleine oder verborgene Treppen und fand sich schließlich im Nordflügel der Festung wieder.

Wie immer wanderte sein Blick über die in die Wände eingelassenen goldenen Metallplatten, deren Licht die Gänge erhellte. Rhan hatte ihm erklärt, dass dieses Metall aus Rianas stammte und dank der Kraft der hier in Bogharn lebenden Lichtlenker auch in der Nacht für Tageslicht sorgte.

»Lodon! Hey, warte doch mal!«, rief jemand, als er gerade die geschwungenen Stufen hinauf zum Turm erklimmen wollte.

Er musste ein Seufzen unterdrücken, als er stehen blieb und sich umdrehte. »Eman«, begrüßte er seinen Freund. »Was tust du hier?«

»Ich habe dich gesucht«, antwortete der inzwischen ausgebildete Soldat mit den grünen Augen und lachte leise. »Dich sieht man ja kaum noch, muss ich dich jetzt schon mitten in der Burg abfangen?«

»Es scheint fast so.« Eman war einer der Wenigen, die sich kaum etwas aus den Genüssen des Trinkens machten. »Was willst du?«

»Ich breche morgen auf. Nach Zaf'or, zu meiner zweiten Mission.« Der Schein des Metalls spiegelte sich in seinen Augen, ließ sie vor Begeisterung fast noch heller strahlen. »Du kommst wohl nicht mit, oder?«

»Nein.«

Eman nickte. Er wirkte enttäuscht. »Schade.«

»Viel Erfolg, Eman.« Schon wollte er sich umwenden, doch sein Freund hielt ihn am Arm zurück.

»Lodon, ist alles in Ordnung mit dir? Ich weiß, dass du viel um die Ohren hast, wichtige Dinge, aber ... du wirkst so bedrückt.«

Mit einem, wie er hoffte, freundlichen Lächeln schob er Emans Arm von sich. »Natürlich, mir geht es gut. Aber das könnte sich schnell ändern, wenn du mich jetzt nicht loslässt. Ich habe zu tun.«

Eman trat einen Schritt zurück und nickte wieder. »Das verstehe ich natürlich. Also dann ... bis irgendwann. Danke für alles.«

Damit drehte er sich um und verschwand.

Lodon sah ihm noch kurz nach, bevor er die Treppe hinaufstieg. Er hätte Eman nicht so schnell abwimmeln sollen. Bis vor wenigen Wochen war er der Einzige gewesen, den er hier als einen Freund bezeichnet hätte ... Aber bis vor wenigen Wochen war er selbst auch noch ein anderer gewesen. Er hatte Eman geschützt, ihn durch die Ausbildung gebracht, obwohl er wusste, dass die Beeinflussung der rechten Hand des Königs bei ihm nicht funktioniert hatte. Gut ... bei ihm hatte sie ebenfalls nichts bewirkt, aber er stand immerhin vollkommen hinter dem König und tat sein Bestes, um seine Pflicht als Soldat zu erfüllen. Eman hingegen war oft schwach gewesen, ohne ihn hätte dieser nie ...

Bei den verfluchten Göttern, Lodon, seit wann denkst du so?, wies er sich zurecht und verscheuchte diese Gedanken. Eman war ein guter Mensch, der wie er selbst für das kämpfen wollte, woran er glaubte. *Eine Entscheidung, die wir vor einer Weile für richtig gehalten haben, sollten wir heute nicht bereuen*, meinte er seinen Bruder Kilan sagen zu hören.

Kilan.

Er ballte eine Hand zur Faust und zwang sich kurz darauf, sie wieder zu öffnen. Sein Bruder war hier. Ganz nah, das wusste er.

Offiziell wusste unter den Soldaten niemand, was wirklich mit den Gotteskindern geschah. Rhan hatte ihm einen seltsamen Blick zugeworfen, als er einmal danach gefragt hatte, wo sie wohl gefangen gehalten wurden – dann aber die Schultern gehoben und bekundet, dass auch er es nicht wisse. Doch zumindest hieß das, dass er ebenso wenig daran glaubte, dass der König sie töten ließ.

Wieder zwang er sich, die unbewusst geballte Faust zu öffnen. Er würde ihn finden. Und wenn er jeden einzelnen Raum dieser Festung durchsuchen musste. Wenn er erst in der richtigen Position war, würde er seinen Bruder finden und befreien, egal, gegen welche Regeln er damit verstieß oder was es ihn kosten würde.

Eine plötzliche Erinnerung ließ ihn für einen Moment innehalten. Die Erinnerung an einen unendlich weit zurückliegenden Tag. An einen Tag der Bedrohung.

Schütze die, die du liebst, Lodon. Hast du verstanden? Wenn ich nicht mehr zurückkehre, ist es deine Aufgabe, auf sie achtzugeben. Du musst stark für sie sein. Versprich es mir.

Er hatte es versprochen. Hatte den ernsten und gleichzeitig bittenden Ausdruck in den Augen seines älteren Bruders nie vergessen. Hatte ihn jahrelang vor sich gesehen. Und doch versagt.

»Ah, Lodon, was tust du denn hier?«, begrüßte Rhan ihn, als er die massive Tür aufstieß. In diesem kleinen Zimmer oben im nördlichen der vier Türme der Festung verbrachte er seit einer Weile fast jeden Morgen. Ganz abgesehen vom Mittag oder Nachmittag. Kopfschüttelnd ließ er sich auf seinem Stuhl nieder.

Rhan saß ihm gegenüber an dem langen, fast den ganzen Raum einnehmenden Tisch, genauso, wie er ihn vor wenigen Stunden zurückgelassen hatte. »Wie weit sind wir?«, fragte Lodon ohne auf die Begrüßung seines Freundes einzugehen.

»Ich werde wohl morgen fertig werden.« Rhan deutete auf den vor ihm liegenden Stapel Pergamente. Er verfasste eine Liste mit den Namen aller zur Armee gehörenden Männer.

Anfangs hatte Lodon ihm dabei skeptisch über die Schulter gesehen, doch inzwischen zweifelte er nicht mehr daran, dass diese Liste vollständig sein würde. Rhan schien wirklich jeden Mann zu kennen, der auch nur einmal einen Fuß in die Festung gesetzt hatte, wie es auch umgekehrt der Fall war. Auf welche Weise er sich an alle Namen erinnern konnte, hinterfragte Lodon nicht, sondern bewunderte ihn nur dafür. Sein Gedächtnis war einfach unglaublich.

»Gut. Danach stellen wir aufeinander abgestimmte Truppen zusammen – die nicht mehr aufgelöst werden – und ordnen sie den Städten zu. Mit den Plänen dafür bin ich fast fertig.« Flüchtig sah Lodon einige der sich auf seiner Seite des Tisches türmenden Stapel durch und zog schließlich die Karte von Mirandor heraus. »Du solltest aber trotzdem noch einmal drüber sehen. Vielleicht habe ich irgendein Problem vergessen ...« Er sah auf die Karte, auf der unter jeder Stadt eine Übersicht der Schwierigkeiten vermerkt war, die dort an der Tagesordnung waren. Die dauernden Diebstähle auf den Märkten in Onamdra und Mindras, die Sabotage der Schiffe in Da'lin, die fortbestehenden Besuche des Tempels bei Ilras und die beunruhigend hohe Zahl der einem durchaus zwielichtigen Gewerbe nachgehenden Frauen in Gandrum waren nur einige davon. Obwohl jeder Soldat um diese Probleme wusste, war noch nie etwas dagegen unternommen worden. Doch das würde sich hoffentlich bald ändern.

Als er Rhan vor einigen Wochen von seinem Vorhaben berichtet und ihn davon überzeugt hatte, ihm zu helfen, hatte er nicht geahnt, wie viel Arbeit es sein würde. Als er zum ersten Mal den Schlüsselmeister nach dem Schlüssel für den bis dahin ungenutzten Nordturm gefragt hatte, hatte dieser ihn nur ungläubig angesehen, ihm aber sofort gegeben, was er wollte.

Auch dank Rhans nicht unbeträchtlichem Einfluss hatte Lodon inzwischen eine hohe Stellung in Bogharn inne – auch wenn niemandem hier wirklich klar war, was dies bedeutete. Es gab keine festgelegte Hierarchie in der Armee des Königs. Die, die sich irgendwann einmal selbst dazu ernannt hatten, wurden Hauptmänner genannt und führten die wahllos zusammengestellten Trupps an. Es wurde immer wieder festgestellt, dass Dranoel die Befehlsgewalt über die Armee habe, aber nur die wenigsten Männer hatten ihn nach ihrer Ausbildung noch einmal zu Gesicht bekommen. Stattdessen wurden die Aufträge von drei Soldaten verteilt, die behaupteten, Dranoel hätte ihnen diese Aufgabe übertragen. Lodon bezweifelte das. Auch diese drei Männer sah man kaum, und die Willkür der verteilten Aufträge zeugte davon, dass sie ihre Aufgaben nicht einmal ernst nahmen. Mit zwei von ihnen hatte er schon kurz gesprochen. Sie schienen ihn glücklicherweise zu mögen. Dennoch würde sich die Umsetzung ihres Planes als schwierig erweisen, denn er hatte selten so engstirnige und eigenwillige Männer getroffen. Doch er hatte ohnehin nicht vorgehabt, sie zu überzeugen oder einzuweihen – er würde direkt zum König gehen, sobald all ihre Pläne fertiggestellt waren.

»Rhan, wir müssen auf jeden Fall noch Regeln, oder zumindest Richtlinien darüber erstellen, was bei den Kontrollen in den Städten entwendet werden darf.« Lodon griff nach einem leeren Bogen Pergament. »Bis jetzt nehmen die Männer einfach mit, was sie wollen.«

»Ich bin wirklich froh, dass ich endlich jemanden wie dich gefunden habe«, murmelte Rhan, ohne aufzublicken. »Jemanden, der nicht nur mitlaufen, sondern wirklich etwas verändern, verbessern will.«

Lodon nickte geistesabwesend, während er sich vorbeugte und nach vier kleinen Steinen griff, um die Ecken der Karte zu beschweren. »Es muss endlich Ordnung in die Armee gebracht werden. Die Soldaten haben keine Ahnung, was ihre Kontrollen wirklich bewirken oder was genau sie tun sollten. Hier zu sehen, dass nicht einmal die Hauptmänner ein paar Regeln unterliegen, dass es keinen Plan gibt …« Er schüttelte den Kopf und sah stirnrunzelnd zu Rhan, der ihn mit erhobenen Augenbrauen betrachtete.

»Ja, es kümmerte niemanden«, stimmte ihm dieser zu.

»Und ich kann noch immer nicht verstehen, warum«, antwortete Lodon nachdenklich. Noch nie hatte er diese Gedanken mit Rhan geteilt, obwohl sie ihn schon so lange beschäftigten. »Wir haben so viele fähige Männer und lassen sie einfach tun, was sie wollen.«

»Die Armee sichert die Herrschaft des Königs, Lodon. Die Macht, die die Männer dem Volk demonstrieren. Der König denkt, dass er nicht mehr braucht.«

Ein sicheres Lächeln breitete sich auf Lodons Zügen aus. »Bald können wir dem König unsere Ergebnisse präsentieren. Dann wird er sehen, wie viel mehr er mit einer so großen Gefolgschaft erreichen kann! Er muss das Volk nicht nur in Angst versetzen und seine Macht demonstrieren!«

Auch Rhan lächelte. »Wie ich schon sagte. Jemanden wie dich braucht dieses Land.«

8

Leyna wusste nicht, wie lange sie schon wieder bei Bewusstsein war. Sie fühlte sich ausgelaugt und erschöpft, nahm nur langsam ihre Umgebung wahr, spürte die Stille der dunklen Höhle und die Kälte, die sie umgab. Ihr Kopf lag auf etwas Weichem, das sie schließlich als Stoff eines Mantels erkannte. Sivan.

Erleichterung breitete sich in ihr aus. Er war noch da.

Immer deutlicher hörte sie seinen ruhigen Atem über ihr. Sie zögerte, doch dann ließ sie die Augen geschlossen. Vielleicht war dies einer der letzten Momente, in dem sie die Stille und ... seine Nähe genießen konnte.

»Nimm dir die Zeit, die du brauchst.«

Abrupt öffnete sie ihre Augen, schluckte einmal und wollte sich sofort aufsetzen.

Da legte er eine Hand auf ihre Schulter. »Bleib liegen. Dein Körper muss sich erholen.«

Schweigend gab sie nach. Schon nach ihrem letzten Treffen mit dem Orakel hatte sie sich so schwach gefühlt, dass sie nicht einmal allein hatte reiten können. Auch jetzt kehrte die Kraft nur sehr langsam in ihren Körper zurück.

»Wie geht es dir?«, fragte sie, sobald sie sicher war, dass ihre Stimme ihr wieder gehorchte.

»Gut, Leyna. Mach dir keine Sorgen um mich.«

Gern hätte sie sich von ihm abgewandt, doch er hielt sie zurück.

»Ich habe gesehen, was mein Körper beim letzten Mal angerichtet hat«, murmelte sie. »Bist du sicher, dass alles in Ordnung ist?«

»Ich verfüge über mehr Kraft als ein paar Blumen. Dein Körper hat das bekommen, was er brauchte, mehr nicht.«

»Du hättest nicht bei mir bleiben sollen«, flüsterte sie, als das schlechte Gewissen zurückkehrte. Mit einem Seufzen nahm er die Hand von ihrer Schulter und ließ zu, dass sie sich langsam aufsetzte.

Der aufkommende Schwindel verschwand, als sie sich gegen die Felswand lehnte. Dann sah sie ihn an. Das ihn umgebende schummrige Licht offenbarte, wie müde er war.

»Wäre ich nicht hier gewesen, hätte dein Körper nicht einmal mehr die Kraft dazu gehabt, wieder aufzuwachen.«

Nur langsam begriff sie den Sinn seiner Worte. Hätte sie dann beim Orakel bleiben müssen? »Das wusste ich nicht.«

Er nickte.

»Wie lange habe ich ... geschlafen?«, fragte sie nach einer Weile.

»Einige Stunden. Es ist gerade dunkel geworden.«

»Woher weißt du das?«

»Ich spüre die Pflanzen über uns. Ihre Wärme.«

Sie runzelte die Stirn. »Du spürst ihre Wärme?«

»Die Wärme ihrer Magie, ja.«

Tarin hatte gesagt, dass nur wenige die Beschaffenheit der Magie spüren konnten. Doch die Gestaltwandler waren mächtig. »Siehst du sie auch fließen?«

Er nickte.

»Und ... ihre Farben?«

Er sah wieder zu ihr. »Das können nur sehr wenige, Leyna.«

»Ich weiß. Tarin sagte, er kann sie nur spüren, nicht einmal sehen. Aber du kannst es, nicht wahr?«

Er schwieg beharrlich. Sein Blick wurde nachdenklich.

»Entschuldige bitte«, murmelte sie, als er eine Weile später noch immer nichts erwidert hatte. »Ich sollte nicht so viele Fragen stellen.«

»Doch, genau das solltest du«, widersprach er sofort. Er schien sich zu straffen, als hätte er sich plötzlich an etwas erinnert. »Und ich sollte dir die Antworten geben. Ja, ich ... sehe die Farben der Magie. Tarin konnte dir nichts darüber sagen, weil die Wenigen, die es können, heute nicht mehr davon sprechen.«

»Warum nicht?«

Wieder seufzte er. »Weil es ein Zeichen dafür ist, dass man eine große Kontrolle über diese Magie hat. Dass du sie sehen kannst, zeigt, wie stark deine Fähigkeiten sind. Du wirst immer mächtiger, Leyna.«

Sie nahm einen tiefen Atemzug. Es tat gut, zu wissen, dass sie sich die Farben nicht nur einbildete. Dann überkam sie die Unsicherheit. »Aber vielleicht nicht schnell genug. Das Orakel sagte, es habe in meiner Zukunft einen Verrat gesehen. Oder eher, dass ich ... fehlgeleitet werden würde.«

Er runzelte die Stirn. »Fehlgeleitet?«

Sie sah in seinem Blick, dass auch er darüber nachdachte, wer sie hintergehen könnte.

»Sicher niemand aus dem Palast«, stellte er leise fest.

Nein, da war sie sich auch sicher. Sollte jemand nicht gegen den König vorgehen wollen, könnte er den Eingang gar nicht öffnen.

»Was hat es noch gesagt?«

War es klug, ihm das zu sagen? »Es ... wollte mich davon abhalten, in den Vadas-Wald zu gehen.« Sie richtete den Blick stur auf ihre Hände. Genau das hatte er doch auch tun wollen, also würde er wahrscheinlich ...

»Vielleicht ist es gar nicht nötig, für deine Antworten dorthin zu gehen.«

Überrascht sah sie nun doch zu ihm. »Was meinst du damit?«

»Du möchtest wissen, warum Dranoel am Strand war? Das weißt du. Er wollte mich töten.«

»Das hat er behauptet«, murmelte sie. »Ich bin mir sicher, dass mehr dahintersteckt.«

Sivan lehnte den Kopf gegen den Fels und fuhr sich mit der Hand über die Augen. Er wirkte erschöpft. »Das denke ich nicht, Leyna. Er hätte einen guten Grund dazu.«

»Aber was sollte das für ein Grund sein?« Sie stockte. Was wäre, wenn ...

»Leyna, hör mir zu.« Sivan setzte sich auf und sah sie direkt an. Sofort verstummten ihre Gedanken.

»Vor einigen Wochen habe ich dir von Dranoel erzählt. Im Calidras-Gebirge.«

Ja, sie erinnerte sich. Nur wenige Tage zuvor hatte er sie vor den Soldaten gerettet …

»Damals sagte ich dir, dass mein Volk ihn *O'ranuth* nennt. Diesen Namen trägt er nicht umsonst.« Kurz flackerte Schmerz in seinem Blick auf.

Voll Schrecken erinnerte auch sie sich an die Bedeutung dieses Namens – *Der Sucher.*

»Dranoel war es, der die Gestaltwandler auslöschte. Vor … vielen Jahren.« Er hob die Hand, bevor sie etwas sagen konnte. »Viele Soldaten des Königs waren dabei, doch er war es, der uns vernichtet hat. Gegen ihn kam mein Volk nicht an. Er jagte jeden, der entkam. Über Jahre. Und fand sie.«

»Sivan, ich …«

Wieder hob er die Hand. »Leyna. Es gibt noch fünf Gestaltwandler in ganz Mirandor. Alle anderen hat er gefunden.«

Sie verstummte. Fünf aus einem ganzen Volk. War das die einfache Antwort? Er hatte nur einen dieser fünf töten wollen? Sicher war sie nicht.

Sivan fügte nichts mehr hinzu und richtete seinen Blick auf die kahle Felswand vor ihnen. Er würde nichts mehr zu diesem Thema sagen wollen, und das respektierte sie.

Stille breitete sich über sie, während langsam die Kraft in Leynas Glieder zurückkehrte.

»Meinst du, man kann dem Orakel trauen?«, sprach sie schließlich leise ihre eigenen Zweifel aus. »Es war irgendwie … anders, unfreundlicher, dieses Mal. Meinst du, es stimmt alles, was es sagt?«

Sivans Miene wurde starr. »Ja. Es hat noch nie etwas Falsches vorhergesagt.«

Sie musterte ihn. »Es hat dich zu mir geschickt«, erinnerte sie sich. Es hatte ihm den Auftrag gegeben, sie zu schützen. »Was hat es dir im Gegenzug versprochen?«

Er senkte den Blick und schwieg wieder. War sie zu weit gegangen?

»Eine Möglichkeit, meine Fehler wiedergutzumachen.«

Er sprach leise, so unglaublich leise, dass sie ihn vor der Auswahl der Gotteskinder nicht verstanden hätte. Obwohl sie sein Gesicht nicht ganz sehen konnte, erkannte sie die steile Falte zwischen seinen Augen. Er musste sich an etwas erinnern. An etwas, das schon lange zurücklag, und von dem sie vielleicht schon wusste.

»Sivan, ich ... ich möchte ehrlich zu dir sein.« Endlich war die Möglichkeit da, ihr schlechtes Gewissen zu beruhigen. »In der Nacht bevor wir die Küste erreicht haben ...« Verkrampfte er sich?

»Als ich dich geweckt habe, da ... da habe ich deinen Traum gesehen. Ich wollte ...«

»Stopp«, unterbrach er sie sofort.

Sie verstummte.

Vom einen Moment auf den anderen wirkte seine Miene wie versteinert. Er bemühte sich sichtlich darum, ruhig zu atmen. »Du hast ihn verändert.«

War da ... Angst in seiner Stimme? Sie runzelte die Stirn. So hatte sie ihn noch nie gesehen, so ... unkontrolliert. Er war wie erstarrt, schien die Luft anzuhalten.

»Ja«, sagte sie, unsicher. »Ich habe dich gesehen, wie du ...«

»Ich weiß, was du gesehen hast«, unterbrach er sie. Seine Stimme schien dünner als sonst, nicht so kraftvoll und einnehmend. »Und das war noch nicht einmal meine schlimmste Seite.«

Die eintretende Stille war fast schon erdrückend.

»Es tut mir leid, ich wollte nicht ...«

»Das hättest du nicht sehen sollen.« Wieder war da dieses leichte Zittern in seiner Stimme.

Sie beugte sich vor, versuchte, mehr von seinem Gesicht zu erkennen. Sie erkannte den Ausdruck seiner Augen, noch bevor er sie schloss. »Du ... du hast Angst vor deinen Träumen.«

Er sah sie nicht an, doch sie wusste, dass sie recht hatte. Niemals hätte sie gedacht, dass er vor etwas Angst haben könnte. Und jetzt waren es ausgerechnet seine Träume?

»Erzähl mir davon«, flüsterte sie und wollte eine Hand nach ihm ausstrecken, hielt sich dann aber zurück. »Erklär mir, was ich gesehen habe.«

Er öffnete die Augen und ballte kurz eine Hand zur Faust. »Ich habe dir schon einmal gesagt, dass du aufhören sollst, mehr über mich erfahren zu wollen.«

»Warum? Warum willst du nicht, dass ich etwas über dich weiß?«

»Weil ich nicht gut für dich bin!« Plötzlich verzerrte Zorn seine Züge und er stand ruckartig auf. In seinen Augen kämpfte der Wunsch, zu fliehen, gegen die Pflicht, bei ihr zu bleiben. »Also hör auf, weiter zu fragen!«

»Das kann ich nicht«, erwiderte sie leise und bemühte sich, trotz seines plötzlichen Gefühlsausbruchs ruhig zu bleiben. Er war noch nie so wütend gewesen, doch sie würde sich nicht davon abhalten lassen, ihm zu helfen. Sie konnte nicht lockerlassen, jetzt, da sie ihn endlich so weit hatte.

Er lehnte sich an die gegenüberliegende Felswand, den Blick wieder zur Decke gerichtet.

Mühsam stützte sie sich an der Wand ab und stand ebenfalls auf, um ihm in die Augen sehen zu können. »Das werde ich nicht«, fuhr sie fort. Es versetzte ihr einen Stich, ihn so zu sehen. »Welche Fehler du auch begangen hast, es ist lange her. Ich verurteile dich nicht, Sivan. Ich will dir helfen.«

Er rührte sich nicht. »Du weißt nicht, was du gesehen hast. Du weißt nicht, wer ich war.«

»Ich weiß, wer du bist. Das ist alles, was ...« Erschrocken verstummte sie, als er mit einem Schritt bei ihr war und die Hände direkt neben ihrem Kopf gegen den Fels stemmte. Sein Gesicht war nur eine Handbreit von ihrem entfernt, als er sie anfunkelte. Sie konnte nicht ausweichen.

Wut stand in seinem Blick, Verzweiflung stach ihr entgegen. »Du weißt nicht, wer ich bin«, knurrte er leise. Seine Augen blitzten. »Und das ist auch besser so.«

Ihr Atem stockte. Da war so viel mehr als Wut und Verzweiflung. So viel mehr ... das sie zuvor nicht wahrgenommen hatte. So viel Schmerz. »Ich ... ich wollte dich nicht wütend machen«, flüsterte sie atemlos.

»Dann hör auf, über mich nachzudenken.« Einen Moment lang fixierte er sie noch, dann ließ er die Arme sinken und trat einen

Schritt zurück. »Die anderen warten«, stellte er gewohnt entschlossen fest und wandte sich um.

Leyna schluckte schwer, versuchte, ihren Atem zu beruhigen und das Stechen in ihrer Brust zu ignorieren. Es tat weh.

Sie war zu weit gegangen, hatte zu viel gewollt.

Während sie ihm langsam folgte, fragte sie sich, was schlimmer war – körperlicher oder seelischer Schmerz?

»Bei Caidras Winden, da seid ihr ja endlich!« Erleichtert kam Tarin auf sie zu und schloss sie sofort in die Arme. »Wir haben uns schon Sorgen gemacht. Geht es dir gut, Leyna?«

Sie nickte. »Alles in Ordnung.«

»Was hat das Orakel dir Spannendes erzählt? Werden wir alle sterben?«, fragte Alessa hinter ihm.

Sivan ging an ihr vorbei, ohne sie eines Blickes zu würdigen.

»Es ... es hat von dem Wesen im Vadas-Wald gesprochen. Es wollte mich davor warnen, es hat ... viele seltsame Andeutungen gemacht.«

Tarin runzelte die Stirn. »Seltsame Andeutungen?«

Leyna nickte nur.

Tarin fuhr sich nachdenklich durch die Haare. »Soweit ich weiß, waren die Prophezeiungen des Orakels immer zutreffend. Wer weiß, vielleicht hat es etwas in deiner Zukunft gesehen und möchte deshalb nicht, dass du in den Wald gehst.«

»In meiner Zukunft sah es einen Verrat«, murmelte Leyna und schluckte.

»Einen Verrat?«, fragte Alessa erstaunlich ernst. »Aber wer sollte dich verraten?«

Sie hob die Schultern. »Gleich darauf sagte es, dass ich wohl eher fehlgeleitet werden würde. Aber auch da fällt mir niemand ein.«

»Die einzig wichtige Frage ist, ob wir noch immer in diesen Wald gehen wollen«, stellte Tarin fest, »oder erst zu deinem neuen Lehrmeister.«

Wieder hob sie die Schultern. »Ich bin mir nicht sicher. Beim ersten Mal war das Orakel ganz anders, viel freundlicher. Und es hat mir ja auch nichts prophezeit, sondern mich nur gewarnt.«

»Aber trotzdem fühlst du dich unwohl«, führte Alessa ihren Satz fort.

Leyna nickte.

»Dann lass uns nicht dorthin gehen, zumindest noch nicht. Wir können immer noch zurückkommen«, merkte Alessa an. Leyna sah zu Tarin, und auch er nickte.

Sivan sah nicht zu ihr, aber er hätte wohl ohnehin zugestimmt.

Schließlich stimmte auch sie zu.

»Gut, dann lasst uns gleich weitergehen. Alessa und ich haben eine Weile geschlafen, du warst wieder eine ganze Zeit lang weg.«

»Mein Körper scheint es nicht so toll zu finden, wenn mein Geist ihn verlässt.« Sie war froh, nicht weiter über das Orakel sprechen zu müssen.

Tarin lachte. »Sivan, wo geht es lang und wie lange brauchen wir in etwa noch?«

Sivan deutete mit dem Kopf auf einen Gang rechts von ihnen. »Dort entlang. Wir werden morgen Mittag da sein.«

»Morgen Mittag erst? Gibt es keinen schnelleren Weg?«, fragte Tarin. »Urs schläft jetzt schon eine ganze Weile, ich würde gern so schnell wie möglich wieder ans Licht gehen. Können wir nicht vorher schon aus den Höhlen ...«

»Nein«, unterbrach Sivan ihn und ging los.

Tarin runzelte die Stirn und schloss zu ihm auf.

Leyna und Alessa folgten ihnen.

»Du hättest lieber, dass er weiter schläft«, stellte Tarin fest.

Sivan antwortete nicht.

»Ist irgendetwas zwischen euch vorgefallen? Bevor ihr zum Tempel kamt?«

Leyna hielt den Atem an.

Sivan ging ungerührt weiter. »Nein.«

»Was hast du dann gegen ihn?«

»Er ist ein Varnir.«

Tarin stieß einen ungläubigen Laut aus. »Und das reicht schon, um ihn zu hassen?«

Ein ungutes Gefühl kam in Leyna auf und ein Blick zu Alessa zeigte ihr, dass sie ebenso dachte. Musste Tarin es so weit treiben?

»Ja«, antwortete Sivan, ohne zu zögern.

»Man sollte nicht über jemanden urteilen, nur weil er zu einem bestimmten Volk gehört«, erwiderte Tarin. »Ich urteile ja auch nicht über dich.«

Augenblicklich blieb Sivan stehen und warf Leyna einen eisigen Blick zu.

»Um das zu wissen, musste ich nicht Leyna fragen, da bin ich schon von selbst draufgekommen«, stellte Tarin klar. »Du verbirgst dich lange nicht so gut, wie du denkst. Außerdem gehen wir gerade durch die Höhlen der Gestaltwandler, die noch nie ein Mensch betreten hat. Ich bin nicht blöd.«

Sivan verharrte noch einige wenige Augenblicke mit vor der Brust verschränkten Armen, dann wandte er sich ab und ging weiter.

»Ich habe dir eine Frage gestellt!«

»Und ich habe beschlossen, nicht zu antworten.«

Leyna zuckte zusammen.

Alessa legte Tarin eine Hand auf den Arm. »Lass es gut sein«, murmelte sie.

»Hör besser auf sie. Ihr beide«, Sivan wandte sich kurz um und deutete auf Tarin und Leyna, »hört besser auf sie.«

Dann beschleunigte er seine Schritte und brachte so viel Abstand zwischen sie, dass sie gerade noch am Rande des Lichtkegels gingen.

Tarin sah ihm fassungslos nach, schüttelte schließlich den Kopf und sah fragend zu Leyna. »Du hast wohl auch versucht, ihn zum Reden zu bringen.«

Sie hob die Schultern, antwortete nicht.

Schweigend gingen sie weiter. Der Fels um sie herum blieb unverändert. Monoton setzte sie einen Fuß vor den anderen. Während sie mit Tarin und Alessa an der Nachbildung ihres rechten Schwertes arbeitete, verstrich die Zeit. Hoffentlich würden sie bald den Ausgang erreichen.

»Mir ist etwas eingefallen!«, rief Alessa, als es schon früher Abend sein musste. »Vielleicht weiß ich, warum er Urs so gern hat.« Sie gab sich gar nicht erst Mühe, leise zu sprechen, schließlich ging Sivan ein gutes Stück vor ihnen. An sein besseres Gehör dachte sie nicht.

»Was meinst du?«, fragte Tarin sofort interessiert.

»Es ist zwar nur eine Geschichte, aber ich denke, an ihr ist mehr Wahres dran, als viele denken – wenn ich mir Sivan so ansehe.«

Leyna trat dicht an sie heran.

»In einer Legende heißt es, dass die Varnire früher sehr viel mächtiger waren, als sie es heute sind. Sie kontrollierten vor allem die Magie des Feuers und das in viel größerem Maße, als man es diesen kleinen Wesen zutrauen würde.«

Leyna warf einen Blick auf den schlafenden Urs und erinnerte sich daran, wie er vor langer Zeit im Wald den ersten Spiegel zerstört hatte.

»Sie waren also ziemlich mächtig und es gab sehr viele von ihnen. Die meisten waren jedoch eigenwillig und nutzten ihre Kraft vor allem, um die Menschen zu ärgern. Sie setzten Wälder oder Hütten in Brand, ohne über die Folgen nachzudenken, einfach, weil ihnen das Feuer gefiel. Irgendwann griffen die Gestaltwandler ein, um die Menschen zu schützen. Dabei wurden viele Gestaltwandler und fast alle Varnire getötet. Der damalige König der Gestaltwandler verhinderte wohl im letzten Moment, dass das Volk vollständig ausgelöscht wurde. Es heißt, er habe selbst die Gestalt eines Varnirs angenommen, um die Völker zu einen.«

»Wann soll das passiert sein?«, fragte Tarin nachdenklich.

»Vor etwa vierhundert Jahren«, antwortete Alessa. »Ich habe das Buch ziemlich weit hinten in einem Regal im alten Teil der Bibliothek gefunden. Es soll wohl niemand mehr davon erfahren, aber ich denke, unter den Gestaltwandlern wissen die meisten noch davon.«

Leyna sah nach vorn.

Sivan hatte sich wieder einige Schritte zurückfallen lassen, hielt aber dennoch Abstand.

»Urs gehört nicht zu den Varniren von damals«, flüsterte sie so leise, dass weder Tarin noch Alessa neben ihr es hören konnten.

Sivans Hand ballte sich zur Faust. »Der Junge in Onamdra war auch nicht dein Bruder. Und dennoch hast du an ihn gedacht, als du ihn gesehen hast.«

Ihr Atem beschleunigte sich. »Das war etwas …«

Ruckartig drehte er sich zu ihnen um und funkelte sie an. »Nein, das ist nichts anderes!«, rief er mit durchdringender Stimme.

Alessa und Tarin blieben überrascht stehen und sahen fragend zwischen ihnen hin und her.

Einen Moment später sah Leyna wieder nur seinen Rücken vor sich. Sie schluckte, erwiderte aber nichts. »Wenn euch schon klar ist, dass er ein Gestaltwandler ist, solltet ihr auch wissen, dass er jedes eurer Worte hören kann«, murmelte sie, wartete nicht auf eine Antwort und ging kurz schneller, um zwischen ihnen und Sivan zu bleiben und so zu jedem Abstand zu wahren. Sie wollte weder Sivan verärgern noch Fragen darüber beantworten, was zwischen ihnen vorgefallen war. Eigentlich wollte sie auch nicht allein sein, wollte nicht die Zeit haben, über andere Dinge nachzudenken.

Was sie wirklich wollte, wusste sie schon lang nicht mehr.

Aber im Moment schien ihr dies die einfachste Alternative zu sein.

»Leyna, du solltest wirklich aufhören. Lass uns schlafen.« Sie ließ sich nicht ablenken. Weiterhin lag ihre Konzentration auf der umherwirbelnden Luft auf ihrer Hand.

»Lass mich üben, Tarin.« Bei den Fheenyas hatte sie zuletzt fast ausschließlich an ihren Nachbildungen und dem Umgang mit dem Wasser gearbeitet. Da es hier unten kaum etwas anderes als Luft gab, schien dies ihr eine gute Möglichkeit, sich wieder wirklich mit ihrer Magie vertraut zu machen.

Seit sie in einer weiteren Höhle ihr Lager aufgeschlagen und gegessen hatten, bildete sie alle möglichen Formen bis ins kleinste Detail nach. Einen Baum, ein Buch, die ganze Bibliothek, den Palast, so wie sie ihn gesehen hatte, als sie in der Kugel fortgebracht worden waren. Immer genauer wurden ihre Abbilder, bis sie spürte, dass jeder einzelne kleine Strang ihr gehorchte. Im Moment ging es ihr nicht um Stärke. Es ging um Kontrolle, um Perfektion. Diese, das hatte sie von Aidan gelernt, musste sie zuerst beherrschen, bis sie sich an die Stärke machen konnte. Erst, wenn sie vollkommene Kontrolle hatte, konnte sie ihre ganze Kraft mit dieser Kontrolle gezielt einsetzen.

»Alessa, hast du nicht Lust, ein bisschen mit mir zu üben?« Bis jetzt hatte Alessa an den Felsen gelehnt dagesessen, mit Tarin gesprochen und ihr zugesehen.

»Ich denke nicht, Leyna«, sagte sie leise. »Wirklich nicht.«

»Vielleicht wäre das eine gute Idee«, gab Tarin zu bedenken. »Vielleicht brauchst du einfach nur ein bisschen kontrolliertes Training ...«

Augenblicklich versteinerte Alessas Miene. »Was ich brauche, weiß ich selbst«, blockte sie unwirsch ab, »darüber solltet ihr euch keine Gedanken machen.«

Schon wollte Tarin etwas hinzufügen, doch Leyna bedeutete ihm mit einem Blick, sie in Ruhe zu lassen.

»Wie du willst«, schloss sie dieses Thema. Sonst hatte Tarin doch stets ein so wunderbares Gefühl dafür, wann ein Mensch sich unwohl fühlte. Warum nicht bei Alessa? Warum reizte er sie immer mehr?

Auf ihren fragenden Blick reagierte er nicht. Auch Alessa hatte sich abgewandt.

Eine Weile lang saß sie noch schweigend da und bildete ihr Heimatdorf nach. Alanya vor sich zu sehen, wenn auch nur aus wirbelnder Luft, jedes einzelne Haus, so wie sie es in Erinnerung hatte, beruhigte sie. Dort herrschten Stille und Frieden. Ihrer Familie ging es gut. Es musste so sein. Ihnen würde nichts geschehen.

»Leyna«, drang wieder Tarins schlaftrunkene Stimme an ihr Ohr. Sie hatte gar nicht mitbekommen, dass er und Alessa sich hingelegt hatten.

»Komm schon, schlaf endlich. Du weißt, wie früh Sivan uns morgen weiterschleppen wird.« Es schien ihm nichts auszumachen, dass Sivan auch diese Worte hörte. Als sie zu ihm hinübersah, hatte er sich tatsächlich nicht geregt, doch seine Miene schien noch starrer als sonst. War er noch immer wütend auf sie? In keinem Moment hatte sie es böse gemeint. Hatte ihm immer nur helfen, ihn verstehen wollen. Doch das ließ er nicht zu.

Stumm gab sie ihre Kontrolle über die Luft auf, rückte ihren Mantel auf dem Boden zurecht und legte sich ebenfalls hin. Kurz sah sie zu dem schlummernden Urs, der heute bei ihr schlafen würde. Sie hatte ihn eine Weile in ihrer Manteltasche getragen, um während ihres Marsches von Zeit zu Zeit in seine Träume sehen zu können. Dann flüchtete sie sich aus der Welt der Lebenden, ins Reich ihrer eigenen Träume – hoffentlich.

»Nein, ich kann mich immer noch nicht erinnern.«

»Das wird schon noch, Leyna. Es war doch erst die dritte Nacht. Bestimmt kann dir dieser Ronor dabei helfen!« Das hoffte sie auch, denn eine andere Möglichkeit sah sie inzwischen nicht mehr. Ihre eigenen Träume waren der Schlüssel zu perfekten Illusionen.

»Sivan, wie weit ist es denn noch?«, rief Tarin nach vorn.

»Nicht weit.«

»Siehst du? Dann treffen wir ihn bald.«

Woher nahm er nur diesen Optimismus?

Alessa warf ihm ebenfalls einen kritischen Blick zu, doch er ließ sich nicht beirren, sondern schloss zu Sivan auf, wie er es in den letzten Stunden oft getan hatte.

»Worüber die beiden nur immer reden? Ich wüsste nicht, was ich zu Sivan sagen sollte«, murmelte Alessa neben ihr.

Leyna schmunzelte. Sie hörte Tarins Monologe und Sivans unwilliges Brummen, wenn der Blonde nach einer Antwort verlangte. »Bestimmt ist es nichts Wichtiges«, antwortete sie nur.

Alessa lachte. »Du kannst es hören, oder nicht? Dann will ich dir mal glauben.«

»Eine gute Idee.« Ihr Magen gab ein leises Knurren von sich.

»Oh ja, ich hoffe auch, dass wir bei diesem mysteriösen Lehrer etwas zu essen bekommen«, bestätigte Alessa ihr Hungergefühl.

Leyna lachte. »Wie gut, dass deine Mutter mir …« Sie stockte. Griff noch einmal in ihre Manteltasche, doch sie war leer. Irritiert griff sie auch in die andere, doch in dieser war ebenfalls nichts.

»Dass meine Mutter was?«

»Ich … muss mich wohl vertan haben«, murmelte sie. Nein, das hatte sie sicher nicht. Sie waren hier gewesen, ihre Beeren! Wieder knurrte ihr Magen.

»Das ist der Nachteil daran, wenn man selbst keine Vorräte trägt«, stellte Alessa fest, nahm ihren Rucksack vom Rücken, öffnete ihn und nahm einen Laib Brot und etwas Käse heraus.

»Ich habe es Tarin angeboten, aber seit ich meine Schwerter trage, gestaltet sich das mit einem Rucksack schwierig«, erwiderte Leyna und nahm das Brot dankbar entgegen.

»Wenn ich solche Schwerter bekommen hätte, würde ich auch nichts anderes mehr auf dem Rücken tragen«, erwiderte Alessa und lachte. »Sie sind wirklich wunderschön. Nelay hat ganze Arbeit geleistet.«

Die Räume des Schmieds hatten im untersten Teil des Palastes gelegen. Leyna hatte mehrere Stunden dort verbracht, während sie dem breiten, bärtigen Mann mit der an vielen Stellen geröteten Haut bei der Fertigung ihrer Schwerter zugesehen hatte. Zwischen mehreren Schlägen hatte er ihr erzählt, dass diese Verbrennungen keineswegs unabsichtlich entstanden waren. Bei genauerem Hinsehen konnte man fein geschwungene Formen in ihnen erkennen. Es waren Runen gewesen, die sie nicht vollständig hatte entziffern können, auch wenn sie sich in den letzten Wochen eingehend mit dieser alten Sprache beschäftigt hatte – sie war einfach zu umfangreich. Einige hatte er ihr übersetzt, andere nicht, und sie hatte ihn auch nicht weiter danach fragen wollen.

»Sie sind perfekt«, stimmte sie Alessa zu. Kein anderes Wort hätte es besser treffen können. Die Klingen waren so lang wie die Sivans, dabei aber noch dünner, leichter und geschwungener. Sie waren aus einem Erz gefertigt, das man nur in dem Gebirge auf Imyrn finden konnte. Vollkommen rein und weiß glänzten sie sogar in dem glimmenden Licht, das sie hier unten umgab. Die Griffe waren mit einem dunkelroten, weichen Lederband umwickelt, das es ihr erleichterte, dem Druck des Aufpralls standzuhalten. Auf weitere Verzierungen hatte sie verzichtet, nur die kurzen Parierstangen hatte Nelay noch glühend ineinander gedreht.

»Sind dir inzwischen Namen eingefallen?«

Leyna schüttelte den Kopf. Lange hatte sie darüber nachgedacht, wie sie diese Waffen nennen sollte.

»Ich habe mich noch nicht entscheiden können.« Ihr Blick wanderte zu Sivan, zu dem verbliebenen Schwert auf seinem Rücken. Zukunft.

»Du wirst schon noch die Passenden finden«, ermutigte Alessa sie und sah dann ebenfalls nach vorn. »Ich glaube, jetzt hat Tarin es wieder übertrieben.«

Mit hängenden Schultern war ihr Freund stehen geblieben und wartete, bis sie bei ihm waren.

»Was hast du jetzt schon wieder gesagt?«, fragte Alessa grinsend.

»Ach, nichts ...«, murmelte Tarin und schluckte. »Gar nichts. Aber wir werden bald da sein.«

»Ein gutes Stichwort«, warf Leyna ein, um das Thema zu wechseln. Sie konnte diesen enttäuschten Ausdruck auf Tarins Gesicht nicht ertragen. »Was genau erwartet uns im Phandras-Wald?«

Tarin verdrehte die Augen. »Leyna, du hättest wirklich mehr über den Aufbau Mirandors lesen können.«

Sie hob entschuldigend die Schultern, bereute aber keineswegs, dies nicht getan zu haben. Die vielen Legenden und Geschichten waren viel interessanter gewesen. Wie konnte er da erwarten, dass sie sich eingehend mit einer Karte beschäftigte?

»Der Wald trägt diesen Namen, weil er der einzige verbliebene Lebensraum der Phandras ist«, begann Tarin. »Phandras sind kleine fliegende Wesen mit ...«

»Mit unnatürlich langen Armen und Beinen, das weiß ich schon, Tarin«, unterbrach sie ihn. »Ich habe über fast alle Tiere gelesen. Sie wurden vor langer Zeit aus allen anderen Wäldern Mirandors vertrieben. Obwohl sie eigentlich nicht wirklich gefährlich sind, sondern nur die Magie blockieren.«

»Ja, selbst die unscheinbarsten Wesen können beeindruckende Fähigkeiten haben«, antwortete Tarin leise und warf Alessa einen Blick zu. »In ihrer Gegenwart kann niemand eine Magie beeinflussen, die außerhalb des eigenen Körpers liegt.«

»Deshalb können wir uns ihnen dennoch nähern«, führte Leyna seinen Gedanken weiter. Erst jetzt dachte sie wirklich über die

Auswirkungen dieser Kraft der Phandras nach. »Tarin ... Wie soll ich dann in diesem Wald weiter an meinen Fähigkeiten arbeiten?«

Er hob die Schultern. »Das weiß ich auch nicht so genau. Aber ich denke, dass dieser Ronor schon eine Lösung gefunden haben wird, wenn er dort lebt und wirklich so mächtig ist, wie Sivan behauptet hat.«

»Das ist er.« Nur ein paar Schritte von ihnen entfernt war Sivan stehen geblieben und deutete mit dem Kopf nach rechts. Hinter der dort verlaufenden Biegung war ein leichter Lichtstrahl zu erkennen.

Ein deutlicheres stilles Aufatmen hätte es wohl kaum geben können. Sofort beschleunigten sie alle ihre Schritte, bis sie endlich die Stufen erklommen und hinaus ins Licht der frühen Mittagssonne traten. Endlich hinaus aus der Höhle.

Froh, die Wärme der Sonne wieder auf ihrem Gesicht zu spüren, streckte Leyna die Arme aus und genoss das Gefühl der kalten Luft in ihren Lungen. Gleich darauf zog sie den Mantel fester zusammen, als ein kalter Luftstoß sie daran erinnerte, dass der Winter da war.

Tarins Atem stieg vor ihm als weiße Wolke auf, Alessa und Sivan hingegen schien die Kälte nichts auszumachen.

Leyna sah sich um. Der Felsen, durch den sie die Höhlen verlassen hatten, stand am Rand eines winterlichen Waldes. Die kahlen Bäume trugen so viele Äste, das im Frühjahr nur wenig Licht durch das dichte Blätterdach fallen würde. Jetzt lag dieses vollständig am Boden und hatte nur leere Gerüste zurückgelassen, deren Magie unglaublich langsam floss.

Leyna trat einige Schritte vor, am letzten Stamm vorbei. Sie standen auf einem Hügel, sodass sie die ganze Landschaft überblicken konnte.

Unter ihnen erstreckte sich eine weite Wiese, die schon vom ersten Schnee bedeckt war und von einem Fluss eingegrenzt wurde. Sowohl im Süden als auch im Westen konnte sie seinen Lauf verfolgen, im Norden versperrten die Bäume ihr die Sicht. Noch nie hatte sie einen so breiten Wasserlauf gesehen. Die Bäche im Calidras-Gebirge waren meist nur einen oder zwei Schritte breit. Das Meer hatte sie bereits fasziniert, aber noch erstaunlicher fand sie diesen sich mehrfach gabelnden Fluss. Flüchtig erinnerte sie sich daran, dass Alessa ihr schon vom großen Mavo erzählt hatte. Wie gern würde sie einmal in einem Schiff darüber fahren ...

»Seht, da unten liegt Zaf'or!«

Sie folgte Tarins Blick. Die kleine Stadt am Fuße des Hügels hätte sie beinahe übersehen. Zaf'or war lange nicht so groß wie Onamdra, hatte aber sicher doppelt so viele Einwohner wie Alanya. Ein kleiner Ausläufer des Mavo erreichte beinahe die Stadt. Sie erkannte Weiden mit Pferden und Grahas darauf, deren Fell zur Herstellung von Mänteln und Decken genutzt wurde. In Alanya hatten sie nur wenige Grahas gehabt. Mit ihren kurzen Beinen war es ihnen schwergefallen, sich auf dem unebenen Grund des Gebirges zu bewegen. Die langen Körper waren dabei nicht unbedingt hilfreich gewesen. Doch auch Leynas Mantel war aus dichtem, schwarzen Grahan-Fell gefertigt. »Meint ihr, wir werden auch einmal dort hinuntergehen?« Zu gern würde sie eine weitere Stadt ihres Landes kennenlernen.

»Ich hoffe doch«, antwortete Tarin lächelnd und wandte sich wieder um. »So eine Möglichkeit sollten wir uns nicht entgehen lassen.«

Etwas regte sich neben ihr und kurz darauf flatterte ein noch schlaftrunkener Varnir an ihrer Seite.

»Morgen«, nuschelte er und rieb sich die Augen. »Habt endlich rausgefunden, hm? Sind wir da?«

»Ja, sind wir«, antwortete Tarin und ließ ihn auf seiner Schulter landen. »Jetzt müssen wir nur noch Ronor finden.«

»Hey, ganz langsam, ja? Erst mal erzählt ihr mir, warum ich die ganze Zeit geschlafen habe. Wollte ...«

»Nein, Urs«, unterbrach Tarin ihn seufzend. »Du beschwerst dich jetzt nicht. Niemand kann jetzt ein schlechtes Gewissen brauchen, Alessa erst recht nicht. Sie hat es versucht und es hat nicht geklappt. Aber wenn sie dazu bereit ist, wird sie den Versuch wiederholen.«

Alessa war deutlich anzusehen, dass sie sich stark zusammennehmen musste. Doch sie hielt stand und wandte sich nicht ab.

Kurz starrte der kleine Varnir weiter in Tarins Augen, dann setzte er sich hin und ließ die kurzen Beine über seine Schultern hängen. Während er mit mürrischem Blick die Arme vor der Brust verschränkte, murmelte er etwas Unverständliches.

Tarin verdrehte die Augen und warf Alessa einen entschuldigenden Blick zu. Sie brachte nur ein gezwungenes Lächeln zustande.

»Lasst uns weitergehen«, murmelte Leyna, da sie wusste, dass Alessa sich nicht von ihr helfen lassen wollte. Erst als sie fast zu Tarin aufgeschlossen hatte, betrachtete sie ihre Umgebung.

Die Bäume dieses Waldes waren deutlich niedriger als die, die sie kannte, selbst sie hätte die am tiefsten hängenden Äste mit ausgestreckten Händen berühren können. Sivan erreichte sie schon fast mit dem Kopf.

Sie fühlte nach der Magie der Bäume und konnte die Kälte ihrer Rinden spüren. Doch innerlich waren sie so warm wie im Sommer. Immer mehr Blätter würden herunterfallen, sobald sie diese Wärme nicht mehr aufrechterhalten konnten. Caidras schützende Magie erlag Kyons Kälte. Die Bäume schützten sich vor dem Winter, indem sie die ihnen verbliebene Zeit nutzten, um ihre Magie im sicheren Zentrum ihres dicken Stammes zu sammeln. Auch im Winter würde ihr Fluss nicht vollständig erliegen.

Nur wenige bräunlich-rote Blätter hingen noch an den Ästen, die meisten waren kahl. Sie vermisste den Herbst, vermisste das silberne Glänzen des Calidras-Gebirges.

»Sag mal, Leyna, hast du in den letzten Tagen irgendwas an meinen Träumen gemacht?«

Erschrocken sah sie zu Urs hoch, der direkt vor ihr schwebte und sie fragend ansah. »Warum fragst du?«

»Na ja ... es kann natürlich auch sein, dass ich mir das nur eingebildet hab, aber mir kam was komisch vor, als ich über so eine Wiese geflogen bin.«

Sie seufzte. »Ich wollte nur eine Knospe öffnen.«

Urs' Miene hellte sich auf. »Wusst' ich's doch!« Dann verschwand sein Grinsen. »Aber mach dir keine Gedanken, es war ja nicht schlimm oder so.«

»Nein ...« Es zeigte ihr nur, dass sie noch einen langen Weg vor sich hatte.

»Mir gefällt es hier nicht«, sagte Tarin vor ihr.

Sie wusste sofort, was er meinte. Auch sie fühlte sich unwohl, als würde plötzlich eine schwere Last auf ihren Schultern liegen.

»Wovon sprecht ihr?«, fragte Alessa, ein Lächeln auf den Lippen. »Ich fühle mich wunderbar. Was hat dieser Wald nur an sich? Sind es die Bäume?«

Leyna runzelte die Stirn. An keinem dieser Bäume war etwas Besonderes. Ihre Magie floss zwar langsam, aber lebendig, stetig und ...

Abrupt sah sie auf und kniff die Augen zusammen. Da war es noch immer, ein Flimmern, das sie gerade nur aus den Augenwinkeln gesehen hatte.

»Tarin«, flüsterte sie. Augenblicklich blieb er stehen, Alessa tat es ihm gleich.

»Es sind nicht die Bäume. Es sind die Phandras.« Langsam hob sie die Hand und deutete auf das Flimmern, das sie jetzt als reflektiertes Licht erkannte. Reflektiertes Licht von den Körpern und schnell schlagenden Flügeln der Wesen, die dort vorn Schutz in den noch verbliebenen Blättern suchten.

»Wo?«, fragte Alessa. »Ich sehe nichts ...«

»Dort.« Auch Tarin deutete zwischen die Bäume, bis Alessa schließlich nickte.

»Ihr solltet besser nicht auf sie zeigen.«

Sofort ließen sie die Arme wieder sinken.

»Seht sie nicht an und sprecht nicht mit ihnen. Tut so, als wären sie nicht da.«

»Und warum das?«, fragte Urs gelangweilt.

»Warum sollten wir das tun?«, wiederholte Tarin in etwas freundlicherem Ton und wandte sich Sivan zu. »Sie sind nicht gefährlich.« Er schien sich ebenfalls ein wenig weiter von dem Flimmern abzuwenden.

»Du meinst, in euren Büchern stand nicht, dass sie gefährlich sind.«

»Wenn es nicht in den Büchern des Palastes steht, dann gibt es nichts Wichtiges darüber zu sagen«, stellte Alessa fest.

Sivan hob eine Augenbraue. »Und was wäre, wenn es nur niemanden mehr gab, der es hätte aufschreiben können?«

Ohne auf eine Reaktion zu warten, drehte er sich wieder um und ging weiter zwischen den Bäumen hindurch, ohne den Blick zur Seite zu wenden.

Er passierte das Flimmern, das Leyna noch immer aus den Augenwinkeln sehen konnte, ohne dass dieses sich bewegte oder veränderte.

Schweigend gingen sie weiter, wobei Leyna nicht recht wusste, wohin sie sehen sollte. Im Wald neben ihr waren die Phandras, vor ihr Sivan. Welches war wohl die bessere Alternative? Sein Verhalten verwirrte sie. Er war wieder so ruhig gewesen, hatte sie so ausdruckslos angesehen wie immer. Kein Vergleich zu seinem Ausbruch am vorigen Abend.

Schließlich sah sie vor sich auf den Boden, während sie nachdenklich mit den Knoten ihres Armbands spielte.

»Leyna.« Alessa legte ihr eine Hand auf den Arm. »Leyna, wenn du darüber reden möchtest ...«

Zumindest gab sie sich jetzt die Mühe, so leise wie möglich zu sprechen. Leyna setzte ein Lächeln auf. »Wovon sprichst du?« Sie senkte ihre Stimme, obwohl sie schon ein gutes Stück hinter den anderen zurückgefallen waren. Trotzdem war sie nicht sicher, ob er sie nicht ohnehin hören konnte.

Wieder lächelte sie Alessa an und hoffte, dass es echt wirkte.

Ihre Freundin hob eine Augenbraue, als würde sie ihr nicht glauben. »Weißt du, Leyna, meine Mutter sagte einmal, dass wir immer vor einer Entscheidung stehen, wenn wir vor etwas Angst haben.« Ihr Gesicht wurde nachdenklich. »Sie sagte, dass wir es entweder akzeptieren oder etwas dagegen tun, es bekämpfen müssen.«

Leyna bemühte sich, ihren inneren Aufruhr zu verbergen.

»Die, die stark genug sind, es zu bekämpfen, und Erfolg haben, werden es kontrollieren. Die Angst verlieren.«

Leyna erwiderte ihren Blick und las etwas ganz anderes darin als Kontrolle. »Was ist mit denen, die es akzeptieren?«

»Ihnen geschieht dasselbe wie denen, die den Kampf verlieren«, antwortete Alessa leise. »Sie werden sich weiter fürchten.«

9

Als Sivan endlich stehen blieb, war durch die kahlen Kronen der Bäume deutlich zu erkennen, dass die Sonne den Zenit schon längst überschritten hatte. Nur warum er sich gerade diese Stelle dafür aussuchte, war ihr nicht klar.

Auch Tarin und Alessa schienen irritiert und spähten wie sie an Sivan vorbei, um zu sehen, was vor ihnen lag.

Urs, gähnend, zog sich gemächlich auf die Beine und folgte ihren Blicken.

Sie sahen … nichts.

»Hier lebt dieser Ronor?«, brach schließlich Tarin unsicher das Schweigen.

Als Sivan sich zu ihnen umdrehte, hatte er doch tatsächlich eine Augenbraue gehoben. Spöttisch.

»Nun, mein Junge, es scheint fast so.«

Beim Klang der ihnen unbekannten Stimme zuckten sowohl Leyna als auch Alessa zusammen, Urs schrie panisch auf. Tarin beschränkte sich darauf, herumzufahren und dem Mann entgegenzusehen, der direkt hinter ihnen stand.

Das kantige Gesicht wurde von schneeweißen Haaren und einem ebenso hellen Bart umrahmt, was ihn noch älter aussehen ließ, als es bereits die zahlreichen Falten auf seiner Stirn taten. Graue, von weißen Sprenkeln durchsetzte Augen lagen tief in ihren Höhlen. Eine lange Narbe zog sich von der Mitte der Stirn über das Nasenbein bis auf die rechte Wange und verschwand unter den hohen Wangenknochen.

Leyna blinzelte, um die Fassung wiederzuerlangen.

Ihr Gegenüber neigte den Kopf zur Seite. Seine Haare folgten dieser Bewegung, ebenso wie der übergroße braune Mantel, den er um die Schultern trug. »Hier lebt dieser Ronor, und er steht sogar schon vor euch.«

Erst als er zu ihnen herüberkam, fiel Leyna auf, dass er doch noch ein gutes Stück von ihnen entfernt gestanden hatte. Sie räusperte sich leise. Also hatte sie auch ihre verbesserte Sehkraft noch immer nicht vollständig unter Kontrolle. Doch diese Gedanken waren jetzt nebensächlich. Vielmehr sollte sie darüber nachdenken, wie sie sich ihrem hoffentlich baldigen Lehrmeister gegenüber verhalten würde.

Aidan hatte ihr bei ihrer ersten Begegnung einen solchen Respekt eingeflößt, dass sie sich gleich vor ihm verbeugt hatte. In der ersten Woche war es bei diesen Förmlichkeiten geblieben, sie hatten sich erst nach und nach gelegt.

Ronor strahlte dieselbe natürliche Autorität aus, allein schon aufgrund seines sicherlich unermesslich hohen Alters und seines sicheren Auftretens. Gleichzeitig aber wirkte er ... freundlicher, menschlicher als Aidan. »Ronor, wir ... wir ...«

»Ihr habt einen langen Weg hinter euch, seid hungrig und müde – das Übliche. Na, kommt schon!« Der Mantel bauschte sich hinter ihm auf, als er sich auf dem Absatz herumdrehte und nach Westen ging.

Nachdem sie alle, Sivan ausgeschlossen, einen irritierten Blick getauscht hatten, folgten sie ihm.

»Den hab ich mir aber anders vorgestellt«, murmelte Urs auf Tarins Schulter.

»Ronor, ich bin mir sicher, Ihr wisst ...«

»Na, na, still, mein Kind.« Der Vorangehende hob eine Hand und brachte sie sofort zum Verstummen.

»Herr Ronor, wir ...«

»Ich habe um einen Moment gebeten, junger Priester.«

Auch Tarin schwieg augenblicklich, Überraschung trat auf sein Gesicht. »Woher kann er das wissen?«, flüsterte er Alessa zu.

»Ich find ihn unheimlich. Warum gehen wir nicht wieder? Suchen uns ...«

»Still, Urs.«

Leyna warf einen Blick zu Sivan und auf sein scheinbar teilnahmsloses Gesicht. Dann sah sie wieder nach vorn. Eine Ahnung beschlich sie.

»Leyna, komm doch bitte zu mir.« Ronor wandte sich nicht zu ihr um, sondern ging einfach weiter, als sie zu ihm aufschloss. »Erzähl mir doch bitte, was ich deiner Meinung nach wissen sollte.«

Unsicher schob sie einige verschneite Äste beiseite. »Ich ... ich bin mir nicht sicher, was Ihr schon erfahren habt.«

Einer seiner Mundwinkel hob sich. »Dann scheinst du wohl schon eine Menge über mein Volk zu wissen«, stellte er fest und schien aufzuhorchen, obwohl niemand etwas gesagt hatte. Fragend sah sie ihn an.

Doch da breitete sich auch schon ein wohlwollendes Lächeln auf seinem Gesicht aus. »Fang doch einfach damit an, warum du zu mir gekommen bist«, kam er dann abrupt zu seiner ursprünglichen Frage zurück.

Sie sah über die Schulter zu Sivan, doch auf seinem Gesicht war noch immer keine Regung zu erkennen. Dennoch war sie sicher, dass er Ronor gerade in Gedanken über alles unterrichtet hatte, was in der letzten Zeit geschehen war. Von ihren Namen bis hin zu ... Ja, zu was?

»Wir ... wir alle waren etwa vier Wochen im Palast der Fheenyas«, begann sie, wollte ihn nicht gleich mit eigenen Fragen bedrängen. »Ich habe dort von Aidan gelernt.«

»Ach ja, Aidan ... Er war sicher begeistert, als ihr beschlossen habt, zu mir zu kommen.«

Unsicher runzelte sie die Stirn, öffnete den Mund und schloss ihn wieder.

Als Ronor sie ansah, entfuhr ihm ein tiefes, schallendes Lachen. »Keine Sorge, Leyna. Ich weiß sehr wohl, dass Aidan nicht gut auf mich zu sprechen ist. Er hat seine Gründe dafür ... obwohl meine wohl etwas triftiger sind.« Mit einem Zwinkern deutete er auf seine Narbe.

Aidan sollte ihm diese Verletzung zugefügt haben? Obwohl sie ihn in all seiner aufbrausenden Art kennengelernt hatte, wollte sie Ronors Worte nicht wirklich glauben. Sowohl verwirrt als auch nervös erwiderte sie sein Lächeln. »Der … der König versucht schon seit einer Weile, den Palast aufzuspüren. Jeder weiß, dass der Widerstand sich im Norden versteckt hält«, fuhr sie eilig fort. »Aidan ist für die Sicherung des Palastes verantwortlich. Deshalb kann er mich nicht mehr trainieren.«

»Oh ja, er war immer schon schrecklich beschäftigt.« Seine Stimme troff vor Ironie. »Aber er kann ja nichts dafür. Er muss seine Fähigkeiten allen anderen zunutze machen, oder nicht?«

Sie hielt sich davon ab, zu schmunzeln, da sie Aidan auf keinen Fall schlechtmachen wollte. Doch Ronors Unbeschwertheit war ansteckend. Auch wenn sein äußeres Erscheinungsbild in solchem Kontrast dazu stand. Als sie das Thema von Aidan weglenken wollte, wandte Ronor sich um, blieb stehen und breitete die Arme aus.

»Willkommen bei meinem bescheidenen Heim«, verkündete er mit einem zufriedenen Ausdruck auf den Zügen.

Leyna sah aus den Augenwinkeln, wie Tarin und Alessa neben sie traten, während sie noch zwischen den Bäumen vor sich nach diesem Heim suchte.

Urs hatte sich in Tarins Rucksack zurückgezogen.

»Auch dort, wo die Augen zunächst nichts sehen, kann sich eine Menge verbergen«, flüsterte Ronor hinter ihr.

Sie verstand, suchte mit ihren anderen Sinnen – und blinzelte ungläubig.

Deutlich, als würde sie es wirklich sehen, erkannte sie in den Bahnen der vor ihr fließenden Magie die Umrisse einer Hütte. Sah die verschiedenen Farben, die unterschiedlichen Intensitäten der Stränge, die zu Holz und einzelnen Metallteilen gehörten. Doch sobald sie diesen besonderen Sinn ausließ und nur mit den Augen nach dem suchte, von dem sie spürte, dass es da war, waren vor ihr nur Bäume. »Wie ist das möglich?«, fragte sie leise.

Wieder erklang ein Lachen. Ronor lächelte nicht mehr, nein, auf seinen Zügen lag eindeutig ein … Grinsen. Ein erfreutes, triumphierendes Grinsen.

»Wunderbar, Leyna, wir können uns also gleich den interessanten Dingen widmen!«

Sie sah seine Hand nicht kommen, bis sie sich schwer auf ihre Schulter legte und kurz zudrückte.

»In diesem Wald gibt es vieles, dessen Wirkung du noch kennenlernen wirst.« Dann trat er vor und ging auf die Tür zu.

»Leyna, was ... was ist dort vorn?«, flüsterte Tarin neben ihr.

»Du kannst es nicht sehen?«

Er sah sie fragend an.

Urs' roter Kopf erschien noch einmal hinter seinem Rücken. »Natürlich kann er das nicht, hat halt nicht von Geburt an ...«

»Ronor!«, rief sie, Urs unterbrechend, griff nach Tarins Hand und zog ihn mit sich.

Alessa folgte ihnen, der Varnir verzog sich grummelnd wieder in eine der Taschen.

»Ja, meine Liebe?«, fragte Ronor, die Hand schon auf dem Türknauf.

»Tarin kann Eure ... Hütte nicht sehen«, erklärte sie und hob unsicher die Schultern.

Ronor schien den neben ihr stehenden Jungen kurz zu mustern. »Nun, ich denke, dass ich das auch bezweckt habe, oder nicht?«

»Aber ... wo sollen wir dann schlafen?«

Die Erkenntnis blitzte in seinen Augen auf, als hätte er bis jetzt wirklich keinen Gedanken daran verschwendet. »Aber natürlich! Tja, nun. Innen wird auch dein Priester hier alles sehen können. Es wäre aber wohl kaum genügend Platz, wenn wir euch nicht übereinanderstapeln wollen ...« Er ließ den Blick umherschweifen. »Morgen werde ich euch unten in Zaf'or unterbringen. Aber für diese Nacht braucht ihr anscheinend dringend eine Unterkunft. Ich denke, dort drüben ist ein geeigneter Platz, nicht wahr? Sivan, mein Junge, kümmere dich doch darum.«

Vier Augenpaare sahen zu dem mit verschränkten Armen hinter ihnen stehenden Gestaltwandler, der jetzt scheinbar belustigt eine Augenbraue hob. Er machte keine Anstalten, sich zu rühren.

»Brauchst du Hilfe, mein Junge?«

Die zweite Augenbraue folgte. »Sicher nicht.«

»Warum tust du dann noch nichts?« Ronors Stimme klang unbeschwert.

Leyna sah aber deutlich, wie Sivan schwer schluckte. Gern hätte sie Ronor gebeten, ruhen zu lassen, um was auch immer er ihn gerade bitten wollte.

»Du hast deine Kräfte eine lange Zeit nicht mehr genutzt«, stellte Ronor mit ruhiger Stimme fest. »Es ist höchste Zeit, das zu ändern.«

Sivan schwieg. Eine Ewigkeit schien zu verstreichen, in der er nur ruhig dastand – und dann veränderte sich etwas in seinem Blick.

Sie konnte nicht genau sagen, was es war, doch er schien kurz klarer zu werden, als würde etwas von ihm abfallen. Seine Züge wurden weicher – und dann spürte sie seine Präsenz.

Unwillkürlich hielt sie die Luft an, als er, zum ersten Mal seit sie ihn kannte, den Schutz um seine eigene Magie vollkommen fallen ließ. Ein warmes, einnehmendes Gefühl überkam sie. Seine Kraft strahlte heller als alles, was ihr bisher begegnet war, nahm die Umgebung vollkommen für sich ein und ließ nichts neben sich existieren.

Sie schloss die Augen, atmete tief ein, konzentrierte sich nur auf ihn und nahm die Welle von Empfindungen in sich auf. Es wurde still um sie herum, als ob die ganze Welt es ihr gleichtun würde. Alle Magie um sie herum schien sich ihm zuzuwenden, sich ihm sofort zu öffnen, ihm nichts entgegenzusetzen. Spannung lag in der Luft, als ob jeder Teil dieses Waldes nur darauf warten würde, ihm zu gehorchen.

Sie hatte gewusst, dass er mächtig war. Aber nicht, wie mächtig.

Dann verschwand es. Ebenso schnell wie es gekommen war, löste sich das unbekannte Gefühl wieder in Luft auf, als wäre es nie da gewesen. Leyna öffnete die Augen.

Sivan stand nur wenige Schritte entfernt. Sie erkannte die Anspannung auf seinen Zügen und das kontrolliert langsame Heben und Senken seiner Brust. Er entspannte sich und streckte ruhig beide Hände vor.

Ein sachtes Beben, kaum wahrzunehmen, erfüllte den Boden. Langsam hob er die Arme.

Atemlos folgte sie dem Blick seiner nun wieder geöffneten Augen zu der Stelle, auf die Ronor gerade noch gedeutet hatte, und sah, wie die Erde sich veränderte.

Diese folgte seinen Bewegungen, erhob sich mit seinen Armen. Immer höher, bis über ihre Köpfe. Sivan drehte eine seiner Hände und die Erde tat es ihm nach, dehnte sich mehrere Schritte breit und zwei Manneslängen hoch türmte sie sich vor ihnen auf. Ein Lächeln stahl sich auf Sivans Gesicht, als er begann, mehrere kleine Bewegungen mit den Fingern anzudeuten. Jede einzelne davon brachte unglaubliche Veränderungen mit sich.

Leyna konnte den Blick nicht von der eben noch formlosen Erde abwenden, bis sein Werk vollendet war. Vor ihnen ragte eine Art steinerne Höhle aus dem Boden, die sicher auch für zehn von ihnen groß genug gewesen wäre.

Sivan ließ die Arme sinken. Sein Lächeln verschwand.

»Der Typ hätte uns echt 'ne Menge ungemütliche Nächte ersparen können«, murmelte Urs, der schon wieder aus der Tasche herausgeschaut hatte. Doch niemand beachtete ihn.

»Nun, damit wäre diese Frage geklärt, richtig?«, stellte Ronor zufrieden fest, als wäre nichts Ungewöhnliches geschehen. Er wandte sich um und öffnete die Tür seiner nicht sichtbaren Hütte. »Wie gesagt, morgen bringe ich euch woanders unter. Ein Haus ganz aus Stein ist sicher nicht das Gemütlichste, also kommt besser erst einmal zu mir. Lasst uns ein bisschen über Aidan herziehen oder wichtige Dinge besprechen, ganz wie ihr mögt.« Damit verschwand er ins Innere der Hütte und ließ seine Gäste zurück.

Alessa und Tarin warfen sich einen eindeutigen Blick zu. Sie waren noch immer fasziniert von dem, was sie gerade gesehen hatten.

»Sivan, das ... das war echt unglaublich!«, fand Tarin als Erster die Sprache wieder. »Du hast ein ganzes Haus innerhalb eines Moments aus dem Boden wachsen lassen!«

Ihn traf ein durchdringender Blick. »Anscheinend.«

Tarin schien so begeistert, dass Leyna beinahe erwartet hätte, dass er jetzt immer mehr Fragen stellen würde. Doch stattdessen atmete er einmal tief ein, sammelte sich und nickte nur. »Alessa, kannst du Ronors Hütte sehen?«

Alessa nickte. »Aber nur leichte Umrisse. Hier lang.« Sie griff nach Tarins Arm, führte ihn auf das Haus zu, öffnete die Tür und schob ihn vorsichtig hindurch.

Leyna wollte ihnen schon folgen, da blieb sie doch noch einmal stehen und wandte sich um. Sie begegnete Sivans Blick. Einem leeren Blick.

Die darin liegende Botschaft war deutlich. Sie hatte sie dort schon einmal gesehen.

Er wollte nicht reden. Obwohl er wusste, was sie sagen wollte.

Sie ignorierte ihren schneller werdenden Herzschlag, wandte sich langsam wieder um, ging zur Tür und konzentrierte sich auf einen tiefen Atemzug. Die Kühle der Luft in ihren Lungen tat gut.

Er wollte es nicht, wollte es ignorieren. Wie er es getan hatte, seit sie wieder bei den anderen waren. Sie hatte dazugelernt, wusste, dass auch sie es wegschließen musste, wenn sie weiter bei ihm bleiben wollte. Wenn sie mit ihm reden und vor allem nicht sich selbst zerstören wollte, hatte sie keine andere Wahl.

Sie atmete aus und ihr Herzschlag verlangsamte sich. Dann ging sie hinein und hoffte, diese Gefühle mit ihm hier in der Kälte zurückzulassen.

»Behalte den Mantel lieber an, meine Liebe«, empfing sie Ronor. »Ich musste leider im Wald auf meinen Besuch warten und hatte keine Zeit dazu, mein Heim zu wärmen.«

Leyna nickte und zwang ein Lächeln auf ihr Gesicht. Dann ließ sie sich wie Tarin und Alessa auf dem großen, vor einem kleinen Kamin liegenden Teppich nieder und streckte die Hände den Flammen entgegen, um die beißende Kälte aus ihren Gliedern zu vertreiben. Urs konnte sie nirgends entdecken. Vermutlich hatte er sich jetzt endgültig in den Rucksack zurückgezogen. Es war schon erstaunlich dunkel und durch das einzige Fenster drang kaum Licht. Ihr roter Freund war wohl schon zu müde.

In dem kleinen Raum, der kaum mehr als ein paar Schritte durchmessen mochte, stand nur ein Sessel, der zusammen mit dem Kamin das Zentrum darstellte, umgeben von wenigen an die hölzernen Wände gelehnten Regalen, die unter der Last der auf ihnen liegenden Bücher, Pergamentrollen und mit allem Möglichen gefüllten Gläsern beinahe umzufallen drohten. Eine Hälfte des Fensters wurde von einem Regal verdeckt, das sich aufgrund eines angebrochenen Fußes gefährlich zur Seite neigte.

Trotz der allgegenwärtigen Unordnung konnte sie nicht davon ablassen, ihren Blick immer wieder über die Buchrücken wandern zu lassen. Sie konnte nur wenige Schriftzüge darauf entziffern. Die meisten waren in den Runen verfasst, von denen sie zumindest einige wiederzuerkennen glaubte.

An der Wand neben der Tür stand ein Schrank, der über und über mit eben diesen Runen versehen war und sie an die Wände in Nazars Haus erinnerte. Die Zeichen waren in das Holz gebrannt geworden, auch hier erkannte sie einige wieder. Würde sie von Ronor vielleicht weiter lernen können, diese zu lesen?

Neben dem Schrank hing ein Bild an der Wand. Sie kniff die Augen zusammen und erkannte trotz des schummrigen Lichts einen weiten Strand und dahinter das blaue Meer. Ein grünlicher Schimmer schien über dem Sand zu liegen.

»Leyna, möchtest du einen Tee?«

Sie hatte das Pfeifen des über dem Feuer hängenden Kessels nicht bemerkt und sah erst auf, als Ronor ihr, ohne auf eine Antwort zu warten, einen Becher in die Hand drückte.

»Danke«, murmelte sie und blies in den dampfenden Tee, während sich die Tür hinter ihnen ein weiteres Mal öffnete. Schnell beugte sie sich vor, nahm einen Schluck, um sich nicht umdrehen zu müssen – und bereute es sofort. Der Tee war kochend heiß. Mühsam presste sie die Lippen aufeinander und versuchte, die Flüssigkeit so schnell wie möglich hinunterzuschlucken.

»So, da sind wir also.« Ronor ließ sich in den breiten, mit hellem Stoff überzogenen Sessel sinken und sah sie nacheinander an.

Sivan setzte sich nicht.

»Ich habe natürlich gewusst, dass das Gotteskind früher oder später bei mir auftauchen würde, aber mit so vielen Begleitern hätte ich wirklich nicht gerechnet.« Sein Blick ruhte auf Tarin und Alessa. »Warum sind sie bei dir?«, fragte er, ohne Leyna anzusehen. »Warum ein Priesterjunge, der sein Leben lang im Wald nach

Wunderpflanzen gesucht hat und seine Kräfte nicht nutzen möchte, und warum eine Lichtlenkerin, die furchtbare Angst vor ihren Fähigkeiten hat und sie nicht kontrollieren kann?«

Der würzig-süße Geschmack des Tees schien zu verschwinden und Bitterkeit Platz zu machen. Fassungslos sah sie zu dem alten Gestaltwandler, der bis eben noch so freundlich gewesen war.

Tarin hingegen machte eher den Eindruck, als hätte er mit einer solchen Frage gerechnet. Sie sah deutlich, wie er sich straffte. »Wir haben …«

»Na, na«, unterbrach Ronor ihn sofort. »Nicht wir. Sprich für dich selbst, sonst tun es andere.«

Kurz sah Tarin zu Alessa, doch diese bemerkte es nicht einmal.

»Ich«, berichtigte er und betonte dieses einzelne Wort besonders, »bin hier, weil ich mit Leyna kämpfen werde. Ich habe viel von meinem Großvater gelernt und ihr geholfen, den Zugang zur Magie zu finden. Ich habe mit ihr trainiert, bis wir den Widerstand erreichten.«

Ronor hob die Augenbrauen. »Und was tust du dann noch hier? Ich werde sie ab morgen unterrichten. Ich will dir ja wirklich nicht zu nahe treten, aber … sagen wir einfach, ich habe da mehr Erfahrung.«

Leyna wollte aufspringen und versichern, dass Tarin ihr noch immer half. Dass sie ihn brauchte.

Doch er spürte ihre Aufregung und legte eine Hand auf ihren Arm, um sie zurückzuhalten. »Das mag sein. Aber ich begleite Leyna nun schon seit vielen Wochen. Ich kenne sie gut, wir sind Freunde. Und für meine Freunde stehe ich ein, was auch geschehen mag. Ich helfe ihnen in jeder Situation und es werden sicher noch einige kommen, in denen sie einen Freund braucht.«

Leyna nickte, besser hätte sie es nicht sagen können. Sie brauchte Tarin so sehr, sie brauchte jemandem, mit dem sie über alles reden konnte. Seit sie Lodon verloren hatte, war er immer mehr zu diesem Jemand geworden. Bei ihm vergaß sie die Last auf ihren Schultern, ihre Verantwortung.

Ein tiefes Lachen erklang. »Das war gut!«, rief Ronor. »Erstaunlich gut, mein Junge. Ich denke, auch du wirst in deiner Zeit hier bei mir noch eine Menge über dich selbst lernen. Aber nun zu dir, Alessa.«

Ihre Freundin zuckte beim Klang ihres Namens zusammen.

»Warum bist du hier? Nur, um vor deinem Vater zu fliehen?«

Leyna biss sich unwillig auf die Lippe. Sie wollte ihren neuen Lehrer nicht zurückhalten, so schwer es ihr auch fiel. Aber sie verstand nicht, was er damit bezweckte.

Alessa hielt den Blick gesenkt und schwieg einige Augenblicke, bevor sie endlich den Kopf hob. Ihr Blick war kalt. »Nein«, antwortete sie. »Auch ich möchte Leyna helfen. Sie braucht jemanden, der ihr hilft, den Verstand nicht zu verlieren. Eine Freundin.«

»Aber das ist nicht alles«, stellte Ronor unmissverständlich fest und ließ nicht zu, dass sie wegsah. »Deine Angst ist ...«

»Ich kann kämpfen!«, unterbrach sie ihn unwirsch. Ihre Stimme hob sich. »Ich kann es mit allen Soldaten aufnehmen, die ihr etwas antun wollen!«

»Oh, ich denke, das kann sie doch inzwischen auch ganz gut allein. Ganz zu schweigen von dem, der es ihr beigebracht hat«, wandte Ronor trocken ein.

»Irgendwann wird das nicht mehr reichen«, zischte Alessa. »Wenn es auch für Sivan zu viele werden und Leyna nicht mehr damit davonkommt, die Männer nur auszuschalten. Sie braucht mehr als nur einen Beschützer, der bereit ist, an ihrer Stelle zu töten!«

Leyna zuckte zusammen und sah erschrocken zu Alessa hoch, als diese sich erhob und drohend einen Schritt auf Ronor zutrat. »Ich muss Euch keine Rechenschaft ablegen. Es mag sein, dass ich auch andere Gründe hatte, den Palast zu verlassen, aber vor allem bin ich hier, um für die Zukunft dieses Landes zu kämpfen! Ihr habt kein Recht dazu, so mit mir zu sprechen!«

Auch Tarin stand auf und griff nach ihrem Arm, doch sie schüttelte ihn ab. »Ich allein entscheide, was ich tue«, raunte sie, bevor sie sich umwandte und mit wenigen langen Schritten die Tür erreichte.

Niemand kam dazu, etwas zu sagen oder sie zurückzuhalten. Ein lauter Knall ertönte und sie war verschwunden.

Bereit, an ihrer Stelle zu töten, hallten ihre Worte in Leynas Gedanken nach. Nie hatte sie daran gedacht, dass Alessa vielleicht einmal für sie kämpfen würde.

Ronor lehnte sich leise seufzend zurück, einen enttäuschten und gleichzeitig wissenden Ausdruck auf dem Gesicht. »Damit hatte ich fast schon gerechnet.«

Leyna blinzelte einige Male und bemühte sich, die Situation zu erfassen.

Tarin war schneller als sie. »Ich suche sie«, murmelte er und hatte den Raum schon durchquert.

»Tu das, mein Junge ...«, antwortete Ronor, als er längst verschwunden war.

Der durch die kurz geöffnete Tür hereinwehende eisige Wind ließ sie erschauern, doch es kümmerte sie kaum. »Warum habt Ihr das getan?«, fragte sie leise, als sie endlich ihre Stimme wiedergefunden hatte. Dann erst spürte sie ihre Wut. »Warum habt Ihr das getan?«, wiederholte sie lauter, erhob sich und trat ihm gegenüber. Alessa hatte recht, es stand ihm nicht zu, so mit ihr zu reden. »Ihr wusstet von ihrem Vater! Ihr hättet wissen müssen, dass sie nicht über ihn sprechen will. Ihr hättet sie nicht so angreifen dürfen!«

»Glaub mir, meine Liebe. Hätte ich es nicht gemusst, hätte ich es nicht getan«, antwortete Ronor ruhig. »Ihr werdet eine ganze Weile hierbleiben. Ich musste testen, woran ich mit ihnen bin und sie beide haben sich absolut so verhalten, wie ich es erwartet hatte. Es war nötig, Alessa so zu reizen. Sie muss darüber nachdenken, warum ich dazu imstande war, damit sie es überwinden kann.«

Leyna schluckte schwer. *Was passiert mit denen, die es akzeptieren? Sie werden sich weiter fürchten.*

Sie trat einen Schritt zurück. »Ihr hättet nicht so grob sein müssen«, fügte sie etwas leiser hinzu. »Das hat sie nicht verdient.«

»Dir liegt etwas an ihr«, stellte Ronor lächelnd fest. »Das ehrt dich, und genau das braucht sie im Moment. Sie ist stark, sie schafft das schon. Mach dir nicht allzu viele Gedanken.«

Unschlüssig blieb sie noch einen Augenblick stehen, dann folgte sie Ronors Geste und ließ sich wieder auf dem Teppich nieder. Tarin würde sie schon finden. Er konnte sie beruhigen, da war sie sicher.

»Es wäre wohl hilfreich, wenn du mir jetzt erst einmal erklären würdest, wie genau du dir deinen Aufenthalt bei mir vorgestellt hast«, fuhr Ronor fort, ohne dass auch nur eine Spur der eben noch aufgekommenen Ernsthaftigkeit in seiner Stimme zu hören war.

Sie zögerte und schluckte dann ihren restlichen Ärger hinunter. Im Moment konnte Tarin Alessa besser helfen als sie. »Yuron, der ... Anführer des Widerstandes«, begann sie also und fuhr sich noch einmal durch die Haare, wie um die vorherigen Gedanken abzuschütteln. »Alessas Vater. Er war sicher, dass sie den Palast noch bis zum Ende des Winters vor den Angriffen des Königs schützen können.« Aidans Namen zu erwähnen erschien ihr unklug, nervös sah sie durch das Fenster hinaus in den Wald.

Kaum noch ein Lichtstrahl drang durch das kleine Fenster. Die Gestalt des alten Mannes wurde einzig von den Flammen im Kamin beleuchtet.

»Bis dann habe ich Zeit, um so stark zu werden, dass ich gegen den König antreten kann. Wir müssen angreifen, bevor er den Palast entdeckt. Yuron wird dann jemanden zu uns schicken und einen genauen Plan für den Angriff ausarbeiten und Ihr ... Ihr müsst mir helfen, stark genug zu werden.« Zögernd erwiderte sie seinen Blick. War das zu viel? Hätte sie ...

Ein Lachen zerschlug ihre Zweifel. »Na, das klingt doch nach einer sehr überlegten Vorgehensweise. Einfach, kurz, wunderbar.« Er nickte bedächtig. »Ich denke, das sollte kein Problem sein.«

Allmählich wurde Ronor ihr sympathisch. Das schon wieder auf sein Gesicht zurückkehrende Lachen war durchweg ehrlich und sie gewann immer mehr den Eindruck, dass er sein Leben nicht so ernst nahm, wie alle anderen mächtigen Männer, denen sie inzwischen begegnet war. Vielleicht lag es an seinem unbeschwerten Auftreten, vielleicht an seiner ungewohnt lockeren und direkten Art. Es war einfach, mit ihm zu sprechen.

»Ich danke Euch! Ich werde tun, was ich kann und ...«

»Das weiß ich doch, Leyna«, unterbrach er sie und lachte wieder. »Schließlich liegt wohl das Schicksal der Welt in unseren Händen, oder nicht? Da bleibt uns nichts anderes übrig, als zu tun, was wir können.«

Zum wiederholten Male zwang sie ein Lächeln auf ihr Gesicht. Das Schicksal der Welt ...

»Welche Flüsse beherrschst du schon?«

»Die der Luft und des Wassers. Mit den Pflanzen habe ich vor einer Woche begonnen, aber auch zu vielen anderen Magien finde ich inzwischen einen Zugang.«

»Sprich nicht von Magien«, korrigierte er sie lächelnd. »Es gibt nur die eine. Eine Einzige, sie ist nur veränderlich.« Leyna nickte. Vielleicht würde sie hier ja auch etwas über das Verständnis dieser Macht erfahren. Aidan hatte sie nur den Umgang gelehrt.

»Ich nehme an, dass Aidan natürlich auch redlich versucht hat, dir in anderen Bereichen zu helfen?«

Jetzt konnte auch sie sich ein Lächeln nicht verkneifen. »Er hat es ... versucht, ja.«

»Aber er konnte dir nichts über deine Träume sagen«, stellte Ronor fest.

Sie nickte.

»Wundere dich nicht darüber, meine Liebe, das konnte er noch nie. Die Flüsse der Träume ähneln denen der Gedanken sehr stark, aber sie liegen noch tiefer und sind meist schwieriger zu ergründen. Nur wenige haben genügend Fantasie, um sie zu verstehen.«

Sie horchte auf. »Heißt das, dass Ihr es könnt?«, fragte sie hoffnungsvoll. »Ihr könnt mir dabei helfen?«

Der Klang seines Lachens war schon fast vertraut. »Sag mir doch erst einmal, wie weit du in diesem Bereich schon bist.«

»Ich kann Träume sehen«, antwortete sie sofort. »Sie ... sie rufen nach mir. Manchmal kann ich nichts dagegen tun, dass sie sich mir öffnen. Dinge auszulöschen, fällt mir inzwischen leicht und Abbilder von Dingen schaffen, die ich vor mir sehe, kann ich auch. Tarin hilft mir dabei.«

Ronor nickte zufrieden. »Es ist nicht so, dass ich selbst Träume sehen oder Illusionen schaffen könnte. Aber ja, ich kann dir helfen.«

»Ich danke Euch! Ich ...«

»Nein, meine Liebe, danke mir nicht«, unterbrach er sie. »Lass uns erst einmal sehen, was wir daraus machen können. Erst am Ende ist es Zeit, zu danken.« Nun warf auch er einen Blick aus dem

Fenster, betrachtete den verschneiten Wald. »Und jetzt, denke ich, solltest du dir euren heutigen Schlafplatz ansehen.«

Sofort sah Leyna hinter sich – doch Sivan war verschwunden. »Er ist kurz nach Tarin gegangen.«

Sie erhob sich, ging zu Tarins Rucksack und hob ihn auf die Schulter. Ein kurzer Blick zeigte ihr, dass Urs friedlich in einer der Taschen schlief. Vorsichtig umschloss sie seinen kleinen, warmen Körper mit einer Hand und hob ihn heraus.

»Woher kennt Ihr ihn?«, fragte sie dann ehrlich neugierig.

»Meine Liebe, dir ist doch klar, dass wir zum selben Volk gehören. Von uns gibt es nicht mehr viele.«

»Nein, zwischen Ihnen ist mehr«, stellte sie fest. »Selbst wenn es nicht mehr viele Gestaltwandler gibt, habe ich bereits zwei andere getroffen. Beide schienen ... ihn zu hassen. Einer von ihnen konnte es besser verbergen, und doch ...« Sie brach ab und suchte in Ronors Gesicht nach einem Anzeichen dafür, was er dachte. Vergebens. »Ich weiß nicht, was er getan hat und warum er dafür ... wenn auch nur unterschwellig, so behandelt wird. Schließlich ist er der Prinz.« Auch hier keine Regung.

»Aber bei Euch ist das anders«, sagte sie etwas leiser und betrachtete die unzähligen hellen Flecken in seinen grauen Augen.

»Du hast recht, meine Liebe. Ich kenne Sivan schon sehr lange und habe eine andere Bindung zu ihm als viele andere unseres Volkes«, gestand Ronor und beugte sich ein Stück vor. »Aber warum genau das so ist, kann ich dir nicht sagen.«

Die Zeit schien still zu stehen, während sie sich gegenüberstanden. Schatten tanzten auf seinem Gesicht, ließen ihn älter, unheimlicher aussehen. Wilder. Was für ein Tier wohl in ihm steckte?

Schließlich wandte Leyna sich ab, zog den Mantel wieder fest um die Schultern und trat zur Tür. Sie hatte verstanden.

»Du musst mir nichts vormachen, Leyna. Ich weiß, wie du dich fühlst.«

Sie wandte sich fragend um.

»Du musst nicht lächeln, wenn dir nicht danach ist. Das tun heute schon viel zu viele. Ein ehrliches Lächeln ist so viel mehr wert als hundert gezwungene. Du wirst in den nächsten Wochen eine Menge lernen, aber ich hoffe, dass wir auch die Zeit finden werden, dabei zu lächeln.«

Schweigend nickte sie, öffnete die Tür und trat hinaus in die Dunkelheit.

Blinzelnd schlug sie die Augen auf und starrte an die dunkle, steinerne Decke. Das Bett, in dem sie lag, war ebenfalls aus Stein. Doch das störte sie nach den letzten Nächten auf dem Höhlenboden nicht.

Die von Sivan geschaffene ... Unterkunft hatte keine Fenster. Doch sie konnte sowohl Tarin als auch Alessa ruhig in den Nebenzimmern atmen hören. Erleichterung stieg in ihr auf. Nachdem sie am Abend Ronors Hütte verlassen hatte, hatte sie wach gelegen, bis die beiden endlich wiedergekommen waren. Tarin hatte Alessa gefunden und anscheinend so weit beruhigt, dass sie jetzt gut schlafen konnte.

Leyna runzelte die Stirn. Auch Urs' ruhige Atemzüge konnte sie hören, es musste noch dunkel sein. Nacht.

Sie war noch nie mitten in der Nacht aufgewacht.

Fieberhaft versuchte sie, sich daran zu erinnern, was sie aus dem Schlaf gerissen hatte. Sie hatte nicht geträumt, da war sie sich sicher. Sie war zu aufgewühlt gewesen. Doch es dauerte nur einen Moment, bis sie erkannte, was sie geweckt hatte. Ein anderer Traum.

Sofort war ihr klar, dass er Alessa gehörte. Er drängte zu ihr, zog sie an, als wolle er sie dazu bringen, ihn zu sehen.

Erschrocken wich sie zurück. Die Träume ihrer Freunde gehörten ihnen, sie gingen sie nichts an. Sie hatte ihnen immer widerstanden und sie gemieden.

Doch diesmal war es anders. Diesmal ließ der Traum ihr keine Wahl, und sie war zu erschöpft, um ihm zu widerstehen. Sie presste die Lippen aufeinander, wollte nicht nachgeben.

Verzweifelt legte sie die Hände an die Schläfen, versuchte, sich zu entspannen, doch vergebens. Sie spürte, wie ihr Geist den Traum ohne ihr Zutun fand, öffnete, offenbarte.

Erst sah sie nur Schwärze, ein unendliches Dunkel ohne das kleinste Anzeichen von Leben. Dann ein Flackern, ein kleines Licht, das immer größer wurde. Alessa erschien, zusammengesunken und mit gesenktem Kopf an einen Baumstamm gelehnt. Ein kleines Stück von ihr entfernt kniete Tarin, sah ihr offen entgegen, schien auf etwas zu warten.

»Du möchtest die ganze Geschichte hören?«, fragte Alessa seufzend, während sie den Kopf hob. Ihre Augen waren gerötet, die Stimme heiser.

»Nur, wenn du sie mir erzählen möchtest. Vielleicht hilft dir das.«

Ein heiseres Lachen entfuhr ihrer Kehle. »Mir hätte so vieles helfen sollen«, murmelte sie. Doch dann straffte sie sich. »Also gut.« Sie zögerte einen Moment und schien darüber nachzudenken, wie sie anfangen sollte. »Ich … mache es kurz.«

Tarin nickte ruhig. Wäre sie wach gewesen, hätte Leyna bei diesem Anblick gelächelt. Er war so ein guter Zuhörer.

»Meine Mutter … kam aus Rianas zum Widerstand. Sie gehörte zu den wenigen Lichtlenkern, die noch nicht nach Bogharn geschafft worden waren, weil sie für die Stadt unverzichtbar waren. Durch ihr Licht konnte auch nachts in der Schlucht gearbeitet werden. Sie spricht nie darüber, was die Menschen dort wirklich taten.« Unsicher sah sie zu Tarin. Als er nur fragend den Kopf zur Seite neigte, fuhr sie fort. »… Jedenfalls ist sie irgendwann geflohen und hat es bis zum Widerstand geschafft. Auch darüber spricht sie nicht. Im Palast hat sie meinen Vater getroffen, der bald zum Anführer ernannt wurde.« Sie zuckte mit den Schultern und fuhr sich mit der Hand durch das helle Haar, das in wirren und unordentlichen Strähnen herabhing. »Meine Kräfte zeigten sich zum ersten Mal, als ich gerade zehn war. Meine Hände begannen, im Schlaf zu leuchten. Du kannst dir nicht vorstellen, was das für eine Aufregung war. Mein Vater war so begeistert, so stolz, so …« Sie brach ab und senkte den Kopf. »Meine Mutter begann, mich zu unterrichten. Ich übte viel und wurde immer besser, mein Vater immer stolzer, alle Bewohner des Palastes wussten davon. Sie sprachen mit mir kaum über andere Dinge, und das machte mich … glücklich. Sie bewunderten mich. Aber irgendwann merkte ich, dass … meine Fortschritte langsamer kamen. Ich brauchte immer länger, um weiterzukommen. Also trainierte ich umso mehr, wollte ihn und alle anderen nicht enttäuschen.« Sie umfasste den schmalen Anhänger um ihren Hals. »Meiner Mutter war schnell klar, dass ich kein Naturtalent

war. Ich war begabt, ja, und ich lernte viel. Aber nach einer Weile wurde es … zu viel. Ich konnte nicht noch mehr trainieren, verbrachte damals schon nahezu jeden Tag in den Gärten. Es … es ging einfach nicht. Mein Vater kam immer seltener, um mir zuzusehen, ich wurde immer verzweifelter. Ich war mit den neuen Übungen überfordert und … irgendwann verlor ich die Kontrolle. Es war noch schlimmer als in den Höhlen.« Sie stockte. »Ich war so erschöpft, so verbissen, wollte mehr, konnte aber nicht. Zwei Wochen habe ich danach mein Zimmer nicht verlassen, habe fast nur geschlafen. Das … brauchte mein Körper wohl.« Ihr Blick wurde glasig, als würde sie sich an diese Zeit der Ruhe zurückerinnern. »Seit diesem Tag benutze ich meine Kräfte kaum noch. Seit diesem Tag weiß jeder im Palast, wie schwach ich bin. Wie unkontrolliert und …«

»Alessa«, unterbrach Tarin sie leise.

Sofort verstummte sie und sah in sein ernstes Gesicht.

»Du bist nicht schwach.« Er griff nach ihrer Hand, kam etwas näher und hielt sie davon ab, wegzusehen. »Du bist stark, und das weißt du auch. Wir alle haben es gespürt. Vielleicht fehlt dir die Kontrolle, aber die kannst du lernen! Und du wirst sie lernen, wenn du dich darauf einlässt. Wie lange es auch dauern mag. Wir alle werden dir dabei helfen.« Zuversicht und Sicherheit sprachen aus seiner Stimme, die Alessa eindeutig nicht teilte. »Aber das solltest du nicht für deinen Vater oder für irgendjemand anderen tun, sondern einzig und allein für dich selbst«, fuhr Tarin fort.

Alessa versteifte sich.

»Es sind deine Kräfte. Sie gehören niemand anderem, es ist dein Leben und du bestimmst, was du damit anfangen möchtest. Du bist es, die sich zurückzieht, weil du Angst vor dir selbst hast. Doch dazu gibt es keinen Grund.« Ein Lächeln trat auf sein Gesicht. »Dir wurde diese Kraft geschenkt und du kannst sie für dich nutzen. Wenn du deine Grenzen erreichst, dann ist das so. Dann kannst du nicht mehr weiter, dann bleibst du dort. Denn dann bist du genau da, wo du sein solltest. Diese Grenze hat jeder von uns und niemand kann sie überschreiten, wie sehr wir uns auch anstrengen. Versuche nicht, dich für andere zu jemandem zu machen, der du nicht bist oder der du nicht sein kannst. Werde niemand, der du nicht selbst sein möchtest. Nicht,

um irgendjemandem zu gefallen oder irgendwelche Erwartungen zu erfüllen. Du bist, wer du bist, und das ist gut so.«

Zweifel standen in Alessas Blick. »Aber mein Vater …«

»Dein Vater liebt dich, Alessa«, unterbrach er sie. Erneut versteifte sie sich. »Und das würde er auch tun, wenn du keine Magie in dir tragen würdest. Du bist seine Tochter, niemanden könnte er mehr lieben.« Jetzt ließ er zu, dass sie den Blick senkte.

Eine Weile saßen sie schweigend nebeneinander, bis eine einzelne Träne den Weg über Alessas Wange hinunter auf den Felsboden fand.

Tarin zögerte, bevor er schließlich einen Arm um ihre Schultern legte und sie an sich zog.

Es folgten weitere, einzelne Tränen. Doch Alessa blieb stumm, atmete ruhig und ließ den Tränen ihren Lauf.

Leyna war klar, dass sie es sich selbst nicht erlaubt hätte, mehr zu tun. Sie zeigte keine Schwäche, nicht einmal in einem Moment wie diesem.

»Danke«, flüsterte sie schließlich, doch Tarin antwortete nicht. Er hielt sie nur fest, denn das war alles, was sie brauchte.

Mit einem Keuchen fuhr Leyna hoch und sah sich hektisch um. Ihr Herzschlag verlangsamte sich sofort wieder, doch ihre Lungen gierten nach Luft. Noch immer gefangen im Traum ihrer Freundin, ließ sie sich wieder zurücksinken.

Deshalb also hatte Alessa so gut verstanden, wie sie sich unter dem enormen Druck fühlte. Deshalb nutzte sie ihre Kräfte nicht und deshalb hatte Yuron sich so seltsam verhalten.

Leyna schloss die Augen. Sie sollte diese Erkenntnis stumm annehmen und darauf achten, kein Wort darüber zu verlieren. Sie war erschöpft, wollte nur noch schlafen und ihrem Körper die Ruhe gönnen, die er dringend brauchte.

Doch wieder hinderte sie etwas daran. Da war irgendetwas, das …

Nein, kein Traum, sondern Stimmen. Da waren Stimmen!

»… ungewöhnlich, dass sie einen so starken Zugang hat. Das war bei den anderen nicht so.«

Das war Ronor. Sie hörte Äste knacken, konnte aber nicht genau sagen, aus welcher Richtung sie kamen.

»Sie ist anders.« Sivan war bei ihm.

»Ja, das ist sie wohl. Über das Warum sollten wir uns erst einmal keine Gedanken machen, sie soll sich nicht unnötig sorgen.« Er bekam keine Antwort.

»Weißt du, Sivan, ich habe immer daran geglaubt, dich wiederzusehen. In dir steckt so viel Gutes, so viel Kraft. Du hast diese Chance verdient.«

»Das sehen andere nicht so«, warf Sivan leise ein.

»Sie kennen dich nicht so, wie ich es tue. Du hast dich verändert. Dein Herz war schon immer gut und jetzt passt endlich auch dein Verhalten dazu. Es war richtig, sie zu begleiten.«

Wieder keine Antwort, doch die Schritte wurden schneller.

»Sie bedeutet dir etwas.«

Die Schritte stoppten.

»Das spielt keine Rolle.«

»Was könnte eine größere Rolle spielen?«

Ein langsames Einatmen.

»Es ist nicht wichtig, was ich fühle. Es hat keinen Sinn.«

Die Schritte kamen näher, die einen schnell, die anderen folgten langsam.

Hastig drehte Leyna sich wieder auf die Seite. Sie wollte diese Worte nicht hören, nicht über sie nachdenken. Oder über ihn. Sie war zu müde.

»Ich werde dir ein zweites Schwert geben«, hörte sie Ronor noch sagen.

Schlaf, ermahnte sie sich selbst. *Schlaf ein, Leyna. Träume.*

Und als gäbe es nichts Leichteres auf der Welt, fielen ihre Augen zu. Nur einen Moment später hieß sie das Gefühl der Ruhe willkommen, in der Hoffnung, es würde sie ins Land der Träume geleiten.

10

»Bei den Göttern, Leyna, kannst du mal aufhören zu gähnen? Das ist ja nicht auszuhalten!«

Leyna presste die Lippen so fest aufeinander, wie sie konnte, doch es war zwecklos.

»Wir wissen, dass du müde bist!«, rief der vor ihr fliegende Urs und verschränkte die Arme vor der Brust. »Jetzt reiß dich mal zusammen!«

Bevor sie etwas erwidern konnte, hatte er sich schon umgewandt und war nach vorn zu Tarin geflogen. »Ich hab doch recht, oder? Sie übertreibt es! Und warum ist sie überhaupt so müde? Das war sie noch nie!«

Wie immer vergaß er, dass sie ihn genau hören konnte. Wieder hob sie die Hand vor den Mund und konnte ihm nur zustimmen. Es war noch nie vorgekommen, dass die anderen sie hatten wecken müssen. Heute Morgen aber war sie erst wach geworden, als Urs ihr die Nase zugehalten hatte. *Jetzt steh doch endlich auf*, hatte er gerufen. *Dein toller Sivan will in die Stadt, alle warten schon!* Also war sie aufgesprungen und mit den anderen losgegangen. Tarin hatte ihr erklärt, dass Ronor Sivan wohl am Vortag aufgetragen hatte, sie in Zaf'or unterzubringen.

»Hast du schlecht geschlafen?«

Erschrocken hob sie den Kopf und sah zu Alessa, die stehen geblieben war, um neben ihr zu gehen. Kurz blickte sie zu dem jetzt allein vorangehenden Sivan. »Könnte man sagen«, antwortete sie ausweichend. »Ich bin in der Nacht aufgewacht und konnte mir nicht erklären, warum. Und was ist mit dir? Du siehst überhaupt nicht müde aus, deine Augen strahlen ja!«

Alessa lachte und zwinkerte ihr zu. »Sagen wir einfach, ich habe angefangen, gegen etwas zu kämpfen.«

Wieder gähnte Leyna. Das gestaltete sich wirklich schwierig, wenn man dabei noch lächelte. Sie war froh, dass Alessa sich endlich jemandem anvertraut hatte. Dass dieser Jemand nicht sie gewesen war, spielte keine Rolle. Wichtig war nur, dass Alessa ihre Vergangenheit hinter sich ließ.

»Seht, wir sind gleich da!«, rief Tarin und winkte sie zu sich. Schnell schlossen Alessa und Leyna zu ihm und Sivan auf und betrachteten die nicht mehr weit vor ihnen liegende Stadtmauer Zaf'ors. Sie war lang nicht so hoch wie die von Onamdra und auch nicht aus massivem Stein, sondern aus Droma-Erz erbaut und glänzte im Licht der inzwischen hoch stehenden Sonne.

Der Anblick versetzte Leyna einen Stich. Sie schluckte und hielt die Erinnerungen zurück, die sie überwältigen wollten.

»Wir passieren das Tor und gehen gleich in das Wirtshaus, ohne uns umzusehen.« Sivan betonte den letzten Satz besonders und sah Tarin dabei durchdringend an.

Dieser schien kurz darüber nachzudenken, dagegen aufzubegehren, ließ es dann aber gut sein und nickte.

»Wenn Ronor sich sicher ist, dass diese Leute uns aufnehmen«, begann Alessa, »dürfen sie dann erfahren, wer wir wirklich sind?«

»Nein. Niemand, absolut niemand darf wissen, wer wir sind. Nennt ihnen eure Namen, mehr nicht.« Dann sah er zu Leyna. »Wenn dein Mal noch weiter wächst, wirst du einen Verband tragen müssen.« Sie erwiderte nichts, aber da sah er auch schon wieder dem Stadttor entgegen und ging los.

»Was ist mit deinen Schwertern, Sivan?«, fragte Tarin. Leyna hatte ihre Waffen auf ihrem steinernen Bett liegen lassen, um nicht aufzufallen. Tarin hatte Bogen und Köcher zurückgelassen, Alessa ihre Peitsche.

Sivan machte sich darum anscheinend keine Gedanken. »Das wird kein Problem sein.«

Das war es auch in Onamdra nicht gewesen. Der Griff des zweiten Schwertes, das Ronor ihm wohl wirklich am Vorabend noch gegeben hatte, wirkte irgendwie … falsch neben dem anderen.

Sivans Klingen waren zwei Teile eines Ganzen gewesen. Erst jetzt verstand sie, dass man einen solchen Teil niemals ersetzen könnte.

»Ich wette, der legt gleich die Wachen am Tor einfach um und dann haben wir den Salat«, murmelte Urs.

Sivan reagierte nicht darauf, Leyna aber runzelte die Stirn. Natürlich würden die Wachen jeden Ankömmling kontrollieren, auf Waffen, sonstige gefährliche Gegenstände, vielleicht auch die Handelsgüter.

»Wir gehen nacheinander«, wies Sivan sie an, als sie wenig später erneut stehen blieben. »Tarin, Alessa, ihr geht vor. Ihr besucht Verwandte. Olija, wenn sie nach Namen fragen. Das Wirtshaus liegt im Süden der Stadt, es ist leicht zu finden.«

»Ist klar, von mir sagt er wieder nichts …«

Die beiden nickten, ohne Urs zu beachten.

»Bis gleich«, rief Alessa über die Schulter.

»Bis gleich«, erwiderte Leyna leise und bewunderte erneut den Glanz in Alessas Augen. Während sie ihren Freunden nachsah, fragte sie sich, ob ihre Augen seit der Auswahl je so geglänzt hatten. Sie glaubte es nicht.

Erst als die anderen schon ein gutes Stück entfernt waren, wurde ihr bewusst, dass sie allein mit Sivan war.

Sofort versteifte sie sich und wusste schlagartig nicht mehr, was sie mit ihren Armen tun sollte. Schließlich verschränkte sie sie wie Sivan vor der Brust. Eine erdrückende Stille breitete sich aus.

Sivan stand unbewegt da und sah zum Stadttor.

Leyna wurde unruhig. Was sollte sie tun? Sie konnte sich nicht rühren, seine bloße Anwesenheit schien sie zu erdrücken. Aber sie konnte auch nicht …

Er warf ihr einen kurzen Blick zu. Hätte sie so konzentriert nach vorn gestarrt wie er, hätte sie es vielleicht nicht bemerkt.

Langsam atmete sie ein, langsam wieder aus. Doch es half nichts. Ihr Herz schlug immer schneller, und dann hielt sie es nicht mehr aus und ging los.

Die ersten Schritte hatte sie schon getan, bevor er seine Überraschung überwunden hatte. Dann aber griff er nach ihrem Arm und hielt sie zurück. »Leyna, warte!« Mit einem Ruck drehte er sie zu sich herum.

Wieder war sie zu schwach, um sich dagegen zu wehren. Kurz dachte sie daran, trotzig das Kinn zu heben und ihm endlich die Meinung zu sagen. Doch was würde das bringen? Er würde sie nicht verlassen. Er hatte seinen Auftrag. Es würde alles nur komplizierter machen.

Sie konnte nicht mehr kämpfen. Sie wollte nicht mehr kämpfen. Was blieb ihr noch?

Akzeptiere es, rief ihr eine leise Stimme zu.

Zögernd ließ er ihren Arm wieder los. Sie sah nicht zu ihm hoch.

»Wir warten, bis Tarin und Alessa in der Stadt sind.« *Akzeptiere es.*

Als sie nickte, breitete sich eine dumpfe Leere in ihr aus. »Ist … ist alles in Ordnung?«

Hatte er das wirklich gerade gefragt? Noch einmal atmete sie tief ein. Die Leere betäubte all die widersprüchlichen Gefühle in ihr. »Ja.«

Was hätte sie in manch anderer Situation dafür gegeben, dass er ihr diese Frage stellte? Sie wusste es nicht mehr. Jetzt kümmerte es sie nicht.

»Du siehst nicht aus, als wäre alles in Ordnung.«

»Dann sieh nicht hin.«

Und als das Schweigen sich erneut über sie legte, war es leichter zu ertragen.

*

Noch einmal warf er ihr einen kurzen Blick zu und zwang sich nur einen Moment später dazu, wieder auf den Weg zu achten. Er sollte sie nicht ansehen. Er sollte sich ganz auf die vor ihnen liegende Stadt konzentrieren. Doch er konnte es nicht.

Wieder sah er zu ihr. Wieder begannen seine Gedanken zu rasen.

Was war nur mit ihm los? Seit sie den Palast verlassen hatten, hatte er sich gewünscht, sie würde diese ganze Sache endlich ebenso ignorieren wie er.

Nach dem Ball war alles nur komplizierter geworden. Dieser verdammte Ball. So oft hatte er sich in den letzten Tagen dafür verflucht, dass er tatsächlich mit ihr getanzt hatte. Doch er hätte es wissen müssen. Hätte wie bei jedem vergangenen Mal niemand vor ihm gestanden, als er die Augen geöffnet hatte, wäre alles so viel einfacher gewesen. Selbst wenn er mit jemandem hätte tanzen müssen, hätte ihn das nicht weiter gestört – jeder, nur nicht sie. Nur nicht sie.

Er wusste, dass es unfair gewesen war, einfach zu gehen. Doch er hatte nicht bleiben können. Sosehr er sie auch verletzt hatte, es war richtig gewesen. Es war besser so, besser für sie.

Diesen einen Satz wiederholte er immer und immer wieder.

Es war besser für sie.

Seit dem Beginn ihrer Reise hatte er keine Schwierigkeiten damit gehabt, das alles nicht zu beachten. Warum jetzt nicht mehr? Warum … fühlte er sich so elend dabei, sie so zu sehen? Er hatte regelrecht spüren können, wie sie aufgegeben hatte. Als wäre sie nicht nur einen Schritt von ihm zurückgetreten, sondern davongelaufen. Ihr Blick war so … leer gewesen. Ausdruckslos. Niemals hätte er gedacht, dass es ihn so treffen würde. Ein ungewohntes Gefühl war seitdem in ihm aufgekommen. Er hatte es so lange nicht mehr gespürt, dass er kaum sagen konnte, was genau es war. Trauer? Angst? Bedauern?

All diese Gefühle waren ihm schon seit Jahren fremd.

Sie hatten beinahe das Tor erreicht. Er dachte an die nächsten Tage. Sie würden eine ganze Weile hierbleiben, und er konnte sie nicht allein lassen, nicht hier, in der Nähe königlicher Soldaten.

Ohne sein Zutun sah er noch einmal zu ihr. Er wusste, dass er selbst der Grund für die Leere in ihrem Blick war. Sollte er gehen? Würde es leichter für sie werden, wenn er sie verließ? Nur noch wenige Schritte trennten sie von den Wachen vor dem Tor.

Zwei Männer standen dort, Soldaten des Königs.

Froh, seine Aufmerksamkeit auf etwas anderes lenken zu können, betrachtete Sivan sie. Die einfachen silbernen Rüstungen wirkten auf die meisten Menschen beeindruckend, auf ihn aber geradezu lächerlich. Sie waren so dünn, dass ein scharfes Schwert sie an vielen offensichtlichen Stellen leicht durchschlagen konnte. Nicht für den Kampf gemacht, sondern nur zur Demonstration einer unrechtmäßig erlangten Macht.

Er beschleunigte seine Schritte und schob sich vor Leyna. Die beiden Männer schienen gelangweilt und stießen sich erst von der Mauer ab, als er in den Schatten des Tores trat.

»Hey, stehen bleiben«, rief der Rechte. Er klang müde.

Sivan tat wie ihm geheißen und erwiderte den Blick des Mannes ruhig. Ein Teil von ihm schrie danach, ihn einfach zur Seite treten zu lassen, doch er riss sich zusammen. Zumindest diesen Teil seiner Selbst hatte er unter Kontrolle.

»Wer seid Ihr und was wollt Ihr in Zaf'or?«, fragte der Soldat und beugte sich vor, um zu sehen, ob sie Taschen oder Ähnliches dabeihatten.

Dem war nicht so, sie hatten alles bei Ronor gelassen. Er ermahnte sich, ruhig zu bleiben, trat wieder einen Schritt zurück und legte scheinbar beiläufig den Arm um Leynas Schultern.

»Mein Name ist Aias aus Da'lin, das ist meine Frau. Wir suchen Medizin«, antwortete er ruhig. »Meine Schwester ist krank. Man sagt, hier könnte man ihr helfen.« Er hätte erwartet, dass Leyna unter seiner Berührung zusammenzucken würde, wie immer in den letzten Wochen. Doch sie regte sich nicht.

Dem Soldaten schien das eine plausible Erklärung zu sein, schließlich war die Medizin aus Zaf'or im ganzen Land bekannt.

»In Ordnung, ihr könnt passieren«, gewährte der Rechte. Sivan nickte kurz und wollte schon weitergehen, da hielt der Linke ihn zurück.

»Wartet. Wir müssen noch auf die rechte Schulter Eurer Frau sehen.«

Sivan hob eine Augenbraue. »Ich denke nicht, dass das nötig ist«, stellte er leise fest.

»Ich fürchte schon. Befehl vom König. Jede Frau mit braunen Haaren wird kontrolliert.«

Er schluckte, damit hatte er nicht gerechnet.

Der Soldat vor ihm runzelte die Stirn.

Sivan verstärkte seinen Griff um Leynas Schulter und spielte schon in Gedanken alle möglichen Situationen durch, um möglichst wenig Aufmerksamkeit zu erwecken – doch da löste Leyna sich schon von ihm und nickte den Männern zu.

»Tut, was Ihr tun müsst.«

Der Soldat vor ihm entspannte sich wieder, dafür begann nun Sivans Herz schneller zu schlagen. Was hatte sie vor?

Mit einem zufriedenen Grinsen auf den Lippen fasste der andere Mann Leynas Mantel, schlug ihn zurück und griff dann nach ihrem Hemd.

Sivan hielt den Atem an. Nicht nur, weil er befürchtete, gleich die schimmernden Linien des Gottes-Mals zu sehen, sondern auch, weil es ihm gar nicht gefiel, diesen Mann so nah bei Leyna zu sehen.

»Alles gut. Ihr könnt gehen.«

Wortlos legte er erneut einen Arm um seine *Frau* und zog den Stoff ihres Hemdes über ihre Schulter.

Sie passierten das Tor.

»Hast du dein Mal selbst verborgen?«, raunte er ihr zu.

Sie nickte. »Du kannst mich loslassen.«

»Gleich.« Er wandte sich nach Süden. Erst als sie vom Tor aus nicht mehr gesehen werden konnten, ließ er den Arm sinken.

»Eine weitere Schwester hätten sie mir nicht geglaubt«, murmelte er. Warum hatte er das Gefühl, sich für diese kurze Berührung rechtfertigen zu müssen? Er schüttelte den Kopf und führte sie weiter durch die engen Gassen. So oft war er schon hier gewesen, dass er den Weg auch im Schlaf gefunden hätte. Die eng bebauten Wege und die schmalen mehrstöckigen Häuser waren ihm vertraut.

Leyna erwiderte nichts, wieder breitete sich Stille zwischen ihnen aus. Was war so anders an dieser Stille? Sonst hatte er sie immer begrüßt und als angenehm empfunden. Jetzt war es, als würde sie ihm die Luft zum Atmen nehmen.

»Hier ist es.« Er blieb vor dem zweitgrößten Haus in Zaf'or stehen – nur das Quartier der hier postierten Soldaten war größer. *Zum Humpen* stand auf einem kaum noch lesbaren Holzschild über der Tür.

Leyna folgte ihm, als er die dicke Holztür öffnete und eintrat.

*

Eine Woge warmer Luft schlug ihr entgegen, als sie eintraten. Der Schankraum wurde nur durch einige schmale Fenster und wenige Kerzen erleuchtet, sodass das Licht trotz des noch frühen Tages eher schummrig war.

Gelächter und Gespräche der vor den zwei Kaminen sitzenden Männer erfüllten die Luft. Einige von ihnen erweckten den Anschein, nicht erst seit wenigen Stunden hier zu sitzen. Der Name des Hauses war sehr passend gewählt – die vielen auf den Tischen stehenden Humpen zu zählen, hätte wohl eine ganze Menge Zeit in Anspruch genommen.

»Leyna! Wir sind hier drüben!«

Natürlich hatte sie Tarin längst entdeckt. Er saß mit Alessa in einer kleinen Nische unter einem der Fenster, Urs auf der Schulter. Die hellen Haare ihrer Freunde hoben sich deutlich von dem dunklen Holz ab, ganz zu schweigen von Urs' rotem Fell. Dennoch ließ sie ihren Blick noch einmal umherschweifen und suchte nach Soldaten. Zu ihrer Überraschung entdeckte sie keine.

Sivan folgte ihr, als sie sich zwischen den vielen Tischen hindurchzwängte. Dabei beugte er sich leicht vor, denn auch wenn alle hier Anwesenden seine Schwerter nicht sehen konnten, ragten die Griffe eine Handbreit über seinen Kopf und stießen an einigen Stellen an die tief gewölbte Decke.

»Wir haben uns schon gefragt, wann ihr endlich kommt. Die Wirtin kam bestimmt schon viermal und wollte …«

»So, sind das jetzt endlich die Freunde, auf die ihr noch gewartet habt?«, wurde Tarin da auch schon von der durchdringenden Stimme besagter Wirtin unterbrochen.

Leyna hatte die unglaublich groß gewachsene Frau gerade noch hinter der Theke stehen sehen. Die schwarzen Haare hatte sie zu einem dicken Zopf geflochten, der lang über ihre breiten Schultern fiel. Sie hatte definitiv den passenden Beruf gewählt.

»Das sind wir«, antwortete Sivan an Tarins Stelle.

Sofort fixierte die Wirtin ihn und runzelte die Stirn. »Ich habe euch hier noch nie gesehen. Woher kommt ihr?«

»Von weit her.«

»Warum seid ihr hier?«

»Das muss Euch nicht interessieren.«

Beinahe hätte Leyna die Augen verdreht und bereitete sich schon darauf vor, wieder zu gehen. Solche Antworten hätte sich in Alanya niemand gefallen lassen.

Die Wirtin griff nach einem Stuhl.

»Achtung, sie wirft ihn! Sie wirft ihn!«, schrie Urs panisch und verschwand unter dem Tisch – doch nichts dergleichen geschah.

Stattdessen schob sie den Stuhl an den Tisch heran, ließ sich darauf nieder und lachte laut.

»Ronor meinte schon, dass ich dich mögen würde. Sivan, nehme ich an.« Dann ließ sie ihren Blick über die anderen schweifen. »Also bist du Tarin. Und wer von euch beiden ist Alessa?«

»Das bin ich«, antwortete ihre Freundin zögerlich, ebenso irritiert wie Leyna. »Ihr wusstet, dass wir kommen?«

»Aber natürlich. Ronor hat mir gestern Nacht eine Nachricht zukommen lassen.«

Sivan lehnte sich zurück. Trotz seiner Ruhe glaubte Leyna nicht, dass er davon gewusst hatte.

»Ich bin Taja, mir gehört das Wirtshaus. Da vorn ist Ejina, meine älteste Tochter, und Naru, meine Jüngste.« Sie deutete in Richtung Theke. Ejina mochte gut ein paar Jahre älter sein als Leyna, Naru hingegen konnte nicht mehr als sechs Winter erlebt haben. Dennoch lief das kleine, stämmige Mädchen zwischen den Tischen umher und stellte voll beladene Teller vor den Männern ab.

»Oh ja, eindeutig ihre Töchter«, murmelte Urs, der unter der Tischplatte hervorgekommen war und sich wieder auf Tarins Schulter niederließ.

Er hatte recht – die Ähnlichkeit war nicht zu übersehen.

»Ronor meinte, ihr würdet für die nächsten Wochen eine Unterkunft brauchen«, fuhr Taja fort. »Ihr könnt gern zwei meiner Zimmer haben, wenn ihr dafür ein wenig mithelft. Ich hörte, du kennst dich mit Medizin aus?«, fragte sie an Tarin gerichtet.

Dieser nickte überrascht, war sich aber anscheinend nicht sicher, wie viel er von seiner Herkunft preisgeben durfte.

»Wunderbar. Meine dritte Tochter ist Heilerin, du kannst ihr zur Hand gehen. Und du kannst wohl gut kämpfen, Alessa, also wirst du Ejina und Naru beibringen, sich zu verteidigen, solang ihr bei mir wohnt.«

Auch Alessa nickte stumm und schien froh, als Taja nicht mehr sie, sondern Leyna ansah.

»Von dir hat er nichts geschrieben. Was kannst du?«

Leyna ging das alles ein bisschen zu schnell. Gerade noch hatten sie sich darüber Gedanken gemacht, was sie dieser Wirtin erzählen durften und jetzt bot sie ihnen einfach ihre Zimmer an und verteilte Aufgaben.

»Leyna wird nicht oft hier sein«, antwortete Sivan an ihrer Stelle. »Mittags werden wir zu Ronor gehen.«

»Deshalb seid ihr also hier«, folgerte Taja lächelnd. »Ich nehme an, dass ihr mir nicht sagen werdet, was genau ihr da oben tut, in diesem verfluchten Wald. Aber gut, den Morgen über finde ich schon etwas für euch beide zu tun.«

Leyna kam gar nicht mehr dazu, nachzufragen, was genau sie denn würden tun müssen. Taja hatte sich ohne ein weiteres Wort erhoben und war durch eine Tür am anderen Ende des Raumes verschwunden.

Gleich darauf hatte ihre jüngste Tochter Naru ihnen wie auf ein geheimes Zeichen hin einen Korb mit noch dampfendem Brot, Käse und einer süßen Paste gebracht, die Leyna zwar nicht kannte, aber dennoch genüsslich verspeiste.

Die anderen schlugen ebenso beherzt zu wie sie, bei Ronor im Wald hatten sie nicht gefrühstückt.

Das kleine Mädchen blieb eine Weile bei ihnen sitzen, lachte über Tarins durchscheinende Haare und konnte ihre Finger nicht von Alessas langem Zopf lösen. Sie fragte, woher sie kamen, und Tarin berichtete ihr von einem weit entfernten Gebirge.

Von Zeit zu Zeit warf Leyna etwas ein, blieb meist aber so still wie Sivan.

Diesen schien nicht einmal Narus begeistertes Lachen aus seiner Starre erwecken zu können. Kaum dass das Brot verschwunden war, erhob auch er sich und ging schweigend hinaus.

»Hab ich was falsch gemacht?«, fragte die Kleine.

»Nein. Überhaupt nicht, Naru. Er ist immer etwas zurückhaltend«, antwortete Tarin und verdrehte die Augen.

»Na, das hast du aber noch nett gesagt. Sag ihr doch, was für ein Idiot er ist!«

Leyna hob warnend eine Augenbraue, doch der gerade wieder auf Tarins Schulter erschienene Urs beachtete sie gar nicht. »Ach, lass mich doch, Leyna! Er ist doch wieder einfach abgehauen, da ...«

»Was bist du denn für ein lustiges Ding?«

Alle Augen richteten sich auf Naru.

»Lustiges Ding? Also wirklich, ich ...«

»Du kannst ihn sehen?«, fragte Leyna leise.

Naru nickte mit leuchtenden Augen und streckte die Hand in die Höhe. »Natürlich! Ihr etwa nicht? Komm her, du rotes Ding. Du bist bestimmt ganz flauschig!«

»Flauschig? Also wirklich!« Urs verschränkte die Arme vor der Brust und schien tief einzuatmen, um größer zu wirken. »Ich bin nicht flauschig! Ich bin gefährlich und böse und ...«

In diesem Moment unterbrach ihn ein lautes Klirren und ließ sie alle zusammenfahren. Nur einen Wimpernschlag später stand eine aufgebracht schnaubende Wirtin in der Tür, durch die sie zuvor noch verschwunden war.

»Naru!«

»Oh, oh.« Das Mädchen ließ von Alessas Haaren ab und kauerte sich neben ihrem Stuhl zusammen. »Bitte sagt nichts, Mama wird sonst ...«

»Ich weiß genau, wo du bist, junge Dame. Also beeil dich lieber und komm zu mir, bevor ich auch nur einen weiteren Schritt auf unsere neuen Gäste zu tun muss!«

»Bei allen Göttern, was hat sie denn gemacht?«, murmelte Urs, lehnte sich vor und sah zu Naru hinab, die sich zaghaft aufrichtete.

»Na ja, vielleicht habe ich ja die kleinen und großen Teller nicht sortiert, sondern einfach gemischt aufgestellt. Das sah viel schöner aus! Oder sie hat meine Zeichnungen an der Küchenwand entdeckt, aber da hab ich doch ein Bild drüber gehängt. Oder sie hat bemerkt, dass das Treppengeländer angeknackst ist, aber das war doch ein Unfall! Oder ...«

»Naru! Sofort!«

»Ich glaube, ich mag sie doch.« Urs grinste, klopfte Tarin mit seiner kleinen Hand auf die Schulter und flog zu dem Mädchen hinüber, das nun langsam zu Taja schlich.

»Bei den Göttern«, murmelte Tarin. »Ich habe so das Gefühl, dass die beiden eine Menge Spaß miteinander haben werden.«

»Die beiden schon, wir vermutlich nicht«, fügte Alessa hinzu und zupfte gedankenverloren das letzte Stück Brot auseinander.

»Hallo, ihr drei.« Als sie aufsahen, stand Tajas älteste Tochter vor ihrem Tisch und lächelte sie freundlich an. »Ich bin Ejina. Meine Mutter sagte, ich soll euch die Stadt zeigen, also wenn ihr Lust habt, führe ich euch etwas herum.«

»Das wäre wunderbar!«, rief Tarin und sprang sofort auf, bevor er die Lippen aufeinanderpresste und die Arme verschränkte. »Natürlich nur, wenn Leyna und Alessa auch mitkommen.«

Kurz darauf verließen sie das Gasthaus. Ejina führte sie an der Stadtmauer entlang, zurück zum Tor und daran vorbei. Sie erklärte, dass Zaf'ors Stadtmauer kreisrund sei und die Wege wie in einer Spirale immer engere Kreise beschrieben, bis man in der Mitte den Marktplatz erreichte. Die Häuser waren viel höher als in Alanya, besaßen mehrere Stockwerke, wirkten aber dennoch nicht so widerstandsfähig wie in Onamdra.

»Es ist wirklich faszinierend, dass alle Häuser gleich aussehen! Das ist mir vorhin schon aufgefallen, aber wie ist das möglich?« Tarin sah sich erstaunt um. »Und wie wird die Stadt größer, hier ist doch kein Platz, um etwas Neues zu bauen. Wo wohnen die Soldaten und wo findet man die berühmte Medizin? Wo finden eure Heiler all die Kräuter?«

Ejina blinzelte einige Male überrascht und sah unsicher zu Leyna und Alessa, doch diese lachten nur leise und hoben die Schultern.

»Die Häuser sehen alle gleich aus, weil sie aus demselben Material gebaut werden. Das Holz des Jiranol-Baumes, der nur an diesem Ufer des Mavo wächst. Es ist vorgeschrieben, dass mindestens zwei Stockwerke gebaut werden müssen. Die Stadtmauer wird niemals eingerissen, also bauen wir nichts Neues, sondern erhöhen die schon stehenden Häuser. Wie ihr seht, haben sie alle flache Dächer, sodass jederzeit eine weitere Wohnung darübergebaut werden kann.«

Überrascht sah Leyna zu den sie umgebenden Bauten. Zuvor hatte sie sich gar nichts dabei gedacht, dass diese keine hohen Dächer trugen. Sie einfach zu erhöhen, wenn neuer Wohnraum gebraucht wurde, war eine so einfache und doch so effektive Lösung. Sie fragte sich, warum nicht auch andere Städte auf die Art bauten.

»Wo genau unsere Heiler alle Kräuter finden, weiß ich nicht. Jeden Morgen gehen die Heilerinnen hoch zum Phandras-Wald – natürlich nur an den Rand! Hinein traut sich dort kaum einer. Und nun ja, dort sammeln sie, glaube ich. Aber das kannst du gleich meine Schwester Hijara fragen, wir sind auf dem Weg zu ihr«, wandte sie sich an Tarin. »Mutter meinte, ich solle dich ihr vorstellen. Ich kann nur sagen, dass inzwischen auch viele Pflanzen in der Stadt wachsen. Vor einigen Jahren begannen die Heiler, zwischen den weiter innen liegenden Häusern Beete anzulegen. Dort vorn sind schon die Ersten, seht ihr?«

Tarin beschleunigte seine Schritte und kniete neben einer gelb blühenden Pflanze nieder, die zusammen mit einigen anderen zwischen zwei mehrere Manneslängen hoch aufragenden Häusern wuchs. Das Beet, wie Ejina es nannte, war nicht mehr als einen Schritt breit und vielleicht drei lang, doch Leyna entdeckte eine Menge davon am Rand des immer engere Kreise schlagenden Weges.

»Faszinierend, wirklich faszinierend. Das ist Kliarahj, Großvater und ich haben sie am Rand des Tempelwaldes gefunden und ihre Wirkung über mehrere Jahre untersucht. Jeder weiß, dass ihre Blüten einen wunderbaren Tee ergeben, der jedes Fieber schwächt. Aber wir untersuchten auch ihre Wurzel und fanden heraus, dass man daraus eine Salbe anfertigen kann, die …«

»Tarin, bitte. Das kannst du doch mit … Hijara besprechen, sobald wir bei ihr sind«, unterbrach Leyna ihn schmunzelnd.

»Oh. Ja, natürlich, entschuldigt.« Mit einem nervösen Lächeln stand er auf und klopfte sich die Erde von den Knien. »Es ist nur so ...«

»Faszinierend!«, warf Alessa grinsend ein und lachte herzlich, als er offensichtlich verwirrt zwischen ihnen hin und her sah.

Auch Ejina stimmte in ihr Lachen ein. Glücklicherweise schien sie überhört zu haben, dass Tarin gerade preisgegeben hatte, wo er aufgewachsen war. Ihm schien das nicht einmal aufgefallen zu sein.

Leyna wollte ihn später noch einmal daran erinnern.

Die Tochter der Wirtin führte sie weiter, bis sie den Marktplatz erreichten. Wie in Alanya ragte in der Mitte ein Brunnen auf, dieser hier war jedoch sicher fünfmal so groß wie der ihres Heimatdorfes. Der Platz war in einem perfekten Kreis von hohen Häusern umgeben. Zwei davon schienen jedoch etwas prunkvoller, massiver zu sein als alle anderen.

»Dort vorn ist das Quartier der Soldaten.« Ejina deutete auf das höchste, rechts von ihnen gelegene Haus. Alle Fensterläden waren geschlossen und die Tür mit Metall beschlagen. Laute Stimmen waren trotzdem daraus zu hören.

»Wir sehen nicht viel von ihnen, solang wir sie mit ausreichend Essen und Wein versorgen.«

»Sie kommen nicht in eure Häuser und nehmen, was sie wollen?« Leynas Stimme klang dünner, als ihr lieb war.

»Nein, nicht mehr. Zu Anfang war es wohl so, doch dann haben sich einige von uns zusammengetan und ihnen dieses Quartier gebaut. Es ist groß genug für zwanzig Männer. Jeder von uns trägt etwas dazu bei, dass sie keinen Grund haben, dieses Haus zu verlassen. Sie bekommen alles, was sie wollen, und lassen uns dafür in Ruhe.«

Mit einem flauen Gefühl im Magen betrachtete Leyna das Quartier. So leicht waren sie also zufriedenzustellen. Mehr wollten sie nicht.

Alessa griff nach ihrer Hand und schenkte ihr ein mitfühlendes Lächeln.

Doch Leyna wollte kein Mitleid. Sie wollte etwas ändern.

»Und hier ist das Offizin.« Ejina wandte sich nach rechts und ging auf das zweite herausstechende Haus zu. »Ich hoffe, Hijara ist nicht zu beschäftigt. Sie versinkt sehr gern in ihrer Arbeit.«

»Oh, da kenne ich noch jemanden«, flüsterte Leyna gerade so laut, dass Tarin sie hören und ihr einen erst bösen – und dann akzeptierenden Blick zuwerfen konnte.

Ejina drückte die ebenfalls beschlagene Tür auf und ließ sie in einen von Rauch erfüllten Raum eintreten.

Das dunkle Holz der Wände schluckte fast jede Spur des durch die wenigen Fenster einfallenden Lichtes. Unzählige Kerzen brannten in von der Decke hängenden Halterungen, die den Eindruck erweckten, sie würden in der Luft schweben. Kurz über den Flammen hingen vereinzelte kleine Stoffbeutel, von denen ein angenehmer Geruch nach Erde und Laub ausging. Auf dem Boden lagen helle Teppiche mit verschlungenen Mustern darauf, die dem Raum etwas Unwirkliches verliehen. Darum herum standen schmale Stühle, auf denen vereinzelt Männer, Frauen und Kinder saßen. Diese wandten sich nun ebenso zu ihnen um, wie die vier hinter dem langen Tisch am anderen Ende des Raumes stehenden Frauen.

Drei der in schlichte, hellbraune Gewänder aus fließendem Stoff gehüllten Frauen sahen gleich wieder auf die Schalen und Kräuterbündel hinab, die sie in den Händen hielten. Eine aber begann zu lächeln, stellte zwei hellblaue schmale Karaffen zurück auf die Tischplatte und breitete die Arme aus, als sie auf sie zukam. »Ejina! Welch eine Freude, dich einmal hier zu sehen.«

»Hallo, Hijara.« Ebenfalls lächelnd erwiderte die ältere Schwester die Umarmung. »Du weißt, dass ich nie freiwillig kommen würde, dieser Kerzenrauch macht mich noch verrückt. Mutter schickt mich, um dir unsere neuen Gäste vorzustellen. Das sind Alessa, Leyna und Tarin. Sie werden einige Wochen bei uns bleiben.«

»Es freut mich, euch kennenzulernen.« Hijara nickte ihnen zu und strich ihr ebenfalls schwarzes Haar zurück, das sie im Gegensatz zu Tajas anderen Töchtern offen trug. Es fiel ihr weit über den Rücken hinab, glänzte im Schein der Kerzen und hob sich genau wie ihre tiefgrauen Augen von der eher hellen Haut ab. »Was tut ihr in Zaf'or?«

»So etwas fragen wir nicht«, raunte Ejina, noch immer um ein Lächeln bemüht. »Leyna wird ihre Tage bei Ronor verbringen.«

»In dem verfluchten Wald?«

»Hijara!«

Die jüngere Schwester lachte nur, und es war ein ehrliches, unbeschwertes Lachen. »Ach, komm schon, Ejina. Hier haben die Wände schon lang keine Ohren mehr, die liegen betrunken auf der anderen Seite des Marktplatzes.« Sie zwinkerte Leyna zu. »Aber du musst natürlich nicht mehr sagen, als du möchtest. Was tut ihr hier, wenn Leyna ... unterwegs ist?«

Leyna konnte sich ein Schmunzeln nicht verkneifen. Hijaras offene Art gefiel ihr ebenso wie Ronors, auch wenn ihr Lächeln vielleicht etwas zu ausgelassen war.

»Alessa wird uns im Gasthaus helfen, Mutter besteht darauf und ...«

»Oh, das wird euch sicher gefallen. Eine wirklich spannende und erfüllende ...«

»Heb dir das für später auf.« Ejina verdrehte die Augen, als würde sie solche Äußerungen schon kennen. »Tarin kennt sich gut mit Kräutern aus – zumindest sagte Ronor das. Mutter meinte, er solle dir zur Hand gehen.«

»Ist das so?« Skepsis trat in Hijaras Blick, sie musterte Tarin unverhohlen. »Wie kommt es, dass du denkst, du ... würdest dich mit *Kräutern* auskennen?«

Tarin stieß ein nervöses Lachen aus und fuhr sich unsicher durch die Haare. »Na ja, also ... ich komme ... aus dem Osten. Eigentlich habe ich mein ganzes Leben lang die Wirkung von Pflanzen untersucht. Zusammen mit meinem Großvater. Wir haben einige Dinge entdeckt und verschiedene Medikamente hergestellt und ... ich habe viel gesehen. Es würde mich freuen, von Euch zu lernen und Euch zur Hand gehen zu dürfen.«

»Ich glaube, er gefällt mir. Du darfst ihn hierlassen, Ejina.«

»Na, dann ist ja gut.«

Leyna runzelte die Stirn und sah zwischen den Schwestern hin und her, die sich jetzt die Hand reichten, als hätten sie ein Geschäft abgeschlossen.

Auch Alessa schien nicht sicher, wie sie darauf reagieren sollte.

Tarin bemerkte nichts davon. Er sah sich weiterhin um und musterte die Karaffen, die Hijara kurz zuvor noch in der Hand gehalten hatte.

Ejina bemerkte ihren Blick und lachte leise.

»Keine Angst, Leyna. Wir verhandeln nicht um Tarins Preis, das ist nur ein altes Ritual.« Dann trat sie vor und griff erst nach ihrem, dann nach Alessas Arm. »Wir sehen uns heute Abend, Schwesterherz!«

»Wir werden versuchen, pünktlich zu sein«, entgegnete Hijara, stellte sich neben Tarin und legte ihm eine Hand auf die Schulter. Er sah kurz auf ihre schmalen Finger, schien aber nichts weiter dabei zu finden und winkte ihnen zum Abschied.

Leyna erwiderte die Geste, doch Alessas Lächeln wirkte gezwungen.

Ejina verdrehte die Augen. »Das sagt sie jedes Mal.«

11

»... Und hast du auch gesehen, wie groß das Biest war? Hast du's dir genau angeguckt? Bei meinen vierzehn Kindern, war das mies. Das hättest du ruhig mal wegmachen können, damit bist du doch sonst immer so schnell.«

»Ich dachte, du willst nicht, dass ich zu viel in deinen Träumen rumpfusche?«

»Na ja ... blöde Sachen wegmachen darfst du schon.«

Leyna lachte leise und schüttelte den Kopf.

»Was gibt's denn da zu lachen?« Urs schien empört. »Ist das kein guter Tausch? Ich erlaube dir gnädig, jeden Abend meine Träume anzuschauen, und dafür machst du solche blöden Viecher weg! Das hätte mich gefressen, ganz sicher!«

»Es war nur ein Traum, Urs.«

»Ein Albtraum!« Er schüttelte sich. »Auf die kann ich gern verzichten.«

Leyna warf einen abschätzenden Blick nach vorn. Sie würden den Waldrand gleich erreichen, dann war es nicht mehr weit bis zu Ronors Hütte. Er würde sie lehren, sich an ihre Träume zu erinnern und sie zu beherrschen. Auch sie würde Albträume haben ... doch zumindest jetzt war sie sich noch sicher, dass sie auch auf diese nicht würde verzichten wollen.

»Sag mal, Leyna, was ist eigentlich gestern passiert?«

»Was meinst du?«

»Stell dich nicht doof. Du weißt genau, was ich meine!«

Ja, das wusste sie. Ihr Blick fiel auf den ein gutes Stück vor ihnen gehenden Sivan. Seit sie Zaf'or verlassen hatten, hatte er kein Wort gesagt. Und das war auch gut so. Sie hätte nicht abstreiten können, dass auch dies einer der Gründe dafür gewesen war, Urs mitzunehmen.

Der gestrige Abend hatte sie abgelenkt. Nachdem sie ohne Tarin ins Wirtshaus zurückgekehrt waren, hatte Taja Ejina aufgetragen, ihnen zu zeigen, wie sie in den nächsten Wochen mithelfen konnten. Alessa hatte sich deutlich geschickter im Umgang mit dem großen Tablett gezeigt und so war es schnell zu ihrer Aufgabe geworden, mit diesem zwischen den Tischen umherzulaufen, Bestellungen aufzunehmen und die Getränke zu verteilen, die Leyna mit Ejina bereitgestellt hatte. Bald schon hatte Leyna Gefallen an dieser monotonen Arbeit gefunden. In gewisser Weise hatte es gutgetan, nur daran denken zu müssen, genügend Gläser zu polieren und die Humpen nicht zu hoch zu füllen. Nur wenn sie einige Minuten lang auf die nächsten Bestellungen hatte warten müssen, war ihr in den Sinn gekommen, wie absurd diese Situation doch war. Sie war das Gotteskind, die Hoffnung dieses Landes, und stand nun in einem Wirtshaus und schenkte Wein und alle möglichen anderen seltsamen Dinge aus?

Alessa hatte ihr diese Gedanken angesehen und ihr zugeraunt, dass es für sie wohl bei diesem einen Tag bleiben würde – bevor Ejina sie mit einem lauten »Weniger reden, mehr laufen!«, zum Weiterarbeiten angehalten hatte.

»Nichts Wichtiges«, murmelte sie.

»Als ob! Ihr seid beide …«

»Ich sagte, nichts Wichtiges, Urs.« Der kalte Klang ihrer Stimme ließ ihn verstummen. Beinahe tat es ihr leid, ihn so anzufahren – doch sie ließ nicht zu, dass Ärger in ihr aufstieg. Sie würde sich nicht mehr über sich selbst ärgern.

Zum Glück schwieg Urs nur, bis sie den Wald erreichten.

»Bei meinen vierzehn Kindern, dieser Wald ist wirklich scheußlich. Kann dieser Ronor denn nicht einfach ins Dorf runterkommen? Da ist's warm, es gibt was Ordentliches zu essen …«

Oh ja, mit dem Essen hatte Ejina sie alle glücklich gemacht.

»Du meinst, wir räumen einfach die Schankstube leer und dann trainiere ich dort mit ihm? Eine gute Idee, Urs. Wie könnte man weniger auffällig sein?«

Während er eine unverständliche Antwort murmelte, sah sie hoch zur Sonne. Sie hatte den Zenit weit überschritten, es war beinahe schon Nachmittag. Auf einmal kam die Sorge in ihr auf, dass sie wirklich zu spät sein könnten. Taja und ihre Töchter hatten sie noch eine ganze Weile festgehalten, Sivan hatte schon früher gehen wollen.

Urs schien zu ahnen, was sie dachte. »Ach was, Leyna. Wenn der Typ wirklich will, dass du erst mittags kommst, kann er auch noch ein Weilchen länger warten.«

Ihm blieb anscheinend nichts anderes übrig.

Leyna spürte die Hütte schon, bevor sie zwischen den Bäumen auftauchte. Wenn man wusste, wie man sie finden konnte, war es gar nicht so schwierig. Den Weg hierher würde sie auch allein finden, obwohl sie bezweifelte, dass Sivan sie allein gehen lassen würde.

Schon wollte sie vor der Tür stehen bleiben, da ging Sivan einfach an Ronors unsichtbarem Heim vorbei und hielt auf das steinerne ... Haus zu, das er gestern geschaffen hatte.

Er stieß die Tür auf und ließ sie vor ihm hinein in die warme ... Höhle gehen. Ja, Höhle passte besser.

»Es ist zu spät, um jetzt noch zu trainieren«, stellte er leise fest. »Ronor wird gleich zu dir kommen.« Damit wandte er sich um und ging wieder hinaus.

Einen Moment lang blieb sie ungläubig stehen.

»Ist das sein Ernst?«, stieß Urs hervor. »Liefert uns einfach hier ab und verschwindet?«

Leyna zwang sich, einmal tief einzuatmen. »Es scheint so«, antwortete sie ruhig.

»Tse! Das kann er doch nicht einfach machen, was fällt ihm ...«

»Er ist schon weg, Urs. Lass es gut sein.« Sie öffnete ihren Mantel und ließ ihn neben der Tür auf den Boden fallen. Gestern Abend hatte sie noch geschmunzelt, als sie keine Kleiderhaken gefunden hatte – wo doch fast alles andere vorhanden war.

Vier weitere Türen gingen von diesem ersten Raum ab, der allein mindestens fünfmal so groß war wie ihr gesamtes Haus in Alanya. Dahinter befanden sich die kleinen Zimmer, in denen sie in der letzten Nacht geschlafen hatten. Der große Tisch, der einfache Kamin und die Schränke, die man tatsächlich öffnen konnte, obwohl sie aus Stein waren, wuchsen direkt aus den Wänden heraus und erinnerten sie an Caidras Tempel. Die Mitte des Raumes blieb so vollkommen frei. Vielleicht würde sie hier mit Ronor trainieren, falls es noch kälter werden sollte.

»Puh, wirklich warm ist das hier aber auch nicht.«

Leyna hob eine Augenbraue. »Damals im Gebirge schienst du keine Schwierigkeiten damit zu haben, ein Feuer zu entfachen.«

Kurz sah Urs sie irritiert an, dann schlug er fast schon verlegen die Hände übereinander. »Ähm, also, na ja ... also, das mach ich eigentlich nicht so gern.«

»Dann wirst du dich wohl mit dieser Temperatur begnügen müssen.«

Müde rieb sie sich über die Augen, ließ sich in der Mitte des Raumes auf dem Boden nieder und beschloss, die Zeit, in der sie auf Ronor wartete, sinnvoll zu nutzen. Also suchte sie nach der Magie des zwischen den Steinen wachsenden Mooses. An ihrer Kontrolle der Pflanzen hatte sie lang nicht mehr gearbeitet.

Urs ließ sich vor ihr auf dem Boden nieder, sah ihr zu und begann nach einer Weile, sie zu korrigieren. Das tat er nur, wenn weder Tarin noch Sivan in der Nähe waren. Sie war nicht sicher, warum, vermutete aber, dass er dachte, dass die beiden ihn unterschätzten. Sie hingegen hatte schnell bemerkt, dass er im Gegensatz zu vielen anderen einen viel lebendigeren, eigenwilligeren Zugang zur Magie hatte – was wohl nicht zuletzt daran lag, dass er von dieser Magie noch viel abhängiger war.

»Versuch nicht immer, alles so gezielt zu machen, Leyna. Das nervt doch nur«, murmelte er irgendwann. »Die Magie kommt zu dir. Wenn du sie kennst, musst du sie nicht suchen. Das geht von allein.«

»Das mag vielleicht bei dir so sein, aber ich kenne diese Magie noch nicht mein ganzes Leben lang«, antwortete sie.

Er lachte nur. »Jaja, ist schon klar. Aber sie gehört doch jetzt zu dir. Wenn sie sich dir nicht von selbst öffnet, liegt das nicht an deiner Kontrolle, sondern daran, dass es nicht sein soll.«

»Dass es nicht sein soll?«

»Aber klar! Ich find's sowieso komisch, dass du so viele verschiedene Stränge kontrollieren kannst. Die meisten finden viel weniger, aber wenn du irgendetwas verändern willst, dann kannst du das! Hast du noch nicht darüber nachgedacht?«

Sie runzelte die Stirn und schüttelte schließlich den Kopf.

»Na, dann würde ich mal schnell damit anfangen. Vielleicht wollen diese Pflanzen sich dir eigentlich nicht unterwerfen und vielleicht solltest du endlich mal mit der Magie anfangen, die dir von deiner tollen Göttin gegeben wurde. Nur dann wirst du wirklich stärker, oder? Also so viel ist dein Mal jetzt auch noch nicht gewachsen.«

Verwirrt ließ sie die Magie des Mooses los, das sich sofort in die dunklen Zwischenräume der Steine zurückzog.

War es das, was sie tat? Die Magie unterwerfen? Eine Magie, über die sie eigentlich nicht gebieten sollte?

Sie stand auf und griff nach ihrem Mantel.

»Hey, wo willst du denn hin?«

Sie trat hinaus unter den hellen Himmel. Es kam ihr viel kälter vor als noch am Morgen, der Wind war stärker geworden. Sofort suchte sie nach der Luft um sie herum, um sie daran zu hindern, durch ihre Kleider zu fahren – doch sie konnte es nicht.

Irritiert konzentrierte sie sich und versuchte es erneut, erfolglos. Gehorchte ihr jetzt schon die Luft nicht mehr?

Langsam trat sie einen Schritt zurück und öffnete die steinerne Tür.

»Oh, da bist du ja schon wieder.«

Sobald sie die Schwelle übertreten hatte, wirbelte die Luft um ihre Hand, begierig darauf, ihr zu gehorchen.

»Sag mal, was ...«

Sie schloss die Tür erneut.

Urs' Stimme verstummte, ebenso wie das leise Geräusch der wirbelnden Luft.

»Ich hoffe doch, dass man dich vorher darüber informiert hat, wo ihr hingehen werdet?«

Erschrocken fuhr sie herum. »Ronor, da … da seid Ihr ja«, stammelte sie.

Der alte Mann lachte. »Hat Sivan dir nicht mitgeteilt, dass ich dazu neige, etwas länger zu schlafen als andere?«

»Nein. Sivan spricht selten mit mir, wenn es nicht unbedingt notwendig ist.«

»So war er schon immer, mein Kind.« Sein weiter, brauner Mantel wehte ebenso im Wind wie ihre offenen Haare. »Mach dir nicht allzu viele Gedanken darum. Nun, Leyna, du wirkst etwas verwirrt«, stellte Ronor fest.

Bis sie bemerkte, dass er zu der hinter ihr zugefallenen Tür sah, wusste sie erst nicht, wovon er sprach.

»Ach ja, das …«, murmelte sie.

»Ich hoffe doch, dass man dich nicht einfach so zu mir geschickt hat, ohne dich über diesen Wald aufzuklären?«

»Nein, natürlich nicht. Ich habe darüber gelesen, über die Phandras und ihre Fähigkeiten.« Schon auf dem Weg hierher hatte sie immer wieder das Flimmern zwischen den Bäumen gesehen. »Aber seit gestern Abend habe ich nicht mehr daran gedacht. Um ehrlich zu sein, habe ich mir gerade zum ersten Mal die Frage gestellt, wie Sivan …« Sie deutete nur wortlos auf das Gebäude hinter ihr.

»Komm, meine Liebe. Gehen wir ein Stück.« Ohne auf eine Antwort zu warten, wandte Ronor sich nach links und ging scheinbar ziellos in den Wald hinein.

Leyna beeilte sich, ihm zu folgen.

»Ich möchte dir etwas zeigen. Aber zuvor muss ich dir wohl erklären, was heute in keinem Buch mehr steht – und das aus gutem Grund.« Als er sie kurz an der Schulter berührte, spürte sie, wie sich der Wind um sie herum beruhigte. Das Kältegefühl verschwand.

»Die Wesen, die diesem Wald seinen Namen geben, sollte wirklich niemand mit in sein Haus nehmen. Nein, nein, das würde wohl nicht gut enden. Und von Kindern sollte man sie wohl auch fernhalten …«

»Ihr wollt sagen, dass sie gefährlich sind.«

Ronor nickte. »Oh ja, das sind sie. Manchmal. Jetzt, in diesem

Moment, sind sie so friedlich wie du und ich, aber früher fürchteten die Menschen sie. Die Phandras haben nicht nur die Fähigkeit, die Magie um uns herum zu blockieren, Leyna. Nein, wenn sie aufgebracht sind oder wütend, dann bringen sie auch die Magie in dir zum Stillstand. Dummerweise sind diese Kleinen ziemlich schnell aufgebracht.«

Leyna stockte. »Die Phandras töten Menschen?«, fragte sie leise.

»In den letzten Jahren nur sehr selten«, antwortete Ronor mit einem Schmunzeln. »Was vermutlich daran liegt, dass sie nur noch hier leben und im Allgemeinen jeder Mensch einen Bogen um diesen Wald macht.«

»Aber warum weiß niemand von dieser Gefahr? Es könnte doch immer jemand hierher...«

»Das stimmt schon«, unterbrach er sie. »Aber einige der unglaublich ... schlauen und gebildeten Befehlshaber hielten es für sinnvoller, nicht mehr genau zu erzählen, warum sie gefährlich sind. Alle Menschen meiden diesen Wald, das ist es doch, was wichtig ist, oder nicht?« Er hob eine Augenbraue und lachte ob ihres Unverständnisses, das er wohl in ihrem Gesicht ablesen konnte. »Vielen ist es lieber, ein Problem zu umgehen, als es zu beseitigen, Leyna. Oder gar davor zu warnen, schließlich würde man sich ja selbst eine Blöße geben, oder nicht? Sich gegen die Phandras zu wehren, ist dank ihrer wunderbaren Fähigkeiten nahezu unmöglich. Sie können Gefühle spüren, und diese kann ein Mensch nicht verbergen.«

»Aber warum sollten sie jemanden töten, nur weil sie dessen Gefühle spüren?«

»Ich sagte doch schon, dass sie sehr leicht aufzubringen sind. Um es einfach zu sagen, alle negativen Gefühle bringen sie in Rage. Angst, Wut, Trauer und Rachedurst sind für sie unerträglich, machen sie rasend. Ein weiterer doofer und völlig unverständlicher Zufall ist wohl, dass nahezu jeder Mensch diese Gefühle mehr oder weniger stark in sich trägt.« Er schüttelte fast schon bedauernd den Kopf. »Die Phandras löschten jede Magie aus, die sie zu sehr mit diesen Gefühlen quälte. Als die Menschen davon erfuhren, löste das in ihnen aber nur noch mehr Angst aus, sodass sie sich noch mehr fürchteten – und so weiter, und so weiter. Ein nie endender Kreislauf, eine immer wachsende Gefahr.«

»Deshalb erzählte man nicht mehr davon«, schlussfolgerte Leyna, den Blick wieder zwischen die Bäume auf das leichte Flimmern gerichtet. »Und die Phandras wurden gejagt.«

»Allerdings, eine ganze Weile lang. Der Mensch braucht immer jemanden, den er jagen kann. Seien es Phandras, Ilkaron, Varnire oder Jhendroth … Es gab kaum ein Zeitalter, in dem nicht ein Teil dieses Landes nahezu vollkommen ausgelöscht wurde.«

Immer öfter nahm sie das Flackern um sich herum wahr, als ob es ihnen folgen würde. »Aber warum tun sie uns nichts? Ich … würde gern sagen können, dass ich keines dieser Gefühle in mir trage, aber so ist es nicht.« Und so würde es vielleicht nie wieder sein.

Ronor lachte. »Sagen wir einfach, sie haben sich an mich gewöhnt.«

Jetzt war es Leyna, die ungläubig eine Augenbraue hob.

»Tut mir leid, mit dieser Antwort musst du dich begnügen. Es wäre doch eine Schande, mich gleich so uninteressant zu machen und dir alles zu erzählen. Sie werden dir nichts tun, und bald …« Er hob eine Hand. Darin lag eine fingergroße, schmale Phiole mit einem Lederband daran. Bevor Leyna fragen konnte, öffnete er sie und hielt sie hoch.

Ihr stockte der Atem, als sie den flimmernden Punkt bemerkte, der auf sie zukam. Er wurde immer größer, doch erst als er direkt vor ihnen war, erkannte Leyna das Wesen darin. Sie erkannte die blasse blaue Haut, die unnatürlich langen Gliedmaßen und die geradezu winzigen, tiefliegenden Augen. Genau so hatte sie sich die Phandras vorgestellt. Und doch betrachtete sie erstaunt die langen schmalen Finger, die kleinen Ohren. Kurz hob sie die Hand, nahm sie aber sofort wieder herunter, als sich ein leicht taubes Gefühl in ihren Fingern ausbreitete.

»Aber, aber, das mächtige Gotteskind wird doch nicht etwa Angst bekommen?«

Als hätte der Phandra diese Worte verstanden, huschte der Blick seiner schwarzen Augen zu ihr und schien sie zu mustern.

Sie lächelte. »Nein. Angst habe ich nicht. Es ist ... eher faszinierend.«

Etwas wich aus dem Blick des Wesens. Er wurde weicher, leichter zu ertragen. Fast schon warm, angenehm. Es schien mit dieser Antwort zufrieden zu sein.

»Eine gute Antwort«, murmelte auch Ronor, während er das Gefäß etwas höher hielt.

Ohne den Blick von ihr zu nehmen, kam der Phandra näher, griff aber nicht nach der Flasche, sondern senkte den Kopf. Eine einzelne Träne fiel durch die Öffnung bis auf den Grund des Glases. Leyna sah kaum, wie Ronor es verschloss. Sie konnte nicht wegsehen, bis sie blinzelte. Vor ihr wurde der flimmernde Punkt immer kleiner.

»Es scheint fast, als würdest du mir Konkurrenz machen, meine Liebe.«

Sie brauchte einen Moment, bis sie ihn wieder ansehen konnte.

»Das hier«, setzte er an und deutete auf die Phiole in seiner Hand, »ist sein Geschenk an dich. Und Geschenke sollte man nicht verlieren.« Sie beugte sich vor, als er ihr das Band um den Hals legte. Das schmale Glas lag kühl auf ihrer Haut. »Die Anwesenheit der Phandras verhindert die Manipulation von Magie in diesem Wald. Ihre Tränen heben diese Wirkung auf«, erklärte er, »wenn sie freiwillig gegeben werden. Ihr Blut ist sogar noch mächtiger.«

Sofort streckte Leyna eine Hand aus. Die Luft folgte ihr augenblicklich und formte einen der ihr so vertrauten kleinen Wirbelstürme. »Danke«, murmelte sie.

»Keine Ursache. Ansonsten könnte ich dich ja wohl schlecht trainieren.« Damit wandte Ronor sich um und ging wieder in die Richtung, aus der sie gekommen waren.

Leyna blickte zurück und suchte nach dem Phandra, doch nicht das kleinste Flimmern war mehr zu sehen. Schließlich schüttelte sie den Kopf und folgte Ronor.

»Trainieren ist übrigens ein sehr gutes Stichwort«, stellte er nach nur wenigen Schritten fest. »Zeig mir doch auf dem Weg schon einmal, was du so kannst. Aidan hat dich doch sicher prächtig vorbereitet und im Laufen kannst du zumindest die Luft wunderbar kontrollieren. Die beherrschst du doch sicher am besten, als Kind des Ostens. Zeig mir etwas, ich habe so lange keine spannende Manipulation mehr gesehen.«

Sie zögerte.

»Nicht nachdenken, Leyna. Einfach tun. Ich weiß, dass du gut bist, aber ich erwarte natürlich überhaupt nichts.« Sein Lachen enthüllte die Lüge dieser Worte.

»Also gut. Nicht nachdenken«, wiederholte sie, atmete tief ein und entspannte sich. Ja, die Luft beherrschte sie, genoss das Gefühl der sie erfüllenden Kraft und der Leichtigkeit, als sie die Ströme um sich herum ihrem Willen unterwarf.

Langsam streckte sie einen Arm vor, ließ den kleinen Sturm wieder erscheinen und nur mit einem gezielten Gedanken immer größer werden, ohne stehen zu bleiben. Als er sie überragte, schubste sie ihn von der Hand und ließ ihn um sie und ihren neuen Lehrer herumwirbeln.

In nur einem Augenblick ließ sie zwei weitere Stürme entstehen, die die Kreise ihres Bruders in atemberaubendem Tempo nachzogen. Ihre Haare wehten ebenso wild wie Ronors Bart, den er mit einem Lachen festhielt.

Eine einzelne Bewegung genügte, um sie alle verpuffen zu lassen. Dafür erfasste Leyna die Luft über dem Boden unter ihnen und schleuderte sie mit dem Heben beider Arme in die Höhe. Die darauf liegenden Blätter folgten, verloren den auf ihnen liegenden Schnee, schwebten einen Moment wie regungslos über ihnen und fielen dann auf sie herab.

»Wunderbar, Leyna!«

Doch das genügte ihr noch nicht. Die Kontrolle nicht aufgebend begann sie, sich auf der Stelle zu drehen, immer schneller. Die Blätter folgten ihr, formten einen wirbelnden Wall um sie herum, der die Spitzen der Bäume weit überragte. Sie breitete die Arme weiter aus, spürte den Wind. Immer dichter wirbelten die Blätter um sie herum, bis sie nichts mehr sah außer dem bunten Farbspiel. Der Herbst mochte vorüber sein, doch seine Schönheit war noch nicht verloren.

»Das genügt!« Ronors Stimme drang auch über den Wind hinweg zu ihr durch, sie ließ die Arme sinken. Noch immer lächelnd sah sie nach oben in den wolkenverhangenen Himmel und wartete, bis auch das letzte Blatt langsam segelnd den Boden erreicht hatte.

»Du bist wahrlich ein Kind Caidras«, stellte ihr Begleiter fest. »Auf vielen alten Bildern ist sie genauso dargestellt, wie du gerade dort standest. Die Arme erhoben, umgeben von wirbelnden Blättern ... auch wenn diese meistens noch in voller Farbenpracht leuchteten und nicht schon so erfroren waren wie diese.«

Leyna nickte wehmütig. Jetzt, da sie wieder übereinanderlagen, wurde umso deutlicher, dass der größte Teil des sie umgebenden Blättermeeres braun war. Nur noch wenige Stellen von Rot, Gelb und Orange waren zu sehen.

»Es ist unglaublich, wie schnell die Magie deinem Ruf folgt. Aber ich werde dich nicht noch einmal mit Jarec vergleichen, das wurde sicher schon oft genug gemacht«, murmelte Ronor und lächelte dann. »Anscheinend habe ich meinem alten Freund Unrecht getan. Er konnte dir wohl doch etwas beibringen.«

Unsicher wiegte Leyna den Kopf hin und her und vermied es, wieder an Caidras mächtigstes Gotteskind zu denken. »Um ehrlich zu sein, die Luft habe ich schon vorher kontrolliert«, gestand sie dann. »Tarin hat mit mir geübt, auf dem Weg zum Widerstand. Mit Aidan habe ich daran nicht mehr viel getan.«

»So, so«, murmelte Ronor, Erleichterung und Belustigung auf den Zügen. »Das beruhigt mich ungemein. Der Priesterjunge hat dir also viel geholfen?«

»Er mag diesen Spitznamen überhaupt nicht, können wir bei Tarin bleiben?«

»Oh, aber natürlich. Entschuldige.«

Sie nahm es ihm nicht übel. »Sivan hat ihn so genannt, nicht wahr?«, fragte sie. »Gestern, in Euren Gedanken.«

Ein Seufzen erklang, das schon Antwort genug war.

»Was hat er Euch noch gesagt?«, fragte sie.

»Alles Wichtige, das auf eurer Reise und beim Widerstand geschehen ist. Ohne die schmutzigen Details«, fügte er hinzu und beachtete ihren irritierten Blick nicht. »Für die hatte er gar nicht die Zeit. Von Onamdra hat er erzählt und ich muss dir noch einmal gratulieren, solch eine Täuschung ist meines Wissens nach noch keinem Gotteskind nach so kurzer Zeit gelungen.«

In den letzten Wochen hatte sie sich immer die größte Mühe gegeben, nicht an diesen Tag zurückzudenken. »Seitdem habe ich es auch nicht mehr geschafft. Es war eine … besondere Situation.« Sie hoffte, dass er sich damit begnügen würde.

»Mach dir darüber keine Gedanken. In ein paar Wochen wird dir so etwas leichtfallen«, versicherte er und zwinkerte ihr zu. »Und damit das nicht nur ein leeres Versprechen bleibt, werden wir es uns jetzt bei einem Tee gemütlich machen und …«

»Leyna, da bist du ja wieder! Meine Güte, da wartet man 'ne halbe Ewigkeit und will nicht aufdringlich wirken und dann kommt sie einfach nicht mehr wieder! Hast mich einfach so stehen lassen! Einfach so! Weißt du, wie schwer so eine blöde Steintür ist?«

Schmunzelnd drehte sie sich zu der Stimme um. Da landete Urs auch schon auf ihrer Hand. »Entschuldige, Urs. Ich wollte dich doch nicht dazu bringen, in dieser Kälte herumzufliegen.«

»Ja, ja. Vergessen hast du mich, gib's zu«, maulte er und kuschelte sich in ihre Hand. »Können wir trotzdem wieder reingehen?«

»Aber natürlich.« Sie bemühte sich, ein Lachen zu vermeiden. »Wir müssen nur noch zurück zu …« Aber nein, das mussten sie nicht. Sie hatten die Höhle schon wieder erreicht.

Auch Ronors Schultern bebten, als er, um Schweigen bemüht, seine nicht sichtbare Tür öffnete und ihr winkte, ihm zu folgen.

»Uuh ja, hier ist's doch schon besser!« Sofort sprang Urs von ihrer Hand, flog zum Kamin und ließ sich auf den gewärmten Steinen nieder.

»Heute musste ich ja auch nicht stundenlang im Wald auf euch warten«, bemerkte Ronor lachend und hängte seinen Mantel an einen Haken an der Wand. Sie tat es ihm gleich.

»Setz dich, meine Liebe«, forderte er sie auf. »Deinen kleinen Freund hier muss man wohl nicht darum bitten. Ich habe dich gestern nur kurz gesehen, Urs. Es freut mich sehr, dich kennenzulernen.«

Der Varnir nickte ihm nur hastig zu, dann sah er wieder zum Feuer und reckte seine kleinen Hände den Flammen entgegen.

Unschlüssig sah sich Leyna um und entdeckte schließlich hinter der Tür einen Hocker, den sie neben den Sessel zog.

»Von wo kommst du, kleiner Freund?«, fragte Ronor weiter, während auch er zum Kamin trat, um einen schwarzen Kessel über dem Feuer aufzuhängen.

»Von ... von wo ich komme?« Urs verdrehte den kleinen Kopf so weit, dass er zu Ronor schauen konnte, während dieser sich an einem der Schränke zu schaffen machte.

»Das war meine Frage. Ich behaupte gern von mir, fast alle Verbliebenen deines Volkes zu kennen, aber dein Name ist mir bisher noch nicht begegnet.«

»Och, das kann schon sein, die meisten nennen mich nicht so.«

Leyna hob eine Augenbraue. »Ach. Wie denn dann?«

»Frag nicht. Ich hasse meinen richtigen Namen. Viel zu lang und kompliziert. Urs ist schon besser, also bleib einfach dabei.«

»Du hast meine Frage noch nicht beantwortet, kleiner Varnir.«

Urs zog die Stirn kraus.

»Ach, komm schon. Du weißt selbst, dass du auch für deine Art ein wenig klein geraten bist«, stellte Ronor fest.

Urs überging diesen Kommentar mit einem »Pff« und verschränkte die Arme vor der Brust. »Ich komme aus der Suras-Wüste, jetzt zufrieden?«

»Aus der Wüste, soso. Dort trifft man also noch auf deine Farbe? Ich dachte, der letzte rote Varnir wäre vor vielen Jahren ... sagen wir, entflogen?«

»Es gibt auch Varnire in anderen Farben?«, fragte Leyna überrascht.

»Aber natürlich. In allen, die du dir vorstellen kannst«, antwortete Ronor, ohne den Blick von Urs zu wenden. »Zumindest früher. Heute trifft man allerdings fast nur noch die Blauen. Das gesamte Volk vermag die Magie des Feuers zu beeinflussen, aber die Farbe sagt viel über die Eigenschaften der Varnire aus. Und vor ein paar – gut, ein paar mehr Jahren – waren Zurückhaltung und der Verteidigungswille wohl ihre nützlichsten Charakterzüge.«

»Also ist es wahr?«

Endlich sah Ronor wieder zu ihr. »Diesen … Krieg hat es wirklich gegeben?«

»Allerdings, meine Liebe. Es war wirklich keine schöne Zeit.«

»Keine schöne Zeit? Sag doch ruhig, was es war. Ein fieser, hinterhältiger Zusammenschluss von …«

»Ich glaube nicht, dass wir das jetzt weiter ausführen müssen, mein kleiner Freund.« Ronors Tonfall ließ keinen Zweifel daran, dass er eine Diskussion nicht dulden würde. Auch Urs schien das zu spüren und so schwieg er, durchbohrte ihn aber weiterhin mit einem dunklen Blick.

»Gut, Leyna …« Seufzend ließ sich ihr Lehrmeister in die hellen Kissen seines Sessels sinken. Augenblicklich schien er sich zu entspannen, das vorherige Thema war abgeschlossen.

»Fangen wir also mit dem Training an.«

»Training?« Sie sah sich zweifelnd um. »Hier?«

»Aber natürlich. Wo denn sonst?« Ronor lachte leise. »Du musst lernen, dich an deine Träume zu erinnern, erst dann werden deine Täuschungen perfekt werden. Das können wir hier im Warmen genauso gut machen wie draußen im Wald.«

Augenblicklich stahl sich ein Lächeln auf ihr Gesicht. Endlich. »Ihr könnt mir also wirklich helfen?«

Er hob eine Augenbraue, betrachtete sie eine Weile und lehnte sich dann zurück, um etwas aus einem der vielen völlig überfüllten Regale zu ziehen. »Das will ich doch meinen«, murmelte er.

»Na, sonst hätten wir ja den ganzen Weg auch umsonst …« Urs verstummte, als sie beide ihm einen eindeutigen Blick zuwarfen. Ronor legte ihr währenddessen ein in schlichtes, schwarzes Leder gebundenes Buch auf die Beine.

»Was ist das?«, fragte sie, während sie es schon neugierig aufschlagen wollte.

»Na, na, meine Liebe!« Er hielt sie zurück. »Dort drin stehen meine Träume der letzten … Ach, lass es zehn Jahre sein, viel mehr passt nie in eines dieser kleinen Dinger. Ich wäre dir wirklich sehr verbunden, wenn du nicht gleich alles lesen würdest.«

Sofort hob sie die Hände und sah ihn ungläubig an. »Ihr … schreibt Eure Träume auf? Warum?«

Mit einer auffordernden Geste brachte er sie dazu, ihm das Buch zurückzugeben. Schade, gern hätte sie etwas darin gelesen, auch wenn ... das wohl zu privat war.

»Jeder Mensch träumt in jeder Nacht, Leyna. Von dem, was er erlebt und schon wieder vergessen hat, was ihn beschäftigt, was ihn verfolgt, was er zu erleben wünscht. Er erinnert sich nur nicht daran. Warum, glaubst du, ist das so?« Er wartete gar nicht erst auf eine Antwort. »Er erinnert sich nicht, gerade weil er in einem Traum unmögliche Dinge erleben kann. Sein Geist kann diese Dinge nicht gut verarbeiten, deshalb werden die Träume gleich wieder vergessen – oder verdrängt. Indem man das aufschreibt, an das man sich erinnert, trainiert man diese Erinnerung. Dein Geist verliert sozusagen die Kontrolle darüber, sodass du bald immer mehr von deinen Träumen wissen wirst. Das ist der erste Schritt, Leyna.« Wieder griff er hinter sich und nahm ein zweites, deutlich kleineres Buch heraus. Der Einband war im Gegensatz zu dem ersten mit vielen feinen Linien verziert, die sie auf den zweiten Blick als Nachbildung ihres Mals erkannte. Ehrfürchtig strich sie darüber.

»Danke«, flüsterte sie und warf einen kurzen Blick zu ihrem Arm. Am Vorabend hatte das Mal ihren Unterarm erreicht. Wie weit es schon ihren Rücken hinunterreichte, wusste sie nicht.

Urs landete nun doch auf ihrem Bein und besah das Buch ebenfalls. »Und wie lang dauert das, bis sie sich ganz erinnert?«, fragte er und versuchte noch immer, mürrisch auszusehen.

»Oh, nicht lange. Menschen brauchen Jahre, um sich diese Erinnerungen anzutrainieren. Aber da es dir schon so leichtfällt, die Träume anderer zu sehen ... ein paar Tage vielleicht«, antwortete Ronor, bedachte den Varnir mit einem wohlwollenden Lächeln und wandte sich dann wieder an Leyna. »Weißt du, meine Liebe, der Unterschied zwischen dir und den Menschen ist, dass für dich viel weniger unmöglich ist. Dein Unterbewusstsein wird sich nicht so hartnäckig wehren wie ein menschliches. Ein großer Vorteil, nicht wahr?«

Sie nickte. »Also schreibe ich in den nächsten Tagen nur auf, woran ich mich erinnere?«

»Ja. Dadurch wird es dir leichter fallen, dir dieser Träume bewusst zu werden, sie zu kontrollieren. Außerdem ist das eine gute Möglichkeit, selbst über deine Träume und deine Entwicklung nachzudenken.«

Sie runzelte die Stirn und fuhr Urs mit einem Finger über den weichen Bauch, um ihn zum Schweigen zu bringen. Im Moment wollte sie nur Ronor zuhören. »Aber wie soll ich merken, dass ich träume?« Sie hatte zwar noch nicht viel Erfahrung, aber aus den Erzählungen der anderen schloss sie, dass sich diese immer erst am Morgen an das Geträumte erinnern konnten.

»Die Antwort ist einfach: In einem Traum gibt es keine Grenzen«, antwortete Ronor. »Und genau dies musst du hinterfragen. Du musst dich selbst fragen, ob es Sinn macht, was du gerade tust. Nein, in Wirklichkeit könntest du nicht durch eine Wand hindurchgehen oder dir einen dritten Arm wachsen lassen, im Traum hingegen schon. Du musst die Gewohnheit entwickeln, zu prüfen, ob alles, was du siehst, überhaupt möglich ist. So etwas wirst du träumend natürlich nicht von selbst tun, denn erst einmal erscheint es dir ja so, als würdest du tatsächlich erleben, was du träumst. Ab jetzt solltest du vor allem wenn du wach bist, also mehrmals am Tag, darüber nachdenken, ob es Sinn macht, was du gerade tust. Dann wirst du es nach einer Weile auch im Traum tun und dir so des Traumes bewusst werden. Dann kannst du ihn steuern.«

Er warf einen Blick zum Feuer, stand auf und hob den Kessel von der Halterung.

»Hey, Leyna, ich glaub, der Typ hat wirklich Ahnung«, raunte Urs.

Sie nickte und sah Ronor zu, wie er den Tee in zwei Becher goss.

»Ich weiß, dass das alles ein wenig seltsam klingt. Aber schon in ein paar Tagen wirst du sehen, dass es wirklich hilft.«

»Ich glaube Euch«, versicherte sie, während sie einen der dampfenden Becher entgegennahm. Sie erkannte den Geruch von Nachtpollen sofort. »Wenn Ihr Euch so oft an Eure Träume erinnern könnt, werdet Ihr schon recht haben.«

»Fast jeden Tag, meine Liebe«, berichtigte er lächelnd, »nicht nur oft.«

»Wie kamt Ihr darauf?« Neugierig beugte sie sich vor. »Wer hat Euch das alles beigebracht?«

Ronor lehnte sich zurück in die Kissen, drehte den Becher in der Hand und sah an ihr vorbei. Während er wohl über eine Antwort nachdachte, sah sie auf ihre Hand und fragte sich, ob sie wohl einen sechsten Finger neben den anderen erscheinen lassen könnte. Überraschenderweise war dem nicht so.

»Darüber sprechen wir vielleicht ein anderes Mal«, überging er ihre Frage. »Eine sehr gute Idee, das mit dem Finger. Könnte von mir stammen. Schließlich weiß man ja nie, was es in einem Traum gerade gibt. Deine Hand wird wohl fast immer da sein. Jedenfalls ... oh, entschuldige, meine Liebe.« Er warf einen Blick über die Schulter, stand auf und ging zu einem der vielen Schränke hinüber. Als er wieder zu ihr kam, trug er eine flache Schale in der Hand. »Du hast doch sicher Hunger.«

»Selbst im Winter wachsen hier noch Beeren?« Zögernd betrachtete Leyna die seltsam geformten violetten Früchte, die Ronor von den schmalen Zweigen zupfte.

»Ja, aber nur diese. Khora-Beeren. Früher hat man sich erzählt, dass Lyras sie Kyon gab, um auch ihm ein Zeichen für das blühende Leben zu schenken. Sie sind durchaus genießbar, und so lebe ich im Winter unfreiwilligerweise vegetarisch. Die Tiere verziehen sich bei Kälte in die reichhaltigeren Wälder.«

Urs flog zu Ronor und griff nach einer Beere, die viel zu groß für seine kleinen Hände war. Bildete sie es sich ein, oder waberte sie sogar ein wenig hin und her?

Den Varnir schien das nicht zu stören. Er biss hinein, kaute kurz darauf herum und nickte dann zufrieden. »Die sind gut!«, rief er und setzte sich auf den Rand der Schale.

»Bitte, bediene dich«, lachte Ronor und hielt auch Leyna die Schüssel hin, doch sie lehnte dankend ab.

Ihr Lehrmeister nickte wissend und griff wieder zu seinem Tee.

Auch Leyna nahm noch einen Schluck und genoss es, die Wärme ihre Kehle hinunterfließen zu spüren. »Kann ich denn in den nächsten Tagen noch etwas anderes tun, als nur zu prüfen, ob ich wirklich wach bin?«, fragte sie nachdenklich. »Kann ich mich irgendwie darauf vorbereiten? Ich habe nicht mehr so viel Zeit ...«

»Leyna, mach dir um die Zeit keine Gedanken. Du bist das stärkste Gotteskind, das es je gegeben hat. In den letzten Monaten hast du mehr gelernt als viele vor dir in ihrem ganzen Leben«, stellte Ronor fest.

Sie schluckte.

»Aber natürlich kannst du dich vorbereiten. Wir können weiter an deinen Illusionen arbeiten, wie du es bis jetzt getan hast. In deinen Träumen wirst du nichts anderes tun, aber dort wirst du schon einen ... gewissen Blick dafür haben, was du ändern musst, um etwas echt zu machen. Nach einer Weile, die bei dir wohl sehr kurz sein wird, wirst du diesen Blick auch haben, wenn du wach bist. Dann wird dir alles unglaublich leicht fallen.«

»Das glaube ich Euch, aber was kann ich bis dahin tun?«

Ronor lachte. »So ungeduldig, meine Liebe? Bis dahin gibt es eine Menge, was wir tun können. Du kannst schon einmal genau darüber nachdenken, was du alles schaffen willst. Du kannst dir genaue Vorstellungen davon machen, deinen Blick jetzt schon schärfen. Wenn du etwas schaffen willst, musst du jedes Detail vor dir sehen, wissen, wie es sich anfühlt, wie es ... ist. Und das können wir üben.«

Leyna ließ ihren Blick durch den Raum wandern und dachte darüber nach, wie gut sie sich die Dinge, die sie sah, vorstellen konnte. Bei vielen fiel es ihr leicht, bei anderen ...

»Aber wie soll ich so etwas üben? Mehr als genau hinsehen kann ich doch nicht tun.«

»Das stimmt. Und so leicht sich das auch anhört, Leyna, es wird dir helfen.« Sie runzelte die Stirn. »Oh, hör auf damit, Leyna, das gibt doch nur Falten. Denk nicht zu viel über das alles nach, es liegt dir im Blut! Wenn du dir jetzt das Haus vorstellst, in dem du aufgewachsen bist. Was siehst du dann?«

Sie konnte sich gerade noch davon abhalten, die Stirn zu runzeln. »Ich soll es genau beschreiben?«

Er nickte.

»Unser Haus ist aus Droma-Erz gebaut, wie alle in Alanya. Es glänzt im Sonnenlicht ... wie die Stadtmauer von Zaf'or.« Dieser

Stein war zwar nicht schwerer, dafür aber beständiger als Holz. Bei den typischen Stürmen, die im Gebirge herrschten, hatten die früheren Holzhütten nie sehr lang gestanden. »An die Tür hat … mein Bruder vor vielen Jahren ein paar Muster gemalt.«

»Und drinnen?«

»Den langen Flur, an der Seite die Küche, den Tisch …«

»Der Tisch. Welche Farbe hat er?«

»Er ist aus Holz. Ein … helles Holz.«

»Siehst du die Maserung des Holzes vor dir?«

Sie stockte. Dann schüttelte sie den Kopf. »Nein. Darauf habe ich nie geachtet.«

Ronor nickte. »Genau das ist der Punkt, Leyna. Würdest du diesen Tisch jetzt schaffen wollen, würden die Details fehlen. Und wenn vor dir ein Tisch ohne Maserung stehen würde, würdest du dich sofort fragen, ob etwas nicht stimmt.«

Urs wischte sich den dunklen Saft der Beeren vom Mund und nickte zustimmend. »Genau, Leyna! Niemand darf etwas merken.«

»Ein Meister der Täuschung den Sieg wird erringen«, zitierte Ronor gedankenverloren.

Sofort dachte auch Leyna an die Prophezeiung. *Ein baldiges Ende des Volkes Leid …*

Sie musste dieser Meister der Täuschung werden. Jedes Detail kennen. »Gut.« Sie nickte entschlossen. »In den nächsten Tagen werde ich mir jede Kleinigkeit genau ansehen.« Viel mehr konnte sie wohl erst einmal nicht tun, bis sie bewusst träumen konnte. Dabei erinnerte sie sich wieder daran, nach ihrem eventuellen sechsten Finger zu sehen.

»Das stimmt. Währenddessen werden wir erst einmal an deinen übrigen Manipulationen arbeiten«, stellte Ronor lächelnd fest. »Schließlich muss ich dich ein wenig für Aidans Vorgehensweisen entschädigen.«

Urs brach in schallendes Gelächter aus.

12

»Guten Morgen, Leyna!«

Sie nickte Tarin zu, setzte sich wortlos neben ihn an den kleinen Tisch in der Ecke der Küche und stützte resigniert den Kopf in die Hände.

»Ist alles in Ordnung?«, fragte Alessa, während sie ihr einen Teller mit Brot und einen dampfenden Becher hinstellte. Wie jeden Morgen half sie in der Küche, bereitete das Frühstück zu und zusammen mit Tajas Tochter das Mittagessen vor.

Leyna seufzte. »Nicht wirklich. Ich kann ...«

»Alessa, da sind neue Gäste!«, rief Ejina in die Küche und verschwand gleich wieder.

Sofort fuhr ihre Freundin herum und folgte ihr. Tajas älteste Tochter war zwar nicht ganz so herrisch wie ihre Mutter, konnte ihre Gehilfen aber ebenso gut herumscheuchen.

»Ich kann mich noch immer nicht erinnern«, führte Leyna ihren Satz zu Ende.

»Das wird schon noch«, versicherte Tarin. »Es sind doch erst zwei Tage.«

»Drei Nächte sind es, Tarin«, korrigierte sie. »Drei Nächte, in denen ich nicht geträumt habe. Das Buch ist noch vollkommen leer. Wir haben nicht so viel Zeit, ich muss endlich ...«

»Wenn du dich so unter Druck setzt, wird es auch nicht schneller gehen«, unterbrach er sie und schenkte ihr ein aufmunterndes Lächeln. »Mach dir nicht so viele Gedanken. So hast du immerhin noch mehr Zeit, um dich vorzubereiten.«

Sie antwortete nicht. Ja, in den letzten Tagen hatte sie gelernt, auf jedes Detail zu achten. Sie sah viel genauer hin und nutzte zum ersten Mal auch ihre verbesserte Sicht auf Dinge direkt vor ihr. Sie erkannte jeden kleinen Kristall einer Schneeflocke, jedes winzige Loch einer Holzplanke, jede Kerbe im Stamm eines Baumes. Sie sah das Farbspiel der verschiedenen Hellblau- und Grautöne in Alessas Augen, die unterschiedlichen Tönungen jeder Strähne von Tarins länger gewordenem Haar.

Nachdem sie vorgestern mit Ronor zusammen an ihren Illusionen gearbeitet hatte – ihr Lehrer war begeistert gewesen, dass sie ihr Mal selbst hatte verbergen können –, hatte er ihr am Vortag aufgetragen, genau diese kleinen Dinge zu zeichnen. Woher er die vielen Pergamentrollen hatte, hatte sie nicht gefragt, sondern war nur froh gewesen, etwas anderes tun zu können als nur hinzusehen. Auch wenn sie sich inzwischen daran gewöhnt hatte und gar nicht fassen konnte, wie viele schöne Dinge ihr zuvor entgangen waren. Bis es dunkel wurde hatte sie mit ihrem Lehrer zusammen draußen im Schnee gesessen und alles Mögliche zu Papier gebracht. Auch wenn sie noch nie eine begnadete Zeichnerin gewesen war, war es ihr leichtgefallen, die so deutlichen Bilder aus ihren Gedanken auf eine so einfache Art und Weise darzustellen. Anschließend hatte sie sich noch die Bücher in Ronors Hütte angesehen und er hatte ihr einige weitere Runen gezeigt, die laut seiner Ausführungen die schriftliche Form einer unglaublich alten Sprache waren, die seinem Volk früher den Zugang zur Magie erleichtert hatte, wie es die Runen heute noch taten. Jedes magiestarke Wesen war dazu in der Lage, sie zu verstehen. So hatten die Gestaltwandler sich auch in ihrer tierischen Gestalt verständigen können. Heute sprach kaum noch jemand diese Sprache. Einzig die Gestaltwandler nutzten sie nach wie vor, um besonders mächtige Stränge der Magie zu kontrollieren. So war es Sivan im Tempel der Herbstgöttin gelungen, durch ihre Augen zu sehen, um ihr das Rätsel zu übersetzen.

Dann war sie gegangen, wieder etwas früher als am Vortag. Er schickte sie mit jedem Tag einige Minuten früher ins Dorf zurück und hatte sie auch angewiesen, stets etwas später zu kommen. Ihre Frage nach den Gründen dafür hatte er auf einen späteren Zeitpunkt verschoben.

»Der Tag gestern hat doch sicher eine Menge gebracht«, fügte Tarin hinzu.

Es ärgerte ihn ein wenig, dass er nicht bei ihrem Training dabei sein konnte und sich nur auf ihre Erzählungen am Abend verlassen musste. Doch Hijara, der er täglich nach dem Frühstück zur Hand ging, wollte ihn inzwischen kaum noch gehen lassen. Sie war begeistert davon, wie viel er von der Wirkung verschiedenster Pflanzen verstand. Abgesehen davon hatte Taja darauf bestanden, dass zumindest Alessa und Tarin dafür arbeiten sollten, dass sie alle hierbleiben durften – wobei *sie alle* eher *sie drei* waren. Sivan hatte keine einzige Nacht im Wirtshaus verbracht.

»Ja, natürlich«, bestätigte sie etwas zu spät. »Trotzdem habe ich … das Gefühl, es ist nicht genug.«

»Du kannst im Moment nicht mehr tun, Leyna.«

Das wusste sie. Genau das war das Schlimme.

Alessa erschien wieder in der Küche und griff hektisch nach zwei Tellern. Zumindest den letzten Teil ihres Gespräches schien sie gehört zu haben. »Wie wäre es, wenn du die Chance nutzt, um etwas anderes zu üben? Die Sonne ist noch nicht aufgegangen, Urs schläft noch immer.«

Leyna lachte leise und war froh, dass sie sie nicht darauf ansprachen, was sie gerade getan hatte. »Seine Träume waren nicht besonders spannend. Weder gestern Abend, noch heute Morgen«, antwortete sie leichthin.

»Du hast seine Träume schon gesehen?« Überrascht drehte Alessa sich zu ihr um, nur um kurz darauf wieder an die Bestellungen zu denken und nach dem Käse zu greifen.

»Ja. Schon bevor wir den Palast erreicht haben, hat er es mir erlaubt, und es hilft wirklich. Seine Träume sind … sagen wir, recht einfach. Sie zu lesen fällt mir leicht.«

»Aber das ist doch schon wunderbar! Ich wusste gar nicht, dass er damit einverstanden ist.« Sie griff nach dem Brot und schnitt einige Scheiben ab.

Leyna hätte nie gedacht, dass die Menschen in Zaf'or sogar zum Frühstück in das Wirtshaus kommen würden, doch als sie Taja darauf angesprochen hatte, hatte diese nur gelacht. Ihr Haus war zu jeder Tageszeit voll, weil sie die Dinge nicht viel teurer verkaufte, als sie ohnehin waren. Sie verdiente vor allem am Mittagessen und an den seltsamen Getränkekreationen, die ein alter Freund ihrer ältesten Tochter vor vielen Jahren auf ihre Karte gebracht hatte. Ansonsten war es ihr nur wichtig, die Leute zusammenzubringen.

»Oh, doch. Urs tut, wie wir alle, was in seiner Macht steht, um Leyna zu helfen«, stellte Tarin mit einem Lachen fest.

Leyna ließ es nun doch noch einmal zu, dass der Traum des kleinen noch in Tarins Kammer liegenden Varnirs sich ihr öffnete. Schon sah sie ihn vor sich, wie er durch einen sommergrünen Wald flog, die Vögel ärgerte und sich zwischen den Blättern versteckte. Sie musste nicht einmal mehr die Augen schließen, um diese Bilder zu sehen. Kurz sah sie auf ihre Hand – kein weiterer Finger erschien.

»Guten Morgen!« Einem Wirbelwind gleich kam die kleine Naru in die Küche gestürmt. Sofort lief Tajas Tochter zum Tisch und lachte erst Tarin, dann Leyna an. »Hier, für dich!«

Verblüfft nahm Leyna das kleine Stück Pergament, das das junge Mädchen zu ihr schob. Die verblüffend realistische Zeichnung zeigte ein ihr unbekanntes Tier.

»Das hast du gezeichnet?«, fragte Leyna etwas überrumpelt.

Naru nickte begeistert. »Gefällt es dir?«

»Ja ... ja, es ist wunderschön.« Sie wusste nicht, was es war, aber etwas an diesem Bild ... berührte sie tief in ihrem Inneren.

»Lass mich auch mal sehen, Leyna. Was ist ...«

»Nein, gib's ihm nicht!« Sofort schnappte Naru nach dem Pergament und presste es kopfschüttelnd an ihre Brust. »Das darfst du nicht sehen! Das ist unser Geheimnis!«

»Wie bitte? Ihr habt Geheimnisse vor mir? Das ist aber nicht nett!« Scheinbar vollkommen entrüstet verschränkte Tarin die Arme vor der Brust. Goldig.

»Ja, das dürfen nur Mädchen sehen. Du bist kein Mädchen.«

»Das ist allerdings richtig. In Ordnung, wenn du es so willst, werde ich nicht hinsehen.«

»Nein, jetzt mag ich nicht mehr.« Naru streckte ihm die Zunge heraus und grinste Leyna dann wieder an. »Sag ihm nichts!«

Sie nickte fahrig und starrte auf die Rückseite des Kunstwerkes, das die Kleine an ihre Brust drückte.

»Wo ist Urs? Ich will mit ihm spielen!«

»Er schläft noch.«

»Ehrlich? Aber es ist doch fast schon hell! Ich will unbedingt mit ihm …«

»Na, was ihr so vorhabt, wollen wir gar nicht wissen«, unterbrach Tarin sie und lachte.

Naru grinste schelmisch. »Ja, das ist vielleicht besser, dann könnt ihr Mama nichts sagen. Bis später!«

Und damit verschwand sie wieder.

Tarin fuhr sich durchs Haar und sah ihr nach. »Unfassbar, diese Kleine. Ich glaube, Taja wird … na, lassen wir das.« Er sah wieder zu ihr. »Mal etwas anderes, Leyna. Wie läuft denn dein Training mit Sivan? Ihr kämpft doch noch, bevor du zu Ronor gehst?«

Sie schüttelte das seltsame in ihr aufgekommene Gefühl ab, verzichtete auf eine Antwort und hob nur eine Augenbraue.

Tarin nickte. »Ah. *So* also«, stellte er fest und schob seinen leeren Becher in die Mitte des Tisches.

Leyna nahm einen Schluck von ihrem dampfenden Tee. »Wir trainieren jeden Mittag, oben im Wald. Aber er spricht kaum mit mir.« Dass ihr das inzwischen sogar recht war, musste er nicht wissen.

»Aber ihr seid doch immer so lang zusammen«, stellte Tarin fest. »Da muss er doch irgendetwas sagen.«

»Oh ja«, bestätigte sie. »Dinge wie *Halt die Spannung*, oder *Dreh dich schneller*. Das sind tolle Unterhaltungen.«

Tarin lachte kurz auf und schüttelte den Kopf. »Was ist nur mit ihm los? Wir sehen ihn kaum noch. Er holt dich nur ab und bringt dich her, dann verschwindet er wieder. Wo er wohl schläft?«

Sie hob die Schultern, darüber machte sie sich keine Gedanken. Er war ein Nahdrin und konnte überall schlafen.

»Guten Morgen, Leyna!« Nun kam Taja herein und setzte sich zu ihnen an den Tisch, der neben ihr auf einmal viel kleiner wirkte. »Du hast nicht zufällig meine Jüngste gesehen?«

»Nein, tut mir leid.«

»Das habe ich mir schon gedacht. Na ja, sie wird schon wieder auftauchen. Hast du denn gut geschlafen?«

»Sehr gut, wie immer«, log sie und lächelte.

»Wunderbar. Ich hab nicht viel Zeit, also gleich das Wichtige: Ich brauche dich heute nicht und Ronor hat mich gebeten, dich etwas früher zu ihm gehen zu lassen.« Allmählich fragte sie sich, wie genau Ronor ihr diese Nachrichten zukommen ließ.

»Du sollst das neue Pergament mitnehmen, es steht hinten bei der Treppe. Alessa wird dir helfen.«

Als hätte sie ihren Namen gehört, kam Alessa in die Küche und stellte einige leere Teller in die Spüle. »Ich soll ihr wobei helfen?«

»Leyna soll heute neues Pergament und auch einige andere Dinge zu Ronor mitnehmen. Du wirst ihr beim Tragen helfen.« Ein Leuchten trat in Alessas Augen – die Aussicht auf einen vergleichsweise freien Mittag schien ihr verlockend. »Aber gern!«

»Alessa, neue Bestellungen!«

Schon verschwand sie wieder.

»Du kannst ihr noch ein bisschen zur Hand gehen, Leyna. Wenn das Frühstück abgeräumt ist, könnt ihr gehen.«

»Du bist dir doch sicher, dass du den Weg findest?«

»Ja, Alessa. Ich spüre seine Hütte schon von hier aus.« Beruhigt folgte ihre Freundin ihr in den Schatten der Bäume. Es schneite wieder, die weißen Flocken erschwerten die Sicht. Doch Leyna störte das nicht. Ihre anderen Sinne zeigten ihr den Weg.

»Warum hat Sivan dich heute eigentlich nicht abgeholt?«

Sie hob die Schultern. »Vielleicht wusste er nicht, dass wir heute früher gehen.« Sie glaubte es selbst nicht.

»Ach was, der hatte doch bestimmt nur keine Lust!«, warf Urs ein, der es sich nicht hatte nehmen lassen, sie zu begleiten.

Mit einem Ächzen rückte Alessa den schweren Rucksack auf ihrem Rücken zurecht. »Er hätte ruhig beim Tragen helfen können«, stellte sie fest.

Urs und Leyna stimmten ihr zu. Taja hatte ihre Taschen nicht nur mit Pergament, sondern auch mit allen möglichen Lebensmitteln gefüllt. Schließlich sollte Ronor sich nicht ausschließlich von Koras-Beeren ernähren müssen.

Nicht viele Bewohner des Dorfes wussten von dem alten Gestaltwandler, der sich im Phandras-Wald niedergelassen hatte. Und auch die, die es wussten, schienen jedes Gespräch über ihn zu vermeiden – es wurde so oder so augenblicklich still, sobald man auf den mysteriösen und gefährlichen Wald zu sprechen kam. Nur Taja schien damit kein Problem zu haben.

Endlich erreichten sie die Höhle und flüchteten ins Warme. Leyna war noch immer nicht sicher, warum stets ein Feuer im Kamin brannte, wenn sie hier ankam.

Sie stellten die vollen Rucksäcke neben die Tür, Urs schüttelte sich den Schnee vom Fell und flog gleich zu den warmen Flammen.

»Bei den Göttern, tut dein Rücken nicht weh?«, fragte Alessa und beugte und streckte sich.

Leyna schüttelte den Kopf. »Ich bin in den letzten Wochen so oft auf den Rücken gefallen, dass ich fast gar nichts mehr spüre.«

Alessa lachte. »Vielleicht sollte ich auch mal mit Sivan trainieren und mich abhärten lassen. Ich brauche wirklich …« Sie stockte kurz, als wäre ihr ein plötzlicher Gedanke gekommen. »Sag mal, Leyna, was machen wir jetzt?«

»Ich weiß es nicht«, antwortete sie. »Wenn Sivan und ich fertig sind, warte ich immer hier, bis Ronor herüberkommt.«

In Alessas Augen blitzte es. »Was hältst du davon, wenn wir … bis dahin selbst ein bisschen trainieren?«

Leyna hob eine Augenbraue. »Du willst mit mir kämpfen?«

»Nun ja, Sivan ist nicht hier und es wäre wohl auch nicht schlecht, wenn du einmal gegen jemand anderen kämpfst, oder nicht? Sivans Taktiken kennst du bestimmt schon auswendig.«

»All seine Taktiken zu kennen, ist wohl unmöglich«, sagte sie leise.

»Ach, komm schon, Leyna. Ich bin bestimmt schon total aus der Übung. Seit wir unterwegs sind, habe ich nicht mehr trainieren können! Das mit den Mädchen zählt nicht.«

»Ich dachte, es macht dir Spaß, den Kleinen den Umgang mit dem Dolch beizubringen?«

»Ja, natürlich. Aber das ist nicht dasselbe. Ich bin nicht wie Tarin, ich brauche das Training!« Geradezu euphorisch lief sie durch den Raum auf das Zimmer zu, in dem sie in der ersten Nacht geschlafen hatte. Kurz darauf kam sie mit ihrer Peitsche zurück.

»Na, mach schon, Leyna, du kannst doch jede Übung gebrauchen«, stimmte auch Urs Alessa zu. »Ich wärm' mich noch auf und komm dann zum Anfeuern!«

»Also gut«, gab Leyna nach und griff ebenfalls nach ihren Waffen, die noch auf dem Tisch lagen, wo sie sie am Vortag zurückgelassen hatte.

Alessa stieß einen begeisterten Laut aus und hielt ihr die Tür auf. Sie gingen zu der kleinen Lichtung, auf der Leyna auch immer mit Sivan trainierte, und legten dort ihre Mäntel ab.

Leyna ging weiter bis zum anderen Ende der Lichtung und verspürte jetzt ebenfalls Vorfreude. Seit sie Alessa zum ersten Mal beim Training zugesehen hatte, hatte sie sich gewünscht, irgendwann gegen sie zu kämpfen. Sie hatte sich so elegant und zielgerichtet bewegt und ...

Als sie sich zu ihrer Freundin umdrehte, ließ ein lauter Knall sie zusammenfahren.

»Dann fangen wir mal an!« Alessas Stimme ließ keinen Zweifel daran, dass sie sich auf das freute, was jetzt kommen würde.

Ihr Atem stieg in kleinen, weißen Wölkchen vor ihrem Mund auf. Sie trug nur noch die dunkle Hose aus weichem Leder, das helle, gewebte Oberteil, einen Gürtel um die Hüfte – und ein siegesgewisses Lächeln im Gesicht.

Auf einmal war Leyna nicht mehr sicher, ob das hier eine wirklich gute Idee war.

»Gut, aber sei bitte etwas ... vorsichtig?«

Alessa lachte laut. »Aber natürlich.« Leynas deutlicher Zweifel ließ Alessa nur noch glücklicher grinsen.

»Und bist du sicher, dass es eine gute Idee ist, wenn ich meine Schwerter benutze? Könnte ich deine Peitsche nicht zer schneiden?«

»Nein, sicher nicht. Sie ist mit demselben Erz verstärkt, aus dem Nelay deine Schwerter gemacht hat.«

Leyna betrachtete das lange Ende der Peitsche. Die Lederschnur war am Griff etwa zwei und eine Manneslänge weiter unten nur einen Finger breit – und sie wusste noch ganz genau, was sich an diesem Ende befand. »Bitte versprich mir, dass du wirklich aufpasst … Von diesen Widerhaken möchte ich ungern getroffen werden.«

»Ach, Leyna, ohne ein kleines Risiko wäre es doch langweilig«, tat Alessa diesen Einwand ab.

Bevor sie noch etwas sagen konnte, vollführte Alessas Handgelenk einen kleinen Schwung und sie trat einen weiteren Schritt vor.

Nur dank ihrer verbesserten Sinne sah Leyna das Ende auf sich zurasen, erkannte die feinen, ineinander geflochtenen Riemen, die in wellenartigen Bewegungen auf sie zukamen, bis zu ihrem Hals.

Im letzten Moment überwand sie ihre Überraschung und ließ sich nach hinten fallen. In einer fließenden Bewegung kam sie wieder auf die Beine und konnte gerade noch hochspringen, als die Peitsche nun direkt über den Boden schlug. Wieder ertönte ein lauter Knall und dann ein weiterer, als Alessa sie direkt neben sich auf den Boden schlagen ließ. Sofort hing die ihr eben noch so nah gekommene Schnur vollkommen ruhig auf den Boden herab.

Fassungslos sah Leyna zu ihrer Freundin. Bei ihrem Training im Palast hatte Alessa nur langsame Bewegungsabläufe ausgeführt, nie waren die Lederriemen auf ein solches Tempo gekommen.

»Ein bisschen ernsthaftes Training kann anscheinend auch nicht schaden«, stellte die Lichtlenkerin mit einem Lachen fest, während sie den Arm über den Kopf hob und die Peitsche kreisen ließ. »Möchtest du mich etwa nicht angreifen?«

Endlich fand Leyna ihre Sprache wieder. »Dieser Kampf ist vorbei, sobald einer von uns entwaffnet ist oder aufgibt«, forderte sie.

Alessa nickte mit einem Grinsen. »Ich kann mir jetzt schon denken, wer das sein wird.« Sie senkte den Arm in einem leichten Bogen bis zu ihrem Bauch, ließ die Peitsche ihrer Drehung folgen und sie nach vorn schnellen.

Leyna sprang zur Seite und nutzte den kurzen Moment, den Alessa brauchte, um ihre Waffe mit einer Gegenbewegung zurückzuziehen, um vorzuspringen. Das Zischen, mit dem das Leder die Luft hinter ihr zerschnitt, ging ihr durch und durch.

Doch bevor sie ihre Gegnerin erreichen konnte, drehte diese sich erneut, sodass die Peitsche in unglaublichem Tempo genau durch ihre Laufbahn fuhr. Es war zu spät, um auszuweichen, also duckte sich Leyna und hob ihr Schwert schräg über den Kopf.

Entgegen ihrer Erwartung wurde die Peitsche nicht zerschnitten, sondern glitt nur an der Klinge ab und kam hinter Alessa mit einem Knall auf dem Boden auf.

Sofort brachte diese sie wieder in die Luft und ließ sie dann nur eine Handbreit neben Leyna auf den Boden knallen, sodass sie die Erschütterung spüren konnte.

Allmählich wurde ihr klar, dass sie nur schwer eine Möglichkeit dazu finden würde, Alessa mit ihrem Schwert anzugreifen. Ihre eigene Reichweite war viel kleiner als die ihrer Freundin, sie würde sie treffen, sobald sie auch nur zwei Schritte vor ihr stand. Sie musste schnell sein, darauf warten, dass sie ihr eine Lücke bot.

Die Peitsche kreiste nun schräg über Alessas blondem Haar und erzeugte bei jedem leichten Bodenkontakt ein durchdringendes Zischen.

Leyna wartete, bis das Ende gerade ihre Kopfhöhe überschritten hatte. Dann sprang sie nach vorn, sah das Leder schon wieder neben sich, ließ sich zu Boden fallen und stieß ihre Klinge vor. Keuchend wich Alessa zurück, um dem Stich gegen ihr Bein zu entgehen. Einen Augenblick später war Leyna wieder auf den Füßen und genoss den Ausdruck der Überraschung auf Alessas Gesicht.

»Wir werden noch sehen, wer hier aufgeben wird«, rief sie und lächelte. Sie war nicht so unterlegen, wie ihre Freundin gedacht hatte.

Doch um wirklich zu triumphieren, fehlte ihr die Zeit. Alessa erwiderte zwar ihr Lächeln, hob dabei aber schon wieder den Arm zur Seite und ließ die Peitsche kreisen. Dann kreuzte sie die Arme, öffnete sie wieder und kreuzte sie, sodass die Peitsche einer Acht gleich um ihre Seiten wirbelte.

Leyna wich zurück, als sie so auf sie zukam, und versuchte, zur Seite auszuweichen, doch Alessa musste ihre Bewegung nur minimal verändern, um sie dennoch treffen zu können.

Erst als sie das Ende der freien Fläche erreichten und die Bäume um sie wieder dichter standen, war Alessa gezwungen, die Kreise zu verkleinern. Aus den Augenwinkeln sah Leyna zwei sehr nah beieinanderstehende Bäume und stellte sich schnell dazwischen.

»Sieht fast so aus, als wären Schwerter manchmal doch praktischer«, rief sie lachend, während Alessa die Arme wieder sinken ließ.

»Das hättest du wohl gern.« Damit legte sie beide Hände um den Griff, hob ihn über den Kopf und brachte die Peitsche mit einer schwungvollen Bewegung nach vorn. Als das Ende genau zwischen die beiden Bäume traf, war Leyna schon zur Seite gesprungen und lief auf ihre Gegnerin zu. Da diese hier nur gerade Schläge führen konnte, lief Leyna immer weiter, wich erst nach rechts, dann nach links aus und hob wieder das Schwert, um die Peitsche abzuwehren. Diesmal hatte sie ihre Klinge allerdings nicht so schräg gehalten wie zuvor. Ein lauter Knall ertönte, als dunkles Leder auf helles Erz traf und das Ende der Peitsche sich ein kleines Stück vor ihrer kurzen, gedrehten Parierstange um die Klinge wickelte.

Ihre Freundin zog kräftig an ihrer Waffe, um das Schwert mit sich zu reißen. Leyna hingegen hob sofort die zweite Hand und umschloss seinen Griff, so fest sie konnte. Dann zwang sie die Klinge herab, bis sie gerade auf Alessa zeigte. Die Peitsche löste sich und schoss zurück, auf ihre Besitzerin zu.

Beide atmeten schwer und sahen sich in die Augen.

»Hey, ihr beiden, das sieht mir aber nicht nur nach Training aus! Ihr schlagt euch doch gleich die Köpfe ein!«

Keine von ihnen brach den Blickkontakt ab, um zu Urs zu sehen, der sich einige Schritte entfernt auf einem umgestürzten Baumstamm niederließ.

Alessa hob den Arm, Leyna sprang im selben Moment vor, kam ihr immer näher. Bald würde sie diesen Kampf beenden können.

Alessa drehte sich, brachte die Peitsche über ihrem Kopf zum

Wirbeln. Wieder ein Wimpernschlag, wieder ein halber Schritt zu ihr.

Der Knall entstand nur einen Fingerbreit von ihrem Fuß entfernt, den sie gerade noch zu dem anderen hatte ziehen können. Nur noch ein Schritt.

»Ja, so gefällt mir das! Endlich mal Unterhaltung in diesem blöden Wald …«

Zum ersten Mal drehte auch sie sich, sprang gleichzeitig ab, nahm den Schwung aus der Bewegung und stieß die Klinge auf Alessas Handgelenk, um ihr die Waffe aus der Hand zu schlagen. Als sie wieder aufkam, lag die Peitsche aber nicht auf dem Boden, sondern hatte sich erneut um ihre Klinge gewickelt.

»So leicht mache ich es dir nicht, ich …« Alessa lachte, brach dann aber ab.

Sie drehten beide den Kopf in einem Sekundenbruchteil nach rechts, sahen den Dolch kommen, konnten aber nicht mehr reagieren.

Mit einem zischenden Geräusch überwand er das letzte Stück zu ihnen. Leyna sah ihn unglaublich langsam näherkommen und erkannte ihn sofort. Erkannte die schwarze Klinge und das rötliche Holz des Griffes, mit dem sie damals im Tempel die Scheibe eingeschlagen hatte. Der Edelstein war durchscheinend weiß, als ob er gar nicht dort wäre. Damals im Tempel hatte sie all die vielen Details, die kleinen Unebenheiten des Holzes, die winzigen, weißen Perlen, die den Stein umgaben, gar nicht wahrgenommen. Atemlos starrte sie auf die so wunderschöne Waffe. So wunderschön und … treffsicher.

Sie prallte genauso zurück wie Alessa, als der Dolch mit unglaublicher Präzision auf das Zentrum ihres Schwertes traf. Allein von der Kraft des Aufpralls wurde ihr die Klinge ebenso aus den Händen gerissen wie die Peitsche aus denen ihrer Freundin – Gegnerin.

Vollkommen perplex sahen sie auf ihre auf dem Boden liegenden Waffen.

»Es reicht.«

Sie fuhren herum, sahen dem wie aus dem Nichts neben Urs erschienenen Sivan entgegen.

»Was sollte das denn?«, fuhr Alessa ihn sofort an und deutete wütend zu ihrer Peitsche. »Wie kommst du dazu, unser Training zu stören? Wir waren gerade ...«

»Ihr wart gerade dabei, die Kontrolle zu verlieren.«

Leyna schluckte.

»Das ist doch Unsinn!«, rief Alessa, ging in die Knie und befestigte die Peitsche wieder in der Halterung an ihrem Gürtel.

Leyna tat es ihr gleich, griff nach ihrem Schwert und ließ es langsam in die Halterung auf ihrem Rücken gleiten.

»Ist es das?«, entgegnete Sivan ruhig und hob eine Augenbraue.

»Also ich finde schon, das war doch wirklich ...« Urs verstummte, als Sivan ihm einen kalten Blick zuwarf.

»Sag mir, Alessa, wenn Leyna deinen nächsten Schlag nicht abgewehrt hätte. Wie, meinst du, hätte ihre Verletzung ausgesehen?«

Alessa funkelte ihn an. »Ich hätte nicht zugeschlagen, wenn ich nicht sicher gewesen wäre, dass sie sich wehren kann! Sie sieht so viel besser als alle anderen, sie hat alles abwehren können!«

»Aus dieser Nähe wohl kaum. Du hättest sie ernsthaft verletzen können.«

Nun fand auch Leyna endlich ihre Stimme wieder. »So wenig traust du mir also zu?« Sie straffte sich. »Dass ich nicht einschätzen kann, wie nah ich an sie herankommen kann?«

»Das habe ich nicht gesagt.«

Sie lachte leise, würde sich nicht mehr von ihm bevormunden lassen. »Doch, genau das hast du.« Er konnte nicht einfach entscheiden, was sie zu tun und zu lassen hatte. Sie sah zu Alessa und las Zustimmung in ihrem Blick. »Wir haben gemeinsam trainiert und wussten, worauf wir uns einlassen. Ich hätte sie gleich entwaffnet und ...«

»Nein, hättest du nicht.«

»... dann hätten wir aufgehört. Es war nur Training, endlich einmal ein ernsthaftes Training, bei dem sich keiner von uns zurückgenommen hat!« Sie stockte – und bereute ihre Worte noch, bevor sie das letzte ausgesprochen hatte. Jetzt ruhte Sivans Blick mit der erhobenen Augenbraue auf ihr, durchbohrte sie.

»Sie hat recht!«, pflichtete Alessa ihr bei und stellte sich neben sie, als Sivan schwieg. »So wird sie immerhin auf einen richtigen Kampf vorbereitet.«

Sivan wandte den Blick nicht von Leyna. »So. Du glaubst also, dass dich dieses Training besser auf einen Kampf vorbereitet?«

Seine Stimme war leise, beängstigend ruhig. Sie kam nicht dazu, etwas zu erwidern. Ein leises metallisches Sirren ertönte, als er die Hände hinter dem Rücken hervorzog.

»Zieh deine Schwerter«, forderte er dumpf. »Und du, geh aus dem Weg.«

Alessa war anzusehen, dass sie nichts lieber getan hätte, als zu bleiben, doch Sivans ernste Miene ließ sie zurückweichen.

Leyna atmete tief ein und blieb stehen, dennoch beunruhigte sie dieser Blick. »Sivan, ich weiß nicht ...«

»Du willst wirklich kämpfen, dann kämpfe!« Wut schwang in seiner Stimme mit.

Zögernd griff sie hinter ihren Rücken, umschloss beide Griffe und zog sie hervor. Das rote Lederband, das den Griff der rechten Klinge umschloss, war noch warm. Das der linken eiskalt. Noch nie hatte sie mit beiden zugleich gekämpft, Sivan hatte immer gefordert, dass sie erst mit nur einer Klinge umzugehen lernte.

Unsicher hielt sie beide Schwerter einfach nur vor sich und sah ihm entgegen. Drei Schritte vor ihr blieb er stehen und funkelte sie an.

»Sivan, ich habe noch nie mit zwei Schwertern gekämpft.« Unbeeindruckt nahm er seine Grundposition ein. Ronors Schwert glänzte lange nicht so hell in der Sonne wie sein eigenes.

»Wenn du später *richtig* kämpfst, willst du doch auch beide benutzen!«

Leyna wich zurück, suchte fieberhaft nach den Worten, die ihn beruhigen würden – doch da war er auch schon bei ihr und stieß zu.

Selbst sie sah diese Bewegung nur verschwommen, konnte nur erahnen, wo er sie treffen wollte. Sie duckte sich, warf sich zur Seite und entging seiner ersten Klinge knapp, doch da war die zweite schon über ihr. Mehr reflexartig als kontrolliert riss sie ihre

Schwerter hoch, stieß das eine nach ihm, um ihn wegzudrängen, und parierte seinen Schlag mit dem anderen. Ein Ruck lief durch ihr Handgelenk, sie unterdrückte einen Schrei.

Als sie seinen nächsten Angriff kommen sah, riss sie verzweifelt die Beine hoch und traf ihn tatsächlich am Schienbein, wodurch er zwar kaum zurückwich, sie aber immerhin die Gelegenheit bekam, wieder aufzuspringen. Sie drehte sich unter einem Schlag hinweg, sprang über den nächsten, beugte sich zur Seite, blockte ab. Seine Bewegungen verschwammen vor ihren Augen. Angreifen konnte sie nicht, nur ihren eigenen Körper schützen. Noch hatte er sie nicht getroffen. Immer und immer wieder prallten ihre Klingen aufeinander, mit jedem Aufprall drängte er sie weiter zurück. Ein verbissener Ausdruck lag auf seinem Gesicht und nur einen Moment später prallte sie mit dem Rücken gegen einen Baum.

Atemlos lehnte sie sich dagegen, hielt die Arme zur Seite ausgestreckt und kniff die Augen zusammen, als sie von etwas geblendet wurde.

Er stand vor ihr, keine Handbreit von ihr entfernt, den einen Unterarm gegen ihren Bauch, den anderen gegen ihre Kehle gepresst.

Ihr Herz raste, als ihr Blick auf die Klingen in seinen Händen fiel. Eine einzige winzige Bewegung würde genügen, um sie zu töten.

Sie erwiderte seinen Blick, und langsam verschwand die Wut daraus. Dennoch ließ die Kraft seines Griffes nicht nach.

»Das«, stieß er hervor, »wäre ein richtiger Kampf.«

Ein Schauer lief ihr über den Rücken.

Sie blinzelte, dann war sie frei und die Schwerter, die gerade noch so nah an ihrem Körper gelegen hatten, verschwanden hinter seinem Rücken. Etwas an seinem Hals reflektierte die Sonnenstrahlen, blendete sie erneut. Eine kleine Phiole und ein Tropfen darin.

Einen weiteren, endlosen Moment lang sah er sie an, der Blick so kalt wie der Stamm in ihrem Rücken.

Dann wandte er sich um und ging.

13

»Leyna! Bei den Göttern, ist alles in Ordnung?«

Sie nickte und ließ zu, dass Alessa ihr ihren Mantel um die Schultern legte und sie in den Arm nahm.

»Es tut mir so leid«, murmelte ihre Freundin. »Ich hätte nicht gedacht, dass er so … so reagiert! Was …«

»Was sollte das denn, genau das würd' ich auch gern wissen!« Urs erschien neben ihr und musterte sie besorgt. Wut blitzte in seinen Augen. »Das wird er bereuen, das wirst du schon sehen, ich werde …«

»Nein, Urs«, unterbrach sie ihn, während sie noch immer versuchte, die Benommenheit abzuschütteln. »Lass ihn.«

»Aber er kann doch nicht …«

»Doch, das kann er.«

Alessa ließ sie los und runzelte die Stirn. »Meinst du wirklich, dass du das einfach auf sich beruhen lassen willst?« Sie nickte. »Gut, wenn du meinst … aber denk immer daran, wenn du reden möchtest oder …«

»Leyna, hier steckst du also.« Ronor trat auf sie zu. Alessa musterte sie noch einmal kurz, bevor sie sich zu ihm umdrehte.

»Ah, und du hast Alessa mitgebracht. Ich nehme an, sie hat dir beim Tragen geholfen?«, fragte er, als er sie fast erreicht hatte.

Leyna nickte, während Ronor weiterhin zu Alessa sah. »Hast du vor, heute hierzubleiben, oder gehst du gleich wieder ins Dorf?«

»Hierbleiben? Wie …«

»Es wäre mir eine Freude«, unterbrach Ronor ihre Freundin. »Wir hatten noch nicht wirklich viel Zeit, uns miteinander zu unterhalten. Und ich habe so das Gefühl, dass ich gerade heute eine ganze Weile lang wenig zu tun haben werde.«

Alessa zögerte, doch schließlich hob sie die Schultern. »Wenn Ihr meint, dass Taja mir verzeiht …«

»Oh, das wird sie schon, mach dir keine Sorgen.« Er zwinkerte ihr zu. »Aber jetzt kommt, es wird ja immer kälter.«

»Also ich würde lieber wieder zurückgehen«, murmelte Urs auf Leynas Schulter, sodass auch Alessa es hören konnte. »Also, nicht, dass ich vor dieser Wirtin Angst hätte, aber … sicher ist sicher!«

»Angst haben muss man vor ihr nur, wenn man sie verärgert«, antwortete Alessa leise. »Ansonsten ist sie wirklich nett. Sie sagt nur genau, was sie denkt, und macht alles genau so, wie sie es für richtig hält.«

»Alessa hat recht«, stimmte Leyna zu und musste ihrer Freundin nur einen Blick zuwerfen, um zu wissen, dass diese die Wirtin ebenso bewunderte wie sie selbst.

Urs war da anderer Meinung und scheute nicht davor zurück, dies auf gebührende Weise kundzutun, bis sie Ronors Hütte erreicht hatten.

Heute sagte der alte Gestaltwandler nichts dazu, dass Urs mit hineinkam. Vor zwei Tagen hatte er ihn wieder ins Dorf geschickt, um allein mit Leyna zu sein. Am zweiten Tag war ihr kleiner Freund deshalb bei Tarin geblieben. Dass er jetzt bleiben durfte, freute ihn sichtlich. Er flog wie immer zum Kamin und setzte sich auf den warmen Stein.

Ronor nahm den Kessel vom Feuer, während Leyna und Alessa sich auf dem Teppich niederließen. Ihre Freundin sah sich um, als wäre sie das erste Mal hier. Leyna spürte ihre Aufregung.

»Nun, Leyna«, begann Ronor und reichte ihnen beiden einen Becher Tee. »Ich hörte, du wirst ein wenig ungeduldig?«

Sie sah ihn fragend an.

»Du ärgerst dich darüber, dass du dich noch nicht erinnern kannst.«

»Ach so …« Woher wusste er immer, worüber sie im Dorf sprachen? »Wirklich ungeduldig nicht, ich … ertrage es nur nicht, nichts zu tun«, gestand sie.

Ihr Lehrer lächelte. Schon diese kleine Regung brachte seinen weißen Bart in Bewegung.

»Ich denke, dabei kann ich dir helfen.« Er griff in die Tasche seines Mantels und holte eine kleine Schachtel hervor. Als er den Deckel hob, stieg ein beißender Geruch in ihre Nase.

»Bei Yirenas Feuer, das riecht ja wirklich wunderbar«, rief Alessa und verzog das Gesicht. »Was ist das?«

»Eine besondere Kräutermischung«, erklärte Ronor grinsend und legte die andere Hand auf die Schachtel, was den Geruch zumindest etwas zurückhielt. »Sie wird dir helfen, einzuschlafen.«

Leyna runzelte die Stirn. »Ein Schlaftee?«

»Wenn du es so nennen willst, ja.«

»Den trinkt er bestimmt jeden Tag, so lang, wie er immer schläft«, murmelte Urs und schien wieder einmal zu vergessen, dass Ronor ihn genau hören konnte.

»Ich wünschte, es wäre so, mein lieber Varnir.«

Mit einem erst erschrockenen und dann verlegenen Ausdruck auf dem Gesicht sah Urs zu ihnen herüber. »Ähm ... also, so hab ich das ja nicht gemeint.«

Ronor lächelte wissend. »Natürlich nicht, ich wollte dir auf keinen Fall etwas unterstellen. Du bist nur neugierig, nicht wahr?«

»Ja klar!« Der Varnir stemmte die Hände in die Hüften. »Zu Recht! Ich hab noch nie jemanden getroffen, der so lange schläft. Leyna könnte viel länger üben, wenn hier alle mal zur gleichen Zeit aufstehen würden!«

Leyna tauschte einen überraschten Blick mit Alessa. »Urs, sei still. Wenn Ronor ...«

»Aber nein, meine Liebe, sein Einwand ist doch vollkommen berechtigt«, unterbrach sie der alte Gestaltwandler, lehnte sich zurück und barg die kleine Schachtel mit den Kräutern in seiner Hand. »Ich will es dir erklären, mein kleiner Freund. Glaub mir, ich würde Leyna gern den ganzen Tag vorbereiten. Aber ich habe eine ... äußerst seltene Krankheit, die mich dazu zwingt, sehr viel länger zu schlafen als die Menschen.«

»Krankheit, ja? Tolle Erklärung. Ich hab da übrigens diese Spinnen-Krankheit, deshalb muss ich immer ...«

»Urs! Das reicht jetzt.« Ärgerlich sah Leyna ihn an, bis er schließlich die Augen verdrehte und sich wieder den wärmenden Flammen widmete.

Ronor schmunzelte. »Du kannst mir nicht sagen, dass Aidan nicht schon darauf angespielt hat, Leyna.«

»Aidan?« Sie runzelte die Stirn. »Nein, er … meinte nur, dass ihr bald nicht mehr in diesem Wald sein würdet und wir uns deshalb beeilen sollten, herzukommen.«

»Das klingt nach ihm.« Ronor beugte sich zu ihr herunter und schüttete das fein gemahlene Pulver in ihren Tee. »Aber reden wir jetzt nicht weiter von mir.«

Langsam lösten sich die feinen Körnchen im Wasser.

»Also wird sie immer, wenn sie dieses wohlduftende Zeug trinkt, gleich einschlafen?«, fragte Alessa skeptisch. Ronor nickte.

»Das heißt, ich könnte mehrmals am Tag einschlafen«, folgerte Leyna. Eine leise Begeisterung kam in ihr auf, alles zuvor Gesagte wurde unwichtig. »Und auch mehrmals träumen! Dadurch könnte ich schneller lernen, mich zu erinnern und …«

»Immer mit der Ruhe, meine Liebe«, unterbrach Ronor sie lächelnd. »Diesen Tee wirst du nur einmal am Tag trinken und auch nur, wenn es notwendig ist. Er versetzt dich in einen viel tieferen Schlaf, sodass du leichter träumen wirst, aber er ist sehr stark. Wenn du wieder aufwachst, wirst du mir zustimmen.«

Das erschien ihr in diesem Moment vollkommen unwichtig. Sie nickte und hob den Becher an die Lippen.

»Warte, Leyna!« Alessa griff nach ihren Händen und hielt sie vom Trinken ab. »Wie stark sind diese Kräuter? Wird sie sofort einschlafen?«

»Aber nein«, beschwichtigte Ronor. »Eine kleine Weile hat sie schon noch. Genügend Zeit, um einen geeigneten Platz zum Schlafen zu finden.«

Beruhigt ließ Alessa von ihr ab. Leyna trank einen Schluck. Es schmeckte scheußlich. Warum mussten wirkungsvolle Dinge immer so ekelhaft schmecken?

»Warum gibst du ihr diesen Tee erst jetzt?«, fragte Urs skeptisch.

Ronor lächelte zuversichtlich. »Jetzt ist der richtige Zeitpunkt.«

Leyna hatte den Becher halb geleert und spürte, wie ihr die Lider schwer wurden. Sie trank den Rest, drückte das leere Gefäß Alessa in die Hand und sah sich um. Hinter sich entdeckte sie ein hölzernes Bett, von dem sie sicher war, dass es gestern noch nicht da gewesen war.

»Genau, meine Liebe. Das ist für dich«, bestätigte Ronor. Alessa griff nach ihrem Arm und stützte sie.

»Wie … wie lang werde ich …«

»Ein paar Stunden vielleicht. Keine Sorge, wenn es zu spät wird, wecken wir dich«, antwortete Ronor.

Ihre Beine wurden schwer, anscheinend blieb ihr wirklich nicht mehr viel Zeit. Mit Alessas Hilfe tat sie die wenigen Schritte und ließ sich mit einem leisen Seufzen auf das Bett sinken.

Ihre Freundin zog die Decke über ihre Schultern, während ihr schon die Augen zufielen.

»Träum schön«, hörte sie sie noch flüstern. »Ich weiß, du schaffst es. Wer könnte schon schöner träumen als du?«

»Leyna! Leyna, sieh doch, sieh, was ich kann!«

Grünes Gras umspielte ihre Beine, ihr leichtes Kleid wehte wie ihre Haare im frischen Sommerwind. Die Sonne prallte auf sie herab und so hob sie eine Hand über die Augen, um sie vor der Helligkeit zu schützen.

»Das sieht fantastisch aus, Inias!«, rief sie ihrem kleinen Bruder zu, der nur wenige Schritte von ihr entfernt auf den Händen stand. Die Füße an einen dicken Baumstamm gelehnt, lachte er kopfüber zu ihr hoch.

»Das habe ich schon den ganzen Morgen geübt! Lodon hat mir dabei geholfen!«

»Habe ich nicht. Das hat er ganz allein geschafft.« Lodon trat hinter sie und legte den Arm um ihre Schultern. Lachend lehnte sie sich gegen ihn. Tief atmete sie seinen Geruch ein, der sie an die auf der Wiese blühenden Imnar-Blumen erinnerte.

»Du bist ein wunderbarer Lehrer«, raunte sie ihm zu.

Er grinste. »Ich habe doch gar keine andere Wahl. Wer soll unseren Brüdern sonst diese überaus wichtigen Dinge zeigen?« Sie spähte an ihm vorbei und entdeckte Kilan im hohen Gras sitzend. Er beobachtete etwas, das er in der Hand hielt.

»Ist Kilan immer noch so begeistert von den kleinen Käfern?«

»Oh ja. Er hat sich eine alte Schachtel von unserer Mutter geborgt, sie mit Gras gefüllt und bringt jeden Tag einen neuen Käfer mit nach Hause. Sie haben sogar Namen.«

Sie lachte. »Das auch noch.«

»Gestern fand er einen leuchtend roten mit kleinen silbernen Punkten. Er nannte ihn Leyna.«

Wieder lachte sie. »Wie passend.«

»Allerdings. Er ist genauso schön wie du.«

Wieder sah sie in die Augen ihres besten Freundes, dessen Blick jetzt jedoch in weite Ferne gerichtet zu sein schien.

Sie strich sich das Haar aus der Stirn und wollte gerade antworten, als ihr Blick auf ihre Hand fiel. Irgendetwas musste sie … tun.

Von einem Moment auf den anderen verschwammen ihre Finger vor ihren Augen, und dann – waren es sechs.

Sie blinzelte. Blinzelte noch einmal, doch er verschwand nicht. Da war ein sechster Finger an ihrer Hand. Das konnte doch nur …

Etwas regte sich zu ihren Füßen. Sie sah nach unten und schnappte nach Luft.

Deutlich hob sich der kleine weiße Körper vom grünen Untergrund ab.

»Naralon!«, rief sie erstaunt. »Was … was tust du denn hier?«

Meine Pflicht erfüllen, *hörte sie seine Stimme in ihrem Kopf.*

Die kleine Echse mit den schwarzen Augen starrte sie unentwegt an. Als ihr bewusst wurde, dass er nichts weiter sagen würde, erinnerte sie sich an seine Wortkargheit. Sie musste Fragen stellen, damit er mit ihr sprach.

»Aber was … was ist deine Pflicht?«

Ich unterstütze dich.

»Wobei?«

Er schwieg einen Moment lang. Dann fiel es ihr endlich auf. »Ich träume«, murmelte sie fassungslos und erkannte erst jetzt, wo sie war. Die grüne Wiese, die hohen Berge, die kleinen Hütten hinter ihr. In der Sonne glänzender Stein.

»Ich … ich bin zu Hause.« Sie wandte sich um und starrte zum Waldrand. Noch immer stand Inias dort, kopfüber an einen Baum gelehnt. Kilan saß einige Schritte weiter im Gras und Lodon stand direkt neben ihr, den Blick in unbestimmte Ferne gerichtet. Sie regten sich nicht mehr.

»Es … das hier war der Winter vor Lodons erster Auswahl«, murmelte sie und konnte den Blick nicht von ihm wenden. »Wir hatten solche Angst …« Dann sah sie zu ihrem Bruder. »Inias und Kilan haben uns den ganzen Tag über beschäftigt, sodass wir keine Zeit hatten, darüber nachzudenken.« Tränen wollten sich in ihren Augen sammeln, doch sie kämpfte dagegen an. Das Lachen ihres Bruders noch einmal sehen zu können, erfüllte sie mit unsagbarem Glück. Auch wenn er in dieser Erinnerung einige Jahre jünger war, das Lächeln war dasselbe.

Schließlich atmete sie einmal tief ein und zwang sich dazu, wieder zu Naralon zu sehen. »Also, Naralon, ich … ich träume endlich. Ich weiß, dass ich träume! Ist das nicht … wunderbar?«

Ja.

Sie unterdrückte ein Seufzen. »In Ordnung. Du bist also hier, um mir zu helfen?«

Ja.

Sie nickte entschlossen. Ein letztes Mal sah sie sich um, sog all das Glück in sich auf. »Werde ich ab jetzt immer so träumen können?«

Nein. Du wirst immer erst in einem Traum aufwachen, aber es muss nicht immer ein Traum wie dieser sein.

»Du sprichst von Albträumen.«

Ja.

Sie nickte. Damit hatte sie schon gerechnet. »Kann ich in diesem Traum jetzt schon Dinge erschaffen?«

Ja.

»Ich kann ihn verändern, wie ich möchte?«

Ja.

»Aber … was, wenn ich wirklich in einem Albtraum aufwache. Muss ich … in meinem Traum bleiben, oder kann ich auch den ganzen Traum verändern?«

Du kannst auch den ganzen Traum auflösen.

Sie runzelte die Stirn. Den ganzen Traum auflösen? Das wollte sie nicht. In ihrem ganzen Leben hatte sie nicht geträumt, jeder Traum erschien ihr kostbar.

Mach dir darüber Gedanken, wenn du einen Albtraum hast. Das hat bis jetzt jeder überstanden.

Sie hob eine Augenbraue. »Ach, auf einmal kannst du auch reden ohne bloß zu antworten?«

Naralon erwiderte nichts.

»Was soll ich dann jetzt tun?«

Du solltest sie löschen, damit du dich besser konzentrieren kannst. Du musst üben.

Unsicher sah sie zurück zu denen, die sie vor so langer Zeit an diesem Tag begleitet hatten. Es schien ihr ein Zeichen zu sein, dass sie im ersten Traum ihres gesamten Lebens gerade hier war. Zu Hause. Bei ihrer Familie. Zu gern hätte sie sich zumindest dieses Mal einfach nur in den Traum fallen lassen, mit ihnen gesprochen, das Glück genossen …

»Ich kann nicht«, antwortete sie leise und ließ sich zu Boden sinken. »Noch nicht. Ich … kann auch üben, wenn sie bei mir sind.«

Sie sind nicht hier. Sie sind nur ein Traum.

Doch in diesem Moment war das mehr als genug.

»Können wir sie jetzt nicht endlich wecken? Es ist schon dunkel, die blöde Wirtin wird …«

»Sei ruhig, Urs. Ich glaube, sie wacht gerade von selbst auf.«

Sie hörte Urs und Alessa wie aus weiter Ferne. Blinzelnd öffnete sie die Augen. Ihre Lider wirkten ungewöhnlich schwer, nur mühsam konnte sie sie offenhalten und sich auf ihre Umgebung konzentrieren. Allmählich klärten sich die Schemen. Sie setzte sich auf.

»Alessa, Urs …«

»Bleib liegen, Leyna«, unterbrach Alessa sie. »Du musst erst einmal wieder zu Kräften kommen.«

Ein tiefes Lachen erklang. »Ich habe doch gesagt, der Tee ist sehr stark.«

»Ja, der Tee …« Langsam kehrten die Erinnerungen zurück.

»Du hast ihn getrunken und bist eingeschlafen«, nahm ihr Alessa die Mühe ab. »Es ist schon fast Abend.«

Dankbar griff sie nach dem Becher voll Wasser, den sie ihr reichte, und trank in großen Schlucken. Dann fuhr sie sich durch die Haare und fühlte sich gleich besser. Kein sechster Finger ...

»Hat es denn geklappt?«, fragte Urs und ließ sich auf der Bettkante nieder.

»Ja, ich ... ich glaube schon«, murmelte sie und versuchte angestrengt darüber nachzudenken, ob und was sie geträumt hatte.

»Woran erinnerst du dich?« Ronor trat an ihr Bett und sah lächelnd zu ihr herab.

»Ich glaube, ich ... habe Naralon gesehen.«

»Wer ist Naralon?«, fragte Alessa stirnrunzelnd.

»Eine kleine Echse, die ... mir schon in Caidras Tempel den Weg gewiesen hat«, antwortete sie leise. Ihr Kopf schmerzte.

»Eine Echse ist dir im Traum erschienen? Na, ob das den Traumdeutern gefallen würde ... Was hat sie denn getan?« Alessa hob eine Augenbraue.

»Er hat mir geholfen.« Ja, jetzt erinnerte sie sich wieder daran. An den kleinen weißen Körper und die schwarzen Augen ...

»Wobei hat er dir geholfen?«

»Das ... weiß ich nicht mehr.« Nein, mehr war da nicht. Nur Naralon und ... eine Berührung. Gedankenverloren legte sie eine Hand auf ihre Schulter.

»Aber das ist doch schon mal was!«, rief Urs begeistert.

»Du erinnerst dich! Wenn auch nicht an viel, aber das ist doch ein großer Fortschritt!«, pflichtete Alessa bei.

Ja, da hatte sie wohl recht. Ein Lächeln stahl sich auf Leynas Züge. »Ich habe mich erinnert«, wiederholte sie glücklich. »Ich erinnere mich.«

Auch Ronor grinste breit. »Ich habe mir doch gedacht, dass heute der richtige Tag ist. In wenigen Tagen wirst du dich an jeden Traum vollständig erinnern. Vergiss nicht, alles aufzuschreiben, auch wenn du dich dann erinnerst.«

»Na also! Endlich kannst du dann auch mal richtige Illusionen schaffen!«, rief Urs begeistert, runzelte dann aber die Stirn. »Gut, die Frage ist nur, was ihr Täuschungen denn dann bringen? Ich meine, eine Täuschung kann doch nicht kämpfen oder so!«

»Lass das mal meine Sorge sein, mein lieber Freund«, erwiderte Ronor. »Es gibt Wege, die Beschaffenheit einer Täuschung zu verändern. Und außerdem sollten wir uns doch auf die Prophezeiung verlassen, wenn wir sie schon mal haben.«

Erleichtert ließ Leyna sich zurück in die Kissen sinken.

»Vielleicht wäre es doch gut, wenn ihr langsam geht«, fuhr Ronor fort. »Wir unterhalten uns beim nächsten Mal weiter, Alessa. Vergiss nicht das Buch, das du mitnehmen wolltest ...«

Leyna hörte Ronors Stimme kaum.

Endlich. In ein paar Tagen würde sie ihre eigenen Träume kontrollieren können. Dann würde sie an ihren Illusionen arbeiten und ein Meister der Täuschung werden.

Ein Meister, der siegen konnte.

»Hier, das hilft gegen die Erschöpfung.«

Dankbar nahm sie Hijara den Becher aus der Hand. Schon wieder kam ihr ein scheußlicher Geruch entgegen, doch das kümmerte sie im Moment nicht, solange sie danach wieder die Augen offenhalten konnte. Es war erst früher Abend, doch der Tee hatte sie mehr geschwächt, als sie gedacht hätte.

Hijara konnte sich ein Lachen nicht verkneifen. »Wir alle lieben Medizin erst, sobald sie wirkt, nicht wahr?« Sie ließ sich neben Tarin auf die Bank fallen und stieß ihn in die Seite. »Tarin ist wirklich gut darin, kleine Kinder dazu zu bringen, alles zu trinken. Es wird viel weniger geweint, seit er bei uns ist.«

Tarin deutete eine Verbeugung an. »Gestatten, Tarin, der Kinderflüsterer.«

Leyna schmunzelte.

Tarin hatte bei der Arbeit eindeutig mehr Spaß als die zwischen den Tischen umherlaufende Alessa. Er verstand sich prächtig mit Hijara und betonte immer wieder, wie sehr er sich auf die nächsten Wochen freute.

Leyna ging es ebenso. Nach dem heutigen Erfolg war sie entschlossener denn je, so viel wie möglich zu lernen.

»Bitte sehr.« Alessa tauchte hinter ihnen auf und stellte drei neue Humpen auf den Tisch, in denen eine gelbliche Flüssigkeit schwappte.

Tarin beugte sich vor und roch daran. »Bei den Göttern. Was ist das denn schon wieder, Alessa?«

»Ich habe keine Ahnung«, erwiderte diese grinsend, wobei das Grinsen sofort schwächer wurde, als sie zu Hijara sah. »Eine der üblichen Kreationen, deren Namen ich noch nicht kenne. Aber lass doch Hijara davon erzählen, sie kennt sich bestimmt aus.«

Leyna räusperte sich, ehe sie wieder zu Tarin und Hijara sah. Diese aber schienen von Alessas bissigem Tonfall nichts mitbekommen zu haben.

»Allerdings«, bestätigte Tajas zweite Tochter und strich ihre langen Haare zurück. »Ein alter Freund von mir hatte eine Leidenschaft dafür, alle möglichen Getränke herzustellen, die man so noch nicht getrunken hatte. Ihr wart doch bestimmt schon einmal im Keller.«

Tarin schüttelte den Kopf.

»Nein? Das gibt es doch nicht. Er hat so viele lustige Maschinen zusammengebaut, um die verschiedensten Früchte besser verwerten zu können. Komm, ich zeig sie dir!« Schon griff sie nach Tarins Arm, sprang auf und zog ihn mit sich durch die Menge.

Er warf Leyna einen entschuldigenden Blick über die Schulter zu, den sie mit einem Nicken zur Kenntnis nahm.

Eines musste sie Hijara lassen: So aufgedreht sie auch meistens war, von Medizin verstand sie etwas. Leyna hatte den Becher erst halb geleert und spürte schon, wie neues Leben durch ihre Adern floss.

Sie sah sich um, entdeckte Alessa bei der Theke und ging zu ihr hinüber. »Ist bei dir alles gut?«, fragte sie, während sie ihrer Freundin dabei zusah, wie sie Gläser polierte – mit etwas mehr Kraft als nötig.

»Aber natürlich«, murmelte sie.

Leyna konnte regelrecht sehen, wie sie sich zur Ruhe zwang. »Alessa, sie arbeiten doch nur miteinander.«

Ihre Freundin warf den langen, blonden Zopf über die Schulter und einen schwer zu deutenden Blick zu der Treppe, bei der Tarin mit Hijara verschwunden war. »Sicher«, presste sie hervor.

Es gefiel Leyna gar nicht, sie so eifersüchtig zu sehen. Sie war sicher, dass es dazu keinen Grund gab, schließlich verbrachte Tarin jeden freien Moment mit Alessa. Sogar abends, wenn Taja sie auf ihr Zimmer schickte, damit sie am nächsten Morgen für ihren Frühstücksdienst ausgeruht war, ging sie stattdessen zu Tarin – und glaubte, dass Leyna es nicht merken würde. Seit sie sich ihm geöffnet hatte, war sie so anders, so viel fröhlicher, energiereicher.

Leyna war ihm dankbar für alles, was er für ihre Freundin tat, aber vor allem dafür, dass er ihr die Kontrolle über ihre Fähigkeiten zurückgeben wollte.

Wenn Leyna noch mit Taja und Ejina in der Schankstube saß, konnte sie jeden Abend spüren, dass sie noch zusammensaßen. Sie konnte hören, wie er ihr gut zusprach und ihr beistand, während sie langsam wieder begann, das Licht ihrem Willen zu unterwerfen. Er half ihr und tat das, wofür sie selbst inzwischen viel zu wenig Zeit hatte. Leyna wollte auf keinen Fall riskieren, dass ein dummes Missverständnis all das zunichtemachte.

»Achtung, Achtung, Platz da, ich komme!« Ohne wirklich zur Seite zu gehen, raste eine kleine Gestalt auf sie zu. Die Hände vor den Kopf gehoben und den Blick gesenkt, rannte die kleine Naru hinter die Theke und hielt genau auf die Küchentür am anderen Ende des Raumes zu.

Ohne zu zögern, streckte Alessa einen Arm aus, griff sie am Kragen ihres schlichten Kleides und brachte sie unter Protest zum Stehen.

»Hey, lass mich los! Alessa, ich muss für unser Wettrennen …«

»Du musst gar nichts, Naru. Wenn deine Mutter dich so sehen würde! Hier sind überall Gäste, du könntest dich verletzen, wenn einer von denen nicht aufpasst.«

Daran schien die Kleine nicht einmal gedacht zu haben. »Ach, was. Die sind doch schon groß, die …«

»Könnten dich sogar übersehen, genau«, unterbrach Alessa sie. Doch dann wich die Strenge aus ihrem Gesicht. »Warte einen

Moment.« Schnell ging sie zu einem der Schränke und schien etwas darin zu suchen.

Naru wippte in der Zeit auf den Fußballen und winkte Leyna grinsend zu.

»Hier. Wie wäre es, wenn du dich heute Abend mal dort auf die Bank setzt und ein paar schöne Bilder bewunderst, anstatt hier deinen Hals zu riskieren?« Lächelnd hielt Alessa ihr ein gar nicht mal so dünnes Buch entgegen, das Leyna sofort als eines von Ronors erkannte.

Narus Augen wurden tellergroß. »Bei allen G... Ist das für mich?« Geradezu ehrfürchtig nahm sie es entgegen.

»Na, du musst es mir schon wieder zurückgeben. Aber bis morgen darfst du es behalten.«

»Das ... das ist so schön!«

Ebenfalls lächelnd betrachtete Leyna, wie die zarten Kinderhände wahllos einige Seiten umschlugen.

»Ich hatte noch nie ein so schönes Buch. Das ... oh, schau!« Mit glänzenden Augen drehte Naru ihre Errungenschaft herum, sodass auch Leyna und Alessa das aufgeschlagene Bild betrachten konnten. »Das ist ein Shreyvi!«

»Ja, richtig, du hast letztens einen gemalt«, bestätigte Alessa.

»Ein ... Shreyvi?«, wiederholte Leyna und konnte ihren Blick noch immer nicht von dem deutlich besser zu erkennenden Bild in diesem Buch lösen.

»Ja, weißt du, das sind Wüstengeister! Also, das dachten die doofen Menschen früher, weil die immer einfach so verschwunden sind. Dabei hat man sie in der Wüste einfach nicht mehr gesehen, weil ihr Fell ja sandfarben ist. Ich wäre so gern ein Shreyvi! Dann würde mich auch niemand mehr finden und ich könnte ...«

Den Rest ihrer vollkommen begeistert klingenden Rede nahm Leyna kaum noch wahr. Da war nur noch das Bild.

Der darauf abgebildete Shreyvi ähnelte vom Körperbau her den Efagirs, die sie damals in Onamdra geschaffen hatte. Er wirkte jedoch ... graziler. Die schmalen Läufe endeten in handgroßen Tatzen, der von sandfarbenem, langen Fell überzogene Körper wirkte schmaler und deutlich weniger massig. Der armlange, buschige

Schwanz war so ausladend, dass er den Shreyvi während eines Sandsturmes sicher schützen könnte.

Doch was ihren Blick nun fesselte, war nicht die ebenso eindrucksvolle, den gesamten Kopf einrahmende, von tiefroten Strähnen durchzogene Mähne, die dieses Exemplar als Anführer kennzeichnete. Intuitiv war Leyna klar, dass nur die männlichen Shreyvis diesen Schmuck trugen.

Nein, sie konnte ihren Blick nicht von den Augen losreißen. Inmitten eines schmal geschnittenen Gesichtes, neben einer langen Schnauze und unter kurzen, spitz zulaufenden Ohren, blickten ihr ebenfalls tiefrote Augen entgegen. Wissend. Beobachtend.

»Hey, Leyna! Hast du mir gar nicht zugehört?«

»Hm? Oh, entschuldige, Naru, ich ... war in Gedanken.«

Naru grinste. »Ja, Urs hat schon gesagt, dass du das öfter machst. Ich wollte nur noch sagen, dass ich das immer komisch fand, dass die Shreyvis in der Wüste wohnen. Ich meine, mit dem Fell ist das doch unpraktisch und mit ihrer so tollen Nase könnten sie doch ...«

»Das ist nun einmal ihr natürlicher Lebensraum, Naru«, gab Alessa zu bedenken. »Dort sind sie gut getarnt.«

Die Kleine nickte unwillig, bevor ihre Augen wieder zu leuchten begannen. »Gut, ich geh dann mal! Danke, Alessa! Das ist so toll!«

Sie sahen Tajas Tochter nach, bis sie die Treppe hinauf verschwand. Dann nutzte Leyna die Chance, um Alessa zu betrachten. Naru schien sie abgelenkt zu haben, und dennoch war da noch immer diese ... Unsicherheit in ihrem Blick.

Gerade, als sie sich über die Theke beugen wollte, flog die Tür mit einem Knall auf und alle Köpfe fuhren herum. Niemand aus dem Dorf stieß die Tür so auf.

»Oh, so viel Publikum? Na, so etwas.«

Leyna erstarrte und drehte sich schnell wieder um. Soldaten.

Alessa hatte ebenfalls nur einen kurzen Blick zu den eingetretenen Männern geworfen und sah sie nun eindringlich an. »Mach schon, Leyna. Sie dürfen dich nicht erkennen.«

Sie nickte und konzentrierte sich. Einen Moment später war ihr Mal verborgen, selbst wenn es gerade niemand sehen konnte. Etwas auszulöschen war einfach, zumindest, wenn es so klein war.

»Was schaut ihr so? Bringt etwas zu trinken heran!«

Ejina eilte von der anderen Seite des Raumes zu ihnen und nahm die Humpen entgegen, die Alessa ihr reichte.

Entgegen ihren Befürchtungen begnügten die Männer sich damit, einige andere vom größten Tisch zu verscheuchen und sich daran niederzulassen, ohne jemanden zu kontrollieren. Leyna entfuhr ein Seufzer. Vielleicht hätte sie bei Ronor im Wald bleiben sollen, das wäre sicherer ...

»Auf Eman!«, hörte sie die Männer rufen. »Auf den besten Schwertmann des Trupps!«

Sie konnte es sich nicht verkneifen, kurz zu ihnen zu sehen.

Einer der Soldaten war aufgestanden und verbeugte sich in alle Richtungen. Seine hellgrünen Augen stachen ihr auch im Dämmerlicht entgegen.

»Auch wenn dieser Titel eigentlich nicht mir gelten sollte ...«

»Wer nicht mehr hier ist, zählt nicht!«, unterbrach ihn ein anderer und Eman lachte. »Auf dass diesem zweiten Auftrag viele weitere folgen werden!« Er prostete seinen Kumpanen zu und setzte sich dann wieder.

»Du solltest besser hochgehen«, stellte Alessa leise fest und schob die Ärmel ihres grünen Kleides etwas hoch. »Jetzt, bevor sie noch mehr trinken und auf andere Gedanken kommen.«

Leyna nickte. Obwohl sie ihre Freundin jetzt ungern allein ließ, wusste sie, dass es wichtiger war, dass sie nicht entdeckt wurde. Sie hatte sich schon in Onamdra gezeigt, einen weiteren Kampf wollte sie nicht riskieren. Abgesehen davon müssten sie Zaf'or dann verlassen und wären auch im Wald bei Ronor nicht sicher.

Also wandte sie sich um und ging zur Treppe.

»Leyna, hey, wo willst du denn hin?«

Sie erstarrte mitten in der Bewegung.

»Taja, ich ...«

»Nichts da, such gar nicht erst nach einer Ausrede!« Die Wirtin stemmte die Hände in die Hüften und funkelte sie an. »Ich dulde es, dass du dich den ganzen Tag über verziehst, aber dann hilf gefälligst jetzt in der Küche!« Und schon verschwand sie wieder.

Vorsichtig warf Leyna einen Blick in den Raum.

Die Soldaten schienen nichts bemerkt zu haben.

»Ah, Leyna, wunderbar, komm gleich mit.« Ejina griff im Vorbeigehen nach ihrem Arm, während sie auf dem anderen noch ein Tablett balancierte, und zog sie mit sich auf die Tür zu, hinter der die Küche lag.

»... auf keinen Fall zwei Tage reiten, um diesen verfluchten Wald zu kontrollieren! Niemand, der dort hingeht, kommt zurück, wie kannst du so etwas nicht wissen? Idiot!«, rief einer der Soldaten aufgebracht, gerade als Ejina sie in die Küche hineinzog.

Sprachen sie vom Vadas-Wald? Von dem Wesen, das dort lebte? Vielleicht war es wirklich eine gute Idee gewesen, nicht gleich dorthin zu gehen. Niemand kehrt von dort zurück, hatte der Mann gesagt ...

Wäre es nicht verlockend, einige ungeliebte Erinnerungen loszuwerden? Einige schlechte Erlebnisse einfach so zu vergessen? Aber was wäre der Preis dafür? Wärst du bereit, ihn zu zahlen?

»Du kannst die Suppe für morgen vorbereiten, Alessa wird heute nicht dazu kommen.«

Die Tür fiel hinter ihr ins Schloss und trennte sie so vom lauten Gemurmel des Schankraumes.

Schnell nickte Leyna. Immerhin sollte sie nicht bei den Getränken helfen.

»Im Keller stehen ein paar Körbe voll mit Gemüse. Hol sie hoch und schneide sie. Ach, und wenn du schon dabei bist, kannst du gleich noch die beiden Fässer mit hochbringen, die an der Treppe stehen. Hoffentlich waren es diesmal genug Marun ...« Und da war auch Ejina schon wieder verschwunden.

Mit einem Seufzen wandte Leyna sich zur Kellertreppe. An den letzten Abenden war es immer an ihr hängen geblieben, die Gebräue der vorigen Wochen heraufzuholen. Das Gewicht bereitete ihr inzwischen weniger Probleme, doch der Geruch, der von manchen Fässern ausging, war ... schwer zu ertragen.

Sie griff nach dem ersten Fass, als ihr Ejinas Worte noch einmal in den Kopf kamen – Marun ... Sie unterdrückte ein Schmunzeln. Sie konnte sich denken, wer dieser alte Freund gewesen war, der dieses *gute Zeug* gebraut hatte.

Als sie das zweite Fass die letzten Stufen hinaufhievte, kam Ejina noch einmal in die Küche und nahm es entgegen.

»Danke, Leyna«, rief sie nur und schob es schon in den Schankraum.

Bevor die Tür hinter ihr zufiel, erhaschte Leyna noch einen letzten Blick auf die Soldaten. Irgendwie hatte sie das Gefühl, sie würde diesen Mann mit den grünen Augen noch einmal wiedersehen.

»Geht das nicht ein bisschen schneller, Leyna? Komm schon, hab keine Angst vor dem Messer.« Ejina griff nach einem anderen Küchenmesser, nahm eine der violetten Wurzeln aus ihrem Korb und hackte sie in Windeseile in kleine Stücke.

»So geht das. Na los, wir wollen alle ins Bett.«

Leyna nickte nur, beschleunigte ihre Bewegungen aber nicht. Wenn sie gewollt hätte, wäre sie schon längst fertig. Doch hier durfte niemand wissen, dass sie alles andere als Angst vor dieser winzigen Klinge hatte. Es war gut, wenn sie dachten, sie wollte sich nicht schneiden.

Außerdem war sie wirklich müde und erschöpft. Hijaras Trunk hatte sie zwar wieder gestärkt, dennoch fühlte sie die Nachwirkungen des Tees in ihren Knochen und die letzten Stunden in der Küche hatten sie auch nicht gerade entspannt. Sie dankte den Göttern, dass dieser Tag fast vorbei war.

Hinter ihr lachte jemand. »Dass sie dir das glauben, ist wirklich faszinierend.«

Tarin trat neben sie, nahm die Schüssel mit den kleinen Stücken und trug sie zu dem großen Topf, der über dem Feuer hing. Die Suppe würde die Nacht über köcheln.

»Soll ich dir helfen, arme, kleine Leyna?«

Sie stieß ihn in die Seite, hatte aber nichts dagegen einzuwenden.

»Ich habe dich heute Morgen gar nicht mehr gesehen«, stellte Tarin fest und nahm sich eine der kleinen, bitter schmeckenden, gelben Knollen vor. »Geht ihr jetzt immer schon früher?«

»Nein, eher im Gegenteil. Aber du stehst später auf«, antwortete sie schmunzelnd und nahm ihm die Knolle aus der Hand, als sie es nicht mehr mit ansehen konnte, wie er versuchte, die Haut abzulösen.

»Das stimmt doch gar nicht.«

»Und wie das stimmt. Hijara lässt dich immer länger schlafen.«

»Aber ich ...«

»Hallo, ihr beiden«, wurden sie von einer hell klingenden Stimme unterbrochen. Sie sahen gleichzeitig auf.

Leyna wandte sich sofort wieder ihren Wurzeln zu.

»Hallo, Hijara«, begrüßte Tarin sie, machte sich aber sofort wieder an die Arbeit.

»Oh, Tarin, das ist doch nicht nötig. Die Suppe kann auch morgen fertig werden«, stellte Tajas zweitälteste Tochter fest, kam zu ihnen und legte ihm eine Hand auf den Arm. »Du brauchst doch morgen deine Kräfte.«

Leyna schien sie gar nicht zu bemerken.

»Ich helfe Leyna noch«, murmelte Tarin nur. Er schien sich zwar unwohl zu fühlen, ließ ihre Berührung aber zu.

»Na, wenn du meinst ... dann sehen wir uns morgen früh.« Als sie sich umwandte, ließ sie ihre Hand noch langsam an seinem Arm hinaufwandern.

Tarin nickte nur und warf dann einen Blick über die Schulter, um sicher zu sein, dass sie wirklich verschwunden war. Als er wieder zu Leyna sah, hob diese eine Augenbraue. Er seufzte. »Bei Caidras Winden. Was soll ich tun, Leyna?«

»Ihr sagen, dass sie dich nicht so behandeln soll?«

»Aber das kann ich nicht! Ich arbeite mit ihr, ich will nicht ... Ach, ich weiß es doch auch nicht.« Resigniert bearbeitete er die Knolle vor sich etwas zu grob. »Ich muss jeden Tag mit ihr verbringen, wahrscheinlich einige Wochen lang. Und es macht mir Spaß, würde sie nur nicht so ... so ...«

»Sie mag dich, Tarin.«

Er schluckte und warf die kleinen Stücke in eine andere Schüssel. Dann legte er das Messer weg und zog sich einen Stuhl heran.

»Ich habe das Gefühl, als müsste ich nett zu ihr sein.« Er sah seltsam verloren aus, während er so zusammengesunken dasaß und sich durch die Haare fuhr.

Auch Leyna legte ihr Messer weg und lehnte sich gegen die Theke. »Du bist immer zu allen nett, Tarin. So bist du eben.«

Hilflos sah er zu ihr hoch. »Aber sie ... sie interpretiert das vollkommen falsch.«

»Nicht nur sie«, erinnerte sie ihn, obwohl sie sich wirklich eine andere Situation gewünscht hätte, um dies mit ihm zu erörtern. »Auch Alessa.«

Er schwieg und sah auf seine Hände.

»Alessa ...«, murmelte er, als sie schon dachte, er würde nichts mehr sagen. »Mit ihr ist alles ... anders.«

Jetzt griff auch Leyna nach einem Stuhl. Es war still im Haus, die Gäste waren lange gegangen und alle anderen schienen schon zu schlafen.

»Tarin, ich ...« Sie griff nach seiner Hand. »Ich kann dir nicht sagen, was du tun sollst. Aber ... wenn du nichts tust, ist das nicht fair. Weder Hijara, noch Alessa oder dir selbst gegenüber.«

Er drückte ihre Hand, hielt den Kopf aber weiterhin gesenkt.

»Ich wollte das alles nie wieder«, murmelte er leise. »Ich habe mir geschworen, es nie wieder zuzulassen ...« Seine Stimme brach, als hätte er diese Worte lange zurückgehalten.

»Was meinst du?«, fragte sie ebenso leise.

Als er sie ansah, war sein Blick müde und voller Schmerz. »Jemandem ... zu nahe zu kommen«, flüsterte er. »Ich kann das nicht noch einmal.«

Leyna schwieg, während Tarins Blick glasig wurde und sich in weiter Ferne zu verlieren schien.

»Was ist passiert, Tarin?«, fragte sie dann doch. »Ich bin hier. Ich höre dir zu.«

Es war ihm deutlich anzusehen, dass es ihm nicht behagte, diese Worte von jemand anderem zu hören. Sonst war er es, der zuhörte.

»Ich habe sie verloren.« Selbst wenn noch jemand wach gewesen wäre, hätte er seine leise Stimme nicht hören können.

»Chana, ich ... konnte sie nicht retten.« Sein Blick klärte sich etwas, er schien sie wieder zu sehen. »Ich habe das noch nie jemandem erzählt, Leyna.«

»Du sagst selbst immer, dass es uns besser geht, wenn wir darüber sprechen.«

Er lächelte, doch dieses Lächeln erreichte seine Augen nicht. Dennoch schien er eine Entscheidung zu treffen.

»Sie lebte in Uvam. Ich habe sie kennengelernt, als ich Medizin dorthin brachte. Sie war ...« Er stockte. »Krank. Niemand wusste, wie man ihr helfen konnte. Keine Kräuter bewirkten etwas.«

Es tat ihr fast leid, dass er das alles noch einmal durchleben musste. Doch es würde ihm helfen. Sie dachte an Yoaf, daran, wie er sie festgehalten hatte, und drückte Tarins Hand fester.

»Ich nahm sie mit zum Tempel, doch auch mein Großvater wusste nicht weiter. Tagelang suchten wir nach einer Lösung, gaben ihr alle möglichen Tränke und Tinkturen. Aber ... es war hoffnungslos, und sie wusste es. Hätte ich sie nicht dazu gebracht, hätte sie Uvam nicht einmal verlassen wollen.« Wieder stockte er. Tränen schimmerten in seinen Augen. »Sie hatte sich schon niedergelegt. Ich saß an ihrem Bett und war bereit, sie gehen zu lassen, da ... erschien mir das Orakel.«

Mühsam hielt Leyna sich davon ab, die Stirn zu runzeln, und unterbrach ihn nicht.

»Es bot mir die Möglichkeit, der, die ich liebte, noch etwas Zeit zu schenken. Es mahnte mich vor den Risiken, doch ich sagte ohne nachzudenken zu. Also veränderte es meine Magie, gab mir meine Fähigkeiten. Ich nahm die Krankheit von Chana und überwand sie selbst an nur einem Tag. Doch ... das Orakel hält immer seine Versprechen. Es hatte mir gesagt, ich könnte ihr Zeit schenken. Nicht mehr.« Eine einzelne Träne suchte sich den Weg seine Wange hinunter. Er machte sich nicht die Mühe, sie wegzustreichen. »Die Krankheit kam wieder. Und wieder. Und wieder. Ich nahm sie ihr jedes Mal, fast ein halbes Jahr lang. Doch irgendwann ... war es zu viel. Ich hatte zu viel von ihrer Magie genommen, sie war nur noch ein Schatten ihrer selbst. Schließlich hinderte sie mich selbst daran, sie ein weiteres Mal zu retten. Sie ... starb in meinen Armen. Ich hatte ihr Zeit geschenkt, und es war die schönste meines Lebens. Doch nur einen Bruchteil dieser Zeit hat sie wirklich gelebt.« Er lehnte sich zurück, den Blick an die Decke gerichtet. »Seitdem habe ich mir geschworen, meine Kräfte nie wieder zu nutzen. Und auch, wenn ich diesen Schwur schon gebrochen habe, um dein Leben zu retten, wollte ich wenigstens den zweiten halten.«

Die Trauer in seinem Blick erschien ihr unermesslich. Niemals hätte sie gedacht, dass der immer fröhliche Tarin eine solche Bürde mit sich trug. Leyna griff auch nach seiner anderen Hand. »Tarin …«, begann sie und musste sich zusammennehmen, damit ihre Stimme nicht brach. »Dir … dir zu sagen, dass es mir leidtut, klingt so falsch. Worte wären dafür nicht genug.« Er regte sich nicht. »Aber … du beschützt dein Herz nicht, indem du so tust, als hättest du keines.« Jetzt sah er sie an.

»Du hast Angst davor, noch einmal jemanden zu verlieren. Aber ein Leben ohne Liebe ist wie ein Fluss ohne Wasser, trocken und leer.« Kilans Worte erschlossen ihr erst jetzt ihre wahre Bedeutung. Ohne weiter darüber nachzudenken, lehnte sie sich vor, legte die Arme um ihn und drückte ihn fest an sich. »Was vergangen ist, wird uns unser Leben lang begleiten. Doch es ist vergangen. Und etwas Vergangenes sollte uns nicht von etwas Zukünftigem abhalten. Dafür … ist unser Leben zu kurz.«

Tarin zögerte nur kurz, bevor er ihre Umarmung erwiderte.

Seufzend legte Leyna den Kopf auf seine Schulter und schloss die Augen. So verharrten sie, und Leyna konnte nur hoffen, dass ihre Wärme ihm nun ebenso Trost spendete, wie er es schon so oft für sie getan hatte.

»Du wirst schon das Richtige tun«, murmelte sie nach einer Weile. »Höre einfach auf dein Herz.«

Als sie aufsah, erkannte sie gerade noch den Saum eines grünen Kleides, der am Treppenabsatz verschwand. Doch darum konnte sie sich jetzt nicht kümmern.

»Wann bist du nur so weise geworden?«, murmelte Tarin an ihrer Schulter.

Mit einem traurigen Lächeln auf den Lippen setzte sie sich wieder zurück.

»Da kommt man nicht drum herum, wenn man die Verantwortung für ein ganzes Land tragen muss.«

Wieder versuchte er sich an einem Lächeln, doch auch dieses

gelang nicht wirklich. »Ich ... werde gleich morgen mit Hijara reden.«

»Und mit Alessa?«

»Ja, auch ... auch mit Alessa.«

Leyna nickte.

»Sie hat mir ...«

»Ich weiß«, unterbrach sie ihn schnell, nur für den Fall, dass Alessa ihnen noch immer zuhörte.

Tarin verstummte und nickte. Dann stand er auf und schob den Stuhl zurück an seinen Platz.

»Danke, Leyna«, murmelte er noch, während er zur Treppe ging. »Beim nächsten Mal ... bin ich wieder der, der zuhört.«

Sie erwiderte nichts. Lächelnd säuberte sie die Schüsseln, räumte sie in die Schränke und ging dann ebenfalls auf ihr Zimmer. Als sie die Tür öffnete, lag Alessa in ihrem Bett und schien zu schlafen.

»Hierher, Soldaten!«

Sie sah hinab auf einen Trupp von acht Männern, der in harschem Tempo auf eine nicht mehr weit entfernte Stadtmauer zuritt. Hinter dem weißen Stein ragten ebenso weiße, hohe Häuser empor, deren Dächer mit einem seltsam glänzenden Metall überzogen waren.

Die Pferde wurden noch einmal schneller, als würden sie wissen, dass das Ziel nah war.

Der am Schluss des Trupps reitende Soldat sah sich um und ließ seinen Blick über die Suras-Wüste schweifen, die sich scheinbar endlos vor ihnen erstreckte.

Rianas kam immer näher. Die Bewohner dieser Stadt lebten von dem großen Vorkommen seltener Metalle und Edelsteine in den Schluchten hier am Wüstenrand und waren so zu bescheidenem Reichtum gekommen. Grund genug für die regelmäßige Kontrolle der Soldaten.

Sie erreichten das Tor. Es wurde augenblicklich für sie geöffnet. Mit lauten Rufen forderte der Hauptmann einige der umherlaufenden Jungen auf, sich um ihre Pferde zu kümmern, dann wandte er sich zu seinen Männern um.

»So, da sind wir also wieder!«, rief er mit einem Grinsen auf dem Gesicht. »Lange nicht mehr hier gewesen. Alles wie immer: Kontrollen

und Hausdurchsuchungen bei Verdacht. Ihr da geht nach Osten, wir nach Westen. Wir treffen uns in der Schenke am Marktplatz, wenn es dunkel wird!«

Die Männer nickten und wandten sich ab.

»Hey, ihr!«, rief der Hauptmann den beiden zu, die etwas unschlüssig stehen geblieben waren.

»Wie heißt ihr, Neulinge?«

»Lodon, Hauptmann«, antwortete der größere mit erhobenem Kopf.

Wäre Leyna wach gewesen, wäre sie jetzt sicher zusammengezuckt. So starrte sie nur erschrocken auf ihren besten Freund, der in der silbrigen Rüstung des Königs so ... anders aussah.

Stopp, *dachte sie, und schon blieb das Bild dieses Traumes, der nicht ihr eigener war, stehen. Sie nahm sich Zeit, ihn zu betrachten. So oft hatte sie in den letzten Wochen an ihn gedacht, sich an seine Stimme erinnert ... und auch jetzt brannte ihr Herz beim Gedanken an ihn. Er wirkte so gefasst, so stark, entschlossen. Er hatte sich dem Heer des Königs angeschlossen – warum? Warum hatte auch er Alanya verlassen? Er hätte zu Hause bleiben sollen, bei seiner Familie, in Sicherheit.*

Sie wollte die Hand nach ihm ausstrecken, doch das konnte sie nicht.

»Eman, Hauptmann«, antwortete der andere und trat neben Lodon. Seine grünen Augen blitzten im hellen Licht der Sonne.

Der Hauptmann winkte sie zu sich. »Ihr kommt mit uns, könnt noch was lernen!« Die beiden nickten und folgten ihm zusammen mit zwei anderen.

»Ich bin sehr froh, dass du auch hier bist«, murmelte Eman. Verblüfft beobachtete Leyna, wie Lodon mit starrem Gesichtsausdruck nickte.

»Was wir jetzt wohl tun?«, fragte Eman weiter, während der Blick seiner grünen Augen umherwanderte und immer wieder an den glänzenden Dächern hängen blieb.

»Du hast ihn gehört, Kontrollen und Hausdurchsuchungen.« Am liebsten wäre sie zu ihm gelaufen, hätte ihn geschüttelt und angeschrien, was bloß mit ihm geschehen sei. Dies war nicht der Lodon, den sie kannte!

»Ja, schon, aber …«

»Nicht so viel Gerede da hinten!«, schrie der Hauptmann und funkelte sie an. Sofort senkten alle die Köpfe und verstummten. Nur Lodon erwiderte ruhig den Blick des Hauptmanns, der dies mit einem seltsamen Lächeln quittierte.

»Meine Güte, Lodon, deinen Mut möchte ich mal haben. Auch wenn ich manchmal glaube, dass es eher Dummheit ist.«

Wenn Lodon eines nicht war, dann dumm, das wusste sie genauso gut wie er selbst. Doch er ging nicht weiter darauf ein. Früher hätte er zumindest gelächelt, er hatte immer gelächelt.

Vor der Tür eines schmalen Hauses kamen sie zum Stehen, der Hauptmann schlug einige Male gegen das Holz.

Als einen Spaltbreit geöffnet wurde, stellte er sofort einen Fuß hinein und stieß die Tür so heftig auf, dass die dahinterstehende Frau gerade noch zurückspringen konnte. Ihr entfuhr ein Schrei.

»Kein Grund zur Sorge, wir machen nur eine einfache Kontrolle«, rief der Hauptmann und trat in den Wohnraum des Hauses.

Eman, Lodon und die beiden anderen Soldaten folgten ihm.

Leyna erkannte nur eine äußerst einfache Einrichtung. Neben einem hölzernen Esstisch mit drei Stühlen, wenigen Schränken und einem Teppich auf dem Boden schien es hier nicht viel zu geben, ähnlich wie in jedem Haus in ihrem Heimatdorf. Aus einem kleinen Flur, der wohl zu weiteren Zimmern führte, kam ein Mann zu ihnen.

»Wie wunderbar, der Herr des Hauses«, rief der Hauptmann, lachte und begann ohne Zögern, die Türen und Schubladen der Schränke zu öffnen.

Der Mann stellte sich schweigend zu seiner Frau, die ängstlich den Arm um ihn legte. »Wir wussten nicht, dass heute eine Kontrolle stattfindet«, stellte er leise fest.

Der Hauptmann lachte erneut, während er sich dem nächsten Schrank zuwandte. »Das wäre doch auch sinnlos, findet Ihr nicht?«

Er zog ein kleines Kästchen hervor, öffnete es und hob es hoch.

Die Frau schien immer unruhiger zu werden.

»Na, was haben wir denn hier?«

Der Mann schluckte. »Ein Erbstück meiner Mutter«, antwortete er dann.

»Ich nehme an, sie ist erst kürzlich verstorben.« Der Anführer hielt eine kleine, glänzende Brosche hoch. »Und ihr hattet noch keine Zeit, sie dem Schatzwart des Königs zu übergeben. Andernfalls wäre dieses Verhalten schließlich gesetzeswidrig …«

Der Mann schlug die Augen nieder. »Aber sicher, mein Herr.«

Zufrieden steckte der Hauptmann die Brosche ein.

»Dann werde ich euch heute glauben«, sagte er, noch immer mit einem hämischen Grinsen auf den Zügen, und lehnte sich scheinbar lässig gegen die Seite des Schrankes. »Denn ich bin mir sicher, dass ihr euch ab jetzt an alle Gesetze des Königs halten werdet …« Dann stieß er den Schrank um.

Ein lauter Knall ertönte, als das nicht sehr massive Holz auf dem Boden aufschlug und auseinanderbrach. Es hatten wohl auch einige Schüsseln aus Glas oder Ton darin gestanden, Scherben bedeckten den Boden neben der herausgebrochenen Tür.

Eman zuckte zusammen.

Lodon rührte sich ebenso wenig wie die anderen beiden Männer, stand ruhig mit vor der Brust verschränkten Armen da und betrachtete das Geschehen.

Die Frau keuchte auf, Tränen liefen ihre Wangen hinunter. Der Mann strich ihr beruhigend über den Rücken. »Das werden wir«, versprach er leise, sichtlich um Ruhe bemüht.

Nun durchbohrte der Hauptmann ihn förmlich mit seinem Blick. »Ich werde an Euch denken«, murmelte er drohend, während er zur Tür ging. »Gebt uns keinen Anlass dazu, wiederzukommen.« Damit verließ er das Haus, die Brosche zufrieden in der Hand drehend.

Die Männer folgten ihm. Eman blieb dabei dicht beim Hauptmann.

Lodon und ein anderer, grimmig dreinschauender Soldat blieben zurück. Als etwas unter dessen Stiefeln knirschte, blieb er grinsend stehen und bückte sich nach dem kleinen Gegenstand, auf den er getreten war. »Na, so was …«, murmelte er und hielt den matt schimmernden Armreif ins Licht. »Das ist doch … hey!«

»Nicht dein Eigentum«, stellte Lodon leise fest und nahm ihm das Schmuckstück aus der Hand.

»Das hast du nicht …«

»Und wie ich das habe.« Lodon hielt dem wütenden Blick des ande-

ren mühelos stand. Er war mindestens einen halben Kopf größer und machte keinen Hehl daraus, dass er wusste, wie überlegen er ihm war.

»Was soll denn das, seid ihr festgewachsen?«, brüllte da der Hauptmann von draußen.

Lodon hob ruhig eine Augenbraue. »Er versperrt mir den Weg«, gab er nicht weniger laut und dennoch vollkommen ruhig zurück.

Der andere runzelte die Stirn, sah sich dann aber unsicher um, schüttelte den Kopf und wandte sich der Tür zu. »Das wirst du noch bereuen«, zischte er, als er über die Schwelle trat.

Lodon schien das nicht zu beunruhigen. In aller Seelenruhe legte er den Armreif auf die schmale, neben der Tür stehende Kommode.

»Ich danke Euch«, flüsterte die Frau.

Er erwiderte nichts darauf und trat hinaus in die Sonne.

Der Hauptmann hatte sich gegen die helle Hauswand gelehnt und beäugte ihn misstrauisch.

»So geht man mit denen um, die sich gegen das Gesetz stellen«, stellte er fest und warf auch Eman einen Blick zu. »Gewöhnt euch daran. Heute lasse ich euch zusehen. Beim nächsten Mal ist es an euch, für Ordnung zu sorgen.« Eman nickte schnell und stellte sich wieder neben ihn.

Lodon reagierte nicht.

»Lodon, nichts gegen dich und dein Verhalten, aber vielleicht solltest du ein bisschen ... netter sein?«, raunte Eman ihm zu, als sie auf ein anderes Haus zugingen. »Nur, falls wir beim nächsten Mal wieder mit ihm ...«

»Es wird kein nächstes Mal geben«, unterbrach Lodon ihn leise. Hoffnung kam in Leyna auf. Er würde wieder zurückgehen nach Alanya, er würde doch kein Soldat werden!

»Rhan hat mich nur mitgeschickt, weil jeder Soldat eine Abschlussmission erfüllen muss. Sobald wir zurück sind, werde ich in der Festung bleiben.«

»In der Festung? Aber was sollst du denn da tun?«

Ein Lächeln breitete sich auf Lodons Zügen aus. »Ich werde zusammen mit Rhan die Leitung des Heeres übernehmen.«

Vor ihnen trat der Hauptmann gerade eine Tür ein, die anscheinend niemand hatte öffnen wollen.

»Aber … dann sehen wir uns nicht mehr«, stellte Eman leise fest.

Der Blick, den Lodon ihm zuwarf, zeigte Leyna, wie sehr er Eman mochte, sich um ihn sorgte. Zumindest ein Teil von ihm war noch so, wie sie ihn kannte.

»Ich werde dafür sorgen, dass dir nichts geschieht«, antwortete er ebenso leise, während sie das zweite Haus betraten, in dem die anderen Männer schon begonnen hatten, Schubladen und Truhen zu öffnen. »Wir beide sind Soldaten geworden, um für Ordnung zu sorgen und für das einzustehen, woran wir glauben. Ich werde dafür sorgen, dass du dies so tun kannst, wie du es möchtest.« Seine Stimme klang so ernst. »Während ich mein Bestes tue, um endlich etwas Ordnung in die Armee zu bringen.«

14

»Nein, Lodon, lass mich los, das kannst du doch nicht …« Von einem lauten Platschen und einem fast ebenso lauten Schrei begleitet, ließ Lodon seinen Bruder in das kalte Wasser des Flusses fallen.

Prustend kam er wieder hoch, rieb sich das Wasser aus den Augen und warf den lachenden Freunden einen bösen Blick zu, bevor auch er in das Lachen einstimmte.

Die Sonne schien warm auf sie herab, der Sommer hatte gerade begonnen. Leyna saß am seichten Ufer, hatte die Beine ins Wasser getaucht und nutzte jede Gelegenheit, ihren Bruder und Lodon nass zu spritzen. Kilan war schon nass genug.

»Leyna, komm schon, du musst auch endlich ganz hinein!«

»Oh nein, Inias, das lassen wir heute«, tat sie lachend ab.

Lodon hob eine Augenbraue. »Ach, tun wir das?«

Sie kannte diesen Blick. Und es gefiel ihr gar nicht, dass er gerade ihren Bruder damit bedachte, der das schelmische Grinsen sofort erwiderte.

»Lodon, ich warne dich …«, begann sie, doch da stürzten die beiden sich schon auf sie, griffen jeder nach einem Bein und zogen sie mit einem Ruck in das kalte Wasser.

Sie fand gerade noch die Zeit, die Arme auszustrecken und sich abzufangen, bevor sie untertauchte. Sofort kam sie wieder hoch und schnappte nach Luft. »Na wartet, das werdet ihr büßen!« Schon sprang sie auf, war mit wenigen Schritten bei ihrem Bruder – und erstarrte.

»Musst du immer so früh kommen?«

Ja.

Seufzend wandte sie sich um und entdeckte Naralon nur wenige Schritte von dem kleinen Fluss entfernt, der unweit von Alanya durch die Berge floss. »Ich komme schon«, fügte sie hinzu und sah noch einmal zu der Szene zurück.

Wie oft hatte sie inzwischen schon von einem vergangenen, glücklichen Tag geträumt? Sie wusste es nicht mehr. Jedes einzelne Mal hatte sie sich gefreut, einen Traum genießen zu können und nicht gleich wieder fliehen zu müssen, wie in einigen anderen Nächten.

Für einen Moment schloss sie die Augen. Als sie sie wieder öffnete, waren Lodon, Kilan und Inias verschwunden. Wie immer versetzte es ihr einen Stich, sie verschwinden zu lassen. Doch wenn sie da waren, wenn sie sie sehen und berühren konnte, konnte sie sich nicht konzentrieren.

Inzwischen wartete sie nicht mehr auf Naralons Anweisungen. Sie streckte eine Hand aus und vor ihr verschwanden dutzende Bäume, bildeten eine freie Fläche. Dann kniff sie die Augen zusammen, atmete tief aus und begann, ihre Hand langsam zu heben.

Ein Baum erschien. Ihrer Bewegung folgend wuchs er in die Höhe, bis er nicht mehr von den anderen zu unterscheiden war. Noch bevor Naralon dieses Nachbild erreicht und beäugt hatte, wusste sie, dass es perfekt war. Sie sah es. Hatte den Blick, von dem Ronor gesprochen hatte, längst perfektioniert.

Kurz lächelte sie bei dem Gedanken daran, wie schwer es ihr vor wenigen Wochen noch gefallen war, die Rinde so genau nachzubilden, dass sie täuschend echt wirkte. Sie wusste noch, wie sie sich schließlich resigniert erst an einem kindsgroßen Baum versucht hatte, bei dem es ihr schließlich gelungen war.

Wie viele verschiedene Baumriesen sie seitdem erschaffen hatte, konnte sie nicht mehr zählen. Ronor hatte ihr vor einigen Tagen ein altes Buch gezeigt, in dem verschiedene Baumarten abgebildet waren. Sie hatte sie alle geschaffen, genau wie unzählige andere Dinge. In den ersten Tagen hatte Ronor ihr aufgetragen, nur zu schaffen, was ihr in den Sinn kam. Ganze Häuser hatte sie erscheinen lassen, Wälder, Blumenwiesen. Wolken, Regen, Nebel, Blitze, Schnee, Felsen. Die Felsen hatten sie eine Menge Zeit gekostet, denn die vielen verschiedenen Grautöne hatten sich ihr ebenso entzogen wie die Magie der wirklichen Felsen.

Im Traum erschienen die von ihr geschaffenen Dinge sofort, wie sie wirklich wären. Hier konnte sie sie bewegen, sich gegen sie lehnen. War sie hingegen wach und schob ein Bild aus ihrer Vorstellung, war es nichts weiter, als ein Bild. Eine Illusion ohne Kraft, durchscheinend und eigentlich nicht existent. Doch Ronor hatte ihr gezeigt, was sie nie für möglich gehalten hatte. Sie konnte auch einer Täuschung echtes Leben einhauchen. Vor wenigen Tagen hatte er ihr erklärt, wie sie ihre eigene Energie in ihre Illusionen übertragen konnte. Sie mussten perfekt geschaffen sein, ohne jeglichen Fehler. Erst dann würde sie eine Verbindung zu ihnen herstellen können, die so tief reichte, dass sie einen Teil ihrer eigenen Kraft auf die Täuschung übertragen konnte. In den letzten Tagen hatte sie alle möglichen Dinge geschaffen und echt werden lassen. Urs war äußerst begeistert davon gewesen, endlich nicht mehr durch ihre Illusionen hindurchzufliegen. Ihr Lehrmeister hatte sie jedoch gewarnt, nicht zu viel von ihrer Kraft zu geben und die Verbindung gerade bei nicht lebendigen Dingen nicht zu sehr zu vertiefen, selbst wenn sie dann echter wirkten. Als Urs – aus Versehen – eine Seite des von ihr geschaffenen Buches eingerissen hatte, war ihr klar geworden, was er damit gemeint hatte. Es hatte wehgetan. Sie war nicht verletzt gewesen, aber als die Täuschung sich nur einen Augenblick später ohne ihr Zutun aufgelöst hatte und die darin liegende Energie auf einen Schlag zu ihr zurückgekehrt war, hatte sie das Gefühl der Erschöpfung eine Weile aus der Bahn geworfen. Es war gefährlich, diese Verbindung einzugehen. Deshalb beschäftigte sie sich nur nach und nach damit, erst sollten ihre übrigen Fähigkeiten perfekt werden.

Am Vortag hatte sie mit Ronors Hilfe zum ersten Mal etwas Bewegliches geschaffen: den Fluss, von dem sie heute erst geträumt hatte. Dies war bisher die größte Herausforderung gewesen, und so wollte sie sich heute zum ersten Mal an etwas Lebendigem versuchen – an sich selbst.

Sie wandte sich wieder dem Wasser vor sich zu, hob eine Hand und veränderte seinen Lauf. Sofort floss ein Teil des Wassers senkrecht gen Himmel und gefror nur einen Moment später zu spiegelndem Eis.

Schon als sie heute mit Ronor an ihrer Manipulation des Wassers gearbeitet hatte, hatte sie versucht, sich ihr eigenes Spiegelbild so gut wie möglich einzuprägen. Jetzt wollte sie es lebendig machen.

Beginnen würde sie mit den Füßen. Sie trug keine Schuhe, denn an dem Sommertag, den ihr Traum wieder zum Leben erweckt hatte, war es unglaublich warm gewesen.

Sie prägte sich ihr Abbild genau ein. Dann schloss sie die Augen.

Erinnerte sich an ihre Zehen. Den Schwung ihrer Fußsohle, der Ferse, des Knöchels. Führte sich ihre vom Sommer noch leicht gebräunte Hautfarbe vor Augen, passte sie an. Dann ging sie höher. Die schlichte braune Hose, die sie schon zum Reiten getragen hatte. Sie bildete jede einzelne Falte nach, dann die Bluse, ihre Schultern. Arme, Hände, Finger. Nur fünf Finger.

Zuletzt das schmale Gesicht, die langen, tiefbraunen Haare, die dunklen Augen. Das Mal.

Jedes Detail. Nichts auslassen.

Schließlich öffnete sie die Augen und sah sich selbst vor sich stehen. Prüfend musterte sie ihr Werk. Ja, es sah ihr ähnlich. Zwar noch nicht vollkommen perfekt, aber das würde sich laut Ronor noch geben, wie es sich bei allen anderen Dingen gegeben hatte. Die Augen wirkten noch etwas leer, die Kleidung zu steif, die Haare zu leblos ...

Doch darum sollte sie sich nicht kümmern, hatte er gesagt.

»Wie findest du es, Naralon?«

In Ordnung.

»Na, danke. Für einen ersten Versuch ist es doch nicht schlecht, oder nicht?«

Ja.

Sie lachte leise, hatte sich inzwischen an seine schweigsame Art gewöhnt und schätzte es, nicht vollkommen allein zu sein.

Mit einer kleinen Handbewegung verschwand dieser erste Versuch. Im Traum hatte sie kein Zeitgefühl, und so verlor sie nach einer Weile den Überblick darüber, wie viele Abbilder ihrer Selbst sie schon geschaffen hatte.

Naralon gönnte ihr keine Pause. Immer wieder wies er sie auf die Makel hin, die sie übersehen hatte. Angefangen bei der Haltung, vergessenen Unebenheiten ihrer Haut oder Schrammen, die sie sich im Wald zugezogen hatte, bis hin zum viel zu leeren Blick der Augen.

Doch da, als sie es schon fast nicht mehr zu hoffen gewagt hatte, spürte sie es endlich – es war perfekt. Ein Lächeln stahl sich auf ihr Gesicht.

Gut.

Sie konnte sich ein Lachen nicht verkneifen. Wenn er sie berichtigte, schien Naralon sich nicht mehr daran halten zu müssen, dass er nur auf ihre Fragen antworten durfte. Wer auch immer diese Regel aufgestellt hatte, schien nachsichtig zu sein.

Dann sah sie wieder nach vorn zu ihrem Abbild und ließ es eine Hand heben. Dann ein Bein. Die andere Hand.

Sie hob die Hand und umschloss den Griff des Schwertes fester. Inzwischen spürte sie das Gewicht kaum noch, so leicht lag es in ihrer Hand. Es folgte ihren Bewegungen wie selbstverständlich, hatte jede Spur von Ungewohntheit verloren. Es gehörte zu ihr.

Langsam und kontrolliert bewegte sie sich zur Seite, ließ die Klinge einen tiefen Bogen vollführen, drehte sich, fiel in einen Ausfallschritt nach vorn, streckte ihren Arm gerade vor, ohne dass er zitterte, ließ die Klinge nach links abgleiten und beugte den Oberkörper nach hinten.

An diesem Morgen hatte Sivan nicht hinter dem Tor von Zaf'or auf sie gewartet, also hatte sie den Hügel ohne ihn erklommen. Die Wachen kannten sie inzwischen und ließen sie auch allein kommentarlos passieren.

Doch auch hier oben hatte sie ihn nicht angetroffen, also hatte sie die Zeit genutzt, um die ihr so vertrauten Bewegungsabläufe zu trainieren.

Sie korrigierte ihre Fußstellungen, achtete darauf, die Waffe gerade und gezielt zu führen, perfektionierte ihre Drehungen, bis sie sich ebenso bewegte wie Sivan es immer tat. Noch nie hatte sie ohne ihn geübt, sah seine Angriffe aber inzwischen so deutlich vor sich, dass sie sich selbst verbessern konnte.

Im Verlauf der letzten Wochen hatte er sich wieder beruhigt – so gut dies möglich war. Sie verhielten sich wieder wie im Palast und sprachen miteinander, wenn sie zusammen waren. Aber den größten Teil der Zeit verbrachte er ohnehin allein.

Ihr Training hatte sich stark verändert, seitdem sie beide Schwerter nutzte. Ihre Übungskämpfe verliefen viel schneller, energischer. Sie machte jeden Tag große Fortschritte und hatte endlich das Gefühl, sich wirklich verteidigen zu können. Es hatte zwar lange gedauert, aber nun beherrschte sie ihre Waffen.

Sie kehrte zu ihrem Ausgangspunkt zurück und atmete tief ein, bevor sie dieselbe Schlagfolge etwas schneller vollführte. Die Sonne warf immer mehr Licht über die Baumkronen zu ihr herab und weckte damit den Wald. Der letzte Schnee fiel, sie hielt die Flocken mithilfe der Luft von sich fern. Reif lag auf den Ästen der Bäume, als wolle der Winter noch einmal seine letzte Kraft aufbringen. Doch die ersten Blumen streckten schon ihre Köpfe aus dem lockeren Erdreich hervor, ihren Atem konnte sie nicht mehr vor sich sehen. Kyons Zeit war um. Der Frühling kam, ihre Zeit lief ab. Jeden Tag könnte Yurons Bote kommen.

Während des Trainings mit Ronor hatte sie ihre Manipulation des Wassers perfektioniert, das ihr nun ebenso gehorchte wie die Luft. Ihr Lehrer hatte verlangt, dass sie sich vor allem auf diese beiden Bereiche konzentrierte, selbst wenn sie auch zu anderen einen Zugang fand. Es war wichtiger, gezielte Dinge wirklich gut zu können, als zu viele verschiedene Dinge nur ausreichend.

Und auch das Erschaffen der Illusionen fiel ihr immer leichter. Inzwischen wirkten sie lebensecht. Je größer die Dinge wurden, desto schwerer fiel es ihr, sie lange zu halten, doch sie wurde immer besser und hielt die Täuschungen immer länger aufrecht. Seit sie sich dank des Schlaftees zum ersten Mal an einen Traum erinnert hatte, tat sie dies jeden Tag. Es war, wie Ronor gesagt hatte. Durch das Bewusstwerden des Traumes kontrollierte sie ihn. Es war jede Mühe wert gewesen. Sie genoss ihre Träume, genoss es, ihre Familie noch einmal zu sehen. So vermisste sie sie zwar mit jedem Tag mehr, konnte aber auch nicht wegsehen, wenn sie in ihren Träumen erschienen. Man träumte davon, wonach man sich sehnte, hatte Ronor gesagt. Albträume waren von dieser Regel ausgenommen. Nach denen sehnte sie sich immer weniger.

Sie schloss die Augen, richtete ihre Aufmerksamkeit auf die Magie um sich herum und begann von vorn. Die Bäume leuchteten in einem hellen Türkis, das von Tag zu Tag kräftiger und grüner wurde. Doch ein anderer Schimmer zog ihre Aufmerksamkeit auf sich.

»Guten Morgen«, rief sie mit noch immer geschlossenen Augen und führte ihr Schwert erneut in einem großen Bogen von rechts nach links.

Mit einem konzentrierten Ausatmen ließ sie die Farben der Magie vor ihren Augen erlöschen. Schon in den Bergen hatte sie sich unwohl dabei gefühlt, Tarins Präsenz zu betrachten. Sie hatte daraus gelernt und wollte nun keineswegs mehr von Sivan sehen, als er ihr vielleicht zeigen wollte. Anfangs hatte er sich noch vollkommen vor ihr verbergen können und auch jetzt spürte sie die Stärke seines Schutzes. Trotzdem war ihr bewusst, dass sie diese Mauer überwinden konnte, wenn sie es wollte.

Sie öffnete die Augen und sah ihm entgegen, wobei sie überrascht feststellte, dass er nicht allein war.

»Guten Morgen, meine Liebe«, begrüßte Ronor sie.

»Guten Morgen«, erwiderte sie matt. Was tat er hier? An keinem Tag der letzten Wochen war er vor dem Mittag aufgestanden. Sie hatte sich inzwischen damit abgefunden, dass er einfach mehr Schlaf brauchte als andere.

Ronor lachte. »Schau nicht so überrascht, Leyna. Auch ich kann früh aufstehen.«

»Er tut es nur nie ohne Grund«, warf Sivan ein, bevor sie etwas erwidern konnte.

»Allerdings«, bestätigte Ronor grinsend. »Es muss sich schließlich lohnen. Und heute wird es sich das wohl, oder nicht, Leyna?«

Die beiden gingen auf den umgestürzten Baumstamm am Rand der Lichtung zu.

Geistesabwesend suchte Leyna nach der Magie des Schnees unter sich, ließ ihn schmelzen und das Wasser zur Seite fließen. Sie stand nicht gern auf einem so rutschigen Untergrund, wenn sie trainierte.

»Also arbeiten wir heute nur an meinen Illusionen?«

»Ich habe so ein Gefühl, dass ihr nicht mehr lange hierbleiben werdet. Also ja, die Illusionen haben Vorrang.« Sivan schwieg. »Ich möchte unbedingt sehen, was du gestern geschaffen hast«, forderte

Ronor. Freude stand in seinem Blick, ähnlich wie bei Naru am Vorabend, als ihre Mutter ihr gestattet hatte, noch ein paar Honigblätter zu essen.

Leyna drehte sich um, um sich weniger beobachtet zu fühlen. Wieder begann sie mit den Füßen. Schon erschienen sie vor ihr, wurden langsam immer deutlicher. Sie musste sich ein Lachen verkneifen – nur ihre Füße so dastehen zu sehen, war wirklich seltsam. Sofort verpuffte die Illusion.

Ronor räusperte sich.

»Entschuldigt«, murmelte Leyna und zwang sich zur Ruhe. Eine Illusion in der Wirklichkeit zu schaffen war so viel schwieriger, als sie im Traum entstehen zu lassen.

Wieder schob sie das Bild aus ihren Gedanken, und diesmal führte sie es weiter. Immer höher über die Hüfte, bis zum Bauch und ...

Ein Knacken ließ sie zusammenfahren, sie sah auf, und schon war ihre Gestalt verschwunden.

»Leyna, lass dich nicht von jedem Geräusch ablenken«, tadelte Ronor leise. »Du musst voll und ganz auf die Täuschungen konzentriert sein.«

Sie nickte, nahm sich zusammen und begann von vorn.

Doch es war gar nicht so einfach, sich voll und ganz zu konzentrieren, wenn man sich dabei auf einmal all der Geräusche in diesem Wald bewusst wurde. Oder Sivans Blick, den sie auf sich gerichtet spürte, zusammen mit der in der Luft liegenden Erwartung.

Nach einer Weile gab sie es mit einem Seufzen auf.

»Gebt mir einen Moment«, murmelte sie, obwohl den anderen natürlich nichts anderes übrigblieb.

Sie schloss die Augen, beruhigte sich und erschuf etwas anderes, etwas Vertrautes. Nur einen Moment später hatte sich ihre Umgebung vollkommen verändert. Die Bäume waren nicht länger mit Schnee bedeckt, sondern standen in voller Blüte. Vögel zwitscherten über ihnen, die Sonne schien warm auf sie herab. Sie saß im saftig grünen Gras des Sommers, die Füße in einen schmalen Fluss getaucht. Nur zwei Schritte entfernt lag noch immer der umgestürzte Stamm, auf dem Sivan und Ronor saßen. Ronor lächelte, er war schon daran gewöhnt. In den letzten Wochen hatte Leyna oft solche Umgebungen geschaffen, die sie aus ihren Träumen mitgenommen hatte. So, wie Caidra es gesagt hatte.

Hier fühlte sie sich wohler, hier fiel es ihr leichter, schwierige Dinge zu schaffen.

In Sivans Blick hingegen stand Überraschung. Er war bei diesen Übungen noch nie dabei gewesen.

Ohne weiter zu ihm zu sehen oder das Gefühl der Genugtuung überhandnehmen zu lassen, wandte sie sich dem Fluss zu. Sie musste nur die Hand heben und schon floss das Wasser dem Himmel entgegen. Sie schloss die Hand zur Faust und es gefror, sodass sie sich selbst darin sah.

Wieder lachte Ronor. »Allmählich genießt du das alles wirklich«, stellte er fest.

Sie musste nicht darauf antworten. Ja, sie genoss das Gefühl, alles schaffen zu können, was sie wollte. Doch dabei vergaß sie nie, warum all dies nötig war. In jedem Moment, ob wach oder im Traum, dachte sie an ihr Ziel. Viel Zeit blieb ihnen nicht mehr, dann würde der Widerstand den König angreifen. Dann musste sie stark genug sein, ihn zu besiegen. Ein Meister der Täuschung sein.

Der Gesang der Vögel übertönte jedes Knacken des langsam aus seinem Schlaf erwachenden Waldes, der ja noch immer um sie herum war. Nichts störte sie mehr.

Sie erhob sich, sah noch einmal ihr Spiegelbild an und begann erneut, ihr Ebenbild zu schaffen.

Ronor lachte hinter ihr.

Sie konnte sich gut vorstellen, dass Sivan ihn gerade in Gedanken alles Mögliche zu ihren Täuschungen gefragt hatte. Immer wieder warf sie einen Blick in den Spiegel, dann sah sie zurück zu der vor ihr entstehenden Illusion. Achtete auf die Falten in Hose und Bluse, konzentrierte sich auf die verschlungenen Knoten ihres Armbands, bildete die Haare aus ihren Erinnerungen nach – in ihrem Traum waren sie offen gewesen, doch das störte sie nicht weiter. Sie hatte im Traum einen Blick für ihre eigene Erscheinung bekommen, kleine Änderungen machten da keinen Unterschied.

Wieder kam ein gutes Gefühl in ihr auf. Lächelnd öffnete sie die Augen.

Sie hörte, wie Ronor sich hinter ihr erhob. »Wirklich faszinierend«, murmelte er, während er um die andere Leyna herumging. »Ein identisches Abbild. Genau so muss eine Täuschung aussehen, wirklich beeindruckend. Da hast du aber viel zu tun gehabt heute Nacht.«

Ein Lachen entfuhr ihr. »Ihr habt ja keine Ahnung.« Wieder betrachtete sie ihr Werk. »Es … es fühlt sich an wie in Onamdra«, flüsterte sie.

Sie spürte dieselbe Verbindung.

Kurz huschte ihr Blick zu dem erwartungsvollen Ronor und dem immer kritischer schauenden Sivan. Doch sie kümmerte sich nicht darum, sondern schloss die Augen, wie sie es in Onamdra getan hatte.

Und dann war es ganz einfach. Sofort spürte sie die Verbindung zu der von ihr geschaffenen Illusion, und als sie wieder hochsah, wusste sie, dass sie sie kontrollieren konnte.

Sie hob einen Arm, die andere Leyna tat es ihr gleich. Sie machte einen Schritt nach vorn, das Abbild kam ihr entgegen.

»Sehr gut, Leyna. Denk daran, was wir in der letzten Woche trainiert haben«, rief Ronor hinter ihr. »Lass deine eigene Energie in die Täuschung hineinfließen. Gib ihr deine Kraft.«

Sie reagierte nicht darauf, hörte ihn kaum. Fasziniert beobachtete sie, wie sich ihr Abbild ihrem Spiegelbild gleich bewegte.

Sie trat einen Schritt zur Seite, begann, sich zu drehen. Alles um sie herum verblasste, als sie die Verbindung vertiefte. Ihr Blick wurde von etwas anderem überlagert. Als sie die Augen schloss, sah sie sich selbst. Dass es die Sicht ihrer Täuschung war, erkannte sie nur daran, dass Ronor und Sivan nicht mehr zu sehen waren. Sofort ließ sie etwas mehr ihrer Energie in die Täuschung fließen. Als Ronor ihr dies vor ein paar Tagen erklärt hatte, war es ihr kompliziert erschienen. Jetzt war es so leicht wie atmen. Sie spürte, wie die Kraft in ihre Finger floss, in ihre Füße. Jetzt war diese Täuschung nicht mehr bloß Vorstellung. Leyna konnte durch sie die Kälte des Waldbodens spüren, den Wind auf ihrer Haut. Sie bückte sich, griff nach dem Schnee. Als ein wenig davon durch die Hand rieselte, gab sie noch etwas mehr Kraft. Augenblicklich wurde die Hand undurchdringlich. Doch der Schnee schmolz nicht, denn die Haut blieb kalt.

Sie lächelte. Ja, es war ganz einfach, zu kontrollieren, was sie weitergab und was nicht.

»... doch die richtige Entscheidung, sie so lang vorzubereiten. Ich sagte doch, du kannst mir glauben. Manchmal solltest auch du den Älteren das Denken überlassen.« Leise drangen Ronors Worte an ihre Ohren, als sie sich aufrichtete und wieder durch ihre eigenen Augen sah.

»Es ist unglaublich! Es ... es ist so einfach!«

»Das habe ich dir doch immer wieder gesagt, meine Liebe. Die Kinder von heute, also wirklich. Glauben nichts mehr, das man ihnen sagt.«

Sie quittierte seine Antwort nur mit einem Lachen und sah schon wieder zu ihrer Illusion. Fast schon erwartungsvoll stand sie da, unbeweglich und starr. Doch schon eine Handbewegung genügte, um sie zum Leben zu erwecken.

»... kurz allein, ich muss noch etwas suchen. Mach nur so weiter, Leyna, das sieht fantastisch aus.« Sie hob kurz die Hand, um Ronor zu zeigen, dass sie ihn verstanden hatte, und konnte sich ein weiteres Lachen nicht verkneifen, als ihr Ebenbild diese Bewegung ebenfalls nachahmte.

Ihr Lehrmeister verschwand aus ihrem Sichtfeld, während sie begann, sich schneller zu bewegen und ihre Übungen vom Morgen ohne Schwert zu wiederholen. Gerade sprang sie in eine Drehung, streckte beide Arme nach vorn und ... da war der Dolch auch schon bei ihr.

Ihre Überraschung hinderte sie daran, rechtzeitig zu reagieren. Als die Klinge traf, fasste sie sich sofort an die Schulter – doch diese hatte nicht sie selbst getroffen. Die Illusion verschwand, als wäre sie nie da gewesen.

»Bei den Göttern, was soll das?« Sie fuhr auf dem Absatz herum.

Sivan war aufgestanden und kam ihr entgegen. »Was bringen

dir diese Täuschungen, wenn du dich nicht mit ihnen verteidigen kannst?« Fünf Schritte von ihr entfernt blieb er stehen.

»Ich habe gerade erst angefangen, diese ...«

»Wir haben keine Zeit mehr«, unterbrach er sie. Seine Hände verschwanden hinter seinem Rücken. »Uns allen ist klar, dass du keinen Mann töten willst. Also sind diese ... Illusionen wohl deine einzige Möglichkeit.«

Wie immer, wenn er die Schwerter so langsam aus der Halterung zog, verursachten sie keinen Laut.

Leyna runzelte die Stirn, beugte sich hinunter und zog seinen Dolch aus der Erde. »Du willst, dass ich mit meinen Illusionen trainiere?«

»Ich will, dass du mit deinen Illusionen kämpfst.« Er kam noch einen Schritt näher und streckte die Hand aus. »Ich will, dass du mich besiegst.«

Ein heiseres Lachen entfuhr ihrer Kehle, während sie ihm seine Waffe zuwarf. »Dich besiegen? Wie könnte ich das?«

»Sicher nicht allein«, murmelte er, doch sein Blick sprach Bände. Sie zögerte, wusste jedoch schon, dass sie keine Wahl hatte.

Kurz kniff sie die Augen zusammen, hoffte, dass er dieser Bewegung keine Bedeutung zumaß. Es fiel ihr schwerer, sich mit geöffneten Augen zu konzentrieren.

»Wirst du mir ... Zeit lassen, Illusionen zu schaffen?«

»Nein.« Einer seiner Mundwinkel hob sich. »Das wird kein Übungskampf.«

Sie wusste, was das bedeutete. Er würde sie verletzen, wenn sie ihm die Möglichkeit dazu bot.

Langsam hob auch sie die Arme, umfasste die weichen Lederbänder an den Griffen und zog ihre Schwerter hervor.

Mühsam zwang sie sich dazu, den Blick nicht von seinem Gesicht zu wenden. Aus den Augenwinkeln sah sie, dass sich hinter ihm Konturen bildeten.

»Aber es gilt weiter: nur, bis einer entwaffnet ist.«

Sivan nickte und hob die Arme.

Leyna nahm ihre Grundposition ein. Sie brauchte nur noch einen Moment, einen kurzen Augenblick der Ruhe und dann ...

Noch bevor sie den Gedanken zu Ende geführt hatte, wirbelte Sivan herum, warf den Dolch erneut und ließ auch ihre zweite Täuschung verpuffen. Dann griff er an.

Vollkommen perplex riss Leyna ihr rechtes Schwert hoch, um seinen Schlag zu parieren, und drehte sich schnell zur Seite, um auch dem anderen zu entgehen.

Er hatte es bemerkt.

»Netter Versuch«, rief er ihr zu, als er seine Klingen zur Seite zog und wieder nach ihr schlug. Sie beugte den Oberkörper zurück, ging auf ein Knie und kreuzte ihre Schwerter vor der Brust, um seinen nächsten Angriff abzufangen. Mit einem lauten Klirren fuhren seine Schwerter zwischen ihre und zwangen sie dazu, die Arme zu öffnen. Doch bevor er sie treffen konnte, rollte sie sich über die Schulter zur Seite ab, kam wieder auf die Beine und versuchte, seine Seite zu treffen. Es blieb erneut bei dem Versuch.

»Na los! Wo bleiben deine Täuschungen!«

Wie lustig er auf einmal war. Sie brachte es tatsächlich fertig, zwischen seinen Angriffen den Kopf zu schütteln. Sie musste sich konzentrieren, aber wie konnte sie das?

Tu es einfach, hörte sie Urs in ihrem Kopf sagen. *Denk nicht dauernd über so einen Mist nach, mach einfach.*

Also tat sie es einfach.

Sie wich zurück, zur Seite, parierte seine Schläge, tänzelte vor seinem Schwert davon wie bei ihrem ersten Training in den Bergen. Als er die Stirn runzelte, schlug sie einmal unbeherzt zu. Er musste vorhin das Flimmern der Luft und ihre zusammengekniffenen Augen bemerkt haben. Diese Fehler würde sie nicht noch einmal machen. Haarscharf entging sie einem Schlag gegen ihr Gesicht, deutlich sah sie die Klinge nur einen Fingerbreit von ihren Augen entfernt vorbeifahren. Doch dann war sie so weit. Sie sah es vor sich, sah jedes Detail vor ihren Augen, hatte nichts ausgelassen. *Schiebe das Bild hinaus*, wiederholte sie wie jedes Mal. *Erschaffe deinen Traum.*

Und schon entstand er.

Wie aus dem Nichts tauchte die Illusion neben ihr auf, sog die Energie auf, die sie ihr und ihrem Schwert gab und wurde lebendig.

Überraschung stand in Sivans Blick, als Leyna die Bewegungen der Illusion mit den ihren verknüpfte und mit ihr gemeinsam vorsprang.

Doch er fing sich schnell. Mühelos entging er den ersten Schlägen und brachte zwei Schritte Abstand zwischen sie.

»Besser«, rief er noch, doch da waren sie auch schon wieder bei ihm. Leyna täuschte einen Schlag gegen seine Schulter an, beugte den Arm im letzten Moment und stieß stattdessen nach seinem Bein, während die Illusion ihre Bewegung imitierte und seine linke Seite attackierte.

Sivan drehte sich mühelos aus der Reichweite der Täuschung und stieß seine beiden Schwerter gegen Leynas. Funken stoben zur Seite, seine Augen schienen zu funkeln.

»Wenn dein Abbild dasselbe tut wie du, wirst du mich nie treffen.«

Sie verstärkte den Druck auf ihre Klingen, um ihn wegzustoßen, doch da ließ er schon von ihr ab, streckte den rechten Arm – und traf ihre Täuschung mitten in die Brust.

Leyna zuckte kurz zusammen, als sie ein jäher Schmerz durchfuhr und die Energie auf einen Schlag zu ihr zurückkehrte.

Dieser Moment reichte Sivan, um auch sie zu treffen. Sie war viel zu überrascht, um auch nur an einen Schrei zu denken. Während sie noch ungläubig auf den zwar stark blutenden, aber kaum schmerzenden Schnitt an ihrem rechten Unterarm starrte, drängte er sie immer weiter zurück.

»War das schon alles?«

Seine laute Stimme riss sie aus der Fassungslosigkeit. Dies war kein Übungskampf, er ließ ihr keine Zeit. Seine Klingen fuhren auf sie herab, wieder und wieder und mit unglaublicher Kraft.

Jedes Mal ging ein Ruck durch ihre Arme, jedes Mal musste sie sich mehr zusammennehmen, um weiter dagegenzuhalten. Gegen seine Kraft konnte sie nichts ausrichten, so schnell sie auch war. Wenn er so weitermachte, würde er sie in wenigen Momenten zu Boden werfen – doch das würde sie nicht zulassen. Sie presste die Lippen aufeinander, erwiderte seinen verbissenen Blick und sammelte ihre gesamte Kraft.

»Oh nein«, erwiderte sie leise. Die Wunde blutete nicht mehr. Ein Lächeln stahl sich auf ihre Züge. »Das war noch nicht alles.«
Tu es einfach.

Nur einen Augenblick später erschien wieder ein Abbild ihrer selbst neben ihr – diesmal aber gab sie ihm mehr Kraft und übernahm die Kontrolle über ihre Bewegungen. Abwechselnd sah sie jetzt durch die Augen der Täuschung und ihre eigenen, bis die Bilder verschwammen und eins, und doch zwei zu sein schienen. Sie sah aus beiden Perspektiven gleichzeitig.

Siegesgewiss sprang sie vor, schlug mit beiden Klingen zugleich nach seinem Hals, sodass er sich ihr zuwenden musste, während ihre Täuschung nach seinem Bein schlug. Doch als das erschaffene Schwert seinen Unterschenkel erreichte, trat er es einfach fort. Leyna riss ihre Waffen in einem weiten Kreis zur Seite, führte die Bewegung weiter und wollte ihn so an der Hüfte treffen, doch da fuhr schon eine seiner Klingen auf ihren Arm zu. Schnell duckte sie sich und nutzte den freien Moment, um das zweite Schwert ihrer Nachbildung noch einmal erscheinen zu lassen.

Als sie wieder hochkam, lächelte Sivan. Er lächelte, wie er lange nicht mehr gelächelt hatte – siegesgewiss. Und das war zu viel.

Mit einem wütenden Schrei sprang sie vor und ließ ihre Klingen immer wieder auf ihn hinabfahren, während sie die Täuschung nur dann vorspringen ließ, wenn Sivan versuchte, sie selbst anzugreifen. Diese Taktik erwies sich als überaus hilfreich. Die Täuschung parierte nur, immer wieder ertönte ein lautes Klirren und Leyna schlug zu, sobald Sivan die Arme gesenkt hatte.

Bald war er es, der zurückwich. Mit jedem Schlag fiel es ihr leichter, ihre Angriffe auf die Bewegungen ihrer Täuschung abzustimmen. Zwei Körper gleichzeitig zu steuern war nicht einfach, doch sie wurde immer sicherer. Plötzlich hatte sie nicht mehr die Zeit, sich Gedanken darüber zu machen, was zwischen ihnen geschehen war. Es zählte nicht, was er getan oder gesagt hatte. Jetzt ging es nur um diesen Kampf, um diesen Sieg.

Endlich sah sie eine Möglichkeit, eine Lücke. Sie musste nur …

Zu spät bemerkte sie, dass dies nur eine Finte war. Das Lächeln kehrte auf Sivans Gesicht zurück, als sie vorsprang und er nur den

Arm senken musste, um sie zur Seite zu schieben. Mit einem kleinen Schritt war er bei ihrer Täuschung, wand sich unter ihrem Schlag hindurch und traf sie an der Schulter.

Diesmal war Leyna auf das Zurückkehren der Kraft gefasst und zuckte nicht zusammen – sondern streckte die Hand aus und fing sie ab. Da Sivan drei Schritte von ihr entfernt stand, schloss sie für einen Augenblick die Augen. Fast hätte sie laut aufgelacht. Die Aufregung und der Wille, zu gewinnen, trieben sie an, ließen das Bild vor ihren Augen überdeutlich erscheinen. Als sie die Augen öffnete, war Sivan schon wieder vor ihr, das eine Schwert über dem Kopf erhoben und das andere zum seitlichen Schlag bereit – doch ihre Seite wurde schon geschützt.

Ein anderes Schwert fing seines ab, sodass Leyna sich in aller Ruhe aufrichten konnte.

»Ist das schon alles?«, fragte sie leise. Sivans Blick wanderte nach links, nach rechts, hinter sie und schließlich wieder zu ihr. Etwas sagen konnte er nicht mehr.

Schon verschwamm ihr Blick und wurde gleich wieder klar. Auf einmal kam es ihr überhaupt nicht mehr seltsam vor, aus vier Augenpaaren zu sehen, acht Beine zu lenken oder mit acht Schwertern zu kämpfen. Es war, als hätte sie schon immer die linke Täuschung vorgeschickt, dann die rechte dazu, um sie unter Sivans Angriffen hinwegtauchen und seine Schläge abwehren zu lassen. Es war so natürlich wie atmen, die Energie im Körper ihres dritten Abbildes so zu verlagern, dass seine hintere Hälfte nur noch durchscheinend war und es vor sich treten zu lassen, sodass es ihren wahren Körper verteidigen konnte. Sie konnte Sivan deutlich sehen, beobachtete, wie er den Angriffen immer wieder entging. Ihre Abbilder konnte sie zielgerichteter kämpfen lassen, sie musste keine Angst vor Verletzungen haben. Einmal traf Sivan eine der Illusionen am Arm, doch diesmal verschwand sie nicht gleich. Leyna sah den Angriff kommen, schickte sofort die Kraft dieses Abbildes zu der verletzten Stelle und ließ sie gleich neu entstehen. Sivans Schwerter wirbelten immer schneller herum, sie hätte ihm stundenlang zusehen können. Doch dann gewann etwas anderes die Oberhand – die Aussicht darauf, ihn endlich schlagen zu können. Endlich.

Sie sprang vor. Sivan sah sie kommen, seine Miene verfinsterte sich. Die anderen beiden Täuschungen ließ sie zur Seite weichen, um ihr Platz zu machen.

Anspannung trat auf Sivans Gesicht, er wurde noch einmal schneller und seine Augen begannen zu glühen. Parierte, duckte sich, erreichte ein Bein – doch das änderte nichts. Leyna selbst konnte er nicht treffen.

Wieder begann er, zurückzuweichen. Einen Schritt, zwei, drei. Immer heftiger wurden seine Schläge, er konzentrierte sich auf die dritte Täuschung vor ihr. Vergebens.

Nun nahm Leyna all ihre Kraft zusammen, für einen letzten Angriff. Sie ließ die Täuschung, die sie schützte, verschwinden, kam noch näher an ihn heran.

Dann schlugen die anderen im selben Takt mit ihr zu.

Wieder. Wieder. Wieder.

Sivans Augen weiteten sich, als die linke Illusion ihn stärker traf als zuvor und sein Schwert zu Boden fiel. Dann traf die rechte, seine zweite Waffe fiel – und schon setzte Leyna ihm ihre Klinge an die Kehle.

Einen Moment lang standen sie wie erstarrt, schwer atmend.

Dann, langsam, ganz langsam, wich der verblüffte Ausdruck von Sivans Gesicht. Das Glühen verschwand. Er hob die Arme – und lächelte. Nicht wie zuvor, nicht siegesgewiss. »Du kannst dein Schwert runternehmen«, stellte er leise fest.

Sie ließ die Waffe sinken. Die Illusionen verschwanden.

»Ich werde mir wohl merken müssen, nicht noch einmal gegen vier von dir anzutreten.«

Sie blinzelte mehrmals. Nur langsam wurde ihr bewusst, was gerade geschehen war.

Sie hatte ihn entwaffnet. Sie hatte gewonnen – er hatte verloren. Sie hatte Sivan besiegt!

Auf einen Schlag fiel alle Anspannung von ihr ab, und sie lachte.

Mit einer fließenden Bewegung ließ sie die Schwerter hinter ihrem Rücken verschwinden und lachte erneut. »Ich habe dich besiegt!«, rief sie, noch immer ungläubig. »Ich habe dich tatsächlich besiegt!«

Seine Miene verriet nichts. Er nickte nur.

»Das war … das war unglaublich! Es war so einfach! So einfach, sie zu schaffen, sie zu kontrollieren, sie zu …« Sie brach ab und schüttelte den Kopf. »Danke«, stieß sie dann hervor.

Er hob fragend eine Augenbraue.

»Ohne dich hätte ich das nie geschafft!«

Er regte sich nicht, doch das störte ihre Euphorie nicht. Sie konnte es noch immer nicht fassen. »Ich hätte nie …«

»Ich muss jetzt gehen.«

Beinahe hätte sie seine Worte überhört, erst als er sich tatsächlich bückte, nach seinen Schwertern griff, sie ebenfalls in die Halterung gleiten ließ und sich umwandte, erstarb ihr Lachen.

»Was?«

Er antwortete nicht.

»Sivan! Hey, was soll das denn? Wo gehst du …«

Doch er hielt nicht an. Entgeistert sah sie ihm nach. Wie konnte er einfach so gehen? Monatelang hatte er sie geschlagen, ihr immer wieder gezeigt, wie viel sie noch zu lernen hatte, und jetzt, da sie ihn endlich besiegt hatte … gönnte er ihr den Triumph nicht?

Unschlüssig stand sie da. Was sollte sie jetzt tun? Wo war eigentlich Ronor?

Seufzend wandte sie sich um und ging zurück zu der verborgenen Hütte. Ronors Präsenz hatte sie von Anfang an nicht spüren können, aber er würde wohl kaum an einem anderen Ort sein.

Die Hütte erschien ihr inzwischen so deutlich wie jedes andere Haus in Zaf'or. Als sie die Tür öffnete, sah sie Ronor in seinem Sessel vor dem Kamin sitzen.

»Ah, Leyna, da bist du ja. Dann seid ihr also fertig, nehme ich an?«

Stirnrunzelnd trat sie ein. »Ihr wusstet, was er vorhatte?«

»Meine Liebe, das war ihm doch deutlich anzusehen. Ganz zu schweigen von dem …« Er deutete mit dem Zeigefinger an seinen Kopf.

Sie ließ sich wie immer auf dem Teppich nieder, rückte aber nicht zu nah an das Feuer heran. Noch immer schlug ihr Herz schneller als sonst, der Kampf hatte sie angestrengt – wenn auch nicht so sehr, wie sie erwartet hätte. Sie warf einen Blick auf ihren Arm und bemerkte erleichtert, dass der Schnitt bereits vollkommen verschwunden war.

»Und, wie viele Abbilder hast du gebraucht, um ihn zu besiegen?«

»Drei«, antwortete Leyna lächelnd. Es ehrte sie, dass Ronor davon ausging, dass sie gewonnen hatte.

»Ah.« Ronor nickte. »Ich hatte auf vier getippt. Gratuliere.«

Sie lachte leise, stand noch einmal auf und goss sich eine Tasse Tee ein. Auch wenn ihr schon warm genug war, tat es immer gut, etwas Heißes zu trinken, wenn man so viel kalte Luft eingeatmet hatte.

»Ihr wart schneller fertig, als ich gedacht hätte. Wie war es?«

»Unglaublich«, wiederholte sie. »Erst fiel es mir schwer, die Abbilder zu schaffen, ohne die Augen zu schließen. Aber es wurde immer einfacher.«

»Wie viele Versuche hast du denn gebraucht?«

»Vier.«

»So, so. Auch da hatte ich auf mehr getippt.«

»Es kam mir überhaupt nicht schwierig vor, so viele ... Menschen gleichzeitig zu ... kontrollieren.« Das alles hörte sich viel merkwürdiger an, wenn man es aussprach.

Ronor sah ihr diesen Gedanken an und lachte laut. »Oh ja. Vielen fällt es schon schwer, sich selbst zu kontrollieren.«

Sofort dachte sie an Sivan, sprach diesen Gedanken aber nicht aus und sah stattdessen zum Fenster. »Es ist schon spät. Soll ich gehen oder habt Ihr noch etwas Zeit?«

Noch immer schickte er sie mit jedem Tag etwas früher ins Dorf zurück, sodass sie inzwischen weit vor Sonnenuntergang wieder im Wirtshaus war und dort oft in ihrem Zimmer allein weiterübte.

»Ob ich noch etwas Zeit habe?«, wiederholte Ronor mit einem Lachen und schüttelte dann den Kopf. »Traurigerweise ist diese Formulierung äußerst passend gewählt. Nein, viel Zeit habe ich nicht mehr.«

»Warum nicht?«, fragte sie zögernd. »Was ist das für eine Krankheit, die Euch dazu bringt, länger zu schlafen als andere?«

»Ach, Leyna.« Seufzend griff er nach der bereitstehenden Tasse und drehte sie nachdenklich in den Händen. »Das ist nahezu unmöglich zu erklären. Sagen wir einfach, dass sich mein Körper gegen mich stellt. Seit vielen Jahren schon, und es wird nicht besser. Ich kann es nicht aufhalten, nur hinauszögern, indem ich mehr Zeit fernab von diesem Körper verbringe.«

»Ihr meint, indem Ihr Eure tierische Gestalt annehmt?«

»So ist es, meine Liebe. Meine andere Gestalt ist deutlich stärker als diese. Ich verbringe eigentlich nur den Herbst und den Anfang des Winters in diesem Wald, als Mensch. Deshalb hat Aidan euch auch zur Eile angehalten, eigentlich hätte ich diese Hütte schon lang verlassen. Für dich bleibe ich natürlich gern hier«, fügte er lächelnd hinzu, »aber das hat seinen Preis.«

Sie versuchte, das in ihr aufkommende schlechte Gewissen zurückzudrängen, doch es wollte ihr nicht recht gelingen. »Was würde geschehen, wenn Ihr in dieser Gestalt bleiben würdet?«, fragte sie leise und wollte die Antwort doch nicht hören.

»Darüber solltest du dir keine Gedanken machen, meine Liebe.« Wieder lächelte er sie an, und sie verstand nicht, warum. »Ich habe mehr als genug Jahre auf dieser Welt verbracht. Alles hat ein Ende, und wenn das meine bald kommen soll, wird es so sein. Bis dahin werde ich die mir verbleibende Zeit nutzen. Bei den Göttern, Leyna. Schau nicht so besorgt. Ich bin darauf vorbereitet und habe alles getan, was ich je tun wollte. Hättest du so lang gelebt wie ich, würdest du den Tod auch nicht mehr fürchten.«

Sie schluckte schwer und sah auf ihre Hände. Nach seinem Alter zu fragen, erschien ihr taktlos.

»Fünfhundertneunundsechzig, meine Liebe. Natürlich darfst du fragen, ich bin doch schließlich ein Mann.«

Sie blinzelte überrascht. Ihr war Sivans Alter schon erschreckend hoch vorgekommen. »Ich … weiß nicht, was ich dazu sagen soll.«

Ronor lachte laut. »Am besten gar nichts, damit liegt man immer richtig. Ich denke, ein Themenwechsel ist angebracht.«

Da hatte er wohl recht.

»Wo ist Sivan?«

Ein anderes Thema wäre ihr lieber gewesen. »Er ist gegangen, als unser Kampf vorbei war.«

Ihr Lehrmeister seufzte. »Hach ja, das konnte er schon immer gut.«

»Weglaufen, wenn er verloren hat?«

»Er ist vor allen möglichen Dingen davongelaufen, meine Liebe.«

Sie wusste nicht recht, was sie darauf erwidern sollte. Dann aber wurde das Schweigen zwischen ihnen tatsächlich fast schon unangenehm, und so lachte sie nervös. »Ich ... weiß wirklich nicht, was sein Problem ist. Nachdem wir den Tempel verlassen haben, meinte er noch, dass wir nur kämpfen würden, wenn er es sagt, und nur dann! Als ob er erwartet hätte, dass ich öfter trainieren wollen würde als er. Was für ein abwegiger Gedanke. Er ist es doch, der ...« Mühsam unterbrach sie sich, atmete tief ein und sah auf ihren Tee. Ihre Finger zitterten leicht. Immer wieder sah sie ihn vor sich, konnte die Bilder nicht vertreiben ...

»Seine Augen. Ronor, warum ... Wie können sie glühen, wenn er sich doch nicht verwandelt hat?«

Der alte Gestaltwandler betrachtete sie nachdenklich.

»Du weißt mehr über ihn, als du zugibst.«

Sie sah auf und begegnete seinem Blick.

»Er hat dir nicht nur erzählt, was er ist, nicht wahr?«

Lange sah sie ihn einfach nur an. Dann ließ das Zittern nach. Ihre Aufregung verschwand, wich Unsicherheit. Zögernd schüttelte sie den Kopf.

»Er hat es dir gezeigt«, fuhr Ronor fort und wiegte nachdenklich den Kopf hin und her. »Was unser Volk ausmacht, ist nicht einfach nur die Verwandlung in irgendein Tier, Leyna. Diese andere Gestalt gehört zu uns, sie ist ein Teil von uns, und doch gänzlich anders. Es dauert lang, diesen Teil zu verstehen. Manchen gelingt dies auch in ihrer langen Lebensspanne nicht. Sivan aber hatte schon immer eine ... ganz spezielle Verbindung zu seiner Gestalt. Sie ist tiefer, als es zum Beispiel meine je sein könnte. Und das will schon etwas heißen, will ich meinen. Wir spüren unsere tierische Seite in jedem Moment, und doch ... *sind* wir immer nur das eine – Mensch oder Tier. Eine Seite gebietet über die andere. Die verschiedenen Wesen lassen sich einfach nicht vollkommen miteinander verbinden.«

Und doch waren Sivans Augen zu denen des Nahdrins geworden.

»Aber das ist nicht alles, was dich beschäftigt. Da ist noch mehr.« Ronors durchdringender Blick ließ keine Ausflüchte zu.

»Ich ... ich habe einen seiner Träume gesehen«, gestand sie leise.

Ronor lehnte sich zurück und bedeutete ihr mit einer Handbewegung, weiterzusprechen.

»Kurz bevor wir den Widerstand erreicht haben. Ich sah ... ein Gespräch mit seinem Vater und wie die Armeen des Königs in die Höhlen strömten.«

»Hast du mit ihm darüber gesprochen?«

»Ich habe es versucht«, erwiderte sie erstickt.

Mit einem Seufzen beugte sich Ronor vor. »Weißt du, Leyna ... Früher war Sivan ein anderer. Er war ... jung und egoistisch, hat all seine Pflichten vernachlässigt und nur getan, was ihm gefiel.«

Sie schwieg. Das alles hatte sich ein Teil von ihr schon gedacht, als sie seinen Vater gesehen hatte. Dennoch fiel es ihr auch jetzt schwer, es zu glauben. Entsetzt stellte sie fest, dass sie es nicht glauben wollte, dass sie sich das gute Bild von ihm bewahren wollte – dabei hatte sie sich doch vorgenommen, solche Gefühle nicht mehr zuzulassen.

»Sein Vater war der König des mächtigsten Volkes dieses Landes. Wer hätte ihm etwas vorschreiben sollen?« Ronor schien genau auf jede Reaktion von ihr zu achten. »Seit er sich zum ersten Mal verwandelt hatte, wuchs seine Kraft mit jedem Tag. Keine Magie bereitete ihm Probleme, ähnlich wie bei dir. Niemand konnte es mit ihm aufnehmen. Er wurde hochmütig.«

Leyna versuchte, sich diesen Jungen vorzustellen. Einen jungen Sivan, der nur an sich dachte ... Es wollte ihr nicht gelingen.

»Seitdem hat er sich so stark verändert, dass ich ihn fast nicht wiedererkannt hätte«, fuhr Ronor fort. »Und nie, wirklich nie hätte ich gedacht, dass er sich tatsächlich jemandem anvertrauen könnte. Dass er dir gezeigt hat, was er ist, ist ... unfassbar, Leyna.«

Wie auf einen Schlag war die Leere wieder da. »Manchmal wünschte ich, er hätte es nicht getan«, murmelte sie. »Manchmal wünschte ich, er hätte mich niemals gerettet.« Sie sah zu Ronor und erkannte Überraschung in seinen Augen.

»Ja, er hat mir seine Gestalt gezeigt. Ja, er hat mir das Leben gerettet und ja, er hat mir das Kämpfen beigebracht – aber er hat mich mehr verletzt, als jeder Soldat es gekonnt hätte.« Und damit stand sie auf und ging.

15

Geistesabwesend ballte Leyna die Hände zu Fäusten, während sie auf das Stadttor von Zaf'or zuging. Bei Ronor hatte sie sich noch beherrscht, aber jetzt, da sie allein war, kam eine ihr bis dahin unbekannte Wut in ihr auf. Was dachte Sivan sich eigentlich? Wie konnte er es wagen, sie erst zum Kampf herauszufordern und dann einfach zu gehen? Er hatte sie einfach so stehen lassen! Sie hatte es die ganze Zeit über toleriert, dass er so wenig Zeit wie nur irgend möglich mit ihnen allen verbrachte, hatte sich fast schon daran gewöhnt. Auch damit, dass er all das zwischen ihnen ignorierte, oder nicht beachtete, hatte sie sich abgefunden. Sie tat ihr Bestes, es ihm gleichzutun, obwohl die sie seitdem einnehmende Leere sie mit jedem Tag weiter zu zerstören schien.

Sie nickte den Wachen am Tor kurz zu und betrat die schmalen Gassen Zaf'ors.

So oft wurde sie abends schwach, so oft entwischten ihre Gefühle der Tür in ihrem Inneren, so oft drängte sie sie wieder zurück. Doch der heutige Tag war genug gewesen.

Sie hatte genug davon, über all diese Dinge hinwegzusehen! Sie wollte ihm nicht immer wieder alles vergeben, ohne dass er sich wenigstens dafür entschuldigte! Es war genug, sie ...

Das Wirtshaus tauchte vor ihr auf. Sie blieb einen Moment stehen und lehnte sich gegen das kühle Droma-Erz der Stadtmauer in ihrem Rücken.

Sie musste sich beruhigen. Es würde nichts bringen, ihm genau das zu sagen, was sie schon so lange dachte. Er würde wahrscheinlich nur nicken oder einfach wieder gehen. Doch sie konnte nicht auf das Training mit ihm verzichten, sie ...

»Sehr gut, Alessa. Es klappt doch, mach dir keine Sorgen. Es passiert nichts«, drang Tarins leise Stimme an ihr Ohr. Inzwischen hatte sie ihr Gehör so weit unter Kontrolle, dass sie sich daran gewöhnt hatte, unbekannte Stimmen zumindest aus weiter Entfernung auszublenden und nur nach denen ihrer Freunde zu suchen. Sie hörte Alessas nervöses Lachen und spürte, wie sie ihrer Kraft immer mehr ihren Lauf ließ. Sie musste schon eine ganze Weile mit Tarin üben, normalerweise waren sie längst fertig, wenn Leyna ins Dorf zurückkehrte. Inzwischen konnte sie die beiden nur noch selten miteinander flüstern hören, oben in Tarins Kammer. Sie hatte nichts dazu gesagt, ihr war klar, dass Alessa es geheim halten wollte, dass sie sich wieder an der Manipulation des Lichtes versuchte – und das mit Erfolg. Zwar führte sie keine komplizierten oder schwierigen Übungen aus, sondern hielt nur einen Lichtstrahl unter Kontrolle, doch das genügte schon, um ihr ihre Sicherheit wiederzugeben. All die schwierigen Dinge hatte sie vor langer Zeit gelernt.

Mit einem Seufzen stieß Leyna sich von der Mauer ab und betrat das Wirtshaus durch die Hintertür, bevor sie die Küche durchquerte und mit betont schweren Schritten die Treppe hinaufging, damit Tarin und Alessa sie hören konnten. Als sie den Absatz erreichte, kamen ihr die beiden schon entgegen.

»Ah, Leyna, da bist du ja endlich!«, rief Tarin. Er hatte den Bogen in der Hand, mit dem Taja ihn zweimal zum Jagen geschickt hatte.

»Wir wollten gerade ein bisschen trainieren, kommst du mit?« Alessa hielt drei schmale Dolche in der Hand und lächelte zufrieden. Sie machte große Fortschritte.

»Gern«, antwortete Leyna und ging die Treppe wieder hinunter. Ablenkung brauchte sie jetzt dringender als alles andere. Außerdem war sie lang nicht mehr so früh wie heute zurückgekommen und hatte auch lange keine ruhige Zeit mehr mit Alessa und Tarin verbracht …

»Ich hole die Mädchen«, rief Alessa ihnen zu und verschwand im Schankraum, der sich schon deutlich geleert hatte – verwunderlich, sonst war es bis in die späten Abendstunden komplett voll. Wahrscheinlich hatte Alessa deshalb Zeit für ihre Übungen.

Tarin ging voran in den kleinen, an das Haus angrenzenden Kräutergarten. Taja pflegte hier alle möglichen Pflanzen, deren Früchte sie für die Getränke brauchte. Gleichzeitig bot ihnen die kleine, freie Rasenfläche genügend Platz zum Üben und die niedrige Mauer schützte sie, so gut es ging, vor unerwünschten Blicken.

»Wie kommt es, dass es heute so leer ist?«, fragte Leyna, setzte sich auf die schmale, neben der Tür stehende Bank und sah zu, wie Tarin den Köcher an die Wand lehnte und sich nach einem geeigneten Ziel umsah.

»Heute kamen einige neue Soldaten in die Stadt. Ist nicht gut für's Geschäft, wenn niemand sonst mehr Platz hat.«

Leyna nickte nachdenklich. Die Soldaten mieden sonst das Wirtshaus. Laut Taja genügte es ihnen, in ihrem eigenen Quartier zu trinken.

Die Tür ging ein weiteres Mal auf und Alessa kam heraus. Ejina und ihre jüngere Schwester Naru, die ihren kleinen, roten Freund auf der Schulter trug, folgten ihr.

»Oh, hallo Leyna!«, rief die jüngste von Tajas Töchtern, lief gleich zu ihr und umarmte sie fest.

»Hey, Achtung, hier sitzt doch noch jemand!«, rief Urs empört und sprang in die Luft, bevor Leyna die Kleine an sich drückte. Naru sah sie kaum noch, schließlich kam sie normalerweise immer so spät zurück ins Wirtshaus, dass sie dann schon schlief. Mit Urs verstand sich die Kleine dafür umso besser. Sie verbrachten beinahe den ganzen Tag miteinander – und damit, die Dorfbewohner zu ärgern. Naru war anscheinend schon immer sehr kreativ gewesen, was ihre kleinen Streiche anging, und dass Urs von den meisten Menschen nicht gesehen werden konnte, eröffnete völlig neue Möglichkeiten. Der Satz »Was immer es ist, ich war ... oh, das ... ja, das war ich«, kam seit ihrer Ankunft erschreckend oft aus seinem Mund.

»Ich lerne jetzt wieder kämpfen!«, rief Naru stolz und griff nach dem Dolch, den Alessa ihr hinhielt.

»Ich weiß!«, antwortete Leyna. »Damit du bald die ganzen Männer besiegen kannst.«

»Ich bin immer noch dafür, dass ihr einfach dafür sorgt, dass sie gar nicht erst kämpfen muss«, murmelte Urs.

Doch Naru lachte nur, griff nach einem seiner Beinchen und strich über seinen flauschigen Bauch. »Das ist doch nur für alle Fälle, Urs! Das verstehst du nicht, dafür bist du noch zu klein.« Dann sah sie zu Alessa und hob den Dolch, der deutlich länger war als ihre kleine Hand.

Urs verdrehte die Augen und verharrte nur einen Schritt hinter Naru in der Luft, zu allem bereit.

»Kannst du auch mit einem Dolch umgehen, Leyna?«, fragte Ejina und setzte sich neben sie, während Alessa Narus Haltung korrigierte.

»Nur so, wie ich es muss«, antwortete sie ausweichend und sah schnell wieder zu Tarin, der inzwischen auf einen am anderen Ende des Gartens stehenden Baum schoss. Dann fixierte sie den inzwischen laut rufenden Urs und ließ mit nur einem Gedanken eine dichte, dunkle Wolke direkt vor ihm erscheinen.

Erschrocken schrie er auf, flog zurück und warf ihr viel zu spät einen bösen Blick zu.

Leyna versuchte erfolglos, ihr Grinsen zu unterdrücken. Seit sie begonnen hatte, Täuschungen zu erschaffen, erkannten Alessa, Tarin und Ronor diese immer seltener. Mittlerweile konnte sie in neun von zehn Fällen einfach etwas erscheinen lassen, wenn sie gerade nicht hinsahen, und sie bemerkten es entweder nicht oder fragten sich, wie denn plötzlich dieses Buch auf ihren Stuhl gekommen war. Wenn sie im Gasthaus etwas erscheinen ließ, um auch am Abend zu üben, wurden auch Taja und ihre Töchter oft stutzig. Nur Urs schien niemals zu erkennen, wann etwas echt war und wann nicht. Ihn konnte sie jedes Mal aufs Neue erschrecken, und jedes Mal ärgerte er sich unendlich darüber.

»Ich finde, jeder sollte sich verteidigen können«, fuhr Ejina fort, lehnte sich gegen die Hauswand und fuhr sich über die Augen. »Man kann nie wissen, wer hinter der nächsten Ecke steht.«

Leyna nickte und wagte es dann doch, sie anzusehen. »Hast du schlecht geschlafen? Du siehst müde aus«, stellte sie leise fest.

»Ja, ich ... hatte in der letzten Nacht einen Albtraum.«

Leyna nickte kurz. Also hatte sie sich doch nicht getäuscht. Sie war nur zu müde gewesen, um herauszufinden, woher genau der schlechte Traum gekommen war, den sie gespürt hatte.

»Ich träume oft davon, dass die Soldaten unser Haus ... zerstören«, murmelte Ejina. »Und dann das ganze Dorf.«

»Das werden sie schon nicht«, flüsterte Leyna und wandte den Blick ab, als sie sich an ihren ersten Albtraum erinnerte. Inzwischen war es etwa drei Wochen her, dass sie nachts schweißgebadet aufgewacht war. Sie hatte in einer großen Menge gestanden, umringt von Menschen, die sie nicht kannte. *Gotteskind,* hatten sie gerufen, *Gotteskind, hilf uns endlich! Du bist nicht stark genug! Er wird dich besiegen, du wirst versagen!* Es hatte scheinbar endlos gedauert, bis ihr endlich klar geworden war, dass sie träumte. Viel länger als sonst. Dann war Naralon da gewesen, zwischen den Menschen. Sie hatte ihn angeschrien, wie sie sich retten konnte, doch er hatte nur den Kopf schief gelegt und sie angestarrt.

Du kannst tun, was du willst, hatte er geantwortet. Seine Anwesenheit hatte ihr Sicherheit gegeben, sie hatte sich beruhigt, nachgedacht und nach einer Möglichkeit gesucht, aus diesem Traum zu fliehen.

»Was geschieht, wenn ich eine Tür schaffe, Naralon?«, hatte sie gefragt. »Eine Tür, von der nur ich weiß, wohin sie führt? Könnte ich durch sie hindurchgehen und an einen anderen Ort gelangen?«

Ein Nicken war die schlichte Antwort gewesen.

So hatte sie sich konzentriert. Erst war ihr ein Bild von Ronors Hütte eingefallen, doch das hatte sie verworfen. Ihre Tür sollte nicht in Ronors Hütte führen.

Also hatte sie eine vollkommen neue Tür erschaffen. Sie hatte die Maserung des dunklen Holzes vor sich gesehen, die kleinen Unebenheiten, das noch frische Harz der Latten gerochen. Sie hatte den runden Türknauf genau vor sich gesehen, in dessen Mitte ein rot funkelnder Edelstein prangte. Mit kleinen, silbernen Punkten ...

»Ha! Ich hab dich, hast du das gesehen, Ejina?«

Ejina stimmte lächelnd in Urs' begeistertes Klatschen ein, erhob sich und nahm den Dolch von ihrer Schwester entgegen. Jetzt setzte Naru sich neben sie, der Varnir landete wieder auf ihrer Schulter und verschränkte zufrieden die Arme vor der Brust.

»Bald kann ich sie alle beschützen!«

Lachend legte Leyna einen Arm um die Kleine und vertrieb die Erinnerungen an den Traum. Die Zuversicht in der Stimme dieses jungen Mädchens ließ keine bösen Gedanken zu.

»Ach, du musst doch bald eh niemanden mehr beschützen, Naru, wenn ...«

Gerade noch rechtzeitig warf Leyna Urs einen warnenden Blick zu, der ihn sofort zum Verstummen brachte. Die kleinen Augen weiteten sich und er gab ein leises Hüsteln von sich.

»Wenn was, Urs?«, rief Naru aufgeregt und versuchte, ihn mit den Händen einzufangen. »Was meinst du? Wenn die Götter zurückkommen?«

»Ähm ...« Der Varnir schien ebenso überrascht wie Leyna. »Ja. Ja genau, was denn sonst?«

»Du glaubst daran, dass sie zurückkommen?«, fragte Leyna leise.

Naru sah sie fast schon empört an. »Ja klar! Sobald sie ihren Fluch überstanden haben. Das dürfen wir eigentlich nicht laut sagen, aber ich glaube, bei dir ist das in Ordnung. Ich mag dich.«

Urs' lautes Lachen hielt sie davon ab, etwas darauf zu erwidern. »Fluch? Naru, was erzählst du denn da? So was gibt's doch gar nicht.«

»Aber natürlich gibt es so was!« Naru nickte energisch. »Die Götter würden doch sofort zurückkommen, wenn sie könnten. Und unser toller König ist doch niemals so stark, dass er sie von uns fernhalten kann. Irgendjemand hilft ihm dabei, und das ist mit Sicherheit jemand, der sie verflucht hat!«

»Tse«, machte Urs. »Als ob dem Feigling irgendjemand freiwillig helfen würde. Ich zumindest nicht!«

*

»Frischer Fisch! Kostet die wunderbar schillernden Fische des warmen Mavo, gestern bei Ilras gefangen!«

»Kostbare Steine von den Inseln! Nach wochenlanger Schiffsreise sind sie endlich hier, nur um von euch gekauft zu werden!«

»Kommt näher, kommt näher! Betrachtet die riesigen Fische des kalten Mavo, kräftig rot sind sie heute, so frisch habt ihr sie noch nie probiert! Ihr Fleisch ist doppelt so fest wie das der warmen Fische!«

Kopfschüttelnd lehnte Sivan sich gegen eine der vielen hoch aufragenden Hauswände und verschränkte die Arme vor der Brust. Warme Fische. So nannte man sie also heutzutage. Vor einhundert Jahren hatte man sie noch *die Dunklen* genannt, da ihr Fleisch nicht nur fester, sondern auch deutlich rötlicher gefärbt war. Damals, als er noch wissbegierig durch die Städte Mirandors gezogen war, hatte er mehrere Wochen in Da'lin verbracht und mit den Männern dort gefischt. Bei diesem Dorf teilte sich der Mavo in zwei schmalere Stränge. Das wärmere Wasser floss westlich bis nach Ilras, das kältere östlich weiter. Nur aufgrund dieser Teilung hatten sich dort die verschiedensten Fischarten entwickeln können und so war das ehemalige kleine Fischerdorf zu bescheidenem Wohlstand gekommen. Vergrößert hatte Da'lin sich im Gegensatz zu fast allen anderen Städten ihres Landes nicht. Sivan hatte nie nachvollziehen können, wieso die Menschen dort nur denen eines ihrer Häuser gewährten, die auch in der Stadt geboren waren.

»Frische Beeren! Kauft meine reifen Beeren aus dem West-Wald!«

Er seufzte leise. Eigentlich hatte er doch wirklich Besseres zu tun, als nach einem so nervenaufreibenden Morgen auch noch den Mittag über auf dem Marktplatz zu stehen und auf Gerüchte zu lauschen. Wobei ... Er lachte freudlos auf. Nein, das hatte er nicht. Der nur alle zwei Wochen stattfindende Markt gab ihm weit mehr Hoffnung, etwas zu erfahren, als die täglichen Gespräche der alten Frauen.

Er stieß sich von der Wand ab und schob sich langsam durch die wild durcheinanderlaufenden Menschen.

Leyna war noch immer wütend gewesen, hatte dies aber nicht zeigen wollen. Es war so verwirrend, sie so zu sehen. So ... mühsam beherrscht. Sie hatte während ihres morgendlichen Trainings kaum ein Wort gesagt und er hätte nicht einmal gewusst, was er hätte sagen sollen, hätte er es denn gewollt.

»Dichtes Grahan-Fell für Eure neuen Mäntel, greift zu!«

Er bedachte den aufdringlichen kleinen Mann, der auf ihn zukam und das Fell gegen seine Hand presste, nicht einmal mit einem Blick, sondern schlug stattdessen die Kapuze seines Mantels hoch über seinen Kopf.

Sobald sie ihre Übungen beendet hatten, war sie ohne eine Verabschiedung zu Ronor gegangen. Das hatte ihm gezeigt, wie ernst es ihr war – aber sie würde sich schon wieder beruhigen. Jetzt war ein Tag vergangen, vielleicht brauchte sie noch zwei ... oder drei weitere.

Langsam ging er weiter zwischen den Ständen umher und lauschte auf jedes Wort. Niemals sonst war es so unfassbar voll auf Zaf'ors Marktplatz, schließlich waren zwei Wochen eine lange Zeit, die es ohne den Markt und seine Händler aus dem ganzen Land zu überwinden gegolten hatte.

»Wein aus Onamdra! Kostet meinen köstlichen Wein!«

Oh, dieser Versuchung hatte er lang nicht mehr nachgegeben.

»Seht, mein funkelndes Droma-Erz aus dem gefährlichen Calidras-Gebirge! Verstärkt eure Häuser, auf dass sie jedem Sturm standhalten!«

Er runzelte die Stirn. Auf dem Tisch des Mannes lag kaum genug Erz, um eine einzige Tür zu verstärken. In Alanya war jedes Haus damit umgeben gewesen. Er hatte Leynas Heimatdorf nur wenige Male gesehen, doch der Anblick des funkelnden Erzes war ihm in Erinnerung geblieben.

»Kommt heran! Sichert euch eine dieser Schachteln und die Wirkung der darin liegenden Flügel der letzten Varnire!«

Ruckartig blieb er stehen und wandte sich um.

Hinter einem schmalen Tisch stand ein schmächtiger Mann, in einen weiten Mantel gehüllt und eine grob gewebte Mütze tief ins Gesicht gezogen. Seine Nase war so rot wie die warmen, die Haut so blass wie die kalten Fische.

Als er an den Tisch trat, sah der Händler begierig zu ihm auf.

»Ah, mein Herr, sucht Ihr nach einer Spur des Glückes der Varnire? Hier, hier!«

Und schon drückte er ihm eine winzige Holzschatulle in die Hand. »Spürt Ihr es? Spürt Ihr die Magie?«

Er zog es vor, nicht zu antworten, und hob stattdessen den Deckel der Schatulle an, obwohl er doch schon wusste, was er sehen würde.

»Ah, mein Herr, Ihr wisst doch sicher, dass wir Menschen die Varnire nicht sehen können. Sucht also nicht nach den Flügeln! Sie sind da, ich versichere es Euch!«

Er sah nichts. Rein gar nichts. »Ihr seid kein guter Lügner«, stellte er leise fest, legte das Kästchen zurück auf den Tisch und wandte sich um.

»Lügner nennt er mich? Ich bin kein Lügner! He! Kommt gefälligst zurück!«

Wieso tat er es immer wieder? Er sollte sich endlich mit dem abfinden, was er ebenfalls schon wusste! Den Gerüchten magiebegeisterter Menschen konnte man ohnehin nicht trauen. Und doch beging er diesen Fehler seit einhundert Jahren wieder und wieder.

Er erreichte die andere Seite des Platzes und folgte der in immer weiteren Kreisen zum Stadttor führenden Straße. Diese Straße hatte ihn schon so oft so viel Zeit gekostet, dass er sich ein weiteres Mal dafür verfluchte, den im Zentrum liegenden Marktplatz überhaupt aufgesucht zu haben. Er zwängte sich durch eine der wenigen Lücken zwischen den Häusern hindurch, um sich eine weitere Umrundung zu ersparen, als er sich überrascht zurück in die Schatten drängte.

Kurz schloss er die Augen und bat einen der vielen Götter darum, dass sie ihn nicht gesehen haben möge – und er oder auch sie erhörte ihn.

Die Lichtlenkerin ging an ihm vorbei, ohne ihn zu bemerken.

Erleichtert atmete er auf und beugte sich vor, um sicher zu sein, dass sie weiterging. Hier waren zwar einige Menschen unterwegs, doch ihre langen, zu einem Zopf geflochtenen hellen Haare stachen sofort heraus. Sie trug ein schlichtes Kleid – ein ungewöhnlicher Anblick, auf ihrer bisherigen Reise hatte sie wie Leyna Hosen getragen – und einen großen, gefüllten Korb unter dem Arm, aus dem der Duft nach frischem Brot drang. Vermutlich hatte die Wirtin sie zum Einkaufen geschickt. Er würde es ebenso machen, nur um dem Gedränge zu entgehen.

Er wartete einen Moment, bis etwas Distanz zwischen ihnen lag, und folgte ihr. Dummerweise lag das Wirtshaus gerade auf seinem Weg zum Tor, aber solang er hinter ihr blieb, würde er zu keinem belanglosen Gespräch genötigt werden.

»Alessa!«

Er zuckte nicht zusammen, konnte aber nicht verhindern, dass ein ungutes Gefühl in ihm aufkam.

Ein anderes Mädchen mit ebenfalls langen, aber schwarzen Haaren rauschte an ihm vorbei und kam neben der Lichtlenkerin zum Stehen. Er kannte es nicht, konnte sich aber sofort denken, dass es sich dabei um Tajas dritte Tochter, die Heilerin, handeln musste. Die Ähnlichkeit war nicht zu verkennen.

Als Alessa sich umwandte, sah er schnell zu Boden, doch ihre Aufmerksamkeit galt ohnehin dem anderen Mädchen.

»Hijara.« Besonders glücklich klang sie nicht. »Was tust du denn hier?«

»Meine Mutter bat mich, heute mit ihr zu Mittag zu essen. Von Zeit zu Zeit tue ich ihr den Gefallen.«

»Ah.«

Sie gingen weiter.

Sivan folgte ihnen.

»Und, wie war dein Tag?« Hijara schien gar nicht auf eine Antwort zu warten, sondern sprach gleich weiter. »Also meiner war ganz wundervoll. Ich habe das Sainoj-Kraut gepflegt und es hat einen wirklich fantastischen Duft entwickelt, ganz wie Tarin sagte, damit können wir viele unserer Salben ergänzen, damit sie nicht mehr so fürchterlich riechen. Dann habe ich mit Tarin die Anum-Samen ausgesät. Er meinte, sie würden in Töpfen auch im Winter wachsen. Ist das nicht faszinierend? Er kennt sich so gut mit diesen Pflanzen aus und hat mir so viel darüber erzählt, wie er im Gebirge mit seinem Großvater gearbeitet hat. Stundenlang saßen wir da und haben nur geredet und gelacht und …«

»Wie schön.«

»Ja, finde ich auch! Er ist so ein toller Mann. Wir hatten noch nie einen Mann bei uns, der uns so viel beibringen konnte. Natürlich lernt er auch von mir …« Die Tochter der Wirtin seufzte leise.

Sivan runzelte die Stirn. Es hatte einen Grund, warum er sich von solchen Mädchen stets ferngehalten hatte.

In Alessa reifte anscheinend ebenfalls der Wunsch, wegzulaufen. Sie ballte die herabhängende Hand zur Faust.

Er hörte das leise Knacken der verwobenen Stränge des Korbes, als sie ihn fester umfasste.

»Oh ja. Ich bin sicher, ihr habt ganz viel Spaß.«

»Hey, jetzt sei doch nicht so! Freu dich lieber für mich. Ich glaube, Tarin und ich sind wirklich füreinander gemacht. Da war heute dieser eine Moment, als wir beide bei den Pflanzen saßen, da waren wir uns ganz nah und ich bin mir sicher, wären wir allein gewesen, hätte er ...«

»Ich habe schon verstanden, was du sagen wolltest, Hijara!«

Alessas Stimme zitterte, als sie stehen blieb und sich zu Tajas Tochter umwandte. Ihre blauen Augen blitzten wütend, und doch meinte er auch einen Hauch von Schmerz zu erkennen.

»Aber Alessa, warum bist du denn so wütend?«

Hijaras Augen weiteten sich erschrocken, doch in ihnen lag etwas Berechnendes, Zufriedenes. »Hab dich doch nicht so. Du findest sicher auch noch den Richtigen. Also ... irgendwann.«

Alessas Atem beschleunigte sich, sie presste die Lippen fest zusammen, als müsse sie sich konzentrieren, um ruhig zu bleiben. Das Blitzen ihrer Augen wurde stärker, wurde fast zu einem Glühen. Sie begann, immer mehr zu zittern, blinzelte viel zu oft.

Und das war genug.

Mit einem leisen Schrei sprang Hijara ein Stück zurück, als der Boden unter ihren Füßen sich regte.

Diesen Moment nutzte Alessa, um ihr Kleid zusammenzufassen und in der nächsten Häuserlücke zu verschwinden.

Fassungslos starrte Hijara auf die nun unbewegliche Erde, dann dorthin, wo Alessa verschwunden war, und wieder zu ihren Füßen.

In aller Ruhe schloss er zu ihr auf und schlug die Kapuze zurück. »Faszinierend, nicht wahr?« Er fand es irgendwie passend, dieses Wort zu wählen. Schließlich hatte sie es wohl von Tarin übernommen. »Diese Erde. Man kann nie wissen, was sie als Nächstes tut.«

Das Mädchen schien seine Überraschung abgeschüttelt zu haben und sah nun mit gerunzelter Stirn zu ihm hoch. Es stand keine Angst in seinem Blick. Nur Stolz, Sicherheit und vielleicht ein wenig Überraschung.

»Was soll das? Wer bist du?«, zischte sie und zauberte damit ein Lächeln auf seine Züge.

Er atmete tief ein und beugte sich zu ihr hinab. »Ich bin vieles. Zum einen jemand, den du nicht zum Feind haben möchtest. Zum anderen ein Freund von Tarin.« Er kam ihr noch etwas näher, und nun war sie es, die schneller atmete. »Und außerdem vertrete ich die Ansicht, dass es ihm allein zustehen sollte, zu entscheiden, für wen er gemacht ist. Also ... sollte ich noch einmal hören, sehen oder erfahren, dass du versuchst, dich zwischen ihn und Alessa zu stellen, dann ...«

Erneut sprang sie zurück, doch da war das Beben schon wieder verschwunden.

Sivans Lächeln blieb ungebrochen. »Dann könnte die Erde weitaus faszinierendere Dinge tun.«

Hijara brachte nichts als ein Nicken zustande. Als er sich aufrichtete, lief sie noch schneller davon als Alessa zuvor.

Seufzend fuhr er sich durch die immer länger werdenden Haare, ging zum Tor und verließ Zaf'or.

Solche Probleme konnte man sich doch nur wünschen.

*

Gedankenverloren schlug Leyna die nächste Seite um und fuhr mit dem Finger an den Zeilen entlang. Das leise Knacken des Feuers und das Rauschen des Windes vor dem angelehnten Fenster waren die einzigen Laute, die die konzentrierte Stille in Ronors Hütte durchbrachen.

Es war bereits Nachmittag, obwohl es Leyna vorkam, als wäre sie gerade erst hier angekommen. Am Morgen hatte sie Taja im Wirtshaus geholfen, weil Alessa schon bei Morgengrauen auf den Markt gegangen war, um das frischeste Gemüse zu kaufen. Da Hijara Tarin inzwischen nicht einmal mehr für eine Stunde entbehren wollte, war es so an Leyna gewesen, Ejina bei der Zubereitung des Frühstücks zu helfen. Es war ihr nur recht gewesen, Zaf'or erst etwas später zu verlassen. Bevor sie hier angekommen war zumindest. Auf dem Weg den Hügel hinauf hatte sie sich ausgemalt, wie sie sich vor Sivan rechtfertigen würde, wie sie ihre Wut darüber ausdrücken würde, dass er einfach so gegangen war. Den ganzen letzten Abend und diesen Morgen über hatte sie sich gezwungen, nicht an ihren Kampf zu denken und all das erfolgreich von sich fortgeschoben. Als er dann dort gestanden und ihr wartend entgegengeblickt hatte, war all dies für einen kurzen Moment gefährlich nah an die Oberfläche gekommen.

Doch sie hatte sich beherrscht.

Genau wie er.

Sie atmete tief ein und lehnte sich gegen den warmen Stein des Kamins in ihrem Rücken. Ihr ganzer Körper schmerzte. Man sollte meinen, sie hätte ihr Schwert heute durch ihr Zuspätkommen weniger oft gegen ihn heben können. Tja, dem war nicht so gewesen. Sivan verstand sich darauf, sein Trainingspensum durchzuziehen, ganz egal, in welcher Zeit. Es war einfach nur anstrengend gewesen, und das nicht in körperlicher Hinsicht.

Er hatte ihren Sieg mit keinem Wort erwähnt, als wäre er niemals geschehen. Das hatte ihre Wut nur noch mehr geschürt. Doch da sie wusste, dass ihre Wut bei ihm, dem immer ruhigen Kämpfer, nichts bewirken würde, hatte sie dieses Gefühl ignoriert. Wie alle anderen. Jeden Tag.

Einem Teil von ihr ging es damit besser. Doch ein anderer wollte nicht mehr wütend sein, oder verletzt. Oder ignoriert werden.

Sie wusste nicht mehr, was sie denken, was sie fühlen sollte.

Hinzu kam noch, dass Ronor ihr anschließend so viel über die Eigenarten des Waldes und die verschiedensten darin verborgenen Wesen erzählt hatte, dass sie gern jetzt schon zum Wirtshaus und ihrem Bett zurückgekehrt wäre.

Doch hier, in Ronors Hütte, war alles anders. Dies war seit dem Beginn ihrer Übungen ein Ort des Lernens, der Ruhe und der Entspannung. Hier hatte nichts anderes Platz. Kein Ärger, keine Sorgen. Nur Konzentration.

Der Tee war bereits aufgebrüht gewesen und sie hatten gleich begonnen, an ihren Illusionen von allerlei menschlichen Stimmen zu arbeiten. Dass sie ihn geweckt hatte, schien ihn nicht gestört zu haben.

Das leise Kratzen von Ronors Stift mischte sich unter das Prasseln des Feuers. Wenn sie sich nach ihren Übungen noch eines seiner unzähligen Bücher aus dem Regal zog, blätterte er stets in seinem Traumbuch und füllte täglich weitere Seiten. Sie hatte es sich zur Tradition gemacht, dies gleich am Morgen zu tun, schrieb aber niemals so viel wie Ronor. *Wer mehr schläft, träumt auch mehr*, hatte er nur gesagt, als sie ihn einmal darauf angesprochen hatte.

Wieder schlug Leyna die Seite um und betrachtete die in den Ecken abgebildeten Zeichnungen. Der dicke Wälzer mit dem roten Einband war ein altes Liederbuch, in das sie schon sehr oft hineingesehen hatte. Dem Aussehen nach war es deutlich mehr als einhundert Jahre alt und umfasste Gedichte, Sagen und Lieder alter Helden, Gefahren und Ereignisse. Abgesehen davon, dass Leyna sich gerade für diese Geschichten begeistern konnte, waren sie teilweise in den alten Runen verfasst, die sie Ronors Meinung nach unbedingt lernen sollte. Er hatte immer wieder betont, dass dies eigentlich ein Buch für Kinder sei, wie es sein Volk vor vielen Jahren oft zur Geburt verschenkt hatte. In den letzten Wochen hatte sie sich wirklich bemüht, doch da waren noch immer so viele Zeichen, die sie nicht kannte. Es würde wohl Jahre, wenn nicht Jahrzehnte dauern, um diese Schrift ohne Schwierigkeiten lesen zu können.

Sie sah auf und betrachtete Ronor. Er wirkte nicht schwach auf sie, obwohl seine Worte des letzten Tages sie noch immer beschäftigten. Er machte nicht den Eindruck, als sei er krank. Doch manchmal war etwas in seinem Blick, etwas ... Müdes. Wenn er so in seinem Sessel saß wie in diesem Moment, sein Traumbuch auf dem Schoß und vollkommen in die Worte vertieft, konnte man fast denken, er würde nicht mehr aufstehen wollen. Sie fragte sich nicht zum ersten Mal, wie sie die Anzeichen vorher nicht hatte bemerken können ... aber vielleicht lag es ja wirklich nur daran, dass er heute weniger geschlafen hatte.

Als würde er ihren Blick spüren, hob nun auch Ronor den Kopf und schenkte ihr ein amüsiertes Lächeln. »Verstehst du etwas nicht, meine Liebe? Dann hilft anstarren nicht viel, du musst deinen alten Lehrer schon fragen.«

Lächelnd schüttelte sie den Kopf über diese Unbeschwertheit. Nein, es war nicht zu glauben, dass er todkrank sein sollte. »Sagt mir, was dieses Zeichen bedeutet«, bat sie, beugte sich vor und streckte ihm das Buch entgegen, wie sie es schon so oft getan hatte.

Er warf erst nur einen Blick darauf, stockte kurz und lächelte dann. »Da hast du dir aber etwas Feines rausgesucht, meine Liebe. Das ist *tondath.* Stolz.«

»Stolz ...«, wiederholte Leyna und betrachtete die Zeilen noch einmal. Dann erst bemerkte sie, was sie dort las. »Das ist das Lied der Götter!«

»Allerdings, meine Liebe.«

Überrascht sah sie zwischen Ronors Lächeln und der vergilbten Seite hin und her. »Aber ... ich kenne es nur mit vier Strophen.«

»Eine für jeden herrschenden Gott. So war es einmal gedacht. Den meisten erschien es wohl unsinnig, dann auch die letzten zwei Strophen zu verbreiten.«

Jetzt, da sie wusste, was dort stehen sollte, erschloss sich der Sinn der ihr unbekannten Runen wie von selbst:

Lyras, der Stolz, der Herr der Wälder,
bringt Westwind mit sich und blühende Felder.
Im neu'n Jahr das Licht des Frühlings obsiegt,
nur die Welt des Vergang'nen in Dunkelheit liegt.

Die Flamme der Liebe im Sommer entfacht,
wenn Yirenas Zeit bringt Wärme und Kraft.
Doch Feuer ist tödlich, drum seht euch vor,
und bleibt weit fort vom Sonnentor.

Bald in Farben des Herbstes die Blätter erstrahlen,
und die Wälder die Stürme Caidras ertragen.
Doch lasst euch nicht täuschen, denn eins ist gewiss:
Wer träumt wie die Göttin, der weiß, wer sie ist.

Kyon, der Winter, der Stärkste von allen,
den Norden beherrscht und all jene, die fallen.
Am Ende des Rundes das Wasser gefriert,
der Krieger dort wacht, über alle regiert.

Wellen der Erinnerung durchströmten sie. Erinnerungen an kalte Winterabende wie diese, an denen ihre Mutter an ihrem Bett gesessen und dieses Lied gesungen hatte. Das hatte doch etwas zu bedeuten, oder nicht? Es bedeutete, dass auch sie ihren Glauben nicht verloren hatte …

»Was denkst du, meine Liebe?«

Erschrocken sah sie auf und begegnete Ronors Blick.

Sie räusperte sich. »Ich habe mir früher immer schon gedacht, dass es nicht sehr … lobend klingt. Also, im Vergleich zu anderen Gedichten über die Götter.«

Ronor nickte bedächtig und fuhr sich mit der Hand über den länger gewordenen Bart. »Absolut richtig. Hier wird nicht von ihrer unfassbaren Macht gesprochen … aber es passt zu ihnen.«

»Es passt zu ihnen?«

»Oh ja. Du hättest Lyras damals erleben müssen – sein Stolz ist wirklich, was ihn ausmacht. Von Kyon ganz zu …«

»Ihr habt sie getroffen?«, unterbrach Leyna ihn überrascht.

Ronor legte sein Buch zur Seite. »Aber natürlich. Es mag eine Weile her sein, dass sie Mirandor verlassen haben, doch in all den Jahren davor wandelten die vier jeweils in ihren Zeiten durch Mirandor. Das hast du bestimmt schon öfter gehört, nicht wahr? Nun, dieser Satz ist nicht nur bildhaft zu verstehen gewesen. Wenn man wusste, wie, konnte man sie treffen. Bei manchen war es leicht, bei anderen schwieriger. Bei allen Mächten, diese Meerwinde werde ich niemals vergessen …«

Leyna blinzelte einige Male und versuchte, ihre Überraschung hinunterzuschlucken. »Und … wie waren sie so?«

»Wortkarg.« Ronor nickte, wie um sich selbst zu bestätigen. »Ja, das trifft es ganz gut. Wenn dir andauernd irgendwelche Menschen auflauern würden, nur um dich anzusehen, würdest du dich auch nicht mehr mit jedem unterhalten wollen.«

Da hatte er wohl recht. Ihr war es im Palast schon zu viel geworden. Sie senkte den Blick wieder auf das Buch und las die fünfte, ihr unbekannte Strophe, vor.

»Diese vier sind verbunden in Ewigkeit,
getrennt, doch zusammen in ihrem Reich.
Was der eine verliert, zieht der andere gleich,
denn Einheit muss herrschen zu jeder Zeit.«

Als sie fragend wieder aufsah, hatte Ronor nach seiner Teetasse gegriffen und drehte sie nachdenklich in den Händen.

»Was soll das bedeuten?«

»Das ist ganz einfach, meine Liebe. Auch wenn es den meisten Menschen nicht bewusst ist, sind auch die Götter an gewisse Regeln gebunden. Zwischen ihnen muss stets ein Gleichgewicht herrschen, im Guten wie im Schlechten. Sonst könnte einer von ihnen sich ja leicht über die anderen erheben. Im Grunde beschreibt diese Strophe das Gesetz, dass, sobald ein Gott etwas aufgibt, das ihm wichtig ist, die anderen ein ebenso großes Opfer erbringen werden.«

Leyna runzelte die Stirn. »Aber wer legt diese Gesetze für die Götter fest?«

»Das zu erklären würde jetzt viel zu weit gehen.«

Sie sah ihm an, dass er nichts mehr dazu sagen würde. Was hatten diese weisen Männer nur an sich, dass sie in gewissen Punkten so stur waren und ihr Wissen auf keinen Fall mit anderen teilen wollten?

Seufzend sah sie auf die Runen. »Die letzte Strophe ist verwischt«, stellte sie leise fest, während sie versuchte, in den Tintenklecksen einzelne Zeichen zu erkennen. Sie meinte, die Worte *Trennung* und *herrschen* zu sehen, doch sicher war sie nicht.

»Ja, weißt du, meine Liebe … auch meinem Volk erschien es unsinnig, die letzten Zeilen festzuhalten.«

»Aber sie wurden doch aufgeschrieben. Warum sollte man sie nicht mehr lesen können?«

Kurz schienen sogar dem alten Gestaltwandler die Worte zu

fehlen. Fast schon unruhig nahm er einen Schluck Tee. »Diese Zeilen kamen erst nach dem Krieg der Zeiten hinzu. Woher sie stammen, weiß niemand. Einige begannen, diese Worte zu deuten – und das endete nicht gut.«

Nun hatte er sie neugierig gemacht. Sie bemühte sich um einen bittenden Gesichtsausdruck. »Wie lautet sie?«

Einen Augenblick lang schwieg Ronor. »Nun gut. Wie du willst.« Von einem leisen Seufzen begleitet lehnte er sich zurück.

»Die Trennung zu brechen der Krieg entflammt,
des Blutes Bindung verstärkt die Macht.
Fähig zu herrschen, doch diente nicht,
gebannt von Freiheit in Ranken aus Licht.«

Leyna legte das Buch zur Seite und wartete gespannt auf weitere Erklärungen.

»Einige glaubten, hier sei von einem übermächtigen Wesen die Rede«, fuhr Ronor fort. »Viele suchten danach. Einige aus Machtgier, andere, um den Frieden zu sichern.«

Etwas in seinem Blick veränderte sich.

»Einige?«, wiederholte Leyna leise.

»Einige«, bestätigte er ausweichend und hob die Tasse erneut an die Lippen.

»Wer?«

Ronor warf ihr einen missbilligenden Blick über den Tassenrand hinweg zu, doch nun schien ihm ausnahmsweise einmal klar zu sein, dass sie nicht nachgeben würde. »Unser letzter König begab sich auf die Suche nach diesem Wesen«, fügte er also leise hinzu. »Er kehrte nie zurück.«

Plötzlich legte sich Kälte über sie. Der Wind schien lauter zu heulen, die Flammen des Feuers wollten sich unter der Schwere dieser Worte hinwegducken.

»Der letzte König?«, flüsterte Leyna. Die feinen Härchen in ihrem Nacken stellten sich auf. »Aber das war …«

»Sivans Vater. Ja, meine Liebe. Reijalon war immer nur darauf bedacht, den Frieden zu wahren. Deshalb verehrte ihn sein Volk, deshalb gab er damals seine wahre Gestalt auf und nahm die eines Varnirs an.«

Die plötzlichen Schatten in seinen Augen zeigten, wie sehr auch er diesen König bewundert hatte. Allein diese tiefe Bewunderung reichte aus, um den festen Griff der eisigen Hand um ihr Herz ein wenig zu lockern. Er sprach nicht von Sivan. Er sprach von einem König, der alles für sein Volk getan hatte.

»Du musst wissen, unsere Gestalt ist ein Teil von uns. Wir spüren sie in jedem Moment, sind mit ihr aufgewachsen. Dieses Band zu beschreiben, ist schwierig, eigentlich sogar unmöglich. Wir können diesen Teil nicht vollständig aufgeben. Doch manche, die mächtigsten unseres Volkes, können ihn zurückdrängen und verändern. Ich habe von kaum einem anderen Gestaltwandler gehört oder gelesen, der dies auch nur in Erwägung gezogen hat – und von niemand anderem, der es auch nur versucht hätte. Umso größer war unser aller Bewunderung für Reijalon. Er zögerte keinen Augenblick. Nur um einer Geste des Friedens willen nahm er die Gestalt eines Varnirs an, obwohl wir den Krieg sicher hätten gewinnen können.«

Leyna ließ den Kopf zurück gegen die warmen Steine des Kamins sinken. Sie nickte nachdenklich und sah noch einmal auf das neben ihr liegende Buch, betrachtete die verwischten Zeichen der letzten Strophe. Immer wieder gingen ihr die Worte durch den Kopf. Selbst, als sie sich wenig später von Ronor verabschiedete und in die Dunkelheit hinaustrat, um zurück zum Wirtshaus zu gehen.

Fähig, zu herrschen, doch diente nicht,
Gebannt von Freiheit in Ranken aus Licht ...

16

»Leyna! Da bist du ja wieder, du musst dringend … Bei den Göttern, ist alles in Ordnung?«

Müde nickend ging sie an Tarin vorbei und ließ sich am Küchentisch nieder. Die Dunkelheit hatte sich bereits über das Land gelegt, sie war viel später zurückgekommen als sonst. »Ist noch etwas zu essen …«

»Du kannst später essen, Leyna, jetzt musst du erst einmal mit mir nach oben kommen!«

Überrascht sah sie auf. »Nach oben? Warum?«

»Es ist etwas passiert. Bitte frag nicht, sondern komm einfach mit. Wir haben schon auf dich gewartet.« Augenblicklich war sie hellwach, sprang auf und folgte ihm zur Treppe.

»Es geht um Alessa«, erklärte er, während sie hinaufstiegen. »Sie … sie ist heute Mittag zum Bäcker gegangen und kam einfach nicht mehr zurück. Ich habe nach ihr gesucht und sie … zusammengesunken in einer kleinen Gasse entdeckt.« Er blieb vor der Tür des Zimmers, das sie sich mit Alessa teilte, stehen. »Ich habe sie hergebracht und Ejina hat ihr irgendetwas gegeben.«

»Was ist passiert? Bei den Göttern, Tarin …«

»Sie hatte eine Vision«, antwortete er und griff nach ihrer Hand, um sie zu beruhigen. »Sie sagte, es war anders als zuvor. Mehr nicht. Sie wollte erst mit dir sprechen.« Er öffnete die Tür.

Die Vorhänge waren zugezogen, nur auf den beiden Nachttischen brannten je drei Kerzen. Alessa saß aufrecht in ihrem Bett, hatte die Knie an den Körper gezogen und die Arme um sie geschlungen. Ihr Haar löste sich aus dem Zopf, fiel unordentlich über ihre Schultern.

Erst als Leyna sich vorsichtig auf die Bettkante setzte, wandte sie ihren Blick von der Wand ab und sah sie an.

»Alessa«, murmelte Leyna und griff nach der Hand ihrer Freundin. Sie war eiskalt. »Was ... was ist passiert?«

In Alessas hellen Augen flackerte das Bild der Kerzenflammen. Hinter sich hörte Leyna, wie Tarin die Tür schloss und sich auf das andere Bett setzte.

Kurz blieb der Blick ihrer Freundin an ihm hängen. Dann sah sie zu ihr. »Ich ... habe so lang nichts mehr gesehen. Ich war nicht darauf vorbereitet.« Ihre Stimme klang dünn und kratzig.

»Tarin sagte, du wärst zusammengebrochen.«

»Ja, das bin ich wohl ... Ich habe gar nicht gemerkt, dass so viel Zeit vergangen ist.«

Leyna schluckte. »Was hast du gesehen?«

Die eingetretene Stille dehnte sich in die Ewigkeit.

»Vieles«, antwortete ihre Freundin schließlich leise. »Da waren ... so viele schreckliche Bilder. Kampf, Krieg ... Tod.«

Leyna sah zu Tarin, doch der schien ebenso schockiert wie sie.

»Ich habe gesehen ... wie es enden wird«, fuhr Alessa flüsternd fort. »Das Ende des Krieges. Den Triumph des Königs.«

Leyna verstärkte ihren Griff um die kalte Hand. Alessa war die Tochter einer der mächtigsten Lichtlenkerinnen. Niemand im Palast hatte je an ihren Visionen gezweifelt.

»Alessa, das kann nicht sein. Das kann nicht sein!«, stieß Tarin hinter ihr hervor. »Der König wird nicht gewinnen. Leyna wird ihn besiegen und ...«

»Das wird sie nicht.« Alessa drehte den Kopf und sah zwischen Leyna und Tarin hin und her. »Ich habe es gesehen. Sie wird den König nicht töten.«

Leyna konnte ihr eigenes Blut rauschen hören. Ihren immer schneller werdenden Herzschlag. Niemand zweifelte an ihren Visionen. Sie wurden immer wahr.

»Das glaube ich nicht! So wird es nicht geschehen!«, rief Tarin aufgebracht.

Alessa hingegen sah zu Leyna, fixierte sie mit brennenden Augen. »Ich sah unseren Untergang«, stellte sie leise fest. »Aber auch einen

Ausweg, Leyna.« Ihr Herz beruhigte sich nicht. »Ich sah Schnee und Eis, einen Fluss, dunkle Bäume und ein Gebirge ...«

»Du meinst den Vadas-Wald!« Tarin erhob sich. »Nur dieser Wald ist immer dunkel und von Schnee und Eis bedeckt. Dort wollten wir nach Antworten suchen!« Aufgeregt trat er an Alessas Bett. Vom einen auf den anderen Moment schien er wieder voller Optimismus. »Wenn wir dort den Schlüssel zu unserem Sieg finden können, sollten wir so schnell wie möglich aufbrechen. Yuron versprach uns Zeit bis zum Ende des Winters, sein Bote könnte jeden Tag kommen!«

Unschlüssig betrachtete Leyna das Flackern der Kerzen, Tarins hastige Bewegungen hatten sie zum Tanzen gebracht. Das ging ihr alles ein bisschen zu schnell.

Das Orakel hatte sie davon abhalten wollen, in diesen Wald zu gehen. Man hatte sie davor gewarnt. Doch sie hatte keine Wahl. Ronor hatte gestern schon gewusst, dass sie bald gehen würden.

Sie beugte sich vor, strich Alessas Haar zurück und drückte sie in die Kissen. »Du solltest schlafen, Alessa. Wir sprechen morgen darüber.«

Alessa wehrte sich nicht, zog die Decke über die Schultern und schloss sofort die Augen.

Leyna blies fünf der sechs Kerzen aus und verließ mit Tarin das Zimmer. Auf dem Flur blieben sie stehen und sahen sich einen Moment lang an.

»Wir brechen gleich morgen auf.«

Tarin nickte. »Ich werde alles vorbereiten.«

»Also ich weiß ja nicht, Naralon ... Ich meine, sie wäre etwas größer gewesen. Was meinst du?«

Etwas ist gut.

»So sehr, bist du sicher?«

Ja.

Zweifelnd legte Leyna den Kopf etwas schräg und betrachtete die gerade vor ihr erschienene Illusion.

»Aber so ist sie doch schon größer als ich.«

Richtig. Also zu klein.

Seufzend trat sie einen Schritt zurück und warf der kleinen, weiß strahlenden Echse einen ratlosen Blick zu. »Ich erinnere mich nicht mehr so genau an ihre Größe. Entschuldige.«

Bei mir musst du dich nicht entschuldigen.

Dieses Argument brachte er ihr in letzter Zeit ein bisschen zu oft.

Augenverdrehend ließ sie die scheinbar viel zu kleine Nachbildung der Herbstgöttin verschwinden. Es schien eine Ewigkeit her zu sein, dass sie Caidra zuletzt getroffen hatte. Wie sollte sie sich da bitte so genau an ihre Größe erinnern?

Jedes Gotteskind des Ostens sollte Dinge aus seinen bloßen Erinnerungen nachbilden können.

»Das habe ich inzwischen begriffen, Naralon. Aber damals im Palast habe ich schließlich noch nicht so genau auf jedes Detail geachtet.«

Der Echse schien dies kein überzeugender Grund zu sein. Noch einmal.

Immer wieder sagte sie sich, dass er hier war, um ihr zu helfen. Er tat das alles für sie. Aber musste er immer so herrisch sein, wenn ihr etwas nicht gleich gelang? In einem etwas freundlicheren Ton wären seine Forderungen sicher viel motivierender und …

Na los, Leyna. Wir haben nicht die ganze Nacht Zeit.

Wieso konnte er in solchen Situationen nicht einfach wieder nur sprechen können, wenn sie ihm eine Frage stellte?

Herzlos ließ sie eine ungefähre Silhouette der Göttin der Träume erscheinen, doch gleich darauf verschwand sie wieder. Nein, so konnte sie nicht üben.

»Vielleicht sollte ich lieber erst noch einmal mit ihr sprechen, bevor ich mich daran mache, eine Illusion von Caidra zu erschaffen«, stellte sie mürrisch fest. »Ich habe so lang keinen Kontakt zu ihr aufgenommen. Meinst du nicht, dass ich inzwischen längst stark genug sein sollte?«

Das bist du zweifelsfrei.

Überrascht sah sie zu der kleinen Echse herunter. »Aber warum sagst du dann immer, ich solle …«

Sie hat dir im Palast doch selbst gesagt, dass du erst einmal stärker werden musst.

Ihre Überraschung nahm zu. »Woher weißt du …«

Ich lebe durch ihre Kraft, hast du das schon vergessen? Du bist nicht das erste Gotteskind, dem ich helfe. Sie ist ebenso Teil von mir wie von dir. Ich weiß alles, was ich wissen muss.

So ungern sie das vor ihm zugab, es ergab Sinn.

Du magst inzwischen stark genug sein, um die Barriere zu Caidra mit deinen Träumen zu umgehen. Aber du hast noch nicht genügend Kraft, um zweimal in einer Nacht zu träumen. Dafür ist dein Körper noch nicht ausreichend an deine Träume gewöhnt. Was glaubst du, würde Caidra sagen, wenn du eine volle Nacht des Trainings opferst, um mit ihr zu sprechen? Sie hat dir im Palast aufgetragen, zu üben, solang du kannst. Also wirst du genau das tun.

Darüber hatte sie sich in den letzten Wochen überhaupt keine Gedanken gemacht. Doch er hatte recht, auch als sie Ronors Kräutertee getrunken hatte, hatte sie am selben Abend nicht mehr geträumt.

Gerade als sie leise zustimmen und sich wieder an ihre nur von einer schwachen Erinnerung ausgehende Täuschung machen wollte, kniff sie verblüfft die Augen zusammen. Auch Naralons farblose Lider schoben sich über die kleinen dunklen Augen.

»Was … was ist das?«, fragte Leyna und hob einen Arm über die Augen, um sie vor dem plötzlich erschienenen, gleißend hellen Licht zu schützen. Es schien überall um sie herum zu sein, als stünde die Sonne direkt über den Kronen der Bäume, die ihre Trainingsfläche umgaben. »Das habe ich nicht geschaffen!«

Richtig. Es ist nicht Teil deines Traumes.

»Und wieso, bei Caidras Winden, ist es dann in meinem Traum?«

Es wurde immer heller, sodass Leyna schließlich die Augen zusammenkniff.

Etwas Äußerliches. Dein Körper reagiert darauf und erwacht, deshalb glaubt dein Unterbewusstsein, dass es noch zu diesem Traum gehören muss, und es erscheint darin.

»Und was soll ich jetzt tun?«

Entweder du löst es auf und lässt es aus deinem Traum verschwinden, oder du gibst dem Drang deines Körpers nach und wachst auf.

Da musste sie nicht lang überlegen. Entschlossen kniff sie die Augen noch fester zu und streckte beide Arme zur Seite. Womit wir wieder dabei wären, keine Nacht ungenutzt verstreichen zu lassen.

»Naralon, ich werde sicher nicht einfach weiterträumen, während da irgendein seltsames Licht bei meinem Körper ist!«

Die kleine Echse erwiderte nichts mehr darauf und im nächsten Augenblick schloss sich der Traum.

Ihr Geist erwachte mit ihrem Körper. Dennoch blieb sie mit geschlossenen Augen liegen und rührte sich nicht. Sie brauchte nur einen einzigen Sinn, um zu sehen, was um sie herum geschah.

Sie lag in ihrem Bett, genau wie Alessa. Kein Mensch regte sich im Haus, das Dorf lag ruhig im sanften Licht des befleckten Mondes. Doch etwas war anders. Denn in ihrem Zimmer vertrieb noch etwas anderes die Dunkelheit. Etwas, das sie kannte.

Ein kleines, hell scheinendes Licht durchbrach in diesem Moment das Holz ihrer Tür, als wäre es bloß Luft. Warm pulsierte es schwebend in der Luft, während es sich langsam vorwärts bewegte. Doch es kam nicht auf sie zu.

Sofort richtete Leyna ihre Sinne auf Alessa. Der schwere Atem ihrer Freundin drang laut an ihre Ohren, sie hörte den leisen Aufprall eines Schweißtropfens – und spürte den Albtraum.

Nur mühsam hielt sie sich davon ab, aufzukeuchen, als sie die tiefe Angst wahrnahm, die ihre Freundin erfüllte. Die Schmerzen schienen beinahe körperlich zu sein, so sehr zitterte sie. So sehr setzte ihr der Albtraum zu. Oder … Nein, es war nicht nur dieser Albtraum. Das, was Alessa die Ruhe raubte, war kein bloßes böses Spiel ihres Unterbewusstseins. Es ging tiefer.

Gerade als sie wieder auf die kleine Kugel achtete, veränderte sie sich. Genau vor Alessas Bett entfaltete sie sich, wurde zu einer Silhouette aus purem Licht.

Sofort war jeder Gedanke an die Nacht vergessen, heller als am Tag erstrahlte der schlichte Raum. Doch Alessa schien davon nichts zu bemerken. Undeutliche Laute entwichen ihrer Kehle, noch immer stand ihr der Schweiß auf der Stirn, ihre Augen blieben fest geschlossen.

Als die Gestalt die scheinende Hand ausstreckte, stockte Leyna beinahe der Atem. Diese Geste kam ihr so vertraut vor. Auch ihr hatte er die Hand gereicht, damals im Gebirge – vor so langer Zeit. Ihre Wunden waren zu seinen geworden …

Doch diesmal bot er diese nicht dar, auf dass man sie ergriff. Diesmal legte die Hand sich sanft auf Alessas Wange.

Mit dieser Berührung veränderte sich das Licht. Es wurde nicht schwächer, nein, es strahlte so hell wie zuvor. Doch nun war es von einer gewissen Wärme erfüllt. Eine angenehme Wärme, die Alessas Gesicht zarter und jünger erscheinen ließ, eine Wärme, die Angst von ihren Zügen strich, die Müdigkeit forttrieb und bloß Ruhe zurückließ.

Nun hörte Leyna kein Keuchen mehr. Der Schweiß verrann und ihre Stirn trocknete.

Leise seufzend legte Alessa den Kopf im Schlaf weiter zurück, schmiegte sich an die gestaltlose Wärme.

Dann löste sich diese auf, und zurück blieb nur die altbekannte Nacht.

Der Albtraum war noch immer da.

Dennoch schlief Alessa in dieser Nacht so ruhig wie noch nie.

»Aber bist du sicher, dass ihr schon gehen müsst? Warum bleibt ihr nicht noch ein paar Tage und …«

»Hijara, ich habe es doch schon oft genug gesagt, wir werden genau jetzt gehen.«

Frustriert ließ Hijara von Tarin ab und jammerte nur einen Moment später weiter. »Aber das kommt so plötzlich!«

Leyna schüttelte den Kopf.

Tarin hatte Wort gehalten und Hijara gleich am Tag nach ihrem Gespräch deutlich gemacht, dass er … gelinde gesagt kein Interesse hatte. Das hatte die Heilerin aber nicht im Geringsten davon abgehalten, weiterhin zu versuchen, diesen Umstand zu ändern. Sehr zum Leidwesen aller anderen.

Leyna mochte sich nicht vorstellen, was sie wohl alles versucht hatte an all den Tagen, die sie allein mit Tarin gearbeitet hatte. Zu ihrem Bedauern hatte er aber wohl keinen passenden Moment gefunden, um mit Alessa zu sprechen, sodass diese ihm jetzt ebenfalls einen genervten – oder eher fast schon wütenden Blick zuwarf. Die dunklen Schatten unter ihren Augen waren lang nicht so tief, wie sie nach ihrer gestrigen Vision hätten sein sollen. Wieder dachte Leyna daran zurück, was in der letzten Nacht wohl geschehen war, doch sicher war sie sich nicht mehr. Sie mochte sich inzwischen an all ihre Träume erinnern, doch was ihr übermüdeter Geist mitten in tiefster Nacht wahrgenommen hatte, entglitt auch ihr immer wieder.

Alles war bereit für ihren Aufbruch.

Taja hatte ihnen neue, lederne Rucksäcke mit Lebensmitteln gefüllt, Leynas alten Mantel durch einen in der Stadt gefertigten, ersetzt und sich auch schon von ihnen verabschiedet.

Leyna war sicher gewesen, ein paar Tränen in ihren Augen gesehen zu haben, was sie sehr gerührt hatte. Gesagt hatte sie natürlich nichts dazu, das hätte der sonst so herrischen Wirtin sicher nicht gefallen. Trotz ihrer kurzen Zeit hier hatte Leyna die ganze Familie ins Herz geschlossen. Vor allem Taja und Ejina, aber auch die kleine Naru, die sich gerade noch unter Tränen von Urs verabschiedet hatte. Ja, und auch die noch immer schmollend vor Tarin stehende Hijara, die ihnen noch alle möglichen Kräuter mitgegeben hatte, würde sie vermissen. Das Leben hier hatte ihr, zumindest in den Abendstunden, das Gefühl von Normalität zurückgegeben und ihr gezeigt, wie friedlich ein Leben ohne die Soldaten sein konnte. Taja genoss noch immer ihre Bewunderung dafür, dass sie die Männer des Königs so erfolgreich aus ihrem Haus fernhalten konnte.

Viel mehr als die Vorräte hatten sie nicht eingepackt. Leyna hatte nur das Buch, in dem sie noch immer ihre Träume festhielt, am Boden des Rucksacks verstaut. Ein Drittel der Seiten war schon gefüllt, da sie in jeder der vergangenen Nächte geträumt hatte und Ronors Ratschlag folgte, darin selbst über ihre Träume nachzudenken und über das, was sie bereits gelernt hatte. Es tat gut, all ihre Gedanken niederzuschreiben. Bald würde sie ein neues Buch brauchen.

Urs tauchte hinter Tarin auf, nach dem Abschied von Naru hatte er sich nicht mehr blicken lassen. Er wollte sie kaum zurücklassen, hatte laut eigener Aussage lang nicht mehr so viel Spaß gehabt.

Leyna warf dem roten Varnir einen eindringlichen Blick zu.

Er verstand sofort. »Bei meinen vierzehn Kindern, wir haben ja verstanden, dass du ihn nicht weglassen willst, aber jetzt reicht's doch langsam«, rief Urs und hatte sichtlich seinen Spaß dabei. Hijara hatte er von Anfang an nicht leiden können, weil sie Tarin so oft von ihm ferngehalten hatte.

»Er hat recht, Tarin. Wir wollen Sivan nicht so lang warten lassen!«, rief Leyna schnell, griff nach Tarins Hand und zog ihn zur Tür hinaus.

»Komm bald wieder!«, rief Hijara ihnen nach, doch Tarin tat so, als hätte er sie nicht gehört.

»Dass du die immer noch nicht im Griff hattest«, bemängelte Urs und flog ein Stück weiter hoch, um die Stadt überblicken zu können.

»Danke«, seufzte Tarin und fuhr sich scheinbar erschöpft durch die hellen Haare, während sie sich auf den Weg zum Tor machten. »Sie hätte bestimmt bis morgen nicht aufgehört zu reden.«

»Oder ihn festzuhalten«, murmelte Alessa neben ihr so leise, dass Tarin sie nicht hören konnte.

Leyna unterdrückte ein Seufzen. Als Alessa zwei Frauen zuwinkte, die sie öfter im Wirtshaus bedient hatte, beugte sie sich schnell zu Tarin hinüber. »Verdammt, Tarin, du solltest das endlich klären!«

Seine Augen weiteten sich angesichts ihres ungewöhnlich scharfen Tons. Beinahe hätte sie sich gleich wieder entschuldigt, doch dann sah sie davon ab. Sie konnte es nicht mehr ertragen, Alessa und ihn so zu sehen.

Urs landete wieder auf Tarins Schulter, als sie das Tor erreichten. »Bis auf die am Tor, schlafen die Soldaten wohl alle noch«, raunte er ihm zu. »Und die sehen auch noch nicht so richtig wach aus. Gestern war's lustiger, da hat der Blonde was auf den Fuß gekriegt und geschrien, als wären die Götter hinter ihm her. Das war ein Spaß!«

Tarin umfasste seinen kleinen Körper und ließ ihn in seiner Manteltasche verschwinden.

Leyna nickte den Wachen wie an jedem vergangenen Morgen zu und wollte schon einfach weitergehen, doch da hielt sie einer der

Männer zurück. Er war zwar ebenfalls blond, aber doch ein anderer als sonst.

»Stehen geblieben«, rief er und stellte sich ihnen mit grimmigem Blick in den Weg. »Wo wollt ihr hin?«

Der andere, dunkelhaarige Soldat erkannte sie sofort, doch als Leyna ihm einen fragenden Blick zuwarf, hob er nur grinsend die von silbernem Metall umgebenen Schultern und lehnte sich mit verschränkten Armen an die kalte Mauer. Er schien sich einen Spaß draus zu machen, dem anderen freie Hand zu lassen.

Kurz suchte Leyna nach den richtigen Worten und wandte sich dennoch an den ihr bekannten Mann. »Es ist den Frauen endlich gelungen, die richtige Medizin herzustellen.« Sie konnte nur hoffen, dass er sich noch an ihre Geschichte erinnerte. »Wir wollen sie zurückbringen.«

»Hey, sieh mich gefälligst an, wenn du meine Frage beantwortest!«

»Lass gut sein, Mojro«, unterbrach der Dunkelhaarige ihn. Lachend stieß er sich von der Mauer ab und schob seinen neuen Partner zur Seite. »Du kannst durch, Mädchen. Aber was ist mit euch beiden?«, fragte er dann und beäugte Alessa und Tarin kritisch.

»Wir haben Verwandte bei ihnen zu Hause«, erwiderte Alessa mit vollkommen sicherer Stimme. »Also reisen wir zusammen.« Der Soldat runzelte die Stirn. »Verwandte, ja? Wo denn genau?«

Leynas Herzschlag beschleunigte sich.

Taja hatte ihr erzählt, dass die Soldaten jeden noch so kleinen Grund nutzten, um eine Festnahme zu verzeichnen. Ob diejenigen dann noch hier ihre gerechte Strafe erhielten oder sogar nach Bogharn gebracht wurden, lag natürlich ganz im Ermessen der Männer des Königs. Solch einen Zwischenfall konnten sie sich nicht leisten. Sie verfluchte sich dafür, dass sie weder Tarin noch Alessa oder Urs etwas von der Geschichte erzählt hatten, mit der sie und Sivan vor Wochen um Einlass gebeten hatten.

Alessa öffnete unschlüssig den Mund und sah zu Tarin, doch auch er hatte keine Idee.

Leyna schluckte und brachte schon die Luft um sich herum unter ihre Kontrolle, doch das war nicht nötig. Denn in diesem Moment trat eine ihr wohlbekannte Gestalt aus den Schatten.

»Sie gehören zu uns. Lasst sie passieren.«

Sivans Blick sollte nur die Soldaten treffen, huschte aber auch über Leynas Gesicht. Augenblicklich versteifte sie sich. Etwas ... regte sich in ihr, wollte sie dazu bringen, ihm zu gehorchen.

»Gut«, stellten beide Soldaten gleichzeitig fest und traten einen Schritt zurück. Ihr Blick war ausdruckslos, sie schienen die Reisenden gar nicht mehr wahrzunehmen.

»Kommt schon«, forderte Sivan barsch. Sofort folgten sie ihm und ließen das Tor hinter sich.

»Was war das denn?«, fragte Tarin, als sie den Hügel erklommen.

Sivan antwortete nicht, wie so oft.

Doch damit wollte Tarin sich wohl nicht begnügen. »Sivan! Was hast du da gerade gemacht?«

»Das würd ich aber auch gern wissen«, stimmte Urs zu.

Sivan ignorierte auch ihn. »Frag nicht«, blockte er unwirsch ab.

Tarin seufzte laut. »Doch, das tue ich.«

Abrupt blieb Sivan stehen und drehte sich mit kaltem Blick zu ihnen um. »Wird jede Reise so beginnen? Finde dich damit ab, dass du keine Antwort bekommst.«

Das brachte schließlich auch Tarin zum Verstummen.

Leyna verdrehte die Augen. Sie konnte ihr Glück kaum fassen. »Oh, schau mal, ein wütender Sivan«, raunte sie Tarin zu. »Ich freue mich ja so auf die Wanderung durch die Höhlen. Die nächsten Tage werden wirklich spaßig werden.«

»Das glaub ich aber auch. Gut, dass ich schnell wegfliegen kann. Und woher wusste der eigentlich, dass wir gerade jetzt kommen?«

Wieder reagierte Sivan nicht, obwohl er es hatte hören können. Dass Sivan gewusst hatte, wann sie aufbrechen würden, wunderte sie nicht. Schließlich hatte er mit Sicherheit ihrer aller Magien den ganzen Morgen über deutlich verfolgen können, so wie sie es inzwischen auch mit geöffneten Augen konnte. Und wenn sein Gehör noch besser war als das ihre, hatte er auch ihre Gespräche mithören können. Als ihre Gedanken daraufhin wie von selbst die Frage formten, was er sonst noch hatte hören können, stöhnte sie innerlich. Wann war sie so verbittert geworden? Kurz spielte sie mit dem Gedanken, Urs mit ein paar Illusionen zu ärgern, um sich bewusst davon zu distanzieren. Doch als sie schließlich den Waldrand erreichten, kam sie zu dem Schluss, ihn nicht auch noch zu reizen. Sie würden eine Weile unterwegs sein, erst zum Vadas-Wald und anschließend zurück zum Palast. Da sollte sie die mehr oder weniger gute Laune ihrer Begleiter nicht leichtfertig aufs Spiel setzen. Sie standen ohnehin schon unter Druck, denn der Umweg über den Vadas-Wald würde sie weitere Zeit kosten, und sie mussten den Widerstand unbedingt erreichen, bevor der Frühling vollends da war.

»So, dann hatte ich also recht. Ihr brecht auf.«

Bedächtig nickend sah Ronor jedem von ihnen in die Augen. Der alte Gestaltwandler hatte bereits am Waldrand gewartet und ihnen entgegengesehen. Er hielt Tarins Bogen aus dem Palast in der Hand und gab ihn nun seinem Besitzer zurück, der ihn sich um die Schultern legte. Auch Alessa gab er ihre Peitsche zurück.

Als Leyna vortrat, um ihre Schwerter entgegenzunehmen, blieb sie unschlüssig vor ihm stehen. »Ich danke Euch«, begann sie. »Ich danke Euch so sehr. Ich weiß nicht, was ich ohne Euch getan hätte.«

»Oh, meine Liebe. Ohne mich wärst du den Soldaten nicht einmal in Alanya entwischt.«

Sie stockte kurz, bevor ihr die Bedeutung dieser Worte klar wurde. »Ihr wart es?« Es war mehr eine überraschte Feststellung als eine wirkliche Frage. »Ihr habt damals mein Mal verborgen!«

Ronor lächelte. Sie würde diesen Anblick vermissen, dieses aufrechte, breite Lächeln in diesem freundlichen Gesicht.

»Ich bin sehr stolz auf dich, Leyna. Du bist so weit gekommen und du wirst auch den weiteren Weg finden.« Er breitete die Arme aus und drückte sie einen Moment später fest an sich. »Wenn du mich rufst, werde ich kommen«, murmelte er an ihrer Schulter. »Jeder, den du rufst, wird zu dir kommen.« Dann ließ er sie los.

»Ich wünsche euch alles Glück dieser Welt auf eurer Suche«, sagte er dann an Tarin und Alessa gewandt. Sivan sah er nur kurz schweigend an, dann wandte er sich um und ging ohne ein weiteres Wort davon.

»Das war alles?«, murmelte Tarin und streichelte geistesabwesend Urs' Bauch, als dieser wieder aus der Tasche herausflog und sich auf seiner Schulter niederließ. »Ich hätte gedacht, dass der Abschied ... trauriger wird?«

»Das konnte er nicht«, stellte Leyna lächelnd fest, »weil es kein Abschied war.«

Sivan stand schon neben dem Felsen, der sie in die Höhlen führen würde, und ging vor ihnen hindurch.

Alessa und Tarin folgten ihm und während Urs noch darüber meckerte, dass er jetzt wieder so lang schlafen müsse, blieb Leyna kurz vor dem Eingang noch einmal stehen, als etwas Kleines, Rotes ihre Aufmerksamkeit auf sich zog. Schnell streckte sie die Hand aus, brach den kleinen Ast mit den ihr so bekannten Beeren ab und ließ ihn in ihre Manteltasche gleiten.

»Glaubt ihr wirklich, dass wir ihn noch einmal wiedersehen?«, hörte sie Alessa fragen, als sie schnell zu ihnen aufschloss. »Er hat mir so geholfen ...«

»Geholfen? Wann hast du denn mit ihm gesprochen?«, fragte Tarin, während er den schlafenden Urs in eine Seitentasche seines Rucksacks legte, die er extra für ihn mit einem weichen Tuch ausgelegt hatte.

»Als ich einmal mit Leyna zu ihm gegangen bin.«

»Und worüber habt ihr euch unterhalten?«

»Über ... alles Mögliche. Worüber hast du denn mit Hijara gesprochen?«

Leyna schob sich an ihnen vorbei und warf Tarin einen mahnenden Blick zu. Zu ihrer Überraschung aber war nicht er es, der diese kindische Diskussion beendete.

»Entschuldige«, flüsterte Alessa.

Schnell ging Leyna weiter und schloss zu Sivan auf.

»Ist schon in Ordnung«, hörte sie Tarin murmeln.

Gut. Vielleicht würden sie jetzt endlich ...

»Ich werde die kleine Naru vermissen. Du nicht auch?«

Nein, sie würden nicht reden, sie konnten unangenehmen Situationen ebenso gut entgehen wie ... der neben ihr gehende Sivan. Sie schluckte. Sich wieder zurückfallen lassen wollte sie nicht.

Vielleicht würden Tarin und Alessa irgendwann doch auf ein ernstes Thema kommen, wenn sie nur lang genug unter sich waren. Und wenn das bedeutete, dass sie bis zu diesem Punkt neben Sivan gehen musste, dann sollte es so sein.

Wie sich herausstellte, verstanden sie sich inzwischen prächtig darauf, schweigend nebeneinander herzugehen. Sivans Verhalten Tarin gegenüber hatte es Leyna nicht schwer gemacht, sich wieder vollkommen an die Leere in ihrem Inneren zu klammern – und Sivan hatte damit ja noch nie ein Problem gehabt.

Tarin und Alessa hingegen hörten gar nicht auf zu reden, als hätten sie es vermisst. Dabei waren sie doch so oft in Tarins Zimmer allein gewesen.

Nach einer Weile hörte Leyna ihnen nicht mehr zu und ging stur weiter, um diesen Weg möglichst schnell hinter sich zu bringen.

Endlich erreichten sie eine kleine Höhle, in der sie die Nacht verbringen konnten.

Alessa setzte sich neben Leyna, während Tarin und Sivan sich an der gegenüberliegenden Wand niederließen.

Als Tarin seinen Bogen ablegte, hatte Leyna fast den Eindruck, er wäre erleichtert, die vertraute Waffe wieder in der Hand zu halten.

»Wir werden den Wald schon morgen Mittag erreichen«, verkündete Tarin gut gelaunt. »Richtig?«

Sivan nickte nur.

»Und dann suchen wir diese berühmte Bibliothek«, erinnerte Alessa begeistert. »Ich bin wirklich gespannt, wie sie aussieht und was für Bücher wir dort finden werden.«

Kurz erörterte sie mit Tarin, über welche Themen sie beide gern lesen würden. Jedes Anzeichen für die Geschehnisse des Vortages war verschwunden. Tarin konnte sie jedes Mal auf andere Gedanken bringen …

Lächelnd griff Leyna in ihre Tasche und holte den Zweig heraus, den sie am Morgen gepflückt hatte. »Hier, Alessa.«

»Was ist das?«

»Das sind die Laivas-Beeren, von denen ich im Schloss gesprochen habe. Möchtest du?«

»Ja, sicher«, erwiderte Alessa überrascht und zog zwei der roten Früchte von dem Zweig.

Auch Leyna nahm ein paar Beeren und hielt dann Tarin und Sivan die restlichen hin.

»Danke!« Tarin nahm den Zweig entgegen und verzog ebenso wie Alessa kurz das Gesicht, als er das erste Mal auf die kleinen Früchte biss.

Leyna konnte sich ein Lachen nicht verkneifen. Der saure Geschmack am Anfang verflog schnell und wurde von einer unheimlichen Süße überdeckt.

»Bei den Göttern, sind die süß!«, stellte Alessa da auch schon fest.

Tarin hielt Sivan die Beeren hin.

»Komm schon, Sivan. Nimm auch eine!«

Sivan schien aus seinen Gedanken hochzuschrecken, betrachtete Tarins ausgestreckte Hand, dann nahm er eine Beere, schob sie aber nicht in den Mund.

»Die sind nicht giftig«, erinnerte Leyna ihn. »Ich habe sie fast jeden Tag gegessen, solang ich denken kann.«

Die Frucht verschwand zwischen seinen Lippen, er biss darauf – und spuckte sie gleich wieder auf den Höhlenboden.

»Bei allen Göttern, esst die nicht!« Er sprang auf und schlug Tarin die restlichen Beeren aus der Hand.

Entgeistert starrten sie zu ihm hoch.

Seine Augen waren geweitet, sein Körper angespannt.

Tarin fand zuerst seine Sprache wieder. »Aber das haben wir doch schon. Was ist denn los, Sivan?« Er warf einen wehmütigen Blick hinüber zu den noch immer umherrollenden runden Früchten.

»Was los ist?« Jetzt war Sivan es, der sie entgeistert ansah. Doch dann blitzte die Erkenntnis in seinen Augen auf. »Ihr habt es nicht gespürt?«

»Was sollen wir gespürt haben?«, fragte Alessa und folgte Tarins Blick.

Leyna senkte den Blick und betrachtete die Laivas in ihrer Hand. Sie hatte noch keine der Beeren gegessen.

Sivan runzelte die Stirn und sah dann zu Leyna. »Du hast sie im Phandras-Wald gefunden, nicht wahr?«

Sie nickte zögernd, während er sich langsam wieder zu Boden sinken ließ. »Ich wusste, dass ich sie schon mal gesehen habe. Esst sie nur, für euch sind sie ungefährlich.«

»Für uns?« Tarin stand auf, sammelte die gefallenen Beeren wieder ein und wischte sie sorgfältig an seinem Hemd ab.

»Für mich sind sie reines Gift. Ich ... wurde schon als Kind davor gewarnt. Sie sind ein weiterer Grund dafür, dass wir diesen Wald meiden.«

Tarin hob eine Augenbraue und beäugte die Laivas. »Diese kleinen Beeren lehren also die mächtigen Gestaltwandler das Fürchten?« Sivans Blick ließ ihn verstummen, doch ein leises Lachen konnte er nicht zurückhalten.

»Lasst uns schlafen, dann können wir morgen früher los«, sagte Leyna und legte sich auf die Seite. Tarin und Alessa taten es ihr gleich, murmelten noch »gute Nacht« und schlossen die Augen.

Sivan begegnete ihrem Blick, bevor auch er sich abwandte.

Leyna sah immer wieder zu der vor ihr liegenden roten Beere.

Wenn man die Gestaltwandler nur vor dem Phandras-Wald gewarnt hat, warum wachsen sie dann auch bei Alanya?, fragte eine leise Stimme in ihrem Kopf.

Schließlich brachte sie sie zum Verstummen, griff nach der Laivas und steckte sie in den Mund. Als sie darauf biss und die Frucht in ihrem Mund zerplatzte, erkannte sie die ihr bekannte Säure, dann die Süße und ... irgendetwas anderes. Einen fahlen Beigeschmack, doch da war er auch schon wieder verschwunden. Sie schüttelte den Kopf und schloss die Augen. Bevor sie einschlief, dachte sie an ein Gesicht, das ihr so vertraut war wie ihr eigenes. Immer wieder sah sie ihn vor sich. Seine silberne Rüstung glänzte im hellen Licht der Mittagssonne, während er zu einem Mann mit grünen Augen hinabsah. Beinahe meinte sie, seinen Blick auf sich zu spüren. Seine Stimme zu hören. Sein Lachen.

17

»Du solltest mich begleiten.«

»Nein, Lodon. Der König hat nur nach dir gerufen. Ich warte hier.«

Entschlossen warf Lodon einen Blick über die Schulter zu seinem Partner, dann nickte er dem vor der bis zur Decke reichenden Doppeltür stehenden Wachmann zu und betrat den Thronsaal.

Im ersten Moment musste er die Augen zusammenkneifen.

Trotz der ebenfalls vollkommen schwarzen Mauern war dieser Raum heller als jeder andere Teil der Burg. Es dauerte einen Moment, bis er begriff, dass dies an den um ein Vielfaches größeren goldenen Metallplatten lag. Sie verliefen an der Decke entlang einmal rundherum, nur an einer einzigen Stelle unterbrochen von etwas, das beinahe aussah wie ein aus dem Stein herauswachsender Ast. Aber das konnte doch nicht ...

»Na endlich!«, riss ihn eine herrische Stimme aus seinen Gedanken. Sofort wandte er sich der Gestalt zu, zu der die Stimme gehörte. Auf der anderen Seite des Raumes führten mehrere breite Stufen zu einem Podest, auf dem ein riesiger, ebenfalls nachtschwarzer Thron stand. Darauf saß der König.

Keron war ein breit gebauter, muskulöser Mann mit dunklem, schulterlangen Haar, in dem man die schlichte goldene Krone kaum erkennen konnte. Er trug einen schweren Umhang und ein Schwert hing an seinem Gürtel, als glaubte er, jeden Moment angegriffen zu werden. In einer unzerstörbaren und nahezu uneinnehmbaren Festung. Wie seltsam.

»Jetzt komm schon her, Soldat!«

Sofort beschleunigte Lodon seine Schritte, erklomm die ersten Stufen und kniete nieder. »Mein König. Ihr habt nach mir gerufen.« Er hielt den Kopf gesenkt, wie Rhan es ihm geraten hatte.

»Es scheint fast so«, erwiderte Keron und beäugte ihn misstrauisch.

Lodon sah wieder auf und erhob sich. »In wenigen Tagen wäre ich selbst zu Euch gekommen, um Euch unsere Ergebnisse vorzustellen. Wie Ihr sicher schon wisst, haben wir an einer besseren Organisation der Armee gearbeitet und Pläne aufgestellt, um die Kontrollen und alle anderen Aufgaben der Soldaten besser überwachen und leiten zu können. Wenn Ihr erlaubt, würde ich gern ...«

»Was redest du da?«, unterbrach der König ihn unwirsch und schüttelte missbilligend den Kopf, bevor kurz die Erkenntnis in seinen Augen aufblitzte. »Ach, du bist das also. Ich habe von dir gehört und von deinen ... interessanten Plänen.« Jetzt musterte er Lodon eindeutig abschätzend. »Von einem wie dir hätte ich zuletzt erwartet, dass er sich um den Papierkram kümmern will. Aber deshalb habe ich dich nicht gerufen, Soldat.«

Lodon stockte. »Nicht, mein König?«

»Nein, warum sollte ich? Wenn du gern irgendwelche Pläne aufstellen willst, dann bitte, tu das. Ich will Informationen!«

»Informationen, mein Herr?«

Der König verdrehte die Augen. »Ja, verdammt! Dieser elende Dranoel ist schon wieder nicht aufzufinden, ich will endlich wissen, was los ist! Die Männer sagen, dass du der bist, der nach meiner rechten Hand hier am meisten weiß. Also los!«

Vollkommen perplex musste er einige Mal schwer schlucken, bevor er antworten konnte. »Es stimmt, dass ich inzwischen die meisten Boten empfange und schon einige der Kontrolltruppen befehlige. Wenn Ihr mir sagen würdet ...«

»Bei meinem Namen, mir geht es um dieses verdammte Gotteskind! Ich weiß, dass Dranoel einige Soldaten eingeweiht – oder zumindest schon mal in ihre Richtung geschickt – hat! Weißt du, wo sie ist? Was sie inzwischen kann?«

Das Gotteskind? Was sie kann, wo sie ist? Er bemühte sich um eine ausdruckslose Miene und versuchte, seinen stockenden Herzschlag zu ignorieren. Er hatte die Gerüchte stets überhört, hatte die Geschichten nicht geglaubt und die Männer zum Schweigen gebracht, wenn sie darüber hatten diskutieren wollen, was angeblich in Onamdra geschehen sei.

»Deinem Gesicht nach zu urteilen, weißt du auch nichts«, stellte der König mit einem Seufzen fest.

Lodon senkte den Kopf. »Nein, mein König. Ich bin wohl nicht eingeweiht worden.«

»Dann geh und such mir irgendjemanden, der mir etwas sagen kann!«

»Sofort, mein König.« Schon drehte er sich um und ging die wenigen Stufen wieder hinunter, als er noch einmal stehen blieb. »Würdet Ihr mir vielleicht morgen gestatten, Euch von meinen Plänen zu erzählen, mein König?«

Er wollte auf keinen Fall umsonst hergekommen sein und ...

»Nein, nicht wirklich«, winkte der König schon fast gelangweilt ab. »Das, was ich gehört habe, reicht mir. Tu, was immer du willst, du scheinst mir immerhin ein fähiger Mann zu sein. Von mir aus kannst du dich um das ganze Pack kümmern, wenn Dranoel nicht hier ist. Also praktisch immer. Aber halt mich da raus, ich habe wirklich andere Probleme.«

Lodon verbeugte sich ein weiteres Mal, wandte sich um und verließ den Thronsaal.

»Und?«, fragte Rhan und sah ihm erwartungsvoll entgegen.

»Wir haben seine volle Unterstützung«, murmelte er und ging an ihm vorbei.

»Das ... ist ja wunderbar«, rief Rhan ihm verwirrt hinterher. »Wo gehst du hin?«

Er antwortete nicht.

Das Gotteskind war wirklich entkommen – Leyna war entkommen. Sie hatte sich in Onamdra gezeigt, war auf dem Weg in den Norden. Zum Widerstand! Jeder wusste, dass die Rebellen sich dort verschanzten. Was sollte er jetzt tun?

Wie von selbst fanden seine Füße den Weg zu seiner Kammer. Er schloss die Tür hinter sich und legte seine Rüstung ab.

Warum brachte ihn diese Nachricht so aus der Fassung? Es

änderte nichts, dass sie da draußen war, dass sie noch lebte. Es änderte nichts ...

Er legte sich auf das schmale, harte Bett und schloss die Augen.

Noch immer schlug sein Herz schneller als sonst, seine Kehle wurde eng. Sie war da draußen. Seine Leyna, das Gotteskind.

Lang lag er wach und sah aus dem Fenster, den Sternen entgegen. Doch in dieser Nacht beruhigten sie ihn nicht wie sonst. Er war dabei, etwas zu erreichen, etwas zu verändern. Er hatte sich der Armee angeschlossen, um für das einzustehen, woran er glaubte. Er hatte alles dafür aufgegeben. Alles zurückgelassen, was ihm noch geblieben war. Seit so vielen Wochen hatte er auf sein Ziel hingearbeitet – und es gerade erreicht! Der König gestattete ihm, all seine Pläne umzusetzen, erklärte sich mit allem einverstanden. Doch es fühlte sich nicht wie ein Erfolg an. Rhan hatte schon befürchtet, dass der König nicht vollkommen begeistert oder interessiert sein würde. Sie waren zu dem Schluss gekommen, dass er sich mit bedeutsameren Dingen beschäftigte und ihnen dankbar sein würde, dass sie ihm diese Aufgabe abnahmen. Niemals hätte er gedacht, dass Leyna zu diesen wichtigeren Dingen gehören würde. Sofort hatte er wieder den süßen Geschmack der Beeren auf der Zunge, den er immer mit ihr verbinden würde.

Er schluckte und drehte sich auf die Seite.

Nein, er würde nicht zweifeln. Er wusste, wofür er einstand. Der König beschützte dieses Land vor den Gotteskindern. Er hatte den Frieden gebracht, den die Götter selbst zunichtegemacht hatten. Die Menschen waren der Willkür der Götter und Gotteskinder ausgesetzt gewesen. Der Krieg, an dem kein Mensch die Schuld trug, hatte ihr Land zerstört und die Gotteskinder hatten die Macht an sich reißen wollen. Der König bot ihnen allen ein sicheres Leben, natürlich beschäftigte ihn das Schicksal eines entkommenen Gotteskindes!

Er nickte, wie um sich diesen Gedanken selbst zu bestätigen. Natürlich hatte das Gotteskind oberste Priorität. Es war viel einfacher, darüber nachzudenken, wenn er ihren Namen nicht benutzte. Er würde sich mit Rhan um die Armee kümmern und dafür sorgen, dass das Gotteskind bald gefasst wurde ...

Seine Kehle war wie zugeschnürt. Nein, das konnte er nicht. Stöhnend drehte er sich wieder auf den Rücken.

Er würde die Soldaten führen, das war jetzt seine Aufgabe. Der König persönlich beschäftigte sich damit, das Gotteskind zu finden. Er diente ihm. Und wenn er ihn bei der Suche nach einem Gotteskind um Hilfe bitten würde, würde er ihn unterstützen.

Was auch kommen mochte, er würde seine Pflicht erfüllen. Er war nicht mehr der naive Junge, der alles für ein Mädchen getan hätte. Er hatte eine Seite gewählt. Die Seite des Königs, des Rechts.

Er war Soldat.

*

»Meine Güte, ich habe schon wieder das Gefühl, tagelang in diesen Höhlen zu sein«, murmelte Alessa neben ihr. »Wie haben die Gestaltwandler das früher nur ausgehalten, hier ihr ganzes Leben zu verbringen?«

»Sivan sagte doch schon, dass sie viel tiefer gehen. Die Höhlen, meine ich«, antwortete Leyna leise und fragte sich in dem Moment, wie genau man in diese unteren Bereiche gelangen konnte. Treppen oder Ähnliches hatte sie noch nicht gesehen, aber Sivan hatte sie ja auch immer auf direktem Weg zum nächsten Ausgang geführt.

»Du hast recht! Wahrscheinlich sieht es da unten ganz anders aus. Bestimmt gibt es auch unterirdische Flüsse, damit sie nicht an die Oberfläche müssen.«

Leyna hörte Alessas weiteren Vermutungen nicht mehr zu, sondern sah nach vorn zu Sivan. Tarin ging neben ihm und sagte irgendetwas, doch sie erkannte, dass er ihm nicht wirklich zuhörte. Woran er wohl dachte? Vielleicht genau an diese tiefer liegenden Höhlen? An die glücklichen Jahre, die er dort verbracht hatte? Die hatte es sicher gegeben, bevor der König ... Sie stoppte ihre Gedanken, als eine weitere Welle von Mitgefühl sie überfluten wollte. Nein, das durfte sie nicht mehr. Sie würde sich keine Gedanken mehr um ihn machen, hatte doch alles weggeschlossen. Sofort suchte sie nach der Leere, die sie in den letzten

Wochen begleitet hatte, die sie geschützt hatte ... und erkannte, dass sie etwas anderem gewichen war. Etwas, das sie nicht mehr fühlen durfte.

Sie ballte die Hand zur Faust und atmete tief ein. Sie konnte es kontrollieren, sie musste nur ...

Sivan blieb stehen und drehte sich zu ihr um.

Als sein Blick sie traf, erstarrte sie. Ihre Fassade bröckelte. Was würde sie tun, wenn er ...

»Da vorn ist es.«

Sie brauchte einen Moment, um zu verstehen, dass er den Ausgang meinte.

»Na endlich«, rief Alessa erleichtert und schloss mit Leyna zu den anderen beiden auf.

Tarin lächelte und wies auf den hinter der nächsten Biegung deutlich erkennbaren Lichtschein.

»Die Sonne ist doch etwas Wunderbares«, stellte Alessa fest.

Leyna sah sie überrascht an – solch eine Bemerkung wäre vor wenigen Wochen noch undenkbar gewesen. Das Üben mit Tarin hatte sie verändert, sie schien wirklich zu ihrer Kraft zurückzufinden. Wahrscheinlich hatte sie auch mit Ronor über ihre Fähigkeiten gesprochen. Er hatte ihr sicher helfen können.

Es kam ihr so vor, als würden sie das letzte Stück viel schneller überwinden.

Als sie schließlich die kleinen Stufen am Ende des Tunnels hinaufstiegen und ins Licht der frühen Mittagssonne traten, blieben sie einen Moment stehen und genossen die kalte Luft, als wären sie wirklich eine Ewigkeit unter der Erde gewesen – dabei waren es nur zwei Tage gewesen.

Als Leyna hinter sich sah, war sie nicht mehr überrascht, dort einen Felsen zu sehen. Dieser Wald allerdings hatte keine Ähnlichkeit mit dem Phandras-Wald.

Die Bäume hier waren ... merkwürdig. Sie wuchsen seltsam krumm, schlangen sich teilweise ineinander und trugen sogar schon die ersten Blätter, als sei der Winter bereits vollkommen vorüber. Zu ihren Füßen wuchsen hohe Sträucher, die sie noch nie gesehen hatte und die das Vorankommen zusätzlich erschweren würden.

Neben ihr regte sich etwas, und dann flatterte auch schon ein noch schlaftrunkener Varnir vor ihren Gesichtern herum.

»Morgen«, nuschelte er und rieb sich die Augen. »Habt ihr endlich rausgefunden, hm? Wie lang waren wir jetzt schon wieder unterwegs?«

»Nicht einmal zwei Tage«, antwortete Tarin und sah sich ebenso unbehaglich um wie Leyna und Alessa.

Auch Urs beäugte ihre Umgebung prüfend. »Hm. Also, ich kann ja verstehen, warum hier niemand hin will, wie soll man da denn vernünftig durchkommen? Die Bäume sehen komisch aus. Hey, Leyna, das ist aber nicht wieder so 'ne Täuschung, die ich nicht erkenne, oder?«

»Nein, Urs. Das ist alles echt.«

»Na klasse. Ein komischer, total zugewachsener Wald. Und es ist kalt. Und es riecht komisch. Und dann ist da natürlich noch dieses gefährliche Ding, das uns total egal ist.«

»Uns wird schon nichts passieren, Urs«, antwortete Leyna und versuchte, zuversichtlich zu klingen. »Es kann nur gefährlich werden, wenn man es zulässt.«

Er grummelte noch etwas vor sich hin, schien aber nicht wirklich besorgt, sondern eher glücklich darüber, wieder wach zu sein.

»Wo genau liegt denn diese Bibliothek?«, fragte Alessa. »Hat Caidra vielleicht irgendwann einmal etwas dazu gesagt?«

Leyna schüttelte den Kopf. Zu der Göttin hatte sie seit einer ganzen Weile keinen Kontakt mehr aufgenommen. Entweder hatte sie geträumt, um ihre Täuschungen zu verbessern, oder sie war zu erschöpft davon gewesen, diese zu erschaffen.

»Ich habe versucht, sie nach Dranoel zu fragen, aber damals war ich noch zu schwach, um lange bei ihr zu bleiben. Sie sagte nur, dass es einen Ort gibt, an dem jemand ist, der mir helfen und den Weg zeigen kann«, erinnerte sie sich.

»Vielleicht hat auch sie diesen Wald gemeint. Weißt du etwas darüber, Sivan?«, wandte sich Tarin an den schweigsamen Gestaltwandler.

»Nein. Ich war noch nie hier.«

Alessa seufzte. »Gut, dann müssen wir doch einfach nach diesem

Jemand suchen. So schwer wird er wohl nicht zu finden sein, der Wald ist ja nicht sehr groß. Vielleicht finden wir die Bibliothek ja auch ohne Hilfe.«

Sie gingen wahllos nach Norden in die Schatten der Bäume. Als sie nach einer Weile die Berge erreichten, die den Wald an dieser Seite begrenzten, wandten sie sich nach Osten. Von einem Gebäude war nirgends etwas zu sehen.

»Seltsam«, murmelte Tarin nach einer Weile. »Hier muss doch irgendjemand leben.«

Leyna nickte geistesabwesend. Sie ließ ihren Blick immer weiter zwischen den Bäumen umherwandern, suchte nach einem Zeichen. Viel war nicht zu erkennen, es drang immer weniger Licht zu ihnen herab. Dann blieb sie stehen. »Was ist das dort vorn?«

Alessa und Tarin hielten neben ihr und verengten die Augen. »Ich kann nichts erkennen«, stellte Alessa fest. »Was meinst du?«

»Wirklich, Leyna, keiner von uns hat eure tollen Augen«, murmelte Urs in ihrer Hand.

»Sivan?«, fragte sie leise.

»Diesen Teil des Waldes sollten wir meiden.« Mehr sagte er nicht und wandte sich ab, Richtung Süden.

Sie spürte einen kalten Wind herüberwehen.

»Eine wirklich super ausführliche Antwort …«

»Lebt dort dieses Wesen?«, fragte Alessa und ignorierte Urs' Kommentar, während sie Sivan folgten.

Er nickte nur.

»Was hast du denn gesehen?« Tarin schloss zu Leyna auf.

»Ich weiß nicht genau. Es sah so aus, als wären die Bäume dort hinten noch mit Schnee oder Eis bedeckt.«

»Genau so wird der Vadas-Wald doch immer beschrieben!«, rief Tarin und sah begeistert zu Alessa.

Diese nickte. »Du hast recht! Ich würde ja schon gern einmal hinübergehen, nur um zu sehen, wie es dort aussieht.«

Nach Zustimmung suchend, sah sie zu Leyna, doch diese kam zu keiner Antwort.

Ruckartig fuhr Sivan zu ihnen herum und fixierte Alessa. »Niemand, absolut niemand setzt auch nur einen Fuß in diese Richtung.«

Sofort stand Alessa etwas gerader. »Ich hatte ja auch nicht vor, zu dem Wesen zu gehen«, rechtfertigte sie. »Die Bücher beschrieben es nur immer so fantastisch, dass …«

»Und genau deshalb wirst du gar nicht erst in die Nähe gehen«, unterbrach Sivan sie mit starrem Blick. »Du würdest ihm erliegen.«

Alessa hob eine Augenbraue. »Ich denke nicht, dass …«

Ein Knurren ertönte. Nur kurz und leise, aber Leyna konnte es deutlich hören.

Alessa erstarrte, sah ihn einen Moment irritiert an und schwieg.

Auch Urs wirkte wie versteinert.

»Sivan.« Leyna trat an Alessa heran und legte ihr eine Hand auf die Schulter. »Lass sie in Ruhe. Wir haben nicht vor, dorthin zu gehen.«

Sein bohrender Blick schien bis zu ihren Knochen durchzudringen, in ihr tiefstes Innerstes zu sehen. Eine unsichtbare Hand legte sich um ihr Herz. Drückte zu. Doch sie hielt ihm stand.

Bis er sich wortlos umwandte.

»Danke«, murmelte Alessa.

»Schon in Ordnung.« Mit einem Nicken wandte sie sich um und wollte Sivan folgen, als sie sah, dass Tarin hinter ihnen stehen geblieben war.

»Tarin?«, rief sie, doch er reagierte nicht.

»Hey, Tarin, was ist denn?«, rief Urs.

»Ich … ich höre etwas.«

Leyna runzelte die Stirn. »Was meinst du?«

Zögernd sah er zu ihr. »Stimmen.«

Alessa schien ebenso wenig wie sie zu wissen, wovon er sprach.

»Sie rufen nach mir.« Er sah sich um, schien nach der Quelle dieser Stimmen zu suchen.

Leyna konzentrierte sich auf ihr Gehör. »Da ist nichts, Tarin«, stellte sie fest. »Da sind keine Stimmen.«

»Doch, sie sind da. Ich höre sie auch.« Sivan trat neben sie und verschränkte die Arme vor der Brust.

»Aber wie kann Tarin sie hören, wenn ich nichts höre?«, fragte Leyna irritiert. Sivans Gehör stellte sie nicht infrage.

»Lasst uns ihnen folgen«, bat Tarin. Sein Blick wurde glasig.

»Ihnen folgen? Was meinst ...«

»Ich denke nicht, dass das eine gute Idee ist«, wurde Urs von Sivan unterbrochen.

Doch da setzte Tarin auch schon den ersten Schritt tiefer in den Wald hinein.

»Tarin! Vielleicht hat er recht«, rief Alessa und streckte eine Hand nach ihm aus.

Doch er entzog sich ihr. »Nein. Sie rufen mich, Alessa. Ich muss zu ihnen.« Seine Stimme ließ keine Widerrede zu, als er weiterging.

»Warte, Tarin ...«, rief auch Leyna, doch er hielt nicht an.

Sivan runzelte die Stirn. »Das ist nicht gut«, stellte er fest, als sie sich in Bewegung setzten, um dem jungen Priester zu folgen.

Dieser ging so schnell, dass Leyna Mühe hatte, mit ihm Schritt zu halten. Er umrundete die seltsam geformten Bäume, ignorierte die hohen Sträucher zu seinen Füßen.

»Jetzt spielt der auch noch verrückt. Bei meinen vierzehn Kindern, bin ich denn der Einzige hier, der nicht durchdreht?«

»Sie werden lauter«, murmelte Tarin und beschleunigte seinen Schritt noch einmal.

»Was sagen sie? Was sind das für Stimmen?« Alessa klang nun ernsthaft besorgt.

»Ich weiß es nicht«, antwortete er und wandte sich noch immer nicht zu ihnen um. »Sie rufen meinen Namen. Ich soll ihnen helfen.«

Leyna sah zu Sivan und dieser nickte. Er hörte dasselbe.

Immer weiter hasteten sie zwischen den Bäumen hindurch, bis Tarin endlich wieder langsamer wurde. Doch vor ihnen war nichts. Nur ... Nebel. Dunkler Nebel.

»Was ist das?«, flüsterte Leyna, und dennoch hallte ihre Stimme seltsam laut von den dünnen Stämmen wider. Es sah beinahe so aus, als würden dicke Regenwolken zwischen den Bäumen hängen und sich nicht mehr vom Boden lösen können.

Niemand antwortete. Die anderen schienen genauso sprachlos wie sie.

»Hier ist es«, murmelte Tarin und trat vor. Er hielt genau auf den Baum zu, der als Letzter aus der Nebelwand herausragte. Die

Schwaden schienen den Stamm zu umspielen, an ihm hinauf- und herunterzugleiten und ihn doch nicht zu berühren. Wie der letzte Schatten der Nacht, der dabei war, diese Welt zu verlassen.

Alessa bekam Tarins Arm zu fassen und hielt ihn zurück. »Geh nicht weiter, bitte«, flüsterte sie. Er wehrte sich, doch sie ließ ihn nicht los.

»Alessa, hör auf. Sie sind da vorn, ich muss zu ihnen!«

Leyna trat vor und griff nach seinem anderen Arm. »Tarin, bitte. Dort vorn ist niemand. Dieser Nebel sieht gefährlich aus und die Magie in ihm ist …« *Seltsam*, führte sie ihren Satz im Stillen zu Ende. *Unnatürlich*.

Wieder begehrte Tarin auf, wieder sprach Alessa auf ihn ein.

Sie starrten wie gebannt auf die Schwaden vor ihnen, bis etwas durch ihr Sichtfeld huschte.

Unsicher, ob sie es sich nur eingebildet hatte, beugte Leyna sich ein Stück vor – und da war es, ein bläulich heller Lichtschein hinter einem weiteren Stamm am Rande des Nebels.

Da Tarin jetzt stillstand und nicht mehr versuchte, sie abzuschütteln, ließ sie seinen Arm los. Aus den Augenwinkeln sah sie, wie Urs in Tarins Manteltasche verschwand.

»Leyna, was …« Alessa brach ab, als sie den Kopf in die Richtung wandte, in die Leyna jetzt ging. Auf den Lichtschein zu. Zu der Gestalt, die das Licht verströmte.

So leise es ihr möglich war, blieb sie vor dem Baum stehen und sah vorsichtig um ihn herum.

Zu ihrer Überraschung saß dort auf dem Boden ein Mädchen, das vielleicht zwölf Winter erlebt haben mochte. Fast schon ängstlich sah es zu ihr hoch. Der zierliche Körper wurde von dem hellen Licht vollkommen eingehüllt, sodass es in der inzwischen eingetretenen Dämmerung schon bald in den Augen schmerzte, zu ihm hinunterzusehen.

»Erschrick nicht«, bat Leyna leise und ging in die Knie.

Das Mädchen erhob sich und machte einen Schritt zurück. Seine Haare mochten einmal dunkelbraun gewesen sein, doch wie alle anderen Farben verschwand auch diese im blauen Schimmer des Lichtes.

Hatte Caidra von ihr gesprochen, als sie sagte, jemand könne ihr helfen und den Weg zeigen?

»Tue ich nicht«, antwortete das Mädchen mit hell klingender Stimme. »Wer seid Ihr?«

»Wir wollen dir nichts tun. Wir irren schon den ganzen Tag durch diesen Wald. Ich bin Leyna, das sind meine Freunde.« Sie deutete auf ihre Begleiter, die langsam auf sie zukamen.

Der Blick des Mädchens huschte kurz hinter sie, blieb dann aber wieder auf ihr ruhen. »Du bist ein Gotteskind«, stellte es leise fest.

Leyna nickte überrascht. »Das stimmt. Und wer bist du?«

»Inara«, murmelte das Mädchen. »Ich bin Inara, aber ... ihr solltet gehen. Alle sind gegangen, nur ich bin noch hier. Niemand kommt mehr her.«

»Alle sind gegangen? Warum?«

Wieder warf das Mädchen einen Blick hinter sie und so hob Leyna einen Arm, um den anderen zu bedeuten, nicht näher zu kommen. Sie wollte das Mädchen nicht verschrecken.

»Die Schatten«, flüsterte es und warf einen angstvollen Blick zu den dunklen Nebelschwaden neben ihnen. »Sie machten ihnen Angst. Viele Jahre sind sie schon fort. Nur ich bin noch hier. Ich wache über sie.«

»Du wachst über die Schatten?«

Inara nickte.

»Aber warum?«

Wieder wich das Mädchen einen Schritt zurück.

»Nein, bitte bleib hier. Vielleicht können wir dir helfen!«

Inara schüttelte den Kopf. »Niemand kann mir helfen. Nicht einmal du.« Verzweiflung trat in ihren Blick. »Ich habe mein Schicksal angenommen, so wie du es getan hast. Weil mein Gott es mir auftrug.«

Leyna horchte auf. »Dein Gott?«

»Ihr solltet gehen!«, rief Inara jetzt lauter. »Ihr alle!«

»Ich kann nicht.« Tarins Stimme klang dünn, sein Blick war noch immer glasig und auf den Nebel gerichtet. »Ich kann nicht gehen.«

Bei diesen Worten veränderte sich etwas in Inaras Blick. Als sie auf Tarin zuging, schien es, als würde sie über den Boden schweben. Dieses Mädchen war nicht lebendig. »Du bist ihrem Ruf gefolgt.«

Tarin schluckte.

»Was hat es mit diesem Nebel auf sich?«, fragte Leyna.

Inara fixierte weiterhin Tarin, dann sah sie zu Sivan.

»Auch dich haben sie gerufen«, stellte sie fest.

Sivan nickte.

»Warum konnten wir sie nicht hören?«

Inara ignorierte Leyna und sah zwischen Sivan und Tarin hin und her. »Sie rufen nur die zu sich, die das erschaffen haben, was sie einst waren.« Ihr Blick verfinsterte sich. Ihre großen Augen verengten sich zu Schlitzen, die nicht in das kindliche Gesicht passen wollten. Plötzlich schoss ihr Arm vor und Tarin stolperte ob der Wucht ihres Schlages einen Schritt zurück. Vollkommen überrumpelt sah er sie fassungslos an, doch da stellte Sivan sich schon vor ihn, die Hand auf dem Schwertknauf.

»Rühr ihn nicht noch einmal an«, knurrte er.

Alessa stellte sich neben ihn, auch ihre Augen funkelten.

»Inara, was meinst du damit?«, versuchte Leyna, ihre Aufmerksamkeit auf sich zu lenken. »Was sollen die beiden erschaffen haben?«

Tatsächlich drehte sich das Mädchen zu ihr um. »Menschen wie sie sind schuld daran, dass die Schatten überhaupt existieren!«

»Aber was haben sie denn getan?«, fragte Alessa verzweifelt.

»Sie haben getötet!« Inara ballte die Hände zu Fäusten, das Licht um sie herum wurde stärker. »Mithilfe von Magie haben sie Leben genommen, die nicht zerstört hätten werden dürfen! Sie haben ihre Seelen zu Schatten gemacht!«

Alessa sah zögernd zu Tarin, dessen Miene mit jedem Herzschlag mehr zu versteinern schien.

Sivan stand noch immer angriffsbereit vor ihm, nichts war ihm anzusehen.

Inara ließ die Arme sinken und erwiderte Leynas Blick jetzt eher müde als wütend. »Während des Krieges schuf Artar aus solchen Schatten ein grauenvolles Wesen. Doch den Teilen der

Schatten, die das Wesen nicht annahm, versagte er, in seine Welt zurückzukehren.« Sie ließ die Schultern sinken. »Jetzt ist es an mir, sie zu schützen. Lyras beglich seine Schuld mit meinem Leben, also bleibe ich auf ewig und bewache die unvollständigen Schatten.«

Leyna trat vorsichtig einen Schritt auf das Mädchen zu. Es so zu sehen, zusammengesunken und kraftlos, konnte sie nicht ertragen. Sie streckte einen Arm aus, wollte nach seiner Hand greifen – doch ihre Hand fuhr durch es hindurch.

»Du kannst mich nicht berühren«, flüsterte Inara. »Ich kann mit meiner Magie diesen Wald beschützen. Aber eigentlich existiere ich nicht.«

Zu gern hätte sie ihr geholfen. Irgendetwas getan, um es ihr leichter zu machen. Sie sah die Last, die sie trug, in ihren Augen, spürte ihre Angst und Einsamkeit. Aber da war noch etwas anderes, das sie in ihr spürte.

»Du warst kein Gotteskind«, murmelte sie. Wie von selbst kamen die Worte über ihre Lippen. »Aber ein Gott hat dich zu dem gemacht, was du jetzt bist. Ich spüre ... Lyras' Präsenz in dir.«

Inara erwiderte ihren Blick und nickte. »Vor langer Zeit.« Ein nachdenklicher Ausdruck trat auf ihr Gesicht. Zu nachdenklich für ihr augenscheinliches Alter. »Warum bist du hier, Leyna?«

Leyna schluckte. In Inaras Stimme lag etwas Endgültiges. Sie würde nicht mehr sagen.

»Wir ... wir suchen die Bibliothek.«

»Warum?«

Sivan gab seine angriffsbereite Haltung endlich auf.

»Ich habe Fragen. Wichtige Fragen, auf die ich noch keine Antworten gefunden habe.«

Das Licht um Inara wurde wieder stärker. »Der Eingang zur Bibliothek ist verborgen.«

Augenblicklich flammte Hoffnung in ihr auf. »Kannst du ihn uns zeigen?«

»Nein.«

Fast meinte sie, sich verhört zu haben. »Nein? Warum nicht?«

Inara trat einige Schritte zurück. »Ich ... ich kann nicht«, murmelte sie. »Ich kann nicht. Ihr könnt nicht hinein.«

»Wir beide bleiben gern draußen«, stellte Sivan fast schon sarkastisch klar.

»Es geht nicht nur um euch«, antwortete Inara und senkte den Blick. »Jeder Einzelne von euch ist von Dunkelheit erfüllt. Dunkelheit, die ich zu gut kenne und … nicht in die Bibliothek lassen kann. Ihr … müsst diesen Wald verlassen!« Ihre Stimme zitterte.

»Wovon sprichst du, Inara?« Vorsichtig ging Leyna auf sie zu. Sie würde nicht so einfach aufgeben. »Was meinst du damit?«

Ein trotziger Ausdruck trat auf das Gesicht des Mädchens, dann deutete es auf Tarin. »In ihm«, rief es, »liegt schon seit Langem die Dunkelheit des Verlorenen.«

Augenblicklich wurde Tarin blass, presste die Lippen aufeinander.

»Und in ihm«, sie deutete auf Sivan, »eine nicht beglichene Schuld. Ich kann sie spüren.«

Er erwiderte Inaras Blick ausdruckslos, doch da wanderte dieser auch schon weiter zu Alessa.

»Sie mag vielleicht von ihrem inneren Licht erfüllt sein, aber dieses wird verdunkelt von der Angst, andere zu enttäuschen. Diese Angst nimmt ihr Innerstes vollkommen ein.«

Alessas Augen weiteten sich, doch sie kam nicht dazu, zu reagieren. Da hatte Inara sich schon zu Leyna umgewandt.

»Und in dir, Gotteskind, spüre ich die Dunkelheit eines gebrochenen Herzens.«

Eben dieses Herz setzte einen Schlag aus. Ihre Gedanken standen still. Wie ihre Begleiter sah sie fassungslos zu dem vor ihnen stehenden Kind. Mehr war es nicht – ein Kind, in dessen Augen Angst stand. Angst vor dem, was es in ihnen sah. Dieselbe Angst, die beim Anblick des Schattennebels in seinem Blick stand.

Sie schwiegen.

»Ihr werdet hier nicht finden, was ihr sucht.« Nur langsam drang Inaras Stimme wieder zu ihr durch.

»Inara, bitte, wir …«, fand Leyna endlich ihre Stimme wieder und wagte einen letzten Versuch. »Es ist sehr wichtig, dass ich in die Bibliothek komme. Ich wurde von Caidra auserwählt und ich muss etwas über …«

»Nein!« Energisch schüttelte das Mädchen den Kopf. »Niemand wie ihr darf dort hinein! Ich werde niemanden hineinlassen! Ihr müsst gehen, es sind schon genug Schatten in diesem Wald!«

Das war also alles, worum es ging. Ihre Furcht vor den Schatten. Vor der Dunkelheit.

Leyna senkte den Blick. »Wir werden morgen früh gehen.«

Die Sonne war verschwunden, nur das bläuliche Licht um Inara herum erhellte den Wald. Hinter ihr schluckten die Schatten jede verbliebene Helligkeit. Jetzt noch zu den Höhlen zurückzufinden, wäre zumindest für Tarin und Alessa zu gefährlich.

»Gut. Aber ... haltet euch von dem Nebel fern. Dort vorn ist eine Lichtung, dort könnt ihr schlafen. Verlasst sie nicht.«

Leyna nickte und sah in die Richtung, in die Inara gedeutet hatte. Die freie Fläche durchmaß nicht mehr als ein paar Schritte und würde ihnen gerade genug Platz bieten.

Sie folgten schweigend dem unheimlichen Licht Inaras und ließen sich auf dem kalten Boden nieder. Sie stellten keine Wache auf und sprachen kein Wort mehr. Das Urteil des geisterhaften Mädchens über jeden von ihnen mussten sie erst einmal begreifen und verarbeiten.

Tarin hatte sich vollkommen abwesend als Erster hingelegt und ihnen den Rücken zugekehrt.

Leyna spürte seine Nervosität, seine Unsicherheit, seine Trauer. Auch sie dachte an seine Geschichte zurück, an das Mädchen, das er verloren hatte. Chana. Ein Name, der auch in ihr ein Schaudern auslöste, der sie an die Erinnerungen denken ließ, die noch immer schmerzten und die Tarin erneut hatte durchleben müssen.

Alessa murmelte nur etwas Unverständliches und schlief noch vor Tarin ein.

Sivan wartete starr, bis Inara sich umwandte und zwischen den Bäumen verschwand. Doch dann fand auch er schnell zur Ruhe.

Nur Leyna lag wach. In ihrem Kopf war nichts als die beißende Erkenntnis: Sie waren umsonst gekommen.

18

Die sie umgebende Stille war erdrückend. Schwer lastete sie auf ihrem Körper, hielt sie am Boden, hinderte sie an jeder Bewegung. Dennoch war sie hellwach.

Zu gern hätte sie sich in einen ihrer Träume geflüchtet, den Abend verdrängt, wie alles, woran sie nichts mehr ändern konnte. Sie wollte Inaras Worte vergessen und sich einfach mit dem Gedanken auseinandersetzen, dass sie nichts hatte tun können.

Dass Alessas Vision also doch wahr werden würde ...

Doch der Schlaf war ihr nicht vergönnt. Stattdessen lag sie mit geschlossenen Augen da, keine Spur von Müdigkeit in den Gliedern. Ihr Kopf war zu wach. Ihre Gedanken waren zu lebendig.

Sie durften nicht umsonst hergekommen sein. Dieser Wald, die Bibliothek war ihre einzige Hoffnung. Der Schlüssel für den Sieg. Alessa hatte es gesehen. Sie würde die Erklärung für Dranoels Verhalten bringen, das für sie noch immer keinen Sinn ergab. Die Erklärung dafür, wer er war und warum der König den Widerstand noch nicht angegriffen hatte. Dafür hatten sie vor Wochen herkommen wollen und es nicht getan, weil das Orakel sie davon abgehalten hatte ...

Und jetzt konnte sie diese Antworten nicht finden. Sie lag einfach nur hilflos hier und konnte nichts tun, um dieses Land zu retten. Nur weil ...

Sie schlug die Augen auf, erhob sich leise und griff nach ihrem Mantel.

Ihre Gefährten schliefen, Inara war nicht zu sehen. Niemand würde bemerken, dass sie fort war.

Sie sah zu den Sternen und wandte sich nach Nordosten.

Ihr Herz pochte, als sie die Magie der Bäume um sich herum ertastete, um ihren Weg schneller zu finden. Bevor vielleicht doch jemand sie zurückhalten konnte.

Als es langsam kälter wurde, schlang sie die Arme um den Oberkörper. Der Wind schlug ihr immer eisiger entgegen. Sie war auf dem richtigen Weg.

Nach einer Weile verlangsamte sie ihre Schritte und konzentrierte sich auf ihre Umgebung. Nun spürte sie die Kälte nicht nur, sie sah sie auch. Auf den Bäumen lag eine dünne Schicht aus gefrorenem Reif, die sie im schummrigen Licht des Mondes unheimlich erscheinen ließ. Jede Verzweigung der Äste war deutlich zu erkennen, frostigen Fingern gleich, die sich ihr entgegenstreckten. Leynas Atem stieg vor ihrem Mund wie weißer Rauch in die Höhe, kein einziges grünes Frühlingsblatt war zu sehen. Mit jedem Schritt schien es winterlicher zu werden. Die Magie um sie herum floss immer langsamer, immer träger, schien fast zum Erliegen zu kommen. Sie nahm keine Tiere mehr wahr. Nicht einmal auf dem Boden zwischen den Sträuchern regte sich etwas Lebendiges.

Leyna ging immer weiter, setzte entschlossen einen Fuß vor den anderen.

Es war genug. Sie konnte nicht mehr nur warten und nichts tun, wollte sich nicht mehr hilflos allem hingeben, was geschah. Sie musste etwas verändern. Musste sich verändern.

Nebel stieg vor ihr auf, nicht dunkel wie die Schatten, sondern weiß, wie alles um sie herum. Zögernd blieb sie stehen.

Die undurchsichtigen Schwaden erhoben sich genau über einem seichten Bach, der vielleicht zwei Schritte durchmessen mochte. Sie konnte weder seinen Anfang noch das Ende sehen, und doch war ihr sofort bewusst, dass sie nicht durch diesen Nebel hindurchgehen würde. Er war ihr unheimlich.

»Aber du bist doch nicht hierhergekommen, um dann vor einem Nebel zu fliehen. Nicht wahr, Gotteskind?«

Erschrocken fuhr sie herum. Doch hinter ihr war niemand.

»Du bist gekommen, weil du nach mir gesucht hast.«

Die Stimme erklang direkt vor ihr. Eine helle, wunderschöne Stimme. Doch da war niemand – nur der Nebel.

Zögernd trat Leyna einen Schritt näher an das Ufer des Baches heran.

Dunkle Augen starrten sie an. Schwarze, körperlose Augen.

»Du bist gekommen, weil du mir etwas überlassen möchtest.«

Sie schluckte.

»Ich ... ich muss etwas vergessen«, bestätigte sie leise, noch immer gebannt von der Schwärze vor ihr.

»Ich werde dir mit Freude dabei helfen.«

Die Schwaden veränderten sich, formten eine weiße Hand, die sich ihr entgegenstreckte. *»Komm zu mir, Gotteskind. Folge mir bis zum Ende dieses Flusses und ich werde dich von deinem Schmerz erlösen.«*

Wie gebannt starrte Leyna auf die vor ihren Augen verschwimmenden Finger. Schon wollte sie danach greifen – doch dann zögerte sie. »Ihr könnt nur das von mir nehmen, worum ich Euch bitte, nicht wahr?«

Die Hand regte sich nicht. *»So ist es. Du musst keine Angst haben.«*

»Aber ... wie kann ich sicher sein, dass Ihr nicht ... mehr tut?«

»Warum sollte ich?«

Die Worte des Orakels hallten deutlich in ihren Ohren wider. »Ihr lebt von Erinnerungen.«

Kurz kam keine Antwort.

»Dich bedrückt die Angst, ich könnte dir mehr als bloß eine Erinnerung nehmen«, stellte die Stimme fest.

Leyna nickte unsicher.

»Nun, dafür wurde ich nicht geschaffen, Gotteskind. Ich existiere, um euch Menschen die Möglichkeit zu geben, die euch quälenden Dinge schon vor dem Tod zu vergessen. Damit ihr die Erinnerungen an diese Qualen nicht für den Rest eures doch so kurzen Lebens ertragen müsst.«

»Ihr seid ein Geschöpf Kyons?«, fragte sie leise.

»Oh nein, Gotteskind. Kyon hätte etwas wie mich niemals schaffen können.«

Die Hand näherte sich ihr etwas weiter.

»Doch jetzt greif zu, Gotteskind. Lass diese Chance nicht verstreichen. Es könnte deine Letzte sein.«

Weitere Hände kamen aus dem Nebel auf sie zu, legten sich auf ihre Arme, ihren Rücken, zogen sie nach vorn.

Sie hatte keine Wahl. »Was muss ich tun?«, flüsterte sie. »Was muss ich tun, um mich nicht mehr zu erinnern?«

»Befolge meine Anweisungen. Stelle dich dem, was du vergessen willst und geh immer weiter, bis du das Ende des Baches erreichst. Dort werde ich alles von dir nehmen, um das du mich bittest. Solltest du zweifeln oder schweigen, wird dich der Nebel aufnehmen und nicht mehr gehen lassen.« Ein seltsames Kribbeln erfüllte ihre Fingerspitzen. »Es wird für immer fort sein?«

»Für immer, Gotteskind. Du wirst nie wieder daran denken.«

Leyna nickte. Zögern würde sie nicht, sie durfte es nicht. Dann bestand keine Gefahr.

Sie trat einen Schritt vor, ergriff die Hand, die ihr am nächsten war. Sie fühlte sich kalt an, leblos.

Dann zog sie sie in den Nebel hinein.

Sie schloss die Augen, hielt die Luft an, wollte die Schwaden nicht einatmen.

»Sag mir, warum du hier bist, Gotteskind«, forderte die Stimme. *»Wie kann ich dir helfen?«*

Langsam und kontrolliert atmete sie aus. Als sie dann doch den Nebel einatmete, war er wie kalte Luft.

»Sprich, Gotteskind. Deine Zeit verstreicht.«

»Sivan.« Dieses einzelne Wort war schneller über ihre Lippen gekommen als je zuvor. Immer rascher pochte das Herz in ihrer Brust. »Nimm mir meine Gefühle für Sivan. Lass mich … all den Schmerz vergessen.« *Nimm mir die Dunkelheit, die mich erfüllt, die mich daran hindert, mein Volk zu retten.*

»Ist das alles?«

Ein ersticktes Nicken.

Selbst durch ihre geschlossenen Lider sah sie, dass sich etwas vor ihr veränderte. Etwas Dunkles durchbrach die Helligkeit des Nebels.

Langsam öffnete sie die Augen und erstarrte augenblicklich.

»Stell dich dem, was du vergessen willst.«

Dort stand er. Nur einen Schritt entfernt. Die dunklen Haare umrahmten das Gesicht, an das sie bereits unzählige Male gedacht hatte. Das schon unzählige Male dieses Brennen in ihr hervorgerufen hatte.

»Stell dich mir.«

Sie sah zu ihm auf.

Sein Blick ruhte auf ihr, ließ sie nicht los, während seine Lippen sich bewegten und sie wie gebannt jeder noch so geringen Regung folgte. Seine Stimme drang durch ihren Körper, erfasste jeden Teil von ihr. Niemals würde sie sich dieser Wirkung entziehen können.

Die Hand, die sie noch immer hielt, gehörte zu ihm. Sie spürte den vertrauten, festen Druck, die raue Haut. Und doch war sie so kalt wie zuvor. Einzig diese Kälte hinderte sie daran, diesen einen Schritt bis zu ihm zu tun.

Einer winterlichen Hand gleich legte sich der eisige Wind um ihre Kehle.

»Du musst weitergehen«, erklang da die Stimme des Nebels von allen Seiten.

Noch immer starrte sie in Sivans Gesicht. In die Augen, die nicht mehr ausdruckslos waren und ihren Blick erwiderten.

Sie konnte sich nicht rühren, bis er einen Schritt zurücktrat und sie mit sich zog. Langsam setzte sie einen Fuß vor den anderen, spürte das Wasser, das diese umfloss und nahm es doch nicht wirklich wahr. Da war nur noch Schmerz.

»Warum bist du hier, Gotteskind?«, erklang die Stimme des Nebels, während die dunklen Augen vor ihr inmitten der Schwaden erschienen.

»Warum willst du mir diese Gefühle überlassen?« Die so vertraut klingenden Worte aus seinem Mund ließen sie erzittern. Widerstandslos folgte sie ihm – wie immer.

»Antworte mir, Gotteskind.«

»Ich ... ich kann sie nicht mehr ertragen«, hauchte sie. »So lange waren sie mir nicht bewusst. Doch seit mir klar ist, was ich für ihn fühle ... zerreißt es mich.«

Sie wollte ihn direkt ansprechen, doch sie konnte es nicht. Sie wollte den Blick abwenden, doch sie konnte nicht. »Ich weiß nicht mehr, was ich tun soll. Ich kann so nicht weitermachen. Jedes Mal, wenn er mich ansieht, zerbricht etwas in mir.« So sehr wünschte sie sich, es wäre nicht so. Doch es hatte keinen Sinn, es weiter zu leugnen. All das Chaos, das er in ihr anrichtete, all die Dinge ...

»Weiter, Gotteskind.«

Die Zeit schien sich zu dehnen. Aus den Augenwinkeln sah sie, dass die Bäume, die über das Ufer dieses Flusses in den Nebel hineinragten, von Eiszapfen umgeben waren.

Sie spürte die Kälte nicht mehr. »Ich habe ihm vertraut«, fuhr sie leise fort, während sie immer weiter dem Lauf des Baches folgte. *Ihm* folgte. Jetzt sah sie wieder auf, betrachtete die Hand, die ihre umschlungen hielt. »Ich vertraue ihm so sehr. Ich wünschte, er würde mir genauso vertrauen, doch das tut er nicht. Er ... er zieht sich zurück, er schweigt, er beachtet mich nicht. Er lässt mich allein.« Im Saal des Palastes hatte er sie ohne eine Erklärung verlassen ... In keinem Moment ihres Lebens hatte sie sich so einsam gefühlt. »Ich liebe ihn, aber ... diese Liebe bringt mir nichts als Schmerz.« Ihre Augen füllten sich mit Tränen, als sie es endlich aussprach. Doch jetzt wandte sie den Blick nicht mehr ab, sondern verstärkte den Griff um seine kalte Hand. »Sag mir, was ich tun soll!«

Der Sivan vor ihr reagierte nicht, als die erste Träne über ihre Wange rollte.

»Seit du mich gefunden hast, tue ich, was du sagst! Du hast mir immer den richtigen Weg gewiesen und dann hast du mich verlassen!«

Mit ihrem Atem beschleunigten sich auch ihre Schritte und doch wollten ihr die Beine den Dienst versagen. »Ich will mich von dir fernhalten, so wie du es verlangst, aber ich kann nicht ohne dich sein. Ich will dich nicht verlieren, aber dich ... dich zu lieben, hat mein Herz gebrochen.« Ihre Stimme wurde immer leiser. »Ich kann es mir nicht leisten, dich weiter zu lieben«, flüsterte sie. »Ich muss meine Aufgabe erfüllen und ... auch wenn ich eine andere Möglichkeit finden könnte, du ... all das hält mich von dem ab, was ich tun muss. Ich kann einfach nicht mehr. Es ... es wird einfacher sein, wenn ich dich nicht mehr liebe. Ich kann nicht mehr dagegen ankämpfen. Dafür bin ich nicht stark genug. Ich muss … dich loslassen.«

Wie auf einen leisen Befehl hin blieb das Abbild des einen Mannes, der sie derart in der Hand hatte, stehen und zog sie neben sich. Es kümmerte sie nicht, dass sie das Ende des Flusses erreicht hatten. Nichts kümmerte sie mehr. Und doch kam eine Spur von Erleichterung in ihr auf.

Gleich würde es vorbei sein. Gleich würde er fort sein.

Der Griff um ihre Hand lockerte sich. Schlaff fiel ihr Arm an ihre Seite.

»Folge mir.«

Der Schmerz in ihrer Brust schien zu explodieren. Sie wäre ihm überallhin gefolgt, wäre immer bei ihm geblieben. Wäre immer wieder in seinen Augen versunken, in seiner Nähe ertrunken.

Doch er wandte sich ab. Er tat einen weiteren Schritt – und verschwand. Ihr Blick folgte ihm. Doch alles, was sie sah, waren zwei dunkle Punkte im dichten Nebel.

»Es ist so weit, Gotteskind.« Die Schwaden wurden dichter, umschmeichelten sie, berührten sie. *»Du hast mich überzeugt. Komm zu mir und lass mich nehmen, was du geben willst.«*

Ein letztes Mal atmete sie tief ein, drängte den Schmerz noch zurück.

Dann folgte sie ihm.

Und fiel.

*

Er schreckte hoch. Etwas stimmte nicht.

Sofort war er hellwach, setzte sich auf und sah gleich, was es war.

Leyna war fort.

Mit einem leisen Fluch kam er auf die Füße. Er hätte nicht schlafen sollen, hätte wachen müssen. Wo konnte sie sein? Sie kannte den Wald so wenig wie er, wusste, dass hier niemand mehr lebte. Was würde sie …

Die Erkenntnis traf ihn wie ein Blitz. Er erstarrte, weitete seinen Zugriff auf die Magie des Bodens unter sich – immer weiter. Gerade, als seine Hand zu zittern begann, hatte er den ganzen Wald erfasst. Nur ein kleiner Teil fehlte noch. Ein Teil, der so kalt war, dass auch er dort nichts spüren konnte. Er sah auf, nach Nordosten.

Ein leises Knurren drang aus seiner Kehle, dann rannte er los. Das vertraute Zittern durchlief seinen Körper in nur wenigen Augenblicken, leise kamen seine Tatzen auf dem Boden auf. Er beschleunigte noch einmal, lief, so schnell er konnte. Es konnte jeden Moment zu spät sein.

Was hatte sie sich dabei gedacht? Er hatte sie gewarnt! Sogar das Orakel hatte sie gewarnt, was hatte sie vor? Was auch immer sie diesem Wesen überlassen wollte, es war gefährlich. Seit seiner Kindheit hatte man ihn davor gewarnt, ihm zu vertrauen. Es wusste genau, was man hören musste, um ihm zu geben, was es wollte.

Jetzt war Leyna bei ihm. Sie würde ihm erlauben, in ihren Geist einzudringen, ihr Innerstes zu sehen und zu verändern.

Ein weiteres Knurren erklang. Das würde er nicht zulassen.

Endlich meinte er, sie gefunden zu haben. Sie verbarg sich noch immer, doch er wusste, dass sie es war. Die winzige Spur ihrer Magie, die inzwischen schon wieder zu stark war, um von ihrem Schutz vollkommen abgeschirmt zu werden, genügte ihm, um sicher zu sein. Sie war dort vorn. Der einzig lebendige Punkt in dieser Öde der erkalteten Magie.

Noch einmal wurde er schneller, denn da war noch etwas anderes. Etwas, das sich mit ihr bewegte – etwas Großes, Mächtiges.

Ein ungewohntes Gefühl kam in ihm auf. War es ... Angst? Nein. Sorge. Er sorgte sich um sie, er musste sie schützen. Mehr nicht.

Er kam näher. Hatte sie fast erreicht ... da verschwand ihr Schutz.

Er ließ die letzten Bäume hinter sich, kam auf einer freien, schneebedeckten Fläche auf. Sofort erkannte er, dass sie es war, die dort oben am Rand des fast vollständig gefrorenen Wasserfalls stand. Doch es war zu spät, um sie aufzuhalten.

Sie schloss die Augen, breitete die Arme aus und tat den Schritt in die Leere.

Sie fiel.

Begleitet von der dunklen Präsenz des *ladanos mindroth*. Sie hatte ihren Schutz aufgegeben, ließ diesem Wesen freie Hand.

Der Anblick der Qual auf ihrem Gesicht riss ihn aus seiner Starre, brachte ihn dazu, wieder loszurennen.

Er erreichte das Ufer des kleinen Sees gerade, als ihr Körper auf der Oberfläche aufschlug. Sofort sank sie in die Tiefen des Wassers, das Wesen folgte ihr – und begann sein Werk.

Noch im Sprung verwandelte er sich zurück und hielt die Luft an.

Das Wasser war eiskalt, jede Faser seines Körpers wehrte sich dagegen, ihr zu folgen.

Verzweifelt suchte er nach irgendeinem Strang der Magie, den er kontrollieren konnte, um ihr zu helfen, doch hier war nichts. Nur Kälte und das Wasser, das sich ihm wie die Luft schon immer entzogen hatte. Keine Magie konnte ihm helfen, keine wollte ihm helfen.

Mühsam öffnete er die Augen. Das schwache Licht des Mondes drang nicht bis hier herab und doch war es nicht vollkommen dunkel. Nur ein kleines Stück vor ihm erstrahlte der weiße Nebel, der Leyna in einem unheimlichen Licht umgab.

Noch immer hatte sie die Augen geschlossen, noch immer waren ihre Züge schmerzverzerrt. Sie öffnete den Mund, und der Nebel floss in sie hinein. Es wurde dunkler, doch da war er schon fast bei ihr.

Ein Ruck durchfuhr ihren Körper.

Wieder war da dieses Gefühl in ihm, und jetzt gestand er sich ein, dass es doch Angst war. Angst, sie zu verlieren.

Endlich erreichte er sie, umfasste sie, drückte sie an sich und zog sie der Oberfläche entgegen.

*

»Leyna!«

Kälte. Da war nichts als bittere Kälte und Dunkelheit. War es vorbei? War es endlich …

»Leyna!«

Jemand rief ihren Namen, holte sie in die Wirklichkeit zurück.

Die Kälte ließ von ihr ab, doch da war noch etwas. Etwas in ihr ...

Jemand berührte sie. An den Schultern? Sie wurde hochgezogen und musste husten. Ein fader Geschmack breitete sich in ihrem Mund aus. Erschöpft sank sie wieder zurück. Zurück ... worauf? Auf etwas Warmes.

»Bei allen Göttern, Leyna, komm zu dir!«

Ein Teil von ihr erkannte diese Stimme, die Hand, die über ihre Wange fuhr, den Geruch, der ihr in die Nase stieg.

Ein anderer Teil wurde von einem unsäglichen Schmerz erfasst, der sich augenblicklich auf ihren gesamten Körper ausbreitete. Keuchend riss sie die Augen auf, starrte kurz in den dunklen Himmel über sich. Ihr Blick huschte über die gefrorenen Bäume, die Sträucher, und dann – zu ihm. Sie zuckte zusammen, wollte zurückweichen, doch er hinderte sie daran.

»Leyna, nicht ...«

Nicht.

Sie schlug seinen Arm fort. Wie von tausend Stimmen hallte dieses Wort in ihrem Kopf wider, ließ den Schmerz noch unerträglicher werden. »Sag ... das ... nie wieder«, presste sie hervor.

Verständnislosigkeit lag in seinem Blick. »Du bist vollkommen durchnässt, ich ...«

»Nein!« Sie wollte aufspringen, doch dazu fehlte ihr die Kraft. Also zog sie sich über den Boden von ihm fort, bis zwei Schritte zwischen ihnen lagen. Mit jedem Schlag ihres Herzens schien der Schmerz schlimmer zu werden. Sie ertrug es nicht, ihn anzusehen, und konnte sich doch nicht abwenden.

Geradezu schockiert erwiderte er ihren Blick. Als er sich vorbeugte, um aufzustehen, wich sie noch weiter zurück.

Er runzelte die Stirn. »Was soll das, Leyna?«, knurrte er.

Ihr Atem ging stoßweise, ihr Herz begann zu rasen, der Schmerz schien sie zu betäuben.

»Und wie, in aller Götter Namen, kommst du verdammt noch mal dazu, hierher zu kommen?« Seine Stimme wurde immer lauter.

Leyna erstarrte.

»Bist du zu dumm, um die vielen Warnungen zu verstehen? Yuron, das Orakel, Ronor, Tarin … *ich*! Wir alle haben dich gewarnt!«

Sie tastete hinter sich, doch ein Baum hinderte sie daran, weiter zurückzuweichen. Sie prallte dagegen, doch diesen Schmerz spürte sie kaum.

Nur eine Armlänge von ihr entfernt kniete er sich auf den Boden und hob drohend einen Arm. »Und doch bist du hier! Wie schön, ein paar unangenehme Dinge vergessen zu können! Du kommst hierher, ignorierst all die Verantwortung, denkst nur an dich, statt an dein Land …«

»Ich denke nur an mein Land«, unterbrach sie ihn mit zitternder Stimme. Plötzlich war da nicht mehr nur Schmerz in ihr, sondern auch Wut und Verzweiflung.

»Ach, ist das so? Und es rettet dein Land, dich töten zu lassen?« Er kam ihr immer näher, beugte sich über sie.

Sie schwieg, und endlich gelang es ihr, den Blick abzuwenden.

»Ich habe dir eine Frage gestellt!«

Sie sah zurück zu dem gefrorenen Wasserfall über ihnen, zu dem im Mondlicht schimmernden See, in den sie gefallen war und aus dem er sie herausgezogen hatte. Sie senkte den Blick, krallte eine Hand über ihrem Herzen zusammen, als könnte sie es herausreißen.

»Verdammt, Leyna, sag es mir! Warum bist du zu diesem Wesen gegangen? Was ist dieses Risiko wert, was wolltest du vergessen?«

»Dich.«

So schnell seine Stimme gerade lauter geworden war, so verstummte sie jetzt ganz. Einen Moment lang schien er wie erstarrt. Fassungslos sah er zu ihr herab, dann ließ er den Arm sinken und trat einen Schritt zurück. Die Wut verschwand aus seinem Blick. Alles verschwand aus seinem Blick.

»Mich«, wiederholte er leise. Plötzlich schien er ernüchtert, seine Stimme wurde drohend. »Du wolltest mich vergessen und setzt nur dafür dein Leben aufs Spiel?« Mit einem fast schon verzweifelten Laut fuhr er sich durch die Haare und wandte sich ab. »So weit hätte es nicht kommen dürfen. Ich habe dir immer gesagt, du sollst dich von mir fernhalten!«

»Und ich habe dir gesagt, dass ich das nicht kann«, erwiderte sie leise. Sie war erschöpft. So erschöpft.

»Dann sollte ich dir vielleicht ein paar bessere Gründe dafür geben!«, rief er, fuhr zu ihr herum und beugte sich mit entschlossener Miene zu ihr herunter. Er trug ihren Mantel, kaltes Wasser tropfte von dem dunklen Stoff. »Hör mir jetzt sehr gut zu, Leyna.«

Mit hartem Blick kniete er sich direkt vor sie. Sie atmeten dieselbe Luft, und doch schien er ihr weiter entfernt denn je.

»Bei meiner ersten Verwandlung hätte ich beinahe meine Mutter getötet. Ich habe sie so schwer verletzt, dass sie monatelang gepflegt werden musste. Sie trug die Narben, die meine Krallen hinterlassen haben, bis zu ihrem Tod auf dem Gesicht. Bei einem Kampf mit meinem besten Freund wurde ich so wütend, dass ich ihn beinahe in Stücke gerissen hätte. Ein anderer hatte nicht so viel Glück. Meinen Vater habe ich sein Leben lang nur enttäuscht, weil ich mich keinen Deut um meine Pflichten gekümmert habe. Mir ging es ums Kämpfen, ums Siegen. Nichts anderes habe ich getan, nichts anderes konnte ich. Und als der Moment kam, in dem mein Volk mich gebraucht hätte, in dem ich es vielleicht hätte retten können, bin ich gegangen. Du hast es gesehen, Leyna!«

Sein Blick wanderte über ihr Gesicht, schien auf jede Regung zu lauern. Leyna aber saß nur wie erstarrt da und sah ihn an. Sah in seine Augen, in denen sie hinter all der Härte vor allem eines sah: Schmerz.

»Ich habe jeden verletzt, der mir zu nahe kam.« Er sprach so trocken, so nüchtern. »Also tu dir selbst einen Gefallen, Leyna, und halt dich endlich fern von mir!«

Wieder sah sie seinen Traum vor sich. Sah die Soldaten, die in die Höhlen strömten, spürte seine Enttäuschung.

»Wie könnte ich?« Ihre Stimme war nicht mehr als ein ersticktes Flüstern. »Ich stand dort oben, Sivan, ich … bat dieses Wesen darum, mich von all dem Schmerz zu erlösen. Mir … meine Liebe für dich zu nehmen. Weil ich sie selbst nicht loslassen kann.« Die Worte kamen ihr jetzt, da er wirklich bei ihr war, noch schwerer über die Lippen als vor dem *ladanos mindroth*.

Seine Lippen wurden zu einem schmalen Strich, er kniff die Augen zusammen.

»Du glaubst, du schützt mich, wenn du dich von mir fernhältst, aber ... es zerreißt mich. Ich kann nicht mehr ... dagegen ankämpfen.«

Noch immer war er keine Armlänge von ihrem Gesicht entfernt. Trotz der Dunkelheit konnte sie erkennen, wie er schwer schluckte.

»Ich kann dir nicht geben, was du suchst, Leyna.« Etwas an seiner Stimme veränderte sich. »Du ... verdienst etwas Besseres«, fuhr er fort, und jetzt fiel ihr auf, was es war. Die Wut war verschwunden. Er war ruhig. »Du verdienst jemanden, der dich glücklich machen kann. Der dich nicht verletzen wird.«

Seine Worte berührten etwas tief in ihrem Inneren, strichen über die Hoffnung, als wollten sie sie wiedererwecken. »Warum in aller Götter Namen glaubst du, dass du mich noch mehr verletzen könntest? Sieh mich an, Sivan!«, rief sie verzweifelt.

Das tat er, und als sie zögernd eine Hand hob, hinderte er sie nicht daran. »Du hast Angst, mir etwas Schlimmes anzutun. Und ja, deine Taten mögen mich verletzen können – aber dein Schweigen brach mein Herz.« Fast schon vorsichtig berührte sie seine Wange.

Doch da zuckte er zurück und griff nach ihrem Handgelenk.

»Ich bin nicht wie du, Sivan!« Tränen sammelten sich in ihren Augen. »Ich ... ich kann das nicht mehr. Ich bin nicht so stark wie du!«

»Du denkst, ich bin stark?«, fragte er leise und hielt ihren Arm noch immer fest umschlossen. »Stark wäre ich gewesen, wenn ich all das nicht zugelassen hätte. Wenn ich nicht ... jede meiner Regeln für dich gebrochen hätte. Immer und immer wieder.« Langsam schüttelte er den Kopf. »Nein, stark bin ich nicht mehr. Nicht, seit ich dich kenne.«

Kurz sah sie zu ihrer Hand. Nein, kein weiterer Finger. Dies war kein Traum.

»Seit ich dich bei Alanya gefunden habe, wusste ich, dass an dir etwas anders ist. Immer wieder habe ich versucht, eine andere

Erklärung dafür zu finden, aber … nach dem Ball war mir das nicht mehr möglich.«

Schon die Erinnerung daran genügte, um ihre Augen zum Brennen zu bringen.

Er ließ ihren Arm los. »Ich … habe schon auf unzähligen Festen zu diesem Lied tanzen müssen. Und jedes Mal, wenn ich die Augen geöffnet habe, stand niemand vor mir.«

Langsam suchte sich eine einzelne Träne den Weg ihre Wange hinunter.

»Ein Teil von mir hatte gehofft, dass es auch diesmal so sein würde. Dass ich allein dastehen würde und du bei irgendeinem anderen Mann, der … gut für dich wäre. Doch dann spürte ich eine Hand. Und noch bevor ich die Augen öffnete, wusste ich, dass es deine war. Ich wusste nicht, was ich tun sollte …« Gedankenverloren streckte er die Hand aus und fing ihre Träne mit einem Finger auf. »Ich hatte dich gefunden … und doch wusste ich, dass es nicht sein durfte. Dass es nur ein Traum war …« Ebenfalls zögernd berührte er nun ihre Wange, und sie zuckte nicht zurück.

Schon die Wärme dieser Geste schien zu genügen, um die Kälte aus ihrem Körper zu vertreiben. Ihr Atem stockte, als sie die Erleichterung in seinem Blick sah. Die Erleichterung, das alles endlich auszusprechen.

»Es ist kein Traum«, flüsterte sie, aus Angst, zu laute Stimmen könnten diesen Moment zerstören. »Ich bin hier …«

»Es tut mir so leid, dass ich damals einfach gegangen bin. Ich wollte dich nie verletzen, Leyna.« Geradezu andächtig fuhr er über ihre Haut und strich gedankenverloren eine Haarsträhne zurück. Er schien nicht mehr über das nachzudenken, was er sagte. Schien es endlich zuzulassen.

»Dann tu es nicht mehr. Stoß mich nicht weg …« Sie legte ihre Hand über seine, hielt sie an ihrer Wange. »Lass das Vergangene nicht das Hier und Jetzt zerstören.« Vorsichtig verschränkte sie ihre Finger mit seinen, spürte, wie er wieder zurückzucken wollte, doch sie hielt seine Hand fest. »Du hast dich verändert. Das, wovor du Angst hast, das … bist du nicht mehr.« Weitere Tränen folgten der ersten.

Kurz blieb sein Blick an ihren verschränkten Fingern hängen. Dann hob er die andere Hand, um die Tränen aufzufangen. »Warum tust du das?«, murmelte er. Jede seiner Berührungen vertrieb die Kälte ein Stück mehr. »Warum tust du das alles?«

»Du kennst die Antwort«, flüsterte sie. Langsam fuhr seine Hand ihre Wange hinunter, blieb in ihrem Nacken liegen.

»Wie kannst du mich lieben, Leyna?« Sanft strichen seine Finger über ihre Haut. »Nach allem, was ich getan habe?«

»Was zählt, ist nicht, was du getan hast, Sivan ...« Sie legte ihre andere Hand über sein Herz. Kraftvoll und schnell schlug es in seiner Brust. »Es zählt, wer du jetzt bist. Was du jetzt fühlst.« Sein Blick flackerte. »Du bist der, der mich immer beschützt hat, der mich gerettet und mir den richtigen Weg gezeigt hat. Ich ... vertraue dir, und das werde ich immer tun.«

Einen Moment lang sahen sie sich einfach nur an. Sie konnte nicht anders, als in seinem Blick zu versinken. Da war nichts anderes mehr, nur noch er. Seine Augen, sein Geruch, seine Hand in ihrem Nacken.

»Leyna ...« Er lehnte behutsam seine Stirn an ihre. »Es tut mir so leid. Ich wollte das alles nicht.« Sein Atem streifte ihr Gesicht und sandte ihr einen Schauer über den Rücken.

»Sag mir, dass du bei mir bleibst«, flüsterte sie erstickt. »Lass mich nie wieder allein.«

Zum ersten Mal an diesem Abend huschte ein Lächeln über seine Züge. »Nie wieder.«

Und noch bevor sie die Welle der in ihr aufkommenden Gefühle wirklich erfassen konnte, lagen seine Lippen auf ihren.

*

Neun Wochen. War Leyna wirklich schon neun Wochen fort? Sein Zeitgefühl hatte ihn in diesen Tiefen schon oft im Stich gelassen, doch bisher war das nicht wichtig gewesen. Jetzt aber gab es kaum etwas Wichtigeres!

Schnell stieg Yoaf die schmale Treppe hinunter, dermaßen in

seine Gedanken versunken, dass er den ihm entgegenkommenden Männern keine Beachtung schenkte.

Es gab nichts Wichtigeres, als zu wissen, wie lang der Winter noch bleiben würde, wie lang er das alles noch mitmachen musste. Erschöpft fuhr er sich durch die Haare, erreichte die letzte Stufe und ging nun etwas langsamer, um die auf diesem breiten Gang geschäftig umherlaufenden Palastbewohner nicht weiter zu beunruhigen. Ihre Blicke lagen schon viel zu oft und viel zu erwartungsvoll auf ihm, seit sie gegangen war.

Ein paar Kinder liefen auf ihn zu und wollten nach seinem Schwert greifen. Hätte er die Zeit dazu gehabt, hätte er es ihnen wohl gezeigt wie sonst auch, jetzt aber schenkte er ihnen nur ein entschuldigendes Lächeln und eilte weiter.

Jeder Mann, dessen Blick ihn streifte, nickte ihm entschlossen zu. Sie alle wussten, dass die Bäume an der Oberfläche bereits die ersten Knospen trugen, dass sie den Palast bald würden verlassen müssen. Nahezu alle Vorkehrungen waren getroffen. Die Frauen und Kinder konnten sich selbst versorgen. Nur ein paar seiner Männer würden zu ihrem Schutz hierbleiben.

Nach einer weiteren Treppe erreichte er endlich das dritte Stockwerk. Hier war es dunkler als im übrigen Palast. Der vor ihm liegende Gang war leer – zumindest fast. Er erkannte die im Schatten verborgene Gestalt sofort, die hinter einer der vielen massiven Statuen an der Wand lehnte und glaubte, so seinem Blick zu entgehen.

»Wie schön, dass du mich schon erwartest, Firas«, begrüßte er seinen Freund im Vorbeigehen.

»Ein gewisses Maß an Höflichkeit sollte auch in diesen Zeiten gewahrt werden.« Der Hauptmann der äußeren Wache passte seine Schritte den seinen an und schlug ihm freundschaftlich auf die Schulter.

»Ich denke nicht, dass die Höflichkeit es gebietet, einen Hauptmann nach dem anderen zu schicken.« Er wusste, dass Firas ihm seinen angespannten Ton nicht übel nehmen würde. Sie saßen alle im selben Boot.

»Das kommt ganz darauf an, wie man diese Geste auffassen

möchte«, erwiderte Firas und warf einen kurzen Blick über seine Schulter zurück zur Treppe.

»Hat Yuron jetzt schon Angst, in seinem eigenen Palast belauscht zu werden?«, fragte Yoaf missmutig.

»Ich weiß schon lang nicht mehr, welche Befehle er ernst meint, alter Freund. Er trug mir auf, dich abzuholen, und nur dich. Er wirkt mit jeder Stunde nervöser.«

Yoaf fuhr sich mit dem Handrücken über die Stirn und nickte resigniert. »Allerdings. Es ist erschreckend, zu sehen, was diese Situation aus ihm gemacht hat. Ihn in den letzten Wochen ruhig zu halten, war schon anstrengend genug, Firas. Wir können nicht auch noch auf unbegründete Ängste Rücksicht nehmen. Die Männer folgen ihm und beten ihn an für alles, was er in den letzten Jahren für sie getan hat. Aber sie werden ihm nicht alles verzeihen.«

»Das ist uns allen bewusst. Du weißt, dass jeder Hauptmann auf deiner Seite ist und zu dir stehen wird, falls … etwas geschieht.«

Yoaf schluckte. »Ich habe nicht vor, Yurons Platz einzunehmen.«

»Das wissen wir. Und doch wärst du der Einzige, der es könnte.«

Er schüttelte vehement den Kopf. »Firas, ich möchte kein Anführer sein.«

»Gerade deshalb wärst du ein sehr guter Anführer.«

Ein Lachen entfuhr seiner Kehle. »Das ist ein wirklich geniales Argument.«

Firas hob grinsend die Schultern. »Es ist die Wahrheit. Denk immer daran, falls der Punkt kommt, an dem du dich entscheiden musst.«

»Yuron ist ein guter Anführer. Die Männer kennen ihn, vertrauen ihm.«

Abwehrend hob Firas beide Hände und blieb leise lachend vor der Tür stehen, hinter der der Anführer des Widerstandes gemeinsam mit Aidan und den übrigen Hauptmännern auf sie wartete. »Das habe ich nicht angezweifelt. Er war das Beste, das uns je hätte passieren können, doch der ständige Kampf gegen den König hat ihn verändert. Er ist in einer Verfassung, in der er uns allen schaden könnte. Das weißt du.«

Yoaf ballte die Hand zur Faust, als er hinter Firas in den Raum trat und sich innerlich auf eine weitere unfassbar lange und doch nichtssagende Besprechung vorbereitete. Yuron war schon seit Wochen nicht mehr von seiner Meinung abzubringen, ganz egal, worum es ging. Der Anführer des Widerstandes hatte sich verändert. Und er, Yoaf, würde nicht zulassen, dass diese Veränderung seinen Männern – oder Leyna – schadete.

19

Einzig Leynas Atemzüge durchbrachen die sie umgebende Stille. Kein Tier lebte in diesem Teil des Waldes, kein Vogel flog zu dieser Stunde über die Bäume hinweg. Noch immer war es dunkel um sie herum, doch es würde nicht mehr lange dauern, bis die Sonne aufging.

Das alles kümmerte ihn nicht, nicht in diesem Moment. All seine Sinne waren auf sie gerichtet. Er hörte ihren Atem, spürte ihren Herzschlag, konnte den Blick nicht von ihr wenden. Die Hoffnung darauf, sie einmal so zu halten, hatte er schon lang aufgegeben gehabt. Doch hier lag sie, den Kopf auf seiner Brust, und schlief in seinen Armen.

Still dankte er den Göttern dafür, dass er noch geistesgegenwärtig genug gewesen war, um sie ein gutes Stück von dem See fortzutragen, bevor er eingeschlafen war. Selbst hier war es noch bitterkalt, gern hätte er ihr ihren Mantel wiedergegeben. Er selbst fror nicht, das hatte er noch nie.

Vorsichtig legte er einen Arm unter seinen Kopf, um sie besser betrachten zu können.

Sie sah so friedlich aus. Friedlich ... Genauso fühlte er sich neben ihr. Wenn er bei ihr war, schwiegen seine Gedanken. All die Erinnerungen hatte sie schon immer allein durch ihre Anwesenheit zum Verstummen gebracht. Wenn er sie berührte, erfüllte ihn eine tiefe Ruhe. Und zum ersten Mal seit einhundert Jahren war so auch sein Schlaf vollkommen ruhig gewesen.

Zum ersten Mal seit einhundert Jahren hatte er auch in seiner menschlichen Gestalt nicht geträumt.

Gedankenverloren strich er ihr das Haar aus der Stirn. Vielleicht war diese Welt ja doch nicht so schlecht, wenn es Menschen wie sie darin gab. In nur einer Nacht hatte sie es fertiggebracht, ihn all den Schmerz vergessen zu lassen. Die Leere, die ihn seit so langer Zeit erfüllt hatte, zu vertreiben … und er konnte nur hoffen, dass ihm dies ebenfalls gelungen war. Dass sie ihm wirklich geglaubt hatte. So lang hatte er sie von sich ferngehalten, um sie nicht mit sich in den tiefen Abgrund seiner Schuld zu ziehen. Um sie von der ihn erfüllenden Dunkelheit fernzuhalten. Niemals hätte er gedacht, dass sie ihm das alles verzeihen könnte.

Und wieder stellte er fest, dass sie dennoch hier bei ihm lag. Lächelnd schüttelte er den Kopf.

Sie war nicht vor ihm davongelaufen. Noch immer spürte er die sanfte Berührung ihrer Lippen, ihren Atem auf seiner Haut. Die Erinnerung schickte ihm einen wohligen Schauer über den Rücken. Wie von selbst legte seine Hand sich an ihre Wange und strich zärtlich darüber. Er wusste, dass er sie nicht verdient hatte. Sie war so unschuldig, so … gut, und er hatte ihr so viel Schmerz bereitet. Auch sie hatte sich der Leere hingegeben, hatte vor ihrem Schmerz fliehen wollen. Doch … als er an diesem Morgen neben ihr aufgewacht war, war ihm klar geworden, dass er sie verdienen wollte. Dass er gut genug für sie sein wollte, dass er alles tun wollte, um jeden weiteren Schmerz von ihr fernzuhalten. Als er mit den Fingerspitzen über ihren Hals fuhr, regte sie sich.

Wieder überkam ihn ein Lächeln, als sie tief einatmete und sich streckte. Nein, er würde sie nie wieder allein lassen.

Sie blinzelte einige Male, bis sie ihre Augen endlich aufschlug.

Schon ihr müder Blick genügte, um sein Herz schneller schlagen zu lassen. Wie hatte er all diese Gefühle nur so lang ignorieren können?

»Guten Morgen«, murmelte sie und schien wie er noch nicht wirklich glauben zu können, was geschehen war.

»Guten Morgen«, antwortete er mit rauer Stimme.

»Das … das war kein Traum«, stellte sie leise fest.

»Nein, das war es nicht«, bestätigte er sanft und betrachtete fasziniert ihre dunklen Augen, aus denen allmählich die Überraschung verschwand und einer einnehmenden Wärme wich. »Aber ich musste mich auch mehrmals davon überzeugen.«

Leyna lächelte, offenbar noch immer unsicher. Als sie sich umsah und erkannte, dass sie in seinem Arm lag, schien sie sich erst aufsetzen zu wollen – bevor sie den Kopf wieder auf seine Brust sinken ließ und sich zu entspannen schien. Er hinderte sie nicht daran.

Sie zog mit der Hand kleine Kreise auf seiner Brust nach und sah schließlich zu ihm hoch. Langsam strich ihre Hand höher, über seine Schulter, seinen Hals, sein Kinn, und dann berührten ihre Finger seine Lippen. Er neigte den Kopf zur Seite.

Sie musste nichts sagen. Jedes Wort lag in ihrem Blick.

Als er sich langsam zu ihr hinunterbeugte, schloss sie die Augen. Wärme durchflutete ihn, als sie seinen Kuss erwiderte. Er legte eine Hand in ihren Nacken und zog sie sanft näher zu sich heran. Wie lang hatten sie sich in der letzten Nacht so geküsst? Er wusste es nicht mehr, erinnerte sich nur daran, dass es nicht genug gewesen war.

Doch als er sich jetzt von ihr löste und seine Stirn an ihre legte, flatterten ihre Lider nicht vor Erschöpfung, wie in der letzten Nacht. Nein, jetzt sah sie ihn vollkommen wach – und fragend an.

»Was tun wir jetzt?« Ihre Stimme war nicht mehr als ein Flüstern.

Er seufzte leise, umschloss ihr Gesicht mit beiden Händen und schloss die Augen. »Ich würde nichts lieber tun, als einfach nur hierzubleiben.« Er spürte ihr Nicken. »Aber … wir müssen zurück. Die anderen werden bald aufwachen.«

Als ihre Blicke sich wieder trafen, erkannte er sein eigenes Bedauern in ihren Augen.

Sie setzte sich auf. »Wir … wir können es Alessa und Tarin nicht sagen.«

Er runzelte die Stirn. »Warum nicht?«

»Das weißt du doch.«

Wieder seufzte er. Sie wollte sie nicht verletzen. Ihm war nicht entgangen, was sich zwischen den beiden abgespielt hatte und dass der Priesterjunge sich sehr … Er führte diesen Gedanken nicht zu

Ende. Ihm stand es wohl nicht zu, über Tarins Verhalten zu urteilen. »Wie du möchtest. Wir sagen ihnen nichts.«

Er sah deutlich, dass sie die Lippen aufeinanderpresste, bevor sie den Blick senkte.

Sanft, aber bestimmt legte er eine Hand unter ihr Kinn und brachte sie sofort dazu, ihn wieder anzusehen. »Wende dich nicht wieder von mir ab, Leyna. Was bedrückt dich?«

Angst stand in ihrem Blick. »Und wenn das alles doch nur ein Traum war?«, flüsterte sie. »Wenn morgen alles anders ist und ...«

Sein leises Lachen unterbrach sie. »Davor hast du Angst? Leyna ...« Immer und immer wieder hätte er ihren Namen sagen können. »Ich weiß, wie sehr ich dich verletzt habe. Glaub mir, das ... weiß ich. Aber glaube mir auch, dass ich es wiedergutmachen will. Ich habe dir versprochen, dich nie wieder allein zu lassen, und ... ich gebe niemals ein leichtfertiges Versprechen.«

Ihre Mundwinkel zuckten.

»Gestern Nacht hast du gesagt, dass du mir vertraust und dass nur zählt, was ich fühle. Nicht das Vergangene. Lass mich dir beweisen, was ich fühle. Lass mich dir zeigen, dass ... ich das Vergangene hinter mir lassen kann.« Er verschränkte seine Finger mit ihren. In seiner sah ihre Hand so klein aus, so zerbrechlich. »Ich habe jedes Wort ernst gemeint, Leyna. Jedes Einzelne. Nein, morgen wird nichts anders sein. Überhaupt nichts.«

Der folgende Moment der Stille schien zu einer Ewigkeit zu werden, bevor sie schließlich blinzelte.

»Ich glaube, das war das erste Mal, dass ich dich wirklich lachen gehört habe«, stellte sie leise fest und drückte seine Hand. Ihre Augen schienen zu glänzen.

»Dazu hatte ich auch seit Langem keinen Grund«, erwiderte er lächelnd. »Ich habe ...«

»Alessa!«

Er verstummte und wandte den Kopf in die Richtung, aus der der Schrei gekommen war.

»Alessa, komm zu dir!«

Ein kurzer Blick genügte. Dann sprangen sie auf.

*

»Alessa, bleib bei mir, öffne die Augen!«

Tarins Stimme klang so deutlich zu ihr, als würde er neben ihr stehen, und dennoch spürte sie seine Präsenz scheinbar unendlich weit entfernt. Er klang panisch, schrie immer wieder Alessas Namen. Immer wieder.

Ihr Herz schien ihrem Körper davonzulaufen, so schnell schlug es in ihrer Brust. Immer schneller rannte sie neben Sivan her zwischen den Bäumen hindurch, auf die einzelne Stimme zu. Doch auch Alessas Präsenz konnte sie spüren. Erleichtert stellte Leyna fest, dass ihre Freundin unverletzt war.

»Alessa, komm schon, was soll ich tun? Was ...«

Atemlos erreichten sie die kleine Lichtung.

Tarin kniete auf dem Boden und beugte sich über die Lichtlenkerin. Ihre Beine zuckten, mehr konnte Leyna nicht erkennen.

»Tarin!«

Er fuhr zu ihr herum, und plötzlich lagen Alessas Beine still. »Sie ist einfach zusammengebrochen! Nur einen Moment, nachdem sie aufgestanden ist! Sie hat gezuckt und ihre Augen haben geleuchtet und ...«

Sofort ließ Leyna sich neben ihm auf dem Boden nieder und griff nach der Hand ihrer Freundin.

Sivan blieb hinter ihnen stehen.

»Hat sie dabei etwas gesagt?«

»Nein, nichts. Was bedeutet das, Leyna?«

Allmählich beruhigte sich ihr Herz, sodass sie wieder klar denken konnte. »Sie war nicht krank, also kann sie nur eine Vision gehabt haben.« Auch im Tempel hatten ihre Augen dabei geleuchtet, aber sie war nie ohne ein Wort zusammengebrochen.

»Und was sollen wir nun tun?«

Vorsichtig legte Leyna eine Hand auf Alessas Stirn. »Sie ... sie schläft«, murmelte sie überrascht. »Sie träumt, ich kann es spüren.« Alessa war auch noch nie nach einer Vision eingeschlafen. Sie ...

Plötzlich, so unerwartet, dass sie nicht darauf reagieren konnte, drang der Traum auf sie ein. Sie kam nicht mehr dazu, die Hand fortzunehmen.

Ein dunkler Raum erschien vor ihren Augen. Suchend wollte sie die Hände ausstrecken, doch dies war nicht ihr Traum. Sie war nur eine Zuschauerin.

Vor ihr erschien ein flackerndes Licht, wie von einer im Wind stehenden Kerze. Doch es erschien wie aus dem Nichts als kleine Kugel zwischen den Händen eines Mädchens.

Das Mädchen saß auf dem kalten Boden, in ein einfaches, dunkles Gewand gehüllt. Die blonden Haare fielen ihm bis weit über die Schultern, die Knie hatte es an den Körper gezogen. Es starrte nur auf das Licht, das sein Gesicht unheimlich erscheinen ließ.

Plötzlich weitete sich der Schein aus, wurde immer heller und offenbarte schließlich etwas mehr von dem Raum.

Das Mädchen erhob sich, ging mit bloßen Füßen einige Schritte auf Leyna zu – bis es stehen blieb. Mit traurigem Blick legte es die Hände an die dicken Gitterstäbe, die es umgaben. Je heller das jetzt gestaltlose Licht wurde, desto deutlicher wurde die Trauer, die Verzweiflung auf seinem Gesicht. Immer fester umklammerte es die Stäbe seines Käfigs, versuchte, sie zu durchbrechen. Dann gab es auf und trat zurück. Seine Augen füllten sich mit Tränen, das Licht wurde kleiner, bis es wieder auf ihre Handfläche passte.

Gerade wollte das Mädchen sich abwenden, als sich etwas veränderte. Eine schmale Hand erschien vor dem Gitter, schob sich in den Käfig und bot sich ihm geöffnet dar.

»Mach dir keine Sorgen, Alessa. Ich bin bei dir«, sagte eine leise Stimme.

Zögernd trat das Mädchen an die Hand heran. Der kleine Lichtkegel offenbarte ein lächelndes Gesicht, blonde Haare, fast durchscheinende Augen.

»Du musst nur ganz ruhig bleiben. Es ist deine Kraft, du hast sie unter Kontrolle.«

Es streckte die Finger aus, zuckte kurz zusammen, als es die Hand berührte.

»Hab keine Angst. Werde niemand, der du nicht selbst sein möchtest. Du bist, wer du bist, und das ist gut so.«

Die Gitterstäbe verschwanden. Alessa trat zu ihm, folgte ihm, während das Licht immer heller wurde. Ein glückliches Glitzern lag in ihren Augen.

»Wir alle werden dir dabei helfen ...«

Plötzlich verschwand die Hand und vor ihr erschien ein Zimmer. Die Umgebung flackerte, war nicht deutlich zu erkennen. Der Junge saß an einem langen Tisch, neben ihm eine Gestalt mit schwarzen Haaren. Ein helles Lachen ertönte, während die Gestalt näher zu dem Jungen heranrückte. Auch er lachte und beugte den Kopf zu der Gestalt hinunter. Diese schien ihm etwas ins Ohr zu flüstern, und schon lachte auch der Junge, kam ihr immer näher. Eine schmale Hand lag auf seiner Schulter, die andere neben seiner auf dem Tisch.

Das Bild verwischte, doch auch das nächste zeigte den blonden Jungen mit einem schwarzhaarigen Mädchen. Gemeinsam gingen sie auf eine Tür zu. Das Mädchen öffnete sie und bat den Jungen hinaus. Doch bevor es ihm folgte, wandte es sich um und sah die Besitzerin dieser Erinnerung direkt an. Überlegen. Spöttisch.

Die Perspektive veränderte sich, als wäre sie einen Schritt zurückgetreten.

Auf einmal war Leyna nicht mehr bloß eine Außenstehende, sondern Teil dieser Szene. Sie war das Mädchen und sah auf den gesenkten Kopf des Jungen, in die plötzlich deutlich erkennbaren dunklen Augen des anderen Mädchens mit den dunklen Haaren, das dort war, bei ihm ...

Sie wandte sich ab, wollte das alles nicht sehen. Ein unglaublicher Schmerz entbrannte in ihrer Brust. Das andere Mädchen verschwand, der Junge richtete sich auf und wandte sich ihr zu. Sie streckte die Hand aus, ging auf ihn zu, begann zu rennen, doch er schien sich nur immer weiter von ihr zu entfernen.

Schließlich prallte ihre Hand gegen etwas Kaltes, Metallenes. Die Gitterstäbe umschlossen sie, verwehrten es ihr, ihm weiter zu folgen. Sie wollte schreien, doch das konnte sie nicht, das durfte sie nicht. Sie musste es hinnehmen ...

Noch einmal wurde das Licht schwächer, kleiner, zog sich zusammen. Er verschwand, sie konnte ihn nicht mehr sehen, nicht mehr finden. Erschöpft sank sie zurück auf den kalten Boden und schlang die Arme um die Knie. Er war fort …

»Leyna!«

Sie spürte Tarins Hand auf ihrer Schulter und riss keuchend die Augen auf. Sivan umfasste sie, zog sie ein Stück von Alessa fort.

Blinzelnd sah sie sich um und traf Tarins fassungslosen Blick. »Leyna, du wolltest unsere Träume nicht ansehen. Du hast versprochen …«

»Das wollte ich nicht, Tarin«, erwiderte sie, noch immer etwas benommen. »Es ging alles so schnell, ich … ich versuche immer, mich gegen eure Träume zu wehren. Ich weiß, dass ich sie nicht sehen sollte, ich halte mein Versprechen. So gut ich kann.«

Erleichterung nahm seinen Blick ein. Er nickte verständnisvoll. »Was hast du gesehen?«

Unsicher sah Leyna zu ihrer Freundin. Ja, was hatte sie gesehen? »Ich bin nicht sicher, was es bedeuten soll. Es war ein Albtraum.« Sie sah auf und betrachtete Tarin, während er Alessa das Haar aus der Stirn strich.

»Großvater sagte, dass die Albträume anderer meist schwer zu verstehen sind«, stellte er leise fest.

Leyna nickte geistesabwesend. »Vielleicht sollten wir sie wecken …«

»Nein, das solltet ihr nicht«, unterbrach sie eine andere Stimme. Sofort sahen sie auf.

»Wenn auch ihre Mutter diese Gabe hatte, wird sie wirklich eine Vision gehabt haben«, fuhr Inara fort, deren durchscheinende Gestalt aus dem Schatten der Bäume trat. »Sollte sie während der Vision vor Erschöpfung zusammengebrochen sein, wird diese wiederkehren, sobald sie genügend Kraft hat. Sie muss von allein aufwachen.«

Leyna runzelte die Stirn und richtete sich auf. »Was tust du hier, Inara? Wir wollten gleich aufbrechen, wie versprochen.«

»Aufbrechen? Aber warum denn?« Das Mädchen schien irritiert. »Ich bin hier, um dich mitzunehmen, Gotteskind.«

»Mitnehmen?«

»Aber ja. Die Dunkelheit hat dich verlassen. Ich zeige dir den Weg zur Bibliothek.«

»Was soll das heißen, die Dunkelheit hat sie verlassen?« Fragend sah Tarin zwischen ihr und Sivan hin und her. »Habt ihr …«

»Wir haben nach etwas Essbarem gesucht«, unterbrach Sivan ihn. »Aber im Gegensatz zum Phandras-Wald wächst hier nichts.«

Seine Stimme erweckte sie aus ihrer Starre. Kurz sah sie zu ihm und schon dieser Augenblick genügte, um sie einen Hauch seiner Wärme erneut spüren zu lassen.

»Du willst mich wirklich hineinlassen?«, wandte sie sich dann wieder an Inara und konnte es kaum fassen, als diese nickte.

»Wenn du jetzt kommst, dann schon.«

»Ja, natürlich!« Kurz sah sie zu den anderen. »Das ist doch in Ordnung?«

»Natürlich ist es das, du musst …«

Ein undeutliches Gebrumme unterbrach Tarin. Er schien aufzuhorchen, fuhr herum und öffnete die vordere Tasche seines Rucksacks.

Von empörtem Gemurmel begleitet flog Urs daraus hervor. »Sag mal, seit wann machst du denn die blöde Tasche zu? Was soll …«

»Natürlich ist das in Ordnung«, beteuerte Tarin noch einmal und bedeutete Urs, still zu sein. »Wir bleiben hier und warten auf dich. Ich erkläre dir gleich alles, Urs.«

Inara schenkte dem kleinen Varnir keine Beachtung, warf ihm nicht einmal einen Blick zu.

Leyna hingegen betrachtete ihn nachdenklich. War sie am Vorabend so beschäftigt gewesen, dass sie nicht bemerkt hatte, wie er in Tarins Tasche verschwunden war?

Dieser begann inzwischen, den gerade geöffneten Rucksack zu durchsuchen. »Was soll das heißen, du erklärst mir gleich alles? Und was macht das leuchtende Mädchen wieder hier? Was …«

»Urs, ich sagte *gleich*!«

Während Tarin einige von Hijaras Fläschchen herausnahm und dem Varnir nur unwirsch zuwinkte, sah Leyna noch einmal zu Sivan.

Er nickte ihr zu, und als er sicher war, dass Tarin beschäftigt war, lächelte er. »Lass dir nicht zu viel Zeit«, forderte er im gewohnten Ton.

Sie runzelte die Stirn. Er klang so anders, so ... nüchtern, befehlend. Eigentlich wie immer, doch nach ihrem Gespräch in der Nacht hatte diese Stimme nun eine ganz andere Wirkung auf sie.

Ohne eine Antwort wandte sie sich um und folgte Inara. Im Stehen reichte das Mädchen ihr kaum bis zur Brust. Vielleicht war es doch jünger, als Leyna zuerst angenommen hatte.

Lange gingen sie nebeneinander her, während die Sonne immer höher stieg. Als Leyna die anderen kaum noch spüren konnte, durchbrach Inara die Stille.

»Ich hatte euch gesagt, ihr sollt die Lichtung nicht verlassen.«

Leynas Atem stockte. »Inara, ich ...«

»Lüg mich nicht an, Gotteskind«, unterbrach sie die Wächterin der Schatten. »Ich weiß, wo du warst!«

»Inara, es ist wirklich nicht so ...«

»Du warst bei Artars Wesen, Gotteskind. Streite es nicht ab.«

Artars Wesen? »Es stimmt, dass ich bei dem ... lebenden Vergessen war. Aber es hat mir nichts genommen. Es wurde ... davon abgehalten.«

Inara runzelte die Stirn. »Und doch ist die Dunkelheit, die dich gestern noch vollkommen erfüllt hat, auf einmal verschwunden.«

Leyna schluckte und wandte den Blick ab, nicht sicher, ob sie rot geworden war. »Glaub mir, Inara, ich habe diesem Wesen nichts überlassen. Ich wollte es. Ich wollte ihm diese Dunkelheit überlassen, um in der Bibliothek Antworten finden zu können. Aber ich habe es nicht getan.«

Als sie das Mädchen wieder ansah, war sein Blick unmöglich zu deuten.

»Welch seltsame Fügung.« Mehr sagte es nicht, doch das leise Lächeln, das sich auf seine Züge stahl, erleichterte Leyna. Es schien ihr zu glauben.

Sie gingen immer weiter durch den Wald und allmählich fragte Leyna sich, wie weit er sich noch erstrecken mochte. Die Sonne stieg immer höher.

»Inara, sag mir ... wer ist Artar?«, fragte sie nach einer Weile, als sie die Stille um sie herum und die Fragen in ihrem Kopf nicht mehr aushielt. »Wenn er es war, der ein Wesen aus den Schatten geschaffen hat, muss er sehr mächtig gewesen sein. War er ein Gestaltwandler?«

Inaras Augen weiteten sich und einen Moment lang sah sie Leyna einfach nur ungläubig an. Dann lachte sie. »Oh ja, mächtig, das kann man über den ältesten Gott wohl sagen.«

Leyna stutzte. »Was meinst du damit?«

»Genau das, Gotteskind. Er ist ein Gott.«

»Ein fünfter Gott?«

»Eher ein siebter Gott.«

Jetzt blieb Leyna stehen und hob ungläubig die Augenbrauen. »Inara, es gibt nur vier Götter.«

Als das Mädchen ungerührt weiterging, beeilte sie sich, ihm zu folgen.

»Ach, du bist also so weit gekommen, ohne die wahre Geschichte zu erfahren?«

»Was meinst du damit? Inara, erklär es mir!« Gern hätte sie nach ihrer Hand gegriffen, doch wie sie am Vortag gesehen hatte, war das unmöglich.

Traurigkeit stand in Inaras Blick, als sie zu Leyna sah. »Also gut«, erwiderte sie leise, »du wirst die Wahrheit brauchen, wenn du dieses Land retten willst.« Sie ging weiter zielstrebig durch den kahlen Wald. »Neben den vier Göttern, die bis vor wenigen Jahren noch verehrt wurden, gibt es noch drei weitere. Ihre Namen sind Farah, Talos und Artar.«

Leyna sah sie ungläubig an. »Was ... was geschah mit ihnen? Warum kennt sie heute niemand mehr?«

»Das ist schnell erzählt. Farah und Talos waren die Götter des Tages und der Nacht, der Jugend und des Alters, des Lichtes und der Schatten. Zwillinge, die zusammen für den Lebensfluss standen. Doch sosehr sie sich auch ähnelten, so verschieden waren sie. Sie stritten sich, schadeten sich, brachten Chaos über die Welt, wo sie es nur konnten. Irgendwann duldeten die anderen Götter dies nicht mehr und wendeten sich gegen sie. Sie zwangen die beiden in einen einzigen Körper und verbannten diesen auf eine andere Ebene dieser Welt. Gezwungen, für immer zusammen zu sein und sich nicht zerstören zu können.«

Irgendwo hatte Leyna diese Worte schon einmal gehört. Es dauerte nur einen Augenblick, bis es ihr wieder einfiel.

»Das Orakel«, stieß sie fassungslos hervor. »Das Orakel sagte bei unserem ersten Treffen, ich sei auf seiner Ebene. Ist es dieser Körper? Sind … Farah und Talos das Orakel?«

Inara lächelte. »Nicht schlecht, Gotteskind. Ja, die Zwillingsgötter wurden zum Orakel. Sie können jede Lebenszeit überblicken und haben anscheinend in den letzten Jahren Gefallen daran gefunden, die Geschicke Mirandors trotz ihrer Strafe weiter zu leiten.«

Wieder sah Leyna das Bild des geteilten Gesichtes vor sich. Eines hell, eines dunkel. Mal freundlich, mal gehässig. Gegensätzlich und doch zusammen, Tag und Nacht. Aber wenn sie früher die Welt hatten ins Chaos stürzen wollen, was war dann jetzt ihr Ziel? Warum hatten sie Leyna von der Prophezeiung erzählt, sie davon abhalten wollen, hierher zu gehen, und … warum hatten sie Tarin seine Kräfte gegeben? Warum Sivan zu ihr geschickt? »Was ist mit Artar?«

»Artar war schon immer der Mächtigste der Götter, doch im Gegensatz zu allen anderen machte er sich nie etwas aus Macht. Er ist der Gott des Nichts, der Erinnerungen und Gedanken. Gott der Leere wurde er oft genannt. Er zog sich schon früh von unserer Welt zurück. Sein Reich ist das der Toten.«

»Aber … ich dachte, Kyon sei der Wächter der Toten.«

Wieder lachte Inara. »Gegen diesen Titel hatte er sicher nichts einzuwenden. Nein, Kyon begleitet die Gefallenen auf ihrem Weg dorthin. Artar wacht dort. Er nimmt ihnen die quälenden Erinnerungen, um sie zur Ruhe kommen zu lassen … Vor vielen, vielen Jahren schuf er das *ladanos mindroth*, weil er den Menschen die Möglichkeit geben wollte, einige quälende Erinnerungen schon zu Lebzeiten loszuwerden. Als er sah, wie früh dieses Volk schon mit Schmerz und Verlust zu kämpfen hatte, wie sehr diese Dinge ihr weiteres Leben überschatteten, wollte er ihnen einen Ausweg bieten. Damals nahmen viele dieses Angebot an. Erst als die Schatten kamen und immer weniger Erinnerungen in den Tiefen des eisigen Sees verschwanden, wurde das *ladanos mindroth* so verzweifelt und böse, wie wir es heute kennen. Es betrügt und zerstört, weil es sonst nicht überleben kann.«

Ein Schauer lief Leyna den Rücken hinunter. So viele hatten sie gewarnt, aber jetzt erst wurde ihr das Ausmaß ihrer Verzweiflung wirklich bewusst. Doch ein einzelner Gedanke genügte, um die Kälte dieses Schauers sofort wieder zu vertreiben. Sein Gesicht ...

»Du sagtest, die Schatten seien entstanden, als er ein anderes Wesen geschaffen hat«, erinnerte sie sich. »Was für ein Wesen war das?«

»Ich weiß es nicht genau«, antwortete Inara, während ihre Schritte langsamer wurden. »Während des Krieges der Zeiten wurde ich aus meiner Heimatstadt Ilras hierhergebracht. Ich diente damals in Lyras' Tempel und folgte seinem Ruf bedingungslos. Ich ... man sagte mir, er müsse ein Opfer bringen.« Schmerz zuckte über ihr Gesicht. »Ich fragte nicht nach. Ich glaubte an Lyras, hatte ihm mein Leben gewidmet, wie ich es noch immer tue. Ich sah nicht viel, nur ... Dunkelheit. Immer mehr Dunkelheit, aus der sich ein riesiger Schatten formte und ausbreitete. Dann schlief ich ein ... und wachte als das wieder auf, das ich jetzt bin.« Sie sah an sich hinab. »Die Dunkelheit war fort, nur die Schatten blieben zurück. Damals waren es noch nicht so viele. Ich akzeptierte meine Aufgabe ... und blieb.« Sie blieb stehen und sah zu Leyna hoch. »Ich weiß nicht, was genau damals geschehen ist. Aber ich habe Artar gesehen, seinen Ruf gehört und Lyras' Zuspruch. Ich bin an die Schatten gebunden.«

Leynas Kehle war wie zugeschnürt. Inara hatte ihr Leben aufgegeben. »Du ...«

»Nein, sag nichts, Gotteskind. Ich habe gelernt, damit zu leben ... und ich bin froh, dass es hier geschehen ist. Lyras liebte diesen Wald und diese Bibliothek mehr als alles andere. Früher war er prächtig, der Vadas Wald. Viele Menschen kamen hierher.«

Leyna folgte ihrem Blick und hielt augenblicklich den Atem an. So sehr von Inaras Worten gefesselt, hatte sie nicht bemerkt, was vor ihnen aufgetaucht war.

Die aus dunklem Stein erbauten Mauern strebten mehrere Manneslängen hoch in den Himmel, übertrafen beinahe die Baumkronen. Unzählige Statuen ragten aus ihnen hervor, Abbilder von Menschen, Tieren und anderem, das sie nicht erkennen konnte. Ein leichter, grünlicher Schimmer schien von dem Gestein auszugehen, der sich in den feinen, glänzenden Linien spiegelte, die ihn durchzogen. Leyna hatte das Gefühl, die Augen dieser Statuen würden jeder ihrer Bewegungen folgen, während sie neben Inara auf den großen Torbogen zuging. Kurz runzelte sie die Stirn. Bei einem solch eindrucksvollen Bauwerk hätte sie ein massives Portal erwartet, keinen offenen Durchgang.

»Oh, mach dir darum keine Gedanken, Gotteskind. Wärst du nicht mit mir hier, hätten die Wächter dich längst am Weitergehen gehindert.«

Sie verlangsamte ihre Schritte. Wächter?

»Komm weiter, Gotteskind. Du wolltest hierher. Zögere nicht.«

Sie durchschritten den Bogen und traten in einen weitläufigen, leeren Hof. Schlingpflanzen wanden sich an den Mauern ringsum empor, schienen dem Stein aber nichts anhaben zu können. Nur die Statuen blieben frei.

Leyna ließ ihren Blick umhergleiten, konnte aber nichts weiter entdecken. Ungeachtet dessen setzte sie ihre Schritte immer vorsichtiger, ehrfürchtiger. Etwas hatte dieser Ort an sich, etwas, das sie noch nicht erfassen konnte.

»Inara, was ... was ist das für ein Ort?«, flüsterte sie.

Das durchscheinende Mädchen ging ungerührt weiter und hob schließlich die Hand.

Leyna spürte, dass sich etwas veränderte.

»Sieh es als Ehre an, hier zu sein, Gotteskind. All das hier hat Lyras mehr bedeutet als sein Tempel bei Ilras.«

Als sie ihrem Blick folgte, hielt sie überrascht inne.

Sie standen sie vor einem Baum, dessen Krone sie kaum sehen konnte und dessen Stamm mehrere Männer zusammen nicht hätten umfassen können. Seine Rinde schien dunkler und knorriger als die der anderen, schmaleren Baumriesen dieses Waldes. Die Erde unter ihren Füßen war teilweise durchbrochen von den massiven, riesigen

Wurzeln und die Äste waren so dick und ausladend, dass es eine Freude gewesen wäre, dort hinaufzuklettern. Viel beeindruckender als seine bloße Erscheinung war jedoch der hier viel intensivere grüne Schimmer, der von ihm auszugehen und sich auf die gesamte Umgebung zu übertragen schien. Ganz abgesehen von dem Alter, das sie ihm zuschrieb. Sofort wusste sie, was sie hier vor sich hatte. Drian hatte den Kindern Alanyas von ihm erzählt, vom Baum des Ursprungs, des ersten Baumes Mirandors. Niemals hätte sie geglaubt, ihn einmal selbst sehen zu können.

Ungläubig sah Leyna zwischen dem durchscheinenden Mädchen und dem Baum hin und her.

»Nun geh schon, Gotteskind«, forderte Inara neben ihr. »Ich gehe nicht weiter. Ein Wächter wird dich erwarten und dir gewähren, was du suchst.«

»Ist dort ...«

»Geh, Leyna.« Es war das erste Mal, dass Inara sie bei ihrem wirklichen Namen nannte. Wieder stand Trauer in ihrem Blick. »Ich wage es nicht, weiterzugehen«, sagte das Mädchen und trat einen Schritt zurück.

Als Leyna auf den Baum zuging, wurde der grüne Schimmer stärker. Und kurz darauf erkannte sie noch etwas.

Es war, als wäre da ein Spalt in der Rinde dieses Baumes, ein Spalt, aus dem jetzt eine Gestalt hervortrat. Eine Gestalt aus purem, grünlichem Licht.

Wieder wurde ihre Kehle enger. Sie kannte diese Gestalt, hatte sie schon auf einem Bild gesehen, im Palast der Fheenyas, erkannte die menschliche, schlanke Silhouette, die stolze Haltung, das feine, eindrucksvolle Geweih auf dem Kopf, das so sehr an die im Westen lebenden Emejars erinnerte. Lyras hatte seine Gestalt diesen Tieren angepasst, weil er sich ihnen verbunden gefühlt hatte, sagte die Legende. Weil ihn ihre Ruhe und ihre Art, nur über die Gedanken zu kommunizieren und jeder anderen Beeinflussung zu entkommen, als vollkommen friedliche und unabhängige Lebensweise fasziniert hatte.

Obwohl sie aufgrund des blendenden Lichtes keine Details erkennen konnte, wusste sie um die kantigen Gesichtszüge und den harten Blick. In dieser Gestalt war Lyras, der Gott der Erde, auf Mirandor gewandelt. In dieser Gestalt hatte er den Frühling gebracht, den Winter vertrieben und die Pflanzen erblühen lassen. Ja, dies war sein Teil des Landes. Aber er war …

»Es ist nicht Lyras«, hörte sie Inara hinter sich flüstern. »Der Wächter nimmt seine Gestalt an. Fürchte dich nicht.«

Dies war der Wächter? Was würde sie tun müssen, würde er gegen sie kämpfen? In Lyras' Gestalt?

Langsam ging sie auf ihn zu und verengte die Augen, als das Licht immer heller wurde, doch sie sah nicht fort.

Auf einmal war das Licht weniger grell.

»Wer erbittet Zugang zur Bibliothek des Vergangenen?«

Sie sollte nicht zögern, hatte Inara gesagt. »Mein Name ist Leyna«, erwiderte sie also deutlich und beobachtete, wie das Licht um den Wächter herum immer schwächer wurde. Sie musste den Kopf in den Nacken legen, um zu der hohen Wurzel hinaufzusehen, auf der er stand. »Ich bin das von Caidra erwählte Gotteskind.«

»Sieh an, sieh an, das Gotteskind.« Sie konnte trotz des jetzt schwächeren Lichts kein Gesicht erkennen, doch die Stimme klang ernst und interessiert. »Erstaunlich, dass doch noch einmal jemand hierherkommt. Seit dem Krieg hat Inara niemanden mehr hergeführt.«

Er klang nicht so, als würde er sie angreifen wollen. Leyna sah zu dem Mädchen zurück, dessen Miene wie versteinert war.

»Ich hoffe, du findest deine Antworten«, rief Inara. »Und ich hoffe, du rettest diese Welt.« Dann wandte sie sich um und ging.

Leyna sah ihr nach, verfolgte den Gang des Mädchens, das sein Leben für seinen Gott geopfert hatte. Das noch immer für seinen Glauben an diesen Gott lebte – existierte. Sie wäre ein würdiges Gotteskind gewesen.

»Vielleicht hätte ich mich doch eher deiner Geschichte widmen sollen.«

Schnell wandte sie sich wieder dem Wächter zu, der jetzt die Arme hinter dem Rücken verschränkt hatte.

»Es tut mir wirklich leid, Leyna, aber andere Teile waren wirklich interessanter. Anfangs habe ich deine Geschichte gelesen, nach der

Auswahl. Aber als du die Küste erreicht hattest, wurde es – sagen wir: weniger spannend.«

Vorsichtig stieg sie über einige aufragende Wurzeln hinweg näher zu ihm, blieb stehen und sah zu ihm hinauf. »Ihr habt meine Geschichte … gelesen?«, fragte sie unsicher.

»Aber ja, Leyna. Man könnte fast meinen, ich kenne dich schon. Einige Geschichten schreiben sich schneller, andere langsamer, aber deine wurde wirklich ziemlich rasant länger. Ich kam kaum hinterher.«

Sie fragte sich, ob es noch mehr wie ihn gab. Schließlich hatte Inara von Wächtern gesprochen … »Ihr seid der Wächter der Bibliothek?«

»Das bin ich.«

»Und … Ihr werdet sie mir zeigen?« Sie meinte, ein Nicken zu erkennen.

»Nicht viele wissen von uns. Und nicht viele von denen, die es wissen, sind auch würdig, unser Wissen kennenzulernen.«

Sie erstarrte. »Wie … wieso bin ich würdig?«

»Ich kenne dich, Leyna. Deshalb bist du würdig.«

»Wie könnt Ihr mich kennen? Was hat es mit dieser Bibliothek auf sich und … wo ist sie?«

Wieder nickte die Lichtgestalt. »Sie befindet sich unter uns, Leyna.«

»Unter uns?«

»In dieser Bibliothek«, sprach der Wächter ungerührt fort, »wird die Geschichte Mirandors festgehalten. Die Stränge der Magie finden ihren Ursprung tief im Herzen dieser Erde, durch sie existiert diese Bibliothek wie alles andere auch. Hier wird jede Veränderung, jedes Ereignis festgehalten. In diesem Moment füllt sich eines der unzähligen unter uns liegenden Bücher mit unserem Gespräch. Ein anderes füllt sich gerade mit dem Streit, den der, der sich König nennt, soeben führt. Ein sehr interessanter Wortwechsel übrigens. Jeder Moment wird niedergeschrieben. Die Bücher dieser Bibliothek bewahren uns und unsere Taten, sie bewahren das Vergangene.«

Leyna wusste nicht, was sie sagen sollte. Die gesamte Geschichte Mirandors? In einer Bibliothek?

»Komm zu mir, Leyna.«

Ohne darüber nachzudenken, zog sie sich an dem hölzernen Geflecht hinauf zu der Wurzel, auf der er stand. Hinter ihm war noch immer der Spalt zu erkennen, aus dem er getreten war. Grünes Licht strahlte daraus hervor.

Der Wächter überragte sie um mindestens zwei Köpfe. Plötzlich kam sie sich seltsam dabei vor, so nah bei ihm zu stehen. Als sie zurücktreten wollte, legte er ihr eine Hand auf die Stirn.

Bilder erschienen in ihrem Kopf. Sie sah wieder den Spalt, eine lange Treppe, die in die Tiefe führte, eine kleine Halle an ihrem Absatz, eine massive Tür, dann einen weiteren Raum. Unvorstellbar groß. Die Wände konnte sie weder nach hinten noch zu den Seiten ausmachen. Direkt vor sich sah sie breite Stufen, die noch weiter nach unten führten, und auch dort konnte sie weitere Treppen ausmachen. Plötzlich war sie sich seltsam sicher, dass diese Treppen noch unendlich weit hinabführten und dass jeder der anderen Räume genauso aussah wie dieser. Voll mit Büchern.

Es reihte sich Regal an Regal, so dicht, dass kaum ein Mensch hindurchgepasst hätte. Kein einziger Platz war frei, sie waren gefüllt mit in schwere Einbände gehüllten Büchern. Sie streckte die Hand aus, griff wahllos nach einem Buch, schlug den Einband zurück und betrachtete gebannt, wie sich das Blatt vor ihren Augen füllte. Die Schrift war so klein, dass sie sie kaum lesen konnte, doch sie war da, erschien wie aus dem Nichts.

Das Buch schrieb sich selbst. Schrieb die Geschichte ihres Landes nieder, hielt sie fest.

Sie traute ihren Augen nicht, fand keine Worte für das, was sie sah. Dann verschwanden die Bilder. Atemlos prallte sie zurück.

Der Wächter stand noch immer vor ihr und hatte die Arme wieder sinken lassen, hinunter auf etwas, das zuvor noch nicht da gewesen war.

Aus dem Stamm ragte eine Art Säule, die ihm bis zur Hüfte und ihr fast bis zu den Schultern reichte. Darauf lag ein einzelnes Buch.

»Die gesamte Geschichte Mirandors wurde niedergeschrieben?«, fragte sie leise.

Der Wächter nickte. »Von Beginn an.«

Wie dieser Beginn wohl gewesen sein mochte, wie lang existierte Mirandor wohl schon? Wie weit hinunter mochte all dies reichen ... und seit wie vielen Jahren glaubten die Völker dieses Landes, es gäbe nur vier Götter? So viele Fragen. Und doch wollte sie nur eine stellen. »Können ... können wir hineingehen?« Sie konnte die Worte einfach nicht zurückhalten. Wie gern hätte sie ihre Hand einmal über die vielen Regale gleiten lassen ...

»Nein«, dröhnte die Stimme des Wächters und ließ sie zusammenzucken. »Nein«, wiederholte er dann ruhiger. »Dort hinein gehen nur wir Wächter.«

Also gab es doch mehr wie ihn.

»Jedem Suchenden steht es zu, eines dieser Bücher zu lesen. Diese Regeln ändern sich nicht, nur weil seit einhundert Jahren niemand mehr hier war. Sag mir, über welches Ereignis du lesen möchtest, Leyna.«

Nur ein Buch? Ihr Blick fiel auf das ... hölzerne oder steinerne Buch vor ihnen. Aber was, wenn das, was sie suchte, in mehreren stand? Wie sollte sie ...

»Wähle ein Ereignis, Leyna. Jetzt.«

»Ich muss etwas über Dranoel herausfinden.« Deshalb hatte sie von Anfang an herkommen wollen.

Der Wächter verschränkte wieder die Arme vor der Brust. »Über ihn wurde eine Menge geschrieben.«

Hoffnung kam in ihr auf. Eine Menge! »Ich ...« Fieberhaft dachte sie nach. Wonach sollte sie fragen? »Er ist zum ersten Mal erschienen, als die Götter uns gerade verlassen haben.« Vier von ihnen, berichtigte sie sich still. »Zeigt mir, woher er kommt.«

20

Die Sonne hatte den Zenit längst überschritten, als sie die Lichtung fast erreicht hatte. Nicht nur, dass sie ohne Inaras Führung viel länger gebraucht hatte, um den Rückweg zu finden, sie hatte auch eine gefühlte Ewigkeit lang über dem Buch gesessen, das sich vor ihren Augen mit Worten gefüllt hatte. Mit Worten, die vergangen waren und doch so viel für ihre Zukunft bedeuten konnten. Die Wahrheit über die rechte Hand des Königs.

Jetzt endlich Urs' laute Stimme zu hören, ließ Erleichterung in ihr aufkommen – wie das bloße Spüren von Sivans Präsenz. »Ist alles in Ordnung, Leyna? Bist du verletzt?«

Ein warmes Gefühl durchströmte sie beim Klang seiner leisen Frage, die nur für ihre Ohren gedacht war.

»Es geht mir gut«, antwortete sie leise. Noch war sie zu weit entfernt, als dass Tarin sie schon hätte verstehen können. Je näher sie Sivan kam und je deutlicher sie seine Anwesenheit spüren konnte, desto mehr verlor das Erfahrene seinen Schrecken. Er würde wissen, was zu tun war. Er wusste es immer.

Als sie kurz darauf auf die freie Fläche trat, fuhr Tarin sofort zu ihr herum.

»Leyna, da bist du ja wieder!«, rief er erleichtert und schloss sie in die Arme. »Du warst aber lange weg, wir haben uns schon Sorgen gemacht …«

»Aber wirklich! Die hätten doch sonst was mit dir machen können!«, stimmte der kleine Varnir ein und landete auf Tarins Schulter.

Sie hingegen sah zu Sivan. Urs und Tarin wandten ihm den Rücken zu und konnten so den Ausdruck auf seinem Gesicht nicht sehen. Leyna hingegen aber Erleichterung, Glück und … Sehnsucht?

Etwas Warmes verdrängte die Verwirrung in ihr. Nichts hätte sie lieber getan, als sofort zu ihm zu laufen. Doch stattdessen neigte sie nur den Kopf zur Seite und sah ihn voll Bedauern an.

Er verstand diese Geste auch ohne Worte und nickte.

»Was hast du erfahren?« Seine Stimme klang kalt und stand im seltsamen Gegensatz zu dem weichen Ausdruck auf seinem Gesicht.

Leyna nahm sich zusammen und ließ Tarin los. Sie hatte darauf bestanden, Tarin und Alessa nichts davon wissen zu lassen, was in der letzten Nacht geschehen war … und er schien diese Bitte sehr ernst zu nehmen. Damit musste sie jetzt leben.

Ein leises Stöhnen lenkte ihre Aufmerksamkeit auf die auf dem Boden liegende Alessa. »Bei Caidras Winden, Alessa!«

Sofort ließ sie sich neben ihre Freundin sinken. »War sie schon einmal wach oder schläft sie immer noch?«

»Immer noch«, antwortete Tarin leise. »Ich habe alles versucht, um sie vorsichtig aufzuwecken, aber … es ist, als wolle sie weiterschlafen.«

Vorsichtig legte Leyna eine Hand an die Wange ihrer Freundin. Ihre Haut war trotz ihres dicken Mantels eiskalt. Aber immerhin atmete sie ruhig und regelmäßig.

»Die Vision muss sie sehr angestrengt haben«, murmelte Leyna nachdenklich. Wäre so etwas zuvor schon einmal passiert, hätte Alessa sie sicher vorgewarnt …

»Ach was, die wacht schon wieder auf!«, rief Urs hinter ihr. »Lass sie einfach noch schlafen und erzähl endlich, was in dieser komischen Bibliothek war! Und ob's was gebracht hat!« Er verschränkte die Arme vor der Brust. »Sag nicht, wir sind den ganzen Weg umsonst hergekommen und hätten …«

»Nein, Urs«, unterbrach sie ihn. »Es war nicht umsonst.«

Seufzend ließ sie von Alessa ab und wandte sich wieder zu den anderen um. Einen Moment lang zögerte sie, unsicher, wie sie beginnen sollte.

»Dranoel ist oder war – Jarec.«

Den Gesichtern ihrer Begleiter nach zu urteilen, war diese direkte Variante nicht die Beste gewesen.

»Wie bitte?«, fragte Tarin schließlich.

»Als ob!«, rief Urs und schnaufte. »Das geht doch von der Zeit her gar nicht! Und hat der König den nicht umgebracht?«

»So sagt es die Legende«, stimmte Tarin zu.

Sivan schwieg und sah sie nur nachdenklich an.

»Mir fiel es auch schwer, es zu glauben. Aber es ist wahr. Der König tötete Jarec, aber dann hat er ihn … zurückgeholt.«

Urs' Augenbrauen schossen in die Höhe. »Also das hört sich echt blöd an. Wie kann man denn jemanden von den Toten zurückholen? Ich meine, wenn die erst mal in diesem komischen Totenreich sind, wollen die doch bestimmt gar nicht wieder raus!«

»Es war nicht der König selbst. Er hatte Hilfe. Von wem, weiß ich nicht genau, das stand nicht in dem Buch.«

»Buch?«

»Das erkläre ich dir später«, tat sie Tarins Frage ab. »Wichtig ist, dass es Jarec ist. Verändert, aber er ist es. Wie auch immer er zurückgeholt wurde, dabei wurden einige seiner Eigenschaften ausgelöscht und wenige verstärkt. Zum Beispiel seine … Wut auf all die Menschen, die ihm nicht geglaubt haben.« Sofort dachte sie an das zurück, was sie von ihm gesehen hatte, als Tarin sie geheilt hatte. Er hatte geahnt, was Keron vorgehabt hatte. Er hatte es verhindern wollen, doch niemand hatte ihm zugehört. Erst als es zu spät gewesen war. »Und auch sein Wille dazu, alles zu tun, um sein Ziel zu erreichen. Deshalb ist er so … wie er ist.«

»Du meinst ein brutaler Kerl, der Leute umbringt, ohne nachzufragen?«, stellte Urs fest und verdrehte die Augen. »Du klingst ja fast so, als würdest du ihn in Schutz nehmen wollen.«

»Aber wenn er Jarec ist«, fragte Tarin, bevor Leyna auf Urs' Aussage reagieren konnte, »oder war, hat er dann noch immer die Kräfte eines Gotteskindes?«

Sie schluckte. »Ja. Er hat sie nicht verloren.«

»Das ist ja super! Also haben wir's mit einem brutalen, gewissenlosen Gotteskind zu tun, das mit Sicherheit sowohl die Luft als auch das ganze Traum-Zeug besser beherrscht als du, Leyna.«

Niemand sagte etwas darauf. Fassungsloses Schweigen überkam sie alle. Dieselbe Fassungslosigkeit, die auch sie beim Lesen erfasst hatte, fand sie jetzt in den Augen ihrer Freunde wieder. Am Strand hatte Dranoel keine seiner Fähigkeiten genutzt, sondern nur mit dem Schwert gekämpft. Niemals wäre sie darauf gekommen, ihm irgendwelche göttlichen Kräfte zuzuschreiben. Doch das, was sie gelesen hatte, war die Wahrheit. Mit jedem Schritt hierher waren ihre Zweifel gewachsen, und jetzt türmten sie sich unüberwindbar vor ihr auf. Wie sollte sie je gegen Dranoel bestehen?

Eine ganze Weile lang saßen sie schweigend da und gaben sich ihren verzweifelten Gedanken hin. Doch schließlich durchbrach ein Keuchen die Stille, das sie alle herumfahren ließ.

»Alessa!« Tarin war sofort neben ihr. Alessa hatte die Augen aufgerissen, atmete schwer und sah blinzelnd in den Himmel über ihnen, ohne sich weiter zu regen.

»Es ist alles in Ordnung«, murmelte Leyna und nahm den Wasserschlauch entgegen, den Sivan ihr wortlos reichte. Tarin half ihrer Freundin, sich aufzusetzen, und Leyna gab ihr den Schlauch.

Alessa trank in großen Schlucken.

»Du hattest eine Vision, nicht wahr?«, fragte Leyna. »Tarin sagte, du seist einfach so ohnmächtig geworden.«

Alessas Blick flackerte.

Tarin nahm den Wasserschlauch.

»Ja …«, antwortete sie zögernd, ihre Stimme nicht mehr als ein Flüstern. Nur langsam schien sie wirklich zu begreifen, wo sie war. Noch immer war sie blass, wirkte kraftlos.

»Was hast du gesehen?« Tarin nahm seinen Mantel ab und legte ihn ihr zusätzlich um die Schultern.

Alessa zog die Knie an den Körper und legte die Hand über die Augen, als müsste sie sich konzentriert an etwas erinnern.

»Alessa?«

Beim Klang ihres Namens zuckte sie zusammen.

Besorgt griff Leyna nach ihrer Hand. »Bei allen Göttern, was ist passiert?«

»Ich …« Sie schüttelte den Kopf. »Ich habe … ein Dorf gesehen.« Als sie sich wieder Leyna zuwandte, lag ein Schatten über ihren sonst so strahlenden Augen. Ein Schatten der Unsicherheit. »Ein Dorf umgeben von Bergen«, fuhr sie leise fort. »Die Häuser glänzten im Sonnenlicht …«

»Alanya«, flüsterte Leyna. Ein dumpfes Stechen breitete sich langsam in ihrer Brust aus. »War da ein Wald? Neben den Bergen? Ein kleiner Dorfplatz mit einem Brunnen darauf?«

Als ihre Blicke sich trafen, schien Alessa sofort zu verstehen. Ihre Augen weiteten sich. »Leyna, das ...«

»Was hast du noch gesehen?«, unterbrach sie ihre Freundin, bemüht, das Zittern in ihrer Stimme zu unterdrücken. »Sag es mir, Alessa.« Eine dunkle Vorahnung überkam sie und Alessas unsicherer Gesichtsausdruck trug nicht gerade dazu bei, sie zu beruhigen.

»Leyna, ich weiß wirklich nicht, was ich genau gesehen habe. Diese Vision war anders, sie fühlte sich anders an und ...«

»Alessa!« Sie wollte nicht lauter werden, doch sie konnte nichts dagegen tun. Auch Tarins missbilligender Blick hielt sie nicht zurück.

»Es ... brannte.«

Leyna erstarrte. »Das ist unmöglich. Das Droma-Erz brennt nicht.«

»Es war kein normales Feuer.« Alessas Stimme wurde immer leiser. Sie runzelte die Stirn, als wäre die Erinnerung nicht deutlich genug. »Es war schwarz.«

»Das geht doch gar nicht. Schwarzes Feuer gibt es nicht«, warf Urs ein. »Warum sollte Feuer schwarz sein?«

»Was noch?«, fragte Leyna dumpf.

Alessa atmete tief ein. »Das ... ganze Dorf stand in Flammen. Die Menschen liefen davon, in alle Richtungen, aber ... er ließ sie nicht entkommen.«

Immer weiter zog Leynas Herz sich zusammen. »Wer?«, fragte sie tonlos, obwohl sie die Antwort schon kannte.

»Dranoel.«

Sie spürte kaum, wie der Wind aufkam; nahm nur am Rand wahr, wie er die kleinen Blätter von den Ästen über ihnen herunterriss und ihre Haare und Mäntel zum Tanzen brachte. Sie sah nicht das Flackern der Luft um sie herum, die undeutlichen Schemen, die neben ihnen zum Leben erwachten und sie umringten; hörte nicht das Pfeifen des aufkommenden Sturms. Da war nur noch Angst. Angst, Schmerz, und noch mehr aus Verzweiflung geborene Angst.

Schon bevor er am Strand auf sie gewartet hatte, musste er gewusst haben, wer sie war. Warum hatte sie nicht schon damals daran gedacht, was er alles tun könnte? Was er ihrer Familie antun könnte und all denen, die sie liebte? Warum hatte sie nicht einen einzigen Moment daran gedacht, sie zu schützen? Sie hatte sie nicht nur verlassen, sondern in Gefahr gebracht und im Stich gelassen. Sie würde …

»Leyna.«

Eine Hand legte sich auf ihre Schulter. Die Berührung genügte, um sie zurück in die Wirklichkeit zu holen. Der Sturm legte sich. Die Illusionen verschwanden. Sie sah zu Sivan hoch, gestattete sich für einen winzigen Augenblick, ihn einfach nur anzusehen und die Ruhe zu genießen, die sich in ihr ausbreitete. Doch selbst diese Ruhe konnte ihre Angst nicht überdecken.

»Ich muss zu ihnen«, presste sie hervor und stand auf. Eine wilde Entschlossenheit machte sich in ihr breit. »Ich muss zurück nach Alanya!«, rief sie, als niemand reagierte. »Sofort!«

»Nein!« Alessa griff nach ihrem Arm und biss sich auf die Lippe. »Du … ich sagte doch schon, dass etwas seltsam war an dieser Vision. Wir können nicht wissen, wann genau das alles passieren wird! Vielleicht erst in einer Woche, in einem Jahr …«

»Und was, wenn es genau in diesem Moment geschieht?« Leyna zog ihren Arm zurück und erhob sich. »Das kann ich nicht riskieren, Alessa. Ich muss nach Alanya. Jetzt.«

»Leyna, sogar zu Pferd würde diese Reise sicher fünf Tage dauern!«

»Und wir haben nicht mal Pferde!«

Sie beachtete weder Tarin noch Urs, sondern sah zu Sivan. Dieser verschränkte die Arme vor der Brust. Eine Warnung stand in seinem Blick.

»Glaub mir, Sivan, es ist mir gerade wirklich egal, ob die anderen wissen, was du bist.« Selbst überrascht von der Kälte in ihrer Stimme ballte sie die Hände zu Fäusten. »Du bist das schnellste Wesen in Mirandor. Wie lang bräuchtest du?«

»Was meint sie denn jetzt damit?«, wollte Urs wissen.

Niemand antwortete ihm, Tarin und Alessa waren zu sehr damit beschäftigt, Sivan ungläubig anzustarren.

»Allein nicht viel mehr als einen Tag«, antwortete dieser langsam, nachdenklich. Vielleicht würde es ihr leidtun, sein Geheimnis einfach so offenbart zu haben, sobald sie sah, dass es ihrer Familie gut ging. »Aber mit dir sicher zwei«, fügte er hinzu.

Sie schluckte.

»Hat der dir denn nicht zugehört? Fünf Tage mindestens! Hallo! Ist der taub?«

»Sei still, Urs«, murmelte Tarin und erhob sich ebenfalls. »Leyna, ich kann verstehen, dass du so schnell wie möglich dorthin willst, aber hast du dabei auch an uns gedacht?«

»Wenn sie ohne uns schneller sind, sollten sie allein gehen«, bemerkte Alessa leise. Noch immer schien sie nicht ganz bei der Sache, dachte wohl an das, was sie gesehen hatte.

»Sie können nicht ohne uns gehen!« Aufgebracht kam Tarin näher. »Ihr braucht uns! Was ... was tut ihr, wenn ...«, er stockte kurz, »... ihr an Bogharn vorbei müsst!« Anscheinend froh, ein Argument gefunden zu haben, nickte er. »Das ist der schnellste Weg, aber er führt über ebenes Land und direkt an der Festung vorbei!«

Sie hatte jetzt beim besten Willen keine Zeit, sich darüber Gedanken zu machen! »Dann macht Sivan uns wieder unsichtbar!«, rief sie aufgebracht und sah nach Zustimmung suchend zu ihm.

Er aber schüttelte den Kopf. »Das wird nicht gehen, Leyna. Es könnte zwar notwendig sein, aber das, was ich damals im Wald getan habe, funktioniert nur, wenn man sich nicht bewegt.« Sein Blick schien noch hinzuzufügen: Wozu du damals nicht in der Lage warst.

»Alessa könnte das Licht um uns herum so manipulieren, dass man uns nicht sieht. Egal, wie schnell wir sind.«

Sofort fuhr Alessas Kopf hoch, ihr überraschter Blick traf Tarins.

»Wir haben in den letzten Wochen viel trainiert, auch wenn ihr es ...«

»Natürlich haben wir es mitbekommen«, unterbrach Leyna ihn barsch. Still nahm sie sich vor, sich später für ihr Verhalten zu entschuldigen, doch gerade setzte der nette Teil von ihr aus. »Ist das wahr, Alessa?«

Zögernd nickte ihre Freundin. »Ich denke schon ...«

Fast schon verzweifelt fuhr Leyna sich durch die Haare. »Wie auch immer. Wir haben keine fünf Tage ...«

»Und keine Pferde!«

»Verdammt, Urs, sei still!« Allmählich wurde sie wirklich wütend. »Ich kann und werde nicht so lang warten. Wir ...« Sie stockte, als sie die Bewegungen neben sich wahrnahm. »Sivan, was ...«

Seine Schwerter fielen zu Boden, dann wandte er ihnen den Rücken zu.

»Wartet hier auf mich. Ich bin gleich zurück.«

Als der Umhang fiel, ertönte ein leises Knurren. Der Nahdrin fiel nach vorn auf alle viere, warf noch kurz einen Blick aus glühenden Augen zurück und verschwand auch schon zwischen den Bäumen.

Wie erstarrt sah Leyna ihm nach. Ihre Wut war wie auf einen Schlag verschwunden. Was hatte er vor?

»Bei meinen vierzehn Kindern, habt ihr das gesehen?«

»Wir sind nicht blind, Urs.« Tarin klang nicht überrascht. »Er hat ein ganzes Rudel Efagirs verjagt«, stellte er schulterzuckend fest, »da kamen nicht so viele verschiedene Gestalten infrage. Du hast es gewusst, nicht wahr?« Gedankenverloren ließ auch Leyna sich auf den Boden sinken. Sie nickte.

Stille breitete sich aus, während sie auf Sivans Rückkehr warteten – dass sie irgendetwas ohne ihn tun würden, stand außer Frage.

Als die Sonne noch ein gutes Stück weitergewandert war, fragte Tarin sie nach der Bibliothek und sie erzählte ihm von dem Wächter, dem Buch und allem anderen. Unsicher, ob dies der richtige Moment dafür war, verschwieg sie die Geschichte der sieben Götter. Sie wollte nicht auch noch sein Weltbild zerstören. Alessa hörte die ganze Zeit über still zu. Sie war noch immer blass, erholte sich nur langsam von den ungewöhnlichen Auswirkungen ihrer Vision.

Ihre Vision. Was sie sah, wurde ebenso sicher wahr wie die Prophezeiungen des Orakels. Immer wieder drängten sich Bilder in Leynas Kopf, Bilder, die sie so nie hatte sehen wollen.

»Hast du dort noch irgendetwas anderes über Dranoel … Jarec erfahren?«, fragte Tarin schließlich. »Du hast vorhin nicht so gewirkt, als wäre das schon alles gewesen.«

»Doch«, antwortete sie vielleicht eine Spur zu schnell. »Doch, das war alles.«

Jetzt war sie froh, dass Sivan nicht hier war. Er hätte gewusst, dass sie log. Tarin, Alessa und Urs hingegen schienen ihr zu glauben, und das war gut so.

Ein Knacken ließ sie hochfahren. Es war noch weit entfernt, so weit, dass weder Tarin noch Alessa es hören konnten. Doch sie war sicher.

»Sivan?«, sagte sie leise. Ein Schnaufen drang an ihre Ohren – und dann noch ein anderes, das sie nicht einordnen konnte.

Ich bin gleich bei euch. Macht euch bereit.

»Er ist gleich wieder hier!«, rief sie, ohne lange zu zögern, und sprang auf, während ihre Unruhe zurückkehrte.

Tarin runzelte die Stirn, kam aber ebenfalls auf die Füße und half Alessa hoch.

»Ach, das hast du einfach so im Gefühl?«, grummelte Urs, reckte seine Ärmchen in die Höhe und streckte sich. Sie hatte nicht gemerkt, dass er geschlafen hatte, reagierte aber auch jetzt nicht auf seinen Kommentar. Seit sie ihn getroffen hatte, hatte er sie noch niemals so wütend gemacht wie an diesem Tag.

Tarin und Alessa schulterten ihre Rucksäcke, während Leyna die Halterung auf ihrem Rücken fester zurrte und dann zu Sivans Sachen ging. Zögernd hob sie auch seine Schwerter auf und griff gerade nach seinem Mantel, als sie sein Knurren hörte. Nur einen Moment später sah sie die glühenden Augen auf sich zukommen. Hatte sie sich vor wenigen Wochen noch vor diesem gelblichen Glimmen gefürchtet, brachte es sie jetzt zum Lächeln. Da war nichts Gefährliches an ihnen. Vielmehr etwas Kraftvolles, Mächtiges, Einnehmendes, das sie zuvor nicht bemerkt hatte – oder hatte bemerken können, von ihrer eigenen, erlernten Angst geblendet.

Die Menschen glauben immer nur das, was ihnen erzählt wird, meinte sie, Kilan sagen zu hören. *Dabei sollte man doch zuerst seinem eigenen Herzen glauben.*

Kilan ... Sie hatte lang nicht mehr an ihn gedacht, sich immer nur auf ihre Aufgabe konzentriert.

So sehr von ihren Gedanken abgelenkt, bemerkte sie zunächst nicht, was Sivan folgte. Erst als Urs hinter ihr aufkreischte und Tarin nach ihrem Arm griff, um sie zurückzuziehen, blinzelte sie mehrmals. Ihr Blick klärte sich – und sofort gab sie Tarins Ziehen nach, welcher nur einen Augenblick später seinen Bogen spannte und zielte.

»Leyna, das ist nicht lustig, überhaupt nicht lustig, mach das weg!«

Wie konnte Urs glauben, dass sie solch eine Täuschung erschaffen würde, nur um ihn zu ärgern? Das hier war echt, viel zu echt!

Sie wichen zurück, doch weit kamen sie nicht.

Schon verlangsamte der Nahdrin einschließlich seines Gefolges seine Schritte. Sie kamen am Rand der Lichtung zum Stehen.

Ihr müsst keine Angst haben.

Das war leichter gesagt als getan. Was hatte er denn für eine Reaktion erwartet, wenn er in Begleitung dreier ausgewachsener Moruks kam? Sie waren so nah, dass Leyna sogar schon die kleinen Stacheln deutlich erkennen konnte, die aus dem krausen Fell hervorragten. Die dunklen Augen der Echsen schienen sie zu durchbohren. Obwohl sie ein gutes Stück kleiner waren als der Nahdrin neben ihnen, flößten sie ihr deutlich mehr Angst ein. Sofort erfasste sie die Magie der Luft um die Moruks herum, um sie erstarren lassen zu können, sollte es notwendig sein.

Leyna. Du hast da etwas, das mir gehört.

Zögernd, darauf bedacht, den größtmöglichen Abstand zu den Moruks zu halten, trat sie vor und streckte die Arme aus, den Mantel noch immer festhaltend. Dann wandte sie sich ab, und nur einen Augenblick später nahm Sivan den Stoff an sich.

»Sivan! Was in aller Götter Namen soll das?«, rief Tarin, den Bogen noch immer schussbereit haltend.

Leyna hatte ihn noch nie so aufgebracht gesehen.

»Über deine Verwandlung können wir später diskutieren, aber das hier? Du bringst diese ... Biester zu uns?«

»Wie ihr seht, sind sie ...«

»Aber wirklich!«, unterbrach Urs ihn. »Willst du uns alle umbringen? Diese Viecher ...«

»... sind, wie ihr seht, vollkommen ruhig«, unterbrach nun Sivan seinerseits den Varnir.

Leyna runzelte die Stirn. Er hatte recht – die Moruks standen vollkommen still, atmeten flach und hielten den Kopf gesenkt. Unsicher sah sie von den Schrecken ihrer Kindheit zu Sivan, der gerade rückwärts zurück zu seinen Begleitern ging.

»Sie werden euch nichts tun«, fügte er noch hinzu.

»Warum nicht? Und viel wichtiger, was, wenn doch?«, rief Urs und schüttelte immer wieder den Kopf. »Und wo kommen die überhaupt her?«

Leyna dachte sofort an das kleine Gebirge, das sie auf der Karte neben diesem Wald gesehen hatte. Sie hatte immer nur gelesen, die Moruks würden aus dem westlichen Gebirge kommen. Erst jetzt wurde ihr klar, dass es im Westen außer dem Calidras-Gebirge kein anderes mehr gab.

Sivan sah nicht zu Urs, noch immer ruhte sein Blick auf ihr. Und sosehr die Erkenntnis sie auch erschreckte, allein dieser Blick genügte, um sie glauben zu lassen. Ihre Beine trugen sie wie von selbst auf die andere Seite der Lichtung zu.

»Leyna! Hey, was soll das denn! Bleib gefälligst hier!«

Sie ignorierte die warnenden Rufe des Varnirs. Ein Teil von ihr war unendlich froh darüber, endlich dem Drang nachgeben zu können, zu Sivan zu gehen und sich von den Gedanken an Kilan abzulenken. Als sie vor ihm stand, sah sie ihm einen Augenblick in die Augen. Einer seiner Mundwinkel zuckte, doch er hielt die Maske aufrecht. Wie sie wandte er sich zu den Moruks um, sah ihnen entgegen.

Ihr Atem stockte kurz, als er nach ihrer Hand griff, doch sie zwang das warme Gefühl nieder. Er hob ihren Arm an, zog sie vorwärts, und sie folgte ihm. Beinahe lächelte sie über diesen

Gedanken, doch das Lächeln erstarb sofort, als ihr bewusst wurde, was er da tat.

Langsam hob er ihre Hand, bis sie direkt vor dem Maul des vordersten Moruks in der Luft schwebte. Sie versteifte sich, wollte zurückzucken, doch er hinderte sie daran.

»Er tut dir nichts. Er kann nicht«, murmelte er. »Vertrau mir«, fügte er noch leiser hinzu.

Der Klang seiner tiefen Stimme so nah an ihrem Ohr ließ sie erschauern. Im ersten Moment bemerkte sie gar nicht, dass er ihre Hand an den Hals der Bestie legte, die vollkommen ruhig stehen blieb. In diesem Moment waren alle Sorgen ausgelöscht. Sie fühlte sich frei und sicher, wollte einfach nur hier bei ihm stehen.

Ein leises Lächeln stahl sich auf sein Gesicht, zusammen mit dem Versprechen, dass es ihm ebenso ging.

Als er ihren Arm losließ und wieder zu den anderen sah, verflog der Zauber. »Wie ihr seht, besteht kein Grund zur Sorge. Sie können euch nichts tun.«

Leyna räusperte sich und nahm sich noch etwas Zeit, das Tier vor sich zu betrachten. Die Augen wirkten recht klug, fand sie. Darauf hatte sie in all den Jahren am wenigsten geachtet.

»Was meinst du damit, sie können nicht?«, fragte Alessa. Ihre Stimme klang noch immer dünner und schwächer als sonst, aber die Farbe war in ihr Gesicht zurückgekehrt. Tarin ließ den Bogen sinken.

Sivan trat zur Seite, um ihnen die Sicht auf die anderen beiden Tiere nicht zu versperren, und verschränkte die Arme vor der Brust.

Seine steife Haltung zeigte Leyna deutlich, dass er diese Frage lieber nicht beantwortet hätte.

»Der Anführer ihrer Gruppe hat sich mir unterworfen«, stellte er dennoch mit nüchterner Stimme fest. Der kurze Blick, den er dem Tier zuwarf, vor dem Leyna noch immer stand, zeigte ihr, dass dieses wohl der Anführer gewesen war

»Ach ja? Einfach so? Nur weil du so ein komisches Riesenvieh bist?« Urs klang noch angriffslustiger als sonst.

Diesmal funkelte Sivan ihn an. »Achte auf deine Worte, kleiner

Varnir. Dieses Riesenvieh wartet schon sehr lange darauf, deinem jämmerlichen Leben ein Ende zu bereiten.«

»Hey, hey, lasst uns doch alle ganz ruhig bleiben!« Tarin trat vor, fischte den schon zu Protest ansetzenden Urs aus der Luft und hielt ihm einen Finger vor den Mund. »Das hat er natürlich nicht so gemeint.«

»Oh doch, das ...«

»Hast du nicht!« Ärgerlich drückte Tarin etwas fester zu und brachte den Varnir so endlich zum Verstummen. Dann zwang er ein beschwichtigendes Lächeln auf sein Gesicht. »So, du hast also die Kontrolle über diese ... Tiere?«

Sivan hob zwar eine Augenbraue, ging dann aber nicht weiter auf Urs ein. »Ihr Anführer hat mir seinen Geist geöffnet. Er wird meinen Befehlen folgen. Sollte es nötig sein, kann ich die Kontrolle über ihn übernehmen.«

»Ich nehme an, wir wollen gar nicht wissen, wie du das gemacht hast.«

Sivan lächelte leicht. »Da liegst du richtig.«

Leyna sah zu Alessa, die Sivan voller Verwunderung anstarrte. Im Gegensatz zu Tarin hatte sie wohl mit einer anderen Gestalt gerechnet.

»Die Moruks sind die zweitschnellsten Tiere in Mirandor«, stellte Leyna fest. »Mit ihnen werden wir hoffentlich schnell genug nach Alanya kommen.«

»Aber es sind nur drei, wie will denn der Letzte von uns ...« Alessa verstummte und starrte erneut zu Sivan. »Oh. Stimmt, du bist ja ein ...« Wieder brach sie ab.

»Ein Nahdrin«, seufzte Tarin und hängte den Bogen wieder über seine Schulter. »Sprich es ruhig aus, Alessa. Unser schweigsamer Begleiter ist das gefürchtetste und stärkste Tier dieses Landes. Was soll uns da noch passieren?«

Leyna konnte sich ein leises Lachen nicht verkneifen und trat an die Seite des Moruks. Während sie noch immer fasziniert von seiner Ruhe über das Fell strich, kam ihr ein beunruhigender Gedanke. »Sivan, was ist mit den Stacheln? Wie sollen wir ohne Schutzkleidung auf ihnen reiten?«

Sivans Blick huschte kurz zum Kopf des Anführers und schon verschwanden die Stacheln unter ihren Händen. Erschrocken sprang sie einen Schritt zurück und sah fassungslos zu ihm, als er leise lachte.

»Diese Stacheln sind nur ein natürlicher Schutzmechanismus, den die Moruks selbst kontrollieren können. In Gefangenschaft der Soldaten ziehen sie sie natürlich nicht ein.«

»Ist klar, aber unter der Kontrolle von einem noch viel schlimmeren Biest werden sie ganz zahm!«

Hätte Tarin Urs nur besser festgehalten.

Leyna sah deutlich, wie Sivan jeden Muskel seines Armes einzeln anspannte, wie er tief Luft holte, meinte sogar zu hören, wie sein Herzschlag sich beschleunigte und wusste, dass Urs eine Grenze überschritten hatte. Warum musste er Sivan immer weiter reizen? Warum konnte er nicht einfach still sein?

Tarin und Alessa konnten die Bewegung nicht sehen, doch Leyna erkannte, wie er herumfuhr, wie Urs' Augen sich weiteten, als er ihn auf sich zukommen sah.

Sie handelte instinktiv, ohne wirklich darüber nachzudenken. Sie musste nicht einmal die Hand ausstrecken, um die Luft zwischen Sivan und Tarin, in dessen Hand Urs noch immer saß, zu finden, hart wie eine Wand gegen Sivan drücken zu lassen und diese im selben Atemzug mit einer dichten Woge aus schwarzem Rauch zu umgeben.

Alessa und Tarin keuchten, Urs schrie aus Angst vor dem plötzlich aufgetauchten Rauch.

Sivan erstarrte schweigend mitten in der Bewegung. Die Augen noch immer zu Schlitzen zusammengekniffen, ballte er die Hände langsam zu Fäusten, bevor er sich entspannte.

Niemand sagte etwas, alle starrten auf den dunklen Rauch. Alle, außer Leyna. Mit einer einfachen Bewegung ließ sie die Illusion verschwinden und trat zwischen Sivan und Tarin. Ihre Wut galt Urs. »Wenn ich noch einmal auch nur irgendeine Bemerkung über Sivan höre, wirst du dir wünschen, mich nie begleitet zu haben«, zischte sie leise.

Urs' Augen weiteten sich, doch sie hatte genug. Natürlich traf auch Sivan Schuld, aber Urs war es, der ihn immer wieder provozierte. Die Grenze, die er gerade ignoriert hatte, war nicht nur von Sivan abgesteckt worden, sondern auch von ihr. Eine weitere Überschreitung würde sie nicht mehr dulden. »Jetzt lasst uns aufbrechen. Ich will nicht noch mehr Zeit verlieren.«

21

Die Stimmung blieb eisig, bis die Sonne unterging. Die Moruks liefen unfassbar schnell und so waren sie alle ohnehin viel zu beschäftigt damit, sich in dem langen Fell festzukrallen, als dass sie miteinander hätten reden können.

Die schon wieder grünenden Wiesen flogen nur so unter ihnen hinweg. Kurz nachdem sie den Wald hinter sich gelassen hatten, hatte Leyna zu ihrer Linken das Moor erkennen können, durch das Yuron sie hatte führen wollen. Irgendwann aber waren die knorrigen Bäume und die mannshohen dunklen Gräser auch für ihre Augen zu weit entfernt gewesen. Lange hatte sie die seltsamen Pflanzen betrachtet, die die Wiesen hier säumten. Sie erinnerten sie eher an handgroße schlichte Blätter als an Blumen oder Sträucher.

Immer weiter suchte Leyna nach Dingen, die sie von ihren Befürchtungen ablenken konnten. Sie sah Feuer, schwarzes Feuer auf glänzendem Stein, Häuser zerfressend, Menschen einkesselnd. Sie zwang ihren Blick nach rechts. Die Bilder verschwanden.

Der Nahdrin war so viel größer als die geduckt laufenden Moruks, dass sie sich vollständig auf dem Rücken ihres Tieres würde aufrichten müssen, um auf einer Höhe mit ihm zu sein. Der Anblick beruhigte sie. Er führte sie nicht, das war nicht nötig. Sie konnte die ersten Ausläufer des Calidras-Gebirges schon seit einer Weile erkennen und der Moruk folgte jeder ihrer Bewegungen.

Oft sah sie zu Alessa, um sich zu vergewissern, dass es ihr noch gut ging. Schon kurz nach ihrem Aufbruch hatte sie begonnen, den Bruch des Lichtes um sie herum zu verändern, sodass sie für andere nicht mehr sichtbar waren. Tarin hatte ihr vor dem Aufbruch einige kleine Fläschchen voll mit einer gelben Flüssigkeit gegeben, die ihre Erschöpfung mindern sollten. Leyna hatte den beißenden Geruch sofort wiedererkannt, als sie das Erste davon geöffnet hatte. Nicht viel später hatte ihre Freundin auch ein Zweites geleert und allmählich machte Leyna sich wirklich Sorgen. Sosehr sie auch mit Tarin geübt haben mochte, die Magie über eine so große Fläche und vor allem über einen so langen Zeitraum hinweg aufrechtzuerhalten, musste unfassbar anstrengend sein. Dass sie es dennoch bis zum Sonnenuntergang aushielt, zeugte erneut von ihrer so selten genutzten, aber doch großen Macht.

Urs hatte sich in seinen Rucksack zurückgezogen. Dennoch konnten sie alle ihre Erleichterung nicht verbergen, als die Sonne unterging. Schockiert bemerkte Leyna, wie sehr sie die Dunkelheit herbeigesehnt hatte. Seit wann reagierte sie so empfindlich auf ihren kleinen roten Freund? Sie hätte nicht so streng zu ihm sein sollen, schließlich machte er oft auch nur Scherze. Doch für eine Entschuldigung war es jetzt zu spät. Der letzte Sonnenstrahl verschwand, einzig die glimmenden Augen des Nahdrins durchbrachen die Schwere der hereingebrochenen Nacht.

So erkannten sie erst im letzten Moment, wie sich die Luft vor ihnen plötzlich veränderte.

In kurzem Abstand schwebte etwas, das Leyna selbst in dieser Dunkelheit an einen flimmernden Spiegel erinnerte, dem der Rahmen fehlte.

»Sivan! Das …« Mehr brachte sie nicht über die Lippen, es ging alles zu schnell. Was wollte das Orakel von ihr, warum rief es sie gerade jetzt zu sich? Ihr Moruk lief genau auf die flimmernde Luft zu und war nur einen Augenblick später hindurch. Sofort wurde ihr schwarz vor Augen.

»… nicht herbringen sollen, Talos. Alles kann sich noch ändern und …«

»Nichts wird sich mehr ändern! Sie hat alles zerstört, das weißt du genau! Es war alles umsonst!«

»Nein, das stimmt nicht. Sie kann uns helfen, sie wird …«

Leyna blinzelte einige Male, bevor sie die Augen aufschlug. Zwei verschiedene Stimmen drangen an ihr Ohr, die eine hell und klar, die andere tief und durchdringend. Vorsichtig setzte sie sich auf. Obwohl sie den nicht sichtbaren Untergrund inzwischen schon kennen sollte, war er ihr noch immer nicht geheuer.

»Na also, da ist sie!« Fast schon drohend ragte die hohe Gestalt des Orakels über ihr auf und starrte auf sie herab. Wieder war Leyna einen Moment lang wie gefesselt vom Anblick dieses geteilten Gesichtes, sah erst in die kantigen, männlichen Züge der rechten und anschließend auf die schöne, gütig wirkende linke Gesichtshälfte, dann in die himmelblauen, wilden Augen.

»Was habe ich dir gesagt?«, fragte die tiefe Stimme drohend. »Was, verdammt noch mal habe ich dir gesagt, Gotteskind? Was solltest du nicht tun? Genau, das Einzige, das du getan hast! Du solltest nicht, auf keinen Fall, in diesen verfluchten Wald gehen! Du hast alles verdorben!«

Zögernd erwiderte Leyna den durchdringenden Blick, der ihr entgegenstach.

»Alles umsonst, alles umsonst! Ich war von Anfang an der Meinung, wir hätten dich deutlicher beeinflussen sollen! Nicht nur diesen einen Jungen zu dir schicken, ein paar mehr hätten dein Herz genauso gut und auf jeden Fall schneller brechen können!«

»Talos!«, rief die helle Stimme dazwischen. »So etwas solltest du nicht sagen!«

Leyna runzelte die Stirn und kam langsam auf die Füße. »Deshalb habt ihr Sivan zu mir geschickt? Um mir … das Herz zu brechen?«

»Wir hätten ihn beauftragen sollen, dich zu töten, sobald du auserwählt wurdest! Das hätten wir tun sollen! Aber nein, meine liebe Schwester wollte ja …«

»Ich konzentriere mich im Gegensatz zu dir auf die Zukunft des gesamten Landes!«, rief wieder die andere Stimme.

Es war seltsam mit anzusehen, wie sich die beiden Gesichtshälften unabhängig voneinander verzerrten. Bisher hatte stets nur eine Stimme zu ihr gesprochen.

»Die Zukunft mag veränderlich sein, das Schicksal ist es nicht! Aber das verstehst du ja einfach nicht!«

»Ich habe lang genug auf dein Schicksals-Gerede gehört, und sieh, wo wir jetzt stehen!« Das Orakel hob den rechten Arm und deutete anklagend auf Leyna. »So wird der Fluch nie gebrochen werden!«

»Ihr sprecht von dem Fluch, der euch in einen Körper bannte«, folgerte Leyna.

»Wovon denn auch sonst?«

»Aber ... wie könnte der Fluch gebrochen werden? Die vier Götter haben ihn gemeinsam ...«

»Die vier Götter, die vier Götter!«, unterbrach sie die dunkle Stimme. »Ja, sie mögen uns eingesperrt haben, aber das heißt noch lange nicht, dass wir uns ergeben haben. Wir haben gelernt, die Zukunft der Menschen und somit der ganzen Welt so zu verändern, wie wir es wünschen!« Immer deutlicher schwang Zorn unter diesen Worten mit. »Wir haben dafür gesorgt, dass geschieht, was geschehen ist! Und jetzt, da unsere liebe Schwester und ihre drei Gefährten endlich beinahe lang genug verschwunden sind, kommst du und zerstörst alles!«

Immer mehr Fragen türmten sich vor ihr auf. »Yirena, die Göttin des Sommers, ist eure Schwester?«

»War sie!«, antwortete die helle Stimme drohend. »Wir werden ihr nie verzeihen, was sie getan hat! Sie hat uns diese Falle gestellt!«

»Und deshalb habt ihr dafür gesorgt, dass sie Mirandor verlassen? Wie?«

Beide Stimmen begannen, zu lachen. Eine unheimliche Mischung aus hell und dunkel entstand. »Oh nein, das hat allein ihr lächerlicher Glaube in die Menschen getan. Wir mussten nur sicherstellen, dass sie nicht mehr zurückkehren! Sie mit ihren eigenen Waffen zu schlagen war so viel leichter, als wir gedacht hätten. Einer fand das Siegel, einer diente den Schatten. Zwei schwache Männer genügten, schon waren sie verschwunden. Und je länger sie fort sind, desto schwächer wird ihre Veränderung unserer Magien! Schon bald werden wir frei sein, endlich wieder frei sein!«

Schockiert trat Leyna einen Schritt zurück. »Ihr wollt verhindern, dass die Götter zurückkehren? Aber ... warum habt ihr mir dann geholfen, damals im Gebirge und Si...« Dort unterbrach sie sich. Sivan hatten sie ihr nur geschickt, um sie zu verletzen.

»Talos hat keinen Respekt vor dem Lauf des Schicksals. Ich hingegen schon, Gotteskind«, stellte die schön klingende Stimme fest. Doch auf dem Gesicht lag ein eher böswilliges Lächeln. »Wir müssen geschehen lassen, was geschehen muss. Schon vor vielen Jahren sahen wir deinen Weg bis zum Widerstand. Er musste gewährleistet werden, obwohl Talos dagegen war. Er wollte dich gleich töten, doch das wäre nicht richtig gewesen. Es gibt viel effektivere Wege, die Zukunft zu beeinflussen, als die wichtigen Figuren gleich aus dem Spiel zu nehmen. In deiner Zukunft sah ich den Gestaltwandler und wie sehr dein Herz sich neben ihm winden würde, also stellte ich ihn dir zur Seite. Es hätte Caidra doch sehr viel mehr verletzt, dich an deinen eigenen Schmerz zu verlieren als an ein Schwert.«

»Und dann tauchte dieser verdammte Wald in deiner Zukunft auf! Du hättest ihn einfach nie betreten dürfen, dann wäre alles gut gegangen! Du hättest ihn fortgeschickt, die Prophezeiung wäre nicht erfüllbar gewesen und alles wäre perfekt!«

Fassungslos trat sie einen weiteren Schritt zurück. »Ihr habt das alles geplant? So lang im Voraus? Nur deshalb ist Sivan …« Das war doch nicht möglich.

»Aber sicher ist das möglich, Gotteskind.« Verachtung umhüllte dieses letzte Wort. »Meine liebe Schwester wollte dein Vertrauen gewinnen, damit du an genau dieser Stelle deiner Geschichte tust, was wir dir sagen! Und dann triffst du nur noch die falschen Entscheidungen! Hättest du das *ladanos mindroth* immerhin tun lassen, was es wollte, dann wärst du jetzt nicht einmal mehr ansprechbar! Aber nein, die Zukunft muss den einen, den einzigen Weg einschlagen, in dem ihr zwei euch … *findet.*«

Nie hätte sie gedacht, dass der Gott der Nacht so sein würde. So grausam.

»Ihr solltet keine Götter sein«, sagte sie.

Plötzlich trat auf beide Hälften des Gesichts der gleiche wütende Ausdruck. »Was sagst du da?«

»Ihr wollt nur das Beste für euch selbst«, fuhr Leyna fort und schüttelte den Kopf. »Ihr solltet über die Zeit herrschen, über die Jugend und das Alter, über das Leben aller Völker Mirandors. Doch ihr habt euer eigenes Wohl über das aller anderen gestellt. Sosehr ihr das Schicksal auch beachten mögt, ihr beeinflusst die Zukunft aller Menschen zu euren Gunsten. Kümmert es euch denn gar nicht, dass es eure Aufgabe war, dieses Land zu schützen?«

»Es ist egal, was du denkst! Das Einzige, das zählt, ist, diesen Fluch zu brechen und endlich frei zu sein!«, rief Talos wutentbrannt. »Seit Tausenden von Jahren leiden wir jeden Tag mehr Qualen, als es jeder Mensch ertragen könnte!«

»So hätte es nie sein müssen«, stellte Leyna unglücklich fest. »Ihr beide seid blind vor Hass, ob bei Tag oder bei Nacht. Ihr habt diesem Land den Krieg und eine Zeit des Leids gebracht, nur weil ihr euch selbst in getrennten Körpern noch mehr Leid bescheren wollt. Wie könnt ihr euch Götter nennen?«

»Du wirst schon sehen, wie weit wir dieses Land noch bringen können!« Talos' Stimme wurde immer lauter. »Wir werden bekommen, was uns zusteht!«

»Und sie alle werden dafür büßen!«, schrie nun auch Farah, die hellen blauen Augen blitzten. »Ihr alle werdet es bereuen, uns hintergangen zu haben!«

»Das wird nicht geschehen«, erwiderte Leyna mit einem sicheren Lächeln auf den Lippen. »Was ihr auch tut, ich werde die Prophezeiung erfüllen. Ich werde für dieses Land tun, wozu ihr nie imstande wart.«

Und damit griff sie nach der Magie dieser Ebene, befreite ihren Geist davon und ließ das Orakel hinter sich.

Als sie wieder zu sich kam, fiel ihr zuerst auf, dass sie sich nicht mehr bewegte. Sie lag auf einem harten Untergrund und das feine Glimmen eines heruntergebrannten Feuers war neben dem schwach scheinenden Mond die einzige Lichtquelle. Sie sah zu der beinahe vollkommen runden Scheibe am Himmel auf, die von immer mehr dunklen Flecken überzogen wurde. Wenn es ihr tatsächlich gelingen sollte, die Götter zu wecken, würde er dann wohl wieder so klar und hell scheinen wie die Sterne um ihn herum?

Langsam setzte sie sich auf und rieb sich über die müden Augen. Das war eine ... merkwürdige, schockierende Begegnung gewesen. Vielleicht hatten die Götter gut daran getan, diese beiden von der Welt fernzuhalten. Wobei ihnen dies nicht vollkommen gelungen war. Talos hatte von zwei schwachen Männern gesprochen, die sie so beeinflusst hatten, dass all dies in Gang gekommen war. Der eine war sicher Keron. Aber wer mochte der zweite sein? Und was hatten die beiden wirklich von ihr gewollt? Sie hätten sie sicher nicht zu ihnen geholt, nur um über sie herzuziehen.

»Da bist du ja wieder.« Sivan saß in seinen Mantel gehüllt neben ihr und reichte ihr etwas Brot. Dankbar nahm sie es entgegen. »Keine Angst, wir rasten noch nicht lang. Die Moruks waren erschöpft.«

»Und das gerade noch rechtzeitig«, warf der auf dem Boden liegende Tarin ein. »Viel länger hätte ich das ohne Sattel nicht mehr ausgehalten. Ich verstehe nicht, wie die Soldaten das schaffen. Kyon möge uns beistehen, an den morgigen Ritt will ich gar nicht denken.« Stöhnend drehte er sich auf die Seite. »Ich hoffe, das Orakel hat dir nichts allzu Wichtiges erzählt. Ich will nur noch schlafen.«

Sollte sie den anderen davon erzählen? Von all den Dingen, die das Orakel getan hatte, wie sehr es ihr aller Tun beeinflusst hatte? Sie würden verwirrt sein ... und Verwirrung war in diesem Moment etwas, das sie nicht brauchen konnten. Verwirrung führte zu Verunsicherung. »Nein«, erwiderte Leyna und bemühte sich um ein gleichmütiges Lächeln. »Wirklich wichtig war es nicht.«

»Wunderbar.« Tarin gähnte ausgiebig und sah stirnrunzelnd zu Sivan. »Bist du denn überhaupt nicht müde? Man sollte meinen, dein Tag wäre anstrengender gewesen.«

»Ich bin es gewohnt, lange und weit zu laufen.« Sivan lehnte sich zurück und stützte sich auf die Ellenbogen. »Ich habe viele Jahre nur in meiner tierischen Gestalt gelebt. Fast einhundert, um genau zu sein.«

Unglaube und Fassungslosigkeit mischten sich auf den Gesichtern ihrer beiden Begleiter.

»Jetzt, da ihr meine Gestalt kennt, könnt ihr ruhig alles wissen«, stellte Sivan leise lächelnd fest.

»Du hast vergessen, zu erwähnen, dass du der Prinz deines Volkes bist«, erinnerte Leyna ihn vollkommen ernst, »und dass du wirklich jede Magie manipulieren kannst und somit der gefürchtetste Krieger Mirandors …« Sie stockte.

Krieger, er … er war ein Krieger.

Versteckt lange Zeit, der Sieger muss bleiben,
denn wenn er sich zeigt, muss er stark genug sein,
all dies zu beenden, mithilfe des Kriegers,
der stets bei sich ist, und ihn nicht lässt allein.

Tarin und Alessa schienen zu müde zu sein, um jetzt all die Fragen zu stellen, die ihnen sicherlich auf der Zunge brannten. Stattdessen wandten sie sich beide nur kopfschüttelnd um und schlossen die Augen.

»Du solltest auch schlafen, Leyna. Tarin hat recht, der morgige Tag wird anstrengend.«

Sie nickte geistesabwesend, während sie den Mann betrachtete, der sie vor so langer Zeit gerettet hatte. Der sie seitdem nicht mehr allein gelassen und immer zu ihr gehalten hatte. Den fast nichts aus der Ruhe bringen konnte, den Mann, der ihr mehr bedeutete als sie sich vielleicht in diesem Moment eingestehen wollte.

Ihren Krieger.

»Mama! Mama, wo bist du? Hilfe!«

Sie schrie, schrie aus Leibeskräften, immer lauter, immer dasselbe.

»Mama! Hilf mir!«

Sie atmete nichts als formlosen Rauch, da war keine Luft. Panik ergriff sie. Das Zimmer war voller Flammen, voller dunkler, unsagbar heißer Flammen. Ihr Oberarm brannte an der Stelle, die beinahe schon von den Flammen versengt worden war, schwarze Schlieren zogen sich über ihre Haut. Sie wusste nicht, wohin, wo oben war oder unten oder die Tür. Was sollte sie tun? Niemand half ihr.

Doch, jemand kam, jemand schrie einen Namen, den sie unter dem sie umgebenden Knistern nicht verstehen konnte. Eine Gestalt erschien inmitten des Feuers, kam auf sie zu und griff nach ihrer so kleinen Hand.

Mama, *schoss es ihr durch den Kopf.* Mama rettet mich.

»Wir müssen hier raus!«, schrie die so vertraute Stimme. Sie sah hoch in ein von Ruß geschwärztes Gesicht. Aber nein, Ruß war es nicht. Ruß würde jetzt verschmieren, als Mama sich über die Haut wischte. Doch die schwarze Spur blieb, wo sie war.

Mama zog sie weiter, hinaus aus dem Zimmer, in den Flur, an der Küche vorbei. Da war die Haustür, gleich hatten sie es geschafft, gleich …

Doch sie erreichten die Schwelle nicht. Nur noch ein Schritt trennte Mama von der rettenden Freiheit, da brach der Dachbalken über der Tür herunter und versperrte ihnen den Weg. Mama sprang zurück, ging wieder auf die Küche zu. Die Flammen schlugen höher, kamen von allen Seiten näher. Mama drehte sich zu ihr um, kniete sich vor sie und sah sie an.

»Hör mir jetzt gut zu«, forderte sie mit derselben Stimme, mit der sie immer die alten Geschichten erzählt hatte. »Ich will, dass du läufst, hörst du? So schnell du kannst.« Sie wusste nicht, was sie meinte, doch da legte sie auch schon die Hände um ihre schmale Taille und hob sie hoch. »Leg den Kopf an mein Kleid, atme durch den Stoff. Sieh nicht hoch. Es wird alles gut.«

Sie tat, was Mama wollte. Legte den Kopf an ihre Schulter und atmete den so vertrauten Geruch ein. Den Duft nach zu Hause.

Dann lief Mama los. Sie spürte die Erschütterung ihrer Schritte und konnte doch nicht anders, als ein Auge zu öffnen.

Mama lief den Flur entlang, direkt auf die Flammenwand vor der Haustür zu. Die Wände standen noch, der kleine Spiegel hing noch immer neben dem Eingang. Die Flammen reflektierten sich darin, ihr grausiger Schein schien noch dunkler zu flackern.

Nur noch drei Schritte. Zwei Schritte.

Sie dachte nicht daran, was Mama vorhatte. Sie machte immer das Richtige.

Ein Schritt und sie waren auf der Höhe des Spiegels. Sie sah Mamas braunes Haar, ihre entschlossen zusammengekniffenen Augen, und dann ihr eigenes Gesicht.

Doch es war nicht sie selbst, hier auf Mamas Arm.

»Nein!«, schrie sie nun mit ihrer eigenen Stimme und war nicht länger Teil des Geschehens, sondern sah von weit oben hinab auf ihr brennendes Haus.

Sah ihre Mutter auf die Flammen zurennen, ihren Bruder an sich gepresst, ihn mit ihrem eigenen Körper schützend.

Sie streckte die Hand aus, wollte sie aufhalten, ihnen helfen, doch sie konnte nicht.

Mit einem einzigen Satz sprang ihre Mutter hinaus, landete auf dem kurzen, im Vergleich zu den dunklen Flammen so unglaublich grünen Gras und stieß Inias sofort von sich. Doch es war zu spät.

Die Flammen, die sich schon zuvor den Weg an ihren Haaren empor gesucht hatten, fraßen sich nun weiter über ihre Arme, ihre Beine, bis zu ihrem Gesicht. Ein stummer Schrei kam über ihre Lippen, dann sah sie zu ihrem Sohn.

»Lauf!«, schrie sie. »Lauf zum Fluss!«

Doch auch Inias konnte nicht mehr laufen. Einige verzweifelte Schritte tat er noch, dann fiel er und sah sich zu ihr um. Sah sie direkt an, und in diesem einen Moment spürte Leyna all seinen Schmerz, wand sich mit ihm, wollte schreien und konnte es doch nicht.

»Du hast uns verlassen«, stellte ihr Bruder tonlos fest, während seine Augen sich mit Tränen zu füllen begannen. »Du hast uns verlassen …«

Sie wollte zu ihm, musste zu ihm, musste ihm sagen, dass sie kommen würde, dass sie fast da war, dass sie …

»Leyna!«

Sie würde ihn nicht sterben lassen! Es durfte nicht zu spät sein!

»Leyna, wach auf. Es ist nur ein Traum. Sieh auf deine Hand.«

Diese Stimme, sie … sie kannte sie. Auf ihre Hand sehen? Sie hatte keine Hand. Sie hatte keinen Körper, nicht hier, sah nur zu.

»Leyna, es ist ein Albtraum. Wach auf. Komm zu dir.«

Sie spürte seine Berührung, spürte seine Arme, er hielt sie fest. Zu ihm kommen? Aber wie?

»Öffne die Augen, Leyna.«

*

Mit schmerzverzerrtem Gesicht wand sie sich in seinen Armen, doch er ließ sie nicht los. Schweißperlen standen auf ihrer Stirn. Sie atmete schwer.

Als sie endlich aufwachte und ihn ansah, überkam ihn eine unendliche Erleichterung. Sie so zu sehen, hatte ihm mehr Qualen bereitet, als es seine eigenen Träume vermochten. Bevor ihm klar geworden war, dass er ihnen in seiner tierischen Gestalt entkommen konnte, war er oft ebenso aufgewacht wie sie.

Ihr Blick wanderte verwirrt und unsicher über sein Gesicht, dann endlich verschwand die Angst daraus. Erschöpft lehnte sie sich gegen ihn und schloss die Augen. Ihr Herzschlag beruhigte sich, als sie suchend ihren Arm entlang tastete und schließlich die Hand um das schlichte, dunkle Armband schloss, das sie noch nie abgelegt hatte. Er lockerte seinen Griff um sie, doch sie machte keine Anstalten, sich aus der Umarmung zu befreien. Ruhig blieb sie sitzen, mit dem Rücken gegen seine Brust gelehnt, den Kopf an seiner Schulter.

Er konnte nicht anders, als zu lächeln. Sanft strich er ihr eine Haarsträhne aus der noch immer schweißnassen Stirn.

»Du hattest einen Albtraum«, sagte er leise. Sie nickte fröstelnd. Er beugte sich vor, griff nach dem als Decke dienenden Mantel und zog ihn über ihre Beine.

»Danke«, brachte sie tonlos hervor.

Er erwiderte nichts, legte vorsichtig seinen Kopf auf ihren und gab ihr die Zeit, die sie brauchte.

»Was ist, wenn wir zu spät kommen?«, fragte sie nach einer Weile. Ihre Stimme klang brüchig, verzweifelt, als hätte sie gerade aus Leibeskräften geschrien.

»Wir tun alles, was wir können«, antwortete er leise und strich beruhigend über ihren Arm. »Was immer wir morgen finden, Leyna, du hast alles dir Mögliche getan.«

»Ich hätte sie nicht verlassen dürfen.« Sie versteifte sich. »Ich hätte sie beschützen müssen, ich …«

»Wenn du nicht gegangen wärst, hättest du sie nie beschützen können«, erinnerte er sie. »Du hattest keine andere Wahl, Leyna. Du musstest gehen, das weißt du.«

»Ich hätte zurückkommen müssen, irgendwann. Ich hätte nach ihnen sehen …«

»Leyna.« Er beugte sich vor, zwang sie, ihn anzusehen. »Du hättest nichts tun können, selbst wenn du zurückgegangen wärst. Das hätte die Soldaten eher noch auf deine Familie aufmerksam gemacht.« *Oder Schlimmeres*, fügte er in Gedanken hinzu.

»Ich weiß genau, was du denkst«, murmelte sie. »Was, wenn er wirklich da ist, Sivan? Wenn … wenn Alessas Vision den morgigen Tag darstellt, was passiert dann?«

Das hatte er sich auch schon gefragt. »Die Wahrscheinlichkeit, dass sie ausgerechnet diesen Tag zeigte, ist sehr gering«, stellte er schließlich fest. »Wenn noch nichts passiert ist, können wir uns darauf vorbereiten und dein Dorf warnen. Wenn es schon geschehen ist, dann …« Er sah den Schmerz in ihren Augen erneut auflodern. »… werden wir alles tun, um zu helfen.« Ernst sah er zu ihr hinab. »Und wenn es wirklich dieser Tag ist …«

»Dann werde ich gegen ihn kämpfen«, flüsterte sie.

»Und ich werde mit dir kämpfen, Leyna.« Er griff nach ihrer eiskalten Hand. »Du bist so stark geworden, du …«

»Wie soll ich etwas tun können, wenn meine Familie dort ist? Und Tarin, Alessa? Er könnte sie verletzen oder Schlimmeres, er …«

»Denk nicht über so etwas nach, bevor du es nicht sicher weißt.«

»Ich könnte es mir nie verzeihen, wenn ihnen etwas passiert.« Ein heiseres Lachen entwich ihrer Kehle. »Obwohl ich weiß, dass ich nichts hätte ändern können, würde ich mir die Schuld geben.« Sie erwiderte seinen Blick. »Wie lang dauert es, bis man mit so einer Schuld leben kann?«

Er schluckte schwer, ignorierte die in ihm aufkommenden Gefühle und sah nicht weg. Die Antwort auf diese Frage kannte sie doch schon. »Dich wird so eine Schuld niemals treffen«, stellte er leise fest.

Sie streifte seine Arme ab und kniete sich vor ihn. »Sivan, du …« Doch weiter kam sie nicht. Fast schon erschrocken sah sie auf ihre Hand, dann wieder zu ihm. Ein überraschter Ausdruck lag auf ihren Zügen, als sie den Arm hob und ihm ihre Hand hinhielt.

Zwei ineinander verschlungene Linien waren auf ihrem Handballen zu sehen, die jetzt immer heller glühten. Er wusste sofort, was das bedeutete. »Wer hat dir das gegeben?«

»Nazar«, antwortete sie leise. »Damals, in Onamdra. Er sagte, dass es etwas Wichtiges gibt, das du erfahren musst, wenn die Zeit da ist. Und ... dass es sich zeigen wird, wenn du mir gezeigt hast, warum du bist, wie du bist.« Jetzt lächelte sie. Nicht so strahlend wie sonst. Doch die Angst wurde zurückgedrängt. »Damals hätte ich nicht gedacht, dass es wirklich noch einmal dazu kommen würde.«

Sivan schwieg. Was konnte Nazar ihm schon zeigen?

»Warum zögerst du?«

Er spürte die alte Wut in sich, als wäre es erst gestern gewesen, dass er den Verräter getroffen hatte. »Dieser Mann war damals für die Verteidigung der Höhlen verantwortlich.« Vielleicht klang seine Stimme eine Spur zu scharf. »Doch statt sein Volk zu führen und ihnen Mut zu machen, hat er sich feige versteckt und ist geflüchtet, Leyna. Er war ein elender Verräter und er hätte niemals ...«

»Bitte, Sivan«, unterbrach sie ihn leise. Ihre dunklen Augen glänzten in dem schummrigen Licht, das ihr Handballen ausstrahlte.

Wie konnte sie jetzt schon wieder so gefasst sein? Der Schweiß stand noch immer auf ihrer Stirn!

»Sieh es dir an.«

Er zögerte. Wollte er das? Die Nachricht eines Verräters sehen? Er betrachtete die Linien, die Rune, die sie darstellten. Sie stand für das Erinnern. Ihm hatte sie sich immer entzogen, sooft sein Vater auch versucht hatte, es ihn zu lehren. Sofort fuhren seine Finger zum Griff des Dolches, den er seit seinem zehnten Lebensjahr immer bei sich trug. Kurz tastete er über die deutlich fühlbaren Kanten des eingefassten Edelsteines. Diese Waffe war das Letzte, das ihm von seinem Vater geblieben war. Vom König seines Volkes.

Noch einmal holte er tief Luft, dann griff er nach ihrer Hand. Das Licht wurde heller, hüllte sie ein, blendete ihn. Und als es wieder verschwand, war er zu Hause.

Als er noch ein Junge gewesen war, war ihm das Ratszimmer immer unglaublich groß erschienen. Natürlich war es nichts gewesen im Gegensatz zu dem angrenzenden Thronsaal seines Vaters, hatte diesen aber immer an Pracht überboten. Sein Vater hatte sich nie etwas aus Prunk gemacht und seinen Herrschaftssaal so schlicht wie eben möglich gehalten. Den Rat aber hatte, seit er sich erinnern konnte, seine Mutter geführt, und so hatte man es ihr überlassen, diese Halle zu gestalten. Er hatte sich immer wohlgefühlt zwischen all den dunklen Wandteppichen, die sie auch in sein Zimmer gehängt hatte.

In diesem Moment aber kümmerte es niemanden, wie wohnlich es hier war. Die Gesichter der Anwesenden waren ernst, während sie zu seiner Mutter sahen, die am Kopf des langen Tisches saß.

Im ersten Moment durchfuhr ihn pures Glück. Sie noch einmal zu sehen, wirklich vor sich zu sehen in ihrem prächtigen dunklen Gewand, die Haare unordentlich zusammengefasst und die Hände auf der massiven Tischplatte ineinander gefaltet, ließ ihn all die Geschehnisse vergessen. Wie immer fuhr sie mit dem Daumen über den schmalen goldenen Ring, den sie am Zeigefinger der linken Hand trug. Im Gegensatz zu der edelsteinbesetzten Kette, die sie als Königin auszeichnete, hatte sie diesen Ring mit dem schmalen, weiß glänzenden Edelstein in der Mitte niemals abgelegt.

»Elika, worauf warten wir noch?«, rief einer der Anwesenden neben ihm. Erst jetzt wurde ihm bewusst, dass er selbst ebenfalls an der langen Tafel saß.

Abrupt löste seine Mutter ihre Hände voneinander. »Verzeih, Aidan. Ich hatte gehofft, es würden … noch mehr zu uns stoßen.«

»Der Rat ist vollständig. Sprich, wir haben nicht mehr viel Zeit!«

»Mein lieber Aidan, es liegt an der Königin, diese Versammlung zu eröffnen, wenn sie es für richtig hält«, wandte ein anderer mit einem Lächeln auf den Lippen ein. Aidan funkelte Ronor voller Verachtung an, verstummte aber. Die beiden Männer sahen kaum anders aus als heute.

»Wir sind nicht zusammengekommen, um zu streiten.« Elika erhob sich. »Unser Volk wird angegriffen. Wir müssen handeln.«

»Und warum sitzen wir dann noch hier, anstatt zu kämpfen?« Aidan ließ seine Faust auf die Tischplatte fahren. »Wir können diese feigen Soldaten in die Hölle schicken!«

»Ihr wart schon immer recht schnell mit Euren Entscheidungen, Aidan«, antwortete Elika ruhig. »Doch dies ist ein Kampf, den wir nicht antreten dürfen.«

»Was soll das heißen?«

»Das wollte sie sicher gerade erklären, werter Freund.«

Wieder erntete Ronor einen bösen Blick.

»Es sind nicht nur die Soldaten des Königs, die vor unseren Toren stehen ...«

»Die unsere Tore schon durchbrochen haben!«

»... sondern noch jemand anderes. Eine Gestalt, die nicht darauf aus ist, uns zu töten, sondern sich unsere Kraft anzueignen.« Jetzt schwieg auch Aidan. Siebzehn Augenpaare waren auf die Königin gerichtet – seines eingeschlossen.

»Wir wissen nicht, was er ist oder woher er kommt. Doch bevor er einen von uns tötet, nimmt er die uns innewohnende Kraft. Ich habe es selbst gesehen.«

»Haben wir eine Vermutung, warum er dies tut?«

»Nein, Ronor. Niemand hat ihn zuvor gesehen.«

»Und warum töten wir ihn nicht einfach?«, rief Aidan aufgebracht.

Ronor lachte. »Eine gute Idee, alter Freund. Komm ihm zu nah, greif ihn an, und er nimmt deine Kraft – warum sind wir da noch nicht drauf gekommen?«

»Seid ruhig!«, rief ein anderer. »Elika, warum sind wir hier? Wenn wir ihn nicht töten können, wird er unser gesamtes Volk vernichten.«

Die Königin ließ sich wieder auf ihren Stuhl sinken. »Ihr habt recht, Euglen. Wir wissen nicht, wie wir ihn töten können. Jeder Versuch scheiterte bisher.«

»Warum greifen wir ihn nicht alle gemeinsam an?«, fragte Euglen weiter, ein noch junger Mann mit hellblondem Haar und waldgrünen Augen.

»Es ist zu riskant«, stellte Elika fest. »Ihr alle gehört zu den Mächtigsten unseres Volkes. Was wäre, wenn er all eure Kraft stiehlt? Was auch immer er damit bezweckt, mit uns hätte er sein Ziel erreicht.«

»Und was bitte sollen wir dann tun?«, stellte Aidan die alles entscheidende Frage.

Elika schloss für einen Moment die Augen. »Wir müssen fliehen.«

»Auf keinen Fall!«

»Wie stellst du dir das vor?«

»Das Volk der Gestaltwandler ist noch vor keinem Kampf geflüchtet!«

»Seid ruhig!«, rief Ronor mit dröhnender Stimme.

Elika nickte ihm dankbar zu. »Wir haben keine andere Wahl. Bleiben wir, besteht die Gefahr, dass er mit unserer Kraft zum stärksten Wesen Mirandors wird. Ich bezweifle, dass er wie wir mit dieser Kraft umzugehen weiß.« Sie sah auf ihren Ring. »Es ist die einzige Möglichkeit, unser Volk zu retten.«

»Der König würde niemals fliehen!«, rief ein weiterer Mann mit rotem Haar.

Elika sah auf. »Der König ist vor einiger Zeit gegangen, werter Ikoro«, stellte sie leise fest. »Er ging, weil er eine Möglichkeit gefunden hat, den Frieden zu sichern, wie er sagte. Doch er ist noch nicht zurück. Was denkt Ihr, geschieht, wenn er wirklich eine solche Möglichkeit gefunden hat? Wenn er den Frieden sichern könnte, aber keiner seines Volkes mehr übrig ist, um ihm dabei zu helfen?« Herausfordernd sah sie die Anwesenden an. »Wir werden fliehen. Jeder von uns. Mir ist bewusst, dass dies nicht in unserer Natur liegt. Die wenigsten werden diesen Befehl befolgen. Dennoch müssen wir es versuchen.«

»Wenn es ihm nur um unsere Kraft geht, wird er nicht aufgeben, nur weil er sie heute nicht bekommt«, stellte Ronor fest.

»Richtig. Er wird uns suchen«, bestätigte Elika. »Und es ist an euch, ihm zu entkommen, bis euer König zurückkehrt.«

»Was ist mit Sivan?«, wollte Ronor wissen.

Die Königin lächelte. »Er ist nicht hier, und das ist gut so.«

»Aber er ist auf dem Weg, Elika. Das weißt du.«

»Ja, das ... weiß ich.« Gedankenverloren betrachtete sie ihr Spiegelbild in der glänzenden Karaffe, die auf dem Tisch stand, und hob eine Hand an die äußere der vier feinen Narben, die sich über ihr Gesicht zogen. »Mein Sohn trägt die vielleicht größte Kraft in sich, die unser Volk je gesehen hat«, stellte sie leise fest. »Er darf nicht zurückkommen.«

»Elika!« Das war seine eigene Stimme – doch sie gehörte nicht ihm. Seine Sicht veränderte sich, als die Person, deren Erinnerung er sah,

sich erhob. Erst als die Stimme erneut erklang, erkannte er sie. »Das darfst du nicht tun!«

»Nazar hat recht«, gab Ronor zu bedenken. »Das weißt du, Elika. Er würde sich dafür hassen, nichts getan zu haben. Er würde daran zerbrechen.«

»Ach was, der Junge denkt doch sowieso nur an sich«, murmelte Aidan.

Mit einem polternden Laut stieß Ronor seinen Stuhl zurück und beugte sich drohend über den Tisch. »Sprich nicht so abfällig von deinem Prinzen«, knurrte er. »Das könnte schlimme Folgen haben für jemanden mit deiner Gestalt.«

Aidan schluckte schwer, erwiderte nichts.

»Er ist stark genug«, sprach Elika weiter, als sei nichts geschehen. »Vielleicht wird es einige Jahre dauern, aber er wird es verstehen. Er wird nicht herkommen. Ich werde ihn daran hindern.«

»Es wird noch immer seine Entscheidung sein«, wandte Ronor ein.

»Och, er wird schon die Richtige treffen«, zischte Aidan.

Die Königin hob eine Hand, bevor Ronor sich erneut zu ihm beugen konnte. »Heute könnte er ebenso wenig tun wie wir alle. Aber er wird stärker werden, stärker als wir alle. Nazar!«

Er spürte, wie Nazar die Hände zu Fäusten ballte.

»Du warst lange in Bogharn, du beherrschst die Verschlüsselung von Erinnerungen.«

Der Angesprochene nickte.

»Du wirst als Erster fliehen.«

Seine Augen weiteten sich. »Meine Königin, ich bin für die Verteidigung zuständig, ich …«

»Und das erst, seit du wieder hier bist«, unterbrach Elika ihn. »Ich kann nicht gehen, er wird mich suchen. Die meisten anderen von uns wird er sicher ebenfalls kennen, dich nicht. Du gehst, ich befehle es dir. Du gehst, du überlebst und versteckst dich irgendwo unter den Menschen. Und wenn die Zeit da ist, wirst du meinem Sohn deine Erinnerung an diesen Tag zeigen. Er muss wissen, dass ihn an den Geschehnissen dieser Nacht keinerlei Schuld trifft.«

Er spürte, dass Nazar erneut aufbegehren wollte, doch da veränderte sich etwas in Elikas Stimme.

»Nazar, der König ist nicht hier, also stehe ich an seiner Stelle. Als deine Königin befehle ich dir, zu tun, was ich dir auftrage. Du kannst dich mir nicht widersetzen.«

Er spürte den Ruck, der durch Nazars Körper ging. Der Befehl drang in seine Glieder, in seinen Geist und brachte ihn zum Nicken.

»Ja, meine Königin«, murmelte er und sank auf seinem Stuhl zusammen.

Elika nickte. »Wird sich sonst noch jemand meinem Befehl widersetzen?«

Niemand erwiderte etwas.

»Gut. Ich werde Nazar selbst den Weg freihalten. Sein Leben hat oberste Priorität.« Sie warf einen bedeutsamen Blick in die Runde. »Nicht viele von euch werden diese Nacht überleben, dennoch wünsche ich euch viel Glück. Auf dass ihr der Dunkelheit entkommen möget.«

Atemlos öffnete Sivan die Augen und riss seine Hand von Leynas fort. Auch sie fuhr zurück und starrte ungläubig auf das noch immer glimmende Zeichen auf ihrer Hand, das jetzt langsam verblasste.

Er schluckte, blinzelte, ballte die Hände zu Fäusten. Das alles half nicht.

Zögernd kam Leyna näher, umschloss seine Finger mit ihren. Er hinderte sie nicht daran, starrte nur weiter in die Dunkelheit. Seine Gedanken waren leer, sein ganzer Körper fühlte sich leer an. Er wusste nicht, was er tun sollte, warum er hier war, warum er woanders sein sollte, warum ...

»Sivan ...«

Er fuhr herum, starrte sie an. Verständnis stand in ihren Augen. Sie hatte es auch gesehen, sie hatte alles gesehen.

Jahrelang hatte er geglaubt, er hätte sie alle im Stich gelassen. Jahrelang hatte er sich die Schuld dafür gegeben, die Schuld am Untergang seines Volkes. Weil er gegangen war. Niemals hätte er gedacht, dass seine Mutter ...

Leyna setzte sich neben ihn, ließ ihren Kopf wieder auf seine Schulter sinken.

Er schloss die Augen, legte einen Arm um sie. Und obwohl er es war, der sie fest an sich drückte, hatte er doch das Gefühl, dass sie es war, die ihn hielt.

*

Seufzend legte er den Kopf in den Nacken und leerte seinen Krug in einem Zug. Wie oft er sich an diesem Abend schon hatte nachschenken lassen, wusste er nicht mehr. Doch es kümmerte ihn auch nicht. Heute war es vergleichsweise leer im Schankraum, gestern erst hatte er die meisten Trupps auf neue Missionen geschickt. Er genoss die nur von leisem Gemurmel durchbrochene Stille, nutzte sie, um seine Gedanken zu ordnen ...

Gerade stellte man ihm einen neuen Krug hin, als ihm jemand auf die Schulter tippte.

»Herr Befehlshaber?«

Unwillig drehte er sich um und sah einen Jungen hinter sich stehen, der keine zwölf Winter erlebt haben konnte. Er hatte dunkle Haare, hellbraune Augen. Fast wie Kilan ...

»Rhan schickt mich, Herr. Ihr sollt sofort zu ihm kommen«, fuhr der Junge unsicher fort und trat von einem Bein aufs andere.

»Ja, ich ... ich komme sofort«, murmelte Lodon und stieß die Erinnerungen zusammen mit dem Stuhl, auf dem er gerade noch gesessen hatte, von sich.

»Hey, Befehlshaber, seit wann lässt du was stehen?«

Er beachtete die aufkommenden Rufe nicht. Niemandem in diesem Raum musste er noch irgendetwas erklären, bald würde er allein die Kontrolle über die gesamte Festung übernehmen. Viele wussten schon davon und verhielten sich entsprechend, um seine Gunst zu gewinnen – nur einige, wie die an einem kleinen Tisch in der Ecke sitzenden Männer, schienen seinen Ruf noch nicht zu kennen. Vielleicht würde er sie in den nächsten Tagen einmal zum Kampf herausfordern und ihnen zeigen, dass es gefährlich sein konnte, ihm nicht respektvoll zu begegnen.

»Was ist so wichtig?«, fragte er, als er das Turmzimmer betrat und blieb neben der Tür stehen.

»Ah, da bist du ja. Es tut mir leid, wenn ich dich irgendwie ...«

»Du würdest mich nicht rufen lassen, wenn es nichts Wichtiges wäre«, unterbrach er seinen Freund.

Rhan nickte geschäftig und griff nach einem dicken Stapel Pergament vor ihm. »Ich möchte, dass du dir das ansiehst.«

Langsam ging Lodon um den Tisch herum, griff nach dem Papier und überflog die erste Seite. »Die Verliese. Das sind Übersichten zu Festnahmen. Was soll daran seltsam sein?« Es war schon verwunderlich genug, dass jemand so etwas aufgeschrieben hatte.

»Sieh dir die angegebenen Gründe an.«

Lodon tat wie ihm geheißen und las die letzte Spalte der obersten Blätter. Schließlich vertieften sich die Falten auf seiner Stirn und er legte den Stapel zurück auf den Tisch. »Ich glaube kaum, dass all diese Männer aus demselben Grund festgenommen wurden.«

Rhan nickte. »Sicher haben viele davon sich einem Soldaten widersetzt, aber bestimmt nicht alle.«

»Ich werde in den Kerker gehen und nachsehen«, stellte Lodon ohne weitere Umschweife fest. »Dafür muss es einen Grund geben.«

Wieder nickte Rhan. »Die Männer dort unten sind ziemlich eigenwillig. Aber irgendwann musst du auch sie kennenlernen, deshalb dachte ich ...«

»Schon in Ordnung«, unterbrach ihn Lodon und hatte die Tür hinter sich geschlossen, bevor Rhan noch etwas hinzufügen konnte. Er war kein Mann großer Worte.

In die Kerker war er selbst noch nie gegangen – aber der Weg konnte ja nicht schwer zu finden sein. In Bogharns Festung gab es neben einigen kleineren vier riesige Treppen, eine bei jedem Turm, die durch alle Stockwerke führten. So stieg er einfach die nördliche Treppe immer weiter hinab.

Bis jetzt hatte er sich fast ausschließlich in den oberen Stockwerken aufhalten müssen. Weiter unten lebten vor allem die einfachen Soldaten und einige andere Menschen – oben hingegen die Hauptmänner, mit denen er sich vorrangig auseinanderzusetzen hatte, seit Rhan und er die Kontrolle fast vollständig übernommen hatten. Diesen Männern verständlich zu machen, dass sie nun von ihm aufeinander abgestimmte Aufträge bekamen und bei ihrer

Rückkehr jedes Mal ihm Bericht erstatten sollten, war nicht einfach, aber die Mühe wert gewesen. Schematisch deckten sie Verbrechen auf, nahmen die nun festgelegten überflüssigen Güter Haus für Haus in Beschlag. Die Willkür, die die Kontrollen sonst bestimmt hatte, verschwand immer mehr. Es gab Regeln, an die sich von nun an auch die Soldaten zu halten hatten – und wer diese nicht einhielt, wurde von ihm persönlich bestraft.

Bis jetzt hatte er noch niemanden in ein Verlies sperren müssen, doch er rechnete fest damit, dass er bald keine andere Wahl mehr haben würde. Die meisten Soldaten schienen ihn inzwischen fast schon zu verehren, doch das waren eben nicht alle. Sobald sich die wenigen zusammenfanden, die gegen seine Neuerungen waren, würde es Ärger geben, den er nicht nur mit seinem sicheren Auftreten oder einem Kampf aus der Welt schaffen könnte. Da konnte es doch nicht schaden, sich vorher schon einmal hier unten umzusehen.

Er erreichte den letzten Absatz und sah sich um. Die Gänge wirkten dunkler als in der restlichen Festung. Hier war kein goldenes Metall in die Wände eingelassen, nur einige Fackeln hingen in weiten Abständen an den Wänden. Irgendwo meinte er, Wasser tropfen zu hören. Leise Schreie drangen an sein Ohr.

Stirnrunzelnd griff er nach der Fackel neben der Treppe, hob sie über seinen Kopf und ging den breiten Gang hinab, der vor ihm lag, und von dem unzählige schmalere abgingen. Er vermied es, in diese Gänge hineinzusehen. Das alles kam ihm schon jetzt vor wie eine der Gruselgeschichten, die Drian an manchen Abenden erzählt hatte.

»Hallo?« Seine Stimme hallte wie tausende von den Wänden wider. »Ist da jemand?«

»Hier hinten!«, antwortete eine Stimme. Ein Stück vor ihm wurde eine Tür aufgestoßen, die er vorher nicht als solche erkannt hatte. Sie war ebenso schwarz wie die Wand.

Ein Mann mit dunklem Haar sah ihm entgegen, sein schon ergrauender Bart reichte ihm bis auf die Brust. Statt einer Rüstung trug er vollkommen schwarze Kleidung, die ihn mit der Umgebung verschmelzen ließ.

»Na, wenn das mal nicht der neue Befehlshaber ist!«, rief der Mann und deutete eine Verbeugung an. Sein schiefes Grinsen gefiel Lodon ganz und gar nicht.

»Das bin ich, allerdings. Und wer seid Ihr?«

»Oh, haltet Euch doch nicht mit meinem Namen auf. Ich bin nur …«

»Yaos, lass das doch«, unterbrach ihn eine andere Stimme.

Yaos warf einen missbilligenden Blick über seine Schulter und verschränkte dann die Arme vor der Brust. »Warum sollte ich?« Forschend sah er Lodon an. »Du kannst ja gern versuchen, da oben die Kontrolle zu übernehmen, aber das hier ist mein Reich, ist das klar?«

Lodon hob eine Augenbraue. »Euer Reich?«

»Allerdings! Seit dreißig Jahren läuft hier alles so, wie ich es sage!«

»Nun, dann könnt Ihr mir sicher bei meinem Anliegen helfen.«

Da schien Yaos hellhörig zu werden. »Anliegen?«

Ohne auf den Widerstand seines Gegenübers zu achten, trat Lodon an ihm vorbei in den kleinen Raum. Außer einem kleinen, mit Karaffen gefüllten Tisch und zwei Stühlen war er leer – ausgenommen des anderen Mannes, deutlich jünger, ohne Bart und mit einem nicht ganz so verschlossenen Lächeln. Lodon nickte ihm zu, bevor er sich wieder an Yaos wandte. »Ich habe einige Fragen bezüglich der Angaben über die Insassen der Verliese.«

»Angaben? Was für Angaben?« Sein Gegenüber verdrehte die Augen. »War klar, du meinst dieses Papierzeug.«

Lodon musste sich stark zusammenreißen, um ruhig zu bleiben. Niemand sprach noch so mit ihm, doch bei diesem Mann würde er mit Drohungen nicht weit kommen. Er musste ihn überzeugen. »Wir sehen alle Aufzeichnungen durch, um eine bessere Struktur in die Armee zu bringen und diesem Land effektiver zu dienen«, erklärte er kurz, ohne den Blick von Yaos zu wenden. »Auch Ihr seid dem König verpflichtet. Euch sollte ebenso etwas daran liegen, Eure Aufgabe angemessen zu erfüllen.«

Yaos schüttelte grinsend den Kopf. »Den König hat's die letzten Jahre auch nicht gekümmert, wer hier landet. Warum jetzt?«

»Weil ich jetzt diese Verantwortung trage.« Er warf einen Blick zu dem jüngeren Mann, der ihm aufmerksam zuhörte. »Der König selbst übertrug mir alle dazu nötige Macht. Ihr untersteht mir, Yaos.«

Plötzlich trat ein eindeutig böswilliger Ausdruck auf das Gesicht des Mannes. »Unterstehen, hm? Und was soll das heißen?« Fast schon drohend kam er einen Schritt näher. »Ich werde nicht von hier verschwinden und mir auch von niemandem hier reinpfuschen lassen!«

»Das erwartet niemand.« Lodon verschränkte die Arme vor der Brust. Er überragte Yaos um mehr als einen Kopf, doch der sah zu ihm hoch, als wäre es andersherum.

»Was erwartet man dann?«, fragte der Jüngere.

»Erst einmal erwarte ich eine Erklärung dafür, dass jeder Gefangene dasselbe Vergehen begangen haben soll. Dann erwarte ich, dass Ihr in Zukunft den wahren Grund angebt.«

Yaos lachte. »Meine Güte, seit Jahren schon schreiben wir immer das Gleiche auf diesen Wisch, das interessiert doch niemanden!«

»Mich interessiert es.« Mühelos hielt er dem drohenden Blick stand. »Warum sind die Männer wirklich hier?«

»Das ist doch egal!«

»Nein, ist es nicht.«

Der Jüngere räusperte sich, stand auf und trat zu Lodon. »Die meisten widersetzten sich den Soldaten.«

»Du meinst, den willkürlichen Kontrollen.«

Der Junge nickte. Das hatte Lodon sich fast schon gedacht.

»Gut. In ein paar Tagen werden genaue Vorgaben bekannt gegeben, wann ein Mann festgenommen werden darf und wie lang seine Strafe dauern wird.«

Yaos lachte erneut auf. »Jaja, daran wird sich sicher jeder halten.«

»Dafür werde ich sorgen.«

Seine Stimme ließ keinen Widerspruch zu und auf einmal wirkte Yaos nicht mehr so angriffslustig.

»Ich würde gern die Verliese sehen.« Lodon nickte dem Jüngeren zu.

»Mach das mal«, murmelte Yaos, ließ sich augenverdrehend auf einem der Stühle nieder und griff nach einem Becher. »Ich hab wirklich Wichtigeres zu tun.«

Ohne ein weiteres Wort verließ Lodon den Raum.

Der andere folgte ihm.

»Wie ist dein Name?«

»Ghaji, Befehlshaber.«

Sie gelangten in einen der vielen Seitengänge. Unzählige Türen waren in die Wände eingelassen, durch die man nur an einer kleinen, vergitterten Stelle hindurchsehen konnte.

»Die Soldaten bringen her, wen sie wollen, richtig?«

Ghaji zögerte kurz, nickte dann aber. »Ja, Herr. Jeder, der nicht gleich tut, was sie sagen, landet hier.«

»Was wird hier mit ihnen gemacht?«

Unruhig sah Ghaji sich um.

»Du kannst offen sprechen. Niemand wird von diesem Gespräch erfahren.«

»Yaos, er ... Es kommt darauf an, ob er einen guten oder schlechten Tag hat.«

Lodon runzelte die Stirn. »Er foltert sie?«

Ghaji nickte.

Das war überhaupt nicht gut. Er konnte Yaos nicht einfach aus der Armee werfen, dafür war er wohl schon zu lange Herr dieser Kerker und er selbst noch nicht einflussreich genug. Die Männer vertrauten ihm und respektierten ihn bis jetzt, aber wenn er einen der ältesten und erfolgreichsten Männer fortschicken würde, wäre sein Ruf dahin. »Dann werden wir wohl dafür sorgen müssen, dass er in Zukunft mehr gute Tage hat«, stellte er seufzend fest.

Ghaji war vor einer der schweren Türen stehen geblieben.

»Ab hier sind die Zellen voll, mein Herr.«

Lodon warf einen Blick durch die Gitterstäbe und schluckte schwer. Ein Mann saß auf dem kalten Steinboden, die Haare standen lang und wirr von seinem Kopf ab. Von seiner Kleidung waren nur noch Lumpen übrig, das Gesicht schmutzig und der Blick gebrochen. Sowohl die Wände als auch der Boden waren vollkommen kahl, nur von der an der Wand des Ganges hängenden Fackel drang ein wenig Licht hinein. Es stank entsetzlich.

Schweigend führte Ghaji ihn bis zum Ende des Ganges. In keiner Zelle erwartete ihn ein anderes Bild.

»Sind auch Frauen und Kinder hier?«, fragte er schließlich. Ghaji nickte zögernd. »In einem anderen Gang.«

Lodons Blick verfinsterte sich. »Die Kinder werden sofort freigelassen«, ordnete er an. »Kein Kind wird mehr der Willkür der Armee ausgesetzt. Ab morgen werden wir beide herausbekommen, welcher dieser Männer zu Recht hier sitzt und wer nicht. Du wirst persönlich darauf achten, dass mir alle weiteren Verhaftungen mitgeteilt und überprüft werden. Du bekommst die Vorgaben in zwei Tagen.«

Ghaji schwieg, er fühlte sich sichtlich unwohl mit dieser Aufgabe.

»Sobald genug Zeit vergangen ist, werde ich mich um Yaos kümmern.«

Er würde ihn so weit fortschicken, wie es nur möglich war. Vielleicht auf eine der Inseln. Einen Grund dafür würde er schon finden.

Dann wandte er sich um, ließ Ghaji stehen und ging zurück zu der Treppe, die in die oberen Stockwerke führte. Er sah nicht zurück. Dies würde wohl seine schwierigste Aufgabe werden, doch er war bereit, sie anzugehen.

Wie von selbst trugen ihn seine Füße hinauf in den Turm. Rhan war gegangen, doch das störte ihn nicht. Er würde ihn morgen aufklären, wenn er alles durchdacht hatte.

22

Sie erreichten die Berge, als die Sonne gerade im Zenit stand. Die Moruks waren ausgeruht und liefen so schnell wie am Vortag. In diesem Tempo würden sie auch das unwegsame Gelände des Gebirges schnell überwinden und Alanya am frühen Abend erreichen.

Leyna hatte Tarin und Alessa vor ihrem Aufbruch wieder und wieder versichert, dass sie nicht die Zeit hatten, über das zu diskutieren, was das Orakel gesagt hatte. Ohne auf ihre Widerrede einzugehen war sie auf ihren Moruk gestiegen, sodass sie es schließlich aufgegeben hatten. Sie wollte sie nicht damit verunsichern, ihnen von den drei anderen Göttern zu erzählen. Vielleicht würde sie das am Abend tun, im Wirtshaus, bei einem gemütlichen Abendessen. Ja, das würde sie. Dann würde sie sich auch wirklich an der Diskussion beteiligen und sich darauf konzentrieren können. Zu diskutieren gab es da schließlich so einiges.

Urs hatte ihr nur einen guten Morgen gewünscht und sich dann wieder in Tarins Rucksack zurückgezogen, was wohl für alle so besser war. Ihre Entschuldigung würde sie auf den nächsten Tag verschieben.

Alessa sank erschöpft auf dem Rücken ihres Tieres zusammen, als sie die Manipulation des Lichts in den Bergen endlich aufgeben konnte. Hier würde sie niemand beobachten können, den Leyna oder Sivan nicht vorher spüren konnten. Außerdem rechnete Leyna ohnehin nicht damit, hier vielen Männern des Königs zu begegnen, schließlich war die Auswahl lange vorbei. Trotzdem hatten zwei Soldatentrupps beinahe ihren Weg gekreuzt. Diese zu umgehen war kein Problem gewesen, doch auch ihr ungewöhnliches Reittier hatte ihre Verwunderung gespürt und war kurz unwillig geworden.

Niemals hatte der König das Calidras-Gebirge fernab vom Herbst durchsuchen lassen.

Doch diese trüben Gedanken verschwanden schnell in den Schatten der vertrauten, dicht stehenden Bäume. Hier fühlte Leyna sich gleich viel wohler. Das Singen der Vögel über ihnen war wie Musik in ihren Ohren im Vergleich zu dem Krächzen der im Norden oder Westen lebenden Arten. Es kam ihr vor, als wäre es erst gestern gewesen, dass sie zum ersten Mal den Flug eines solchen Vogels mit ihren neuen Sinnen genau verfolgt hatte. Dabei war es Monate her.

Je näher sie ihrem Heimatdorf kamen, desto unruhiger wurde sie. Die anderen schienen das zu spüren und versuchten mehrmals, sie mit Gesprächen abzulenken. Aber da sie schreien mussten, um sich zu verständigen, gaben sie es bald auf.

Leyna dachte an die letzte Nacht, an das, was sie mit Sivan gesehen hatte. An die Trauer, die Freude und die Erleichterung, die in seinem Blick gestanden hatten. Sie sah zu dem neben ihr laufenden Nahdrin, betrachtete seinen kraftvollen und doch so eleganten Lauf. Die Schuld, die er sich zugeschrieben hatte, hatte so schwer auf ihm gelastet, ihn erdrückt. Doch als er gestern neben ihr eingeschlafen war, hatte ein Lächeln auf seinen Lippen gelegen. Zum zweiten Mal, seit sie dazu in der Lage war, hatte sie keinen Traum bei ihm gespürt.

Der wachsame Blick seiner glühenden Augen erinnerte sie daran, was Ronor ihr über die beiden Seiten der Gestaltwandler erzählt hatte. Dass stets nur eine von ihnen den Körper beherrschte. Das würde auch bedeuten, dass kein Gestaltwandler zu einer teilweisen Verwandlung fähig war. Doch Sivan hatte ihr schon mehr als einmal das Gegenteil gezeigt ...

Schließlich erreichten sie den Bereich des Gebirges, den sie so gut kannte wie ihr eigenes Haus. Nun konnten sie auch die Erinnerungen an die letzte Nacht nicht mehr ablenken.

Die Sonne stand schon tief. Gleich würden sie Alanya erreichen.

Da, schon hörte sie den kleinen Bach plätschern, den sie in ihren Träumen so oft gesehen hatte. Bald erkannte sie die einzelnen, mannshohen Felsen, die hier zwischen den Bäumen lagen. Dort war der Aufgang zu ihrem Plateau ...

»Stopp!«

Ihr plötzlicher Ruf brachte ihren Moruk abrupt zum Stehen. Die ihr folgenden Tiere stießen einen seltsamen Laut aus, es klang nach einer Mischung aus Brüllen und Knurren, und hielten neben ihr.

Alessa keuchte auf, Tarin verlor beinahe den Halt und rutschte ein Stück vom Rücken seines Moruks, doch dann fing er sich und zog sich wieder hoch.

Der Nahdrin wandte sich um, kam zu ihnen zurück und sah sie mit glühenden Augen an.

»Sind wir gleich da?«, fragte Alessa leise.

Leyna nickte.

»Du bist ganz blass. Sollen wir eine Pause machen?«, fragte Tarin.

Eine Pause? Brauchte sie eine Pause?

Wir können hier warten, bis die Sonne untergegangen ist.

Sie starrte stumm zu Sivan. Jetzt, da sie hier war, wollte ein Teil von ihr fortlaufen. Sie hatte Angst, so unglaubliche Angst vor dem, was sie sehen könnte.

Doch dann straffte sie sich. »Weiter!« Sie konnte nicht warten, sie durfte nicht warten.

Der Nahdrin senkte den Kopf, wandte sich um und lief wieder voraus, diesmal etwas langsamer. Die Moruks folgten ihm.

Sivan, ich ... ich muss dir noch etwas sagen, zumindest dir. Nur falls Dranoel wirklich ... Diesen Gedanken konnte sie nicht einmal zu Ende führen. Und dennoch musste sie endlich aussprechen, welche weitere schreckliche Wahrheit sie in der Bibliothek des Vergangenen erfahren hatte. *All die Soldaten des Königs, sie ... sie werden nicht einfach nur manipuliert. Er ist es, der ... Er kontrolliert sie. Dranoel.*

Der Nahdrin vor ihr stieß einen Laut aus, der an ein Schnauben erinnern konnte.

Wie?

Er war ein Gotteskind Caidras. In dem Buch stand, dass er erst so eine Art dauernde Illusion bei ihnen hervorruft, um sie wütend und schwach zu machen. Irgendwann kennen sie nur noch die Wut und dann ... Sivan, er kann die Magie der Gedanken manipulieren. Er kann sie dazu bringen, alles zu tun, was er will!

So traurig das klingt, es ergibt Sinn. Wenn der Geist, die Gedanken eines anderen dir offenstehen, hast du die vollkommene Macht über ihn.

Leyna stockte. *Kannst ... du das auch?*

Der Blick glühender Augen traf sie. *Ja. Unter den mächtigsten Gestaltwandlern ist diese Fähigkeit nicht ungewöhnlich.*

So hast du die Männer am Tor in Zaf'or zur Seite treten lassen, erinnerte sie sich.

Und so brachte meine Mutter mich dazu, mein Volk zu verlassen.

Sie nickte gedankenverloren. *Ich habe mich immer gefragt, wie Jungen, die genau wie wir alle aufgewachsen sind, so grausam werden konnten.*

Sivan antwortete nicht.

Sie überquerten den Bach, sahen den Waldrand vor sich. Leyna hielt den Atem an, als er näherkam. Sie hätte nur ihre Sinne nutzen müssen, nur nach der Magie der Menschen dort suchen müssen. Doch sie wagte es nicht.

Helles Licht schien durch die Blätter, helles Licht erhellte das hinter der Baumgrenze liegende Dorf.

Helles Licht, durchbrochen von einem dunklen Flackern.

Ihre Kehle wurde enger.

Das Atmen fiel ihr schwerer, alle Kraft wich aus ihren Gliedern.

Sie erreichten die letzte Baumreihe. Die Moruks traten aus dem Schatten des Waldes und senkten die Köpfe, gaben den Blick frei auf das vor ihnen liegende Tal.

»Bei allen Göttern ...«, murmelte Tarin hinter ihr.

Leyna war wie erstarrt. Sie konnten den Blick nicht abwenden von dem, was einmal Alanya gewesen war.

Alessas Vision hatte keinen Tag in ferner Zukunft gezeigt, sondern den heutigen.

Nahezu alle Häuser standen in Flammen. Schwarzes Feuer fraß sich durch das Droma-Erz und brachte es auf ganz andere Weise zum Glänzen. Es schmolz unter der Hitze hinweg, tropfte auf die schmalen Wege, färbte sie ebenfalls schwarz. Der dunkle Schein spiegelte sich in den silbernen Rüstungen der Soldaten wider, die an den Dorfeingängen außerhalb der Reichweite des Feuers warteten. Menschen liefen schreiend durcheinander, riefen um Hilfe, während sie vor den Flammen flohen und geradewegs in die Arme der Männer des Königs liefen. Niemand kam, um zu helfen.

Ein einzelner Mann stand auf dem Dorfplatz. Leyna konnte ihn sogar von hier aus erkennen. Der Blick seiner stechend blauen Augen schien sie zu durchbohren. Die Kapuze des dunklen Mantels war zurückgeschlagen, während der Stoff sich dem Wind erneut zu widersetzen schien. Nein, er kontrollierte die Luft. Nicht der Stoff.

Ein teuflisches Lächeln zierte seine Züge, als Dranoel ihren Blick erwiderte.

»Da bist du ja endlich, Gotteskind. Ich dachte schon, der ganze Spaß würde vorbei sein, ohne dass du etwas davon mitbekommst.« Obwohl er so weit entfernt war, hörte sie ihn so deutlich, als würde er neben ihr stehen.

Noch ehe sie etwas erwidern konnte, bäumte sich der Moruk unter ihr auf.

Leyna hörte Alessas Schrei und einen dumpfen Aufprall, als Tarin zu Boden fiel. Sie klammerte sich noch einen Moment am Fell ihres Tieres fest, doch dann ließ auch sie los, suchte nach der Magie der Luft und fing ihren Sturz ab.

Die Augen der Moruks glühten rot, während sie knurrten und brüllten, ihre Stacheln ausfuhren und wild mit dem langen Schwanz schlugen.

Leyna benötigte einen Augenblick, um die Situation zu erfassen, dann erst streckte sie die Hand aus und warf Alessa mit einem kräftigen Luftstoß vom Rücken ihres Moruks, bevor er sie ernsthaft verletzen konnte. »Sivan!«, schrie sie im nächsten Moment.

Er hat mir die Kontrolle über sie genommen! Bring Alessa und Tarin hier weg, ich kümmere mich darum!

Ohne seine Worte infrage zu stellen, hob sie die Arme, ballte die Hände zu Fäusten und zog sie zu sich. Sofort wurden Tarin und Alessa von einem kleinen Wirbelsturm erfasst, der die beiden hinter Leyna schleuderte.

Mit ungläubigen Gesichtern setzten sie sich auf und starrten aus sicherer Entfernung wie Leyna zu Sivan, der sich in diesem Moment auf die Moruks stürzte.

Immer wieder hatte sie gehört oder gelesen, dass der Nahdrin das gefährlichste Tier Mirandors war. Dennoch hatte sie sich nie wirklich eine Vorstellung davon gemacht, wozu er in der Lage sein konnte. Sich mit drei dieser ekelhaften Moruks auf einmal anzulegen, hätte sie nicht einmal Sivan zugetraut – doch der belehrte sie nun eines Besseren.

Er hatte sich in der Kehle des vordersten Tieres verbissen und ließ nur einen Moment später wieder von ihm ab. Sie hatte ihn schon oft in dieser Gestalt gesehen, doch nie hatte er das riesige Maul geöffnet. Nie hatte sie die nahezu handlangen Zähne gesehen, die im verbliebenen Licht der Sonne rot glänzten. Die Krallen an den mächtigen Tatzen waren jetzt ebenfalls länger, Dolchen gleich schlugen sie in die fellbesetzte Flanke des zweiten Tieres. Ein lautes, schmerzerfülltes Brüllen erklang, doch da ließ der Nahdrin auch schon von ihm ab. Während der zweite Moruk zusammenbrach, wandte sich der Nahdrin dem dritten Tier zu, das schon nach seinem Hals schnappte. Die Zähne des Moruks waren deutlich kürzer, dafür hatte er einen viel längeren und schmaleren Kiefer. Wenn er den Hals des Nahdrins erwischen würde, könnte er …

Doch dazu kam es nicht. Das schwarze Tier stieß nun seinerseits ein Brüllen aus, das Leyna durch Mark und Bein ging. Das leise Knurren, das sie schon von ihm kannte, war nichts im Vergleich dazu. Auch der Moruk wich angstvoll ein Stück zurück, als der Nahdrin zum Sprung ansetzte und seinen Gegner mit voller Wucht zur Seite warf. Der Moruk landete auf dem Rücken, die ungeschützte Unterseite seines Körpers nahezu darbietend. Ein einziger Schlag der riesigen Pranke des Nahdrins riss das helle Fleisch auf und der Moruk rührte sich nicht mehr.

Dann wandte er sich dem verbliebenen zweiten Tier zu und beendete dessen Zucken mit einem einzigen Biss in die Kehle.

Leyna konnte Tarins und Alessas Herzen ebenso schnell schlagen hören wie ihr eigenes. Doch sie hatten jetzt keine Zeit, um schockiert zu sein.

»Wir müssen die Soldaten aufhalten!«, schrie sie, sprang auf und rannte auf den Nahdrin zu.

Sivan wusste sofort, was sie vorhatte, und duckte sich, um ihr das Aufsteigen zu erleichtern.

»Ihr bleibt hier!«, rief sie über die Schulter, als sie schon auf seinem Rücken saß.

»Auf keinen Fall, Leyna!« Tarin hatte seinen Bogen vom Rücken genommen und legte gerade einen Pfeil an die Sehne.

»Wir lassen dich nicht allein«, bekräftige Alessa und umfasste den Griff ihrer Peitsche.

»Ich kann mich nicht auf den Kampf konzentrieren, wenn ich mir um euch Sorgen machen muss!«

Sivan war noch einen Moment lang stehen geblieben.

»Du musst dir nur Gedanken um dich selbst machen, Leyna. Wir sind hier, um dir zu helfen!«

Du glaubst doch nicht wirklich, dass du sie davon abhalten kannst.

Natürlich glaubte sie das nicht, aber einen Versuch war es wert gewesen.

»Kümmert euch um die westliche Straße!«

Tarin und Alessa nickten und liefen im selben Moment los wie der Nahdrin unter ihr.

»Leyna!«, hörte sie Alessa noch rufen. »Bitte ... pass auf dich auf!«

Für eine Antwort fehlte ihr die Zeit, sie krallte sich in Sivans Fell und sah nach vorn. Er wurde immer schneller, die Häuser kamen in atemberaubendem Tempo näher.

Was hast du vor?, erklang seine Stimme in ihren Gedanken.

Wir müssen die Soldaten ausschalten, damit die Menschen aus dem Dorf heraus können! Fassungslos beobachtete sie, wie die Männer sich einfach mit gezogenen Schwertern vor die rettenden Lücken zwischen den Häusern stellten. Die Schreie der Menschen wurden immer lauter. Und das nicht nur, weil ein Nahdrin auf sie zukam.

Leyna richtete sich ein Stück weiter auf und sah zurück zum westlichen Waldrand. Die dort stehende kleine Hütte war von den Flammen noch unberührt, aber irgendetwas stimmte dort nicht. Sie konnte nicht sagen, was genau es war, doch die Magie schien ihr verändert …

Leyna, sieh nach vorn!

Sie erreichten die nach Norden hin aus dem Dorf herausführende Straße. Die ersten Soldaten hatten sie bereits entdeckt und wandten sich jetzt mit grimmigen Gesichtern zu ihnen um.

Spring!

Sie streckte die Arme nach unten und stieß sich mithilfe eines starken Luftstoßes von seinem Rücken ab, landete auf beiden Beinen und rannte neben dem Nahdrin her auf die Männer zu. Im Lauf zog sie ihre Schwerter, umfasste fest beide Griffe und blendete alles um sie herum aus. Da waren nur noch sie, der Nahdrin und die Soldaten.

Sivan erreichte die Männer einen Moment vor ihr und sprang gleichzeitig auf zwei von ihnen zu.

Leyna duckte sich unter dem wuchtigen Schlag des ersten Soldaten hinweg, streckte noch in der Drehung ihren linken Arm und traf ihn an der Hüfte. Ihre Klinge fuhr mühelos durch die Rüstung, wie Sivan es ihr schon im Palast versichert hatte. Diese Rüstungen waren nicht für den Kampf gemacht.

Der Mann ging mit einem Schrei zu Boden, doch da war der nächste auch schon heran. Den Schwung ihrer Drehung noch immer nutzend, riss Leyna ein Bein hoch, trat ihm seine Waffe aus der Hand und versenkte ihre rechte Klinge in seiner Schulter. Sie wandte sich ab, als sie ihren Arm mit einem Ruck zurückzog und ihn zu Boden sinken ließ.

Sofort nahm sie ihre Grundhaltung ein und sah sich nach den anderen sechs Männern um, die sich ihnen gerade noch entgegengestellt hatten – von ihnen standen aber nur noch drei. Zwei hatte der Nahdrin niedergerungen, dem anderen ragte ein Pfeil aus der Brust. Bevor sie Tarin dafür verfluchen konnte, dass er anscheinend der Meinung war, sie statt sich selbst schützen zu müssen, musste sie schon den nächsten Angriff abwehren.

Dieser Mann war größer und stämmiger als die übrigen und drang mit grimmiger Miene immer weiter auf sie ein. Als er einmal zu weit ausholte, brachte sie erst die Luft um seinen rechten Arm und dann die um seine Beine unter ihre Kontrolle, ließ beide zur Seite fahren und stieß sein Schwert zur Seite, als er das Gleichgewicht verlor und stürzte. Gerade, als sie sich von ihm abwenden wollte, traf ihn ein blendend heller Lichtstrahl. Als das Licht verschwand, regte er sich nicht mehr.

Einen Augenblick lang stand sie wie erstarrt und konnte den Blick nicht von den leichten Rauchschwaden abwenden, die von der verschmorten Rüstung aufstiegen, die sein Herz hatte schützen sollen.

Leyna braucht mehr als nur einen Beschützer, der bereit ist, an ihrer Stelle zu töten!, hatte Alessa vor so langer Zeit gesagt.

Sie sah sich nicht nach ihrer Freundin um.

»Leyna!«

»Ist sie das wirklich?«

Langsam wandte sie sich wieder dem Dorfeingang zu.

Zwei Dutzend Menschen standen dort und starrten sie ungläubig an. Sie kannte jeden Einzelnen von ihnen, hatte in jedes dieser Augenpaare unzählige Male geblickt. Sie erkannte die Wirtin mit ihrem Sohn und Drian, den Geschichtenerzähler, über dessen Gesicht sich schwarze Schlieren zogen. Da waren die Kinder des Tischlers und …

Leyna, sie müssen hier weg!

»Worauf wartet ihr? Lauft!«

Erst ihr Schrei schien die Bewohner Alanyas daran zu erinnern, dass hinter ihnen das schwarze Feuer nur darauf wartete, sie zu verschlingen. Die Wirtin war die erste, die an ihr vorbei auf den schützenden Wald zulief. Dann folgten alle anderen. Nicht wenige reckten ihre Hälse, um dennoch einen weiteren Blick auf sie zu erhaschen, doch darum kümmerte sie sich nicht. Stattdessen sah sie sich nach Sivan um und entdeckte ihn schließlich ein Stück entfernt an einer Hauswand. Er hatte die Menschen wohl nicht erschrecken wollen. Jetzt kam er wieder auf sie zu.

Alessa und Tarin kümmern sich um die restlichen Soldaten.

Ohne zu antworten, ließ sie ihre Schwerter wieder in die Halterungen auf ihrem Rücken gleiten und rannte los, hinein in ihr Heimatdorf.

Leyna, was soll das? Sofort war der Nahdrin neben ihr. *Die Menschen sind gerettet, was tust du?*

Er will mich, Sivan. Deshalb ist er hier.

Und du willst einfach in seine Arme laufen?

Er wird mein Dorf nicht in Ruhe lassen, bis ich zu ihm komme. Ich habe keine Wahl.

Sivan schwieg. Er wusste, dass sie recht hatte, und doch spürte sie sein Unbehagen.

Leyna, pass auf!

Ein Knarren ertönte, als sich eines der Häuser neben ihr gefährlich zur Seite neigte und schließlich ein lautes Krachen, als es in sich zusammenfiel. Gerade noch rechtzeitig hob sie den Arm und hielt die Trümmer mithilfe der Luft davon ab, sie zu treffen.

Sie erstarrte kurz. Was, wenn sich irgendjemand nicht hatte retten können? Sofort schloss sie die Augen und öffnete ihre Sinne, um jede Magie um sich herum zu spüren. Beinahe überwältigt von der geballten Kraft des dunklen Feuers dauerte es einen Moment, bis sie tatsächlich acht hell leuchtende Silhouetten vor sich sah.

In den Häusern sind noch Menschen, Sivan ...

Ich weiß. Ein Knurren ertönte. *Darum werden sich Alessa und Tarin kümmern.*

Aber wir können doch nicht einfach auf sie warten! Neben uns verbrennen acht Menschen in ihren eigenen Häusern!

Sie war stehen geblieben und sah sich verzweifelt um.

Lauf weiter, Leyna! Das Feuer breitet sich immer weiter aus, wir müssen zum Dorfplatz!

Das Feuer! Sofort setzte sie sich wieder in Bewegung, sah sich aber dennoch weiter um.

Wir müssen das Feuer löschen!

Das können wir nicht. Idriath lässt sich nur von dem auflösen, der es geschaffen hat.

Beim Klang dieses Namens fuhr ihr ein Schauer über den Rücken. Eigentlich hätte sie es gleich erkennen müssen. Sie hatte im Palast der Fheenyas von der Zerstörungswut gelesen, die entstand, wenn sich die essenzielle Magie des Feuers mit der der Schatten verband. Im selben Satz hatte auch gestanden, dass nur eine Handvoll mächtiger Gestaltwandler je dazu fähig gewesen waren, die Essenz der Magie zu spüren und eine solche Verknüpfung zu erstellen. Sie hatte nicht einmal eine Vorstellung davon, was die Essenz der Magie eigentlich sein sollte. Doch darum konnte sie sich jetzt nicht kümmern, sie musste ...

»Ich an deiner Stelle würde mich ja beeilen, Gotteskind. Ich habe schließlich nicht den ganzen Tag Zeit ...«

Atemlos starrte sie nach vorn zu dem Platz, auf dem sie als Kind gespielt hatte, zu dem Brunnen, aus dem sie getrunken hatte.

Ein Knurren drang aus Sivans Kehle, als er seine Schritte beschleunigte. Dort, im Zentrum des brennenden Dorfes, umgeben von teuflischen Flammen, stand er. *O'ranuth.* Der Sucher.

Die Flammen schlugen über ihre Köpfe hinweg, trafen sie jedoch nicht. Der, der sie beherrschte, wollte sie wohl nicht auf dieselbe Weise töten wie die Dorfbewohner.

Noch immer lächelte Dranoel, auf seiner dunklen Haut tanzten die Schatten des Idriath, das er erschaffen hatte.

Dieser Anblick brannte sich in Leynas Gedächtnis ein, während sie ihre Schritte noch einmal beschleunigte. Egal, wie dieser Tag auch enden würde, das Bild des inmitten der schwarzen Flammen stehenden wiedererwachten Jarec würde sie nie vergessen.

Kurz warf sie einen Blick über die Schulter, um sich zu vergewissern, dass die Dorfbewohner den Wald unversehrt erreichten – doch sie kamen zurück. Erschrocken starrte sie auf die kleine Gruppe von Männern, die wieder auf das brennende Dorf zukam. Sie kannte jeden von ihnen, doch ihr Blick verharrte auf dem Vorangehenden.

Ihrem ersten Instinkt nach hätte sie sofort einen riesigen Luftstoß zu ihnen gesandt, um sie daran zu hindern, sich dem Feuer auch nur zu nähern. Doch dann hielt sie inne. Sevo würde sich nicht davon abhalten lassen, zu helfen ...

Diesmal konzentrierte sie sich genau darauf, in welchen Häusern sich die Menschen befanden.

Was hast du vor?

Natürlich hatte auch Sivan die Männer gespürt.

Ich zeige ihnen, wo sie suchen müssen.

Wenn sie helfen wollten, sollten sie sich so schnell wie möglich wieder in Sicherheit bringen können.

Sie formte das Bild, schob es hinaus und schon stiegen acht feine, helle Rauchsäulen über den Dächern Alanyas auf. Das dunkle Feuer rauchte nicht. Es war nur heiß.

All das konnte nur einen Moment gedauert haben und doch breitete sich eine unsagbare Erleichterung in ihr aus. Tarin und Alessa würden ihnen helfen, sobald sie die übrigen Soldaten ausgeschaltet hatten. Sie würden rechtzeitig kommen, sie mussten rechtzeitig kommen.

Dann wandte sie ihren Blick wieder nach vorn – und traute ihren Augen nicht. *Wo ist er? Gerade stand er noch auf dem Platz!*

Beinahe meinte sie, zu hören, wie der Nahdrin seine Krallen ausfuhr, als sie den Rand des Dorfplatzes erreichten.

Leyna blieb stehen und holte tief Luft, während sie sich einmal um ihre eigene Achse drehte. Er war fort.

»Dranoel!«, schrie sie, so laut sie konnte.

Dort oben, Leyna.

Was meinst ... Nur mühsam konnte sie sich dazu bringen, nach Westen zu sehen.

»Nein!«, stieß sie hervor.

»Oh doch, liebes Gotteskind. Sieh ruhig ganz genau hin, wenn ich dich schon herbringe, mache ich mir die ganze Arbeit doch nicht umsonst«, ertönte eine dröhnende Stimme, aus der die Zufriedenheit deutlich herauszuhören war.

»Mama ...«

Sivan war sofort wieder neben ihr und lief los, sobald sie sich auf seinen Rücken gezogen hatte.

Leyna konnte den Blick nicht von Dranoel abwenden, der mit langsamen Schritten wieder auf das Dorf zukam. Wann war er dort hinaufgekommen? Sie hatte ihn nur für einen Moment aus den Augen verloren, wie hatte er es in dieser Zeit bis zu ihrer Hütte geschafft?

Die Augen ihrer Mutter waren mit einem Stofffetzen verbunden. Die Haare fielen ihr wirr über die Schultern, während sie mit kleinen Schritten vor Dranoel herging.

Auf der nördlichen Straße trafen sie keinen einzigen Mann mehr, sie lagen alle auf der Wiese.

Nicht weit von den letzten Häusern entfernt zog Dranoel mit einer fließenden, routinierten Bewegung sein Breitschwert und setzte die blutrote Klinge an Milainas Kehle.

Den Kopf in den Nacken gelegt, drängte ihre Mutter sich fort von der scharfen Klinge, doch er hielt sie unerbittlich fest. »Na los, Gotteskind, kann dein Krieger nicht ein bisschen schneller laufen? Mein lieber Gast hier hat eventuell nicht mehr so viel Zeit. Obwohl sie ja eigentlich schon viel zu viel hatte, wenn ich es mir recht überlege.«

Leyna sah, wie sich die Muskeln in den ungeschützten Armen Dranoels anspannten, als er den Druck der Klinge verstärkte. Kein Laut kam über Milainas Lippen, als ein dünnes, tiefrotes Rinnsal ihren Hals hinabfloss.

Schneller, Sivan, bat sie in Gedanken, obwohl sie wusste, dass er kaum noch schneller laufen konnte.

Gegen uns beide wird er nicht ankommen, Leyna.

Zumindest versicherte er ihr nicht, dass schon alles gut werden würde. Sie hoffte nur inständig, dass er zumindest mit diesen Worten recht behielt. Ihren Bruder konnte sie nirgends entdecken.

»Na also, da bist du ja endlich!«

Sivan verlangsamte seine Schritte und ließ sie kurz vor Dranoel herunter.

Seine Stimme klang so fröhlich, so höflich, doch sein Gesichtsausdruck machte alles zunichte. Seine Seele musste noch dunkler sein als seine Haut. »Ich kann dir wohl eine Menge vorwerfen, aber nicht, dass du dir deinen Krieger nicht gut ausgesucht hast. Stell dir doch einmal vor, was alles schon hätte passieren können, wenn du die ganze Zeit über allein herumgelaufen wärst. Es wäre wirklich eine Schande gewesen, wenn ich ihn vor einhundert Jahren ebenfalls getötet hätte …«

Leyna erstarrte für einen Moment, doch Sivan schwieg.

»Es wird alles gut, Mama!«, sprach sie nun doch, so laut sie konnte, die ihr so verhassten Worte aus.

Milaina rührte sich nicht, das Schwert war ihrer Kehle zu nah.

Dranoel lachte. »Und ich dachte immer, diese Lüge erzählen nur die Eltern ihren Kindern. Wirklich rührend, Gotteskind.«

Geh nicht näher zu ihm, warnte Sivan.

Sie hatte nicht vorgehabt, von seiner Seite zu weichen. »Warum bist du hier, Dranoel?«, rief sie stattdessen. Ihre Stimme zitterte mehr, als sie es sich gewünscht hätte.

Dranoels Mundwinkel hoben sich zufrieden. »Was wäre dir denn lieber, Gotteskind? Auf meiner Liste stehen eine Menge Dinge, die ich noch zu tun gedenke. Dieses jämmerliche Dorf zerstören zum Beispiel – aber warte, das habe ich ja schon getan!«

Nun lief das Zittern auch durch ihren Körper.

»Also lass mich nachdenken, was wurde mir noch aufgetragen …?« Er legte den Kopf auf die Seite und schürzte nachdenklich die Lippen. »Ja, ich erinnere mich! Ich sollte deinen Krieger töten!« Lächelnd sah er zu dem Nahdrin. »Das ist schon eine ganze Weile her, erinnert ihr euch? Oh, diesen Kampf würde ich zu gern wiederholen. Schließlich ist mein Gegner damals feige geflüchtet! So wie ihr es immer tut!« Plötzlich lag etwas Drohendes in seinen Worten, seine Augenbrauen zogen sich wütend zusammen – bevor er wieder lächelte. »Aber du kannst deinen Prinzen beruhigen. Bei so großen Tieren tut man das wohl, indem man ihnen über den Hals streicht, aber das muss ich dir sicher nicht sagen, richtig? Heute geht es mir nicht um seinen Tod, der hat noch Zeit.«

»Du hast meine Frage nicht beantwortet«, stellte sie leise fest. Ihn einschüchtern oder von ihrer eigenen Sicherheit überzeugen zu wollen, hatte keinen Sinn. »Sag mir, was du willst, und dann lass meine Mutter gehen und mein Dorf in Frieden.«

Wieder erklang ein lautes Lachen. »Ich kann wirklich nicht verstehen, warum du so ungeduldig bist. Aber da du darauf bestehst – ich bin hier, um dich mitzunehmen.«

»Nein! Du …« Beim Klang der Stimme ihrer Mutter überkam Leyna eine Flut von Gefühlen, die sofort verebbte und der Angst Platz machte, als Dranoel ihr augenverdrehend einen weiteren Schnitt zufügte.

»Hatten wir nicht vereinbart, dass du still bleibst?« Missbilligend schüttelte er den Kopf und sah dann fast schon bedauernd wieder zu Leyna. »Tja, wenn sie ihren Teil nicht einhält, bin ich wohl auch an kein Versprechen mehr gebunden. Wie schön! Wenn ihr zu zweit vor mir steht, fühle ich mich so eingeengt ...«

In einem großen Bogen führte er das rot schimmernde Schwert fort von ihrer Mutter und deutete noch weiter nach Westen.

Noch bevor er den Arm vollkommen gestreckt hatte, vermischte sich ihr eigener Schrei mit dem ihrer Mutter.

»Nein!« Verzweifelt versuchte Milaina, sich aus Dranoels Griff zu winden. »Inias!« Mit der einen nun freien Hand griff sie nach dem Stoff über ihren Augen, zog ihn herab und starrte zu ihrem auf dem Hügel hinter ihnen stehenden Haus.

Die Zeit stand für einen Augenblick still.

Dann ertönte ein Zischen, und schwarze Flammen schossen empor.

»Inias!«, schrie ihre Mutter wieder.

Leyna brachte keinen Ton heraus.

»Ach, wäre hier nur jemand bei uns, der schnell genug sein könnte, um diesem armen Jungen das Leben zu retten ...« Dranoel stieß ein bedauerndes Seufzen aus. »Ach, gäbe es da nur jemanden!«

Sofort fuhr Leyna zu Sivan herum.

Leyna, das ist doch genau sein ...

Es ist mir vollkommen egal, was er plant!

Ich lasse dich sicher nicht allein mit ...

»Sivan!« Wie hätte sie noch ruhig und konzentriert denken können? Ihre Stimme wurde laut, ihre Kehle eng. Tränen drängten an die Oberfläche. Sie schloss die Augen, um sie zurückzuhalten, atmete einmal tief ein und aus. »Rette ihn«, flüsterte sie. Und erst als sie spürte, wie das weiche Fell kurz an ihrer Schulter entlangstrich, wurde sie ruhiger. Er war das schnellste Tier Mirandors. Inias' einzige Hoffnung, und ...

»Nein, ist das rührend!« Sofort öffnete sie die Augen. »Da rennt er, seht nur! Ob er wohl schneller sein wird als das schwarze Feuer? Wie spannend! Und jetzt, da wir endlich allein sind, kommen wir zum interessanten Teil.« Dranoel strich beiläufig ihrer Mutter über den Nacken. Ihr Blick begann zu flimmern, dann brach sie zusammen.

Nur mühsam hielt Leyna einen weiteren Schrei zurück. Ihre Mutter lebte noch, das spürte sie. Doch sie so am Boden liegen zu sehen, vertrieb ihre Angst endgültig. Da war nur noch Wut. Und Verzweiflung.

»Oh ja, mein Meister hatte recht. Du bist tatsächlich stärker geworden, Gotteskind.«

Sein Meister ... Leyna dachte an den Wächter zurück, an das Buch. Vielleicht hätte sie den anderen doch erzählen sollen, dass sie dort gelesen hatte, dass Dranoel seine Befehle eindeutig nicht vom König erhielt, sondern von etwas, das dort immer nur als Dunkelheit beschrieben wurde. Ebendiese Dunkelheit hatte ihn auch wieder zurück ins Leben gerufen. Ihr Blick fiel auf seine bloßen Arme, auf denen sich lange Narben von den Handgelenken bis zum Ellbogen zogen. Zeichen für ein altes Ritual.

»Ich hatte einige gute Lehrer«, antwortete sie. »Genau wie du damals.« Ihre Gedanken rasten. Vielleicht könnte sie ihn hinhalten, bis Sivan wieder da war und ...

Sein Lachen unterbrach sie. »Ach, ich hatte schon wieder vergessen, dass du von mir gelesen hast. Warst du sehr überrascht, wie ähnlich wir uns doch sind?«

Sie stockte. Gelesen? Woher konnte er ...

Diesmal klang sein Lachen beinahe euphorisch. »Ich wusste ja, dass du naiv bist, aber dass du dich so leicht täuschen lässt ...« Mit einem einzigen großen Schritt stieg er über ihre bewusstlose Mutter hinweg und kam näher. »Hast du wirklich geglaubt, du hättest eine Chance, dieses Land zu retten? Sieh dich doch um!« Bloßer Hohn lag jetzt in seiner Stimme. Er streckte die Arme aus, das Blitzen der roten Klinge im Licht der tief stehenden Sonne blendete sie. »Ich wusste jeden Tag, wo du warst und wie deine ... Fähigkeiten sich entwickeln. Ich habe jeden deiner Schritte verfolgt, im Gebirge, in Onamdra, im Palast, bei Zaf'or. Ich wusste schon immer, wer du bist, Leyna aus Alanya, Erwählte Caidras, der Göttin des Herbstes!« Beinahe verächtlich sprach er ihren Namen aus und blieb nur wenige Schritte vor ihr stehen.

Ungläubig sah sie ihm entgegen. »Aber ...«

Sie wollte zurückweichen, doch sie spürte die Hitze der brennenden Häuser hinter sich.

»Du wurdest nicht entdeckt, weil es so sein sollte!«, rief er ihr entgegen. »Du hattest nie eine Chance. Komm jetzt mit mir, Gotteskind, und ich werde vielleicht niemanden mehr töten. Vielleicht.«

»Nein«, antwortete sie zwar leise, aber ohne zu zögern. »Ich werde nicht mit dir kommen. Wenn du …«

»Leyna!«

Beinahe wäre sie zurückgezuckt, doch dann erkannte sie den kleinen roten Körper, der auf sie zuschoss, sich kurz umsah und dann auf ihrer zitternden Hand landete.

»Leyna, wir haben alle da rausgeholt!«, erklärte Urs schwer atmend und strich sich ein paar Schweißtröpfchen von der Stirn. »Sind ein bisschen verkokelt, aber keiner hat was Schlimmes, Tarin und Alessa kommen gleich. Wie steht's hier so? Alles gut, machst du ihn fertig?« Erst jetzt sah er in ihr Gesicht, runzelte die Stirn und drehte sich zu Dranoel um. »Oh«, war alles, was er noch hervorbrachte.

»Sieh dich um, Leyna!« Ihr Name klang seltsam aus dem Mund dieses Mannes. »Wie, glaubst du, konnte ich das alles erfahren? Ich gebe dir einen Hinweis.« Er beugte sich vor und legte die Hände um den Mund, als wolle er ihr etwas ins Ohr flüstern. »Das hätte ich natürlich niemals allein herausfinden können. Na ja – es wäre mir zu anstrengend gewesen. Ich hatte Hilfe. Von einem deiner Freunde.«

Seine Worte brauchten eine Weile, um bis zu ihr durchzudringen.

Sie spürte, wie ihre Knie unter ihr nachgeben wollten. Sie wollte nach etwas greifen, doch da war nichts, das sie hätte stützen können. Überdeutlich hörte sie das Rauschen ihres eigenen Blutes in ihren Ohren.

»Lügner!«, meinte sie, Urs schreien zu hören. »Du elender Lügner!« Dann zog etwas an ihren Haaren. »Leyna, hör doch nicht auf ihn!«

In deiner Zukunft sehe ich einen Verrat, hörte sie die Worte des Orakels. *Oder sagen wir lieber … du wirst fehlgeleitet.*

»Leyna, da sind sie! Sie können dir die Wahrheit sagen, Leyna, hallo, komm schon!«

Ja, sie würden ihr die Wahrheit sagen.

Langsam drehte sie sich um und sah zurück zu dem noch immer in schwarzen Flammen stehenden Alanya. Bis auf die wenigen letzten Monate hatte sich ihr gesamtes Leben hier abgespielt. Jetzt brannte alles, alles verschwand.

Gerade in diesem Moment traten sie zwischen den Häusern hervor. Tarin erwiderte ihren Blick voller Erleichterung, auch seine Kleidung war über und über mit schwarzen Schlieren bedeckt. Er wirkte erschöpft, ebenso erschöpft wie Alessa, deren Zopf sich beinahe vollständig gelöst hatte und Leyna an einigen Stellen deutlich kürzer vorkam. Urs erhob sich in die Luft und flog zu ihnen.

»Willkommen, willkommen!« Auch Dranoel sah ihnen entgegen, deutete eine Verbeugung an und warf dann kurz einen ungläubigen Blick in Urs' Richtung. »Da nennt er mich einen Lügner, also wirklich. Aber jetzt sind wir ja endlich komplett. Und ihr kommt wirklich im richtigen Moment, ich habe Leyna gerade offenbart, wie sehr sie hintergangen wurde.«

Tarin runzelte die Stirn und trat einen weiteren Schritt vor. »Niemand von uns würde sie je hintergehen!«, rief er Dranoel entgegen. »Wir alle kämpfen für sie, für die Rückkehr der Götter und die Freiheit unseres Landes!«

Hinter ihnen tauchten noch andere auf. Männer des Dorfes, kaum bewaffnet, mit grimmigen Gesichtern. Bereit, zu kämpfen.

Leyna erstarrte, als ihr Blick wieder auf den Vordersten fiel, und diesmal schien auch er sie zu erkennen. Da war so viel von Lodon in den Augen seines Vaters ...

»Richtig!«, schrie Sevo, der Schmied. Sogar seine Stimme ähnelte der seines Sohnes. »Du kannst vielleicht unsere Häuser zerstören, aber nicht unseren Kampfeswillen! Wir kämpfen für ... Leyna!«

So wirklich schien er noch nicht zu glauben, wer da als Gotteskind vor ihm stand. Dennoch klang seine Stimme unglaublich sicher.

»Ach, ist das so? Ich glaube, einige von euch sind gar nicht widerstandsfähig genug, um an einem solchen Kampf wirklich mitzuwirken«, stellte Dranoel fest. »Ich hätte unser liebes Gotteskind natürlich auch schon vor ein paar Tagen holen können, in diesem eisigen Wald zum Beispiel, in dem ihr anscheinend eher heiß geworden ist. Aber … na ja. Ich habe eine Schwäche für dramatische Auftritte. Na los, tritt vor! Mach das alles noch etwas dramatischer!«, forderte er dann, ohne weiter auf Sevo einzugehen. »Meine treue Gehilfin, offenbare dich!«

Einige endlose Momente verstrichen. Leyna dachte an nichts, wartete nur. Wartete darauf, dass etwas passierte und wünschte sich doch, ewig warten zu müssen.

»Niemand von uns hat einen Grund, vorzutreten! Wir …«

»Na, na, kleiner Priesterjunge. Zieh mal keine voreiligen Schlüsse«, unterbrach Dranoel ihn lächelnd. »Du glaubst doch wohl nicht, dass ich hier ungerechtfertigte Anschuldigungen vorbringen würde. Ach, was soll's.« Dranoel schnippte mit den Fingern. Und so unscheinbar diese Geste auch war, so groß war doch ihre Wirkung.

Ein leichter Wind kam auf, Leyna spürte, wie er sich verdichtete, formte – und sich hinter dem Rücken einer dort vorn stehenden Person zusammenballte.

Ein überraschter Laut entfuhr Alessas Kehle, als sie von der Kraft der Luft gestoßen einen Schritt vor stolperte.

Leynas Herz schien für einen Moment stehen zu bleiben. Das Rauschen in ihren Ohren wurde lauter, ihr Atem stockte, nur um sich gleich wieder zu beschleunigen.

Alessa blinzelte einige Male und sah sich vollkommen verwirrt um. »Was … was soll das? Ich habe nichts getan!«, rief sie mit zitternder Stimme.

»Ach. Ist das so?« Seufzend schüttelte Dranoel den Kopf und betrachtete scheinbar gelangweilt sein Schwert. »Aber warst nicht du es, die das Gotteskind hierhergeführt hat, kleine Lichtlenkerin?«

Alessa erstarrte.

»Ich habe ja wirklich schon so viel über die geistige Stärke der mächtigen Lichtlenkerinnen des Südens gehört, gerade über die Linie ihrer Anführer … da musste ich mich einfach selbst davon überzeugen. Es hat sich so sehr angeboten! Aber dann sah ich deine lächerlichen Träume. Diese junge Liebe und diese Eifersucht … Ich wusste einfach, dass ich dir helfen musste. Eine meiner weiteren Schwächen. Hach, ich bin doch noch so menschlich! Es ist sicher nur in deinem Sinne, alle Konkurrentinnen aus dem Weg zu schaffen, nicht wahr? Schau, da gewinnen wir heute doch beide. Ich nehme das Gotteskind mit und du hast diesen Jungen da für dich! Ist das nicht wunderbar?«

Jegliche Farbe wich aus Alessas Gesicht. »Meine Vision …«

Dranoel unterbrach sie mit einem Lachen. »Vision? Na, wenn du das immer noch glaubst, haben sich meine nächtlichen Mühen ja doch gelohnt. Stunden – gut, minutenlang habe ich …«

»Was hast du mit ihr gemacht?«, rief nun Tarin und machte einen drohenden Schritt auf die rechte Hand des Königs zu, doch Sevo hielt ihn zurück.

Dranoels Augen weiteten sich und er hob die Arme in einer Geste der Unschuld. »Ich? Ich habe überhaupt nichts getan. Das ist alles ihr Werk, oder nicht? Ohne sie wärt ihr nicht hier.« Der Blick seiner eisigen Augen traf auf die stocksteif stehende Alessa. »Du warst nicht stark genug, dich mir zu widersetzen. Es war so einfach. So einfach, dich sehen zu lassen, was du sehen solltest. Du bist schuld, Lichtlenkerin. Hättest du dich besser unter Kontrolle gehabt, wäre vielleicht alles anders gekommen. Sieh dich um. Dies ist dein Werk.«

Kurz hielt Alessa den Blickkontakt, doch dann sah sie zu Boden. Jede Kraft wich aus ihren Gliedern, ihre Arme hingen kraftlos herab.

»Nein, Alessa! Er lügt, hör ihm nicht zu!« Nun konnte auch Sevo Tarin nicht mehr zurückhalten – dafür aber ein weiterer Luftstoß. Er öffnete den Mund, doch kein Ton kam heraus. Dranoel hinderte ihn daran, sich zu bewegen oder zu sprechen, trat stattdessen etwas näher an Alessa heran.

Leyna sah die Szene wie aus weiter Ferne. Hatte das Orakel wirklich von Alessa gesprochen? Sie hatte doch nicht gewusst, was sie tat. Sie war von Dranoel beeinflusst worden.

»Du bist schwach, Lichtlenkerin.« Lächelnd beugte er sich zu ihr hinunter. »Und Schwächlinge sind dazu da, benutzt zu werden.«

Dann brach auch Alessa zusammen. Wie Milaina kam sie mit geschlossenen Augen auf dem Boden auf und regte sich nicht mehr. Nur ihre Lider zitterten leicht.

Noch immer drang kein Laut aus Tarins Kehle, nur sein panischer Blick verriet die in ihm brodelnde Wut und seine Sorge um Alessa. Doch er musste wie Leyna spüren, dass sie noch am Leben war. Sie schlief nur. Und sie … träumte.

Mühsam beherrscht ballte Leyna eine Hand zur Faust. In ihrem Rücken hörte sie das Knistern des ihre Heimat verschlingenden dunklen Feuers. Um sie herum waren nur Zerstörung und Leid, doch sie musste abwarten, Zeit schinden, bis Sivan zurück war. Bis er Inias in Sicherheit gebracht hatte. Sofort wanderte ihr Blick wieder zu ihrer Mutter, die noch immer bewusstlos nur ein kleines Stück von Dranoel entfernt lag. Neben ihr hatte sich eine kleine Blutlache gebildet. Stetig floss das Blut aus den Schnitten an ihrem Hals, die sich einfach nicht schließen wollten.

Leynas Hand begann zu zittern. Was auch immer Dranoel für ein Ziel hatte, sie würde nicht zulassen, dass er auch nur einen weiteren Menschen verletzte, der ihr nahestand. Sie würde …

Ein lauter Knall ertönte. Ihr Kopf fuhr herum. Selbst aus dieser Entfernung konnte sie die Hitze der Explosion im Westen spüren. Sie sah, wie sich das Erz des Daches in nur einem Augenblick verflüssigte und zu allen Seiten wie Regen auf die grüne Wiese fiel. Die Wände schmolzen, große dicke Tropfen fielen zu Boden.

Dranoel hatte sich nicht geregt. Nicht einmal eine Handbewegung war nötig gewesen, um ihr Zuhause vollkommen zu zerstören.

»Wärst du gleich mit mir gekommen, hätten wir uns das alles ersparen können«, stellte Dranoel fast schon mitleidig fest und kam langsam auf sie zu. »Du wurdest betrogen, Gotteskind. Getäuscht. Ergib dich deinem Schicksal.«

Beinahe hätte sie zugestimmt. Beinahe hätte sie sich ergeben, nur um die Chance zu haben, das alles schneller zu beenden. Er hatte recht, sie …

Nein. Ein warmes Gefühl in ihrem Inneren hielt sie davon ab, aufzugeben. Kurz entfernte es sich, dann kam es wieder näher.

Wage es ja nicht, dich zu ergeben.

Ein Lächeln stahl sich auf ihr Gesicht. Noch einmal blickte sie zu Sevo, zu den anderen Männern Alanyas und dem nun still stehenden Tarin. Dann sah sie zu ihrer Mutter und Alessa. Der Albtraum brachte ihre Freundin dazu, im Schlaf das Gesicht zu verziehen.

Sie würde sie nicht im Stich lassen.

»Nein, Dranoel.« Entschlossenheit kam in ihr auf und wie auf einen Schlag kehrte damit auch ihre Sicherheit zurück. »Ich werde nicht kampflos aufgeben.« Wie könnte sie?

Halte ihn hin, bis ich bei dir bin!

»Oh bitte, kleines Gotteskind. Warum verstehst du es nicht?« Dranoels Lächeln wurde zu einem Grinsen. »Du bist wie Wachs in meinen Händen. Ich kriege dich so oder so.«

Sie lachte leise, schüttelte den Kopf und erhob die Arme. »Versuch es.«

Sie musste nicht lange suchen, bis das gewohnte Gefühl der Freiheit sie durchströmte. Sie streckte einen Arm, vollführte eine leichte Drehung mit ihrem Handgelenk und erfasste so ihre Mutter mit einem kleinen Wirbelsturm, der sie näher zum Dorf brachte. Hoffentlich war sie dort außerhalb von Dranoels Reichweite. Im selben Atemzug stieß sie mithilfe der Luft die Männer des Dorfes zurück in die Gasse, Dranoel würde nicht davor zurückschrecken, sie zu verletzen. Nur Tarin ließ sie auf seinem Platz. Er würde wissen, was zu tun war.

»Ach, die Kleine will kämpfen? Wie wunderbar!« Er verschränkte die Arme vor der Brust. »Dann zeig doch mal, was du so gelernt hast. Das erspart mir in Bogharn eine Menge Arbeit.«

Sie war nicht sicher, ob er sich bewegte. Vielleicht seinen kleinen Finger? Sofort hob sie die Arme und ließ seinen Luftstoß abprallen. Die bloße Wucht seines Angriffs schob sie einen Schritt zurück, doch das überraschte sie nicht. Sie hatte gewusst, dass er mächtig war. Doch das war sie auch.

Mit einer schnellen Handbewegung erschuf sie erst einen, dann zwei Wirbelstürme, ließ sie wachsen und auf ihn zufahren. Dranoel fegte sie mit einem einfachen Wink zur Seite, doch dies gab ihr die wenigen Augenblicke, die sie brauchte, um näher an ihn heranzukommen.

Das glaubte sie zumindest – bis sie jäh zurückgeschleudert wurde. Sie hatte nicht einmal gemerkt, dass er die Luft unter ihr kontrollierte. Hatte sie sie nicht gerade noch selbst gespürt?

»Na, komm schon, Gotteskind. Das kann doch nicht alles sein!« Dranoel hatte sich nicht vom Fleck bewegt.

Schnell stand sie auf und griff nach der Luft um ihn herum, hob die Arme und wollte ihn ... Doch da verschwand das Gefühl der Kontrolle. Sie griff noch einmal zu, bekam sie nicht zu fassen. Gegen Dranoel kam sie nicht an. Es war, als würde er eine Barriere zwischen ihr und der Magie erschaffen.

Sie breitete die Arme aus, hier fand sie einen Zugang, unterwarf immer mehr Luft ihrem Willen. Wie damals in Onamdra und unzählige Male bei Ronor spürte sie die Böen, die Ströme, die Macht und konzentrierte sie schließlich auf einen Punkt. Mit einem Schrei stieß sie die Arme vor, legte all ihre Kraft in diesen einen Schlag.

Er traf, prallte zurück – doch Dranoel stand weiterhin.

Mit einem Seufzen ließ er den Arm, den er gerade noch ausgestreckt hatte, wieder sinken.

»Ich fürchte, du musst dir etwas anderes überlegen.«

Sie atmete schwer. Wie hatte er all diese Kraft einfach abwehren können?

Sie zwang sich zur Ruhe. Jarec war ein Gotteskind Caidras gewesen und hatte genügend Zeit gehabt, um die Manipulation der Luft zu perfektionieren. Würde sie damit überhaupt etwas gegen ihn ausrichten können?

Sie sah sich um. Sie brauchte etwas anderes ... Wasser!

Das kühle Nass folgte ihrem Ruf. Angestrengt erwiderte sie den erwartungsvollen Blick ihres Gegners, der noch immer keine Anstalten machte, sie anzugreifen. Er war überzeugt, dass sie keine Chance gegen ihn hatte. Doch kein anderes Kind des Herbstes hatte vor ihr Zugang zur Magie Kyons gehabt.

Das Wasser stieg aus dem Brunnen auf dem Dorfplatz auf, zischte die Straßen entlang und kam auf sie zu, doch sie lenkte es durch eine kleine Lücke der Flammen hinter Dranoel. Vielleicht würde er nicht ...

»Denk ja nicht, dass ich nicht merke, was du da tust.« Dennoch schien er überrascht. »Also ist es wirklich wahr …« Er drehte sich um und sah der Wassersäule entgegen, die sich auf ihn zubewegte. »Das ist interessant.«

Ohne auf sein Gerede einzugehen, ließ sie das Wasser einer Schlange gleich auf ihn zufahren. Sofort errichtete er einen Wall aus Luft vor sich, doch damit hatte sie gerechnet. Das Wasser schlängelte sich um ihn herum, umkreiste ihn, sie musste nur warten …

Sehr gut, Leyna. Gleich bin ich bei dir, nur noch …

»Oh, sieh mal, da kommt ja noch jemand!« Beiläufig hob Dranoel die Hände und schon fuhr die Luft einer Kugel gleich von ihm fort und riss das Wasser mit. Vollkommen perplex brauchte Leyna einen Moment, bis sie verstand, dass er Sivan meinte, der gerade in menschlicher Gestalt den Hügel heraufkam. Wie sollte sie jemanden besiegen, der ihr die Kontrolle über jede Magie nehmen konnte – auf die eine oder andere Art?

»Na, na!«, rief Dranoel, als Sivan gerade zu ihr gehen wollte. »Ich denke, es gefällt mir besser, wenn du da drüben stehen bleibst. Wir haben gerade sehr viel Spaß, du würdest da nur stören.«

Sivans Miene verfinsterte sich. »Nein«, knurrte er schlicht und kam weiter auf sie zu.

Dranoel seufzte theatralisch. »Ach, Leyna. Sag deinem so hilfsbereiten Krieger doch bitte, dass er stehen bleiben und sich nicht mehr rühren soll. Es wäre doch schade, wenn ich deine Mutter, diesen Jungen bei ihr und die so friedlich schlafende Lichtlenkerin alle auf einmal töten müsste. Nicht wahr?«

Sivan erstarrte mitten in der Bewegung. Er erwiderte Leynas hilflosen Blick und sie konnte fast spüren, wie sehr ihn diese Wahl zerriss. Er ballte die Hände zu Fäusten.

Leyna schüttelte den Kopf. *Er hätte schon längst damit drohen können, um mich mitzunehmen, Sivan. Er will gegen mich kämpfen, oder zumindest sehen, was ich kann. Und solang auch nur die geringste Hoffnung besteht, dass ich ihn irgendwie besiegen kann, werde ich nicht aufgeben.*

Sivan atmete tief ein. *In Ordnung. Aber sobald er dir auch nur einen Kratzer zufügt, werde ich dir helfen.* Dann straffte er sich, trat einige Schritte zurück und blieb stehen.

»Wie schön! Er lässt uns unser Vergnügen.« Mit einem leichten Wink brachte Dranoel die Luft um Sivans Beine herum zum Wirbeln, sodass er sich nicht mehr rühren konnte. Doch diese Luft war nicht farblos – sie war schwarz wie das Feuer.

Damit wird das Helfen schon schwieriger, stellte er fest.

Warum ist die Luft schwarz?

Sie ist wie das Feuer. Verwoben mit Schatten. Er scheint Zugang zu der Essenz dieser Magie zu haben.

Schwer schluckend sah Leyna wieder zu dem zufrieden lächelnden Dranoel. *Aber wie kann er die Magie des Feuers kontrollieren? Er war ein Gotteskind des Ostens, das sollte ihm nicht möglich ...*

»Na los, Gotteskind! Lass dich von ihm nicht ablenken, er wird dich schon nicht behindern. Zeig mir, was du kannst!«

Konzentrier dich, Leyna. Du musst eine andere Möglichkeit finden, ihn zu verletzen. Er konnte sogar mir meine Kontrolle nehmen.

Das war leichter gedacht als getan. Sowohl mit der Luft als auch mit dem Wasser hatte sie ihn nicht verletzen können ...

Sie atmete tief ein und breitete die Arme aus, wie sie es zuvor getan hatte. Doch diesmal würde sie keine Magie manipulieren.

Erschaffe deinen Traum.

Deutlich sah sie das Bild vor sich und schob es mühelos heraus. Nie zuvor hatte sie Feuer nachgebildet, doch es fiel ihr leicht, so leicht.

Vielleicht war dies der eine Punkt, in dem sie ihm überlegen sein könnte. Die Magie, die sich ihr inzwischen noch schneller und leichter öffnete als die Luft. Der eine Punkt, bei dem sie sich vollkommen wohlfühlte. Vielleicht war sie bereits der prophezeite Meister.

Langsam ließ sie das Feuer näherkommen und dann plötzlich in großem Bogen um ihn herum aus dem Boden schießen, um es echt wirken zu lassen. Er musste nur zurückweichen, sie musste nur näher an ihn herankommen.

Die schwarzen Flammen schlugen vor Dranoels Gestalt empor und schon rannte sie los, auf den Mann zu, der schon ein ganzes Volk ausgelöscht und nun auch ihr Dorf zerstört hatte.

Im Lauf zog sie ihre Schwerter, umfasste fest die mit rotem Leder umwickelten Griffe und achtete nicht auf das Blut, das noch immer von den Klingen tropfte.

Nur noch wenige Schritte trennten sie, allmählich senkten sich die Flammen. Dann verschwanden sie, Leyna holte aus – und ein lautes Klirren ertönte, als ihre eigene auf Dranoels Klinge traf.

Er stand direkt vor ihr, das tiefrote Breitschwert mit beiden Händen umfasst.

»Sieh an, deine Illusionen sind ja tatsächlich nicht schlecht.« Er lachte, hob sein Schwert mit einem Ruck und brachte sie fast aus dem Gleichgewicht.

Leyna, du kannst nicht mit dem Schwert gegen ihn kämpfen, er ist viel zu stark für dich!

Ich weiß.

Wieder holte er aus und sie sprang zur Seite, um dem Schlag zu entkommen. In ihrem Kopf entstand schon das nächste Bild.

Als ein lautes Fauchen hinter ihm ertönte, fuhr Dranoel tatsächlich herum und sah den Efagirs entgegen, die auf ihn zusprangen. »Jetzt wirst du aber unkreativ. Das hattest du doch schon in Onamdra!«

Er duckte sich mühelos unter ihrem Schlag hindurch, beugte sich vor und griff nach ihrem Arm. Kurz unterhalb ihres Handgelenkes hielt er sie fest und zog sie zu sich heran. Sosehr sie sich auch dagegen lehnte, gegen seine körperliche Kraft kam sie nicht an.

»Wenn deine Täuschungen einmal als solche erkannt wurden, sind sie nutzlos, Gotteskind«, murmelte er und statt sie loszulassen, beugte er sich bis zu ihrem Hals herab. Sie hielt die Luft an. »Meinst du nicht, dass ich meine eigenen Täuschungen wiedererkennen kann?«

»Also steckt doch noch etwas von Jarec in dir«, stellte sie leise fest.

Dranoel lachte. Ein unheimlicher, ein toter Laut, der hundertfach in ihren Ohren widerhallte. »Sieh an, sieh an, das kleine Gotteskind hat gar keine Angst im Griff des Dunklen.«

»Dieses kleine Gotteskind hatte nie Angst vor der Dunkelheit. Ein anderes schon.« Und damit erschuf sie ihre bisher größte Illusion.

In nur einem Moment wurde es vollkommen dunkel um sie herum. Nichts war mehr zu sehen, nicht der Boden, nicht die Flammen, nicht der Himmel. Nur Schwärze. Unendliche Dunkelheit, das Einzige, das Jarec je gefürchtet hatte. Und tatsächlich spürte sie kurz, wie Dranoels Griff um ihren Arm stärker wurde, wie er erstarrte. Er fürchtete sich, denn er war noch immer Jarec. Sie hatte recht gehabt. Er war kein brutaler, skrupelloser Mörder. Er war ein Junge, der von etwas anderem kontrolliert wurde. Von der Dunkelheit, vor der er sich immer gefürchtet hatte, die ihn erschaffen hatte.

Vorsichtig, langsam hob sie ihren linken Arm, den er nicht umfasst hielt. Die Klinge darin kam ihr auf einmal unglaublich schwer vor. Jetzt könnte sie es tun, jetzt könnte sie es beenden. Doch sie zögerte. Sie würde ihn nicht töten, sie musste nur …

Plötzlich klang sein Atem laut an ihrem Ohr.

»Glaubst du wirklich, du könntest stärker sein als ich?«, flüsterte er. Ruhig. Entschlossen.

»Diese Illusion ist lächerlich, Gotteskind.« Und schon war sie verschwunden. Leyna blinzelte gegen das grelle Sonnenlicht an, hob eine Hand schützend vor die Augen und sah erschrocken zu dem noch immer neben ihr stehenden Mann hoch.

Die zusammengekniffenen blauen Augen hoben sich deutlich von der dunklen, glatten Haut ab. Die Züge waren markant, aber doch etwas weicher als Sivans. Die Härte seines Blickes war es, die dieses Gesicht so grausam machte, dass das Lächeln darauf verkehrt aussah.

»Wenn etwas echt wirken soll, muss man es wirklich tun.«

Langsam, den Blick nicht von ihr wendend, zog er einen Dolch von seinem Gürtel, drehte die schlichte Klinge vor ihren Augen in den Händen. Dann warf er sie.

Leyna war zu perplex, um zu reagieren. Als sie herumfuhr und die Hand hob, um die Klinge zu stoppen, konnte sie die Luft wieder nicht fassen. Hilflos erstarrt beobachtete sie den Flug der kleinen Waffe, die sie nicht aufhalten konnte, wollte die Augen schließen und konnte es doch nicht.

Das Knistern der Flammen übertönte alles andere.

Leyna hörte nicht, ob ihre Mutter schrie. Sie konnte nicht sagen, ob sie wimmerte oder weiter still dalag. Sie wusste nicht, ob Tarin sie zuvor hatte heilen können, doch das war jetzt nicht mehr wichtig.

Der schmale Griff des Dolches ragte aus ihrer Brust, und nur Tarins Aufschrei war laut genug, um über die Grasfläche hinweg bis zu ihr getragen zu werden.

Leyna konnte nicht schreien. Da war keine Wut, keine Trauer mehr übrig. Alles war verschwunden. Ihre Kraft, ihr Zorn, die Wärme. Da war nur noch Leere.

Sie sank auf die Knie, ihre Schwerter fielen dumpf auf den Boden. Noch immer starrte sie zu Milaina. Tarin wich erschrocken zurück. Seine Hände waren voller Blut, doch das war nichts gegen die Menge der roten Lebensflüssigkeit, die nun ihren Weg in das grüne Gras fand. Niemand konnte sie jetzt noch retten. So eine kurze Klinge, ein einfacher Wurf und schon ... schon war alles vorbei.

»Wirkt es nicht echt?«, flüsterte eine Stimme wie aus weiter Ferne. »Was könnte echter wirken als der Tod?«

Leyna blinzelte, und dann war alles wie zuvor. Sie sah in die gänzlich falsche Richtung, zum Waldrand, spürte jedoch Tarin hinter sich, nah bei den brennenden Häusern. Genau wie ihre Mutter.

Sofort sprang sie auf, sah zu ihnen, erkannte, wie sich die Brust ihrer Mutter langsam hob und senkte. Sie lebte.

»So etwas ist eine wirkliche Täuschung, Gotteskind!«

Die Leere in ihr wollte verschwinden, doch da war nichts, das sie hätte einnehmen können. Es war nur ein Moment gewesen. Ein Augenblick des Schreckens, doch er hatte gereicht. Sie konnte nicht mehr. Sie konnte nicht gewinnen.

Leyna!

Doch, da war etwas. Sie durfte nicht aufgeben ... doch ihre Kraft war fort. Vollkommen aufgebraucht.

Sie spürte die Erschütterung des Bodens, als Dranoel langsam um sie herumging. Sie sah nicht auf.

»So, du hast jetzt aber genug geschlafen. Meinst du nicht auch?«, meinte sie, Dranoel sagen zu hören. Es kümmerte sie nicht, wen er meinte. Es würde nichts ändern.

Leyna, bitte. Steh auf.

Wie könnte sie? Sie konnte nicht gegen ihn gewinnen. Sie war zu schwach. Er war ihr in allem überlegen.

Höre auf dein Herz, hatte Kilan gesagt. Doch ihr Herz schwieg, und Dranoel würde nicht zögern, es ihr ein weiteres Mal aus der Brust zu reißen.

Mirandor braucht dich, Leyna.

Nein. Ihr Land brauchte ein starkes, fähiges Gotteskind.

Jetzt steh verdammt noch mal auf! Du …

»Na los, Leyna, hoch mit dir! Was soll das denn!«

Etwas kitzelte an ihrer Wange. Eine rote Kugel schob sich in ihr Sichtfeld.

»Komm schon! Du kannst nicht einfach aufgeben!«

»Urs …«, murmelte sie. »Urs, ich kann nicht mehr. Ich bin zu schwach …«

»Ach was! Du brauchst neue Kraft, dann nimm sie dir! Irgendwo ganz tief in dir drin hast auch du noch Reserven.« Sie starrte in seine großen, dunklen Augen. Nein, das hatte sie nicht. Aber …

Sie sah auf.

»Genau! So meinte ich das, hoch mit dir und dann …«

Sie hörte ihn nicht mehr, sondern starrte zu Dranoel. Er stand nur einen Schritt von ihr entfernt, und neben ihm … eine blonde Gestalt, die vor ihren Augen verschwamm.

Sie hatte keine Kraft mehr. Er schon.

Ich würde dir davon abraten, hörte sie Aidan sagen. *Wer weiß, was passiert, wenn man nicht kontrollieren kann, wie viel Energie man nimmt?*

Sie hatte keine andere Wahl.

Ich kannte vier Menschen, die es versucht haben. Davon erzählen kann dir niemand mehr.

Entschlossen konzentrierte sie sich darauf, ruhig zu atmen. »Du hast ganz schön viele Tiere bei dir, Gotteskind«, stellte Dranoel grinsend fest.

Sie achtete nicht auf seine Worte, musste nur kurz die Augen schließen, um die Farben der Magie wieder deutlich vor sich zu sehen, die sie sonst ausblendete.

Dranoel erschien ihr vollkommen schwarz, etwas Unheilvolles

ging von der ihn erfüllenden Magie aus. Doch das kümmerte sie nicht. Sie griff danach, so schnell sie konnte, umfasste sie und …

»Dass du es wagst!«

Der Tritt traf sie unerwartet, schleuderte sie zurück. Sie hörte undeutliche Schreie, die sie Urs und Sivan zuordnete, und spürte etwas Feuchtes an ihrem Mund. Vorsichtig tastete sie mit dem Finger über ihre Lippen. Als sie die Hand vor die Augen hob, glänzten ihre Fingerkuppen rot. Benommen sah sie auf. Dranoel stand mit vor Wut funkelnden Augen vor ihr. Nun erkannte sie auch die Gestalt neben ihm: Alessa. Sie war wohlauf, nur ihr Blick wirkte … vollkommen leer.

»Dass du es wirklich wagst, mich zu berühren! Es reicht!«

In der rechten Hand noch immer das Schwert haltend, streckte er nun die linke von sich. Eine kleine, dunkle Kugel erschien darin, begann, sich zu drehen, größer zu werden. Die Dunkelheit glich den zerstörten Seelen im Vadas-Wald.

Leyna, verschwinde! Flieh! Sofort!

Nicht nur in ihren Gedanken konnte sie Sivan schreien hören, doch sie regte sich nicht. Atemlos starrte sie auf die Schatten in Dranoels Hand, verwoben mit der Luft, deren Herr er war.

Doch dann verschwand die Wut aus seinem Gesicht. Pure Bosheit nahm ihren Platz ein.

Die Kugel aus wirbelnden Schatten verschwand, stattdessen spürte sie für einen Moment seine einnehmende Präsenz.

Und noch bevor sie auch nur darüber nachdenken konnte, sich zu retten, streckte Alessa den Arm vor.

Es ging viel zu schnell, als dass sie hätte reagieren können.

Sie sah hinauf in die ausdruckslosen Augen ihrer Freundin. Ihre eigenen begannen sofort zu brennen, als das gleißend helle Licht sich zwischen Alessas Händen ballte.

Leyna erkannte, wie der Stahl sich formte, und spürte die Hitze auf ihrer Haut. Sie konnte den Blick nicht abwenden, nicht einmal, als jemand ihren Namen rief. Nicht in ihren Gedanken, nicht weit entfernt, sondern bei ihr. Neben ihr – vor ihr.

Ein vertrauter Rotton versperrte ihre Sicht, ein zarter Luftstoß fuhr über ihre Wange. Weiches Fell kitzelte ihre Nase.

Urs.

Nein! Sie wollte ihn zurückhalten, seinen kleinen Körper mit der Luft zur Seite stoßen, doch sie war wie gelähmt. Das gleißende Licht spiegelte sich in seinen großen Augen, als er die winzigen Arme vorstreckte. Sie spürte eine große Macht in ihm aufkommen, sah, wie sie vor ihm sichtbar wurde. Ein gleißend heller Feuerstrahl entstand vor seinen Händen, dreimal so groß wie sein ganzer Körper. Sein glühendes Feuer schoss vor, auf die konzentrierte Helligkeit zu.

Als die beiden Magien aufeinandertrafen, kniff sie die Augen zusammen. Alles wurde hell, warm, dunkel. Dann folgte Stille.

Als sie die Augen öffnete, wusste sie im ersten Moment nicht, was passiert war. Bis sie spürte, wie Tarin sich aufrichtete und einen anderen Namen schrie. Nicht ihren. Ihr Blick wanderte umher, in der Hoffnung, den Gerufenen zu sehen. Vergebens.

»*Urs*!« Tarins Stimme gellte über den gesamten Platz und fuhr direkt in ihr Herz. Sie sah auf ihre Hand. Doch das alles war kein Traum. Urs ...

»Deine Tiere sind anscheinend allesamt sehr gut erzogen. Das eine lässt dich auf sich reiten, das andere wirft sich vor dich.« Lächelnd beugte Dranoel sich zu ihr herab. »Nur schade, dass dieser ... Urs dich nicht auch noch verraten konnte, das hätte doch noch viel mehr Spaß gemacht.«

Langsam hob Leyna den Blick, doch sie sah nicht zu ihm.

Alessas Blick wurde schlagartig wieder klar. Sie blinzelte, taumelte einen Schritt zurück, hob die Hand an die Stirn.

»Was ...«, begann sie, doch Dranoel musste die Frage nicht hören, um die Antwort zu kennen.

»Herzlichen Dank, kleine Lichtlenkerin. Anscheinend ist deine Kraft doch nicht zu unterschätzen. Du hättest zwar jemand anders treffen sollen, aber ich bin auch so sehr zufrieden mit dir.«

Fassungslosigkeit trat in Alessas Blick, dann Schrecken.

»Ich ... ich konnte, ich wollte nicht ...«

»Wie konntest du das tun?« Tarins erstickter Ruf ließ Alessa zu ihm herumfahren. Tränen standen in seinen Augen. »Wie konntest du ...«

Alessa blinzelte einige Male, als wollte sie aus diesem Albtraum aufwachen. Doch es gelang ihr nicht. »Er ... ich ...«

Während auch Leyna immer noch um Fassung rang, betrachtete Dranoel die Szene scheinbar interessiert.

»Ich sagte doch, sie räumt alle Konkurrenten aus dem Weg«, bemerkte er lächelnd. »Man könnte fast schon meinen, ihr wären alle Mittel recht.«

»Nein, das stimmt nicht! Tarin, er hat mich ...«

»Du hast ...« Kopfschüttelnd brach Tarin ab und presste die Lippen aufeinander. Er versuchte nicht einmal, seine Tränen zurückzuhalten.

»Das ... das ist wieder eine Illusion«, stammelte Leyna atemlos. »Das hast du nur ...«

Dranoel seufzte. »Oh nein, Leyna. Denk doch mal nach. Hätte ich dieses lächerliche Vieh oder deinen Krieger getötet? Deine Mutter? Diesen Blonden da hinten?«

»Tarin, bitte glaub mir! Ich hätte das niemals getan!« Verzweifelt hob Alessa die Arme und wollte zu ihm gehen, doch er schüttelte nur den Kopf.

»Bei Kyons Zorn, bleib fort von mir!«

Abrupt blieb Alessa stehen und sah ihn mit großen Augen an. In seinem Blick jedoch lag keine Fassungslosigkeit. Nur Enttäuschung. Und Trauer.

»Geh.«

Selbst Leyna zuckte zusammen. Nie hätte sie gedacht, dass Tarins Stimme so kalt klingen könnte.

Alessa schluckte schwer und blieb einen Moment lang wie erstarrt stehen. Als hoffte sie, ihre Sinne hätten ihr einen Streich gespielt. Doch mit jedem Herzschlag, der vorüberging, schien ihr bewusster zu werden, was geschehen war. Was sie getan hatte.

Dann ging sie langsam rückwärts, den Blick noch immer auf Tarin gerichtet. Ihre Augen glänzten, doch keine Träne löste sich. Kurz sah sie zu Leyna, doch ihrem Blick hielt sie kaum einen Augenblick stand.

Dann wandte sie sich um. Um sie herum erschien ein Kreis aus hellem Licht, und sie verschwand zwischen den Flammen.

Mit sich nahm sie nicht nur einen Teil von Leynas Herzen, nicht nur die Freundschaft, die sich in den letzten Monaten so sehr gefestigt hatte; nein – mit ihr ging auch Urs. Denn auch er war in gleißendem Licht verschwunden.

Wie Tarin starrte sie zurück nach Alanya. Sah ihrer Freundin nach. Sein Blick war nicht mehr kalt, sondern so leer, wie sie sich fühlte. Gebrochen. Leyna schloss die Augen, wollte nicht weiter zusehen, wie sie ging.

»Das Atmen nicht vergessen, bitte. Ich brauche dich lebend.«

Alles begann, sich zu drehen. Urs war tot. Er war fort, nicht einmal sein Körper war noch zu sehen. Urs, der sie immer aufgemuntert, ihr stets auf seine ganz besondere Weise geholfen hatte ... und sie trug die Schuld an seinem Tod. Alessa mochte ihn ... getötet haben, doch er hatte sie schützen wollen. Die Hitze musste ihn vollkommen ...

»Kommst du?«

Blinzelnd sah sie zu Dranoel auf. »Ich soll kommen?«

»Ja. Diese Vorstellung war gut, aber jetzt reicht es. Ich habe gesehen, was du ... na ja, vor allem, was du nicht kannst. Du wusstest doch gleich, dass du mitgehen wirst.«

Scheinbar gelangweilt säuberte er die Klinge seines Schwertes am Stoff des dunklen Mantels. Dann hob er ihre Waffen vom Boden auf und betrachtete sie kurz. Ein Seufzen kam über seine Lippen, als hätte er plötzlich die Lust an dieser ... Vorstellung verloren.

»Muss ich dir erst wieder drohen? Erspar uns das doch.«

Sie sah zurück zu Sivan, zu Tarin, der es nicht wagte, sich ihnen zu nähern. Die Trauer, die sie in seinem Gesicht las, war erdrückend. Sivans Blick hingegen war voller Verzweiflung.

Nein, Leyna, geh nicht! Immer wieder versuchte er, aus seinem Gefängnis aus dunkler Luft zu entkommen. *Du darfst nicht gehen!*

Kurz sah sie auf, spürte eine ihr unbekannte und auf gewisse Art doch so vertraute Magie näherkommen. Sie musste fort sein, bevor er hier war ...

Ich hatte diesen Kampf schon verloren, bevor er begonnen hatte.

Wenn sie die Wahl hatte, sich zwischen ihrem eigenen Leben oder dem derer, die sie liebte, zu entscheiden, würde sie nicht zögern. Nicht mehr.

Mühsam stand sie auf. Die Last der Schuld schien sie wieder zu Boden drücken zu wollen, doch sie hielt dagegen.

Wenn ich gehe, geht er mit mir.

»Leyna, nicht!«, schrie Sivan jetzt, so laut er konnte. Beinahe hätte sie gelacht.

Das ist das erste Mal seit Langem, dass ich dich nicht dafür verfluche, dass dieses Wort über deine Lippen kommt.

Traurig lächelnd drehte sie sich noch einmal zu ihm um. *Falls es das letzte Mal ist, dass wir uns sehen …*

Nein!, unterbrach er ihren Gedanken. *Nicht, sag es nicht. Nicht so.*

Jetzt lachte sie wirklich, obwohl sich die Tränen in ihren Augen sammelten. *Wieder dieses Wort.*

»Na los, Gotteskind. Das hättest du auch vorher klären können.«

Ich werde dich finden, Leyna. Egal, was passiert, ich werde dich finden, wie ich dich das erste Mal gefunden habe.

Ein letztes Mal sah sie in seine Augen. Wollte noch einmal in ihnen versinken, wie sie es schon so oft getan hatte. Immer hatte er sie wieder an die Oberfläche geholt – ganz gleich, ob während eines Tanzes oder aus einem wirklichen, fast schon gefrorenen See.

Und wenn du es geschafft hast, werde ich dir folgen. Wie beim ersten Mal.

Sie wollte sich abwenden, doch sie verharrte einen Moment zu lang.

Eine kleine Gestalt erschien zwischen den Häusern, die die westliche Straße säumten. Kam näher, immer näher.

Nein, dachte sie nur, und schon verdichtete sich die Luft zu den Füßen ihres Bruders und hinderte ihn daran, weiter auf sie zuzulaufen.

Einen Augenblick lang war alles wie erstarrt. Da waren nur noch sie und der Blick ihres Bruders, in dem alles lag, was er in diesem Moment nicht sagen konnte, was er all die vergangenen Wochen über hatte sagen wollen.

Ihre Lippen formten ein müdes Lächeln, während ihre Augen sich mit Tränen füllten.

Er war größer geworden, die Haare länger. Der Blick wacher, etwas erwachsener, älter.

Versprich mir, dass du auf ihn aufpasst, Sivan.

Dann wandte sie sich um.

»Leyna!« Sivans Stimme wurde von der ihres Bruders beinahe übertönt, und schon lösten sich ihre Tränen. Sie bemühte sich nicht mehr, sie zurückzuhalten, selbst als sie vor Dranoel stand. Diesen schien das nicht zu beeindrucken.

»Na also. Weißt du, niemand von uns kann seinem Schicksal entkommen, Gotteskind.« Er streckte die Hand aus, fing eine ihrer Tränen auf und betrachtete das Spiel des Lichtes in ihr. »Sosehr wir uns auch dagegen auflehnen.«

Mit einem Mal schlug ein Kreis dunkler Flammen um sie herum empor. Noch immer hörte Leyna, wie sie ihren Namen riefen, undeutlich hinter dem Knistern des Feuers.

Sie musste sie ausblenden. Alles ausblenden, wegschließen, ignorieren, wie sie es so oft schon getan hatte. Vorsichtig öffnete sie die Tür in ihrem Inneren, hinter der sie all ihre Erinnerungen bewahrt hatte. Sorgfältig presste sie ihre Gefühle in den Raum dahinter, bis kein Platz mehr war. Was blieb, waren Trauer und Leere.

»Trink das.«

Zögernd nahm sie die kleine Flasche, die Dranoel ihr hinhielt. »Warum? Ich komme mit dir«, versicherte sie mit brüchiger Stimme.

Er lächelte, doch sein Blick war nicht freundlich. »Weil ich es sage.«

Sie öffnete das Fläschchen. Eine klare Flüssigkeit war darin, die einen beißenden Geruch verströmte.

Langsam hob sie es an den Mund, suchte dann aber noch einmal Dranoels Blick.

»Du hast mich nicht nur für einen dramatischen Auftritt hierherbringen lassen«, stellte sie leise fest.

Er zuckte die Schulter. »Stimmt. Ich wollte dich genauso haben, wie du jetzt bist. Gebrochen.«

Kurz starrte sie ihn an, betrachtete sein Lächeln.

»Ich werde dich töten, Dranoel.«

Noch nie in ihrem Leben hatte sie solch verhängnisvolle Worte so leicht über die Lippen gebracht. Oder so ernst gemeint.

Er hob nur eine Augenbraue. »Ein wirklich gutes Ziel, Gotteskind. Sag mir Bescheid, wenn du es versuchen willst. Aber dann doch bitte anders als gerade, ja?«

Ohne noch etwas zu erwidern, leerte Leyna das Fläschchen in einem Zug.

Augenblicklich wurde sie von Dunkelheit umfangen. Sie spürte, wie die Bewusstlosigkeit näher kam.

Ich habe versagt, schoss es ihr durch den Kopf. *Ich habe versagt.*

Sie war so sicher gewesen, dass sie stark genug war. Sie hatte so viel gelernt. Alles umsonst. Wenn sie nicht einmal seine rechte Hand besiegen konnte, wie sollte sie dann je den König besiegen oder diese seltsame Dunkelheit, die Jarec zu Dranoel gemacht hatte? Wie sollte ...

Ihr Geist wurde zu träge, um zu denken.

Da waren nur noch Bilder. Erinnerungen. Träume, die sich nicht wegschließen ließen.

Ihre Familie. Ihre Freunde. Die Schönheit dieses Landes, die Städte, die sie gesehen hatte.

Sivan.

Immer wieder Sivan. Seine Berührung, ein Kuss.

Seine Augen.

Glühende Augen.

*

»Hast du ihnen klargemacht, dass sie ab jetzt immer nach drei Wochen zurückkommen werden?«

»Ja, natürlich. Sie waren nicht begeistert.«

Lodon seufzte. Das waren sie doch nie. Die Soldaten waren an ihre Freiheiten gewöhnt, jetzt bestimmten Regeln und Abläufen folgen zu müssen, gefiel ihnen ganz und gar nicht. Doch davon ließen Rhan und er sich nicht abhalten.

»Dennoch ist es notwendig. Wenn die Truppen zu lange in einer

Stadt bleiben, lässt ihre Aufmerksamkeit nach. Das können wir nicht zulassen.«

Rhan nickte nachdenklich und griff nach einem der immer schmaler werdenden Stapel auf dem Tisch. »Vielleicht sollten wir dennoch ein paar mehr Männer permanent in die Städte schicken. Ich habe einige im Sinn, die sich zum Beispiel in Mindras gut auskennen und so effektiver ...«

Ein Klopfen unterbrach ihn.

»Ja?«, rief Lodon und drehte sich auf seinem Stuhl herum, um zur Tür zu sehen.

»Ghaji«, begrüßte er den eintretenden Jungen. »Was tust du denn hier?«

Zögernd trat Ghaji in das Turmzimmer, schloss die Tür hinter sich und deutete eine leichte Verbeugung an, die Rhan ein Schmunzeln entlockte.

»Mein Herr, ich sollte Euch über jeden weiteren Gefangenen informieren ...«

»Aber heute ist doch kein Trupp zurückgekommen.« Stirnrunzelnd stand Lodon auf, lehnte sich gegen die Tischplatte und verschränkte die Arme vor der Brust. Die nächsten Gruppen aus Da'lin und Ilras wurden erst in zwei Tagen erwartet.

Ghaji nickte unsicher. »Ja, sie wurde auch nicht von Soldaten hergebracht.«

»Sie?«

23

Mit jedem seiner leisen Atemzüge senkte sich die Stille weiter auf ihn herab. Nur durchbrochen von dem fast schon röchelnden Luftholen seiner Kameraden, drang sie tief in seine Knochen, nahm von ihm Besitz. Seufzend gab er seine vollkommene Konzentration auf. Diese wenigen, kostbaren Augenblicke in tiefster Nacht waren alles, was er sich erlauben konnte. Niemals sonst verzichtete er auf den Überblick über seine gesamte Umgebung. Niemals sonst gestattete er sich das Gefühl von Sicherheit. Schon lang nicht mehr.

Die immerwährende Anspannung schwand aus seinen Gliedern. Der Frieden der Dunkelheit schloss ihn in seine trügerischen Arme, versprach ihm die Wärme und Geborgenheit, nach der er sich bei Tageslicht so sehr sehnte. Doch es blieb dabei. So weit würde, so weit konnte er seinen menschlichen Bedürfnissen nicht nachgeben. Denn er war ein Gotteskind.

Obwohl es keinen Unterschied machte, schloss er die Augen und rief seine Konzentration zurück. Ohne Mühe tauchte er ein in die Fülle der Träume, die ihn umgaben. Wie in jeder Nacht waren einige von einem leichten Schleier verhangen, versuchten, sich vor ihm zu verbergen. Hinter ihnen erkannte er die eigenwillige, aber dennoch von allen bewunderte Ujra, die ein Jahr vor ihm auserwählt worden war, Coliya, die Älteste und Ruhigste unter ihnen und Lilanya – die sich trotz ihrer Unerfahrenheit immer wieder an Dingen versuchte, die sie noch lang nicht bewältigen konnte. Er ließ sie gewähren. Sie wussten wie alle anderen, dass dieser Schutz ihn niemals zurückhalten könnte. Dennoch wagten sie es, zu träumen. Dabei war er doch so gefährlich – und wusste längst genug über jeden Einzelnen von ihnen. So töricht.

Kurz wanderte sein Blick über die nur wenigen anderen Lichter der Hauptstadt. Zu dieser Zeit gestattete der König seinen Männern, ihren Familien durch die Kälte zu helfen, deshalb war es seit einigen Tagen schon fast erschreckend leer auf den Gängen Bogharns.

Er hatte seit einer Ewigkeit nicht mehr geträumt, er hatte Wichtigeres zu tun. Am Tage war er nicht mehr als ein von den anderen gemiedenes Mitglied des Rates der Gotteskinder und der gefürchtete Trainer der jüngeren östlichen Auserwählten. Achtzehn Winter würden noch verstreichen müssen, bis er seinen Platz endlich aufgeben und sich in irgendeiner weit entfernten Stadt verschanzen konnte. Doch inzwischen rechnete er nicht einmal mehr damit, auch nur die Hälfte dieser Winter noch zu erleben.

Denn in der Nacht hatte er die Wahrheit erfahren. Er war als eines der wenigen östlichen Gotteskinder stark genug, trotz ihres Schlafes mit Caidra in Kontakt zu treten. Doch er war auf sich allein gestellt. Mehrmals hatte er der Herbstgöttin seine Sorge dargelegt, dass der herrschende König alt wurde. Dass sich etwas Böses, Fremdes nähern würde, dass sie etwas tun mussten. Doch sie hatte nur lächelnd den Kopf geschüttelt, obwohl sie ihm sonst stets tatkräftig zur Seite stand. Obwohl sie seiner Intuition, seinen Kräften immer vertraut hatte. Das Gefühl von Verrat brannte erneut heiß in ihm auf. *Lass davon ab*, hatte sie ihm geraten. *Der König mag alt und nicht mehr bei vollen Kräften sein, doch das Volk vertraut ihm und er trifft noch immer die richtigen Entscheidungen. Und lass von Keron ab. Er mag verbittert sein, aber um irgendjemandem zu schaden, besitzt er weder den Mut noch die Kraft. Sobald wir die Not unseres Volkes spüren, werden wir aus unserem Schlaf erwachen und zurückkehren.*

Daran hielt sie fest. Er hätte sich denken sollen, dass sie niemals die Brut ihres eigenen Bruders beschuldigen würde. Und genau wie die anderen Götter war auch sie in diesem Zustand nicht dazu in der Lage, die Geschicke dieser Welt zu lenken.

Vermutlich hatte er nur deshalb das letzte Jahr unbeschadet überstanden. Könnten sie alle mit den Göttern sprechen, hätte sicher nicht nur ein anderes Gotteskind sein Misstrauen gegenüber dem beängstigenden Jungen aus Imal geäußert – er konnte sich sehr gut vorstellen, welcher räudige Efagir ihn als erstes bei Kyon angeprangert hätte. Er hörte seine Atemzüge weit entfernt im Nordturm, ebenso regelmäßig wie die der anderen. Sie alle hatten bis vor wenigen Stunden noch ausgelassen gefeiert und waren eingeschlafen, sobald sie ihre Betten erreicht hatten. Er hatte sich als einer von wenigen zurückgehalten.

Gegen die anderen Kinder konnte er sich verteidigen. Tat es jeden Tag. Doch er wollte sich lieber nicht vorstellen, wie der Nordgott auf die Verdächtigung seines Sohnes reagieren würde.

Unwillkürlich ballte er die Hand zur Faust. Niemand schenkte seinen Worten Glauben, kaum einer wagte es auch nur, ihm zuzuhören. Nazars Vertrauen verschaffte ihm weitere Zeit und auch am Tag einen sicheren Rückzugsort, sollte er ihn einmal brauchen, aber das war nicht genug. Er wusste, dass Keron etwas vorhatte, hatte es vor langer Zeit in einem seiner Träume gesehen, den Wunsch nach Vergeltung, die Wut auf die Gotteskinder und seinen Vater. Doch schon in der nächsten Nacht war da nur noch Schwärze gewesen. Kein weißes oder rotes Licht, sondern klaffende Dunkelheit hatte den Traum des Weltenwandlers dargestellt, als er wenige Stunden später erneut danach gesucht hatte. Er hatte ihn nicht sehen, nicht entschlüsseln können. Und selbst dann hatte Caidra ihm nicht zugehört! Sie hatte sich geweigert, nach Kerons Traum zu sehen, es einen Verrat genannt, ihn zurechtgewiesen. So sehr war sie geblendet vom angeblichen Frieden.

Seitdem hatte er keinen Kontakt mehr zu ihr aufgenommen. Ein paar Mal war sie ihm im Traum erschienen. Er hatte das Nötigste getan, mehr nicht. Seine eigenen Ziele forderten genügend Zeit.

Einer seiner Knöchel knackte leise, als er die Faust noch energischer ballte. Er sollte sich einfach nicht mehr darum kümmern! Sollten sie doch alle sehen, was sie …

Eine Bewegung brachte seine Gedanken zum Verstummen.

Er streckte die Hände, legte sie flach auf die dünne Matratze, konzentrierte sich auf die Magie.

Sofort erschienen die Umrisse des Ostturms vor seinen Augen, als schiene die Sonne durch die drei schmalen Fenster an den langen Mauern. Vierundzwanzig weitere schmale Holzbetten standen an diesen Mauern, acht an jeder Seite. An der vierten befanden sich die Schränke mit ihren wenigen Habseligkeiten und die Tür, hinter der eine kurze Treppe bis hinab auf den breiten Hauptgang des oberen Teils der Hauptstadt führte. In der Mitte des Raumes stand ein langer steinerner Tisch mit fünfundzwanzig Stühlen um ihn herum. Hier sollten die Ratsmitglieder zusammensitzen, um den Zusammenhalt zu stärken. Doch er hatte jetzt nicht die Zeit, sich darüber lustig zu machen, denn etwas stimmte nicht.

Da war eine Bewegung, die zu dieser Stunde nicht hierher gehörte. Seitdem Frieden herrschte, patrouillierte in der Nacht niemand mehr durch die Gänge Bogharns. Abgesehen von denen, die nicht bis zum Morgen darauf warten konnten, sich zu erleichtern. Deren Gang kannte er. Dieser war anders.

Der Klang von gleichmäßigen, aber nicht übermäßig schnellen Schritten drang an seine überempfindlichen Ohren. Er nahm die stetige Erschütterung der Magie der hellen Bodenfliesen wahr und der leise Westwind trug den feinen Geruch von Angstschweiß zu ihm. Er runzelte die Stirn, konzentrierte sich auf die Herkunft der Schritte. Ihrer Schwere nach zu urteilen war es ein Mann stattlicher Größe, der den oberen Hauptgang entlangeilte und bald an der Treppe innehielt, die zum Westturm hinaufführte. Er hörte, wie jemand die Stufen erklomm, doch die Präsenz dieses Jemands erschloss sich ihm nicht. Da war nur Dunkelheit.

Stirnrunzelnd schärfte er seine Sinne, suchte nach einem genaueren Bild. Noch nie hatte er einen Teil der Magie seiner Welt nicht wahrnehmen können, und als dieser hier gerade die letzte Stufe erreichte und die Hand an die dort aufragende Tür legte, erkannte er, dass auch diese sich ihm längst offenbart hatte.

Es war pure Dunkelheit, die dort vor dem Gemach der westlichen Gotteskinder stand. Ruhig atmeten sie weiter, hell glühten ihre Träume vor seinem inneren Auge, während die Dunkelheit über ihre Schwelle trat und einen Moment dort verweilte.

Doch da war noch etwas anderes, hinter diesen wirbelnden Schatten. Je länger er sie betrachtete, desto klarer wurde das, was sich dahinter verbarg: die Magie eines anderen. Eines Mannes, erfüllt von Rachedurst.

Als Jarec die Augen aufschlug, hatte die Klinge des Eindringlings bereits die erste Kehle durchtrennt.

Wie erstarrt sah er an die hoch über ihm aufragende Decke des Turmes. Starr ertrug er das Gefühl der aus dem Körper des ältesten westlichen Gotteskindes fließenden Magie.

Regungslos verfolgte er diesen stummen Tod ... doch die Magie löste sich nicht auf wie bei den sonst sterbenden Menschen.

Sie floss in die Schatten hinein, verwob sich mit ihnen, verschwand darin.

Der von Dunkelheit umgebene Mann verharrte einen Moment starr vor dem Bett wie Jarec auf seinem. Dann wandte er sich ab. Dem Nächsten zu.

Erst als er zwischen dem zweiten und dritten Bett zum Stehen kam, fiel die Lähmung von Jarecs Körper ab.

Einen Augenblick später war er auf den Beinen, doch da hatte sich die Klinge bereits ein zweites Mal gesenkt.

Wieder fühlte er, wie die Schatten sich nach der Magie des Kindes ausstreckten. Ein leises Röcheln kam über dessen Lippen, doch kein Schrei ertönte. Sicher waren die Stimmbänder durchtrennt.

Langsam stieg Panik in ihm auf, doch er zwang sie nieder. Noch immer war niemand aufgewacht. Warum wachten sie nicht auf? Warum schliefen sie alle? Der Westturm lag auf der anderen Seite der Festung, und selbst wenn er noch rechtzeitig dort ankam – konnte er sicher sein, diesen Eindringling allein zu besiegen?

Er musste überlegt handeln, sich der Situation bewusstwerden und ... nein. Nein, das alles war unwichtig! Da stand ein Mann im westlichen Turm, von ihn verbergenden Schatten umgeben, und wandte sich dem dritten Gotteskind zu.

Sein Blick wanderte über die vierundzwanzig ebenfalls schlafenden Jungen und Mädchen des Ostens. Weder im Nord- noch im Südturm spürte er etwas Ungewöhnliches, auch die dortigen Kinder schliefen ruhig. Doch das würde nicht mehr lang so bleiben.

Als das dritte Kind starb, zuckte Jarec unwillkürlich zusammen. Dieses Mädchen hatte er gemocht. Es war eines der wenigen gewesen, die noch mit ihm gesprochen hatten.

Er drängte die in ihm aufwallenden Gefühle zurück und atmete tief ein. Sofort erschienen die Lichter der Träume vor seinen Augen, doch er brauchte einen Moment, um die aller anderen Gotteskinder zu finden – aller fünfundneunzig noch lebenden.

Entschlossen riss er alle vor ihm liegenden Träume an sich, öffnete sie und hinterließ dort nur ein einziges Bild: Feuer.

Wie aus dem Nichts ließ er jeden einzelnen Traum in einem tosenden Flammenmeer verschwinden, und schon fuhren die Gotteskinder aus dem Schlaf.

Dass die Kinder um ihn herum, die der Macht der Gewohnheit wegen den Schrecken ihrer Träume natürlich viel schneller abstreifen konnte, ihn sofort mit ihren Blicken durchbohrten, kümmerte ihn nicht. Seine Aufmerksamkeit galt ganz den Geschehnissen im Westturm, denn dort stand der Eindringling bereits am Fußende des sechsten Bettes.

Als sich Lyras' Kinder hinter ihm regten, fuhr er zwar herum, doch noch waren die Aufwachenden nicht handlungsfähig. Verwirrt setzten sie sich auf und rieben sich die Augen, sahen sich irritiert um. Bevor auch nur einer die Stimme erheben und eine Frage stellen konnte, war der Schatten bereits bei seinem sechsten Ziel.

Das junge Mädchen reckte gerade gähnend die Arme in die Höhe. Die Gefahr erkannte es erst, als sie direkt vor ihm stand. Die Klinge stach blitzschnell aus den Schatten hervor, und auch sie brachte keinen Schrei mehr heraus.

Erst das siebte Kind kam dazu, die anderen zu warnen. Der Junge versuchte noch, sich aus der Reichweite des todbringenden Metalls zu winden, doch da war es bereits zu spät. Der kurze, spitze Schrei verklang und sein Körper sank schwer auf die Matratze. Und endlich, als die Magie des siebten Kindes in die Schatten floss, richteten sich die übrigens achtzehn Augenpaare auf den meuchelnden Mann. Chaos brach aus.

»Jarec!«

Mit scharfem Blick wandte er sich zu Dela um, die mit ebenfalls überraschtem, aber auch wütendem Blick vor ihm stand. Ihre Haare fielen wirr über ihre Schultern, tiefe Ringe lagen unter ihren Augen – wie bei allen anderen.

»Warst du das? Hast du wirklich …«

»Oh, ihr solltet euch jetzt wirklich keine Gedanken darum machen, dass ich eure lächerlichen Träume gestört habe! Im ...«

»Oh, das denke ich schon! Wie konntest du ...«

»... Westturm ist gerade das siebte Gotteskind gestorben und ihr wollt euch hier beschweren?«, fuhr er unbeirrt fort und erwiderte ihren bohrenden Blick mühelos.

Ein Moment der Stille folgte. Dann die Erkenntnis.

»Er hat recht«, stellte Coliya leise fest.

Betroffenes Schweigen, Fassungslosigkeit.

»Worauf wartet ihr noch?« Mit wenigen Schritten erreichte Jarec die Tür und riss sie auf. »Wir müssen ihnen helfen!«

Unsichere Blicke wurden getauscht. Sie trauten ihm nicht, nicht einmal in einer solchen Situation. Wertvolle Augenblicke verstrichen, bis ein ärgerliches Schnauben ertönte.

»Na los! Wollt ihr sie alle sterben lassen?«, rief Vias energisch und stürmte auf ihn zu. Als vierundzwanzigstes Gotteskind war er länger in Bogharn als fast alle anderen und hatte seinen vierzigsten Winter schon längst erlebt. Er war kein guter Kämpfer, aber ein umso besserer Stratege. Eine Vaterfigur für viele hier. Ein Vertrauensträger.

Nur einen Wimpernschlag später schien jedes Misstrauen vergessen. Einer geballten Masse gleich stürmten die Gotteskinder des Ostens auf die Treppe zu.

Er rannte hinter Vias her, die engen Kurven hinab und federte seine Schritte mithilfe der Luft, um nicht zu stolpern. Im Westturm nahm er nur noch fünfzehn lebende Gotteskinder wahr. Ein magieleerer Körper lag auf einem der Betten, zwei weitere dicht davor. Sie hatten einem der ihren helfen wollen, doch sie waren nicht schnell genug gewesen. Nun konnten ihnen auch die heilenden Kräfte ihrer Freunde nicht mehr helfen.

»Was, in aller Götter Namen, ist das?«, rief Coliya hinter ihm. Fast war er versucht, seine strikte Angewohnheit, bissige Antworten hinunterzuschlucken, nur für diese Nacht aufzugeben. Doch er hielt sich zurück.

»Ein Mann umgeben von Schatten«, antwortete er leise. »Ein Mann, dem ihr alle blind vertraut habt.«

Dann erreichten sie den Absatz und er übernahm die Führung, bevor Coliya oder sonst jemand auf seine Worte reagieren konnte.

Von allen Türmen lag der ihre am weitesten entfernt, doch die nördlichen und südlichen Kinder stürmten ebenfalls schon ihre Treppen hinunter. Sie würden den Westturm deutlich schneller erreichen, mussten nicht die gesamte Festung durchqueren.

Im Lauf verschwamm das Bild der nächtlichen Gänge vor Jarecs Augen, wich dem durch Magie gezeichneten Bild von dreizehn an eine Wand zurückweichenden Gotteskindern. Sie hatten die Hände erhoben und ihre Bewegungen zeugten von Schock und Angst, aber auch Entschlossenheit.

Ganz vorn stand Philyon, der noch einige Jahre später auserwählt worden war als Vias. Die feinen, schwarzen Haare hatten sich aus seinem Zopf gelöst und fielen ihm bis auf die Schultern. Er breitete die Arme aus, stieß die jüngeren Kinder weiter zurück. *Hütet euch vor den Schatten*, rief er mit fester Stimme. *Berührt sie nicht!*

Dann griffen sie an, aber hier konnten sie nur die Magie des Steins der Festung manipulieren. Ein leichtes Beben drang durch die Wände, faustgroße Teile lösten sich daraus, Bodenfliesen hoben sich und schossen auf den kaum sichtbaren Angreifer zu.

Noch bevor er getroffen wurde, erreichte dieser eines der weiter vorn stehenden Kinder, die Klinge stach aus der Dunkelheit hervor. Dann trafen ihn die Felsen mit voller Wucht – und verschwanden.

Kein Laut ertönte, als sie in die Dunkelheit eintauchten und sich in Luft auflösten. Ihre Magie verschwand, wurde ein Teil der Schatten, als wäre sie nie etwas anderes gewesen.

In aller Ruhe erhob der verborgene Mann seine Waffe, und der noch immer zum Angriff bereite Junge sackte in sich zusammen. Gierig stürzten sich die Schatten auf ihn, griffen nach seiner Kraft, während der Mann sich schon dem nebenstehenden Mädchen zuwandte, das ebenfalls kaum zwanzig Winter erlebt und erst vor zweien auserwählt worden war. Verzweifelt riss es sein Bein hoch und ließ den Boden dieser Bewegung folgen, doch wieder verschwand die Magie des Frühlingsgottes im Nichts.

Wut kam in Jarec auf, er beschleunigte seine Schritte ein weiteres Mal. Zuerst tötete er die Schlafenden, jetzt die unerfahrenen Jünglinge?

Mit einem nicht minder wütenden Schrei stieß Philyon die Faust in den Boden. Binnen eines Augenblicks formte sich der Stein nach seinem Wunsch, er sprang vor und stieß die steinerne Klinge gegen die des Fremden. Ein lautes Klirren ertönte, und endlich begaben sich die anderen Kinder in eine vernünftige Formation, schützten die Jüngeren und erschufen sich ebenfalls Mittel, um sich zu verteidigen.

Doch die Schatten schienen immer dichter, immer dunkler zu werden. Philyon sprang zurück, entging dem tödlichen Schlag. Mit jedem getöteten Kind wurden die Bewegungen des Mannes schneller, kräftiger. Ein Mädchen versuchte, an ihm vorbeizulaufen. Doch er war schneller.

»Wir werden sie niemals rechtzeitig erreichen!«

Jarec warf Coliya zwar einen weiteren starren Blick zu, doch er schwieg. Sie hatte recht. Die nördlichen Kinder hatten die westliche Treppe beinahe erreicht.

Erst jetzt fragte er sich, was Keron eigentlich vorhatte. Wollte er nur die westlichen Gotteskinder töten? Oder war es sein Ziel, sie alle auszulöschen? Wie könnte er so dumm sein? Ja, er hatte das Überraschungsmoment auf seiner Seite gehabt, doch sobald Ijho mit den anderen nördlichen Kindern ihn erreichte, hätte der Weltenwandler keine Chance. Sosehr Jarec Ijho auch verachtete, er war ein begnadeter Kämpfer – wie alle von Kyon Erwählten.

»Wer würde denn so etwas tun?«, schrie nun Ujra panisch, die zum vorderen Teil ihrer Gruppe aufgeschlossen hatte. Als er sich zu ihr umwandte, lag dieselbe Panik in ihrem Blick. Verbunden mit einem leisen Flehen, über das ein Teil von ihm lachen wollte. Ja, jetzt brauchten sie seine Hilfe. Jetzt war er ihnen gut genug.

»Es ist Keron«, presste er zwischen zusammengebissenen Zähnen hervor und verdrehte vorsorglich schon einmal die Augen. Die erwartete Reaktion kam prompt.

»Niemals! Dazu ist er nicht in der Lage, so etwas würde er nicht tun. Niemand kann die Schatten kontrollieren! Wie sollte er es können? Sie …«

»Verbergen ihn«, vollendete er ihren Satz. »Glaub mir ruhig, dass ich eine solche Täuschung durchschauen kann.«

»Nein, Jarec. Du bist geblendet, du ...«

»Ich? Ich bin geblendet? Ich habe euch mehr als einmal vor ihm gewarnt, ihr wart es doch, die mir nicht zuhören wolltet!«

»Das ist einfach nur ...«

»Nein, Ujra. Er hat recht.« Vias warf ihm einen bedeutungsschweren Blick zu. »Er hatte immer recht.«

Jarec verzichtete darauf, etwas zu erwidern. Selbst die in diesen Worten mitklingende Entschuldigung verschaffte ihm keine Genugtuung. Nichts konnte die letzten Jahre wiedergutmachen.

Wenn die westlichen Kinder auch erst zögerlich gekämpft hatten, taten sie dies nun ohne Rücksicht auf Verluste. In der Wand neben der Tür klaffte ein mannshohes Loch, immer größere Felsen flogen auf Keron zu, der Boden um seine Füße herum wurde von immer heftigeren Erschütterungen durchzogen. Doch die seltsamen Schatten schienen all diese Anstrengungen einfach in sich aufzunehmen, als hätten die göttlichen Kräfte keinerlei Wirkung auf sie. Drei weitere Körper lagen reglos am Boden. In aller Ruhe näherte Keron sich dem nächsten, außen stehenden Jungen. Der wich zurück, umgab seine Hände mit einem Schutz aus Felsen und stieß sie mutig mitten in die Schatten, doch gerade diese Geste brachte ihm den Tod.

Die restlichen sechs drängten sich immer dichter zusammen, verschränkten ihre Hände miteinander und verflochten ihre Kontrolle. Fieberhaft suchten sie nach einem Ausweg, doch Keron versperrte die einzige Tür.

Wieder legte Philyon die Hände auf den Boden, die anderen richteten ihre Kraft auf ihn und gemeinsam ließen sie eine gewaltige Mauer um Keron herum in die Höhe schießen – die nur Augenblicke später von Dunkelheit zerfressen wurde.

Erschöpft richtet Philyon sich auf, zwei Jungen wollten ihn zurückziehen – doch er stand schon zu weit vorn. Unter dem ersten Schwerthieb duckte er sich noch instinktiv hinweg, dann erfüllte sein Schrei den Raum. Dicht gefolgt von einem Krachen.

Die Tür flog widerstandslos aus ihren Angeln und fünfundzwanzig weitere Kinder stürmten herein. Die meisten von ihnen waren bereits bewaffnet, die übrigen rissen den Schrank der westlichen Kinder auf und griffen nach den darin liegenden Schwertern. Ein einziger lauter Ruf Ijhos genügte und schon standen die Kinder Kyons in zwei langen Reihen zum Kampf bereit.

Wer bist du? Was willst du hier?, rief Ijho mit erhobener Axt. Sein dichter schwarzer Bart fiel ihm beinahe bis auf die Brust, die darin eingeflochtenen Perlen schlugen leise aneinander.

Der Angreifer wandte sich langsam um. Plötzlich schlugen die Schatten höher, lösten sich aus der menschlichen Form, die sie bisher umspielt hatten. Unnatürlich langen Armen gleich stoben sie zu den Seiten, trennten den Raum in zwei Teile.

Ich bin der Untergang dieses Landes.

Nicht nur Jarec zuckte zusammen, als eine Stimme wie tausende in ihrer aller Köpfe erklang. Das war nicht Kerons Stimme gewesen. Sie kam direkt aus den Schatten, als wären sie ein eigenständiges Lebewesen, das ihn nur umspielte. Sie hatten sich verändert, waren tiefer, mächtiger. Vorsichtig streckte er seine Sinne nach ihrer Magie aus und fuhr sofort wieder zurück. Hitze ging davon aus.

Als sie an der Treppe zum südlichen Turm vorbeiliefen, blieb Jarec ruckartig stehen.

Von einigen Flüchen begleitet hielten die anderen hinter ihm. Vias griff nach seinem Arm. »Was soll das? Wir müssen …«

»Wir müssen den König schützen.« Entschlossen griff er seinerseits nach Vias' Arm und sah dem Älteren fest in die Augen. »Er will nicht nur uns töten. Er will den Platz des Königs einnehmen.«

Im Westturm stürzten sich die Kinder Kyons von wütenden Schreien begleitet auf die Schatten. In der für die breit gebauten Männer typischen Manier hieben sie auf die dunklen Schwaden ein, durchtrennten sie mit den Schneiden ihrer Äxte oder Schwerter – doch vergebens. Die formlose Dunkelheit riss auseinander, nur um sich kurz darauf wieder zusammenzufügen und die Männer zu umschlingen, ihnen die Sicht zu nehmen, bis Keron im Zentrum der Schatten heran war und sie mit seiner Klinge zu Fall brachte. Die von Kyon erwählten Mädchen blieben zurück und versuchten ihr Glück mit dem Bogen, doch auch die Pfeile trafen bloß auf den Steinboden. Eines von ihnen griff nach der Magie des Wassers, das in einigen Karaffen neben den Betten stand, brachte es in die Luft und ließ die einzelnen Tropfen einem Eisregen gleich auf die Schatten hinabschnellen – doch wie die Felsen verschwanden auch diese spurlos darin.

»Wir tun, was Jarec sagt.«

Kein Gemurmel kam auf, obwohl er zumindest damit gerechnet hätte. Einige sahen überrascht und unsicher zu dem nickenden Vias, doch die meisten schwiegen. Selbst Ujra wandte nichts ein.

Er ließ davon ab, sie noch einmal aufzufordern, ihm zu folgen, und setzte sich einfach wieder in Bewegung.

»Wenn er König werden will, warum hat er ihn nicht zuerst getötet?«, fragte Vias und blieb dicht neben ihm. Trotz seines Alters hielt er ohne Mühe mit ihm Schritt.

»Weil diese Schatten, was auch immer sie wirklich sind, unsere Magie in sich aufnehmen. Dadurch werden sie stärker«, gab Jarec zurück, hielt sich dicht an der Wand und bog scharf nach rechts ab, um weiter ins Zentrum Bogharns vorzudringen. »Er ist mit etwas im Bunde, das unsere Kraft braucht. Er will erst sichergehen, dass wir ihm nichts mehr anhaben können. Je mehr er tötet, desto stärker wird er.«

»Das ist unfassbar.«

»Unmöglich wäre das passendere Wort.« Er hatte noch nie von einem Wesen gehört, das zu so etwas in der Lage war. Immer deutlicher wurde die Präsenz der Schatten, immer größer. Zum ersten Mal regte sich auch in Jarec so etwas wie Angst. Ein Gefühl, das er lang nicht mehr verspürt hatte. Doch die Gewissheit, dass auch die nördlichen Gotteskinder diesem Wesen nichts entgegenzusetzen hatten, dass ihre göttlichen Angriffe vollkommen wirkungslos blieben und ihre Waffen einfach durch die Schwaden hindurchglitten, zeigte ihm die Aussichtslosigkeit dieser Situation immer weiter auf. Auch an Keron kamen sie nicht heran, die Schatten schützten ihn vor jedem Angriff. Der Weltenwandler hingegen trat sicher von einem Kind zum nächsten, ließ es von den Schatten blenden und tötete es, ohne viel Zeit zu verschwenden. Es wurden immer weniger.

»Sie unterliegen«, flüsterte Vias fassungslos.

Ja, sie unterlagen. Lyras' Kinder standen noch immer dicht zusammen und versuchten inzwischen, die Kämpfer des Nordens mit ihren heilenden Kräften zu unterstützen. Doch kaum einer bedurfte der Heilung. Sie starben sofort.

Die Kinder des Südens spürte er vor der westlichen Treppe. Sie hatten sich in drei versetzten Reihen darum angeordnet und die Arme angespannt erhoben. Auch ihnen war klar geworden, dass sie dort oben nicht helfen könnten. Sie wollten sich den Vorteil der schmalen Treppe zunutze machen, denn dort würden die Schatten Keron kaum schützen können. Vielleicht konnte ja das Licht ihres Feuers diese lähmende Dunkelheit durchdringen.

Jarec hoffte inständig, dass dieser Plan gelingen würde, doch gleichzeitig glaubte er kaum mehr daran. Vermutlich wäre es klüger gewesen, mit allen noch lebenden Gotteskindern zu fliehen, um ihre Leben zu retten.

Doch er wusste sofort, dass dies niemand von ihnen auch nur in Erwägung zog. Wenn sie starben, dann im Kampf um das Wohl ihres Landes. Gemeinsam. Ein absurdes Wort.

Sie erreichten den zum Thronsaal führenden Gang und rannten, so schnell ihre Füße sie zu tragen vermochten. Einige der Jüngeren fielen ein Stück zurück, doch darauf konnte jetzt niemand Rücksicht nehmen.

Zwei einsame Wachen standen vor der bis zur Decke reichenden Flügeltür und sahen ihnen starr entgegen.

»In den Thronsaal!«, schrie Vias, doch sie reagierten nicht. Keiner der Männer neigte den Kopf, kam ihnen entgegen oder öffnete den Mund.

»Sie nehmen uns nicht wahr«, knurrte Jarec. Unglücklicherweise war dies die einzige Fähigkeit, mit der Keron gesegnet war, in die Gedanken anderer einzudringen.

»Sollen wir sie wecken?«, fragte Coliya und streckte bereits eine Hand nach ihnen aus, doch Jarec schüttelte den Kopf. Coliya hatte ebenfalls eine Begabung für die Manipulation der Gedanken und könnte es dank ihrer Erfahrung sicher mit Keron aufnehmen.

»Einfache Menschen werden ihn ohnehin nicht aufhalten und uns nur im Weg sein.« Vielleicht würde Keron sie ignorieren und am Leben lassen, wenn sie sich nicht rührten. Falls er noch kontrollieren konnte, was er tat. Es hatte eher den Anschein gemacht, als würden die Schatten ihn mit jedem getöteten Kind deutlicher unterwerfen.

Er holte aus und stieß die Türen mit einem gewaltigen Luftstoß nach innen auf. Sie prallten krachend gegen die Wände und ließen die am Ende des langen Saales an einem runden Tisch sitzenden Männer zusammenfahren.

Die vorderen drei sprangen sofort auf, zogen ihre Waffen und schirmten den vierten mit ihren Körpern ab.

Dieser linste aus trüben Augen zwischen seinen Leibwächtern hindurch und begann zu lachen, als er die direkt auf ihn zukommenden Gotteskinder erblickte.

»Nein, so etwas! Was verschafft mir denn die Ehre eines solchen Besuches zu solch später …«

»Mein König, Ihr seid in Gefahr«, unterbrach Vias seine Begrüßung und verbeugte sich flüchtig. Die anderen Kinder taten es ihm eilig gleich, nur Jarec blieb gerade stehen. Für solche Förmlichkeiten war nun wirklich keine Zeit.

»Die Gotteskinder des Westens und des Nordens wurden angegriffen. Wir haben Grund zu der Annahme, dass Ihr das nächste Ziel seid. Wenn Ihr gestattet …«

Bei allen Göttern, war er froh, das Reden Vias überlassen zu können. Sollte er diesem alten, betrunkenen König des Friedens doch beibringen, dass er vielleicht in dieser Nacht sterben würde.

Jarec winkte seine Begleiter näher an den Thron heran, um etwas Abstand zwischen sie und die Tür zu bringen. Mit zwei weiteren Luftstößen ließ er sie schwer ins Schloss fallen.

»Zwei Reihen bilden«, rief er dann, und sofort wurde seiner Anweisung Folge geleistet. Niemand warf ihm mehr misstrauische Blicke zu. Beinahe hätte er über diese Ironie des Schicksals lachen können.

Der Saal lag dunkel vor ihnen, nur wenige Kerzen brannten in den Ecken und auf dem hinter ihm stehenden Tisch. Zumindest das konnte man dem König zugutehalten: Er überließ die wertvollen lichtbringenden Metalle seinem Volk. Kurz huschte Jarecs Blick nach rechts. Der helle Stein unter dem so unscheinbar wirkenden Ast war vollkommen ausgetreten. Er hatte längst aufgehört zu zählen, wie oft er darunter gestanden hatte. Wie oft die Zweige über ihm in den Farben des Herbstes erblüht waren und ihn fortgebracht hatten … Mühsam schüttelte er diesen Gedanken ab.

Keron hatte den Turm verlassen.

Allein.

Am Absatz warteten Yirenas Gotteskinder.

Wenn auch sie nichts ausrichten konnten, würde es nicht mehr lang dauern, bis Keron den Thronsaal erreichte.

»Versucht, ihn zu verwirren!« Entschlossen stellte er sich ins Zentrum der vorderen Reihe. »Wir brauchen Zeit, um herauszufinden, wie wir ihn verwunden können. Schafft so viele lebensechte Illusionen wie möglich, bringt ihn durcheinander. Versucht, ihn von den Schatten zu trennen!«

Zustimmendes Gemurmel. Eine Seitentür schlug zu, als die menschlichen Wächter verschwanden.

Der König stand zitternd am hinteren Ende des Saales, bevor er seinen Thron erklomm. Es wunderte Jarec nicht, dass er nicht floh. Wenn sie versagten, würde Keron ihn ohnehin finden. Warum sollte ein alter Mann sich dann auch nur die Mühe machen?

Die Schatten erreichten die unterste Stufe der westlichen Treppe und das Feuer des Südens schoss aus fünfzig Händen auf ihn zu. Rauch stieg auf.

Jarec atmete tief ein, suchte nach der Ruhe, die ihn während eines Kampfes stets erfüllte.

Seitdem er Kerons Traum gesehen hatte, bereitete er sich auf diesen Tag vor, denn er hatte gewusst, dass er kommen würde.

Hat man ein Ziel, lernt man, wie man es erreichen kann, hatte er zu Nazar gesagt. Und das nicht nur einmal.

Jetzt konnte er nur hoffen, dass es das richtige Ziel war. Und dass er genug gelernt hatte. Dass es reichte, stärker geworden zu sein, als es je ein Gotteskind gewesen war.

Er würde dieses Land vor Kerons Wut und Willkür retten, die Leben der gefallenen Gotteskinder vergelten. Selbst wenn er allein gegen diese Schatten stehen würde.

In allumfassender Dunkelheit trieb er dahin.

Zeit und Raum hatten keine Bedeutung mehr. Hunger und Durst blieben hinter ihm zurück. Schlaf wurde unwichtig.

Da war ein Pfad unter seinen nackten Füßen, staubig und schmal. Er wusste nicht, wohin er führte. Nur, dass er ihm folgen musste.

War dies das Ende?

Er versuchte, sich umzusehen, doch sein Blick blieb starr nach vorn gerichtet.

Der Weg schlug Kurven. Er umrundete eine flache, ebenso öde Wiese. Einen Hügel, einen Berg. Dahinter nur Dunkelheit.

Nicht einmal sein Atem war zu hören. Kein Wind strich über seine Haut. Seine Kleidung blieb von jeder Bewegung unberührt.

Ja, dies war das Ende.

Dies war Kyons Reich. Der Weg ins Nichts.

Die Erkenntnis schoss eiskalt durch seine Schläfen, doch auch Schmerz bedeutete hier nichts. Er nahm ihn hin. Kannte ihn.

Wie von selbst hob er die rechte Hand an die frierende Stelle, und erkannte, dass sie keinesfalls von Reif überzogen war. Er spürte eine feine Kruste unter seinen geschundenen Fingerkuppen. Auch mit der anderen Hand ertastete er die Anzeichen einer raschen Heilung, knapp über seinem Ohr. Dort hatte die Klinge ihn durchbohrt. So war er gefallen.

Ein Teil von ihm wusste, dass dieses Ende ihm nicht genügt hätte. Die Kälte strich über viele Teile seines Körpers, verwischte die Spuren seiner Niederlage. Seiner Niederlage.

Doch auch dieser Schmerz zählte nicht mehr. Alles lag vor ihm.

Die Stille spielte eine wunderbare Melodie für ihn, sie klang nach Frieden. Leere.

Wie sehr er diesen Moment doch herbeigesehnt hatte. Den Moment, der seine elende, unbedeutende Existenz im Leben beenden würde. Er hatte das Land nicht retten können, doch es hatte nicht an ihm gelegen. Er hatte alles in seiner Kraft Stehende getan. Sein Leben gegeben in der ebenso unbedeutenden Hoffnung, den Frieden noch etwas länger wahren zu können. Vielleicht einem weiteren Kind die Illusion einer sicheren Kindheit zu ermöglichen. Nur wenige Familien mehr in dem Glauben zu lassen, auch im Alter noch zusammenzubleiben. Einige weitere junge Männer darin zu täuschen, niemals kämpfen zu müssen.

Seine Täuschungen und Illusionen waren nicht stark, nicht echt genug gewesen. Bezwungen von einem Schatten so kalt wie der Tod. Kälter als das, was seinen Geist bereinigte und das Erlebte von ihm abwusch.

Mit jedem verstreichenden Moment ließ er weitere Teile seiner Selbst zurück. Wieder erschien eine Hügellandschaft vor ihm. Ein dunkler See, vollkommen glatt. Die Umgebung verschwamm, versank in weißem Nebel.

Ein Abgrund, direkt zu seinen Füßen. Eine Brücke.

Er betrat sie, ohne zu zögern. Dort hinten lag, was ihm gebührte. Selbst wenn Kyon ihn nicht geleitete, er würde den Weg zu Artar finden. Ein schlafender Gott würde ihn nicht daran hindern, endlich Ruhe zu finden. Vielleicht würde er die wiedersehen, die er verloren hatte. Die ihm genommen worden waren. Vielleicht würde er einige von denen treffen, die gestorben waren, weil sie ihm nicht geglaubt hatten. Vielleicht wollte er das sogar. Ihnen ein letztes Mal in die Augen sehen und auf die Gewissheit hinabblicken, dass auch sie es wussten. Dass sie ihm nur hätten glauben müssen. Und wenn Artar ihm erst seine Erinnerungen genommen hatte, würde er vielleicht den anderen Göttern erzählen, wie sehr auch er sie dafür verachtete. Die Schatten würden vor dem König nicht Halt machen. Er hatte ihre Kraft gespürt, das Göttliche dahinter erkannt und noch etwas anderes. Etwas, das selbst einen Gott auszulöschen vermochte.

Er wusste nicht, ob er lächelte. Er spürte diesen Körper nicht mehr, sah nur noch das nahe Ende der Brücke.

Ihre Zeit würde kommen. Sie würden vernichtet werden, in den Schatten verschwinden wie ihre Kinder. War er froh darüber? Auch das wusste er nicht. Doch da brannte etwas in ihm.

Bloßer Hass.

Hass auf jene, die seinem Leben den Sinn genommen hatten. Die ihn daran gehindert hatten, sie zu retten. Auf ihrer aller Schultern lastete nun schon die Schuld an mindestens einhundert Toten. Einhunderteins, sobald er die Leere erreicht hatte. Mehr würden dazukommen. Viele würden sterben. Viele würden …

Er fiel auf die Knie.

Ohne jegliches Anzeichen oder eine Warnung gaben seine Beine unter ihm nach, gerade noch konnte er sich mit den Händen abfangen.

Langsam wandte er den Blick nach unten, blinzelte einige Male. Er zitterte. Er wusste, dass er nicht zittern sollte. Er sollte gar nichts mehr spüren, und doch ...

Jäh löste sich ein Schrei aus seiner Kehle, drang einen Schritt weit nach vorn und verklang dann ungehört in der schweren Luft.

Er warf den Kopf in den Nacken und löste die Hände vom kalten Grund der Brücke.

Brennende Tränen ließen seinen Blick verschwimmen, wieder schrie er, wieder hörte ihn niemand.

Dunkelheit senkte sich auf ihn herab, bis er nichts mehr sah als die rauen Steine, auf denen er kniete, den gähnenden Abgrund zu beiden Seiten – und das Glühen seiner Unterarme.

Er blinzelte die Tränen fort, ballte die Hände zu Fäusten, starrte fassungslos auf das tiefrote Glimmen, das in unregelmäßigen Linien von den Handgelenken bis zu seinen Ellenbogen kroch.

Das Atmen fiel ihm immer schwerer.

Kleinere Linien liefen von der großen fort. Ein intensiver Schein umhüllte seinen rechten Arm. Das darauf ausgebildete Mal verschwand.

Keuchend nahm er einen weiteren Atemzug, als seine dunkle Haut schließlich nicht mehr weiter aufriss. Doch das Glühen breitete sich weiter aus, tief in seinem Inneren.

Es verbrannte ihn, zerriss ihn. Was er zuvor schon gespürt hatte, schien jetzt noch verstärkt – er verlor sich. Teile seiner Selbst.

Einem gewaltigen Faustschlag gleich prallte das Brennen gegen seinen Geist, bis er ihm nicht mehr standhalten konnte.

Mit einem letzten schweren Ausatmen fiel Jarec nach vorn. Seine Lider flatterten, als er einen letzten Blick auf das Ende der Brücke warf, auf den Zugang zu dem einzigen Ort, an den er je hatte gelangen wollen. Auf die letzte Hoffnung, die ihm noch geblieben war. Alles andere hatte ihn verlassen.

Unter Aufbringung seiner letzten Kraft rollte er sich auf den Rücken, und da waren sie.

Die Schatten.

Huschend glitten sie über ihn hinweg, streiften seine Beine, seinen Hals, das aufgeklaffte Fleisch seiner Unterarme. Langsam verflochten sie sich mit ihm.

Zerrten ihn wieder auf die Knie. Auf allen vieren kniete er vor dem Abgrund, sah hinab in die Dunkelheit.

Ein endgültiges pochendes Glühen schleuderte das letzte Stück des Mannes fort, der er einmal gewesen war. Mit ihm gingen sein Pflichtbewusstsein, seine Entschlossenheit. Sein tiefer Glaube an das Gute in den Menschen. Sein Wille, dafür zu kämpfen. Die Sehnsucht nach Gemeinschaft. Sein Glaube an die Macht der Götter.

Zurück blieb der Hass auf die, die ihm nicht geglaubt hatten. Das Verlangen, sich für dieses unwürdige, unnötige Ende zu rächen.

Er hieß die Schatten willkommen, als sie ihn vorstießen, über den Abgrund, hinaus aus Kyons Reich.

Er kehrte zurück.

Ela Feyh

Sylnen

Der gefallene Krieger

Stell dir vor, nur du kannst das Land Crailsmur retten. Ein Land, in dem Seelen reisen können und Magie zum Leben erwacht, in dem Pflanzen Schabernack treiben und Geister deinen Verstand rauben, in dem Schönheit den Tod bedeuten kann und Hässliches zu heilen vermag. Ein Land, das durch die Macht von zehn Büchern regiert wird: den Sylnen. Stell dir vor, eine geheimnisvolle Kraft beginnt dich zu beeinflussen, dein Denken zu verändern und lässt dich an allem zweifeln, was du bisher kanntest. Und stell dir vor, diese Kraft zeigt dir deinen Seelengefährten. Würdest du die Reise antreten?

ISBN: 978-3-946172-55-0 (Taschenbuch)
ISBN: 978-3-946172-31-4 (E-Book)

Saskia Louis

Das Vermächtnis der Engelssteine
Blutopal

Ihren achtzehnten Geburtstag hat sich Ella irgendwie anders vorgestellt. Ein bisschen mehr Luftballons, ein bisschen weniger Menschen, die sie umbringen wollen. Der düstere Kerl, der ihr Leben rettet, ist zwar ganz süß, aber auch äußerst unhöflich – außerdem behauptet er, er sei ein Todesengel. Als er ihr auch noch weismachen will, dass sie der letzte Halbengel ist und als Einzige die Auslöschung der Menschheit verhindern kann, wächst ihr alles über den Kopf.

Wem soll sie vertrauen, wenn ihr ganzes Leben eine Lüge zu sein scheint?

ISBN: 978-3-946172-56-7 (Taschenbuch)
ISBN: 978-3-946172-32-1 (E-Book)

Ela Feyh

Sylnen

Der gefallene Krieger

Stell dir vor, nur du kannst das Land Crailsmur retten. Ein Land, in dem Seelen reisen können und Magie zum Leben erwacht, in dem Pflanzen Schabernack treiben und Geister deinen Verstand rauben, in dem Schönheit den Tod bedeuten kann und Hässliches zu heilen vermag. Ein Land, das durch die Macht von zehn Büchern regiert wird: den Sylnen. Stell dir vor, eine geheimnisvolle Kraft beginnt dich zu beeinflussen, dein Denken zu verändern und lässt dich an allem zweifeln, was du bisher kanntest. Und stell dir vor, diese Kraft zeigt dir deinen Seelengefährten. Würdest du die Reise antreten?

ISBN: 978-3-946172-55-0 (Taschenbuch)
ISBN: 978-3-946172-31-4 (E-Book)

Saskia Louis

Das Vermächtnis der Engelssteine
Blutopal

Ihren achtzehnten Geburtstag hat sich Ella irgendwie anders vorgestellt. Ein bisschen mehr Luftballons, ein bisschen weniger Menschen, die sie umbringen wollen. Der düstere Kerl, der ihr Leben rettet, ist zwar ganz süß, aber auch äußerst unhöflich – außerdem behauptet er, er sei ein Todesengel. Als er ihr auch noch weismachen will, dass sie der letzte Halbengel ist und als Einzige die Auslöschung der Menschheit verhindern kann, wächst ihr alles über den Kopf.

Wem soll sie vertrauen, wenn ihr ganzes Leben eine Lüge zu sein scheint?

ISBN: 978-3-946172-56-7 (Taschenbuch)
ISBN: 978-3-946172-32-1 (E-Book)